KB139160

달려라 메일

달려라 메일 1

엘리아냥 장편소설

초판 1쇄 찍은 날 | 2017년 7월 21일
초판 3쇄 펴낸 날 | 2019년 12월 6일

지은이 | 엘리아냥
펴낸이 | 권태완 우천제

편집책임 | 박은정
편집 | 김효주 천희진
편집 디자인 | 이즈플러스

펴낸곳 | (주)케이더블유북스
등록번호 | 제25100-2015-43호
등록일자 | 2015. 5. 4
WFN | 제3-018호

주소 | 서울특별시 구로구 디지털로31길 38-9 에이스테크노타워 1차 401호
전화 | 02-867-4626 팩스 | 02-866-4627
E-mail | cl_production@kwbooks.co.kr

ISBN 979-11-293-0071-3
　　　979-11-293-0070-6 (set)

엘리아냥 장편소설

달려라 메일

1

위치북

Contents

Prologue

사방이 꽃으로 가득했다. 끝이 보이지 않을 정도로 넓게 펼쳐진 꽃밭은 마치 화가가 혼신의 힘을 다해 그려낸 한 폭의 명화 같았다. 그리고 그런 풍경 가운데 웬 소녀가 화사한 드레스를 입고 앉아 있다.

꿀 같은 금발이 허리께에서 굽이친다. 눈동자 또한 황금색이었다. 만발한 꽃 사이에서 무구하게 웃고 있는 소녀에게 메일이 다가가 말을 걸었다.

"공주님."

저를 부른 것을 알았는지 소녀가 고개를 돌렸다. 고갯짓을 따라 긴 머리카락이 찰랑거렸다. 천사 같은 상대의 얼굴을 보며 메일이 부드럽게 미소를 머금었다.

"여기서 뭐 하세요?"

"메일."

"네?"

"넌 꿈이 뭐야?"

메일이 그에 고개를 갸웃거렸다. 왜 갑자기 그런 걸 물으시지?

의아했지만 왕족의 질문은 그게 어떤 내용이든 대답부터 하고 보아야 한다. 메일은 부드럽게 대답했다.

"저는 그냥, 사랑하는 사람들과 함께 행복하게 사는 게 꿈이에요. 공주님은요?"

"나는 나라 멸망."

메일은 순간 자기가 잘못 들었다고 생각했다. 뭐라고?

"네? 공주님, 방금 무슨…….."

"난 경국지색이잖아."

태연한 얼굴로 소녀가 말을 덧붙였다. 뻔뻔한 자화자찬이었으나 메일은 그에 대해선 놀라지 않았다. 소녀가 자기 입으로 자기 얼굴을 칭찬하는 건 이미 하루 이틀 일이 아니었으니까. 놀란다면 오히려 답지 않게 경국지색이라는 어려운 어휘를 사용했다는 것에 놀라야 할 것이다.

메일은 잔뜩 당황한 채로 일단은 긍정했다. 어쨌든 소녀가 그만큼 예쁜 것은 사실이었다.

"네, 맞아요. 그러시죠."

"그럼 나라가 기울어야겠네?"

"……네?"

"나 때문에 나라가 망해야 하잖아. 난 경국지색이니까. 그렇지? 그래서 내 꿈이 나라 멸망이야."

"고, 공주님? 그게 도대체…….."

"이럴 게 아니라 어서 나라 멸망시키러 가야겠다. 까르륵~"

"잠깐만요! 공주님? 공주님!"

갑자기 기적의 논리를 펼친 소녀가 깔깔 웃으며 빠르게 멀어져 갔다.

메일은 곧바로 자리에서 벌떡 일어났으나 그새 바람처럼 사라져 버린 상대를 잡을 수는 없었다. 메일은 그저 아연한 기분이 되어 멀거니

선 자세를 유지했다. 방금 뭐지? 헛것? 아니, 환청인가?

허, 날이 따뜻해지니 별 해괴한 헛것을 다 보는구나.

그렇게 생각한 순간 갑자기 장면이 뒤바뀌었다.

"아아악!"

사람들이 죽어나갔다. 집들이 불에 타올랐다. 비명이 귀가 아플 정도로 사방에서 연이어 울렸다. 말발굽 소리, 살아 있는 생명체를 날붙이로 베는 끔찍한 소리가 곳곳에서 마구잡이로 뒤섞여 공기 중에 흩어졌다. 매캐한 연기와 불길 사이로 무장한 병사들이 말을 탄 채로 난폭하게 날뛰었다. 머리를 후벼 파는 것 같은 처절한 비명. 울부짖음. 아우성. 피를 쏟아내며 나무토막처럼 쓰러지는 사람들.

"살…… 려……."

현실 같지 않은 아비규환 속에서 불길의 열기가 피부에 닿았다. 뜨겁다. 메일은 그제야 찢어지듯 비명을 질렀다.

"헉!"

메일이 벌떡 몸을 일으켰다. 핏기 하나 없이 창백한 얼굴에 흑갈색 머리카락이 식은땀 때문에 몇 가닥 달라붙어 있었다.

그녀는 그 상태로 잠시 아무것도 하지 못하고 숨만 골랐다. 고작 잠을 자다 깬 것뿐인데 마치 전력 질주라도 한 것처럼 쿵쿵거리며 심장이 뛰었다. 그녀가 완전히 진정한 것은 시간이 조금 더 지나서였다.

"꿈이잖아……."

꿈.

제 손끝을 내려다보며 메일이 중얼거렸다. 여운이 남았는지 손가락 끝이 미세하게 떨렸다. 비명은 이명처럼 생생하고 불길은 정말로 실재했던 것처럼 선연하다.

메일은 저도 모르게 손을 뻗어 가장 먼저 닿는 것을 움켜쥐었다. 푹신한 이불. 이곳은 꽃밭도 아니고 전쟁이 발발한 거리도 아니었다. 단지 부드러운 천을 덧대어 만든 고급 이불과 넓은 침대가 있는 귀족 영애의 침실일 뿐.

메일은 남아 있는 꿈의 감각을 털어내려는 듯 고개를 흔들었다.

잊자. 개꿈이다. 굳이 의미를 생각해 볼 필요도 없는 개꿈이야. 운이 나쁘게 잠깐 악몽을 꾼 것일 뿐, 그 이상의 의미는 없는 무가치한 현상일 뿐이다.

그리고 몇 시간 뒤, 메일은 날이 밝자마자 자리를 박차고 달려 나갔다.

1
어서 와. 제국은 처음이지?

메일 폰 비제아트는 평범한 공작 영애였다.

평범하다는 것은 굳이 그녀가 절세가인처럼 예쁘지 않다는 뜻은 아니다. 메일은 객관적으로 미녀였다. 꾸미는 것을 즐기지 않아 늘 수수한 차림새이긴 했지만 이목구비를 요목조목 따져 보면 빼어난 편에 속했다.

결과적으로 신분도 고귀하고 미모도 뛰어난 그녀가 왜 평범한 영애냐 하면, 그것은 그녀에게 남들에겐 없는 특별한 이능 따위가 존재하지 않는다는 것을 나타내 주기 위한 표현이라 하겠다.

그러니까 메일은 분명 예지몽 같은 걸 꿔 본 경험이 없었다. 여태까지는.

"경국지색이라고 다 나라를 말아먹었으면 대륙은 이미 예전에 끝장났겠네!"

저택 내 위치한 비제아트 공작의 집무실은 언제나 오픈되어 있었다. 사람들의 말을 듣기 좋아하고 토론하기 기꺼워하는 공작은 상대가 누구든 용무만 있다면 자신을 직접 찾아오는 것을 결코 막지 않았다.

그 열린 문을 오늘은 그의 외동딸인 메일이 가장 먼저 벌컥 열어젖히며 등장했다. 그리고 빠른 걸음으로 성큼성큼 다가와서는 대뜸 위 같은 말을 꺼내놓은 것이다.

공작은 잠깐 고민했다. 뭐지? 요즘 젊은 세대 사이에서 유행하는 인사말인가?

"어렵구나, 딸아. 그래서 내가 뭐라고 받아쳐야 하는지 알려주련?"

"……아뇨, 죄송해요. 이런 말부터 하려던 것이 아닌데."

메일은 벌을 주듯 제 입술을 찰싹 때렸다. 여기까지 달려오면서 했던 생각이 홧김에 바깥으로 튀어 나가고 말았다. 그녀는 잠시 심호흡을 하며 생각을 정리했다.

"아버지, 부탁드리고 싶은 것이 있어요."

예지몽을 꿔 본 적은 없다. 그래서 자신이 꾼 꿈이 단순한 개꿈이 아닐 거라 섣불리 단언할 수도 없다. 아니, 냉정하게 확률을 따져 본다면 열에 구 할 구 푼 정도는 '의미 없는 개꿈' 쪽이 맞을 것이다.

개꿈이 아니라 생전 꿔 본 적 없는 특별한 예지몽일 확률은 기껏해야 일 푼 정도. 어쩌면 그 일 푼조차 과한 배분일지 모른다.

그러나 늘 확률이 높은 쪽만 따라갈 수는 없는 법이다. 가끔은 '만에 하나'라는 극히 희박한 가망만으로도 행동을 송두리째 바꾸는 것이 사람이었다.

그 만에 하나로 인해 닥쳐 올지도 모르는 미래가 괴롭고 끔찍한 양상을 그린다면 더더욱.

"헬베른 제국으로 갈 수 있게 해주세요. 공주님과 함께."

이곳까지 오는 동안 메일은 결심을 굳혔다. 잠깐의 청춘과 나라. 고민할 것도 없는 선택지였다.

자국의 공주를 볼 때마다 메일이 남몰래 떠올리는 격언이 있었다.

신은 몰빵을 하지 않는다.

왕국의 유일무이한 공주 리엘라는 예뻤다. 그냥 예쁜 것도 아니고 자타가 공인하는 나라 제일의 경국지색이었다.

풍성한 금발은 진짜 금을 녹여 바른 듯하고, 같은 색의 눈동자는 보석을 깎아 세공한 듯 맑고 아름다웠다. 아기보다 새하얀 피부에 몸의 곡선은 장인의 걸작처럼 섬세하니 모두가 리엘라의 미를 찬양하기 마다하지 않았다.

문제는 리엘라가 얼굴만 예쁜 것이 아니라는 점이다.

그녀는 뇌까지 예뻤다. 보통은 뇌가 예쁘다고 하면 총명한 머리를 빗댄 표현이겠거니 하고 받아들인다. 그러나 리엘라의 경우는 좀 달랐다. 리엘라 공주의 뇌가 예쁘다는 문장은 단어 그대로 예쁘다는 의미였다. 뇌가 주름 하나 없이 깨끗하고 맑고 자신 있게 예쁘다는.

애석하게도 왕국의 하나뿐인 공주는 머리에 든 게 없었다. 미모만큼이나 이미 정평이 난 사실이었다.

그리 소문이 날 정도로 총명함과는 거리가 멀었지만, 어쨌든 리엘라는 공주였다. 무식하든 무지하든 상관없이 왕의 사랑을 독차지하는 금지옥엽 고명딸이다.

그 말인즉 리엘라가 원하는 것은 그게 뭐든지 할 수 있다는 뜻과 일맥상통했다. 그녀는 대체로 하고 싶은 게 있으면 하고, 갖고 싶은 게 생기면 가졌다. 그를 위해 필요한 노력은 그저 자리에 앉아서 '저거 할래' 하고 지목하는 일뿐이었다.

그리고 그것은 이번에도 마찬가지였다.

'헬베른 제국에서 황후 간택전이 열린다.'

얼마 전 대륙 각지를 떠들썩하게 만든 소식이 있었다.

헬베른 제국. 아무리 대륙 정세에 어두운 사람이래도 이름 정도는 들어보았을 정도로 명성이 자자한 강대국이었다. 국토의 크기부터가 남다르고, 지닌 군사력 또한 궤를 달리한다.

재정은 부채 없이 탄탄하며 무역에도 큰 영향을 끼쳤으니 주변국 중 그 어느 곳도 감히 제국을 거스를 생각을 하지 못했다. 헬베른은 늘 경외의 대상이었다.

그런 헬베른에서 공개적으로 황후 후보를 모집하겠다고 의사를 밝혔다.

대륙이 뒤집어지지 않으면 그것이 도리어 이상할 일이다. 무능하고 늙어빠진 황제의 재취 자리라도 다들 눈에 불을 켜고 달려들 판에, 헬베른의 황제는 미혼에 젊고 유능한데다 심지어 출중한 미남이기까지 했다.

여인을 위한 로맨스 소설에 나오는 인물도 그만큼 완벽하지는 못 할 것이다. 물론 어디까지나 소문이니만큼 완전히 덮어놓고 믿을 수는 없겠지만, 전부가 아니라 일부만 사실이더라도 충분히 눈이 돌아갈 정도로 황제를 둘러싼 소문은 휘황찬란했다.

메일 또한 황제의 소문을 들어본 적이 있었다. 한동안 사교계가 온통 그 얘기로 떠들썩했으니 모르려야 모를 수가 없었다.

헬베른의 황제만 따로 놓고 보아도 이미 이야기의 단골 소재인데, 거기에 황후 간택전까지 더해지니 자연히 가는 곳마다 사람만 바꿔 같은 대화가 반복되었다.

그리고 그것은 메일에겐 딱히 흥미로운 주제는 아니었다. 그녀는 한참 꿈에 부풀 십 대 후반이라는 나이에 어울리지 않게 왕자님에 대한 환상이 거의 없는 편이었다.

남들이 '신데렐라'를 읽을 때 홀로 '신데렐라의 시집살이와 궁중암투와 슬픈 말년'이라는 꿈도 희망도 없는 저서를 읽곤 했으니 그 메마름의 수준이 어느 정도인지 쉬이 짐작이 된다.

정리하자면 메일은 심신의 평화를 위해 헛된 꿈은 꾸지 않는 것이 좋다고 생각하는 다소 회의적인 현실주의자였다.

그러나 세상에 메일 같은 성격만 즐비했다면 로맨스 소설은 호황은커녕 예전에 폭삭 망했을 것이다.

그녀와 동년배의 소녀들은 대체로 현실보다는 이상을 좇기를 좋아했다. 기실 경쟁자가 많은 것일 뿐 가능성이 0인 것은 아니다. 희박할지언정 가망이 있었다. 그럼 솔직히 내가 될지도 모르는 거 아닌가?

그런 은근한 기대와 희망 속에서 당당하게 가능성을 100으로 점치는 사람이 있었다. 바로 리엘라였다.

어디서 나오는 자신감인지 그녀는 황후 자리가 이미 제 것이라고 기정사실처럼 믿고 있었다. 각국에서 내로라하는 미녀가 바글바글 경쟁자로 모일 것을 생각하면 그러한 그녀의 믿음에 쉽게 손을 들어주기란 아무래도 어려운 것이 사실이다.

그러나 어쨌든 앞에서도 말했다시피 리엘라는 공주였다. 누가 감히 왕의 사랑을 독차지하는 귀한 공주님의 앞에서 그러한 속내―비관적인―를 고스란히 꺼내 놓을 것인가.

귀족들은 리엘라가 '나 헬베른 제국에 가서 황후 간택전에 참가할래! 왜냐하면 그건 날 위한 거니까!'라고 선언했을 때 그저 지당한 말씀이라며 손뼉만 열심히 쳐댔다.

왕이야 말할 것도 없이 '오구오구 내 새끼'를 선보이며 곧장 여정을 꾸려 주었을 따름이다. 그렇게 리엘라의 제국행은 순풍에 돛단 것처럼 순조롭게 결정되었다.

이때까지만 해도 메일은 리엘라의 행보에 관심이 없었다. 리엘라가 황후 간택전에 참가해서 1회전 만에 떨어지고 금방 왕국으로 돌아오든, 아니면 기적이 일어나 정말로 황후가 되어 헬베른 제국의 앞날을 충격과 공포로 몰아넣든 자기와는 하등 상관 없는 일이라고 생각했다. 그리고 그 생각은 평소 같았다면 변함없이 쭉 이어졌을 것이다. 그놈의 꿈만 꾸지 않았다면.

메일은 하룻밤 사이 두 번의 꿈을 꿨다. 첫 번째 악몽을 꾸고 잠에서 깼을 때는 캄캄한 새벽이었다. 찝찝하고 기분이 나쁘긴 했지만 단순히 개꿈이겠거니 치부하고 다시 잠에 들었다. 그리고 두 번째 악몽을 꿨다.

첫 번째 악몽이 결과를 보여주었다면 두 번째 악몽은 원인을 알려준 느낌이었다.

"정말 가는 거냐?"

"다녀올게요."

공작과 짧게 포옹을 나눈 메일이 이내 마차에 몸을 실었다. 짐은 챙겼으나 수행원은 따로 대동하지 않은 단신이었다.

메일 본인이 간택전의 후보가 아닌 리엘라의 수행원으로서 따라가는 입장이었으니 개인 시녀를 이쪽에서 별도로 매달고 갈 수는 없었다. 제국까지 이동하는 동안 필요한 자잘한 수발은 전부 리엘라의 하녀가 들게 될 것이다.

마차가 천천히 움직였다. 기별은 넣었으니 왕성에 도착하면 곧바로 합류할 수 있을 것이다.

메일은 마차의 등받이에 몸을 기댄 채로 조용히 생각에 잠겨들었다. 의례적으로 시선을 준 창밖의 풍경은 눈에 들어오지 않았다. 그녀는 꿈의 내용을 떠올렸다.

나라가 불타 없어진다. 다름 아닌 리엘라 때문에.

메일은 꿈의 내용을 시간 순으로 정리하여 되짚었다. 우선 꿈속에서도 리엘라는 지금처럼 황후가 되기 위해 헬베른 제국으로 향한다. 그리고 그곳에서 황제를 만난다.

꿈속의 황제는 소문이 무색하지 않게 출중한 미남이었던 모양인지 리엘라는 그에게 마음을 빼앗기게 된다. 하나 문제는 황제에게 이미 정인이 있었다는 점이다. 따로 정인을 두었으면서 왜 황후 간택전 따위를 열었는지는 지금에선 알 수가 없다.

어쨌든 황제에게 정인이 있다는 사실을 리엘라 또한 알게 되고, 그녀는 질투심에 눈이 멀어 그만 그 대상을 독살하고 만다.

그게 비극의 시작이었다.

"로맨스 소설에서도 그만한 막장은 안 나오겠네."

메일은 자조적으로 중얼거렸다. 그 뒤로 이어지는 꿈의 내용은 그저 끔찍하기 짝이 없는 장면의 나열뿐이었다. 정인의 죽음으로 인해 미쳐 버린 황제. 그리고 미친 황제의 검 끝에서 불에 타 사라지는 작은 왕국.

그 작은 왕국의 국민인 메일이 손을 들어 검지로 미간을 꾹 눌렀다. 꿈의 내용만 상기하면 머리가 아팠다. 기분 나쁜 통증이었다.

'의미 없는 개꿈이길 바라지만……'

다른 것도 아니고 나라가 걸려 있다. 조국이 불에 타 사라진다는 것은 다시 말해 수많은 사람 또한 잃게 된다는 뜻이다. 친구도, 가족도, 아무도 살아남지 못하게 될지도 모른다. 혼자 생존하느니 차라리 죽는 것이 더 나을 지옥 속에 내동댕이쳐질 수도 있다.

절대 그럴 순 없지.

메일이 결연하게 주먹을 움켜쥐었다. 시비를 자처하여 먼 땅 제국까지 따라가는 마당이었다. 그딴 악몽이 감히 실현되게 놔둘쏘냐? 아예 여지조차 주지 않을 것이다. 만에 하나는 무슨, 천만분의 일이라도 용납 못 한다. 그래, 무슨 일이 있어도!

'나라를 지킨다!'

다각다각.

용사를 태운 마차가 점점 왕성으로 가까워졌다.

✳

"안녕하세요, 공주님. 간택전 동안 공주님을 곁에서 보필하게 된 메일 폰 비제아트라고 합니다. 잘 부탁드립니다."

리엘라는 꼭 요정처럼 생겼다. 인사를 건네고 상대를 마주 보며 메일은 새삼 그런 생각을 했다.

"나랑 같이 간다고?"

"네."

"마차에 같이 탈 거야?"

"네."

"그럼 마차 안에 누울 거야?"

메일은 왜 그런 질문을 하냐고 굳이 상대에게 묻지 않았다. 리엘라가 던지는 질문에는 대체로 이유가 없었기 때문이다. 메일은 반문하는 대신 차분히 대답했다.

"넓으면요."

"그래. 허락해 줄게."

요상한 허락을 받았다.

메일은 잠시 후 리엘라와 함께 왕국의 문양이 새겨진 마차에 올랐다. 신경을 쓴 것이 한눈에 보이는 크고 화려한 마차였다.

여섯 마리의 말이 이끄는 백색의 호화로운 마차는 고작 두 사람을 안에 태운 뒤 문을 닫고 힘차게 출발했다. 여타 수행원들이 탑승한 마차는 따로 뒤따르는 모양이다.

마차에 앉은 채로 메일은 몸에 힘을 풀었다. 제국은 멀다. 마차가 아무리 솜씨 좋게 달린다고 해도 넉넉잡아 보름은 걸릴 것이다. 긴장을 하고 있다가는 제풀에 지칠 거리였다.

그녀는 내친김에 외투를 벗고 머리도 풀었다. 차림새가 한층 편안해졌다. 체면을 한 꺼풀 내려놓고 숨을 돌린 메일은 문득 리엘라의 꼴이 궁금해져 옆으로 눈을 돌렸다.

아니나 다를까 그새 마차의 좌석과 하나가 되어 누워 있다. 장소에 대한 혼란을 야기하는 훌륭한 자세였다.

'괜찮을까.'

하얀 시트 위를 어지럽게 장식한 황금색 머리카락을 보며 메일은 침음을 삼켰다. 왠지 복잡한 기분이 들었다.

나 과연 말할 수 있을까? 제국에서 당당히 외칠 수 있을까? 이 공주님이 내 공주님이다! 이 공주님이 우리 왕국을 대표하는 황후 간택전 후보다!

'……으음…….'

고뇌하는 순간 리엘라가 누운 채로 발장구를 쳤다. 메일은 즉시 마음으로 기도를 올렸다. 신이시여, 부디 제게 용기를 주세요. 제국 안에서 공주님을 피해 다니지 않을 용기.

"메일."

"네?"

불경한 기도를 정성스레 올린 메일이 지레 찔려 일부러 밝게 대답했다. 말을 건 리엘라는 어딘지 지루해 보이는 얼굴이었다.

"우리 얼마나 더 가야 해? 언제쯤 도착이야?"

그리고 메일은 잠시 침묵했다. 보통 그걸 출발하자마자 묻나?

"음…… 글쎄요, 아무리 짧게 잡아도 열흘 이상은 걸리지 않을까요?

제국은 머니까요."

"그만큼이나 멀어?"

"그럼요."

"너무 오래 걸리는데. 아, 밤새 마차를 달리면 어때? 그럼 더 일찍 도착할 거 아냐."

리엘라가 손뼉을 치며 의견을 냈다. 딴에는 기발한 방법이라고 생각하는 눈치였다. 메일은 너무나 리엘라다운 발언에 감탄하며 대답할 말을 골랐다.

말마따나 그렇게 달리면 도착까지 걸리는 시간이 줄어들긴 할 것이다. 그리고 마부의 수명도 줄어들겠지.

"그건 안 돼요. 밤에는 쉬어야 하니까요."

"왜?"

"밤새 마차를 달리면 공주님께서도 내내 마차 안에만 계셔야 해요. 답답하고 힘드실걸요?"

메일은 일부러 말이 지친다거나, 마부가 수면 부족으로 골로 갈지도 모른다거나 하는 내용은 언급하지 않았다.

말이 지치면 바꾸면 되고, 마부가 잠을 못 자 해롱해롱하면 그것도 다른 마부를 부르면 되지 않겠냐고 반문해 올 것이 뻔했기 때문이다.

과거에도 몇 번 리엘라를 상대한 적이 있는 메일은 상대의 사고방식을 어느 정도는 꿰고 있었다.

"그래? 글쎄, 이렇게 누워 있으면 별로 안 힘들 것 같은데."

"그뿐 아니라 너무 오랫동안 마차에서만 시간을 보내면 행색이 많이 추레해질 거예요."

"응?"

"못생겨진단 소리예요."

그건 싫은지 리엘라가 파삭 미간을 찌푸렸다. 솔직한 반응이었다.

"공주님, 혹시 늦을까 봐 걱정되세요?"

"으음…… 조금?"

"만년 주름 부족으로 시달리는 순수한 뇌에도 걱정이라는 단어 정도는 있었군요."

"응?"

"아뇨. 그런데 정확히 뭐가 걱정되시는 거예요?"

"내가 늦으면 그사이에 웬 주제도 모르는 천한 여우가 폐하를 채 가 버릴지도 모르잖아?"

그럼 대단히 큰일이 아니냐며 리엘라가 못마땅한 얼굴로 툴툴거렸다. 나름대로는 중대한 사안인 모양인지 매끈한 콧잔등이 자못 심각하게 씰룩거린다.

그리고 메일은 그것을 듣자마자 확신했다. 저 '주제도 모르는 어쩌고'라는 표현은 분명 치정 소설에서 배웠을 거야. 돈도 걸 수 있다.

"그게 염려되시는 거였어요? 공주님, 걱정 마세요. 설령 그렇다 하더라도 공주님께서 나타나면 폐하께서도 그때부턴 공주님만 보실 텐데요, 뭘."

"그렇지?"

"그럼요."

구라를 치려는 자, 입에 침을 바르라. 격언에 따라 입에 낙낙히 침을 바른 메일이 생긋 웃었다. 물론 사랑에 빠져서 쳐다본다고는 안 했다. 얼굴보다 뇌가 예쁜 게 신기해서 계속 눈길을 줄지도 모르지.

본심을 감춘 메일의 아첨에 리엘라가 금세 표정을 풀었다. 언제 툴툴거렸었냐는 듯 빠른 변화였다. 입꼬리를 곡선으로 끌어 올린 리엘라가 누운 채로 고개의 방향만 바꿔 다시 조잘거렸다.

"하긴, 내가 엄청 예쁘긴 해. 다들 나처럼 모든 게 다 예쁜 사람은 처음 본다고들 하니까."

"아무렴요."

"이래서 내가 어디 갈 때 모자를 쓰는 거야. 사람들이 날 보고 눈이 멀면 큰일이잖아?"

"어쩜 배려심도 깊으셔라."

"그러니까 나한테 어울리는 건 폐하 정도밖에 없는 거야."

열심히 호응을 하다 메일이 멈칫했다. 이야기가 왜 그렇게 튀니. 메일은 그 와중에 리엘라가 폐하라는 존칭을 쓸 줄 안다는 것에 내심 안도해야 하는 현실이 조금 슬프다고 생각했다.

"폐하보다 못생긴 사람은 안 돼. 부족해."

"공주님, 헬베른 제국의 황제 폐하를 직접 뵌 적은 아직 없으시죠?"

"응."

"초상화는요?"

"안 봤어."

"폐하의 생김새는 어떻게 아세요?"

"소문!"

리엘라가 당당하게 대답했다. 소문에서 이렇게 저렇게 생겼다 그러던걸?

실제로 그 외 달리 황제의 외모를 확인할 만한 방법이 없기는 했다. 툭하면 대화의 도마에 오르는 헬베른 제국의 군주는 기실 지리적으로 먼 곳에 위치한 나라들에겐 그저 소문만이 무성한 인물이었다.

그 먼 거리를 왕복하는 것부터가 문제인데다 애초에 황제가 원한다고 아무 때나 만날 수 있는 인물도 아니다.

특히 메일의 모국인 벨티에 왕국은 여태 제국으로 사절단을 보낸 적도 없었으니, 소문에 의거하지 않은 황제의 실물을 아는 사람이 있다면 그게 더 신기할 일이었다.

그러나 아무리 믿을 게 그것뿐이라고 한들 소문을 곧이곧대로 수용하는 것은 다소 어리석은 행위에 속하는 것이 사실이다.

본디 소문이라는 게 그렇다. 부풀려지는 건 물론이요, 없는 사실이 덧대어지는 건 기본에다, 심지어는 무에서 유를 만들어내기도 하는 대단히 창조적인 성질을 지니고 있었다. 오죽하면 소문만 믿다 얻어맞은 뒤통수는 낫지도 않는다는 말이 있을 정도일까.

물론 그 어떤 상식도 리엘라에게는 대체로 통하지 않았다. 메일은 리엘라가 의심 하나 없이 철석같이 믿고 있을 문제의 소문을 떠올렸다.

헬베른 제국의 젊고 유능한 황제는 마치 신처럼 아름답다. 태양이 내리쬐는 설원보다도 눈이 부신 백금발, 세상의 모든 황금을 녹여 만든 호수보다 깊은 눈동자. 그리고 이 이상 조화로울 수 없는 꿈결 같은 이목구비에 균형 잡힌 체격까지.

아무리 전지전능한 신이라도 그토록 완벽한 피조물을 순수 무에서부터 창조해 낼 수는 없을 것이다. 아마도 그는 최초로 신의 모습을 본 따 만들어진 인간이 아닐까?

'으악.'

쓸데없이 세세하게 떠올랐다. 메일은 전문을 상기하자마자 인상을 썼다. 로맨스를 읽을 때도 멀쩡했던 손발이!

"그…… 크흠, 폐하께서 백금발의 엄청난 미남이라는 소문 말이죠? 막 신처럼 아름답고 호수 같고 하는 거?"

"맞아."

"확실히 그게 사실이라면 아주 굉장하겠네요."

"그러니 나랑 어울리지!"

메일은 가만히 리엘라를 바라보았다. 그러고 보니 아까부터 리엘라가 줄곧 초점을 맞추는 부분이 황제의 능력도 지위도 아닌 오로지 얼굴이라는 생각이 들었다. 음, 혹시?

"공주님."

"왜?"

"아주 만약에 말이에요, 폐하께서 소문만큼 대단한 미남이 아니라면 어떠실 것 같아요? 그러니까…… 잘생기긴 했는데 적당히 흔하게 잘생겼다면?"

"뭐? 싫어! 그럼 결혼 안 해!"

이 결혼은 무효라며 리엘라가 아직 결정되지도 않은 혼인에 대해 파투를 선언했다. 그리고 메일은 그런 리엘라를 몹시 희망적인 표정으로 내려다보았다.

강대국의 통치자인데다 젊고 미혼이며 능력까지 출중하지만 오직 얼굴이 조금 딸린다는—그것도 못생긴 게 아니라 기대보다 덜 잘생겼다는—이유로 황제가 뇌 예쁜 공주님에게 차이고 있었다.

평소라면 그저 황당했을 발언이지만 메일은 이 순간 그것이 마치 동아줄처럼 느껴졌다.

'이거다.'

꿈속에서 리엘라가 독살이라는 미친 짓을 저지르는 까닭은 바로 사랑에 맛이 간 상태였기 때문이다. 다시 말해 그녀가 황제에게 홀딱 빠지지 않는다면 그런 일은 애초에 일어나지 않을 거라는 뜻이기도 했다.

만약 리엘라가 황제에게 전혀 관심을 보이지 않는다면? 그럼 그땐 얼른 자진 탈락하고 고국으로 즐겁게 귀환하면 그만이다. 이 얼마나 쉽고 간단하게 나라를 구할 수 있는 방법인지!

'잘생기면 안 된다. 제발 잘생기지 마라. 신이시여, 부디 소문이 전부 거짓부렁이게 해주세요!'

메일이 마차 안에서 두 번째 기도를 올렸다. 생전 관심도 없던 신이지만 이럴 때는 왠지 선순위로 찾게 된다.

"얼른 폐하를 만나고 싶어. 궁금해!"

"저도요."

한적한 공간 안에 두 개의 동상이몽이 생겨났다. 같은 인물에 대한 각기 다른 바람을 담은 마차가 다각거리며 열심히 달렸다.

✳

그래도 된다고 허락은 받았지만, 메일은 앉으라고 준비된 좌석 위에 정말로 누울 생각은 없었다. 다른 걸 떠나 리엘라와 같은 공간에서 같은 모습이 되고 싶진 않았기 때문이다.

그러나 피로 앞에 장사 없다. 메일은 여정이 일주일을 넘어가면서부터 리엘라가 매분마다 쏟아내기 시작한 '얼마나 남았어? 언제 도착해? 아직도 멀었어?' 삼박자 공격에 심력을 다 빼앗겨 결국 시트 위로 널브러지고 말았다.

물론 그리 녹초가 된 이후로도 리엘라의 공세는 계속되었다. 마차 안의 상황을 눈치챈 마부가 막판에는 과속을 해준 것이 그나마 다행인 일이었다.

"도착했습니다."

그리하여 열흘하고도 사흘 만에 밟게 된 제국 땅. 메일은 감격에 겨워 마차 밖으로 조심스레 첫발을 내딛었다.

"어때? 제국 공기는 좀 달라?"

"그럴 리가요."

그렇지만 마차 안과 마차 밖의 공기는 다르다. 메일은 해방감에 크게 숨을 내쉬었다. 13일은 짧다면 짧은 애매한 기간이었으나 체감상으론 일 년보다 길었다.

와, 극한 체험 마차 편. 고생했다, 나 자신. 메일은 남몰래 눈물을 삼켰다.

"근데, 메일."

"네?"

"왜 여긴 도착했는데도 폭죽 안 터뜨려 줘? 우리나라에선 항상 해줬잖아."

"그건 국왕 전하께서 공주님 전용으로 돈지랄…… 아니, 인심을 쓰셨던 거구요. 원래 보통은 안 해준답니다."

"흐응."

"벨티에 공주님, 비제아트 공녀님. 이쪽으로 모시겠습니다."

다가와 말을 거는 목소리가 나긋나긋했다. 소개하기도 전에 알아서 호칭하는 것을 보니 외성을 통과할 때쯤 안으로 기별이 간 모양이다.

메일은 상대와 짧게 고갯짓으로 인사를 나누고 리엘라와 함께 그 뒤를 따랐다. 시녀복을 입었으나 뒤에서 보이는 걸음걸이는 옷으로 드러나는 신분보다 퍽 고상했다.

'시녀장쯤 될까.'

얼굴에서 느껴지던 연륜을 떠올리며 메일이 그리 짐작했다. 시녀장이라 하면 아무리 한정된 집단에서라지만 엄연히 총책임자다.

왕국에서도 그 자리에 아무나 앉히지 않는데 제국이야 오죽할까. 메일은 간택전 후보들을 제국에서 나름 신경 써 대우해 주고 있다는 것을 알 수 있었다. 흐음, 정말 황후를 뽑긴 뽑겠다는 말인 것 같은데.

"이곳입니다. 필요하신 게 있다면 안쪽의 줄을 통해 불러 주세요."

메일과 리엘라는 처소로 같은 방을 안내받았다. 하기야 각 나라마다 얼마나 많은 인원을 주렁주렁 매달고 왔을지 모르는데 일일이 하나씩 배정하다간 금세 방이 남아나지 않게 될 것이다.

메일은 시녀의 도움을 받아 외투를 벗으며 방 안을 둘러보았다. 내부는 충분히 넓고 화려했다.

그새 차림새를 가볍게 하고 침대에 걸터앉은 리엘라는 주위의 정경이 꽤나 마음에 드는 듯한 표정이었다.

"와, 이 보석 참 예쁘네? 그래 봤자 나보단 못하지만."

보석 품평까지 시작했다. 물론 자화자찬은 그 와중에도 빠지지 않았다. 메일은 그것을 보며 친구도 없고 딱히 취미랄 것도 없어 보이는 리엘라가 평소에 뭘 하면서 시간을 보내는지 알 것 같은 기분이 들었다. 지금 저거 노는 거지?

"이 장신구도 예쁘다. 그래도 나보단 못해."

메일은 입에 발린 소리로 맞장구를 쳐주려다 포기하고 드러누웠다. 마차에서 내내 시달린데다 안내받는 동안 긴장까지 했더니 몸에 기력이 하나도 남아 있지 않았다. 입에 침을 바를 힘조차 없었다.

다행인 건 리엘라가 호응을 바라고 저러고 있는 건 아니라는 점이다. 리엘라는 메일이 시체처럼 널브러져 있든 말든 혼자서 잘만 조잘거렸다.

"공주님, 저 먼저 좀 쉴⋯⋯."

말도 다 끝맺지 못하고 메일은 까무룩 잠에 빠졌다. 누적되어 있던 피로는 푹신한 침대를 만나자마자 기다렸다는 듯 활개 쳐 그녀를 수마의 세계로 끌어들였다. 메일은 자기가 언제 눈을 감은지도 몰랐다.

단잠에 얼마나 빠져 있었을까? 꿈처럼 영유하던 잠에서 깬 것은 부산스런 소리 탓이었다.

"으응⋯⋯ 공주님?"

잠기운이 남은 눈을 깜박이며 메일이 비척비척 상체를 일으켰다. 못해도 몇 시간은 지난 모양인지 목소리가 의사와는 관계없이 푹 잠겨 나왔다.

메일은 우선 자기 목소리에 처음 놀랐다가, 이어 또렷해진 시야에 들어오는 광경에 두 번째로 놀랐다.

"⋯⋯어디 가세요?"

리엘라가 변신하고 있었다. 인간에서 레이스 덩어리로.

"응? 메일, 너 얼굴이랑 머리 되게 웃기다."

"……막 자다 깨면 누구나 이렇답니다. 공격하지 마세요. 그보다 정말 어디 가시는 거예요?"

풍성한 드레스를 감싼 화려한 레이스와 화려한 장신구들이 말을 주고받는 이 순간에도 착실히 가짓수를 늘려 가고 있었다.

메일은 그 모습을 기막힘과 감탄을 반씩 섞은 눈길로 쳐다보았다. 저를 깨운 소리의 정체가 뭐였는지는 이제 알겠는데, 더 궁금한 건 상대가 왜 지금 저러고 있냐는 사실이었다.

메일은 대답해 줄 의향이 없어 보이는 리엘라 대신 근처에 있던 시녀를 붙잡았다.

"설명 좀 부탁할게요."

"아, 못 들으셨군요. 조금 뒤 중앙 연회 홀에서 후보분들의 1차 모임이 있을 예정입니다."

"모임?"

"네. 명단에 이름을 올리신 후보분들께서 오늘 낮까지 거의 다 도착하셔서요. 우선 그분들끼리 짧게 대면식을 갖기로 결정이 났답니다."

설명을 들은 메일의 표정이 묘하게 변했다. 대면식? 앞으로 피 터지게 싸울—아닐 수도 있겠지만—사람들끼리 미리 서로 탐색할 기회를 주겠다는 건가?

남아 있던 약간의 잠이 깨끗이 달아난 메일이 침대 바깥으로 몸을 빼냈다. 가장 좋은 건 황제를 대면한 리엘라가 그 즉시 흥미를 잃고 귀국할 짐을 싸 주는 거였지만, 일이 흘러가는 방향에 따라 그 전에 경쟁자들과 시비에 휘말릴 상황도 염두에 두어야 했다. 치고 박고 싸우지는 않더라도 서로를 끌어내리기 위한 일종의 신경전이 분명 펼쳐질 것이다.

메일은 기습적으로 선공을 당한 리엘라가 분을 참지 못하고 상대의 머리채를 잡는 광경을 상상해 보았다.

'그럴듯해!'

현실감이 넘쳤다. 상상일 뿐인데 등 뒤로 식은땀이 흐른다. 메일은 오는 동안 피곤함에 옅어졌던 사명감이 장작을 넣은 불처럼 다시 살아나는 것을 느꼈다.

가만 생각해 보니 독살 따위가 아니더라도 충분히 다른 방법으로 나라를 망하게 할 수 있을 것 같았다.

그래, 전쟁은 간혹 굉장히 사소한 것에서부터 발발하기도 하지. 메일은 다짐을 굳혔다. 리엘라를 지키자. 리엘라가 울컥해서 다른 나라 왕족의 머리통이라도 후려갈기는 일이 없도록 철저하게 지키자. 시종일관 곁에서 빈틈없이! 이제부터 자유는 버린다!

그러나 메일의 비장한 결심은 시작부터 난관에 부딪혔다.

"넌 안 따라와도 돼."

"네?"

"네가 간택전의 후보도 아닌데 가서 뭐 해? 그냥 여기에 있어."

리엘라가 매정하게 메일의 동행을 불허했다. 넌 연회 홀에 따라오지 마. 졸지에 집 지키는 개처럼 홀로 처소에 남게 된 메일이 어안이 벙벙해져 상대를 쳐다보았다. 아니, 왜?

"왜요?"

"후보만 모이는 자리잖아."

"공주님, 전 여기에선 공주님의 시비잖아요. 자고로 바람직한 시비란 언제 어느 때든 주인의 곁에서 그를 빈틈없이 보필해야 하는 거 아닐까요? 만약 모임에서 어느 영애가 공주님에게 싸움이라도 걸면, 제가 나서서 반드시 구해드려야죠!"

공주님에게 머리채를 잡힐지도 모르는 그 영애를요!

목적어를 삼킨 메일의 호소는 그저 순수하게 리엘라의 안전을 걱정하는 것처럼 들렸다. 그에 리엘라가 걱정할 것 없다는 어조로 대꾸했다.

"괜찮아. 그럴까 봐 호위 한 명은 데려갈 거니까."

"······네? 누구요?"

"로즈!"

"부르셨습니까?"

호명당한 인물이 기다렸다는 듯 앞으로 나와 모습을 드러냈다. 그리고 메일은 그 순간 할 말을 잃고 말았다.

강인한 눈매, 우람한 덩치, 꿈틀대는 팔근육. 메이드복을 곱게 차려입은 로즈라는 시녀는 충격적이게도 몬스터와 팔씨름을 하더라도 이길 수 있을 것 같은 강력한 패왕의 기운을 뿜어내고 있었다.

"어때? 믿음직하지?"

메일은 차마 빈말로도 아니라고 할 수 없었다. 로즈에게선 세상이 멸망하는 순간에도 리엘라만은 지켜낼 수 있을 것 같은 듬직함이 느껴졌다. 물론 메일이 실질적으로 보호하고 싶은 건 리엘라가 아니었지만 그걸 곧이곧대로 토해놓을 수도 없는 노릇이다.

방법이 없다. 메일은 절망했다.

"그럼 다녀올 테니 여기서 푹 쉬어!"

치장을 끝낸—몸에 레이스를 두른 건지 레이스 더미에 몸을 끼워 넣은 건지 분간이 되지 않는 형태로—리엘라가 시녀들과 함께 방을 빠져나갔다.

탁! 야속한 소리를 내며 문이 닫힌다. 메일은 한동안 멀거니 서서 닫힌 문을 말없이 바라보기만 했다. 대체 이 기분을 뭐라 정의 내리면 좋을까.

"으으······ 괜히 버림받은 것 같아······."

찜찜하게 중얼거린 메일이 잠시 후 몸을 움직였다. 간단하게 세안을 마치고 벗어 두었던 외투를 도로 걸쳤다. 그리고 언제 좌절했었냐는 듯 그녀는 다시 씩씩하게 표정을 가다듬었다.

얼추 나갈 채비를 마친 뒤 방 한가운데에서 힘차게 파이팅 자세를 취했다.

"좋아, 몰래 간다!"

오지 말랬다고 정말 안 갈쏘냐. 메일은 이 순간만큼은 독단적인 반항아가 되기로 마음먹었다. 불안감에 방 안에서 혼자 전전긍긍하느니 차라리 숨어서 뒤따르는 게 낫다. 은신술? 배운 적은 없지만 한번 해 보겠습니다.

"혹시 모르니까 핑곗거리도 하나 챙기고……."

메일은 보석함에서 새빨간 루비가 박힌 머리핀을 하나 꺼냈다. 만약 들켜서 리엘라에게 왜 왔냐고 추궁을 당하거든 이걸 전해 주러 왔다고 둘러댈 심산이었다.

공주님의 미모에 완벽을 더해 줄 최고의 아이템인데 아깐 그만 드리는 걸 깜박했었다고 해야지.

대비를 마친 메일이 조심스레 문고리를 잡고 돌렸다. 방 밖으로 펼쳐진 복도는 넓고 조용했다.

"그러니까…… 중앙 연회 홀이라고 했지?"

들은 것을 더듬어 장소를 떠올렸다. 메일은 목적지를 정한 뒤 우선은 발이 닿는 대로 무작정 걷기 시작했다.

어디든 걷다 보면 우연찮게 사용인과 맞닥뜨리는 일이 생길 것이다. 그럼 그때 상대를 붙잡고 안내를 부탁하면 된다. 생전 처음 방문하는 낯선 길에선 그것이 최선이었다.

얼마나 걸었을까? 모퉁이를 두어 번쯤 꺾긴 했지만 그리 많이 걸어오지는 않았다. 그 순간 메일의 눈에 무언가가 들어왔다.

"……!"

저건!

우뚝 멈춰 선 메일이 입을 가렸다. 하마터면 비명을 터뜨릴 뻔했다. 확장된 그녀의 동공이 지진이라도 난 것처럼 흔들렸다.

'분명⋯⋯.'

길이 나 있었다. 대리석으로 쭉 연결된 복도의 중간쯤 뜬금없이 옆으로 빠지게 되어 있는 샛길이었다. 그리고 메일은 지난날 쌓아 온 경험으로 저런 식의 길이 대체로 무엇과 연결되어 있는지 알고 있었다.

'정원! 열에 팔 할 정도로 정원이다!'

메일의 입가가 요상하게 씰룩거렸다.

여기서 한 가지 짚고 가야 할 것이 있다. 앞서 메일을 평범한 영애라고 소개한 적이 있으나, 그것은 단순히 그녀에게 초능력이 없다는 의미였을 뿐이다. 사실 그녀는 보편적인 귀족 영애와는 상당히 '다른' 점을 지니고 있었다.

소소하게 턴다면 여러 가지가 나오겠지만 그중에서도 가장 큰 차이점.

메일 폰 비제아트는 정원 덕후였다.

'으윽, 안 돼!'

메일은 급히 고개를 가로저으며 한 발 뒤로 물러섰다. 그녀로서는 대단히 용기를 낸 한 발자국이었다.

정원 덕후. 정원을 너무 사랑한 나머지 마니아가 되고, 마니아가 되고 나서도 정원에 대한 사랑이 멈추질 않아 결국 그마저도 뛰어넘게 된 일종의 궁극적 경지.

정원이 삶의 행복이며 의의이자 빛과 소금인 메일이 괴롭게 이를 악물었다.

'참아. 들어가면 안 돼. 구경해선 안 돼! 나한텐 지금 다른 사명이!'

세계의 정원 덕후들에겐 공통점이 존재한다. 그들은 하나같이 동일한 병을 앓고 있었다. 바로 처음 보는 정원은 반드시 들어가 탐색을 해야만 직성이 풀리는 그들만의 불치병이었다. 어길 시 겪게 되는 증상으로는 손발이 떨리고 가슴이 먹먹해지며 눈앞이 어지러워지는 것 등이 있다고 한다.

'보고 싶다. 낱낱이 파악하고 싶어. 그렇지만!'

메일은 필사적으로 저항했다. 이대로 낯선 정원에 빠져들었다간 얼마나 시간을 허비하게 될지 알 수 없었다. 당장 리엘라를 쫓아 연회 홀로 가야 하는 임무를 가진 그녀에겐 결코 용납될 수 없는 일이었다.

'안 되지. 당연히 안 되고말고. 무조건 안……'

"……돼! 헉, 어느새 여기까지?!"

뒤늦게 정신을 차린 메일이 흠칫 놀랐다. 본능이 이성을 이겼다. 그녀의 발은 언제 뒤로 물러났었냐는 듯 눈 깜짝할 새 샛길을 성큼성큼 주파하고 있었다.

뒤를 돌아 확인하니 벌써 절반 이상은 들어왔다. 순간 이동이라도 펼친 것 같은 기분이었다.

"왜 하필……. 이건 잘못된 만남이야."

메일은 스스로를 나름 인내력이 좋은 편이라 평가하고 있었다. 필요에 따라 먹는 것도 참고 자는 것도 참고 남의 개소리도 참을 수 있었기 때문이다.

그녀의 친부는 젊은 날 개소리를 들으면 주먹부터 나갔었다고 하니 메일의 인내심은 그만하면 제법 넓은 축이라 할 수 있었다.

그러나 그런 성정이면 뭘 하나. 정원만 만났다 하면 몸뚱이가 인내고 나발이고 의지를 무시하며 멋대로 움직이는데.

메일은 눈앞에 드러난 정원의 초입을 보며 눈물을 삼켰다. 괴롭지만 막상 보니 또 행복했다.

그래, 기왕 이렇게 된 거 최대한 조금만 보고 나가자.

메일은 결심의 방향을 바꿨다. 여기까지 들어온 이상 아무것도 안 하고 되돌아 나가기란 이미 글렀다. 한 발만 뻗으면 닿을 곳에 정원을 두고 그냥 돌아간다면 금단증상이 그녀를 가만두지 않을 것이다.

메일은 둘러보긴 하되 가능한 체류하는 시간을 줄이는 쪽으로 스스로와 합의했다.

"눈이 두 개니 한 번에 두 식물씩 보면 되겠다."

헛소리인지 맞는 말인지 애매한 소리를 하며 메일이 정원 안으로 발을 들였다. 알찬 구경을 마음먹은 이상 이제부턴 단 일분일초도 허투루 쓸 수 없었다. 메일은 눈에 불을 켜고 사위의 풍경을 시야에 담았다.

'……예쁘다.'

식물의 냄새가 난다. 꽃향기도 양념처럼 섞여 들어왔다. 그녀는 몇 발자국 걷다 멈춰 서서 숨을 크게 들이쉬었다. 정원은 공기마저 달았다.

'그래! 역시 이거야!'

쌓여 있던 긴장과 스트레스가 한순간에 눈 녹듯 사라지는 기분이었다. 풀 냄새, 나무 냄새, 간간히 귀를 스치는 바람과 나뭇잎의 연주까지.

메일은 메마른 감수성의 소유자였지만 지금이라면 온갖 시적인 표현을 남발할 수 있을 것 같다고 생각했다.

해를 안은 낮의 정원도 아름답지만, 달의 인사를 받는 밤의 정원도 이만큼이나 찬연하다.

"완벽해, 완벽해."

중얼거리며 메일이 눈을 돌렸다. 마침 가까이에 피어 있던 앙증맞은 보라색 꽃이 자길 좀 봐달라는 듯 존재감을 뿜어냈다.

메일은 익숙하고 고운 자태로 피어 있는 꽃을 향해 좀 더 가까이 몸을 낮췄다. 언뜻 작아서 눈에 띄지 않을 것 같은 이 귀여운 꽃은 그녀가 익히 아는 종이었다.

"분명 이름이……."

"래시 매리골드(Rash marigold)."

"아! 간절히 바라여 얻어 낸 기회!"

이름을 듣자마자 자동으로 꽃말이 떠올랐다. 메일은 떠오른 꽃말을 상기된 어조로 입에 담은 뒤 아이처럼 기뻐하다, 곧 눈을 동그랗게 뜨고 고개를 돌렸다. 그녀에게 꽃의 이름을 알려 준 것은 낯선 목소리였다.

"여기서 뭘 하는 거지?"

메일은 구부렸던 몸을 펴고도 한참을 더 눈을 들어야 했다. 정원 구경에 정신이 팔린 사이 소리 소문 없이 나타난—먼저 이곳에 들어와 있었을 수도 있겠지만—상대는 가까이서 쳐다보기엔 목이 제법 아플 것 같은 장신의 사내였다.

달빛을 정면으로 받는 위치였기에 메일은 한눈에 꽤나 세세하게 상대의 차림새를 관찰할 수 있었다. ……가면?

"음…… 꽃구경이요."

초면인 사람들끼리 가장 먼저 나눌 만한 것으론 역시 인사가 적격이 겠지만, 안녕하세요의 '안'을 꺼내기도 전에 추궁이 떨어졌으므로 메일은 일단 대답부터 입에 올렸다.

불과 방금 전까지 눈에 담고 있었던 것이 래시 매리골드였으니 틀린 말은 아니었다. 그녀는 응수를 마친 뒤 좀 더 자세하게 상대를 살폈다.

'정원사는 아니야. 못해도 귀족.'

정갈한 의복도 의복이지만, 메일은 그보다 먼저 사내의 태도로 미루어 그의 신분을 추측했다.

남자는 그녀를 향해 몹시 자연스럽게 하대를 썼다. 아무리 궁에서 일을 한다고 한들, 평민의 신분이라면 일면식도 없는 묘령의 여인을 향해 저리 고자세를 취할 수는 없을 것이다.

메일은 짐작을 넘어 거의 확신했다. 낮게 잡아 귀족, 운이 나쁘면 황족.

"구경해선 안 되는 곳이었나요?"

메일은 가능한 말이 사근사근하게 들리도록 음의 고저에 신경을 기울이며 물었다. 정체 모를 인물을 대할 때는 되도록 조심스러운 편이 좋다. 상대와 신분의 고하를 따져 이쪽이 밀릴 가능성이 조금이라도 존재한다면 더욱 그렇다.

하대를 들었으니 똑같이 하대로 응해 주겠다고 맞받아쳤다가 상대방이 '나 황족인데 너 신분 까 봐' 하고 나오기라도 하면 그땐 누가 책임져 준단 말인가.

당연하지만 메일은 리엘라가 나라를 시리얼처럼 말아먹는 것을 말려 보지도 못 하고 이런 곳에서 몸과 목이 분리되어 끝장나고 싶지는 않았다.

"……."

남자는 질문을 듣고도 한동안 말이 없었다. 침묵이 불편하게 내려앉았다. 메일은 이런 와중에도 정원을 마저 둘러보고 싶어 돌아가려는 시선을 겨우 붙들었다. 정신 차려! 가만있어!

"단순히 구경을 목적으로 들어왔다는 소린가."

대답이 조금만 늦었다면 눈동자를 굴릴 뻔했다. 메일은 남몰래 안도하며 상대의 말에 집중했다. 구경이 목적이었냐고? 그런 두말하면 입 아픈 소리를.

"다른 목적이 있을 수 있나요?"

메일은 짐짓 무구하게 되물었다. 기실 가장을 떠나 정말로 모르겠는 주제이기도 했다.

정원을 구경하러 들어오는 게 아니면, 뭐? 무덤도 아닌데 무슨 도굴이라도 하러 들어오나? 자기 것도 아닌 정원을 찾는 목적이 구경 외에 따로 뭐가 있을 수 있다는 건지.

남자는 다시 말을 아꼈다. 정적이 도로 찾아왔다. 메일은 주의의 분산을 막고자 부러 상대를 집요하게 쳐다보았다. 표정을 읽을 수 있다면 어느 정도 의중이 파악될 것 같기도 한데, 가면 탓에 그것도 여의치 않았다.

'웬 가면일까?'

메일은 조금 뒤늦게 그것이 궁금해졌다. 남자는 처음 등장할 때부터 얼굴의 반 이상을 가린 가면을 쓰고 있었다.

얼마나 빈틈없이 가렸는지 겉으로 드러난 이목구비라고는 단정하게 다물어진 입매뿐이다. 메일은 그것을 보며 잠깐 엉뚱한 생각을 했다. 입매가 잘생겼나? 그렇게 생각하니 그런 것 같기도 하고.

그때 상대가 침묵을 깼다.

"……정말로 모르는 선지."

"네?"

"아니면 연기가 제법인 건지."

메일은 얼이 일부 사라지는 것을 느꼈다. 대체 아까부터 상대가 무슨 의도로 말을 지껄이고 있는 건지 도통 파악할 수가 없었다.

아, 설마 그건가? 꺼지라고? 허락 없이 정원을 침입한 불청객에게 내리는 축객령을 지금 돌려 전달하는 건가?

떠오른 가능성에 메일이 스스로 납득했다. 말이 된다 싶었다. 입구를 막아 두지 않았기에 출입에 제한이 없나 보다 하고 생각했던 것이 경솔한 판단이었을 수 있다. 그렇게 가정하면 명백히 이쪽이 실수한 일이었다.

"음, 저어, 필요할 때 동원할 수 있는 연기력은 꽤 좋은 편이라고 생각하지만 그건 지금 평가당할 만한 요소가 아닌 것 같고, 일단 제가 이곳에 무단으로 침입을 한 거라면 그에 대해선 사과드리겠습니다. 변명으로 들리겠지만 초행이라 잘 몰랐거든요. 바로 나가겠습니다."

"정말 몰랐나?"

"여기가 누구에게나 개방되는 장소가 아니라는 걸 몰랐냐는 질문이라면, 정말 몰랐……."

"이 정원이 누구의 거라고 생각하지?"

"네?"

메일이 멈칫했다. 추궁하던 상대가 갑자기 문제를 던졌다. 그녀는 의아해하면서도 일단은 순순히 답을 꺼냈다.

"황제 폐하…… 시겠죠."

그녀의 답은 별달리 유추의 과정을 거친 것은 아니었다. 단지 황궁 안에 존재하는 것은 굴러다니는 돌이라도 기본적으로 황제의 소유라는 대전제에 따라 토해낸 답변일 뿐이다.

이곳을 황제에게 따로 하사받은 누군가가 있을 수도 있겠지만 메일이 당연히 그런 것까지 알 수는 없는 노릇이었다.

황궁 안에 있으니 황제의 것이겠지.

그래서? 메일은 의아해졌다. 그게 딱히 그렇게나 중요한 사실인가 싶었다. 자기가 발을 들인 곳이 침실이나 보물 창고라면 말이 다르겠지만 이곳은 어디까지나 정원이었다. 그것도 바람이 통하는 야외에 조성되어 있다. 그리고 입구에 경비를 세워둔 것도 아니었으니 고작 허락 없이 입실했다는 이유로 경을 치기에는 터무니없는 감이 있는 것이다. 막말로 아무나 밟고 다니는 궁의 복도도 소유권을 따지자면 황제의 것이었다.

"그런데도 다른 목적이 없었다고?"

"……네? 아니, 왜 자꾸 대화가 그렇게 흘러가죠? 폐하의 정원이면 출입 목적에 구경 말고 다른 불순한 뭔가가 자동으로 생성되는 건가요? 저 정말 상상이 안 돼서 그렇거든요. 처소나 집무실이라면 이해를 하겠는데 설마 폐하께서 굳이 정원을 자주 찾으실 리도 없을……."

답답함에 열변을 토하던 메일이 문득 말끝을 흐렸다. 어? 왠지 흥분해서 나오는 대로 지껄여 댄 말에 정답이 있는 것 같았다. 혹시.

"그러니까 설마 폐하께서 이 정원을 자주 방문하실 리가……."

"……."

"있나?"

"잘 아는군."

뭐라고! 메일이 깜짝 놀라 토끼 눈을 떴다. 여길 자주 찾는다고? 황제가? 몸소? 메일의 기분이 묘하게 복잡해졌다.

그 얘기가 사실이라면 그녀는 오늘 이곳에서 우연찮게 황제를 만났을 수도 있다는 말이다. 황제라는 게 원래 그렇게 만나기 쉬운 사람이었나?

"못 믿겠는데요."

그럴 리가. 메일은 도리어 상대를 의심하기 시작했다. 형세가 이상하게 반전되었다. 그녀의 반응이 예상외였는지 남자는 처음으로 당황한 기색을 보였다.

"뭐?"

"아니, 제가 비록 제국행은 처음이지만 기본적으로 알 건 알거든요. 이 커다란 국토를 다스리려면 정무로 눈코 뜰 새 없이 바쁘실 것이 뻔한데 이리 구석탱이에 조성된 정원을 어쩌다 한 번도 아니고 자주 찾으신다? 마음만 먹으면 집무실 옆방에라도 실내 정원을 만드실 수 있는 분이?"

뭐 하러?

"이유가 없잖아요. 설마하니 이곳이 폐하께서 손수 애정을 들여 가꾸신 곳이라서? 하하, 그거야말로 판타지."

메일은 소리 내 웃었다. 자기가 입에 올린 가정이었지만 스스로 생각해도 어이가 없었다. 발에 채일 정도로 고용할 수 있는 솜씨 좋은 정원사를 놔두고 직접 정원을 돌본다? 그것도 아침에 눈을 뜬 순간부터 밤에 잠이 들기 직전까지 바쁜 사람이?

그런 건 정원 덕후라고 불릴 정도로 정원에 어마어마한 애정이 있지 않으면 불가능한 얘기였다.

헬베른 제국의 황제가 정원 덕후라고? 허헛, 메일은 고개를 내저었다. 그런 꿈의 군주가 어딨어.

"아무리 초행이라도 그런 거엔 안 속아요."

그렇게 말한 메일이 의기양양하게 허리에 손을 얹었다. 신성한 정원에서 처음으로 마주친 사람이 구라쟁이라는 것은 슬펐지만, 속아 넘어가지 않았으니 괜찮았다. 이런 것도 원래 속는 사람이나 속는 법이다. 가령 누군가였다면 듣자마자 홀랑 넘어갔겠지. 리엘라라든가, 리엘라이거나, 리엘라 같은.

"이번에는 아쉽게 되었지만 다음 사람은 꼭 속일 수 있길 바랄게요. 파이팅!"

"……진심이군."

"뭐가요?"

"정말로 믿지 않는군."

"그야 당연하죠. 애초에 길 잃고 헤매다 우연히 발견한 정원이 알고 보니 폐하께서 자주 찾는 장소였다는 것부터가 좀…….."

메일은 어깨를 으쓱했다. 요새는 로맨스 소설에서도 그만한 우연성은 작위적이라고 욕먹는다. 뒷동네에 마실 나갔다가 소꿉친구 만나듯 마주치기엔 황제라는 신분은 너무 높았다.

뭐, 양보해서 일 없고 한가한 황제의 멀고 먼 방계 쪽 친척 정도라고 했으면 믿었을지도 모르지. 아마 얘 신분이 그와 비슷할지도 모르겠다. 그녀는 가면의 남자를 올려다보며 생각했다.

"……신기해. 이렇게 반응하는 건 처음 보는데."

"저도 이런 낚시를 하는 사람은 처음 봐요."

"정말로 순수하게 구경이 목적이었다니."

"처음부터 그렇다고 했잖아요. 아, 그리고 덧붙이자면 낚시의 떡밥 자체가 좀 한정적이에요. 폐하께서 여길 자주 오신다거나 하는 건, 폐하께 개인적인 용무가 있거나 용안을 반드시 뵙고 싶어 하는 사람들에게나 유혹적인 주제 아닐까요? 세상에는 황제 폐하를 뵙는 것보다 새싹에 물 주는 것을 더 소중한 기회로 여기는 사람도 있답니다."

설마 이런 걸로 황족 모독죄가 어쩌고 하지는 않겠지? 메일은 정원 덕후로서의 진심을 일말 내비치는 것으로 말을 마무리 지었다.

정원을 조금밖에 둘러보지 못한 것은 아쉽지만, 돌아오기 시작한 이성으로 판단하건대 이 이상 지체할 시간이 없었다. 가지고 나온 사명을 반이라도 이행하려면 지금 당장 연회 홀로 뛰어가야 한다.

메일은 들어온 길을 고스란히 되짚어 나가기 전에, 마지막으로 한마디를 덧붙였다.

"참, 혹시 중앙 연회 홀이 어디쯤 있는지 아세요?"

✳

홀은 넓었다. 메일은 정원에서 만난 남자가 '중앙 연회 홀이 어디에 있든 네가 무슨 상관이지?' 하고 퉁명스럽게 나올 것도 각오했는데, 의외로 그는 사족을 달거나 꺼리는 기색 없이 그녀를 목적지까지 안내해 주었다. 예상치 못했던 호의였다.

'인사도 안 받고 사라졌네.'

남자는 메일이 홀의 입구에서 신분을 확인받는 사이 홀연히 자취를 감췄다. 고작 신분 패를 꺼내는 잠깐 사이에 일어난 일이었다. 덕분에 메일은 안내해 줘서 고맙다는 인사를 허공에다 건네야 했다.

'뭐, 인연이 닿으면 다시 만나겠지.'

그때도 가면을 쓰고 있을지는 모르겠지만 말이다.

메일은 그렇게 생각하며 리엘라를 찾아 눈을 돌렸다. 홀에 들어오기 전까지만 해도 그녀는 리엘라를 쉽게 발견할 수 있을 거라고 여겼다.

겹겹이 누른 레이스에 보석 장신구를 주렁주렁 매달고 나갔으니 어디 그 꼴이 흔한 꼴이겠냐는 짐작에서였다.

'아, 방금 리엘라 3 지나갔다.'

그러나 세상은 넓고 레이스 성애자는 많다. 메일은 그것을 홀에 입장하는 순간 깨달았다. 조명이 반짝거리는 화려한 홀 안에는 그보다 더 화려한 영애들이 삼삼오오 짝을 지어 몰려다니고 있었다.

메일이 감탄과 충격을 동시에 느꼈던 리엘라의 치장은 이곳에선 더 이상 유별난 것이 아니었다.

미인도 많고, 레이스도 많고, 장신구도 많고. 메일은 그 사이에서 문득 제 옷차림을 내려다보았다. 과하지도 너무 밋밋하지도 않은 딱 무난한 드레스를 골랐다. 평소라면 이만큼 묻어가는 차림새가 없었겠지만 환경이 환경이다 보니 지금은 오히려 눈에 띄는 느낌이었다. 요상한 기분이다.

"이러다 되레 공주님이 날 먼저 발견하겠…… 헉!"

별 생각 없이 고개를 돌린 메일이 멈칫했다. 말이 씨가 되었다. 멀리 떨어지지 않은 곳에서 익숙한 금색 눈동자가 이쪽을 빤히 바라보고 있었다.

엇비슷한 차림새를 한 도플갱어 1, 2, 3이 아니라 진짜 리엘라다. 눈이 마주치는 순간 메일은 잠깐이지만 심장이 떨어질 뻔했다.

'변명거리, 변명거리.'

놀란 티를 내지 않으려 표정을 가다듬은 메일이 재빨리 품을 뒤졌다. 구실로 삼기 위해 챙겨온 머리 장식을 꺼내야 할 순간이 왔다. 정중앙에 새빨간 루비가 박힌 작은 핀이었지. 그게 분명 여기쯤…… 여기…….

'없어?'

메일은 눈을 휘둥그레 떴다. 없었다. 분명 핀을 넣어 두었다고 생각한 안주머니가 텅 비었다. 졸지에 이유 없이 자기 몸만 더듬은 신세가 된 메일이 당황하는 사이, 로즈를 대동한 리엘라가 그녀를 향해 바짝 다가왔다. 애초에 멀지 않았던 거리라 간격이 사라지는 것이 순식간이었다.

'망했네.'

포기한 메일이 그저 웃었다. 에라, 모르겠다. 화를 내면 그냥 듣든가 아님 나오는 대로 변명하지 뭐. 그렇게 생각한 메일이 잠자코 리엘라의 추궁을 기다렸다.

'왜 왔어?' 하고 물으면 '공주님, 사실 여기엔 피치 못할 사정이……' 라고 대답을.

"지루해."

"여기엔 피치 못할…… 네?"

"지루하다고. 폐하도 없고."

대비한 것이 무색해졌다. 리엘라는 추궁 대신 완전히 생뚱맞은 말을 입에 올렸다. 메일은 멀뚱멀뚱 들은 것을 되새기다가 머리 위로 물음표를 띄웠다. 엥?

"지루하시다고요?"

"응."

"여기 조금 전에 도착하신 거 아니에요? 아니, 그건 그렇다 치고, 화 안 내세요?"

"화?"

"따라오지 말라고 하셨는데 왔잖아요."

메일이 손가락을 들어 저를 가리켰다. 네가 아까 나더러 방이나 지키라고 했잖아. 하지만 안 지키고 이렇게 나왔다구. 그걸 그새 잊고 있다가 떠올렸는지 리엘라가 손뼉을 쳤다.

"참, 그랬지!"

"……."

"근네 이젠 상관없어. 그땐 폐하가 여기에 있을 줄 알고 그런 건데, 오니까 없잖아."

메일은 리엘라가 뱉어 내는 말들을 주워다 사고 회로에 넣고 돌렸다. 그러니까 아까 출발할 무렵엔 연회 홀에 황제가 있을 거라 생각하고 따라오지 말라고 했다. 그런데 막상 오니까 황제가 없어서 네가 따라오든 말든 상관없게 되었다. 즉 결론은 너한테 황제를 보여주기 싫었다?

"……저…… 공주님? 이건 순전히 제 추측인데 말이에요. 혹시 제가 폐하의 용안을 뵙고 한눈에 반해서 공주님을 성가시게 할지도 모른다…… 고 생각하신 건 아니겠."

"맞아."

"…….'"

"어차피 이젠 상관없지만. 아까 머리 벗겨진 어떤 귀족이 그랬는데, 모든 후보가 남김없이 다 도착하기 전까진 폐하를 못 만날 거래. 앞으로 며칠은 더 남았다나?"

이곳으로 후보들을 불러 모은 건 순전히 그녀들끼리 대면시키기 위한 목적이었다고 한다. 어쩌면 오래 보게 될 수도 있는데 서로 인사라도 나누라는 의도였다고. 그리고 리엘라는 당연히 잔뜩 실망했다. 애들이랑 인사해서 뭐 해?

전말을 알게 된 메일은 말을 잃었다. 집 지키는 개처럼 팽당했던 게 고작 그런 이유 때문이었다니? 뭐 이런.

"……공주님."

"응?"

"뭐 그런 말도 안 되는 망상을 하셨어요. 이럴 줄 알았으면 지레 쫄아서 머리 장식 챙기지 말걸. 괜히 잃어버린 핀만 아깝게 됐…… 아니, 아니에요. 아무튼 며칠 뒤 간택전의 후보가 완전히 모이면 그땐 폐하를 뵐 수 있다는 거죠?"

"응."

"그때도 이번처럼 절 떼놓고 오실 거구요?"

"그럼."

"절대로 한눈에 반할 리가 없고, 설사 반하더라도 공주님을 성가시게 만드는 일은 없을 거라고 하늘에 대고 맹세해도 말이죠?"

"그래."

당연한 걸 다 묻는다는 듯 리엘라가 고민도 없이 해맑게 대답했다. 그리고 메일은 가능한 차분한 표정을 유지하려 노력하며 속으로 생각했다.

열이 올라서라도 상대보다 먼저 황제의 얼굴을 확인하고 싶다는 충동이 드는 건, 결코 자신이 유치해서가 아닐 거라고.

그리 오기가 샘솟는 와중에도 메일은 리엘라의 손을 곁눈질로 빠르게 스캔하는 것을 잊지 않았다. 당초 남의 머리채를 잡진 않을까 걱정돼서 온 거였으니까. 다행히 머리카락으로 추정되는 것은 없었다. 그나마 안심이었다.

✳

리엘라보다 먼저 황제를 대면하고 싶다.

그러나 뭔가가 하고 싶어졌다고 항상 뾰족한 수가 생기는 건 아니다. 인생이라는 게 그렇게 의지만으로 형편 좋게 흘러갔다면 메일은 애초에 조국을 떠나 이런 곳에 있지도 않았을 것이다. 그리고 지금처럼 꼭 두새벽부터 오만상을 하며 눈을 뜨게 되지도 않았겠지.

'……또…….'

침대에서 벌떡 몸을 일으킨 메일이 머리를 부여잡았다.

'또 꿨어!'

골이 지끈거렸다. 같은 꿈이었다. 사람이 죽어나가고, 마을이 불타고, 가진 모든 것이 사라지는 꿈. 강대국에게 짓밟혀 먼지처럼 스러지는 작은 왕국의 최후.

상기하는 것만으로도 윽 소리가 나는 걸 이 주 만에 고스란히 다시 겪었다.

메일은 상체를 일으켜 앉은 채로 한참을 복식호흡에만 집중했다. 들이마시고, 내쉬고. 의식적으로 호흡을 길게 빼자 꿈의 여파로 덜덜 떨리던 손끝이 조금씩 진정되었다. 숨 가쁘게 뛰던 심장도 점차 차분해진다.

잠시 후 흥분을 완전히 가라앉힌 메일이 복잡한 기분으로 시선을 옮겼다. 그 끝에는 세상모르고 잠들어 있는 리엘라가 있었다.

"……."

쟤는 저렇게 잘만 자는데. 억울하다. 메일은 문득 무지하게 억울해졌다. 애초 리엘라의 머리가 순백으로 빛나지만 않았어도 성립되지 않았을 꿈의 내용이 아닌가.

그녀가 사리분별에 능한 총명한 공주였다면 메일은 같은 꿈을 백 번을 꾸어도 백 번 다 개꿈이네 하고 몸보신에 좋다는 약이나 달여 먹었을 것이다. 이렇게 낯선 땅에서 남의 황제 얼굴이나 신경 쓰며 애태우고 있을 게 아니라.

어휴. 한숨을 삼킨 메일이 눈을 돌렸다. 더 쳐다봤다간 속만 터질 것 같았다. 그녀는 평정심을 위해 크게 심호흡을 한 뒤 침대에서 완전히 몸을 빼냈다. 잠귀가 어두운 편인 리엘라는 곁에서 사람이 부스럭거리는 정도로는 깨지 않았다.

'악몽 때문에 상태가 엉망이니 정화 좀 하자.'

정원 덕후에게도 좋은 점이 있다. 바로 정원이 만병통치약의 역할을 해준다는 점이다. 어지간한 고통과 번뇌는 꽃과 나무의 힘으로 녹일 수 있었다. 정원의 경치가 빼어날수록 당연히 그 효과는 배가 된다.

공작 영애치곤 혼자 채비하는 것에 능숙한 메일이 수수하지만 말끔한 상태로 처소를 나섰다.

이른 새벽의 추위를 막아줄 숄을 여미며 한적한 복도를 밟는다. 그리 몇 걸음을 걷다가 메일이 문득 자리에 멈춰 섰다.

'어디로 가지?'

나올 때만 해도 산책용 야외 정원이 있다면 그리로 갈 생각이었다. 그런 곳은 외지인이든 내지인이든 보통 가리지 않고 이용할 수 있도록 개방되어 있게 마련이었으니까.

지금은 시간도 일렀으니 다른 사람과 부딪히는 일 없이 비교적 쾌적하게 구경할 수 있을 것이다.

그러나 이제 와 그녀를 고민하게 만드는 요소가 있었다.

'어제 본 정원이 너무 예뻤어!'

그게 문제였다.

발이 닿는 대로 걷다가 우연히 발견했던 장소. 비록 얼마 구경하지도 못 하고 떠나야 했지만 당시 느꼈던 흥취는 아직까지도 생생했다.

조화롭게 피어 있는 꽃과 풀들. 최상의 상태로 자라 잎사귀를 자랑하던 나무. 최근까지 섬세한 손길이 닿았음이 너무도 분명한 아기자기하고 싱싱한 새싹.

일반인은 차이를 못 느낄지 몰라도 정원 덕후에겐 달랐다. 그곳은 숫제 천국이었다.

'다시 보고 싶다.'

온 세계를 다 다녀본 건 아니지만 그만한 정원이라면 못해도 상위 열 손가락 안엔 들 것이다. 메일은 갈등했다. 이성과 본능이 다시 치고받기 시작했다.

'뭐 어때? 둘러보라고 있는 게 정원인데. 그냥 구경해!'

'하지만 출입이 제한된 개인 정원이면? 어제 그 남자가 또 나타나 쫓아낼 수도 있잖아.'

'그 남자가 직접적으로 들어오면 안 된다고 했던 것도 아닌데, 뭐. 걸리면 몰랐다고 잡아떼면 되지! 연기 잘한다며?'

'만약 알고 보니 성격 파탄자 황족이 주인이라면? 무단 침입의 죄를 물어 목을 자르겠다고 발광할 수도 있잖아.'

'아름다운 정원을 구경한 죄로 목이 잘린다면, 그것 또한 그 나름대로 후회 없는 죽음이 아닐까?'

"헉! 마지막은 아니야!"

상상에 빠져 있던 메일이 흠칫 정신을 차렸다. 이성과 본능의 말싸움에서 본능 놈이 미친 주장을 했다. 후회 없기는 개뿔, 이게 돌았나.

"아니, 물론 고작 그런 걸로 목이 잘리진 않겠지만……."

정원 침입의 죄를 물어 타국 귀족의 목을 동강 내는 것이 용납될 정도로 미쳐 돌아가는 황실이었다면 애초에 이리 부흥할 수도 없었을 것이다.

메일은 그리 중얼거린 뒤 으으, 하고 신음을 뱉었다. 쉽게 결정이 나지 않았다.

"……그래. 이렇게 하자."

조금 더 머리를 쥐어짜 내놓은 결론은 간단했다. 어제 정원을 발견하게 된 것은 순전히 우연이었다. 느낌대로 걷고 느낌대로 모퉁이를 꺾었다. 이번에도 똑같이 감에 의지해 걸어서 만약 정원이 나온다면 들어가 구경하는 거고, 나오지 않는다면 그대로 포기하는 거다.

좋아! 결심한 메일이 멈췄던 걸음을 다시 씩씩하게 내딛었다. 운에 맡긴다!

그리고 잠시 후, 메일은 어제 발견했던 샛길을 같은 방향에서 똑같이 마주했다. 운이 나쁜 건지 좋은 건지 애매한 노릇이었다.

"이게 내 운명이라면 받아들일 수밖에."

자못 비장하게 합리화를 마친 메일이 샛길로 발을 들였다. 차분한 낯을 가장하려 애썼지만 저절로 실룩거리는 입가를 막을 수는 없었다. 남이 보기엔 꽤나 요상할 표정을 한 채로 그녀가 정원의 초입으로 들어섰다.

"하……. 이게 대체 얼마 만이람."

아직 하루도 안 됐다. 메일은 마치 어렸을 적 헤어진 친구를 다시 만난 사람처럼 감격스러운 얼굴로 정원 한복판에 쪼그려 앉았다.

어제 이름을 확인했던 래시 매리골드가 그 자리에 그대로 피어 있었다. 메일이 생글거리며 양손으로 턱을 괴었다.

"안녕, 매리골드야? 잘 있었니? 역시 넌 밝을 때 보는 게 더 예쁘구나."

인적이 없는 정원의 가장 좋은 점은 식물한테 말을 걸어도 남들이 이상하게 쳐다볼 걱정이 없다는 것이다. 메일은 자기 부모님마저 고개를 젓게 만들었던 덕후력을 마음껏 뽐내며 살갑게 조잘거렸다.

"그러고 보니 매리골드야. 너를 보니 문득 이곳에서 있었던 추억이 생각나. 가면 쓴 구라쟁이의 구라를 의연하게 물리쳤었지."

"뭘 물리쳤다고?"

살면서 두 번밖에 들어본 적이 없지만 그 두 번이 어제오늘이라면 그것은 낯선 것인가 익숙한 것인가. 메일은 등 뒤에서 울리는 귀에 익은 중저음에 입을 딱 다물었다. 그리고 어색하게 고개를 돌렸다.

'왜 또!'

새하얀 가면이 가장 먼저 눈에 들어왔다. 지금 보니 저거 시선 강탈 아이템이구나.

메일은 왠지 사연의 상징처럼 보이는 저 가면이 알고 보면 패션일 수도 있겠다고 생각하며 상대와 눈을 맞췄다. 남자는 어제와 크게 다를 것 없는 차림새로 그녀를 내려다보고 있었다.

"음…… 안녕하세요?"

굽혔던 무릎을 펴서 몸을 일으킨 메일이 어색한 인사를 건넸다. 어제 연회 홀에서 잠깐, 인연이 닿으면 다시 만날 수도 있겠다고 생각은 했지만 그게 설마 이렇게 당장일 줄이야. 심지어 타이밍도 좋지 못했다. 메일은 남자를 구라쟁이라며 욕하던 중이었다. 아, 하필.

'아무도 없는 줄 알았더니.'

메일은 방금 전 정원에 들어섰을 때 선순위로 그것부터 살폈다. 사람이 있나 없나? 사실 당연한 탐색이었다. 저 외엔 사람이 아무도 없어야 마음 놓고 초목에게 말을 걸 게 아닌가. 메일도 그 정도 눈치는 보면서 행동했다.

결론적으로 아무도 없다고 생각해서 그리 거리낌 없이 입을 놀렸는데, 알고 보니 뒤에 사람이 있었다.

입이 백 개라도 할 말이 없을 상황이었지만 메일은 조금 억울했다. 그녀가 느끼기에 남자는 정말 소리 소문 없이 나타났다. 은밀한 등장이었다.

"안녕하지 못하다면?"

"어…… 그거 참 유감이네요."

"왜 안녕하지 못한지는 안 물어보나?"

"……왜 안녕하지 못하신데요?"

"새벽부터 누가 내 욕을 하는 걸 들어서. 그것도 꽃한테 말을 걸면서 말이야."

메일은 가면을 쓴 남자가 웃고 있다고 생각했다. 물론 딱히 유쾌한 의미인 것 같지는 않았다. 따지자면 비웃음일 것이다. 자업자득이라 누굴 탓할 수도 없게 된 메일이 겨우 뒤돌아 도망치고 싶은 것을 참았다.

'꺼지라고 대놓고 듣기 전까진 꺼지지 말자. 정원 덕후가 한번 정원에 들어왔으면 반이라도 훑어야지.'

그런 메일의 결심을 아는지 모르는지 남자가 몸을 움직여 그녀와 거리를 좁혔다. 가까워지는 남자의 장신에 메일이 흠칫 쫄았다가 다시 마음을 가다듬었다.

괜찮아. 구라쟁이라고 한 건 사과하면 돼. 사실 완전히 틀린 말도 아닌 걸 뭐.

"크흠, 구라쟁이라는 표현은 정정할게요. 일단 뒤에서 욕한 건 맞으니까 그것도 사과드리고요. 그렇지만 그쪽이 없는 말을 지어냈던 건 사실이잖아요?"

"없는 말?"

"폐하께서 이곳을 자주 찾으신다던."

그것이 거짓말이라고 확신한 메일의 어조는 당당했다. 난 알아요! 댁이 다른 사람도 아니고 무려 황제를 팔아 뻥을 친 대담한 구라쟁이라는 걸!

표정에서 진심이 읽혔는지 남자가 잠시 멈칫했다. 황당해하는 것 같았다.

"왜 그렇게 자신하지? 사실일 수도 있지 않나."

"사실일 가능성이 일 할이고 아닐 가능성이 구 할이면 보통은 구 할을 믿으니까요."

"순전히 자의적인 배분 아닌가?"

"어허, 일 할도 후하게 쳐준 거란 걸 모르시네?"

어깨를 으쓱하거나 손가락을 흔든다. 메일은 비언어적 표현까지 마음껏 사용하며 상대의 말이 구라였음을 기정사실화했다.

졸지에 일말의 여지없이 뻥쟁이로 낙인찍히게 된 남자가 기가 찬 듯 입을 벌렸다. 허, 바람 빠지는 소리가 흘러나온다.

"거짓말이 아니라면? 진짜로 황제가 이곳을 자주 방문한다면 어쩔 거지?"

"어쩌긴요? 그냥 그런 거지."

"그럼 실컷 거짓말쟁이로 취급당한 난?"

"정신적 피해 보상을 신청하겠다는 거예요? 좋아요. 만약 폐하께서 여길 자주 찾으신단 말이 정말로 사실이라면, 사죄의 뜻으로 앞구르기를 세 번하고 제자리에서 열 바퀴 돈 다음 한쪽 무릎을 꿇은 채로 '오로지 진실만을 말씀하신다는 진실의 신을 뵙습니다!' 하고 크게 삼창할게요. 원하신다면 외칠 때 양손을 하늘로 들어드릴 수도 있어요."

"……."

"모자라요?"

"……아니."

가면으로 가려지지 않아 유일하게 드러난 남자의 입매가 실룩거렸다. 누가 보아도 웃음을 참는 모양새였다. 말을 꺼낸 메일은 오히려 태연했다.

"그렇게…… 크흠, 파격적인 사죄 방법은 처음 듣는군."

"어차피 실제로 할 일도 없을 텐데요, 뭘."

"그리 쉽게 장담해도 되나?"

"왜요? 참고로 폐하께서 직접 '그렇다. 짐이 이곳을 자주 찾느니라' 하고 인정하시는 것 외엔 증명으로 치지 않을 테니까 알아 두세요."

메일은 그렇게 못 박은 뒤 새침하게 시선을 돌렸다. 오래 대화를 나눈 건 아니지만, 몇 마디를 주고받은 것만으로도 상대에게 이쪽을 쫓아낼 의지가 없다는 것은 충분히 알 수 있었다.

놀릴 의향은 있을지 몰라도 어제와 같은 배척이나 비난, 의심 따위는 전혀 찾아볼 수가 없다. 하루 만에 바뀐 태도는 의아한 일이었지만 어쨌든 메일로서는 기꺼운 변화이긴 했다.

그녀는 용감무쌍하게 무려 이쪽에서 먼저 단절을 선언했다.

"저 바쁜 사람이거든요? 이제부터 알찬 구경에 집중해야 하니, 서로 방해 없는 각자의 시간을 갖도록 하죠."

"더는 말 걸지 말고 사라지라는 건가?"

"확인 사살은 않겠어요."

"매정하군."

"고작 두 번 만난 사이에 헤어진 전 애인처럼 달라붙는 것보단 낫지 않을까요? 바라신다면 새벽 두 시에 편지를 보내 드릴 수도 있어요. '자니?' 이렇게."

메일은 어제보다 훨씬 편하게 말을 지껄였다. 딱히 저자세로 보이도록 어조에 신경을 쓸 필요도 없었다.

어느 정도는 건방지게 굴어도 상대가 언짢아하지 않을 거라는 확신이 섰기 때문이다. 어쩌면 반말을 해도 한두 번 정도는 봐줄지도 모른다.

예상대로 남자는 기분 나빠 하거나 어투를 책잡는 대신 소리 내 웃었다.

"그건 그렇지. 초면이나 다름없는 사이에 그리 집착한다면 참 괴로울 거야. 그래도 영애는 나한테 너무 관심이 없는 거 아닌가? 이렇게 안중에도 없는 취급을 받긴 처음인데."

영애. 메일은 호칭에 집중했다. 역시 이쪽을 귀족이라고 생각하면서도 말을 저리 팍팍 놓고 있다는 소리였다. 얼마나 한가락 하는 신분이기에? 메일은 상대에게 다른 관심은 없지만 그것 하나는 약간 궁금하다고 생각했다.

"제가 원래 사람한테는 좀 무정해서요. 제 사랑과 관심을 원한다면 다음 생엔 식물로 태어나시면 되겠습니다."

"식물이라. 그럼 그땐 먼저 다가와 살갑게 말도 걸어주고 하는 건가? 조금 전에 래시 매리골드한테 했던 것처럼?"

"……네, 뭐."

평정을 가장한 메일의 목소리가 약간 떨렸다. 크윽, 아무리 매리골드가 반가웠어도 말은 걸지 말걸. 이제 한동안 자기 직전마다 이불 차게 생겼다. 그것도 아주 뻥뻥.

"뭐, 좋아. 그럼 다음 생을 기약해야겠군. 사람인 나는 이만 물러가 줄 테니 매리골드와 보다 많은 이야길 나누도록 해."

"⋯⋯."

"그러고 보니 식물도 노래를 들을 줄 안다던데. 매리골드에게 노래를 불러 주는 것도 좋지 않겠나?"

"⋯⋯."

"매리골드도 참 기뻐할 거야."

"빨리 꺼지, 아니, 가 주시지 않겠어요? 어서 매리골드와 단둘이 이야기도 하고 노래도 부르고 합주도 하고 춤도 추고 싶어서요."

무시로 일관하려던 메일이 결국 눈썹을 실룩거리며 대꾸했다. 남자가 어깨를 떨며 웃는다.

'솔직히 한 대 치고 싶지만 그건 안 봐줄 것 같으니 참는다.'

메일이 내면에서 솟구치는 폭력 욕구에 괴로워하는 사이, 저 혼자 실컷 웃은 남자가 이내 헛기침을 하며 목을 가다듬었다.

이젠 정말로 사라져 줄 모양인지 그는 선 자리에서 뒤로 물러나 메일과 간격을 넓혔다. 메일이 슬쩍 기대했다. 얼른 꺼져라.

"아, 그리고."

"⋯⋯."

"정오에 다시 이곳으로 오도록. 내가 거짓말쟁이가 아니라는 걸 증명해 보일 테니."

무슨 수로?

그 순간 그런 메일의 생각을 읽기라도 한 듯 남자가 말을 덧붙였다. 경쾌한 목소리였다.

"황제를 만나게 해주지."

"황제를 만나게 해주지."

남자의 목소리와 어투를 흉내 내며 메일이 똑같이 중얼거렸다. 그리고 이내 미간에 팍 주름을 잡았다.

아니, 자기가 어떻게?

'그냥 허언증 환자인가?'

메일은 생각에 골몰하며 턱을 괴었다. 황제를 만나게 해주겠다니. 그건 농담이래도 함부로 입에 올릴 만한 발언이 아니었다. 황제를 팔아 허풍을 치는 것에도 정도가 있는 법이다. 만약 가면을 쓴 남자가 순전히 허언으로 그런 말을 했다면 다음 날부터 그가 궁 안에서 보이지 않게 된대도 이상할 것이 없었다.

'아니면 정말 그럴 자신이 있다는 건데.'

흐음. 턱을 괴었던 손을 내려 탁자를 톡톡 두드렸다. 메일은 남자를 처음 만났을 때 지나가듯 했던 가정을 다시 떠올렸다. 진짜 황족인가?

"하지만 아무리 방계래도 그렇게나 색이 다를 수가 있나?"

메일이 고개를 갸웃했다. 상대를 황가의 핏줄이라 추정하자니 걸리는 것이 있었다. 아무리 가면으로 이목구비를 가리고 있어도 눈 색과 머리 색 정도는 보인다. 어젯밤에는 긴가민가했지만, 오늘 아침 햇빛 아래에서 본 남자는 분명 선명한 적발에 적안이었다. 눈처럼 환한 백금발에 금안을 지닌 현 황제와는 색의 계열이 달라도 너무 달랐다. 차라리 잡색이면 이해를 하겠는데 그런 것도 아니고. 아무리 갈래를 길게 잡아도 같은 계통이라고 보기엔 어려운 부조화였다.

"사돈의 팔촌의 당숙쯤 되면 그럴 수 있을까? 아니, 그쯤 되면 이미 같은 핏줄이 아니네."

메일이 그렇게 중얼거렸을 때쯤 리엘라가 눈을 떴다. 뒤척뒤척. 한참을 몸만 뒤집다 겨우 이불을 걷고 상체를 일으킨다. 잠기운이 덕지 덕지 묻은 얼굴로 리엘라가 하품을 했다.

"기침하셨어요?"

"응."

"세숫물을 준비하라 이를게요."

"응."

뜨는 둥 마는 둥 한 눈을 하고도 대답은 잘만 한다. 메일은 줄을 당겨 시녀를 불렀다. 곧 두세 명이 들어와 리엘라의 수발을 들기 시작했다.

리엘라는 보통 사람에 비해 잠이 굉장히 많은 편이었다. 메일은 그 것을 마차를 함께 타고 오면서 알았다.

리엘라는 피곤한 상태라면 장소가 어디든 머리만 대면 잠이 들었고, 또 그렇게 잠들고 나서는 어지간해선 잘 깨지 않았다. 꿈도 거의 꾸지 않고 숙면을 취하는 모양이라 그녀는 매번 자고 일어나면 피부가 맨들 맨들했다.

'다시 생각해도 억울하네.'

간밤에 악몽으로 잠을 설친 메일은 괜히 심기가 불편해졌다. 용사의 숙면은 누가 책임져 주나?

"으, 이거 셔."

세안을 마치고 아침 식사를 시작한 리엘라가 반찬 투정을 했다. 열 매를 하나 입에 넣더니 오만상을 짓는다.

메일은 그 꼴을 보며 심란한 기분이 되었다. 저러고 있어도 예쁘긴 예쁘단 말이야.

"공주님."

"이거 너 먹을래?"

"공주님이 싫은 건 저도 싫어요. 맛이 없으면 남을 줄 게 아니라 그 냥 버리시…… 아니, 이런 말을 하려고 부른 게 아니라. 공주님, 전에

드렸던 말 기억하세요?"

"응? 뭐?"

"폐하께서 소문만큼 엄청난 미남이 아니라면 어떻게 하실 거냐고 물었던 거."

수발을 들던 시녀는 내보냈다. 리엘라가 자못 과감한 발언을 한다고 해서 그게 멀리까지 전해질 걱정은 없었다.

입이 짧은 리엘라가 그새 먹던 것을 치우고 대답했다.

"결혼 안 한다고 했잖아."

"그럼 바로 귀국을 준비하실 거죠? 더 안 머무르시고?"

"응. 여기 심심해. 되게 재미없다?"

고작 하루 기거한 황궁에 대한 평가가 신랄했다. 메일은 속으로 신을 다시 찾았다. 같은 기도 또 드립니다. 부디 황제 얼굴이 그저 그렇게 해주세요.

"로즈도 심심하대. 라이벌이 없어서."

리엘라가 덧붙였다. 로즈는 그녀가 고국에서부터 따로 데리고 온 시녀의 이름이었다. 한낱 시녀가 아니라 흡사 지상에 강림한 파괴 신 같았던 대상의 용모를 떠올리며 메일이 어색하게 웃었다. 라이벌이 있으면 그게 더 큰일 아닌가?

"그래요, 공주님. 사실 저도 집이 그리웠어요."

메일은 본심을 꺼내 맞장구쳤다. 그리고 흘끗 시계로 시선을 주었다. 정오까지는 이제 얼마 남지 않았다—리엘라의 기상은 본래 이렇게 늦었다. 약속했다면 약속한 때가 가까워지고 있었다.

"정오에 다시 이곳으로 오도록. 내가 거짓말쟁이가 아니라는 걸 증명해 보일 테니."

딱히 그 말을 믿는 건 아니다. 곧이곧대로 신뢰하기엔 메일은 가면 쓴 남자의 이름도 신분도 몰랐다. 따지고 보면 그만큼 수상하기도 힘든 노릇이었다. 마주친 장소가 황궁만 아니었다면 그녀는 상대를 현상 수배범이라고 생각했을지도 모른다.

'그건 그거고. 어쨌든 밑져야 본전이니까.'

메일은 결정을 내렸다. 만약 나갔는데 황제는 개뿔 아무도 없다면? 그럼 홀로 즐겁게 정원을 구경하다 돌아오면 된다. 정원 구경은 때와 장소에 구애받지 않고 늘 보람찬 일이었으니 나쁠 것이 없었다.

반면 정말로 황제가 있다면? 그땐 이게 웬 천운이냐 하고 황제를 대면하면 될 일이다. 안 그래도 대상의 얼굴에 따라 앞으로의 행보가 결정지어지는 마당이었으니, 그걸 며칠이라도 빨리 확인할 수 있다면 그만큼 좋은 일이 없을 것이다. 이러나저러나 메일에겐 손해일 것이 없는 상황이었다.

'정원으로 나간다!'

결심이 선 메일의 표정이 비장해졌다. 출발하기 전 마지막 기도도 잊지 않는다. 안 잘생기게 해주세요. 안 잘생기게 해주세요!

제발 황제가 엄청난 미남이 아니게 해주세요!

"……누가 내 얘길 하나?"

같은 시각. 막 가면을 벗은 한 남자가 가려운 귀를 긁으며 그리 중얼거린 것은, 메일은 모를 일이었다.

2
너도 어서 와. 용사님은 처음이지?

로하이덴 반 드 헬베른은 잘생겼다.

이름 뒤로 따라붙은 성에서 알 수 있듯 그는 황제였다. 신처럼 아름답다며 소문이 자자한 헬베른 제국의 젊은 군주 말이다. 나이는 올해 스물일곱. 세간에 알려진 것처럼 가정은 아직 꾸리지 않았다.

젊고, 유능하며, 미혼인데다 잘생긴 황제.

혼기가 찬 딸을 둔 귀족들이 쌍수를 들고 샴페인을 뿌리며 뒤집어졌다. 말해 입 아픈 일이었다.

바다 건너 다른 대륙인들까지도 그만한 혼처가 어디 있겠냐며 부러워할 정도였다. 더 따져 무엇할까. 후처 자리라도 일단 들이밀고 볼 판에 정실이었다.

여색을 밝히지 않는 황제의 성정상 사생아를 우수수 만들어낼 걱정도 없었다. 혼인해 아들을 낳으면 그 아이가 바로 후대 황제가 될 것은 정해진 수순이었다.

황실의 외척이 될 수 있다는 기대에 눈이 벌게진 기혼자들이 비상등을 켜고 딸들을 불러 모았다.

애들아, 알겠지? 너희가 시집을 잘 가야 우리 집안 팔자가 핀단다. 많아야 십 대 후반인 딸들은 반은 순응하고 반은 반항했다. 알았어요, 명심할게요. 싫어! 난 내가 사랑하는 사람이랑 결혼할 거야!

그런 와중에 물밑으로 은밀히 황제의 초상화가 돌았다. 어쩌다 매물이 나왔는지는 모를 일이었지만, 저마다 한번씩 부모님께 불려가 황후가 어쩌고 하는 당부를 들었던 영애들은 호기심에 몰래 그것을 구입했다.

암거래라 값이 비쌌으나 여럿이 돈을 보탰으니 괜찮았다. 그녀들은 구한 초상화를 모임마다 가져가 돌려 보았다. 그리고 이번엔 딸들이 뒤집어졌다.

초상화가 아무리 정교해 봐야 실물만 할까. 보통은 반만 담아내도 성공이라고 여겼다. 그런데 그 초상화가 무려 눈이 튀어나오게 잘생겼던 것이다. 고작 그림 주제에!

그림이 이 정도라면 실물은?

결혼은 사랑하는 사람과 하겠다던 영애 반이 나머지 반으로 냉큼 갈아탔다. 사실 제 사랑은 예전부터 황제 폐하셨어요. 그렇게 로하이덴은 제국 내 미혼 영애가 다 함께 노리는 공공연한 일등 신랑감이 되었다. 그가 즉위한 지 얼마 되지 않았을 때 일어난 일이었다.

어쨌든 목표를 세웠으니 다음은 행동이다. 부모든 딸이든 그들은 황후의 꿈을 위해 노력을 아끼지 않았다.

처음 동원된 작전은 단순했다. 육탄전이었다.

젊은 황제는 여색에 관심이 없는 편이었지만 그렇다고 고자는 아니었다. 야밤에 침실로 예쁘게 차려입은 자기 딸을 밀어 넣기 위해 귀족들은 무려 제비뽑기까지 벌였다.

일 순위로 뽑힌 집안은 그날 기쁨의 눈물을 흘리며 가보로 내려오던

술을 땄다.

그러나 얻은 것은 승은 대신 진노였다.

황제는 화를 냈다. 짐이 즉위 당시 벌였던 짓을 다시 재현하는 것을 보고 싶으면 어디 또 이번처럼 행동해 보라며 차갑게 일갈했다.

황제는 옥좌에 앉기 위해 그곳까지 가는 길을 피로 물들인 적이 있었다. 귀족들은 다른 무엇보다 소중한 자기 목을 감싸며 생각했다. 이 방법은 안 되겠구나.

첫 번째가 실패했다고 바로 포기하면 다들 정 없다고 한다. 처음 다음에 대기하고 있던 것은 두 번째였다.

사교계에서 알아주는 로맨티시스트인 어느 귀족은 남녀 사이엔 운명 같은 우연적인 만남이 제일이라며 열변을 토했다. 아무나 안는 것에 취미가 없는 황제도 사랑은 하고 싶을 것이다. 그의 주장이었다.

그 뒤로 온갖 우연인 척하는 계획된 만남이 판을 치기 시작했다. 아름다운 미녀들이 모퉁이만 돌면 황제와 부딪히고, 지나가면서 손수건을 흘리고, 그가 있는 테라스에 실수로 뛰어들어왔다.

바깥에서 산책을 하고 있으면 그 앞에 나타나 쓰러지는 건 다반사였다. 더러는 여러 명이 한번에 그러는 경우도 있었다.

황제는 그것을 일 년까지 참아줬다. 너네도 참 애쓴다는 동정 반, 과연 어디까지 하나 보자는 호기심 반이었다. 간혹 도를 넘게 들이대 그를 언짢게 만든 영애도 있었으나 정말 간혹이었고, 대체로는 정도를 지켰다. 어쨌든 목적은 사랑에 빠지는 건데 되레 미움을 살 수는 없잖은가. 그녀들은 열심히, 또 조심히 들이댔다.

그러다 이 년째 접어들면서 황제가 갑자기 매우 바빠졌다. 정무에 시달려 작업이고 나발이고 아예 우연한 만남 자체가 요원하게 되었다.

상대가 뭐 어디에라도 얼굴을 비쳐야 가서 들이대든 말든 할 것이 아닌가. 황제가 거처에 틀어박혀 일만 하자 영애들은 뭘 어쩌지 못하고 발만 동동 굴렀다. 처소로 뛰어들었다간 욕이나 처먹고 끌려 나올 테니 그럴 수도 없고.

그리 애타고 초조해할 무렵 소문이 하나 돌았다.

'폐하께서 웬 정원을 자주 찾으신다는데?'

그 무렵 로하이덴은 정말로 정원에 자주 드나들었다. 그냥 오가기만 할까? 심지어 직접 가꾸기도 했다. 식물을 기르고 다듬는 행위가 제 기분을 안정시킨다는 것을 그는 얼마 전에 알게 되었다.

정원. 그곳은 업무로 지쳤을 때마다 잠깐씩 들러서 시간을 보내기 참 좋은 공간이었다.

그리고 소문이 사실이라는 것을 알게 된 영애들이 득달같이 그 공간을 침범했다.

황제는 그때 처음으로 이성을 보며 현기증을 느꼈다. 나의 소중한 공간이. 나의 힐링 핫플레이스가. 최근 막 개화에 성공한 꽃이 영애의 구둣발에 밟혀 생을 마감하던 순간 황제는 결국 폭발하고 말았다.

지금까지는 참아줬는데 이젠 못 참아준다. 정원을 함부로 침입해 훼손시킨 영애들이 줄줄이 치죄를 당했다. 가족 또한 예외 없었다. 연대책임이었다.

그렇게 한번 쓸어주고 나자 평화가 찾아왔다. 그녀들은 더 이상 황제의 정원에 얼씬도 하지 않았다.

……처럼 보였다.

황제는 여인을 잘 몰랐다. 그녀들은 '너네 또 이러면 알지?' 하는 협박에 '어이쿠, 이건 안 되겠네' 하고 포기한 귀족들보다 더 집요했다. 평화는 잠깐이었다. 그녀들은 곧 다른 방법을 찾아냈다.

폐하께서 정원에 공을 들이신다지? 그럼 그걸 함께할 만한 동반자로 비치면 돼.

그때부터 바야흐로 대 연기 시대가 시작되었다.

길을 잃다 우연히 정원을 발견한 연기. 그렇게 발견했는데 정원의 아름다움에 넋을 빼앗겨 그만 나가지 못한 연기. 어릴 때부터 정원을 자주 찾으며 정원을 가꾸는 것을 하루의 낙으로 여겨 온 연기. 정원을 사랑하고 정원을 좋아하고 정원이 최고인 연기.

어설픈 영애들도 있었지만 몇몇은 대상감이었다. 그야말로 완벽했다. 황제도 처음에는 깜박 속았다. 이 여인은 정말로 정원을 사랑하는구나. 나처럼 이곳에서 안정을 얻는구나. 홀랑 넘어가 믿고 신뢰했다.

그러나 아무리 능청맞게 연기해도 거짓이 영원할 수는 없다. 초반에는 잘 속여도 종내 어떻게든 들키게 되어 있었다. 그게 사람 사는 세상 아니던가. 그리고 믿었다가 뒤통수를 맞은 사람의 분노는 대체로 몹시 크게 마련이었다.

화가 머리끝까지 난 황제는 당장 귀족들을 긁어모았다. 그리고 선언했다.

"맹세한다. 짐은 절대 제국민을 황후로 들이지 않겠다."

후사를 위해 필요하게 되면 차라리 외국인 중에서 맞이할 테니 그렇게 알고 다 꺼져.

그리하여 황후의 꿈을 위해 여태 달려온 영애들은 다 같이 사이좋게 닭 쫓던 개가 되었다.

벌써 몇 년 전의 이야기였다.

"오늘 오찬은 잠시 미루지."

마지막 서류에 서명을 마친 로하이덴이 펜을 내려놓으며 말했다. 대답은 바로 우측에 서 있던 청년에게서 흘러나왔다.

"일정이 있으십니까?"

단정하게 생긴 사내였다. 잘 그을린 피부에 균형 잡힌 체격은 허리춤에 찬 검보다도 먼저 그의 직위를 알려주듯 다부졌다. 모난 곳 없이 자리 잡은 이목구비도 딱 그만큼 강직하다. 일견 고지식해 보이는 상대를 흘긋 올려다본 로하이덴이 느긋하게 응수했다.

"만날 사람이 있어서."

"여인입니까?"

"음? 별일이군. 이제 내 개인사에도 관심을 갖기로 한 건가?"

"최근에 운세를 봤습니다. 주군과 인연이 닿는 여인 중 나라를 구할 용사가 있으니 잘 보이라더군요."

"경은 다 좋은데 가끔 이상한 걸 진지하게 믿는 게 문제야."

픽 웃은 로하이덴이 몸을 일으켰다. 시간이 됐다. 더 끌었다간 상대를 기다리게 할 것이다. 그가 자리에서 일어나자 시종이 재빠르게 다가와 시중을 들었다. 매무새를 가다듬은 뒤 로하이덴은 가볍게 집무실을 나섰다.

"너무 늦지 마십시오. 소조바 후작은 이름만큼 속이 좁은 인사니까요."

문이 닫히기 전 당부가 새어 나왔다. 로하이덴은 뒤를 돌아보지 않고 고개를 살짝 까딱했다. 알아들었다는 뜻이었다.

"헬베른의 태양, 위대하신 황제 폐하를 뵙습니다."

복도를 걷는 동안 마주치는 사용인들이 고개를 조아리며 인사를 올렸다. 그는 그것을 익숙하게 받아넘기며 목적지로 향했다. 내딛는 발걸음이 평소보다 묘하게 가벼웠다. 의식하기엔 미세한 차이였다.

로하이덴의 머릿속으로 어젯밤의 장면이 떠올랐다.

"래시 매리골드(Rash marigold)."
"아! 간절히 바라여 얻어 낸 기회!"

그는 간혹 불면증을 앓았다. 아는 사람만 아는 사실이었다. 그런 날에는 억지로 잠을 청하면 꼭 내용도 기억하지 못하는 악몽을 꿨다. 하염없이 괴로워하다가 눈을 뜨면 아무것도 생각나지 않는다.

그걸 반복하는 밤은 보기보다 길고 끔찍했다. 그래서 황제는 징조가 있는 날에는 아예 잠자리에 들지 않았다. 하늘에 장막이 드리워지고 달이 뜨면 침실 대신 정원을 찾았다. 그리고 그곳에서 밤을 새웠다.

"여기서 뭘 하는 거지?"

어제도 마찬가지였다. 그는 늘 그랬던 것처럼 익숙하게 정원에 발을 들였다. 평소와 다른 점이라면 그곳에 예기치 못한 불청객이 있었다는 것이다.

색이 어두운 머리카락을 하나로 묶어 늘어뜨린 여인이었다. 달빛 아래 드러난 이목구비가 오밀조밀했다. 많아야 스무 살 전후로 보이는 여인은 보기 드문 미인이었으나 그것은 로하이덴에게 딱히 중요한 사실이 아니었다. 미색이든 박색이든 알게 뭔가. 그가 알고 싶은 것은 다른 거였다.

"구경해선 안 되는 곳이었나요?"

너 여기 왜 들어왔니?

로하이덴이 결코 제국민을 아내로 맞이하지 않겠다 선언한 뒤로 영애들은 다 함께 황후가 되는 것을 포기했다. 그건 사실이었다. 그러나 그것은 그녀들이 연애까지 단념했다는 얘기는 아니었다.

황제는 대단한 미남자였다. 멀리서 봐도 눈이 번쩍 뜨였다. 그 말인 즉, 결혼으로 얻어지는 이점을 제쳐 놓고 봐도 몹시 매력적인 이성이라는 뜻이었다. 다 버리고 연애만 하기에도 나쁠 것이 없었다. 몇몇은 연애 소설에서 읽은 로맨스를 꿈꾸기도 했다.

"폐하, 전 다 필요 없어요. 저랑 사랑만 해요!"

그러나 이미 오만정이 다 떨어져 남은 것이 없는 황제가 '그래! 우리 사랑하자!' 이래 줄 리 만무하다. 그는 정원에서 날벌레를 골라잡듯 영애들을 퇴치했다.

그녀들이 아무리 순진한 척 아닌 척 연기를 펼쳐 봤자 통하지 않았다. 그들은 번번이 물먹고, 욕먹고, 가끔 보다 못한 친구한테 머리끄덩이나 잡혔다. 성공률은 제로였다.

✳

사람은 보통 학습을 한다. 그런 상황이 반복되자 빈도가 조금씩 줄기 시작했다.

몇 년이 더 흐르자 영애들이 정원을 이용하며 황제에게 접근하는 일은 월례 행사에도 못 낄 정도로 드문 일이 되었다. 하루 일과 같던 것이 어쩌다 가끔 발생하는 히든 이벤트 수준으로 전락한 것이다. 로하이덴은 아주 흡족했다.

물론 '드물다'와 '아예 없다'가 동의어는 아니다. 어쩌다 한 번이지만 여전히 정원을 좋아하는 척하며 그의 관심을 끌어 보려는 영애가 나타나긴 나타났다. 그래서 로하이덴은 정원에서 불청객을 발견하던 순간 이렇게 생각했다.

　오랜만이네. 아, 그래도 짜증 난다.

　"단순히 구경을 목적으로 들어왔다는 소린가."

　로하이덴은 일부러 차갑게 말했다. 목소리에 냉소를 낙낙하게 담았으니 찔리는 바가 있다면 알아서 티를 낼 것이다. 하나 상대방은 일말의 주춤거리는 기색도 없이 응수했다.

　"다른 목적이 있을 수 있나요?"

　표정이나 어조가 어찌나 무구한지 로하이덴은 하마터면 되레 무안해질 뻔했다.

　순간 그러게? 하는 생각이 들었을 정도였다. 상식적으로 정원은 본래 구경을 하러 들어오는 곳이 맞긴 했다. 여태 그가 워낙 상식 밖의 일만 겪어서 그렇지.

　"……정말로 모르는 건지."

　"네?"

　"아니면 연기가 제법인 건지."

　하나 지금껏 그만한 연기를 보여 주었던 영애가 아주 없는 것도 아니다. 로하이덴은 쉽게 의심을 거두지 않았다. 어디 한두 번 당했어야지. 거의 십 년을 시달린 남자의 불신은 뿌리가 깊었다.

　"제가 이곳에 무단으로 침입을 한 거라면 그에 대해선 사과드리겠습니다.

변명으로 들리겠지만 초행이라 잘 몰랐거든요. 원하신다면 더 머무르지 않고 나가겠습니다."

그런데 반복해서 진심이 느껴진다면 그땐 어찌해야 하나. 말을 나눌수록 로하이덴의 심경이 긴가민가해지기 시작했다.

저게 정말로 연기라면 그녀는 제국 제일의 연기 대상을 수상해야 할 것이다. 그만큼 감쪽같았다. 그럴 리가 없을 거라고 생각하면서도 자꾸 믿고 싶어질 정도로.

"이 정원이 누구의 거라고 생각하지?"

결국 로하이덴은 자기 입으로 그 얘길 꺼냈다. 여기 황제가 자주 찾아. 바로 그 정원이라고. 솔직히 너도 황제를 노리고 온 거 아니야? 그렇지 않아?

"못 믿겠는데요."

그리고 외려 거짓말쟁이 취급을 당했다.

그때 로하이덴이 느꼈던 신선한 충격을 열거하자면 단어를 수백 개쯤 동원하더라도 모자랄 것이다. 그는 누가 뒤에서 머리통을 휘갈긴 것 같은 기분이 되었다.

야, 쟤 안 믿는다는데? 황제가 이런 데를 왜 오냐는데? 저거 완전 진심 같은데?

"다음 사람은 꼭 속일 수 있길 바랄게요. 파이팅!"

그렇다는데?

황제와의 로맨스에 눈이 뒤집혀 가증스런 연기에 열과 혼을 쏟는 상대만 만나 왔다. 이런 건 처음이었다.

황제가 자주 찾는다는데 뺑이라니, 낚시라니. 보통은 모르고 들어왔더라도 혹할 만한 내용이었다. 다른 사람도 아니고 황제라는데! 그것도 미혼에 젊고 잘생긴!

"아, 그리고 덧붙이자면 낚시의 떡밥 자체가 좀 한정적이에요. 폐하께서 여길 자주 오신다거나 하는 건, 폐하께 개인적인 용무가 있거나 용안을 반드시 뵙고 싶어 하는 사람들에게나 유혹적인 주제 아닐까요? 세상에는 황제 폐하를 뵙는 것보다 새싹에 물 주는 것을 더 소중한 기회로 여기는 사람도 있답니다."

상대는 아주 거침없었다. 새싹보다 못한 취급을 당했다. 대단히 새로웠다.

"큭."

입구에 다다른 로하이덴이 흘러나온 웃음을 삼켰다. 오늘 아침을 떠올리니 싫어도 웃지 않을 수가 없었다. 꽃한테 말을 걸고 있었지. 본인의 주장처럼 정원을 사랑하는 것이 꽤나 남다른 모양이었다. 남달라도 너무 남다르긴 하지만.

"며칠 정도는 유흥이 되려나."

그리 중얼거리며 로하이덴은 정원 안으로 발을 들였다. 정오의 햇살이 그의 백금발에 부딪혀 화사하게 부서졌다. 단정하게 자리 잡은 입매가 확연히 곡선을 그렸다.

메일은 걸음을 재촉했다. 정오까지는 아직 시간이 조금 남아 있었지만 그녀는 일부러 도착을 서둘렀다. 만에 하나라도 황제를 기다리게 만드는 불경은 저지르고 싶지 않았기 때문이다.

안 그래도 평탄한 것과는 거리가 먼 앞날인데 황제에게 잘못 보여 자갈을 추가하게 된다면 아주 눈물이 날 것이다.

"……다 왔다."

고작 이틀 새에 벌써 세 번째 찾는 장소였다. 의식해서 찾아온 것은 처음이었지만 다행히 전혀 헤매지 않았다. 메일은 샛길 앞에 서서 잠시 숨을 가다듬었다. 마지막 마음의 준비였다.

'좋아. 들어간다!'

씩씩한 각오와 다르게 막상 내딛는 발걸음은 조심스러웠다. 살금살금. 불법 침입도 아닌데 괜히 신경 써 소리 나지 않게 땅을 밟는다.

메일은 한 발짝 걷고 한 바퀴 둘러보기를 반복했다. 어쩐지 손바닥에 땀이 나는 것 같았다.

'내 담이 언제부터 이렇게 콩알만 했지?'

사실 당연한 일이었다. 다른 인사도 아니고 황제를 대면하게 될지 모르는 상황이다. 그런데도 긴장하지 않는다면 그건 그 사람의 신경계에 문제가 있다는 뜻일 것이다. 아무리 대담한 성격이래도 권력의 정점에 선 이를 대할 때는 심장이 떨릴 수밖에 없다. 고작 한 마디의 말실수에 자기 목이 떨어지게 될 수도 있으니까.

"……레몬플랫(Lemonplat)을 보니 좀 진정이 되기도 하고."

만개한 노란 꽃이 화려했다. 메일은 그것을 눈에 담으며 조금씩 심신의 안정을 찾았다. 만병통치약은 진정에도 효과가 있었다. 후우. 돌아온다, 평정심.

"어? 벨벳나무(Velvet tree)도 있네?"

반가운 수목을 발견한 메일이 그리로 주의를 돌렸다. 다 자란 나무 치고는 조금 작은, 어른 키만 한 초목이었다.

메일은 긴장으로 조심스러워하던 것도 잊고 신이 나 폴짝폴짝 대상 가까이 다가갔다. 옆에 붙어 서자 나무는 그녀보다 두 뼘쯤 더 컸다.

"저택의 정원에 있는 것도 딱 이만한 크기인데."

메일이 말한 저택은 고국에 있는 그녀의 자택을 의미했다. 당연히 마당의 정원은 그녀가 손수 가꿨다.

메일은 묘한 표정으로 나무를 올려다보았다. 벨벳나무는 특히 손이 많이 갔던 식물이었다. 그랬던 것을 여기서 남이 길러놓은 형태로 보니 괜히 기분이 요상했다. 음, 이걸 뭐라고 표현하면 좋을까.

"남의 집에 놀러갔더니 거기도 내 자식이 있는 느낌?"

그래, 이거야! 자기가 말해놓고 완벽하다며 메일이 손가락을 튕겼다. 그때 그녀의 뒤쪽에서 목소리가 들렸다.

"기르느라 고생 좀 했지."

메일이 그에 반응해 반사적으로 고개를 돌렸다. 늘 듣던 목소리인 것 같기도 하고, 그보다 약간 낮은 것 같기도 했다. 그리고 그녀는 고개를 돌려 목소리의 주인을 확인하자마자 꼼짝없이 움직임을 멈췄다. 녹색 눈동자가 순간 크게 흔들렸다.

햇빛이 내리쬐는 아름다운 정원. 그 가운데 빚어낸 것 같은 미남자 가 서 있었다.

화사한 백금발 아래 자리한 이목구비는 너무 완벽해서 도리어 현실 감이 없었다. 깊은 눈매에 조각처럼 반듯한 코. 다물어진 입과 턱선에 서는 유려함과 남자다움이 동시에 느껴졌다. 놀랍게도 눈썹 한 올까지 수려한 사내였다.

메일은 잠깐 생각했다. 꿈인가?

물론 꿈일 리 없다. 정신이 돌아온 메일이 경악으로 벌어지려는 입을 가까스로 다물었다.

'소문이 사실이었어!'

백금발에 황금색 눈동자. 상대가 누군지는 고민할 필요도 없이 알 수 있었다.

메일은 자기가 눈에 담은 것이 환상이 아닌 실재라는 걸 인식하자마자 깊은 충격에 휩싸였다. 소문이 진짜였다. 그게 정말 모조리 진짜였어. 이 나라 황제는 신의 형상이 어쩌구 하는 비유가 용납될 만큼 말도 안 되게 출중한 미남자였다.

'망했어!'

메일은 절망했다. 이곳에 아무도 없었다면 그녀는 바닥에 엎드려 주먹으로 땅을 쳤을지도 모른다. 그만큼 좌절이 컸다.

평화로운 앞날에 대한 희망. 어쩌면 미리 귀국할 짐을 싸 둘 수도 있을 거라는 밝은 기대가 여지도 없이 산산이 부서졌다. 너무할 정도로 가루가 되어 잔해도 남지 않았다.

사람이 어떻게 저렇게 생길 수 있을까?

신은 죽었다. 메일은 이 순간 그 어느 때보다도 신의 부재를 의심했다. 신이 있다면 사람을 저런 식으로 만들어 놓을 수는 없는 일이다. 저 신분에 저런 얼굴을 내려 줄 수는 없는 법이다. 아니, 인간적으로 몰빵에도 정도가 있지.

'안녕, 우리 집……. 안녕, 무사 귀국…….'

메일은 흐르려는 눈물을 삼키며 허리를 숙였다. 만났으니 인사를 올려야 한다. 사실 이미 조금 늦은 감이 있었다. 발견하자마자 예부터 취했어야 하는데 혼자 감탄하고 절망하고 난리 블루스를 떠느라 그만 타이밍을 놓치고 말았다. 그녀는 상대를 향해 최대한 공손히 읍했다.

"지지 않는 제국의 태양, 존귀하신 황제 폐하께 인사 올립니다. 벨티에 왕국에서 온 메일 폰 비제아트라고 하옵니다."

"그래, 비제아트 영애."

"뵙게 되어 마음 깊이 영광입니다."

"짐도 반가워. 그런데 괜찮나?"

"예?"

반문하며 무의식중에 상대를 올려다본 메일이 실수를 깨닫고 급히 도로 눈을 내리깔았다. 황제의 용안은 보고 싶다고 막 쳐다봐도 되는 것이 아니었다. 물론 허락을 받고 나면 마음껏 응시해도 된다. 황제가 친히 허가를 입에 담았다.

"괜찮으니 고개를 숙이지 않아도 된다. 눈을 맞추는 것을 허락하마."

"감읍합니다."

"그나저나 안색이 아주 나쁜데. 괜찮은 건가?"

황제에게 괜찮으냐는 말을 두 번이나 들은 메일이 눈을 동그랗게 떴다.

안색? 내 안색이 그렇게 나쁜가? 당황하다가 불과 조금 전 땅을 치며 울고 싶을 정도로 절망했었다는 사실을 상기해 냈다. 메일은 식은 땀을 흘렸다. 그거 많이 티 났나?

"……괜찮습니다. 그, 긴장을 하였더니 머리가 조금 아파서."

대충 둘러댄 메일이 이젠 대단히 멀쩡하다며 전혀 신경 쓰실 것 없다고 덧붙였다. 황제 또한 진지하게 물은 것은 아닌지 금방 고개를 끄덕이고 주제를 바꿨다. 새 주제를 담고 흘러나온 목소리는 어딘지 능글맞은 느낌이 서려 있었다.

"괜찮다니 다행이군. 그럼 이제 감상을 좀 듣고 싶은데."

"예?"

"짐을 보았으니 뭔가 느낀 바가 있을 것 아닌가. 이야기해 보도록."

메일은 순간 제가 잘못 들었나 생각했다. 느낀 바? 느낀 바야 당연히 많았다.

황제의 얼굴이 저렇게 양심도 없이 휘황하니 리엘라가 흥미를 잃기는 글렀구나. 흥미를 잃기는커녕 옳다구나 황후가 되고 싶어 할 테니 그걸 따라다니며 치다꺼리해야 할 자기 앞날은 망한 것이 틀림없구나.

혼돈과 파괴가 가득할 미래를 상상하니 흐르는 것이라곤 그저 눈물뿐이다. 총체적으로 슬픔과 절망과 괴로움과 배신감—신을 향한—이 한데 섞인 파멸의 하모니였다.

그러나 황제가 그런 것이 궁금하여 저 말을 꺼내지는 않았을 것이다. 믿기는 힘들지만 그는 지금 자기 얼굴이 어떠냐고 묻는 중인 것 같았다.

그러니까, 황제가, 내 얼굴 내가 생각해도 무지하게 잘생긴 것 같은데 네가 보기엔 어떠냐고.

"……."

메일은 내심 품고 있었던 강대국 황제에 대한 이미지를 살짝 수정했다. 조금 깬다.

그래도 한편으론 그럴 만한 외모였으니 어느 정도 참작이 되기는 했다. 그녀는 현실의 폭격으로 절망하기 전 느꼈던 감탄을 떠올리며 답을 뱉었다.

"눈이 부십니다."

"흐음."

"신의 강림이라는 소문이 과장되었다 여겼는데, 실제로 뵈니 오히려 부족하다는 느낌이 듭니다."

"아름답다는 뜻인가?"

자, 자기 입으로. 메일은 당황했으나 내색하지 않았다. 리엘라로 다진 내공이 이럴 땐 도움이 되었다.

"그렇습니다."

"얼마나?"

"예?"

"세상에서 제일?"

"……그, 네, 물론입니다."

"래시 매리골드보다 더?"

"……네?"

메일은 멍하니 반문했다. 이번에야말로 자기가 잘못 들은 게 분명하다는 생각이 들었다. 아니면 환청이거나. 그렇지 않고서야 저기서 갑자기 매리골드가 튀어나올 까닭이 없었다.

"매리골드보다는 별로인가?"

"……!"

그때 황제가 친절히 확인 사살을 했다. 환청도 아니고 잘못 들은 것도 아니었다. 메일의 풀색 눈동자가 제자리에 있지 못하고 지진 난 탁자 위의 구슬처럼 흔들렸다.

아니, 왜? 왜 하필 매리골드? 성별을 떠나 미인이 꽃에 빗대어지는 건 드문 일이 아니었으니 질문 자체는 백번 양보해 멀쩡한 것이라 쳐도, 그 많고 많은 것 중에 왜 구태여 매리골드를 콕 집어서?

메일이 당황해서 표정 관리도 잊고 황제를 올려다보았다. 혼란스러운 심경이 그녀의 얼굴 위로 고스란히 드러났다. 그 순간 황제의 입매가 허물어졌다.

웃었다. 황제가 그 휘황한 얼굴로 입가를 무너뜨리며 웃었다. 그에 메일은 깨달았다.

'날 놀린 거구나!'

황제는 일부러 말을 골라 그녀를 놀려 먹었다. 아무리 둔감한 사람이라도 지금 그의 표정을 본다면 쉽게 알아차릴 수 있을 것이다. 황제는 마치 장난에 성공한 개구쟁이 같은 얼굴을 하고 있었다.

기가 차 말을 잇지 못하는 메일의 머릿속으로 한 사람이 떠올랐다.

가면을 쓴 남자. 적발, 적안의 정체 모를 그 수상한 놈.

래시 매리골드에게 말을 건 것 하나로 일 년 치는 그녀를 놀려먹을 것처럼 굴었던 상대를 떠올리자 메일의 주먹이 저절로 야무지게 말렸다.

'말했네, 말했어.'

아무리 생각해도 말을 전달했을 만한 매개라곤 그 자식뿐이다. 범인을 확정한 메일이 이를 갈았다. 무슨 사이인진 모르겠지만 황제에게 그런 것까지 나불나불 전하다니, 신분은 높아도 성격은 퍽 유치한 것 같았다. 이러다 아주 대대손손 놀려 먹으려 들겠네.

'파티에서 짝사랑하는 여자한테 멋진 척 윙크를 날리자마자 단추에 머리카락이나 껴라!'

가면을 쓴 남자와 황제가 동일 인물일 거라고는 꿈에도 짐작하지 못한 메일이 용감무쌍하게 상대를 저주했다. 심지어 꽤나 구체적이었다.

메일이 그의 불행을 빌었다는 것을 아는지 모르는지 황제는 마냥 속 편하게 웃다가 다시 입을 열었다.

"대답을 못 들은 것 같은데."

"……매리골드를 말씀하시는 거라면, 감히 비교의 대상으로 거론되었다는 것이 그저 허무맹랑하게 느껴질 따름입니다."

"비교 자체가 안 된다?"

"예."

"짐이 못하다는 뜻인가?"

"그, 그럴 리가요!"

어떻게 알았지! 정곡을 찔린 메일이 깜짝 놀라 빠르게 부정했다. 찔렸지만 찔린 티를 내선 안 된다.

정원 덕후에게 정원 안의 식물보다 아름다운 존재란 세상 만물을 다 뒤져도 없는 것이 당연했지만, 그렇다고 황제의 앞에서 '응. 너보다 매리골드가 백만 배쯤 예뻐'라고 솔직하게 말할 수는 없는 노릇이었다.

그랬다가 목 위만 자유를 찾아 공중 부양을 하게 되면 어쩐단 말인가. 권력 앞에 작아지는 메일이 고개까지 붕붕 흔들었다.

　그리고 같은 시각, 같은 공간. 그렇게 메일이 본심을 내리누르며 위태위태한 구라쟁이의 길을 걷는 동안, 그 원흉을 제공한 황제 로하이덴은……

'이거 재밌는데.'

즐기고 있었다.

그는 완벽이라는 단어가 몸에 맞춘 옷처럼 어울리는 사람이었다. 다시 말해 다방면에서 남들보다 잘났다는 소리다.

황제는 다섯 살에 검을 잡고 열 살 때 그것을 깨우쳤는데, 몇 년 전 야만족을 토벌하던 당시 무신이라는 별명으로 불렸을 정도로 이루어 낸 성취가 깊었다. 무릇 뛰어난 검사란 실력에 비례해 동체 시력 또한 그만큼 특출하게 마련이다. 황제 또한 예외가 아니었다.

미세하지만 실룩거리는 입가, 흔들리는 동공, 파래졌다 재빨리 돌아오는 안색.

심경에 따른 메일의 표정 변화를 로하이덴은 하나도 놓치지 않고 잡아냈다. 어디가 진심이고 어디가 뻥인지 훤히 보였다. 메일 혼자 안 들켰다 믿고 있을 뿐이었다.

'황제를 만나는 것보다 새싹에 물 주는 일이 더 소중하다던 말도 사실이겠군.'

황제를 찬양하라 명하면 눈치를 보며 그럴듯한 말을 지어내겠지만, 정원을 칭찬하라 시키면 눈물을 흘리며 진심 어린 일장 연설을 토해 낼 것이다. 로하이덴은 제법 메일을 사실에 가깝게 파악하고 있었다.

그래서 더 신기했다.

'풀 한 포기보다 못한 황제라.'

이미 꽃 한 송이–매리골드–와도 겨루어 밀렸다. 다른 것과 견주어도 딱히 다르지 않을 것이다. 로하이덴은 철이 든 뒤 처음으로 겪는 열외가 썩 나쁘지 않다고 생각했다. 아니, 정확히는 식물에게 밀리는 것이 신선한 기분이었다.

　　"폐하, 어찌 한낱 꽃이 폐하의 존안에 비교될 수 있겠습니까? 가당치도 않은 일입니다."

　　황제가 이미 속속들이 꿰어 보고 있다는 것을 전혀 모르는 메일이 딴에는 진실 되어 보일 거라 생각하는 연기를 펼쳤다.

　　물론 모르는 사람이 보기엔 껌벅 속을 만큼 그럴듯한 가장이긴 했다. 연기력이 좋은 편이란 자기 평가도 허언이 아니었던 모양이다. 로하이덴이 다 알면서 짐짓 속는 척을 했다.

　　"짐이 훨씬 빼어나다는 말인가?"

　　"그렇습니다."

　　"하긴, 만개한 꽃밭 한가운데에 서 있어도 짐의 얼굴이 더 튀긴 하지."

　　"……지당하신 말씀입니다."

　　오, 방금 눈가가 씰룩였어. 속눈썹도 조금 떨렸는데?

　　메일의 반응을 관찰하며 로하이덴이 웃음을 참았다. 사람의 표정을 구경하는 일이 이렇게 재미있게 느껴질 줄은 몰랐다.

　　만약 메일이 알았다면 순간 상대가 황제라는 것도 잊고 주먹을 들었을 일이었다. 남은 필사적인데 넌 재밌냐? 하고.

　　분명 같은 시간을 공유 중이거늘 한 명은 목숨을 사수하는 중이고 한 명은 재미나게 노는 중이다. 그리 저 혼자 즐겁게 시간을 보내던 황제가 문득 깨달았다.

　　'시간이 충분히 지났군.'

　　로하이덴은 애초에 오찬을 약간만 미룰 것을 약조하고 나왔다. 보름 전부터 조르고 졸라 약속을 잡은 소조바 후작을 오래 기다리게 할 수는 없었기 때문이다. 그는 쓸모가 많은 인물이었다. 굳이 애를 태워 원망을 살 필요는 없을 것이다. 아쉬움을 뒤로하고 황제가 작별을 준비했다.

"부족하지만 대화는 이쯤 나눠야겠군."

"아, 이만 가십니까?"

"선약이 있어서."

그는 그렇게 말하며 상대를 물끄러미 내려다보았다. 마주침을 허락한 녹색 눈동자가 언뜻 그릇에 담긴 물처럼 투명했다.

자고로 눈이 깨끗한 사람치고 헛된 욕심을 부리는 이가 없는 법이다. 황제는 문득 아까워졌다.

만약 이 여인이 간택전에 참가한 후보였다면.

아까움은 의문을 낳았다. 그는 시간을 조금만 더 쓰기로 결정하고 입을 열었다.

"오기 전에 시간이 있어 잠깐 알아보았는데."

"……?"

"후보 명단에 이름이 없더군. 황후를 목적으로 한 것도 아니면서 이곳까지 온 연유를 물어도 되겠나?"

그가 말한 이곳은 제국이다. 왕국에서 제국은 먼 거리였다. 상식적으로 생각하기에 나들이를 가는 기분으로 가볍게 여정에 오를 만한 길이는 못 되었다. 더구나 연고도 없을 타지인데.

질문을 들은 메일은 약간 당황했다.

'별걸 다 묻네.'

황제가 그런 걸 궁금해할 거라곤 예상하지 못했다. 생각보다 타인에게 관심이 많은 성격인 것 같았다. 메일은 짧은 시간 머리를 굴려 답을 골라냈다.

"공주님을 곁에서 보필하기 위해서입니다, 폐하."

정확히는 공주를 감시하기 위해서였다. 나라를 패망의 길로 끌고 들어가지 못하게. 물론 곧이곧대로 말할 수는 없었으니 그녀는 또 입에 침을 발랐다.

"공주?"

"예. 아무래도 낯선 타국에서 머무르셔야 하는 일이다 보니, 공주님께서 어릴 적부터 함께 자란 제가 꼭 필요하다고 하시어."

함께 자란 적은 없지만 마차에서 같이 보낸 십 며칠이 마치 십몇 년 같았으니 그걸로 퉁 치기로 한다. 메일은 제법 뻔뻔하게 표정 관리를 해냈다.

"자국의 공주와 사이가 좋은가 보군."

"공주님께서 워낙에 좋은 분이시라……."

이때 대답을 뱉는 메일의 머리가 맹렬하게 회전했다. 리엘라가 황제에게 관심을 끄긴 이미 글렀다. 그렇다면 앞으로는 어떻게든 부딪힐 수밖에 없을 것이다. 하면 미리 조금이라도 좋은 인상을 심어주는 것이 낫나? 칭찬을 몇 마디 해줄까? 나중을 생각하면 지나치게 없는 뻥은 곤란할 테지만 적당히 현실과 닿아 있는 거라면.

그래. 따지고 보면 기회인데 이 정도는 해줘야지. 마음을 굳힌 메일이 입을 열었다.

"자랑은 아니오나, 저희 공주님께선 이 대륙 누구보다……."

칭찬은 역시 거짓보다는 사실에 기반을 두는 편이 좋다. 그녀는 말에 진심을 담기로 했다.

"깨끗하시고."

뇌가.

"청순하시며."

뇌가.

"순백으로 빛나는 분이십니다."

뇌가.

"그 누구보다 맑으신 분이라 자신할 수 있습니다."

특히 뇌가.

"이러니 제가 어찌 곁에서 보필하지 않을 수 있겠습니까?"

말을 마친 메일이 생긋 웃었다. 맞는 말이었다. 정원에 맹세코 틀린 말 하나 없다. 단어를 하나 생략했을 뿐 거짓말은 하지 않았다.

사실만을 고한 메일의 미소가 앞의 그 어느 때보다 순수하게 빛났다. 사실은 가까이에 진실은 저 너머에.

"흐음…… 그래, 모시는 이와 사이가 돈독하단 건 좋은 일이지."

시력은 남달라도 독심술은 구사하지 못하는 로하이덴이 그렇게 속아 넘어갔다. 사실 속았다고 표현하기엔 애매한 노릇이긴 했다. 그는 말을 듣기 전이든 지금이든 공주에 대해선 전혀 관심이 없었으니까.

다만 속으로 '공주가 아무리 저렇게 칭찬을 들어도 매리골드와 붙으면 참패하겠지' 하고 잠깐 생각했을 뿐이다.

"그럼 이만 가 보아야겠군. 원한다면 영애는 남아서 정원을 더 둘러보아도 좋네."

"황송합니다."

"영애에게 헤메라(Hemera)의 축복이 함께하길."

헤메라는 낮의 여신을 지칭한다. 한낮에 헤어지는 상대에게 건네기 나쁘지 않은 작별 인사였다. 메일이 상체를 숙이며 인사에 응했다.

"폐하의 하루에도 여신의 가호가 함께하기를."

숙였던 몸을 다시 폈을 때는 이미 상대가 한참 멀어진 뒤였다. 메일은 점점 작아지는 황제의 등을 말없이 응시하다가, 그가 완전히 시야에서 사라지고 나서야 크게 숨을 뱉어냈다. 후아!

"심장 터질 뻔했네."

메일은 얼떨떨한 기분이었다. 황제를 대면했다. 심지어 독대였다.

제국에 온 지 고작 하룻밤 만에 일어난 일이다. 우연히 알게 된 정원에서 황제를 만나 단둘이 대화를 나누다니? 호사가에게 말한대도 믿어주지 않을 만한 이야기였다. 사실 메일 본인부터도 아직 크게 현실감이 없었다.

"꿈은 아니겠지? 음, 벨벳나무에서 향기가 나는 걸 보니 아니군."

코를 킁킁거린 메일이 그렇게 확언했다. 꿈속에서는 냄새가 나지 않는다. 전에는 간혹 꿈에 정원이 나올 때마다 그것이 아쉬웠는데, 요새는 그만큼 다행이고 감사한 일이 없다고 생각하는 중이다. 눈으로 보고 귀로 듣기만 해도 괴로운 악몽에 생생한 피비린내까지 났다면 그녀는 진작 정신병을 하나 얻었을지도 모른다.

"후, 아무튼 이렇게 된 이상 용사 생활은 한동안 지속이겠고……."

빠른 귀국의 꿈은 애석하게도 무산되었다. 메일은 현실적인 문제로 아파 오기 시작하는 머리를 꾹꾹 지압하며 정원을 빠져나왔다.

시간을 내어 더 구경할까 싶었지만 당장은 심경이 복잡해 식물 친구들의 아름다운 자태가 눈에 잘 들어오지 않았다. 우선 점심 식사도 해야 하고.

'그나저나 구라쟁이가 아니었잖아?'

복도를 걸으며 메일이 가면 쓴 남자를 떠올렸다. 래시 매리골드에 관한 이야기를 전해 저를 놀림받게 한 것은 괘씸하지만, 어쨌든 선언한 것은 그대로 실현시켰다. 무슨 수를 썼는지는 모르겠지만 정말로 황제를 만나게 해주었으니 뱉은 말을 지킨 셈이다. 이젠 자신이 상대를 뻥쟁이로 치부했던 것을 철회하고 사과해야 할 차례였다.

'폐하께서 정원을 자주 찾으신다는 이야기도 사실인 것 같고.'

경황이 없어서 그걸 직접 물어 확인하지는 못 했다. 그러나 메일은 황제가 가장 처음 입에 담았던 말을 기억했다.

"기르느라 고생 좀 했지."

벨벳나무에 정신이 팔려 있을 때 들은 목소리였다. 주어와 목적어가 뭉텅이로 빠진 문장이었지만 상황에 맞추어 빈 부분을 유추하는 것이 그리 어렵지 않았다.

높은 확률로 주어는 '내가(짐이)' 더 높은 확률로 목적어는 '네가 쳐다보고 있는 벨벳나무를' 이어서 서술어 '기르느라 고생 좀 했지'.

메일은 새삼 생각했다. 대단히 훌륭한 군주로다!

'세상에는 정말 그런 꿈의 통치자도 있구나.'

놀림을 당했던 것은 벌써 잊었다. 메일은 제국 부흥의 원동력은 사실 정원을 사랑하는 황제의 신성한 마음씨가 아닐까 하는 말도 안 되는 추측을 하며 처소의 문을 열었다. 열자마자 눈에 들어온 것은 침대에 누워 있는 리엘라였다.

리엘라는 그냥 누워 있지 않았다. 조막만 한 얼굴에 뭘 다닥다닥 붙이고 있었다. 그러니까, 보이는 게 맞다면 저거 저민 오이 아닌가?

"……공주님? 얼굴에 그거 뭐예요?"

"오이."

"잘못 본 건 아니네요. 오이를 왜 얼굴에 붙이고 계세요?"

"안 해봤어? 이렇게 하면 피부가 예뻐져."

입가에도 오이를 붙이고 있는 주제에 리엘라는 입을 오물오물 움직여 잘도 말했다. 의외로 안 떨어지고 잘 붙어 있네. 메일은 손으로 건드려 보고 싶은 충동을 참으며 상대의 꼴을 물끄러미 쳐다보았다.

"그런 거 안 해도 예쁘시잖아요."

"알아! 사실 난 이런 걸 하든 안 하든 엄청 예쁘지. 그냥 심심해서 하는 거야."

세상 물정도 모르고 현실도 모르는 공주님이 유일하게 아는 것이 있다면 바로 본인이 예쁘다는 사실일 것이다.

메일은 리엘라의 뻔뻔한 대답에 전혀 놀라지 않는 스스로가 놀라웠다. 이렇게 익숙해져 가는 걸까? 역시 사람이란 적응의 동물이었다.

"공주님."

"왜?"

"음…… 아는 나무 이름 세 개만 말해보실래요?"

메일의 질문은 뜬금없었으나 아주 이유가 없지는 않았다. 메일은 만에 하나 황제와 리엘라를 이어주기 위해 열과 성을 다해야 할지도 모르는 미래를 상상했다.

불과 조금 전에 알게 된 사실이지만 이 나라 황제는 은혜롭게도 무려 정원에 관심이 많은 것 같다. 식물에 박학하다면 긍정적인 눈도장을 찍는 것에 도움이 될 것이다.

물론 리엘라는 기대를 저버리지 않았다.

"나무에도 이름이 있어?"

"……."

"굉장하네."

퍽 신기하다는 듯 묻는 목소리가 나름 진지했다. 메일은 그런 것을 물어본 스스로가 멍청이였다고 생각하며 말을 돌렸다.

"오이 모자라면 말씀하세요. 더 붙여드릴게요."

가능한 더욱 예뻐지는 것만이 방법이었다. 메일은 험난할 것이 뻔한 앞날을 되도록 구체적으로 상상하지 않으려 애썼다. 안 그러면 눈물이 흘러내릴 것 같았으니까.

"소조바 후작과의 오찬이 즐거우셨나 봅니다."

식사를 마치고 오후 업무를 시작한 주군을 응시하며 반테르가 말했다.

반테르 폰 모하임. 모하임 공작가의 차남인 그는 황제와 꽤 어릴 적부터 세월을 공유해 온 인물이었다. 현재 황제의 친우이자 보좌관이자 호위 기사이자 대련 상대를 겸하고 있다. 참고로 바빠서 미혼이다.

로하이덴이 보던 서류에서 눈을 떼지 않으며 대꾸했다.

"진심으로 한 말은 아닐 거라 믿네, 경. 소조바 후작과의 식사 자리는 괴롭다고 말하는 것이 입 아플 지경이거든. 어떻게 그 인사는 들숨날숨에서도 속이 좁은 게 느껴지나?"

"여전한가 보군요, 후작은."

"알면 앞으론 식사 약속 좀 잡지 말게. 밥 먹었냐고 물으면 무조건 먹었다고 해. 아침에 물어봐도 먹었다고 해."

마음에 들지 않는 놈팡이의 추파를 쳐 내는 영애처럼 새침하고 단호하게 거절하란 말이야. 황제가 서류에 도장을 찍으며 명령했다. 반테르는 그것을 흘려들은 뒤 재차 입을 열었다.

"오찬이 아니면 서류가 재미있으신 겁니까?"

"무슨 말이 하고 싶은 건가?"

"조금 전부터 내내 표정이 좋으십니다."

정확히는 오전 업무를 끝내고 외출을 다녀온 뒤부터였다. 황제는 그 말을 듣고 난 후에야 검토하던 서류에서 눈을 뗐다. 묘한 것을 들었다는 얼굴이었다.

"짐이 싱글벙글거리고 있었다고?"

"그 정도는 아니지만 얼추."

"흐음."

날림으로 읽은 서류에 인장을 찍을까 말까 고민하던 황제가 이내 그것을 내려놓았다. 그렇게 일을 중단하고는 턱을 괴어 잠시 생각의 시간을 갖는다. 마치 성찰이라도 하듯 진지한 자세였다.

"반성해야겠군. 제국의 황제가 그런 명청한 표정이나 짓고 있으면 위엄이 떨어져."

"명청한 표정이라고는 안 했습니다."

"뭐, 이건 농이고. 아무튼 그렇게 재미있었나?"

기억을 더듬으며 로하이덴이 중얼거렸다. 오찬은 굳이 상기할 필요도 없이 명백하게 구렸으니 그의 표정을 발랄하게 만든 원인은 역시 정원에서 있었던 대담일 것이다.

황제의 머릿속으로 녹색 눈을 동그랗게 뜨던 흑갈색 머리의 영애가 떠올랐다. 소녀라기엔 그보다 더 자랐고, 여인이라기엔 어딘지 다소 어설프던.

"확실히 새롭긴 했지."

"뭘 생각하시는 겁니까?"

"아, 그러고 보니 이건 경의 공이 커."

황제가 생각났다는 듯 이야기하며 반테르를 돌아보았다. 로하이덴이 처음 정원에서 메일을 마주치던 순간 쓰고 있었던 가면. 그건 다름 아닌 반테르가 그에게 헌공한 물건이었다. 당시 남모르게 조용히 정원을 다녀오려고 해도 그게 도무지 가능하지가 않아 빡친다고 투덜거리던 황제에게 반테르가 필요하면 이거나 쓰라고 집 안에 굴러다니던 걸 갖다 바쳤던 것이다.

가면은 가면인데 쓰는 순간 머리 색과 눈 색이 바뀌는 마법 가면이었다. 목소리도 미묘하게 높아진다. 황제는 그때 가면을 처음 받아 들고 말했다.

"이걸 쓰라고? 쓰는 순간 수배 중인 연쇄 살인마처럼 수상해지는걸?"

사실 그렇다. 미관상 덜 추잡할 뿐이지 눈과 입만 내놓고 얼굴을 죄가린다는 점에선 가면도 수상하기가 복면에 못지않았다. 자고로 밤이든 낮이든 복면을 쓰고 돌아다니는 사람을 보면 보통 신고 욕구가 샘솟게 마련이다. 가면 또한 비슷했다.

반테르는 그리 어이없어하는 황제에게 뻔뻔하게 답했다.

"수배 중인 연쇄 살인마라도 황제보다는 눈에 덜 띕니다."

"……!"

일리 있는 주장이었다. 그건 맞는 말이라고 생각한 황제는 그 뒤로 정원을 방문할 일이 있으면 종종 가면을 애용했다. 자꾸 쓰다 보니 은근히 정도 들었다.

그것이 고작 한 달 전쯤에 있었던 일인데, 결과적으로 그 덕분에 메일과 지금처럼 엮이게 되었으니 엄연히 반테르의 공이 맞기는 했다. 그냥 공도 아니고 혁혁한 공이었다.

"제가 뭘 했는지는 모르겠지만 공을 세웠다면 보상을 주시죠."

"경에게 하사할 보상은 짐의 사랑이야."

"휴가나 추가 급여로 교환을 요청합니다."

"내일……."

"예?"

"내일쯤이면 짐이 엄청난 걸 볼 수 있을 듯하니, 그걸 보고 돌아오면 진짜로 휴가를 보상으로 내려주지."

그렇게 말한 황제가 씩 입가를 늘려 웃었다. 그러더니 잠시 후 저 혼자 어깨를 떤다. 뭘 상상하는지 급기야는 소리 내 킥킥거리기까지 하는 황제를 보며 반테르가 차게 식은 눈빛을 했다.

'요즘 업무가 너무 과하셨나 보군. 시종에게 일러 탕약을 올리도록

해야겠어.'

최근 본 운세에 상사의 과로를 신경 쓰라는 내용은 없었는데 말이다. 반테르는 그렇게 생각하며 탕약의 재료로는 뭐가 좋을지를 이어서 고민했다.

✳

하루 동안 꽤 많은 일이 있었다.

새벽부터 손이 떨리는 악몽을 꿨고, 아침에는 정원에서 정체 모를 가면인에게 몹시 파격적인 공약을 내걸었으며—현재 메일은 이것을 잠시 잊고 있었다. 정오 무렵에는 정원에서 무려 황제를 독대했다.

와, 정말 바쁜 하루였어.

심적으로 꽤나 다사다난했다고 생각하며 메일은 거처에서 푹 쉴 준비를 했다.

하루 일과치고 겪을 만큼 겪었으니 이젠 아무 일도 일어나지 않겠지. 일과의 신에게 양심이 있다면 분명 그럴 것이다. 그녀는 평등을 관장하는 신은 죽었지만 사람에게 사건 사고를 분배하는 신은 아직 건재할 것이라고 믿었다.

"메일, 나갈 준비해."

잘못된 믿음이었다.

"……네? 어디를요?"

메일이 누운 채로 고개만 돌려 물었다. 엄밀히 따지면 불경이었지만 리엘라는 그것을 책잡는 대신 그저 하던 치장에 열중했다. 대답은 그녀의 곁에 서서 대기 중이던 로즈에게서 흘러나왔다.

"공주님께서 식사 초대를 받으셨습니다."

"식사 초대? 지금?"

"네."

시계는 오후 다섯 시경을 가리키고 있었다. 곧 출발한다고 생각하면 조금 이른 저녁 식사였다. 메일은 여전히 누운 자세를 유지하며 눈을 껌벅거렸다. 응, 만찬에 초대받았구나. 근데 자기 밥 먹는 자리에 나를 왜?

"저는 왜 따라가는데요?"

"내 시비잖아. 날 보필해야지."

머리 위에 진주 장식을 올리며 리엘라가 태연하게 답했다. 그에 메일이 눈을 가늘게 떴다. 어젯밤엔 막 버리고 가더니? 그땐 방이나 지키라고 했으면서?

정작 이쪽에서 필요할 땐 내팽개치고 원하지 않을 땐 챙기는 리엘라의 청개구리 같은 작태에 메일은 입맛이 썼다. 그리고 밥 먹을 때 보필할 게 뭐가 있다고.

"음…… 공주님, 훌륭한 시비는 낄 때 끼고 빠질 때 빠지는 그런 시비가 아닐까요? 제 생각에 지금은 빠질 때인 것 같아요. 식사하시는 곳에 저를 데려가 봤자 딱히 도움은 안 될 거거든요. 전 소화의 요정 같은 게 아니라서 곁에 서 있다고 공주님의 소화가 촉진되지도 않을 거고……."

"밥 먹으러 가는 거 아니야."

"식사 초대라면서요?"

"싸우러 가는 거야."

"아하, 싸우러…… 네?!"

메일이 벌떡 몸을 일으켰다. 용사로서의 본능이 그녀의 지친 몸을 저절로 움직이게 만들었다. 당황한 표정으로 메일이 들은 것을 확인하듯 입에 올렸다.

"싸우러 가신다고요?"

"응."

"왜요? 누구랑? 어디서? 아니, 어제 제국에 도착해 놓고 오늘 싸움을?"

혼돈과 의문의 소용돌이가 휘몰아쳤다. 메일은 불친절하게 대답하는 능력이 거의 장인의 경지에 오른 리엘라 대신, 보다 오목조목 상세히 작금의 사태를 설명해 줄 만한 사람을 찾아 눈을 돌렸다. 물론 달리 여러 선택지가 있는 건 아니었다.

"……로즈. 혹시 아는 것이 있으면 나한테도 좀 말해줄래요?"

그렇게 해서 듣게 된 전말은 다음과 같았다.

오르밀 페튼이라는 영애가 있다. 벨티에와는 교류한 적이 없는 동쪽 끝 바인샤 왕국 출신이며, 이쪽보다 하루 일찍 제국에 도착해 간택전의 후보 명단에 이름을 올렸다.

백작가의 둘째 영애라는 비교적 한미한 신분이나 미모는 경쟁자들 사이에서도 단연 눈에 띌 만큼 빼어났다─물론 리엘라는 인정하지 않았다. 눈 색과 머리 색은 각각 하늘색과 짙은 파란색.

그리고 어제 연회 홀에서 리엘라에게 시비를 걸었다.

"헐."

기가 찬 메일이 한 글자로 심경을 표현했다.

리엘라는 객관적으로─세간의 평가를 기준으로─보기 드문 미인이었다. 거기에 타고난 혈통은 왕족이다. 미모에 신분이 더해졌으니 제법 위협적인 경쟁자로 비추어졌을 것이다.

물론 그것이 실상으로 성립하려면 황후의 자질에서 '지성'을 완전히 제하는 평가단의 과감한 결단이 필요하지만, 그런 것까지 생판 초면인 남들이 알 수는 없었으니 일단 겉으로는 나름 막강한 후보처럼 보였다.

오르밀 또한 그렇게 받아들였다면 그녀가 리엘라를 라이벌로 생각하고 연회 홀에서 선전포고 같은 말을 던진 것도 이해 못 할 일은 아니었다.

경쟁자들끼리 처음 만나는 자리. 그곳에서 터진 가벼운, 눈싸움이나 몇 마디 말다툼 정도의 시비. 어떻게 보면 자연스러운 것이기도 했다.

오르밀 페튼이 오늘 식사 초대를 빙자한 결투장만 보내지 않았어도 말이다.

'이건…… 이 기운은……!'

무뇌의 기운!

메일은 직감했다. 심상치 않다. 리엘라를 상대하느라 본의 아니게 발달된 그녀의 뇌 청순 감지 센서가 이건 보통이 아니라고 경고를 보내오고 있었다.

황후 간택전은 아직 본격적으로 시작되지도 않았다. 참가를 신청한 후보들은 미처 다 도착하지 못했고 황제 또한 여태 모습을 드러내지 않고 있는 상황이었다.

이럴 때 혼자 개별 행동을 해서 분란을 일으키는 건 일반적으로 멍청이도 하지 않을 짓이다.

그리고 짚고 넘어가자면 멍청이라도 뇌는 있었다.

오르밀 페튼이 정말 싸우자는 의미로 리엘라에게 초대장을 보낸 거라면, 십중팔구 그녀에겐 뇌가 없을 공산이 컸다. 놀라운 일이었다. 사람이 뇌도 없이 돌아다닌다니.

"공주님, 정정할게요. 식사가 아니라 싸우러 가시는 데 제가 빠질 수야 있나요. 바로 출발하실 거죠?"

언제 드러누워 쉴 준비를 했었냐는 듯 메일이 스프링처럼 침대에서 튀어나와 외투를 챙겨 입었다. 지금 메일의 머릿속을 지배한 생각은 한 가지였다.

'위험해.'

리엘라를 혼자 보냈다간 무슨 일이 벌어질지 모른다. 물론 아예 혼자는 아니고 로즈가 함께하겠지만 그녀는 동행인이라기보단 숫제 병기에 가깝다고 보는 편이 나았다.

여차할 때 리엘라를 말리기는커녕 주인의 명령에 따라 상대편을 진짜 불귀의 객으로 만들어버릴 수 있는 무시무시한 인간 병기. 함께 있으면 위험도는 오히려 증가한다. 절대 메일이 빠질 수 없는 상황이었다.

"가요, 공주님."

용사에게 퀘스트가 내려왔다. 뇌청순과 무뇌가 격돌하는 곳에 가서 세계 멸망을 막으시오.

메일은 비장한 표정으로 리엘라의 우측 뒤에 가서 섰다. 좌측은 로즈가 맡았다.

"흥, 곰팡이처럼 생긴 오트밀 주제에 어디서."

싸우러 가면서도 치장은 빼먹지 않은 리엘라가 반짝반짝한 상태로 처소를 나섰다. 목소리에 못마땅함이 잔뜩 서린 것을 보아 상대가 제게 싸움을 건 것이 퍽 기분 나쁜 모양이었다.

메일은 시녀의 안내를 받아 오르밀 페튼의 거처—그녀는 그리로 리엘라를 불렀다—로 향하며 마음속으로 그래도 한 자락 희망을 품었다.

'혹시 이쪽이 오해한 건 아닐까? 전달이 잘못되었을 뿐, 실은 정말로 식사만 하자는 의도로 초대한 게 아닐까?'

아니다. 장소에 도착한 순간 메일은 누군가가 귓가에 '응, 아니야. 희망 없어. 포기해' 하고 속삭인 듯한 기분이 들었다.

"왔으면 앉아요."

오르밀은 리엘라 일행이 문을 열고 들어오자 앉은 자리에서 일어나지도 않고 저렇게 말했다. 인사도 달리 없었다. 마치 상급자가 하급자를 대하는 것 같은 태도였다. 메일은 그에 잠깐 현기증이 일 뻔했다.

'없어!'

뇌는 없다. 확실했다. 메일이 지금껏 겪고 들은 그 어떤 미친 사람도 자기보다 신분이 높은 사람 앞에서 저런 식으로 굴지는 않았다. 국법에 따라 심하면 극형까지 처벌이 가능한데 당연한 일이었다. 머리가 아픈 사람도 자기 목 소중한 건 알게 마련이다. 그런데 쟤는.

"앉으라니까? 따라온 시녀들은 좀, 구석으로 꺼지고. 낄 곳 안 낄 곳 구분을 못 하네."

'아플 머리도 없나 봐!'

공작 영애의 신분으로 졸지에 낄 곳 안 낄 곳 구분 못 하는 시녀 취급을 받았지만 메일은 화가 나지 않았다.

정확히는 화를 낼 정신머리가 없었다. 뇌 없는 신인류의 등장에 그저 놀라워하기에도 벅차다. 대신 쌍심지를 켠 것은 리엘라였다.

"네가 뭔데 꺼지라 마라야? 여기에 너보다 못한 애 아무도 없거든?"

"지금 뭐라고……."

"의자나 더 가져와. 모자라니까."

시녀가 공손히 빼놓은 의자에 일단 앉기는 앉은 리엘라가 눈을 흡뜬 채 그렇게 말했다. 무뇌의 존재에서 오는 충격과 놀라움의 폭풍에 빠져 있던 메일이 그에 퍼뜩 정신을 차렸다.

'공주님! 머리채를 잡지 않고 우선 말로 하시는군요!'

그 와중에 대견한 일이었다.

리엘라의 말마따나 거처엔 마련된 의자가 모자랐다. 동그란 탁자를 가운데 두고 고작 이쪽과 저쪽 한 개씩밖에 놓여 있지 않았다. 본래는 몇 개쯤 더 있었을 텐데 오르밀이 치우기라도 한 모양이었다.

오르밀 페튼은 손님 측에서 마땅히 앉을 자리를 요구하는 것에 코웃음을 쳤다.

"내 방에선 천한 시녀는 앉을 수 없어요."

메일은 자기도 모르게 박수를 칠 뻔했다. 대단한 개소리였다. 왕족을 가까이에서 모시는 시비 중엔 귀족 출신도 적지 않다. 그건 설사 시

녀 복장을 하고 있더라도 마찬가지였다. 귀족이 천하다면 오르밀 본인
도 천한 것이다.

리엘라가 의외로 그 부분을 날카롭게 공격했다.

"얘 공작 영앤데? 안 천한데? 아, 서열을 따져서 가장 천한 사람 순
으로 서 있는 거였어? 그럼 오트밀 네가 일어서면 되겠다. 의자는 얘
한테 주고."

그럼 되겠네! 경쾌한 해결책을 제시한 리엘라가 의기양양하게 웃었
다. 상대의 말을 받아치면서 공격을 두 번이나 했다.

너 이름 오르밀 아니고 오트밀. 그리고 너 네가 무시하는 시녀보다
더 천해.

의도하고 계산해서 한 말은 아니겠지만 어쨌든 역공에 성공했다. 모
욕을 당한 오르밀의 표정이 잔뜩 굳어졌다. 눈가가 파들 떨린다.

"감히……."

"감히 뭐? 얼른 의자나 내놔. 천한 애는 못 앉는데 너는 왜 앉아?"

"감히 그딴 식으로 입을 놀리다니. 장차 황후가 될 내 앞에서 그리
굴었다가 어떤 화를 입게 될 줄 알고!"

오르밀이 사납게 말을 뱉었다. 아무리 나라가 다르다지만 고작 백작
가를 뒤에 업고 일국의 공주에게 무슨 배짱으로 저렇게 구나 했더니,
현재가 아니라 미래의 신분을 믿고 저러는 모양이었다. 그녀는 그렇게
말하고 이내 입술을 비틀어 웃었다.

"그때 가서 내 발아래 납작 엎드려도 늦었으니, 살고 싶다면 지금 어
떻게든 용서를 비는 것이 좋을 거예요. 아직은 무례를 용서해 줄 수도
있으니까."

메일은 이 와중에 오르밀의 담력이 참 굉장하단 생각을 했다. 미래
의 황후고 뭐고를 떠나 지금 당장 눈앞의 로즈가 무섭지도 않을까? 이
순간에도 팔의 근육이 마구 꿈틀거리는데?

자칫 얼굴이라도 한 대 맞았다간 간택전이 시작되기도 전에 죽고 말 텐데? 영혼결혼식으로 황후가 되어 봤자 아무도 알아주지 않을 텐데 말이다.

'엄청난 배짱이야. 뇌를 바치고 그걸 대신 얻었나 보다.'

참 손해 보는 장사를 했다. 메일이 그런 생각을 하는 사이 리엘라가 언성을 높였다.

"너나 엎드려! 그리고 누가 너한테 황후 시켜 준대? 폐하가 너를 거들떠나 볼 것 같아?"

"그건 그쪽 얘기겠죠! 내가 황후가 되는 건 이미 정해진 미래거든요?"

"내 미래야!"

"내 미래예요!"

'제국의 미래는?'

구경꾼 메일은 왠지 복잡한 심경이 되었다. 어느 쪽이 황후가 되든 제국은 그날로 부흥은 포기하는 편이 좋을 것 같았다.

안 망하면 다행 아닐까? 그래도 팔은 안으로 굽는다고 메일은 리엘라에게 내심 황후 자질 점수를 조금 더 주었다. 아무리 청순한 뇌라도 아무렴 없는 것보단 있는 게 낫지.

그때 무뇌 쪽이 인신공격을 펼쳤다.

"얼굴도 못생긴 게!"

가리킨 대상은 당연히 리엘라였다. 물론 리엘라는 못생기지 않았다. 굳이 눈으로 보지 않고 대충 손으로 윤곽만 더듬어도 미인임을 알 수 있을 정도이니 저만큼 허무맹랑한 주장도 없을 것이다.

그러나 문제가 있다면 오르밀이 그런 리엘라보다 근소하지만 더 예쁘다는 정도일까. 리엘라가 오는 길에 곰팡이라며 폄하했던 짙은 파란색 머리카락은 실은 바다를 옮겨 놓은 비단처럼 색이 아름다웠다. 하늘색 눈동자야 말할 것도 없고, 별달리 꾸미지 않아도 지닌 얼굴의 선

하나하나가 유려하다. 아마 미모 하나로 고국에선 제법 떵떵거리며 지냈을 것이다.

참고로 외모 비하는 공격을 하는 화자가 예쁘면 예쁠수록 괜히 더 열받게 마련이다. 리엘라가 기가 차고 코가 막히고 빡쳐서 입을 벌렸다.

"뭐야! 내가 못생겨? 너 어디 아파? 아, 설마 장님?"

"개성 없는 금발에…… 흥, 우리나라에 오면 길거리에 널렸을 얼굴이네."

"뭐가 어째? 야! 넌 천하잖아!"

"뭐, 뭐라고?"

"너 이 중에서 제일 천해! 신분도 구려! 백작가? 솔직히 그 신분으로 황후가 되겠다니, 너 양심이 뭔지 모르지?"

양심. 그건 공주님도 모르시잖아요. 메일은 자동으로 떠오른 말을 도로 삼켰다. 이런 데서 팀 킬을 할 수는 없지.

그 순간 자기는 외모로 공격해 놓고 신분으로 반격당한 것에 분노한 오르밀이 더 심한 모욕을 입 밖으로 꺼냈다.

"하! 고작 보잘것없는 약소국인 주제에, 알량한 공주 지위를 가지고 어디서……!"

'으악!'

그리고 그에 식겁한 건 그때까지 조용히 서 있던 메일이었다. 이건 크다. 심각한 게 나왔다. 나라 욕이라니! 부모 형제 욕 다음으로 사람의 이성을 건드린다는 나라 욕!

"오르밀 페튼 영애!"

탕.

메일은 일부러 화려하게 끼어들었다. 앞으로 나서며 구태여 몸을 한 바퀴 회전시킨 뒤 동작의 마무리를 선보이듯 탁자 중앙을 내려쳤다.

부끄럽지 않다면 거짓말이겠지만 덕분에 확실히 주의를 이쪽으로 가져올 수 있었다. 나라 욕에 눈이 뒤집혀 로즈를 출동시키려던 리엘라도 하려던 것을 잊고 깜짝 놀라 메일을 바라보았을 정도였다.

황당한 표정으로 저를 쳐다보는 오르밀과 눈을 맞추며 메일이 입을 열었다.

"인사가 늦었군요. 벨티에 왕국에 적을 두고 있는 비제아트 공작가의 장녀 메일 폰 비제아트라고 합니다. 한데 영애, 영애가 바라는 게 국가 간 분쟁인 줄은 몰랐네요."

뜬금없는 회전에 탁자까지 친 사람답지 않게 메일의 태도는 진지했다. 표정은 심각하며 목소리도 한껏 내리깔았다. 그에 오르밀이 휙 눈썹을 추어올렸다.

"무슨 말이죠?"

"간단한 얘기예요. 영애가 방금 저속한 표현을 사용하여 본국을 모욕한 것에 대해, 이쪽에선 얼마든지 영애의 왕국에 책임을 물을 의향이 있다는 이야기죠. 어려울 것도 없답니다. 당장 서신을 작성해 공주님의 직인을 찍어 보내기만 하면 되니까."

건조하게 또박또박 이야기하니 말에 설득력이 담겼다. 오르밀이 눈에 띄게 움찔했다. 응수하는 목소리가 미세하게 떨려 나왔다.

"……고작 그런 걸로 무슨."

"고작이라니? 영애가 깎아내린 건 개인이 아니라 국가인데 말이에요. 역사 속 전쟁들이 얼마나 사소한 계기로 발발해 왔는지 알면 굉장히 놀라겠군요. 덧붙여 사안의 경중을 판단하는 건 영애가 아니라 우립니다. 우린 충분히 영애의 발언을 사유로 바인샤에 전쟁을 선포할 수 있어요."

전쟁. 메일이 부러 자극적인 단어를 고르긴 했으나 기실 아예 없는 말은 아니었다.

아무리 작은 씨앗도 그럴 의사만 있다면 얼마든지 전쟁의 구실로 삼을 수 있었다. 더구나 전쟁을 결정하는 윗사람은 대체로 실제로 죽을 위험은 없는 사람들이다.

당장 내 목이 날아가지 않는 일에 도장을 찍는 것은 쉬웠다. 벨티에의 왕이 멍청이에 다혈질이었다면 진짜로 군대를 소집했을지도 모르는 일이다.

오르밀이 대꾸 없이 입을 다물었다. 질린 안색에 표정이 딱딱하게 굳은 것이 누가 보아도 당황한 낌새가 역력했다. 메일은 이쯤에서 쐐기를 박기로 했다.

"영애가 바란 것이 벨티에와 바인샤의 불화라면 성공이 눈앞이라고 말씀드리고 싶네요. 한데 한 가지 궁금한 게, 바인샤 왕국이 지금 병력을 외부로 돌릴 수 있는 상황이던가요? 이쪽이 알기로 바인샤는 현재 내전으로 한창 정신이 없을 텐데."

맞다. 사실 오르밀의 조국인 바인샤 왕국은 얼마 전부터 나라 안에서 박 터지는 싸움이 진행 중이었다. 사고로 왕이 덜컥 서거했는데 책봉해 둔 왕세자가 없었기 때문이다. 사이좋게 동일한 계승 서열을 나눠 가진 왕족들은 그 즉시 세력을 구축하여 옥좌에 앉기 위한 전쟁에 뛰어들었다. 어지간해선 끝나지 않을 지독한 분쟁이 시작된 것이다.

"그런 형국에 영애가 대담하게 타국을 도발했다는 기별이라니! 참 희소식이겠어요. 그렇지 않나요?"

"……"

"경고는 한 번뿐입니다. 오늘 영애가 뱉은 발언을 없었던 일로 치부해 주겠다는 말은 아니에요. 단지 유예기간을 두겠다는 거죠. 태어나 자란 조국으로부터 버림받는 비참한 일을 겪고 싶지 않다면 그 가벼운 입을 더 이상 놀리지 않는 게 좋을 겁니다, 페튼 영애."

말을 마친 메일이 휙 몸을 돌렸다. 그리고 앉아 있는 리엘라에게 이야기했다.

"가시죠, 공주님."

조금 전부터 눈만 동그랗게 뜨고 있던 리엘라가 그에 깡충 의자에서 일어났다. 표정은 그새 햇살처럼 밝아져 있었다. 그리 환해진 얼굴로 한껏 웃으면서 오르밀을 향해 한마디를 던진다.

"야, 그렇대! 오래 살고 싶으면 입 열지 마, 그냥!"

어조가 경쾌했다. 상대방이 한 마디도 못 하고 바들거리고만 있는 꼴이 퍽 통쾌하여 마음에 든 모양이었다.

그렇게 인사 대신 속 시원히 비아냥을 던져 준 리엘라가 올 때처럼 로즈와 메일을 대동하고 방을 나섰다. 문턱을 넘는 그녀의 발걸음이 깃털처럼 가벼웠다.

탁!

닫힌 문을 노려보며 오르밀이 피가 나도록 입술을 깨물었다. 잠시 후 날카로운 고성과 함께 거처의 세간이 박살 나기 시작했다.

다행이다. 복도로 나온 메일은 그 생각부터 했다. 협박이 먹혀서 정말로 다행이었다. 전쟁을 운운하며 상대를 몰아세우면서도 한편으론 내내 걱정이 들었다.

오르밀이 진짜 맛이 가서 전쟁이고 뭐고 모르겠다는 식으로 나오면 어쩌지? 사람이 어떻게 그럴 수 있겠나 싶지만 정말 그 정도로 정신이 상해 있는 상태면 어떡하지?

뿐만 아니라 우려는 또 있었다. 내가 나서는 걸로 리엘라가 화를 안 풀면 어쩌지? 기어이 로즈를 출동시켜 상대에게 영면을 선사해 주면 어쩌지? 살인 사건의 목격자로 제국 재판부에 불려 가게 되면 그땐 뭐라고 증언해야 하나?

다행히 그럴 일은 없었다. 사태는 평화롭게 일단락되었다. 메일은 안도의 한숨과 함께 가슴을 쓸어내렸다.

"있잖아. 걔네 나라 꼴이 그 모양인 건 어떻게 알았어?"

돌아가는 길에 리엘라가 질문을 던졌다. 메일이 간략하게 대답했다.

"얼마 전에 그 왕국에 대해 좀 알아볼 일이 있었거든요. 그때 어쩌다 보니."

주변국의 정세를 공부하는 건 자수와 뜨개질에만 관심이 있을 거라고 여겨지는 귀족 영애들도 대다수는 하는 일이었지만, 바인샤는 위치상으로 그 주변국에 포함되지 않았다.

사실 메일이 자국과는 교류도 없는 먼 나라의 상황을 알고 있었던 것은 다름 아닌 꽃 재배 때문이었다.

우연히 관심을 가지게 된 어떤 꽃이 이곳에선 배양이 힘들지만 바인샤 왕국에서는 씨만 뿌리면 쑥쑥 자란다는 사실을 알게 되었다.

대체 무슨 조건이 그런 극명한 차이를 만들어내나 싶어 바인샤의 토양이나 기후에 대해 샅샅이 조사했었는데, 그러다 본의 아니게 왕국의 정치 사정까지 덤으로 파악하게 되었던 것이다. 말하자면 정원 덕후로서의 열정이 용사님의 활약에 도움을 준 셈이다.

리엘라는 딱히 더 궁금하진 않았던지 그것까지는 묻지 않았다. 그렇게 도로 입을 다물고 부지런히 걷는데, 열린 창문으로 문득 바람이 불어왔다.

마침 창가 쪽에 가까이 서 있었던 메일의 머리카락이 바람을 타고 공중으로 나부꼈다. 풀린 실타래처럼 허공을 수놓는 갈색 머리카락을 보며 리엘라가 생각났다는 듯 입을 열었다.

"메일, 네 머리 색 말이야."

"네?"

"지금 보니까 색깔이 꼭……."

리엘라가 그리 운을 떼자 메일이 눈에 보이게 흠칫했다. 리엘라는 비하에 관해서는 일시적으로 언어의 연금술사가 되는 남다른 능력을 지니고 있었다.

그러니까 누가 보아도 예쁜 파란색 머리카락을 썩은 곰팡이라고 표현하거나, 만인이 감탄하는 초록색 머리채를 말라비틀어진 시금치에 빗댄다거나 하는 것 말이다.

그 능력으로 흑갈색 머리카락을 평가한다면 대체 어떤 참사가 벌어지게 될 것인가.

메일은 괴롭지만 얼추 상상할 수 있었다. 예를 들어 응으로 시작하는 두 글자라던가, 또는 이음동의어로 비읍이 들어가는 한 글자, 쌍디귿이 들어가는 한 글자 같은 그런 듣기만 해도 냄새나는…….

"나무 같아."

"……네?"

"나무껍질이랑 색깔이 똑같네? 네 머리 색."

나무?

그 어떤 충격적인 비유를 들어도 동요하지 않도록 마음의 각오를 다지고 있던 메일이 깜짝 놀라 걸음을 멈췄다. 그에 리엘라가 왜 갑자기 걷다 마냐는 표정으로 고개를 갸웃거린 뒤 이어서 말을 꺼냈다.

"서서 뭐 해? 그러고 보니 너 눈 색도 초록색이네. 그냥 네가 전체적으로 나무를 닮았다."

"제가……."

생각지도 못 했던 비유에 메일은 말문이 막혔다. 녹색 눈 중앙 검은 동공이 얌전히 있지 못하고 세차게 흔들렸다. 내가, 내가 나무를 닮았다고? 내가 나무를?!

"……공주님."

"그만 서 있고 빨리 와."

"저 열심히 할게요."

"응?"

"정말 열심히 할게요."

나라가 불타지 않도록. 그리고 꿈속에서처럼 공주님의 목이 분노의 칼질로 뎅강 떨어지지 않도록. 물심양면으로 노력하겠습니다. 메일은 그 어느 때보다 굳게 다짐했다.

3
용사님은 불청객이 아니라 청객

정원의 초입에서 멈춰 선 채 메일은 생각했다.

아, 과거의 나 자신을 패고 싶다는 게 바로 이런 기분이구나.

동공이 떨리고 식은땀이 흘렀다. 메일은 이만 여기서 몸을 돌려 도망칠까 진심으로 고민했다. 도주를 원하는 발끝이 움찔거렸다.

그러니까 오늘은 제국에서 맞는 두 번째 아침이었다. 메일은 전날과 달리 몹시 상쾌하게 기상했다. 악몽을 꾸지 않았더니 몸 상태가 그렇게 날아갈 듯 가벼울 수가 없었다.

그녀는 산뜻한 아침 공기에 즐거워하며 룰루랄라 정원으로 가기 위해 처소를 나섰다. 어제는 우울한 심신에게 힐링을 주기 위해 정원을 찾았다면 지금은 개운한 기상의 기쁨을 함께 나누기 위해 정원을 찾는 것이다. 메일은 신이 난 발걸음으로 샛길을 주파했다.

그러다 정원의 입구에 딱 당도한 순간 그녀의 뇌가 어떤 것을 상기해냈다.

"좋아요. 만약 폐하께서 여길 자주 찾으신단 말이 정말로 사실이라면, 사죄의 뜻으로 앞구르기를 세 번하고 제자리에서 열 바퀴 돈 다음 한쪽 무릎을 꿇은 채로 '오로지 진실만을 말씀하신다는 진실의 신을 뵙습니다!' 하고 크게 삼창할게요. 원하신다면 외칠 때 양손을 하늘로 들어드릴 수도 있어요."

"……."

그리고 메일은 세상을 탈출하고 싶은 욕구를 느꼈다.

'왜 그랬어! 어제 아침의 나야, 왜 그랬니?'

메일은 회한의 눈물을 흘렸다. 그러나 이제 와 후회해 봐야 사라지지 않는 사실이었다. 저건 이미 뱉은 말이었고, 상대가 들은 선언이었으며, 재수 없으면 그 인간이 기대를 하고 있을지도 모르는 공약이었다. 시간을 되돌리지 않는 이상 답이 없었다.

"회귀하게 해주세요……."

메일은 어디 환상 소설에서 본 기억이 있는 현상을 제게도 내려 달라 빌었다. 물론 그런 것은 일어나지 않았다.

제자리에서 현실도피를 10분쯤 한 메일이 잠시 후 결의를 다졌다.

'그래! 이건 조금, 아니, 조금 많이, 사실 차라리 물에 뛰어들고 싶을 정도로 부끄러운 행위긴 하지만 그래도 죽거나 나라가 망하는 건 아니야! 용사가 이런 걸로 기가 꺾일 순 없지!'

다짐한 메일이 이어서 생각했다.

'그리고 설마 그 가면 쓴 인간이 오늘도 여기 있겠어? 있어도 하필이 시간에? 어제랑 그 전날엔 그냥 우연이었어. 오늘은 없을 거야. 아니, 하다못해 지금은 없을 거야!'

"왔군."

있다.

심지어 기다리고 있었던 것 같았다. 으아아아. 메일은 절망했다.

"저 다시 나갈게요."

"어딜 가?"

"잘못 들어온 것 같아요."

가면 아래로 드러난 호쾌한 입매가 씩 곡선을 그렸다. 가면을 쓴 남자는, 그러니까 사실 마법 가면을 뒤집어쓴 로하이덴은 메일이 정원 안으로 들어오자 보던 나무에서 시선을 떼고 몸을 일으켰다.

다리가 길어 그런가 움직이는 것도 순식간이었다. 그는 성큼성큼 이동해 메일이 노리고 있던 퇴로를 막았다. 으악! 메일은 비명을 삼켰다.

"비켜 주세요. 남녀 사이에 강압적인 관계는 옳지 않다고 생각합니다."

"이 상황에 쓸 말은 아닐 텐데? 그리고 우리가 일반적인 남녀 사이는 아니지 않나?"

"……아니면요?"

로하이덴이 손가락을 들었다. 그걸로 저를 가리킨다.

"채권자."

이번엔 메일을 지목했다.

"채무자."

"……."

"난 영애에게 받을 게 있는데? 뭔지는 굳이 설명 안 해도 되지?"

"……."

신이시여. 메일은 죽었다고 욕했던 신을 다시 찾았다.

"아, 참고로 기억이 안 난다고 잡아떼 봤자 소용없어. 내가 몹시 상세히 기억하고 있거든. 원한다면 토씨 하나 다르지 않게 영애가 했던 말을 들려 주지."

"아뇨, 그러실 필요 없어요."

정색한 메일이 침을 꼴깍 삼켰다. 어물쩍 넘어가는 것은 진작부터 틀린 상황이었다. 하는 양을 보아하니 상대는 어떻게든 지금 그녀에게 약조한 것을 실천시킬 생각인 것 같았다.

　메일은 속으로 생각했다. 아오, 이 집요한 자식. 황제에게 시시콜콜 매리골드 이야기를 일러바칠 때부터 알아봤다 내가.

　"제가, 크흠, 우선 앞구르기를 한다고 했었죠."

　"세 번."

　"기억력 참 더럽게…… 아니, 대단히 좋으시네요."

　"내가 그런 면에선 좀 뛰어나지."

　"자화자찬도 수준급이시고."

　"내 칭찬은 됐으니 다시 본론으로 돌아갔으면 하는데?"

　칭찬 아니거든. 메일은 속으로 입을 삐죽였다.

　"그리고…… 제자리에서 열 바퀴를 돌기로 했죠."

　"또."

　"……한쪽 무릎을 꿇은 채로 삼창."

　"외칠 때 양손을 하늘로 드는 것도 추가해 줘. 원하니까."

　"저기요, 자비가 무슨 뜻인지 모르죠?"

　"지금은."

　로하이덴이 빙글빙글 웃었다. 마치 이 순간만을 기다렸다는 듯한 태도였다. 메일은 가면으로 가려져 보이지 않는 상대의 표정을 어쩐지 선연히 읽어 낼 수 있을 것 같았다. 으아, 얄미워!

　"덧붙여서 할부는 안 돼."

　"할부 안 해요!"

　실은 가능하다면 나눠서 하고 싶었지만 상대가 미리 저렇게 못 박으니 어쩔 수 없었다. 그래, 기왕 이렇게 된 거 한 번에 후딱 해치우자. 피할 수 없는 현실 앞에서 메일은 재차 각오를 다졌다.

　막상 실천을 마음먹으려니 생각보다 큰 각오가 필요했지만, 그래도 아주 못 할 건 아니었다. 녹색 눈동자가 비장하게 빛났다.

한다, 할 수 있어. 앞구르기! 회전! 손 들고 삼창! 머뭇거리지 않고 한 번에 끝낸다! 끌지 말고 순식간에!

"영애."

"집중하는데 말 걸지 마세요."

"하기 전 각오를 좀 듣고 싶어서. 지금 심정이 어떻지?"

"별걸 다 묻네! 안 알려 줄 거거든요?"

"말해주면 앞구르기 한 바퀴 깎아주지."

핫, 그건 좀 솔깃하다.

보상에 넘어간 메일이 진솔하게 심정을 고백했다.

"고국에 있을 때 어떤 살인 청부업자가 말하길, 들어오는 의뢰 중 3할은 과거의 자기 자신을 죽여 달라는 청부라고 이야기한 적이 있어요. 그땐 뭔 소린가 했는데 그게 갑자기 절실히 이해가 되는 심정이에요."

메일은 진지했다. 진짜 저렇게 생각하고 있었다. 그 사람들이 어떤 심경으로 과거의 본인을 없애 달라고 했는지 알 거 같아.

그리 마음 깊이 공감하고 있는데 문득 옆에서 이상한 소리가 들렸다. 메일이 깜짝 놀라 고개를 돌렸다.

"……저기요?"

로하이덴은 거의 넘어가기 직전이었다.

흙바닥인 것도 아랑곳하지 않고 주먹으로 퍽퍽 때리며 웃는다. 이상한 소리는 웃느라 숨이 넘어가는 소리였다.

메일은 그 작태를 보며 그저 황당하고 기가 막히고 코가 막혔다. 은근히 열이 오르기도 했다. 웃겨? 뭐가 웃겨? 아니, 난 심각한데 자긴 웃겨?

"웃음이 참 헤프시네요."

"아니, 이건…… 큭, 누구라도…… 푸흡."

"허파가 많이 안 좋으신가."

메일이 혀를 찼다. 종일 정원에나 들락거리는 한량이 허파에 바람까지 들다니. 참 답 없는 인간이라는 생각이 들었다.

　자기가 그리 신랄한 평가를 당하고 있는 줄도 모르고 로하이덴은 한참을 더 웃고 나서야 겨우 진정했다. 배가 당겼다.

　"아, 본격적인 걸 보기도 전부터 벌써 이렇게 웃으면 안 되는데."

　"몇 대 때려 드릴까요? 아프면 웃을 기분이 안 들 수도 있어요."

　"영애는 마음의 준비는 다 끝났나? 어서 보고 싶은데."

　"……이제 보여드리죠."

　"오오."

　기대에 찬 로하이덴이 본격적으로 구경할 자세를 잡았다. 나무 그늘 아래 명당을 찾아 앉는 것이 아주 준비된 관람객이 따로 없었다. 용케 주전부리는 챙겨 오지 않았다 싶을 정도였다.

　메일은 그 꼴을 복잡한 눈빛으로 한번 쳐다본 뒤 크게 심호흡을 했다. 차마 이런 날이 올 거라고는 상상도 못 했는데. 자업자득이라 누굴 탓할 수도 없다.

　다시는 없을―없어야만 하는―일생일대의 파격적인 순간 앞에서 메일이 짤막하게 기도를 올렸다. 부디 수치사로 관에 들어가지 않게 해 주세요.

　'앞으로는 그 어떤 허무맹랑한 말이라도 함부로 뻥 취급을 하지 말자.'

　기도에 이어 교훈을 깊게 새긴 뒤, 이내 치맛단을 묶기 시작한다. 앞구르기를 할 때 펄럭거리면 곤란하니 그걸 방지하기 위한 사전 작업이었다.

　로하이덴이 흥미진진한 표정으로 응시했다. 왠지 능숙해 보이는데?

　잠시 후, 긴 머리까지 촘촘히 땋아 묶은 메일이 비장한 표정으로 바닥을 짚었다.

　"구를게요."

"……."

"부탁드리는데, 비웃음이든 감상이든 폭소든 동작이 전부 끝난 뒤에 해주세요. 도중에 끊기면 도저히 이어서 할 용기가 안 날 것 같아서요."

"그러지."

"후우."

"박수는 쳐도 되나?"

"아니요!"

그러기만 해봐라. 구르다 말고 너한테 돌진해 버릴 테다. 메일은 상대에게 그런 눈길을 쏘아준 뒤 도로 자세를 가다듬었다. 한 번에. 한 번에 하는 거다. 물 흐르듯 자연스럽게!

"하얏!"

그리고 장렬한 구르기가 시작되었다.

굴렀다. 안정적인 자세였다.

일어서서 회전했다. 도중에 잠깐 비틀거렸지만 다행히 위기 없이 끝마쳤다. 한쪽 무릎을 꿇고 양손을 들었다. 어느 쪽 무릎을 꿇을지 헷갈렸지만 그냥 본능이 시키는 대로 했다.

이어서 삼창.

"오로지 진실만을 말씀하신다는 진실의 신을 뵙습니다! 오로지 진실만을 말씀하신다는 진실의 신을 뵙습니다! 오, 오로지 진실만을 말씀하신다는 진실의 신을 뵙습니다!"

몇 초 뒤. 로하이덴이 앉은 자리에서 넘어가 미친 사람처럼 웃은 것은 말해 입 아픈 일이었다.

❋

아침부터 마실을 다녀온 상사의 얼굴이 환했다. 아니, 저건 환한 정도가 아니라.

"반테르 경."

"……."

"웃음은 참 소중한 거야. 그렇지 않나?"

"어디 아프십니까?"

불경을 무릅쓰고 반테르가 결국 그렇게 물었다. 어제 표정이 즐거워 보인다고 생각했던 건 새 발의 피였다. 오늘 황제는 오전부터 마치 허파에 장풍을 맞은 사람처럼 실실거리고 있었다. 중간중간 불쑥 터져 나오는 웃음을 본인도 주체하지 못하는 것이 어떻게 봐도 정상이 아니었다.

'탕약을 한시 빨리 올리라고 해야겠다.'

하루 만에 증상이 저렇게나 악화될 줄이야. 상관의 모습에 반테르가 걱정을 넘어 약간의 공포를 느꼈을 무렵이었다. 부하의 질문을 무시한 황제가 다른 말을 꺼냈다.

"어제 약조했던 대로 경에겐 휴가를 주지."

"……예?"

"원하는 일자를 써서 제출하게. 참고로 유급휴가야."

정말? 말의 진위를 가늠하듯 반테르가 상대를 뚫어져라 바라보았다. 황제는 어디 가서 광대놀음이라도 보고 온 사람처럼 웃고 있었지만, 그렇다고 지금 부관에게 농을 던지고 있는 것 같지는 않았다. 애초 그는 아무리 흥에 겨워도 공수표를 남발하는 사람은 아니었다.

솔깃해진 반테르가 조심스레 운을 띄웠다.

"오늘 내로 제출하겠습니다."

"편한 대로."

"그리고 보니, 얼마 전 조카가 걷기 시작했으니 보러 오라고 여동생으로부터 기별이……."

"겸사겸사 다녀오면 되겠군."

진짜 줄 거구나. 반테르의 표정이 밝아졌다. 쉬는 날도 없이 노예처럼 일을 하고 있는 건 아니었지만, 본디 휴가란 언제 받아도 그저 좋은 것이다. 더구나 유급휴가였다. 유급휴가의 다른 말은 개꿀이다.

"폐하의 은혜에 감사드립니다."

그는 시종을 시켜 탕약을 올리려던 계획을 일단 보류했다. 가끔은 허파에 장풍을 맞은 상관도 괜찮은 것 같았다.

✻

메일은 태어나 타인의 앞에서 앞구르기를 해본 적이 있는 귀족 영애를 딱 한 명 만나 봤다.

아카데미를 다니던 때였다. 같은 반 학우가 복도를 걷다 그만 발을 헛디뎌 앞으로 넘어졌다.

그런데 문제는 하필 그런 그녀의 앞에 위치를 잘못 잡아 매달아 놓은 조형물이 있었다는 점이다. 그대로 넘어졌다간 십중팔구 이마를 부딪치게 되고 말 아슬아슬한 높이였다.

영애는 깜짝 놀라 넘어지던 와중 본능적으로 몸을 수그렸고, 그것이 그대로 앞구르기로 이어졌다.

한동안 아카데미 내에서 전설로 취급되었던 사건이다.

졸업할 때까지 친구들에게 이름 대신 앞구르기로 불렸던 그 영애는 가끔 장난 삼아 열리는 '누가 가장 부끄러운 일을 겪어봤나' 경합에서 매번 당연하게 1등을 차지하곤 했다.

곱게 자란 귀족 영애들이 으레 할 법한 사소한 말실수, 예법 실수 등은 아무리 갖다 대어 봤자 감히 그녀의 앞구르기를 능가할 수 없었다. 영애는 늘 부동의 우승자였다. 재학 내내 아무도 한 명의 절대자를 이기지 못했던 '부끄러운 일화' 대결.

그랬던 것을 이제 와 메일이 그녀를 제치고 1등이 되었다.

'이렇게 반납하고 싶은 절대자의 자리는 처음이야!'

재학생은 물론이고 예비 입학생, 졸업생까지 죄다 그러모은대도 결코 메일을 이길 용자는 나타나지 않을 것이다. 굳이 아카데미로 범위를 제한할 필요도 없었다.

앞의 영애는 고작 앞구르기 한 번으로 교내의 전설이 되었으니 앞구르기에 제자리 돌기에 삼창까지 해낸 메일은 못해도 제국의 전설은 되어줘야 마땅했다.

잘하면 대륙의 전설까지도 노려 볼 수 있을 것이다. 물론 메일은 절대 그럴 의사가 없었지만.

'누가 내 기억을 지워 줬으면 좋겠다.'

아니면 그 가면 쓴 자식의 기억이라도.

그렇게 소원하며 메일이 모퉁이를 돌았다. 참고로 여기서 알아 둘 것이 있다. 기역 자로 꺾이는 복도의 모퉁이는 우연히 마주친 두 사람이 누구의 신체가 더 튼튼한지 겨루어 보기에 몹시 안성맞춤인 구조를 지니고 있었다. 무슨 말이냐 하면.

퍽!

"꺄악!"

조금만 한눈을 팔아도 이렇게 된다는 이야기다. 본의 아니게 경합의 승자가 된 메일이 깜짝 놀라 눈을 동그랗게 떴다. 복도 끝의 모서리를 돌다 우연찮게 메일과 부딪친 여인이 비명을 지르며 나가 떨어졌다.

주춤하긴 했지만 넘어지진 않은 메일이 이 순간 정원에서의 수치도 잊을 만큼 당황해서 바닥에 엎어진 상대를 쳐다보았다.

모퉁이를 돌았다. 서로 부딪쳤다. 이쪽은 멀쩡한데 상대는 바닥으로 깃털처럼 나동그라졌다.

동공지진을 일으키며 메일이 재빨리 넘어진 상대에게로 다가갔다.

"······괜찮으세요?"

앙상한 체구였다. 키는 작지 않은 것 같은데 드러난 팔목이나 목 등이 가늘어 전체적으로 연약한 느낌을 주었다. 특히나 뼈만 남은 손목은 어찌나 가느다란지 자칫 세게 쥐면 부러질지도 모르겠다는 생각이 들 정도였다. 이만하면 어린아이와 부딪쳐도 자빠질 가녀림이다. 메일은 그런 감상을 받으며 여인에게 손을 내밀었다.

"잡으세요."

"죄, 죄송해요. 죄송합니다, 정말 죄송······."

"네? 아뇨, 따지자면 제가 더 죄송하죠."

여인은 내민 손을 잡기는커녕 연신 사과를 뱉느라 정신이 없었다. 그리고 그건 메일을 한층 더 당황하게 했다. 가만히 있던 사람을 상대가 와서 들이받은 것도 아니고, 모퉁이를 돌다 마주 충돌한 거였으니 생각할 것도 없이 쌍방 과실이었다. 심지어 이쪽은 멀쩡한데 상대방만 쿵퍽 나뒹굴었다. 미안함을 느껴도 이쪽이 느껴야 할 형국인데 왜 저리 민망할 정도로 사과를.

"우선 일어나세요. 아프시겠다. 다친 데는 없어요?"

"아, 저기, 그······ 감사합니다."

"뭘요."

메일은 여인이 일어서는 것을 도우면서 간단하게 상대의 행색을 살폈다. 머리카락은 손질이 잘되어 윤기가 흐르고 입은 옷은 화려하지는 않아도 값이 꽤 나가 보인다.

더구나 일으켜 주면서 잡은 손은 굳은살이라곤 전혀 없이 어린아이의 것처럼 보드라웠다. 필경 생전 찻잔보다 무거운 것은 들어 본 적이 없을 귀족 영애의 손이었다.

'특이하네.'

이리로 보나 저리로 보나 겉모습은 분명 귀하게 자란 아가씨인데, 하는 행동이나 언사에서는 몸에 밴 듯한 저자세가 느껴지니 별난 노릇이다. 메일은 속으로 고개를 한번 갸웃했다. 타고난 성격일까?

'공주님이라면 자기가 발을 걸어 넘어뜨리고도 왜 남의 발에 함부로 걸리냐고 사과를 요구했을 텐데.'

과연 세상은 넓고 사람 성격은 다양하다.

메일이 그렇게 생각하는 사이 완전히 몸을 일으킨 여인이 제 매무새를 살필 생각도 않고 꾸벅 허리부터 숙였다.

묶지 않고 늘어뜨린 긴 머리카락이 앞으로 쏠려 흘러내린다. 메일은 그에 잠깐 지나가듯 시선을 주었다. 색이 옅은 은발이 여인의 인상을 창백하게 만드는 데에 한몫 단단히 일조하고 있었다.

앙상하고 창백한 여인. 잘못 손을 대면 꼭 부서질 것 같은 느낌이 든다. 메일은 상대가 사람이 아닌 유리로 만든 공예품 같다는 생각을 잠시 했다.

"정말 죄송합니다."

"아니, 아니에요. 사과하지 마세요."

재차 튀어나온 인사에 메일이 손까지 내저으며 만류했다. 이 이상 사죄를 들었다간 이쪽이 무슨 후안무치한 폭군이라도 된 듯한 기분이 들 것 같았다.

메일의 적극적인 만류에 여인이 숙이고 있던 고개를 들었다. 온통 새하얗고 창백한 와중에 하늘색 눈동자만이 저 홀로 또렷했다.

'신기하다.'

머리부터 발끝까지 색채가 흐릿해서 그런지, 선명한 하늘색이 더욱 강렬하게 인상에 각인되었다. 저런 색의 눈동자를 처음 보는 것도 아닌데 어쩐지 받는 느낌이 색다르다. 메일은 속으로 조금 감탄했다. 한눈에 기억에 남는다는 게 이런 거구나.

"서로 부주의했던 일이니 앞으로는 각자 조심하는 걸로 해요. 그럼,

음, 영애의 가시는 길에 여신의 보살핌이 함께하기를."

마주 보고 선 상태여서 그런지 왠지 작별 인사를 하고 자리를 벗어나야 할 것 같았다. 무난한 인사말을 건넨 메일이 먼저 걸음을 뗐다.

몇 걸음 걷다가 힐끔 돌아보니 상대편도 가던 길을 마저 가기 시작하여 앙상한 뒷모습이 멀어지고 있는 것이 보였다. 치맛자락 아래로 얼핏 드러난 발목이 예상처럼 가늘었다. 지켜 주고 싶은 가녀림과 밥을 주고 싶은 안쓰러움 사이에서 아슬아슬하게 줄타기를 한다.

'간택전의 후보일까?'

후보라면 아무래도 좀, 역시 위험하지 않을까. 로즈는 말할 것도 없고 리엘라에게 머리채를 잡히기만 해도 그날로 영원한 안식에 들게 될 것 같은데.

메일은 그리 이름도 모르는 사람의 앞날을 잠깐 염려한 뒤 걸음에 속도를 더했다.

그녀의 목적지는 식당이었다. 아직 아침 식사를 하기 전이었기 때문이다. 용사님이 가라사대 활기찬 하루를 위해서는 상쾌한 기상도 중요하지만 그에 못지않게 든든한 조식 또한 중요한 법이니라.

메일은 아무리 입맛이 돌지 않아도 어지간해서는 끼니를 거르지 않았다. 앞구르기를 해서 부끄러운 건 부끄러운 거고 부딪혀서 당황스러운 건 당황스러운 거고 밥은 밥이었다.

'생각보다 사람들이 꽤 나왔네.'

별궁에서 머무르는 후보들은 사용인을 시켜 방 안으로 식사를 준비시킬 수도, 혹은 원한다면 본인이 직접 식당으로 나와서 요리를 주문할 수도 있었다.

여기서 주문하면 대체로 먹는 것도 여기서 한다. 메일은 널찍한 식당을 가볍게 둘러보았다.

사람이 늘었다. 어제도 조식을 먹기 위해 이곳을 방문했던 메일은 하루 사이 배에 가깝게 늘어난 인원을 보며 내심 고개를 갸웃했다.

솔직하게 말하자면 의외였다. 리엘라의 경우를 예로 들자면 그녀는 여태까지 내내 방 안에서만 식사를 마쳤다. 기실 구태여 이곳까지 이농하느니 그러는 편이 (자기)시간도 절약되고 간편하고 여러모로 좋은 선택일 것이다.

메일 또한 아침이 아니었다면 부러 식당까지 나오지 않았을 일이었다. 아침 식사를 처소가 아닌 이곳에서 먹는 것은 그저 오전 늦게까지 늦잠을 자는 리엘라에 대한 (반강제)배려일 뿐이다.

'거처에서만 있으려니 답답해서 그런 건가?'

그리고 그런 메일의 의문은 얼마 지나지 않아 풀렸다. 요리가 나올 동안 잠시 주변을 관찰한 것만으로도 금방 알 수 있었다. 왜 이곳에 이렇게 사람이 많은지.

'벌써 파벌이 생겼잖아!'

식사는 핑계였다. 그들은 다만 자연스럽게 한자리에 모여 서로를 살필 만한 장소를 물색했을 뿐이었다.

아직 아무런 행동 강령이 내려오지 않은 후보들은 이곳에서 라이벌과 은근히 기 싸움을 벌이거나, 혹은 미리 공동의 척결 대상을 정하여 동맹을 맺거나, 아니면 일찌감치 황후의 자리를 포기하고 대신 가능성이 높아 보이는 인물에게 달라붙거나 했다. 밥을 먹으라고 마련해 둔 식당이 일종의 조그마한 정치판이 된 것이다.

'장난 아니네.'

메일은 문득 실감할 수 있었다. 후보들의 자세가 얼마나 본격적인지. 그녀들 중엔 다 내던지고 황후만을 향해 성난 황소처럼 돌진하겠다는 각오의 여인도 분명 있을 것이다.

단순히 황제가 잘생겼으니까 개랑 결혼해서 황후가 되겠다는 리엘라의 뇌 맑은 마음가짐 정도로는 상대하기 벅찰 것이 뻔하다.

메일은 새삼 잘생긴 황제에 대한 원망이 솟구치는 것을 느끼며 갓 나온 음식 위로 포크를 찍었다.

'경쟁이 확실히 엄청나긴 하겠구나. 간택전은 대체 어떤 방식으로 진행될까? 황제가 직접 뽑는 건지도 어떤지도 궁금한데.'

황후의 자리였으니 아무래도 최종 결정권자는 황제가 맞을 것이다. 그러나 그 전에 순차적으로 후보들을 탈락시키며 수를 줄여 나갈 때도 황제의 입김이 작용할지 여부는 알 수 없었다.

'애초에 왜 하는 거야, 간택전?'

먹기 좋게 잘려 나온 구운 고기를 입으로 가져가면서 메일이 생각에 골몰했다. 사실 번거롭게 이런 짓—황후 간택전—을 벌이는 이유도 잘 이해되지 않았다.

몰려든 후보가 한둘도 아니고. 따지고 보면 이거 세금 낭비 아닌가? 황궁에 인력과 돈이 넘쳐 난다고 자랑하는 거야?

'황제의 취향이 눈 튀어나오게 까다로워서 대륙적으로 찾아야 하나?'

역시 있는 사람들은 결혼도 그냥 하지 않는다. 메일은 불만 대신 입에 넣은 고기를 삼켰다. 이 와중에 부드럽고 맛있었다.

'후우. 평등의 신 한 대만 때리고 싶다.'

맛에 감탄하다가도 다시 한숨이 나왔다. 황후 간택전을 열든 황비 간택전을 열든, 후보가 열이든 백이든 황제가 그리 휘황하게 잘생기지만 않았다면 다 남 일이려니 하고 속 편하게 집에 갈 짐이나 꾸리고 있었을 텐데. 참 새로운 기분이었다. 남의 얼굴이 잘생겨서 화가 나다니.

'어떻게든 조국의 안녕만 생각하자.'

메일은 초기의 목적을 상기하며 경건히 포크를 내려놓았다. 접시는 그새 깨끗해졌다. 혹시 경쟁자일까 싶어 메일을 몰래 곁눈질로 살피고 있던 한 후보가 흠칫 놀랐다. 언제 다 먹은 거야? 마신 건가? 경각심을 느낀 그녀가 자신만의 체크 리스트에 메일을 올렸다. 후보인지 아닌지는 모르겠으나 일단 요주의 인물. 먹는 속도 비범함.

　그런 타인의 평가를 알 길 없는 메일이 밥 먹어서 힘이 생긴 걸음걸이로 식당을 벗어났다.

✳

　왕국이든 제국이든, 귀족들이 힘을 모아 뭉치면 항상 하는 일이 있다.

　하나는 왕이 '이거 어때? 이거 하자'고 제안하면 내용은 보지도 않고 일단 '안 돼요! 싫어요!' 하기.

　다른 하나는 왕이 미혼일 경우 '나라에 국모가 없으면 국민들이 이 나라 곧 망하는 거 아니냐 하고 불안해하옵니다'라고 백성 핑계를 대며 결혼하라고 들들 볶기.

　로하이덴 또한 예외가 아니었다. 즉위 이후 저 두 개를 번갈아 가며 꾸준히 겪었다.

　물론 차마 강경하게 나오지는 못 하고 매번 칭얼거리는 수준에서 그치기는 했다. 귀족들이 큰소리를 치기에는 제국 내 힘의 구도가 너무도 확실했기 때문이다.

　황제는 폭군은 아니었지만 그렇다고 권위에 도전하는 신하들을 가만히 내버려 둘 정도로 무르지도 않았다.

　칼을 빼어 든다면 목을 내주어야 했으니 목숨 소중한 줄 아는 귀족들은 알아서 정도를 지키며 나댔다. 아예 안 나대면 너무 꿀리는 기분이 드니까 눈치를 보면서 조금씩 나댄다.

　황후 간택전은 그런 상황에서 귀족들이 이루어낸 쾌거였다. 정확히는 한 귀족이 대표 격으로 계속해서 열심히 주장하고 알랑거리고 설득하려 애쓰는 것을 보다 못한 황제가 넘어가 준 것이긴 했지만.

　어쨌든 열렸다. 개최를 하였으니 누가 됐든 황후는 간택될 것이다.

즉위 이후 십 년간 공석이었던 국모의 자리에 마침내 적자를 앉힐 때가 왔다. 식을 올리게 될 날은 예비 국가 기념일이나 다름없었다.

대륙적으로 이름이 알려진 젊고 유능한 황제의 국혼. 만인이 제 일처럼 가슴을 졸이는 가운데, 정작 당사자인 로하이덴은 누구보다 태평한 심경으로 접시 위의 고기를 썰고 있었다. 달각달각. 능숙한 솜씨로 먹기 좋게 잘라 낸다.

"입에 맞으신가요?"

"음. 좋군."

정오의 햇살이 후원으로 따사롭게 내려앉았다. 황제는 현재 오찬을 즐기는 중이었다. 맞은편에는 꽃처럼 아름답지는 않으나 대신 풀잎처럼 가냘픈 여인이 앉아 있었다.

내리깔았던 눈을 들어 여인이 환하게 웃었다. 내리쬔 햇빛이 가지런히 늘어뜨린 은발에 부딪혀 하얗게 부서졌다.

평생 집 안에서만 갇혀 자란 사람처럼 흰 피부는 차마 빈말로도 혈색이 좋다고는 할 수 없었으나, 대신 그 덕분에 색이 또렷한 하늘색 눈동자가 한층 선연하고 생기 있게 빛나 보였다.

반달 모양으로 눈을 접어 웃은 여인이 수줍게 입을 가렸다.

"기쁩니다."

"한데 그대가 먼저 이리 오찬을 청하다니 별일이군."

"그건……."

불안해서. 여인은 속내를 삼켰다. 현 황제는 한때 암암리에 남자를 좋아하는 것이 아니냐는 추문이 돌았을 정도로 즉위 이후 여자를 가까이 하지 않았으나, 삼 년 전 첫 예외를 만들었다.

갑자기 웬 이름도 들어보지 못한 가문의 영애를 눈에 띄게 비호하기 시작한 것이다. 그게 바로 지금 황제와 마주 앉아 식사를 들고 있는 하늘색 눈동자의 여인이었다.

변방의 작은 자작 가문이었던 여인의 집안은 몇 년 전 몰락했다. 능력은 없으면서 욕심만 거대했던 그녀의 아버지가 연이은 사업 실패로 천문학적인 금액의 빚을 지게 된 것이 그 배경이었다. 돈이란 참 무서운 것이다. 그녀는 그것을 열여섯에 깨우쳤다.

빚더미에 눌려 풍비박산이 난 가문은 하루아침에 이름 외에는 아무것도 남지 않게 되었다.

어머니는 여인이 어렸을 때 이미 돌아가셨고 재혼으로 들어앉힌 여자는 자작이 빚을 지던 순간 일찌감치 짐을 싸서 나가버렸다. 집안이 완전히 거덜 난 후에는 설상가상으로 그녀의 부친마저 실종되고 말았다.

그때 여인은 자작이 빚쟁이들을 피해 딸도 버리고 도망간 것이 아니겠냐는 주변의 쑥덕거림 속에서 이렇게 생각했다.

아. 아버지가 나를 팔지 않고 도망가 줘서 다행이다.

어린 계집을 밝히는 늙은 졸부의 몇 번째일지도 모를 후처로 들어가느니 차라리 친척집에서 눈칫밥을 먹으며 사는 것이 몇 배는 나을 것이다.

그녀는 그렇게 신분패 하나만을 들고 어머니 쪽 친척 가문에 몸을 위탁했다. 여인에게 있어 외숙부가 되는 사람은 다행히 정이 많은 인물이라 별달리 꺼리는 기색 없이 그녀를 받아주었다.

황제를 만나게 된 것은 그 무렵이었다.

황제는 처음 여인과 마주치던 순간부터 그녀에게서 눈을 떼지 않았다. 내로라하는 미녀들은 죄 거절해 놓고선 별난 일이었다.

한 번, 두 번. 황제는 고작 세 번째 만남 만에 여인을 별궁으로 불러들였다. 그때부터 여인의 거처는 친척집이 아닌 황궁이 되었다.

그리고 삼 년이라는 시간이 흘러 현재. 제국에서는 황후 간택전이 열렸다. 황제의 옆자리에 공식적으로 타인이 앉게 되는 것이다.

어차피 굳이 황제가 과거에 했던 선언이 아니어도 몰락 귀족의 신분으로는 감히 황후의 자리를 넘볼 수 없었으니, 여인은 그것에 대해서는 별달리 아쉬워하지 않았다. 기실 그 정도는 이미 각오했던 일이었다.

다만 불안한 것은 혹시 황제가 마음을 내어줄까 봐.

삼 년을 곁에 저 외에는 아무도 두지 않았던 황제가 혹 간택전으로 모여든 후보 중 누군가에게 마음을 빼앗기게 될까 봐, 여인은 그것이 두려웠다.

그럴 리 없을 거라고 생각하면서도 만에 하나라는 가정은 늘 사람의 발목을 잡는다. 누리는 호사와 비호를 잃게 되지는 않을까 내심 초조하고 애가 닳았다. 결국은 이렇게 먼저 만나자는 기별을 넣고 말았을 만큼.

"근래 바쁘셔서 통 용안을 뵙지 못하였으니까요. 그냥, 보고 싶었습니다."

"흐음. 그랬었나? 앞으로는 자주 시간을 내 보도록 하지."

"아, 아닙니다. 저 때문에 굳이 그러실 필요는."

"됐다. 짐이 그러고 싶은 것이니."

로하이덴은 그렇게 말한 뒤 잘게 썬 고기를 입으로 가져갔다. 의례적인 손놀림이었다. 대화가 끊기자 식탁에는 침묵이 내려앉았다. 그는 그것을 깨는 대신 생각에 잠겨들었다.

'며칠쯤 걸리려나.'

그는 시간을 가늠해 보았다. 다른 게 아니라 메일에 대한 생각이었다. 오늘 그처럼 대단하고 엄청난 것을 보여준 뒤 퇴장했으니 아마 한동안은 상대를 정원에서 마주칠 수 없을 것이다. 황제는 그리 추측했다.

제아무리 신경 줄이 두꺼운 사람이래도 일생을 통틀어 가장 민망했을 장면을 연출해 놓고 금방 그 장소를 다시 찾을 수는 없을 테니까. 그리고 그건 로하이덴에게 제법 아쉬운 일이었다. 근래 어디에서도 그만큼 그에게 웃음을 준 상대가 없었다.

반테르는 황제가 광대를 보고 온 것처럼 웃는다고 생각했었지만, 사실 황제는 광대보다 메일이 더 웃겼다. 체면도 잊고 뒤로 넘어갈 만큼 폭소해 본 것이 대체 얼마 만인지.

'나흘에서…… 길면 일주일 정도일까.'

그만한 기예(?)를 선보였으면 보통은 평생 근처에도 얼씬거리지 않겠다는 결심이 설 법도 했지만, 상대는 결코 보통이 아니었다.

정원을 향한 남다른 사랑으로 짐작하건대 못해도 저 정도 시간이라면 회복하지 않을까. 그럼 그때부터는 다시 능청스레 상대를 정원에서 마주할 수 있을 것이다.

'기다려지는군.'

로하이덴의 입가가 호선을 그렸다. 눈에 보일 정도로 선명하게 즐거움이 묻어나는 미소였다. 그 미소에 여인이 움직임을 멈추고 표정을 굳혔다.

'웃으셨다.'

식사 도중 갑자기. 대화도 끊긴 상태에서. 여인은 멍청하거나 둔하지 않았다. 황제가 저와의 자리가 흡족하여 저리 웃은 것이 아님을 단번에 눈치챌 수 있었다. 황제의 주의는 현재 이곳에 없다.

'아직 간택전은 시작도 하지 않았을 텐데…….'

굳은 표정을 감추기 위해 고개를 숙인 여인이 살그머니 입술을 깨물었다. 기분이 초조해진다. 대체 황제는 지금 무엇에 신경을 쏟고 있는가. 심지어 맞은편에 저를 놔두고.

"……폐하."

"음?"

"조만간 외출을 하고 싶습니다."

"외출? 궁 바깥으로 말인가?"

"네."

"그래, 궁에서만 지내려니 답답할 수도 있겠지. 그대의 뜻대로 하라. 다만 짐이 붙여 주는 호위는 반드시 대동해야만 한다."

당부하는 목소리에서 걱정이 느껴졌다. 여인은 그에 일말 안도했다. 황제는 삼 년 전부터 여태 변함없이 그녀의 안위를 걱정하고, 살피고, 보호해 주려 들고 있었다.

일부는 유별난 과보호라며 혀를 찼으나 여인은 그것이 마냥 기뻤다. 금방이라도 깨질 유리처럼 싸고도는 것은 다 저를 사랑하기 때문이 아닌가. 그만큼 귀애하니까 그러시는 것이 아니겠나.

여인은 이 보호가 애정의 증거라고 믿었다. 비록 단 한 번도 그녀를 연인처럼 품에 안아준 적은 없어도.

'괜찮아. 앞으로도 지금 같을 거야. 쭉 그래 왔던 것처럼.'

그러나 한번 제 귓가에 존재를 속삭이기 시작한 불안감은 옅어질 줄을 모른다.

여인은 누군가를 만나기 위한 외출을 결심했다.

이틀이 흘렀다.

메일은 그동안 심적으로는 고단하게, 육체적으로는 몹시 편안하게 시간을 보냈다.

앞날에 대한 온갖 부정적인 상상으로 머릿속은 박이 터지는데 정작 할 일은 아무것도 없었기 때문이다.

제국은 '대기'라는 명목으로 간택전의 후보들을 계속해서 방치하고 있었다. 대기가 끝나는 등록 마감일은 내일이었다.

메일은 탁자 위의 디저트를 주워 먹으며 지난 이틀을 회고했다. 있었던 일 중 가장 기억에 남는 것은 로즈의 근육 단련이었다.

요새 훈련을 걸렀더니 몸이 영 찌뿌둣하다며 이야기하던 로즈는 마침 어느 하녀가 자기 몸만 한 항아리를 힘겹게 운반하는 것을 보곤 잽싸게 달려가 그것을 낚아챘다. 말로는 도와준다는 구실이었지만 메일은 알 수 있었다. 쟤 지금 저걸로 수련하네. 그냥 옮기는 걸 도와주는 거면 굳이 항아리를 든 채로 팔을 위아래로 움직이는 동작은 왜 한단 말인가. 심지어 한 손에 한 개씩 들고 그러고 있었다.

메일은 당시 그걸 보면서 박수를 쳤다. 저것이 사람의 힘이라니. 오르밀과는 다른 의미로 신인류로다.

'대단했지. 응. 그리고 또 뭐가 있지.'

메일은 곰곰이 기억을 더듬었다.

없다.

이틀간 한 일이라고는 로즈가 상완이두근을 단련하는 것을 구경한 것이 전부였다.

이제 보니 그게 제일 강렬해서 기억에 남은 게 아니라 그것밖에 한 게 없어서 그것만 생각이 나는 모양이었다. 메일은 과자를 입으로 넣다 말고 식은땀을 흘렸다.

'나 이래도 되나?'

용사라면 뭔가 더 대단한 일을 해야 하는 것이 아닐까. 물론 책임을 따지자면 뭔가를 해볼 수도 없게 방치 플레이를 진행 중인 제국의 탓이 가장 크겠지만, 그래도 명색이 용사였다.

구국의 용사라는 타이틀을 달았으면서 이러고 있어도 되나? 어떻게든 뭐라도 수행해서 이름값을 해야 하는 거 아닌가? 뭐가 됐든 최소한 들숨 날숨보다는 가치 있는 일을.

'……정원님!'

괴로워하던 메일이 벌떡 몸을 일으켰다. 이럴 때는 역시 정원님이 답이었다. 마음이 심란할 때는 모름지기 정원에서 신성한 공기를 맡으며 식물에게 자문을 구해야 하는 법이다. 그것만이 정원 덕후를 구원해 줄 수 있었다.

결정을 내린 메일이 잽싸게 외투를 챙겨 입었다. 시중을 받지 않고도 깔끔한 솜씨였다. 채비는 순식간에 갖추어졌다.

'가자. 정원이 나를 부른다!'

용사님의 기개는 어디 가고 대신 정원 덕후의 기개가 날개를 펼쳤다. 메일은 장군처럼 힘차게 발을 내딛었다. 어릴 적 그녀의 교육을 담당했던 예절 선생이 본다면 거품을 물고 쓰러질 만큼 대찬 걸음걸이였다.

메일은 그렇게 오 분쯤 걸은 뒤 멈칫했다.

'자, 잠깐.'

용사 주제에 한량이 되었다는 괴로운 자책감과, 그 괴로움을 정원의 힘으로 치유하고 싶다는 욕망이 서로 어우러져 정신을 지배하는 바람에 순간 잊고 말았다. 메일이 자연스럽게 이동하려던 정원은 그냥 정원이 아니었다.

그곳은 그녀가 불과 이틀 전 인간으로서의 존엄성을 상실했던 곳. 레이디를 떠나 사람으로서 소중한 무언가를 내던지고 말았던 곳. 그런 장소.

'으으윽.'

고뇌가 그녀를 덮쳤다. 메일은 이 순간 자신이 했던 최대의 실수를 깨달았다. 앞구르기를 한 건 그럴 수 있다. 사람이 살다 보면 몇 바퀴 구르고 돌 수도 있지.

문제는 그걸 정원에서 저질러서는 안 됐었다는 것이다. 동작을 추가하는 조건을 감수하고라도 어떻게든 장소를 옮겼어야 했다. 그랬다면 이렇게 정원 출입을 앞에 두고 갈등하는 일은 없었을 텐데.

'어쩌지.'

갈등은 거대했다. 정원을 볼 수 없다면 차라리 이대로 세상을 뜨는 게 낫다는 정원 덕후로서의 본성과 그나마 남은 존엄성이라도 지켜야 하지 않겠냐는 보통 사람으로서의 이성이 서로 충돌했다.

'그냥 가! 거기보다 아름다운 정원 본 적 있어? 이미 정도 들었잖아. 매리골드와 벨벳을 생각해!'

'매리골드와 벨벳이 목숨을 지켜줄 수 있을까? 만약 갔다가 가면 쓴 남자와 마주친다면 십중팔구 수치사를 하게 될 텐데?'

'수치사를 하게 될 거라고?'

'그래!'

'어림없는 소리. 아름다운 정원은 모든 부정을 정화한다. 그래, 사람의 수치심까지도!'

"……!"

갈등은 끝났다. 메일의 머리가 맑아졌다.

본성의 주장에서 깨달음을 얻었다.

'내가 무엄한 번민을 했구나.'

본인이 정원에서 저지른 일에 대한 부끄러운 감회를 이유로 정원을 멀리한다면, 그것은 정원이 지닌 힘을 무시하는 것이다.

메일은 개안이라도 한 것 같은 기분이 되었다. 정원의 신성함은 무엇보다 위대하사 사람의 마음속 부정한 감정 따위는 잎사귀 짓 한번으로도 쉽사리 소멸시킬 수 있더라.

'정원님. 감히 쓸데없는 고민을 해서 죄송합니다.'

갈등의 과정에서 어쩌다 보니 신앙심이 깊어지게 된 메일이 보다 경건하게 걸음을 옮겼다. 고민이 사라진 표정은 마냥 평온했다.

'부끄러우면 어떠하고 민망하면 어떠하리.'

정원에 들어서는 순간 모두 부질없어지는 것을.

이치를 깨친 메일에게 더 이상 망설임은 없었다. 익숙한 샛길을 주파하여 자연스럽게 예의 그 정원으로 들어선다. 제 집에 들어가듯 천연한 입장이었다.

　메일은 그렇게 이틀 만에 정원을 방문하여 그곳의 경치를 눈에 담았다. 기분이 산뜻했다.

　여기서 잠깐 다른 행운아에 대한 이야기를 하자.

　로하이덴은 오늘 오전 회의가 있었다. 한데 웬일로 올라온 안건이 적어 회의가 평소보다 일찍 끝났다.

　일정표 사이에 뜻밖의 빈 공간이 생긴 그는 잠깐 고민하다 곧 정원에 들르기로 결정했다. 얼마 전에 가지를 친 나무가 지금쯤 어떤 상태일지 확인이나 해볼 요량이었다.

　그렇게 정원으로 향한 그는 그곳에서 메일의 뒤통수를 발견했다.

　'대단하군.'

　낯익은 뒷모습이 눈에 보이던 순간 로하이덴은 감탄했다. 진심이었다. 정원에 들를 때마다 약속이라도 한 듯 마주치는 우연도 우연이지만, 그보다 더 그를 놀라게 한 건 상대의 정신력이었다.

　'이틀밖에 안 지났을 텐데.'

　정원을 다시 찾은 것을 보면, 저번에 선보인 행위에 대한 창피는 벌써 극복했다는 말이 된다.

　로하이덴은 메일이 정말 비범하다고 생각했다. 박수를 받을 만한 인물이었다. 저 정도면 신관도 울고 갈 회복력이 아닌가.

　'나도 참 운이 좋군.'

　그는 손을 들어 자기 얼굴을 더듬었다. 가면이 잘 씌워져 있나 확인하기 위해서였다. 웬일로 회의가 일찍 끝나고, 어쩐지 정원에 들르고 싶고, 괜히 가면을 쓰고 싶은 기분이 들더라니 그게 다 이 우연을 만들어주려고 그랬던 거였나.

　새삼 본인의 운을 실감한 행운아 로하이덴이 이어서 사소한 고민을 시작했다.

'뭐라고 말을 걸지?'

그는 메일을 발견했으나 메일은 아직 그의 존재를 인식하지 못하고 있었다. 하는 양을 보아하니 또 저번처럼 아무도 없는 줄 알고 있는 것 같았다.

로하이덴은 고민하며 일단 기척을 숨겼다. 무슨 대사를 치면서 놀릴지 아직 정하지도 못 했는데 들킬 순 없지.

그때 메일이 입을 열었다.

"벨벳나무야. 사람 팔자는 참 피곤한 것 같아."

아니나 다를까 식물에게 말을 건다. 험담은 매리골드에게 하더니 푸념은 벨벳나무에게 쏟아 낼 생각인 모양이었다.

자칫 소리를 낼 뻔했으나 다행히 웃음을 참아 낸 황제가 여전히 기척을 감추고 메일을 응시했다. 무슨 말을 하는지 들어 보고 싶었다.

"꽃 팔자가 사람 팔자보다 나아. 그치?"

그 순간 시기 좋게 불어온 바람이 벨벳나무의 잎과 잔가지를 흔들었다. 마치 메일의 말에 호응이라도 해주는 듯한 형상이었다. 우연의 일치인 걸 알면서도 로하이덴이 내심 흠칫 놀랐다. 뭐야. 교감인가.

"후우, 정말 슬픈 일이야. 꽃은 예쁘기만 해도 되지만, 사람은 예쁘기만 하고 뇌가 청순하면 앞날이 망하고 가정이 망하고 나라가 망하고……."

'뇌가 청순해?'

로하이덴의 표정에 얼핏 황당함이 어렸다. 청순할 게 없어서 뇌가 청순하다니. 무식하거나 무지하다는 뜻인 것 같은데 그것 참 생각지도 못했던 신선한 표현이었다.

청순이라는 단어의 새로운 용례를 배운 황제가 속으로 신기해할 무렵, 메일의 말이 이어졌다.

"벨벳나무야. 넌 어떻게 생각해? 우리 공주님한테 승산이 있을까?"

공주. 공주라면 전에 대화에서 언급된 적이 있다. 로하이덴은 기억을 더듬어 메일이 입에 담았던 공주에 대한 칭찬을 상기해 냈다. 분명 세상 그 누구보다도 깨끗하고, 청순하고, 맑고 순수하다고 했었지.

……음? 잠깐.

머릿속으로 떠오른 어떤 가정에 로하이덴이 일순 멈칫했다. 설마.

그때 메일이 확인 사살이나 다름없는 말을 뱉었다.

"제국 내 미의 척도가 백치미라면 참 좋을 텐데."

뇌 청순, 우리 공주님. 그리고 백치미.

"……!"

알았다. 그때 들었던 칭찬은 완전판이 아니었다. 깨끗하고 맑고 청순하다던 소개에는 사실 어마어마한 단어가 생략되어 있었다.

진실을 깨달은 로하이덴이 순간 참지 못하고 자세를 무너뜨렸다. 기척을 숨기고 뭐고 웃음이 저 알아서 터져 나온다.

"사람이 아니라 뇌가…… 큭! 푸하하하!"

"……?!"

그리고 메일의 입장을 이야기하자면, 그녀는 당연히 소스라치게 놀랐다. 이번에야말로 아무도 없다고 생각했던 공간에서 갑자기 사람의 웃음소리가 튀어나왔으니 놀라지 않는다면 그건 인간의 담이 아니다. 메일은 깜짝 놀라 몸을 돌렸다가 그대로 굳었다.

'윽! 하필!'

우연을 관장하는 신이 있다면 그 양반은 저와 원수를 진 것이 틀림없다. 그렇지 않고서야 이렇게 딱딱 맞춰 제게 답 없는 만남을 선사해 줄 수는 없는 법이다.

메일은 그렇게 생각하며 '지금 이 순간 결코 만나고 싶지 않은 인물' 영광의 1위인 상대를 응시했다. 무늬 없는 흰 가면이 오늘따라 더 빤

질거리는 것 같았다.

'왜 또 웃고 있어?'

메일이 못마땅하게 미간에 주름을 잡았다. 상대는 뭐가 그리 우스운지 배를 부여잡은 채로 폭소를 터뜨리고 있었다.

낯설지 않은 꼴이라 괜히 아니꼬웠다. 시도 때도 없이 바람이나 드는 허파, 필요도 없어 보이는데 그냥 떼는 게 좋지 않을까? 메일이 잠깐 살벌한 생각을 했을 때였다.

넘어갈 듯 웃던 로하이덴이 나무를 퍽퍽 때렸다. 웃느라고 주변에 있던 걸 아무거나 쳤는데 그게 하필 나무였던 모양이다. 메일이 즉시 눈을 휘둥그레 떴다.

"악! 우리 살롯나무(Salot tree)! 살롯 때리지 마요!"

"푸흡…… 뭐라고?"

"살롯 때리지 말라고요!"

다람쥐처럼 잽싸게 다가온 메일이 양팔까지 펼치며 나무를 감쌌다. 비장한 보호였다. 로하이덴은 덕분에 웃다 말고 한 가지를 배울 수 있었다. 이 나무 이름이 살롯이었구나. 주인도 몰랐다.

"큽, 때리다니? 크흠. 난 그저 살롯을 조금 두드리면서 웃음을 공유했던 것뿐인데."

"공유 좋아하시네. 살롯은 그런 공유 전혀 원하지 않았거든요?"

"그걸 어떻게 알지? 살롯의 마음이라도 읽나?"

남들이 듣는다면 살롯이 사람인 줄 알 것이다. 메일은 가면 탓에 색이 바뀐 로하이덴의 적안를 똑바로 올려다보며 대답했다.

"그 정도는 알 수 있어요. 살롯은 내 친구니까요!"

"살롯이 친구라고?"

"그럼요."

"매리골드가 질투하겠군."

"매리골드가 왜 나와요? 그리고 매리골드는 질투 안 해요."

매리골드가 그쪽보다 대인군자거든요. 메일이 쌀쌀맞게 덧붙였다. 상대의 정체를 꿈에도 몰랐기에 나올 수 있는 대사였다.

로하이덴은 졸지에 꽃보다 못한 소인배가 되었으나 기분이 상하기는커녕 웃음이 나왔다. 메일의 앞에선 만인이 평등하게 식물보다 아래가 된다는 것을 알고 있기 때문인가. 그는 지금 같은 대담이 썩 유쾌하다고 생각하며 말을 받았다.

"유감이지만 살롯에 대해서는 친구인 영애보다 내가 더 잘 알 거야."

조금 전까지는 이름도 몰랐으면서 태도가 능청스럽다. 메일이 반발했다.

"왜요?"

"직접 키웠으니까."

"네?"

"이 정원의 절반은 내가 가꿨거든. 살롯도 당연히 그 안에 포함되고."

이건 사실이다. 정확히는 절반이 아니라 전부였지만, 메일이 현재 다른 사람으로 알고 있을 황제와도 공로를 나누어야 했기에 로하이덴은 부러 반을 쪼개 언급했다. 그의 발언에 메일이 눈을 동그랗게 떴다.

"절…… 반을 가꾸셨다고요? 손수? 여길?"

"그래."

"거짓말 아니죠?"

"어허. 오로지 진실만을 말한다는 진실의 신을 못 믿는 건가?"

"……"

"삼창까지 했으면서 말이야."

메일이 잠깐 주춤했다. 저 자식이.

"양손을 하늘로 들어 올렸을 때는 조금 감동이었는데."

"그만하시죠. 지난 일을 자꾸 꺼내면 사람들이 옹졸하다고 욕해요."

"나를? 감히 누가?"

"감히? 오, 이거 단어 선택이 심상치 않은데요. 신분이 어마어마하신가 봐요?"

비꼬듯 물었지만 사실 정말로 궁금하기는 했다. 메일은 상대를 향해 호기심과 의심이 반반 섞인 시선을 보냈다.

가면을 뒤집어쓴 채 툭 하면 정원에 출몰하면서 거기에 황제와 연줄까지 있다. 대체 뭐 하는 인물일까? 하는 짓만 봐선 작위만 받고 빈둥거리는 한량 황족이 딱인데 그렇게 생각하자니 눈 색과 머리 색이 걸린다. 참 애매한 인간이었다.

신분 운운에 뜨끔한 속내를 감추며 로하이덴이 천연덕스럽게 응수했다.

"내 신분? 그게 궁금한가?"

"말해준다면 들을게요."

"흠, 신분보다 더 대단한 사실은 알려 줄 수 있는데."

"그게 뭔데요?"

"이 정원 내 거야."

"아, 그러시구…… 엥? 네? 언제는 황제 폐하의 정원이라면서요?"

"그랬는데 내가 받았거든."

내가 주고 내가 받는다. 그 실상을 알 길 없는 메일이 깜짝 놀라서 외쳤다. 뭐라고요!

"정원에 대한 소유권을 받았다는 말이에요? 폐하께 직접?"

"그렇지."

"정말요? 거짓말 아니고?"

"아까부터 진실의 신을 너무 의심하는 거 아닌가? 이거 너무한데?"

"허……."

충격을 받은 메일이 뭐라 대꾸하는 대신 입을 다물었다. 심경이 복잡해졌다. 정원의 주인. 볼 때마다 때려 주고 싶은 충동이 드는 저 인간이 이 장소의 주인이라고.

'안 돼!'

곤란했다. 뭐가 곤란하냐 하면, 정원 덕후로서 지켜야만 하는 계명 중에 '정원의 주인에 대한 공경'이 있었기 때문이다.

특히나 소유권만 지닌 허울뿐인 주인이 아닌 손수 정원을 가꾸고 관리하는 참된 주인이라면 더욱 저 항목에 부합하는 인물이 된다.

즉 메일은 이제부터 가면 쓴 남자를 공경의 대상으로 여겨야 한다는 소리였다. 정원 덕후의 필수 계명을 어길 게 아니라면 말이다. 지금까지 계명의 모든 항목을 충실히 지켜 왔던 메일이 처음으로 갈등에 빠졌다.

"으으윽."

"왜 그러지? 표정이 엄청난데."

"일생일대의 고민 중이에요. 말 시키지 마세요."

"무슨 고민이기에? 아, 앞구르기를 했으니 이제 옆 돌기와 뒤구르기 중 어느 걸 먼저 연습해서 보여 줘야 할지에 대한 고민?"

"그럴 리가 있나!"

역시 공경 못 하겠다. 도무지 공경은 안 돼. 생각을 굳힌 메일이 대신 다른 쪽으로 타협점을 찾기로 했다. 계명을 완전히 어기자니 마음에 걸리니까 조금 바꿔서 지키는 걸로.

"……친해지는 정도로 타협해요."

"음?"

"그 정도는 할 수 있을 것 같아요. 응. 그 정도는. 친한 사이에도 가끔은 열도 받고 때려 주고 싶고 그러니까."

"무슨 소리지?"

"그런 게 있어요. 우리 앞으로 친하게 지낼래요?"

비장한 표정으로 메일이 제의를 던졌다. 그리고 그건 그녀의 갈등 과정을 알 리 없는 로하이덴에겐 꽤나 뜬금없는 내용이었다. 이유도 알려주지 않고 대뜸 친구 하잔다.

'아, 정원의 주인이라서?'

얼추 정답에 가깝게 짐작한 로하이덴이 짐짓 고민하듯 제 턱을 매만졌다. 그러더니 씩 시원하게 웃는다. 드러난 흰 이가 가지런했다.

"좋지. 그런데 난 지금도 제법 친한 사이라고 생각했는데? 앞으로 뭐가 달라지는 게 있나?"

"있죠. 혼자만 친하다고 생각했던 사이에서 서로 친하다고 생각하는 사이로 바뀌잖아요."

"뭐? 하하하."

"허파에 바람 든 것도 이젠 그러려니 할게요. 친한 사이니까. 그리고 추가로 통성명이나 할까요?"

"통성명?"

"친한 사이인데 뭐라고 불러야 할지도 모르면 좀 그렇잖아요. 전 메일 폰 비제아트예요."

네 번째 만남 만에 이름을 소개했다. 순서가 뒤로 밀려도 한참은 밀린 일이다. 로하이덴은 메일의 소개를 듣고 나서 잠시 머뭇거렸다.

'이름이라…….'

곤란하거나 어려운 일은 아니었다. 신분 패를 내미는 것도 아니고 고작 이름 정도야. 아무거나 떠오르는 대로 가명을 대거나 정 생각나지 않으면 주변인의 것을 잠시 빌리면 된다. 그러나 그는 스스로도 이유를 알 수 없이 주저했다.

'내키지 않는군.'

희한한 일이었다. 가명을 알려주고 그것으로 불리는 게 대체 뭐라고 이렇게나 꺼려지다니. 그렇다고 본명을 말해줄 수도 없는 노릇이다.

로하이텐은 주저하다 결국 차례를 미뤘다.

"다음에 알려 주지."

"엥? 안 알려 주면 안 알려 주는 거지, 이름을 다음에 알려 주는 건 또 뭐예요. 조만간 개명해요?"

"그렇다고 치지."

"흐음? 뭐, 알겠어요."

메일은 구태여 물고 늘어지지 않고 납득했다. 상대가 얘기한 '다음'이 다음 생이더라도 그냥 그러려니 할 수 있을 것 같았다.

어차피 가면으로 늘 얼굴을 가리고 다니는 판에 거기서 이름을 추가로 감춘다고 뭐 그리 대수일까. 그녀는 상대의 신비주의 설정을 존중해 주기로 했다.

"부르는 건 그냥 알아서 부를게요. 그나저나 이제 여기서 하실 일 있으세요?"

"왜?"

"일과가 있으시면 이만 빠져 드릴까 하고."

"친해지자마자 버리고 가겠다는 건가?"

"그럼 같이 뭐 해요?"

"흠."

로하이텐은 남은 시간을 계산했다. 회의는 일찍 끝났지만 다음 일정으로 일시키어 공작과의 대담이 잡혀 있다. 딱히 한가한 것은 아니었다. 그래도…… 아니, 그래서인가.

"이대로 보내기는 아쉬운데."

"그 대사 징그러워요."

"친한 사이끼리 이 정도야."

"아, 네. 그런데 정말 뭐 해요?"

"음…… 고민 상담?"

뱉어놓고 로하이덴이 만족스런 표정을 지었다. 충동적으로 떠오른 거였지만 나쁘지 않았다. 마침 놀릴 만한 거리도 있다.

"네? 웬 상담?"

"고민이 있지 않나?"

"저한테요?"

"모시는 공주님이 남다르게 청순하고 깨끗한 걸로 아는데. 무려 뇌가."

"헉!"

"다른 것도 아니고 뇌가 그리 순수하다니⋯⋯. 하루하루가 고민의 연속일 만도 해."

"어, 어떻게 알았어요?"

당황한 메일의 동공이 흔들렸다. 어떻게 우리 공주님을 그렇게 완벽히 파악하고 있지! 저 정도면 거의 우리나라 간첩 수준 아닌가!

그런 메일의 혼란에 대고 로하이덴이 차분하게 답을 알려주었다. 그새 잊었냐는 투였다.

"영애가 자기 입으로 말하지 않았나. 벨벳나무한테."

"아차."

그랬지, 참. 본인의 경솔한 실수를 깨달은 메일이 그대로 엎어져서 자책했다. 잘하는 짓이다⋯⋯. 이래선 공주님을 나무랄 처지도 아니잖아⋯⋯. 용사 딱지 그냥 반납할까.

로하이덴은 땅굴을 팔 기세로 좌절하는 메일을 앞에 두고 겨우 웃음을 참았다. 여기서 소리 내 웃었다간 상대가 정말로 뒤도 안 돌아보고 나가 버릴 것 같았기 때문이다. 그는 헛기침을 하며 표정을 가다듬었다. 큼큼.

"원래 친한 사이끼리는 그런 고민도 들어주고 하는 거지."

"윽, 애초에 벨벳나무한테 말한 걸 왜 그쪽이 듣고 그래요?"

"영애가 다 들릴 크기로 말했지 않나. 귀머거리가 아닌 걸 어떡해."

"……잊어주시면 안 될까요?"

"그러고 싶어도 내 기억력이 원체 좋아서."

"도와드릴게요. 사람은 간혹 머리를 세게 부딪치면 부분 기억상실증이 오기도 한대요."

마침 근처에 바위가 있었다. 메일은 지형지물도 우리를 돕는다며 진지하게 그것을 가리켰다. 결국 로하이덴이 재차 배를 잡았다.

시원하게 웃음을 터뜨리는 상대를 보며 메일은 떨떠름한 표정을 지었다.

"제가 언제 웃겨 드린 거죠? 방금 한 말은 농담이 아니었는데."

"영애는, 큭, 내가 만나 본 사람 중에 가장 웃긴 것 같아."

"아, 네……."

"표정이 별론데? 영광 아닌가?"

"세상 영광 다 죽었네요. 아, 저 고민 털어놓을게요. 친한 사람의 허파에 심각한 문제가 있는 것 같아서 고민인데 어떻게 해야 할까요? 의원을 찾아가 보라고 하면 되겠죠? 고민 상담 끝! 의원한테 가 보세요. 그럼 이만."

"잠깐, 잠깐."

빠르게 혼자 질문하고 혼자 답한 메일이 그대로 빙글 몸을 돌렸다. 그 매정한 뒷모습에 로하이덴이 저도 모르게 팔을 뻗어 상대를 막았다. 막으면서도 내심 자기가 놀란다. 먼저 가는 상대를 이쪽에서 붙잡는 게 대체 얼마 만인지. 아니, 있긴 있었나.

"왜요? 고민 상담 다 했잖아요."

"영애의 매정함엔 참 적응이 되질 않아."

"식물로 환생해서 다시 찾아오시면 그땐 살갑게 대해드릴게요."

"이번 생엔 영 힘들고?"

"운명이려니 생각하세요."

"대쪽 같군. 그래도 친하게 지내기로 한 마당이니 시간을 조금 더 할 애해 주어도 되지 않나? 고민 상담 말고도 할 게 많은데."

"어떤 거요?"

"얼마 전에 씨앗을 심은 꽃이 있어. 싹이 폈나 보러 가지."

임기응변으로 떠올린 것치고는 썩 그럴듯했다. 일단 상대의 발을 붙 드는 데에는 성공했으니까. 싹이라는 말에 멈칫한 메일이 슬쩍 흥미를 보였다.

"무슨 꽃인데요?"

"직접 보지?"

"싹만 보고 무슨 꽃인지 어떻게 알아요."

"모르나?"

"……일단 보고 판단할게요."

왠지 마지막 말이 정원 덕후의 자존심을 건드렸다. 메일은 어디든 가 주겠다는 표정으로 팔짱을 낀 채 로하이덴을 올려다보았다. 로하이덴 이 웃으면서 앞장섰다.

"일주일쯤 됐군."

"그 정도면 싹은 올라왔겠네요."

"그런데 정말 싹만 보고도 꽃의 종을 알 수 있나?"

"봐야 알겠지만…… 있으면요?"

"글쎄. 그것도 멋진 능력이니 상을 줄까."

"무슨 상?"

정원 자유 입장권 같은 걸 주나? 근데 그건 지금도 하고 있는데. 메일 이 그렇게 생각하며 앞서 걷는 상대의 뒤통수를 쳐다보았을 때였다. 걸 음을 멈춘 로하이덴이 몸을 돌려 그녀와 눈을 맞췄다. 이내 입을 연다.

"황제에 대해 알고 싶은 것이 있으면 한 가지 말해주지. 무엇이든."

시선이 얽혔다. 메일은 상대의 선명한 적안을 응시하며 눈을 깜박였다. 황제?

"갑자기 왜요?"

"그냥. 나름 그럴듯한 보상이지 않나?"

"말해준다면 듣겠지만……. 그런데 그쪽 그러다 끌려가는 거 아니에요? 저번부터 황제 폐하를 너무 팔아먹는데."

"그래도 되는 사이라서."

"그거 의미심장하네요. 뭐, 정원도 줄 정도니까."

메일은 대충 짐작했다. 혈연은 아니어도 엄청 친한가 보지. 믿음과 신뢰가 하늘 같은 사이인가 보다.

그렇게 생각하면 상대의 안하무인 같은 태도도 나름 이해가 가는 일이었다. 황제가 직접 편의를 봐주는데 궁 안에 달리 무서울 사람이 누가 있을까.

"이래서 인맥이 중요하다니까. 그나저나 씨앗을 심었다는 곳은 어디예요?"

"이쪽."

로하이덴은 선 자리에서 한 발짝 움직여 아래를 가리켰다. 얼추 눈대중으로 보기에도 정원에서 가장 큰 나무, 그 밑동 부근에 자그마한 싹이 나 있었다. 선명한 연두색이 파릇파릇하다. 메일은 그걸 발견하자마자 황당한 표정을 지었다.

"무슨 나무 그늘에 꽃을 심어요?"

"이건 그렇더군. 해를 만나면 꽃을 안 피워."

"네? 그런 꽃이 어딨…… 잠깐."

메일의 표정이 변했다. 치맛자락을 그러모으고 풀썩 쪼그려 앉더니 즉시 심각한 얼굴로 싹을 살피기 시작한다.

엄지손가락만 한 연두색 쌍떡잎. 얼핏 평범한 새싹 같지만 자세히 살펴보면 한쪽 잎에만 노란색 반점이 있다. 닿을 것처럼 얼굴을 들이밀고 관찰한 메일이 곧이어 입을 떡 벌렸다.

"꺄악! 이거 바일렛(Vilet)이잖아요!"

"맞혔군. 정답이야. 한데 비명은 왜 지르나?"

"세상에! 맙소사! 내가 바일렛을 여기서 볼 줄이야! 세상에!"

제국에 온 이후로 가장 크게 흥분한 메일이 가만히 있지 못하고 법석을 떨었다.

로하이덴이 흠칫 놀라 당황한 낯으로 그녀를 쳐다보았을 정도였다. 메일은 상대가 어떻게 쳐다보든 그저 감동하고 감격해서 양손을 교차해 제 입을 가렸다.

바일렛(vilet). 혹자는 그것을 이름으로 칭하지 않는다. 대신 전설이라 부른다.

바일렛은 굉장히 유명한 꽃이다. 씨앗을 심으면 사흘에서 엿새 사이에 싹이 피는데, 시작은 달콤하게 평범하게 연두색 새싹이지만 자라면서 점점 남다른 형태로 변모를 이룬다.

장성한 바일렛이 겉으로 내보이는 가장 큰 특징은 바로 잎의 색깔이었다. 꽃이 아니라 줄기의 잎. 그것이 하나는 초록색이고 하나는 밝은 노란색을 띤다. 세상 초목을 다 뒤져도 오로지 바일렛에게만 나타나는 특색이다.

바일렛의 남다름은 물론 거기에서 끝나지 않는다. 바일렛은 화려한 흰색 꽃이 지면 특이하게도 같은 자리에 열매를 맺는데, 붉은색을 띠는 그 열매는 학계에서 일명 '신의 열매'로 통하는 만능 과실이었다.

정식 이름은 롤란테(Rolante). 열매 주제에 지닌 효능이 만병통치약 뺨을 후려치는 수준이라 위 같은 별명이 붙었다.

잎은 특이하고 열매는 비상하다. 여기까지만 해도 바일렛이 다른 식물과는 궤를 달리하는 비범한 종이라는 건 충분히 알 수 있을 것이다.

하나 끝이 아니다. 가장 중요한 것이 남아 있다. 바일렛을 이름 대신 전설이라 불리도록 만든 결정적인 특성.

바일렛은 기르기가 더럽게 어려웠다.

"이거 어떻게 심으신 거예요? 씨앗…… 혹시 사셨어요?"

묻는 메일의 목소리가 미세하게 떨렸다. 바일렛을 재배할 때 쉬운 과정은 씨앗에서 싹이 필 때까지가 유일하다. 그 이후로는 온통 치솟는 혈압과 좌절과 눈물의 향연이었다.

싹은 쉽게 피는데 거기서부터 봉오리를 맺기까지가 더럽게 힘들다. 봉오리에서 개화까지는 그 두 배쯤 힘들다. 그리고 개화한 꽃이 지고 열매를 맺게 하는 건 그 두 배의 두 배쯤 힘들다. 그리고 최종적으로 그 열매 안에 씨앗이 있을 확률은 통계적으로 일 할쯤이었다.

과거 어느 정원사는 바일렛을 길러 열매와 씨앗을 진상하라는 왕의 명령에 이렇게 답했었다고 한다. 차라리 소신의 목을 따소서.

바일렛은 재배 난이도가 진정한 전설이었다.

"샀느냐고? 씨앗이 매매되기도 하는 종인가 보군. 난 앞서 키운 것의 열매에서 얻었지만."

"헐."

답을 뱉는 로하이덴의 목소리가 태연했다. 풍기는 느낌을 해석하자면 '그래, 이거 바일렛이고 씨앗은 열매인 롤란테에서 얻었고 내가 직접 키웠고 다 했는데 딱히 별거 아니더라. 이게 왜?' 정도 되겠다.

메일의 충격이 배로 커졌다. 커진 충격을 이기지 못해 선 자리에서 비틀거리기까지 한다. 지켜보던 로하이덴이 깜짝 놀랐다.

"왜 그러지? 어디가 안 좋은가?"

"……님."

"뭐?"

"선배님."

비틀거리던 메일이 균형을 바로잡고 그대로 무릎을 꿇었다. 꿇은 무릎 위에 양손을 올린 경건한 자세였다. 그 순간 상황 파악에 실패한 로하이덴의 사고가 잠시 정지했다.

"앞으로 선배님으로 모시겠습니다."

마침 바람이 불어왔다. 웃음기라곤 조금도 찾아볼 수 없는 진지한 목소리가 불어온 바람을 타고 정원 안으로 울려 퍼졌다. 길게 늘어뜨린 메일의 갈색 머리카락이 분위기를 더해 주듯 펄럭거리며 나부꼈다.

제국에 도착한 지 나흘째. 정원 덕후 메일에게 선배님이 생겼다.

4
호감도는 정원에서

메일이 알게 된다면 이건 사기라며 뒷목을 잡고 그대로 넘어갈 만한 내막이 있다. 그녀가 깊게 탄복하여 스스로 후배를 자처하게 만들었던 로하이덴의 업적—바일렛을 재배하고 열매에서 씨앗을 얻음—은, 사실 그의 솜씨가 빼어나서 가능했던 것은 아니었다.

로하이덴은 황제다. 당연히 그가 기거하는 장소에는 황제의 안위를 위한 갖은 방비가 마련되어 있었는데, 그중 하나가 바로 마법진이었다.

습격이나 암살 같은 만일의 사태를 대비하여 실력 있는 황궁 마법사들을 아낌없이 갈아 넣었다.

침소와 집무실의 바닥에 여러 종류의 마법진을 겹겹이 새기고 마나석을 설치한 것이다. 그러한 작업을 마친 내부는 덕분에 일반인은 느끼지 못하는 기묘한 기운으로 가득 차게 되었는데, 공교롭게도 그것이 바일렛을 성장시키는 양분으로 작용했다.

황제는 바일렛을 집무실에서 키웠다. 도저히 바빠서 정원까지 나갈 시간이 없을 때 숨통이라도 틔우려고 가져다 놓은 것이다.

재배 난이도가 너무 높아서 전설의 꽃으로 취급된다는 바일렛은 그곳에서 마법진의 기운을 먹고 쑥쑥 자랐다. 꽃을 활짝 피웠다가 알아서 열매도 맺었다. 열매 안에는 심지어 하나만 있어도 성공이라는 씨앗이 대여섯 개나 들어 있었다.

누가 봤다면 혼자서도 으쌰으쌰 잘 자라는 잡초의 전설인 줄 알았을 것이다.

정리하자면 로하이덴은 그냥 운이 좋았을 뿐이었다. 수많은 꽃 중 집무실에 들일 산소호흡기로 우연찮게 바일렛을 골랐던 운. 메일에게는 본의 아니게 속임수가 되고 만 셈이다.

그렇게 속았으나 속은 줄 모르는 사기 피해자(?) 메일은 현재 처소에서 뱁새눈을 하고 있었다.

"아니에요, 공주님. 그거 말고 오른쪽."

"이거?"

"네."

실눈을 뜨고선 유심히 살피더니 우측에 있는 것을 손가락으로 지목한다. 그에 리엘라가 시녀더러 그것을 집어 오도록 시켰다. 장신구였다.

오늘은 황후 간택전의 후보가 전부 모이는 날이었다. 제국에서 정해둔 등록 기한은 조금 전 해가 지면서 마감을 맞이했다. 이제부터는 제국에 도착하더라도 후보로서 이름을 올릴 수 없었다.

최종 참가 인원이 마침내 정해진 것이다. 남은 것은 공식적으로 간택전의 막이 오르는 것뿐. 미리 도착한 후보들이 하나같이 손꼽아 기다리던 순간이 바로 코앞으로 다가온 마당이었다.

머리 장식을 골라준 메일이 다음으로 목걸이를 두고 고민했다.

"목걸이는 하나만 골라드릴게요. 그것만 거세요."

"왜?"

"그게 예쁘거든요."

"으응?"

가느다란 목에 매번 목걸이를 서너 개씩 주렁주렁 달고 다녔던 리엘라가 납득하지 못하고 고개를 갸웃했다.

보석이 달린 목걸이는 예쁘다. 그런 목걸이가 세 개면 세 배 예쁘다. 그럼 당연히 많이 걸수록 예쁜 거 아닌가?

리엘라의 단순한 계산법이 눈에 훤히 보인 메일이 고개를 절레절레 내저었다. 이 공주님은 가만 보면 치장을 통해 오히려 자기 미모를 떨어뜨리는 경향이 있었다.

드레스는 무조건 화려하게. 장신구도 많이. 프릴도 많이. 몸에 달 수 있는 건 그냥 다 많이. 그럴수록 예뻐지기는커녕 점점 신기한 몰골이 되어갈 뿐인데 말이다. 메일은 단호한 표정으로 입을 열었다.

"절 믿으세요. 하나만 거는 게 더 예뻐요."

미의 종류를 크게 청순, 섹시로 나눈다면 리엘라는 단연 전자가 강세였다. 장신구의 수를 줄이고 새하얀 드레스를 입혀 놓는다면 정말 요정처럼 보일 것이다.

메일은 마음 같아선 프릴이고 나발이고 죄 떼버린 차분한 엠파이어 드레스를 갖다 입히고 싶었으나, 리엘라가 그것까진 용납하지 않을 것이 뻔했으므로 일단 액세서리로 타협했다. 이거라도 덜 달게 해야지.

"그치만 영 허전한데……."

"어허! 공주님. 절 믿으신다면서요."

메일이 짐짓 엄하게 말했다. 불과 며칠 전만 해도 리엘라에게 버림받아 연회장을 몰래 찾아 들어가야만 했던 메일이 지금은 대상의 몸치장에까지 적극적으로 관여할 수 있게 된 까닭이 있다. 바로 오르밀 덕분이었다.

오르밀이 초대장을 빙자한 결투장을 보냈던 날, 전쟁 운운하는 협박으로 상대를 닥치게 만들었던 메일은 그 공로를 인정받아 보상으로 리엘라의 신뢰를 얻었다.

그때부터 리엘라가 은근히 메일의 말에 귀를 기울이고 의견을 수용하기 시작한 것이다.

그리고 그건 그날의 나무 칭찬과 더불어 리엘라에 대한 메일의 인식 또한 바꾸어 놓는 계기가 되었다. 리엘라가 전보다 덜 얄밉고 덜 화난다.

다른 말로 하면 정이 들었다. 정원에서 벨벳나무에게 늘어놓은 하소연도 사실 욕을 하려던 것이 아니라 정말로 걱정이 되어서 그랬던 것이다.

메일은 고국의 앞날뿐 아니라 리엘라의 앞날도 염려하기 시작했다. 전에는 순전히 감시를 목적으로 따라다녔다면 이젠 거기에 보호가 추가되었다고 할까.

정리하자면 리엘라는 메일을 '그냥 시비1'에서 '믿을 만하고 마음에 드는 사람'으로, 메일은 리엘라를 '나라 멸망의 주범'에서 '걱정되는 우리나라 공주님' 정도로 옮겨 놓았다고 볼 수 있었다.

뚜렷하다면 나름 뚜렷한 변화였다. 이게 다 오트밀의 덕택이라니, 세상사는 역시 모르는 거라고 생각하며 메일이 마지막으로 장갑을 골라 주었다.

"됐다. 제가 골라드렸지만 정말 완벽하네요. 잘 어울려요."

"그래? 후홋, 다 내가 그만큼 예뻐서 그래."

"아무렴요. 이제 출발하실 거죠? 저도 얼른 준비할게요."

치장이 끝난 리엘라를 요리조리 점검한 메일은 이내 예의에 어긋나지 않을 정도로만 간단히 시녀들에게 단장을 받았다.

단조롭지만 격식에 맞춘 드레스를 차려입고 무늬가 없는 단색 장갑을 낀다. 머리는 깔끔하게 하나로 땋아 틀어 올렸다.

장신구를 고르고 거는 과정과 화장을 생략하니 시간이 얼마 걸리지 않았다. 메일은 금세 준비를 마치고 리엘라의 곁에 섰다.

"가요, 공주님."

리엘라는 당연한 듯 오른쪽엔 메일, 왼쪽엔 로즈를 대동하고 방을 나섰다. 어깨가 으쓱한 것이 저 나름대로는 제법 막강한 전력과 함께 간다고 생각하는 모양이었다.

메일은 의기양양한 리엘라의 뒤통수를 보며 잠깐 귀엽다고 생각했다가, 곧 자기가 한 생각에 자기가 놀라 걷던 도중 그대로 발이 꼬였다.

넘어지지 않은 것은 순전히 재빨리 다가와 팔을 잡아준 로즈 덕분이었다. 로즈는 파워뿐 아니라 순발력 또한 남달랐다.

메일이 놀란 가슴을 거의 다 진정시켰을 무렵 목적지가 모습을 드러냈다. 전에 한번 와 본 적이 있는 중앙 연회 홀이었다. 지나가듯 듣기로는 본궁에서도 가장 크다더니 확실히 거짓말은 아니었던 것 같다.

메일은 새삼 홀의 넓이를 실감하며 내부의 전경을 눈에 담았다. 이번에도 역시 사방이 반짝거렸다.

'미인도 많고, 여전히 레이스도 많네.'

메일은 곳곳의 미녀들에게 저번보다는 유심히 시선을 주었다. 저 언니 위험하고, 저기 저 언니도 위험하고. 일단 외모로만 단순하게 라이벌을 추려내 본다.

신분이나 뇌의 유무 등 다른 요소를 알 수 있다면 더 좋겠지만 당장은 보이는 것이 얼굴뿐이니 어쩔 수 없었다.

메일은 꽃 같은 미인들 사이에서도 눈에 띄는 몇몇을 예의 주시하여 외모를 기억해 두었다. 나중에 후보들의 신상 명단이나 몰래 구해 봐야겠다.

그러는 사이 시간이 되었는지 활짝 열려 있던 입구의 문이 닫혔다. 잔잔하던 악단의 연주가 그걸 신호로 보다 장엄하게 변한다.

은근히 달라지는 홀의 분위기를 느낀 메일이 눈을 반짝 빛냈다. 아무래도 이것은 곧 황제의 등장이 있을 낌새렷다.

그리고 바로 맞혔다. 잠시 후 악단이 연주를 멈추고 북을 두드렸다.

둥둥둥. 나팔 소리가 힘차게 홀 안을 가른다. 뿌우우! 마지막으로 시종이 기다렸다는 듯 목청을 키워 우렁차게 외쳤다.

"로하이덴 반 드 헬베른 황제 폐하께서 드십니다!"

지지 않는 제국의 태양, 헬베른의 영원한 군주 등. 실은 준비되어 있는 수식어가 꽤 많았으나 시종은 그것을 입에 올릴 수 없었다. 로하이덴이 부끄럽다고 갖다 붙이지 못하게 했기 때문이다. 시종의 입장으로서는 몹시 아쉬운, 남들은 알지 못하는 비화였다.

어쨌든 현재 제국 내에서 가장 유명할 것이 틀림없는 이름이 힘찬 목소리를 타고 홀 안으로 울려 퍼졌다.

그러자 여태 굳게 닫혀 있던 크고 화려한 문이 그에 화답하듯 벌컥 열렸다. 열린 문 사이로 만인이 기다리던 주인공이 호위 기사와 함께 모습을 드러낸다.

사람들의 이목이 순식간에 한곳으로 집중되었다.

"저분이……."

"헬베른의 황제 폐하."

혹 신의 사자가 걸어 들어온다면 이런 느낌일까. 몇몇 영애가 체면도 잊고 벌어지는 입을 가렸다. 그중 한둘은 들고 있던 부채를 떨어뜨리기까지 했다.

태양이 아닌 조명 아래에서도 눈이 부신 백금발. 깔끔하게 빗어 넘긴 머리카락 아래로 반듯한 이마와 환상적인 이목구비가 당연한 듯 타인의 시선을 끌었다.

타고난 체격에 단련을 게을리하지 않은 몸은 의복으로 가렸음에도 어딘지 엿보이는 단단함이 있다. 녹아들 듯 깊은 황금색 눈동자는 더 말할 것도 없이 화룡점정이었다.

메일과 가까이에 서 있던 어느 영애가 견디지 못하고 비틀거렸다.

"하아……. 어서 폐하를 닮은 쌍둥이의 엄마가 되고 싶어."

거리가 가까워 본의 아니게 영애의 혼잣말을 고스란히 들은 메일이 흠칫 놀랐다. 어, 엄청 앞서가는데.

그렇게 홀 안에 큰 반향을 일으키며 등장한 황제는 이내 여유로운 발걸음으로 준비된 옥좌에 가 앉았다. 그를 따라 양옆으로 호위 기사가 경건하게 자리를 잡고 선다. 날 때부터 그 자리에 있었던 것처럼 무척 자연스러운 모습이었다.

메일은 그것을 보며 문득 얼마 전에 있었던 독대를 떠올렸다.

"짐을 보았으니 뭔가 느낀 바가 있을 것 아닌가. 이야기해 보도록."

……그랬었지. 그때는 약간 깼다고 생각했었는데, 이렇게 다시 보니 역시 황제는 황제구나 하는 감상이 든다. 그저 앉아 있는 것뿐인데 저절로 좌중을 아우르는 위엄이 느껴졌다. 그는 마치 숨을 쉬듯 자연스레 군림하고 있었다. 단지 자리에 존재하는 것만으로도.

'곁에 서 있는 호위 기사에게서도 은연중에 충성심이 느껴져. 십중팔구 황권이 약하지는 않을 것 같은데…… 그럼 간택전은 역시 황제의 뜻인가?'

그리 생각하다 메일은 고개를 갸웃했다. 두 번이나 그녀를 괴롭혔던 악몽의 내용이 생각난 탓이다.

꿈속에서 황제는 정인의 죽음에 크게 진노했다. 전쟁에 환장한 살인광으로 보이지도 않는데 직접 군대를 이끌고 나라 하나를 불바다로 만들어버렸을 정도면 그 분노가 얼마나 컸을지 대략적으로나마 짐작이 간다.

황제는 아마 제정신이 아니었을 것이다. 최소한 반 정도는 미치지 않았을까. 그렇다면 그만큼 그에게 정인이 소중한 존재였다는 이야기인데.

'그런 대상을 놔두고 왜 황후 간택전을? 혹시 앞으로 후보 중에 정인이 생기는 건가?'

머리를 굴리다가 메일은 불쑥 깨달았다. 아차. 꿈의 내용이 현실과 닿아 있을 거라는 보장은 아직 없다. 꿈에서처럼 현실의 황제에게도 소중한 정인이 있을 거라고는 함부로 단정할 수 없었다. 없을 수도 있고, 안 생길 수도 있다.

'앞으로 생길지의 여부는 둘째 치고라도, 이미 있는지 없는지 정도는 알 수 있으면 좋겠는데…… 무슨 방법이…… 아!'

생각에 골몰하던 메일이 손가락을 튕겼다. 선배님!

'그 자식'에서 '선배님'으로 한순간에 호칭이 격상된 그 인물은 어제 정원에서 메일에게 한 가지 약속을 했다. 싹의 모양만 보고서 꽃의 이름을 맞히면 황제에 대해 묻는 것을 알려 주겠다는 약속이었다. 그게 무엇이든, 어떤 질문이든지.

그리고 메일은 꽃의 이름을 정확하게 맞혔다. 상대가 보상으로 내걸었던 질문권을 받을 수 있다는 이야기였다.

그녀는 남몰래 주먹을 꼭 쥐었다. 아자! 그때는 그런 걸 받아서 어디에 쓰나 했는데 이렇게 요긴하게 쓰게 되는구나. 메일은 속으로 상대에게 감사를 표했다.

'감사합니다, 선배님. 황제를 팔아주셔서 고마워요. 후배가 곤란할 땐 역시 선배님뿐이군요. 그런데 지금은 어디서 뭘 하고 계시나요?'

언뜻 상대의 행방에 생각이 미친 메일이 고개를 슬쩍 기울였다. 선배로 모시기로 한 이후로는 여태 얼굴을 보지 못했다.

정원에는 두어 번쯤 더 들렀지만 상대가 바빴거나 시간이 엇갈렸던 모양이다. 물론 이제 고작 하루가 지났을 뿐이니 행방이 묘연하다고 궁금해하기에는 민망한 기간이긴 했다.

'내일 아침쯤에는 만날 수 있으면 좋겠는데…… 응?'

생각에 빠져 있느라 내리깔았던 눈을 도로 든 메일이 순간 멈칫했다. 찰나지만 눈이 마주친 것 같은 기분이 들었다. 누구냐면 황제랑. 이쪽을 보고 있었던 것 같은데.

'착각인가?'

메일이 고개를 갸웃거렸다. 황제는 지금 완전히 다른 곳을 응시하고 있었다. 이쪽에서 보기에 얼굴이 정면보다는 측면에 가까울 정도로 시선의 방향이 다르다.

그냥 기분 탓이었을까? 사실 눈이 마주쳤든 아니든 딱히 중요한 것은 아니었다. 착각인들 어떠하고 아닌들 어떠하리.

그때였다.

"다들 모이셨군요. 그럼 제 소개를 먼저 드리겠습니다. 마르힘 볼텐입니다."

언제부터 있었는지 귀족 한 명이 앞으로 나와 자기소개를 했다. 아마 후보들이 홀 안에 모이기 전부터 자리를 잡고 있었던 것 같았다.

황제 때문에 본의 아니게 잠깐 투명인간이 되고 말았던 그는 한번 모습을 드러내고 나니 의외로 쉽게 눈을 뗄 수 없는 강렬한 존재감의 소유자였다.

콧수염. 그는 우연히 쳐다본 사람이라도 도무지 눈을 뗄 수 없게 만드는 정신 나간 콧수염을 기르고 있었다.

"망측해……."

누군가가 작은 목소리로 중얼거렸다. 메일은 조금 동감했다.

마르힘 볼텐이라 이름을 소개한—그러나 왠지 망츠크 코수히엄 같은 이름이 더 잘 어울릴 것 같은—귀족은 주위의 술렁임에도 아랑곳하지 않고 태연한 손길로 제 콧수염을 매만졌다.

가만 보니 향유까지 발라 놓은 것이 딴에는 꽤 아끼고 아껴 기르는 중인 모양이었다. 스스로가 미치는 시각적 공해를 모르는 건지 아니면 알면서 무시하는 건지, 그는 그저 의연하게 말을 이었다.

"이름을 알려드렸으니 직책 또한 말씀드려야겠죠. 저는 폐하께 이번 황후 간택전에 대한 총지휘를 임명받았습니다. 다시 소개드리죠. 간택전의 총책임자 마르힘 볼텐 후작입니다."

"총책임자?"

"저 콧수…… 저 귀족분이?"

"어머나."

후작이 던진 말은 좌중에 파문을 일으켰다. 이름은 잊어도 콧수염만큼은 단단히 기억에 남을 것 같은 상대는 놀랍게도 간택전에 한해 대단히 중요한 직책을 차지하고 있었다.

총책임자. 말하는 투를 봐선 일을 나눌 관리자도 따로 두고 있지 않은 것 같았다. 메일은 지나가듯 생각했다. 한가한 사람인가 보네.

"그럼 책임자로서 간단하게 몇 가지를 안내해 드리겠습니다. 우선 간택전은 언제까지 진행된다는 정해진 기간 같은 것은 없습니다. 다만 1차, 2차를 거쳐 절반씩 후보의 수를 줄여 나갈 것이며, 남은 후보가 다섯 명 이하가 되면 그중에서 최종적으로 황후가 되실 분을 간택할 예정입니다. 선별 과정에서 떨어진 분들은 별도의 절차 없이 바로 귀국 길에 올라 주시면 됩니다."

절반씩이라. 메일은 눈대중으로 홀 안에 모인 후보들의 수를 가늠해 보았다. 백은 넘지 않겠지만 거의 그 가까이는 되어 보인다.

그렇다면 다섯 명 이하로 남기까지 필요한 선별 회수는 못해도 네 번에서 다섯 번. 일주일에 한 번씩 후보들을 골라낸다고 해도 한 달은 걸릴 일이었다. 무슨 기준으로 뽑고 떨어뜨릴지는 모르겠지만 번갯불에 콩 구워 먹듯 끝나지는 않을 것이다.

'선별에는 매번 황제가 관여하는 걸까? 어째 저 필요 이상으로 당당한 얼굴을 봐선 아닐 것 같기도 하고…….'

볼텐 후작의 반질반질한 낯을 보며 메일이 그렇게 생각했다. 그때 후작이 화답하듯 그 주제를 입에 담았다.

"참고로 폐하께선 특별한 일이 없는 한 선별 과정에는 관여하지 않으실 겁니다. 기본적으로 누구를 남기고 누구를 떨어뜨릴지는 순전히 제 주도하에 결정됩니다. 오해 없으시라고 미리 말씀드립니다."

술렁.

후작이 뱉은 말은 충분히 거대한 폭탄 발언이었다. 황후를 뽑는 과정인데 황제가 손을 놓고 관망이나 하겠다니. 상식적으로 바로 이해가 가지 않는 결정이다. 홀 내부가 지금까지 중 가장 크게 동요했다.

메일 또한 의문스럽게 미간을 좁혔다.

'정말 저 후작이 모든 권한을 넘겨받았구나. 설사 그렇더라도 최종 선택은 황제가 직접 할 줄 알았는데, 그런 언급까지 없을 줄이야. 그런데 왜?'

메일은 후작이 처음 입을 열기 시작했을 때부터 그를 유심히 살폈다. 후작은 틀림없이 황제를 어려워하고 있었다. 태연한 척하지만 한 마디 한 마디를 꺼낼 때마다 은근슬쩍 황제의 용태를 살피는 것이, 어떻게 보아도 대상이 신경 쓰여 마음을 졸이는 티가 났다.

메일은 둔한 편이 아니다. 황제가 힘에 밀려 본의와 관계없이 권한을 내어준 것이 아님을 금방 알아차릴 수 있었다. 그럼?

'전혀 관심이 없다는 건가? 황후의 자리에 누가 앉든 일말 상관없으니, 간택전 같은 쓸데없는 일에 시간을 뺏기고 싶지 않다는 의미라면……'

그렇다면 이해가 간다. 아니. 잠깐 납득했던 메일이 다시 고개를 모로 기울였다. 생각해 보니 더 이해가 안 간다. 그럴 거면 이렇게 번거로운 간택전은 대체 왜 연 거지? 아무나 상관없다면 정말 아무나 앉히면 되는 거 아닌가.

'가만 보자. 그럼 누가 되든 상관은 없지만 조건은 사전에 정해져 있다는 얘기가 되나? 후작은 말로는 자기가 맘대로 선별할 수 있는 것처럼 굴지만 실상은 규격처럼 미리 정해진 조건에 따라 후보를 가려내는 것밖에 할 수 없는 거라면…… 음. 이게 나름 그럴듯하네.'

결론을 내린 메일이 내심 고개를 끄덕거렸다. 황제는 황후의 자리에 이 영애가 앉든 저 영애가 앉든 딱히 관심이 없다. 다만 그 영애는 일정 이상의 조건은 갖추어야 한다. 그리고 그것을 판별하는 역할은 콧수염이 인상 깊은 볼텐 후작이 맡았다.

'대략 이런 상황이라는 거지. 근데 황제가 간택전에 저만큼이나 무심하게 군다는 걸 굳이 지금처럼 알릴 필요가 있나? 마치 황후를 맞이하는 건 사랑이 아니라 순전히 정치적인 이유고, 황후의 자리에 앉는 여자는 누가 됐든 그저 조건에 맞는 상대를 아무나 뽑았을 뿐이라는 걸 미리 광고라도 하는 것 같은…… 으응?'

메일이 미간에 다시 주름을 잡았다. 일시 개운하게 풀렸던 머릿속이 언제 그랬냐는 듯 도로 복잡해졌다.

정말 저런 이유로 구태여 황제의 관망 사실을 예고한 거라면, 이건 아무리 봐도 황제에게 따로 정인이 있다는 쪽으로 해석이 된다. 그렇지 않고서야 황제는 황후에게 별달리 관심을 안 줄 것이며 황후는 높은 확률로 병풍이 될 수도 있다는 것을 후보들에게 이렇게 돌려서 일러 줄 이유가 없었다.

사랑은 전혀 없는 이름뿐인 자리가 될 수 있다는 경고. 눈치가 빠른 영애라면 벌써 알아들었을 것이다.

그렇다면 의문은 아까 떠올렸던 것으로 되돌아간다. 황제는 정인이 있으면서 왜 그녀를 놔두고 황후를 따로 들이는가? 혹시 정인이 차마 제국의 국모가 될 수 없을 정도로 한미한 신분이라서?

'아냐. 설령 평민이더라도 황제가 마음만 먹으면 얼마든지 정실로 맞이할 수 있어. 간단하게 그녀를 명망 높은 귀족 가문에다 양녀로 입적시키는 방법도 있고…… 아, 모르겠다.'

그만두자. 이러다 머리 터지겠네. 메일은 이쯤에서 생각을 접기로 했다. 아는 것도 없는 채로 백날 머리를 굴려 봐야 진실은 안 튀어나온다. 그녀는 그냥 이 의문을 곱게 간직했다가 선배님을 마주치면 즉시 꺼내 놓기로 결정했다.

"오늘은 질문을 받지 않겠습니다. 이후로는 궁금한 것이 있으면 궁 안의 시녀나 시종을 통해 제게 질문을 전달시키면 됩니다. 답변은 수일 내로 보내드릴 겁니다."

말을 하며 볼텐 후작이 재차 콧수염을 쓰다듬었다. 습관인 것 같았다.

"1차 선별일은 조만간 공지하겠습니다. 그때까지 여러분께선 지금까지 하셨던 것처럼 그냥 일상을 즐겨 주시면 됩니다. 덧붙여 알려드리자면 별궁 내에 있는 시설은 어디든 제한 없이 이용하실 수 있고, 본궁의 시설은 도서관, 중앙 정원, 식당까지만 자유로운 출입이 가능합니다. 그 외에는 별도로 허가를 받으셔야 하며 연회가 있는 날에는 연회 홀 또한 마음껏 입장하실 수 있습니다."

"뭐야……."

"선별 기준은 알려 주지 않는 건가?"

"물어봐야 하나?"

"오늘은 질문을 받지 않겠다잖아."

곳곳에서 시작된 웅성거림이 사방으로 번졌다. 그러나 혼잣말이든 옆 사람과 이야기를 나누는 것이든 목소리 자체는 하나같이 크지 않았다. 오히려 속닥거림에 가깝게 작다. 말 한 마디 없으나 같은 공간에 자리해 있는 황제를 의식해서일 것이다. 더러는 아까부터 후작의 말은 신경 쓰지도 않고 황제만 뚫어져라 바라보고 있기도 했다.

'가만 보니 몇몇은 벌써 사랑에 빠지기 직전이네. 공연히 안쓰러운 마음고생을 하게 생겼…… 핫! 공주님!'

퍼뜩 리엘라 생각이 난 메일이 급히 고개를 돌렸다. 황제가 환상처럼 잘생겼으니 자기 짝이 틀림없다고 말했던 리엘라가 현재 어떠한 반응을 보이고 있을지 살펴보아야 했다.

황후의 자리가 병풍일 가능성이 높아진 지금 리엘라가 혹 황제에게 첫눈에 반하기라도 한다면 그건 그대로 꽤나 골치가 아파지는 일이다. 메일은 다급하게 리엘라를 돌아보았다가 순간 멈칫했다.

"……공주님?"

"응?"

"뭘 그렇게 갸웃거리세요?"

"아니야. 아무것도."

고개를 옆으로 잔뜩 기울이고 있던 리엘라가 오뚝이처럼 머리를 바로 세웠다. 머리 장식에 달려 있던 장신구가 서로 부딪혀 딸랑거렸다. 메일이 그걸 보며 속으로 물음표를 띄웠다.

'……?'

왜 저러고 있었던 건지는 모르겠지만 어쨌든 아직 사랑에 빠진 상태는 아닌 것 같다. 메일은 일단 안심했다.

"그럼 저, 마르힘 볼텐은 오늘의 역할을 다했으니 이만 뒤로 빠지겠습니다. 후보분들께선 밤늦게까지 연회를 즐기셔도 됩니다."

후작은 그렇게 말한 뒤 있던 자리에서 조용히 뒤로 물러났다. 바로 퇴장할 것 같은 멘트였는데 의외로 나가지는 않고 그렇게 위치만 바꿔서 가만히 서 있다.

메일은 구석에 묵묵히 선 후작을 바라보다 곧 그 이유를 깨달았다. 아, 황제가 아직 이곳에 있으니 못 나가는 거구나.

'그럼 이제 슬슬 황제가 먼저 퇴장하려나?'

메일은 그렇게 생각하며 눈을 돌렸다가 깜짝 놀랐다. 황제와 눈이 마주쳤다. 이번엔 기분 탓이 아니다. 진짜 시선이 마주 닿았다. 그리고 메일을 정말로 놀라게 한 것은 그것보다는 상대가 직후 급히 눈을 피했다는 사실이었다.

'……방금 뭐지?'

왜 피해? 잘못 본 게 아니다. 황제는 분명 눈이 마주치자마자 고개를 돌리며 시선을 피했다. 하도 노골적이라 오히려 메일이 움찔했을 정도였다. 그녀는 황당하면서 동시에 당황스러웠다. 황제가 눈을 피해? 아니, 이게 대체 무슨 상황이람.

황제는 왜 메일의 눈을 피했나.

그 당황스런 행위에는 황제 본인만 아는 이유가 있었다. 그는 시선을 연회 홀 샹들리에쯤에 고정한 채로 입을 열었다. 작은 목소리였다.

"경."

우측에 서 있던 반테르가 그에 반응했다. 이름 없이 저렇게만 지칭하는 건 반테르가 곁에 있을 때는 주로 그를 부르는 소리였다.

"예."

부른 것에 맞춰 작은 목소리로 대답하자 로하이덴이 말을 이었다.

"나 방금 웃을 뻔했네."

"……."

반테르는 침묵했다. 어쩌라고?

친우이자 호위 기사이자 부관인 반테르의 불경한 속내를 아는지 모르는지 황제가 다시 입을 열었다. 여전히 속닥거리듯 작은 목소리였다.

"농담이 아니야, 경. 정말로 터질 뻔했다니까. 하마터면 짐의 체통을 이런 데서 박살 내버릴 뻔했어."

"지금도 충분히 박살 나고 계십니다만."

"어차피 이건 경만 듣고 있지 않나."

로하이덴의 표정은 진중했다. 표정만 보아서는 반테르에게 중요한 업무 지시라도 내리는 것 같은 모습이었다.

　한 영애가 그런 황제를 보며 어쩜 저렇게 하나부터 열까지 근엄하실 수가 있냐며 수줍게 얼굴을 붉혔다. 로하이덴의 완벽한 표정 관리 덕에 실상은 전혀 겉으로 새어 나가지 않고 있었다.

　반테르가 내심 혀를 찼다. 이 사기꾼.

　"경."

　"말씀하십시오."

　"고통보다 참기 힘든 게 뭔 줄 아나?"

　"무슨……."

　"그건 바로 웃음이야."

　"……."

　"허파는 생각보다 약한 장기인가 보군."

　반테르는 재차 침묵했다. 별로 대답하고 싶지 않았다. 살짝 짜증도 났다. 뭐라는 거야 진짜.

　청자가 그런 불만을 품거나 말거나 로하이덴은 저 혼자 나름 진지했다. 웃음이 터질 뻔했다는 것도 진심이었다.

　메일과 눈이 마주치자마자 급하게 시선을 피한 이유 또한 그래서였다. 웃을까 봐. 자칫 옥좌를 두드리며 대소를 터뜨리게 될까 봐.

　"앞으로 선배님으로 모시겠습니다."

　상대를 볼 때마다 의도하지 않아도 자동 재생이 이루어졌다. 경건하게 무릎 꿇은 자세, 단호한 어조, 때마침 불어오던 바람. 완벽했던 그 장면.

　홀 안으로 들어와 메일을 발견하던 순간부터 로하이덴이 여태 펼치고 있는 인내를 알아주는 사람은 없었다. 혼자만의 고독한 싸움이었다.

도중 두 번의 위기가 있었으나 다행히 아직까진 잘 이겨 내고 있었다. 그는 혹시라도 기어이 웃음을 터뜨리는 돌이킬 수 없는 사태가 벌어지기 전에 먼저 자리를 뜨기로 결심했다.

"후작이 주절거리던 건 다 끝났나?"

"예전에 끝났습니다."

"그랬군. 다른 것에 집중하느라 몰랐어. 그럼 이만 가 볼까?"

로하이넨은 애꿎은 샹들리에에게서 눈을 뗐다. 의례상 얼굴만 비출 목적으로 오긴 했지만 정말로 말 한 마디 없이 얼굴만 보여 주고 가자니 조금 겸연쩍은 기분이 일기는 했다.

그는 몸을 일으킨 뒤 바로 옥좌에서 내려오지 않고 좌중을 한번 둘러보았다. 그래, 인사 정도는.

"다들 먼 길이었을 텐데 이곳까지 와 주어서 고맙소. 경쟁보다는 여행을 와서 쉬다 간다는 기분으로 편한 시간을 보내길 바라지. 그럼 헬베른의 비호가 그대들과 함께하기를."

간단하게 말을 마친 로하이넨이 이후 옥좌에서 내려와 문으로 걸음을 옮겼다. 대기하고 있던 시종이 재빨리 먼저 뛰어가 문을 잡고 열었다.

문이 열리자 악단이 북을 쳤다. 둥둥둥! 이번에는 나팔 소리가 없었다. 본래는 종류만 다른 나팔에 시종의 퇴장 알림까지 따로 있었으나 로하이넨이 퇴장까지 유세면 좀 우습지 않느냐고 못 하게 한 것이다. 시종만 홀로 슬프고 아쉽고 안타까워했을 따름이었다.

황제가 퇴장하자 기다렸다는 듯 후작 또한 입구를 통해 홀에서 빠져나갔다. 그 둘이 자취를 감추자 홀 안에는 원래부터 그랬던 것처럼 후보들과 사용인들만이 남게 되었다.

악단은 쉬었던 연주를 다시 시작했다. 하나 커진 웅성거림에 묻혀 잘 들리진 않았다. 황제를 신경 쓰느라 부러 언성을 낮췄던 그녀들은 의식할 대상이 사라지자 단번에 목소리를 키웠다. 주위는 순식간에 시끄러워졌다.

메일은 전에 식당에서 목격했던 파벌들이 각기 뭉치는 것을 확인하며 리엘라에게로 가까이 다가갔다.

"공주님."

"왜?"

"더 계실 거예요?"

후작은 늦게까지 연회를 즐겨도 된다 이야기했지만, 정말로 그럴 후보가 몇이나 될까. 물론 순전히 음악과 연회 음식을 즐길 사람도 찾아보면 있을 것이다.

그러나 그보다는 눈에 거슬리는 경쟁자의 기를 초장부터 꺾어 놓으려는 움직임이 훨씬 많을 것이 뻔했다.

특히 파벌이 만들어진 상태라면 더욱 그렇다. 파벌의 대장에게 잘 보이기 위해 구성원들이 알아서 적극적으로 움직이게 될 테니까. 개인보다 집단이 성가시고 무서운 것은 당연한 사실이었다.

메일은 괜히 이곳에 더 체류했다가 번거로운 시비에 휘말리는 일이 없도록 리엘라를 데리고 얼른 처소로 돌아가려 했다. 황제에 대한 감상이나 그런 것은 가면서 들으면 된다.

그때였다.

"반가워요."

낯선 목소리가 높고 청아했다. 반사적으로 시선을 주자 독특한 머리색이 가장 먼저 눈에 들어온다. 반은 땋고 반만 늘어뜨린 풍성한 머리카락은 생동감이 넘치는 선명한 분홍색을 띠고 있었다.

메일은 낯모르는 예쁘장한 얼굴이 생글생글 웃는 것을 응시하며 생각했다.

뭐가 이렇게 빨라⋯⋯. 미리부터 벼르고 있기라도 했던 것처럼 신속한 접근이었다. 분홍색 머리카락을 지닌 영애는 제 뒤로 몇몇 다른 영애를 거느린 채로 리엘라에게 다가와 말을 걸었다.

말을 건 본인은 웃고 있지만 뒤로 늘어선 그녀들의 표정은 그와 대비되게 퍽 흉흉하다. 메일은 콧잔등을 찡긋거렸다. 이걸 어쩐담.

리엘라는 분홍색 머리의 영애가 제게 인사를 건네자 즉시 고개를 가우뚱하며 메일을 쳐다보았다. 쟤가 왜 갑자기 이리로 와서 반갑다고 하는지 모르겠다는 표정이었다.

정색하고 말을 걸었으면 싸우자는 건가 보다 했을 텐데 살갑게 웃으면서 접근을 하니 헷갈리는 모양이었다.

메일이 그에 뭐라고 설명을 해주어야 하나 고민하는 사이, 영애가 재차 입을 열었다.

"그냥 인사만 나누자는 거예요. 별 뜻 없으니 경계하지 말아요."

장갑을 낀 손으로 영애가 입을 가리며 호호 웃었다. 메일은 일단 마주 웃으며 상대의 일행을 살폈다. 표정들은 흉흉하지만 영애의 지시가 없는 이상 먼저 나서서 일을 칠 것 같지는 않았다.

메일은 다행히 육탄전은 벌이지 않아도 되겠다고 생각하며 상대에게 응수했다.

"반갑습니다. 공주님께선 지금 몸이 좋지 않아 제가 대신 말씀을 받을 테니 양해 부탁드려요."

"그쪽은……?"

"메일 폰 비제아트라고 합니다. 이곳에선 공주님을 모시고 있지요."

"어머, 공작가의 영양이셨군요. 반가워요. 전 모르아도 드 노메러예요. 노메러 왕국 출신이죠."

공주였군. 어쩐지 동작에서 은근히 기품이 느껴지더라니. 메일은 노메러라는 이름을 머릿속에서 한차례 되뇌었다. 얼핏 들어 본 기억이 있는 것을 보니 나름 국력이 높은 왕국인 모양이었다.

'대놓고 눈에 보이게 시비를 걸어올 인물은 아니야.'

모르아도라고 본인을 소개한 공주는 무늬만 왕족이 아닌 듯 표정이나 말투에서 교육을 받고 자란 티가 났다.

특히 표정. 그녀의 웃는 얼굴은 아까부터 일순간도 흔들린 적이 없었다. 필경 속내를 숨기는 것에 능숙할 유형이다.

외모 되고, 배경 되고, 하는 양을 보니 머리도 되고. 이런 사람이 먼저 경계해서 말을 걸 정도면 오늘 리엘라가 확실히 예쁘긴 엄청 예쁜 모양이다. 메일은 내심 뿌듯해졌다. 장신구를 골라준 효과가 있군.

"전 되도록 선의의 경쟁을 하고 싶답니다. 물론 그렇게 하게 두느냐는 제국의 뜻이겠지만요."

모르아도 공주가 눈가를 곱게 접으며 말했다. 메일은 뭐라 대꾸하는 대신 미소로 먼저 화답했다.

제국의 뜻이라. 후작은 조금 전 후보들을 절반씩 줄이겠다고 예고했다. 그리고 그건 조금 애매한 구석이 있었다.

무조건 절반 이상을 떨어뜨리겠다는 뜻인지, 아니면 절반을 맞춰서 남기겠다는 뜻인지. 후자라면 떨어진 이들에게도 기회가 생긴다. 남은 이 중 누군가를 끌어내려 결원을 만든다면 그 자리를 대신 차지할 수 있는 것이다.

물론 그게 가능할지는 아직 정확히 알 수 없다. 후작은 자진 탈락을 허용하는지에 대해서도 언급하지 않았다. 공주의 발언은 다시 말해 이런 뜻이었다.

합격자의 자리를 뺏는 것이 불가능하다면 너를 그냥 놔두겠지만, 만약 제국이 그것을 가능하게 해준다면 넌 절대 나보다 오래 제국에 남아 있을 수 없을 것이다.

메일은 미소를 유지하며 속으로 생각했다. 이 공주님 무섭네.

"저도 마지막까지 선의의 경쟁을 할 수 있길 바랍니다."

"같은 생각이네요. 호호."

소리 내 웃은 공주가 이내 한 걸음 뒤로 물러났다. 인사만 나누겠다 더니 정말 그럴 의향이었던 모양이다. 그녀는 물러선 채로 가볍게 목 례를 했다.

"짧은 인사였지만 즐거웠답니다. 그대에게 헤메라의 가호가 함께하길."

메일은 그에 마주 눈인사를 하며 쓴웃음을 삼켰다. 헤메라. 그녀는 낮의 여신이었다. 해가 지고도 한참이 지난 이 시각에 헤메라의 가호 를 운운하는 작별 인사라니.

얼핏 들으면 무지로 인한 실수인 것 같지만 그렇지 않다. 저건 해석 하자면 돌려서 건네는 욕이었다.

헤메라의 가호가 닿는 낮이 오기 전까지 봉변이나 당하라고. 그러니 까 가는 길에 불행이 함께하길 바란다는 뜻이다.

메일은 전에 사교 파티에서 영애들끼리 저렇게 아닌 척 욕을 하는 걸 몇 번 목격한 적이 있었다. 오랜만에 들어보는 말이었다.

리엘라는 상대의 돌려 까는 인사를 들은 뒤 미간을 팍 찡그렸다.

"뭐야? 쟤 지금 나더러 길 헤매라고 한 거야?"

"……."

메일은 잠깐 말을 잃었다. 그 헤메라는 당연히 그 헤매라가 아니지 만 어째 아주 틀렸다 하기에도 애매한 발언이었다. 리엘라를 빤히 바 라보던 메일은 곧 픽 웃으면서 그녀를 입구로 이끌었다. 아니에요, 공 주님. 이만 가요.

그런 메일과 리엘라의 뒤를 로즈가 우직하게 뒤따랐다.

의자에 몸을 파묻고 앉은 볼텐 후작이 느긋하게 제 콧수염을 어루만졌다. 아기는 애완견도 저것보다는 막 쓰다듬겠다 싶을 만큼 부드러운 손놀림이었다.

수염을 기르는 모든 귀족이 반면교사로 삼는 꼴사나운 콧수염을 그는 그렇게 저 혼자 애지중지했다.

그런 후작의 맞은편에서 한 여인이 불만을 토로했다.

"왜 만나 주지 않으셨던 건가요? 기별을 넣었잖아요."

길게 늘어뜨린 머리카락은 마치 은색 실타래를 풀어놓은 것 같았다. 눈을 깜박일 때마다 하늘색 눈동자가 흰 속눈썹에 잠깐 가려졌다가 도로 드러난다. 후작이 끌끌 혀를 찼다.

"이 아둔한 것아. 황궁 바깥은 오히려 이 안보다 감시의 눈이 삼엄하다. 황제가 붙여 준 호위를 대동하고 나를 만나겠다고? 제정신이냐?"

"그건……."

"따돌릴 수 있었다고 이야기하지 마라. 그건 더 미친 짓이니까."

꿀 먹은 벙어리가 된 여인이 입을 다물었다. 당시엔 마음이 급해서 미처 그런 것을 생각하지 못했다. 타박을 당해도 할 말이 없는 일이었다. 그러나 조금 억울한 기분이 든 여인이 이내 입술을 달싹여 항변했다.

"하지만 그럴 의사만 있었으면…… 그랬으면 얼마든지 만나 주실 수 있었잖아요. 변장을 하는 방법도 있고."

"이젤린, 네가 뭐라고 내가 그렇게까지 해야 하느냐?"

눈썹을 위로 추어올린 후작이 그리 말을 뱉었다. 언뜻 황당하다는 표정이었다.

상대의 매정한 언사에 이젤린이라 불린 여인이 흠칫 어깨를 움츠렸다. 민망함에 귀가 빨갛게 달아오른다.

기실 맞는 말이었다. 후작이 그녀를 위해 그만큼 신경을 써 주어야 할 의무는 없다. 앙상한 손가락을 그러모아 주먹을 쥔 이젤린이 고개를 숙였다.

"주제넘었어요. 죄송합니다."

"알면 됐다. 그나저나 왜 그리 나를 보자고 했던 게냐?"

등받이에 더욱 깊게 몸을 묻은 후작이 물었다. 그에 이젤린이 도로 눈을 들었다.

이젤린 텐고트. 몇 년 전에 재산 문제로 몰락하여 지금은 이름밖에 남지 않은 텐고트 자작가의 무남독녀. 현 황제의 비호 아래 있는 유일한 여인인 그녀가 머뭇거리다 조심스레 입을 열었다.

"불안해서요."

"불안하다?"

"느낌이 좋지 않아요. 그러니까, 폐하께서 말이에요. 근래 어딘가에 신경을 쏟고 계신 느낌인데 그게 혹 여인은 아닐까 해서……."

입 밖으로 꺼내 놓고 나니 괜히 초조함이 더 커졌다. 말끝을 흐린 이젤린이 조마조마하게 상대를 쳐다보았다.

그녀가 이 문제를 다른 사람이 아닌 하필 후작에게 상담하는 이유가 있다. 이젤린과 후작은 삼 년 전에 인연이 닿았다. 그러니까 그녀가 처음 황제의 눈에 들기보다도 몇 개월 전이었다. 그녀는 황제보다 후작을 먼저 만났다.

이젤린은 당시 집안이 몰락하여 오갈 데 없이 친척 가문에 겨우 몸을 위탁하고 있던 처지였다. 그 신세에 어떻게 그녀가 황제를 만날 수 있었을까?

몸을 위탁 중이던 가문이 그리 권세가 높았던 것도 아니다. 높기는커녕 중앙에는 진출조차 못 해본 어디 지방의 작은 귀족 가문이었다.

일반적인 경우를 생각하면 이젤린은 적당한 혼처로 시집을 가 아이를 낳고 늙어 죽을 때까지 황제를 대면하는 일이 없어야 정상이었다.

그러나 그녀는 그렇지 않았다. 몇 번이나 황제와 마주치고, 가까이서 독대하고, 결국 그의 눈에 들어 별궁으로 거처까지 옮겼다. 그게 어찌 가능했느냐 하면 전부 후작이 뒤에서 몰래 손을 써 주었기 때문이다.

후작은 어느 날 갑자기 이젤린에게 접근했다. 그리고 제안을 던졌다. 황제의 비호 아래서 살아 보지 않겠느냐? 내 말만 따른다면 황제가 너를 누구보다도 애지중지 감싸고돌게 해줄 수 있다.

이젤린은 그때 후작의 제의를 생각할 것도 없이 수락했다. 무슨 수로 거절할 수 있었을까. 사탕이나 꿀보다도 달콤한 제안이었다.

그녀는 더 잃을 것이 없을 정도로 가진 게 없었지만 실은 남들보다 더 많은 것을 손에 쥐고 싶어 했다. 드러낼 기회가 없었을 뿐 사실 욕심이 많았다. 친부에게서 물려받은 천성이었다.

후작이 무엇 때문에 그녀에게 그런 행운을 주었는지는 알 수 없다. 그는 이유는 말해주지 않고 다만 그녀에게 몇 가지 지시만 내렸다. 이렇게 해라, 저렇게 해라. 이런 식으로 굴어라, 저런 식으로 말해라. 그럼 황제가 네게서 결코 눈을 떼지 못할 것이다. 그리고 그건 모조리 사실이었다.

이젤린은 순전히 후작 덕분에 여태 황제의 옆자리를 독차지할 수 있었다.

3년이다. 3년을 내내 총애를 잃지 않았다. 이제 와 그것이 흔들린다면 그녀는 살지 못할 것이다. 이젤린은 절박한 눈으로 후작을 응시했다.

하나 후작은 그녀와 달리 마냥 심드렁했다.

"고작 그거냐?"

"네?"

"허겁지겁 만나 달라 매달리듯 서신을 보냈기에 얼마나 대단한 일인가 했더니……."

"고작이라뇨, 이게 어떻게."

"뭐가 불안한 거냐?"

"……네?"

"어떤 것이 그리 불안하냐고 물었다. 왜, 황제가 너를 버릴까 봐?"

이젤린이 주춤했다. 후작은 정답을 말했다. 그 말이 맞다. 그녀는 혹 황제에게 버림받게 될까 봐 그것이 두려웠다. 곁에서 지켜봐 온 황제는 그리 무정한 인물이 아니었으니 다른 정인이 생긴다고 해서 당장 저를 내치지는 않을 것이다.

그러나 언제가 되었든 궁 안에서 황제의 애정을 잃은 여인이 맞이할 말로란 결국 뻔한 것이 아닌가. 이젤린은 그것을 상상하는 것만으로도 발밑이 꺼지는 느낌이었다.

"후작님께는 대수롭지 않은 일일 수 있겠죠. 하지만 전 아니에요. 저는 그렇지 못해요. 이제 와 폐하의 관심이 거두어지면 저는……."

"아둔하다, 아둔하다 했더니 정말 그리된 모양이구나."

이젤린의 말을 끊은 후작이 조금 전처럼 재차 혀를 찼다. 쯧쯧. 그러면서 고개까지 절레절레 젓는다. 한심하다는 투였다.

졸지에 말도 끊기고 욕도 먹게 된 이젤린은 자연히 황당해졌다. 아니, 심각하게 고민을 토로 중인 사람의 면전에 대고 왜 갑자기 욕을? 이 콧수염이 뭐 하는 짓이지? 그녀의 기분이 대번에 뒤죽박죽 어지러워졌을 무렵, 후작이 말을 이었다.

"황제에게 달리 정인이 생기면 그가 너를 내칠 것 같으냐?"

"그야……."

"무슨 생각을 하는지 훤히 보이는구나. 하나 틀렸다. 무슨 일이 있어도 황제는 너를 내치지 않는다. 그건 마음을 내어준 여인 따위가 생기더라도 마찬가지야."

이젤린은 입을 다물고 가만히 상대의 발언을 들었다. 저게 무슨 말일까. 정인이 생기지 않을 거라는 것도 아니고 정인이 생기더라도 저를 버리지 않을 거라니. 그리고 그런 걸 어떻게 저리 확신하지?

후작은 추측도 아니고 단언을 하고 있었다. 마치 사실이나 진리를 이야기하듯.

"한 가지 묻자. 황제가 아직도 종종 불면증에 시달리느냐?"

"네? ……네."

"그럼 되었다. 그렇게만 알고 있거라. 황제는 절대 너를 버리거나 내치지 못해. 그러니 앞으론 이런 쓸데없는 일로 날 찾아오지 말고 네 자리에서 본분이나 제대로 하도록 해라."

그렇게 말을 맺은 후작이 손을 휘휘 저었다. 더 내어줄 시간이 없으니 그만 나가 보라는 뜻이었다. 이젤린은 상대의 축객령에 묵묵히 몸을 일으켜 인사를 올렸다. 그리고 뒤돌아 방을 나섰다.

복도로 나온 그녀의 낯 위로 혼란이 촛불처럼 일렁였다.

"황제는 절대 너를 버리거나 내치지 못해."

들은 것을 곱씹어 본다. 후작은 '왜' 그런지에 대한 이유는 말해주지 않았다. 그렇게만 알고 있으라 못 박은 것을 보니 물어도 대답해 주지 않을 것이 뻔했다.

이젤린은 그것을 계속해서 되뇌다가 곧 평소와 다름없는 걸음걸이로 복도를 걷기 시작했다.

그래, 중요한 건 이유가 아니라 사실이지.

불안을 걷어 낸 이젤린의 표정이 전보다 한층 차분해졌다.

간택전의 시작을 알렸던 밤이 지고 다시 날이 밝았다.

메일은 아침부터 정원을 찾았다. 정원의 힘으로 심신을 다스린 뒤 하루를 시작하고 싶었기 때문이다.

매리골드 앞에 자리를 잡고 앉은 그녀는 지난 경험으로 얻은 교훈을 되새겨 이번에는 하소연을 입 밖으로 꺼내지 않았다.

미리 사람이 있나 없나 둘러보는 것은 별로 소용이 없는 방비였다. 선배님은 아무래도 은신술을 구사하는 것 같았으니까.

매리골드를 바라보며 메일은 속으로 말을 걸었다.

'황제에게 과연 정인이 있을까, 없을까? 넌 어떻게 생각하니?'

그 순간 미풍이 불어왔다. 매리골드의 보라색 꽃잎이 화답이라도 해 주듯 흔들렸다. 소리를 낸 것도 아니고 생각으로 물었는데 식물이 대답을 해주는 양상이라니.

관객이 있었다면 일어서서 손뼉을 쳤을 진기명기였다. 메일은 뛰어난 교감을 보여준 매리골드에게 시선을 고정한 채 양손으로 턱을 괴었다.

'그리고 선배님은 언제쯤 만날 수 있을까? 아는 게 없으니 먼저 찾아갈 수도 없고.'

상대의 신상에 대해 아무것도 모른다는 사실이 처음으로 불편해졌다. 물론 보고 싶다거나 하는 낯간지러운 감정이 아니라 어서 궁금한 걸 묻고 싶다는 특정한 목적이 있어서이긴 하지만.

메일은 한숨을 삼켰다. 보기 싫을 때는 원하지 않아도 툭 하면 나타나더니 필요한 용건이 생기자마자 이렇게 얼굴을 보기가 요원해질 줄이야. 세상사란 다 이런 것인가.

'정인의 유무를 알아야 확실하게 행보를 결정할 수 있을 것 같은데……. 그러고 보니 공주님이 예상외로 덤덤한 게 다행인가?'

생각이 그곳에 미친 메일이 어젯밤을 떠올렸다. 리엘라는 처소로 돌아와 잠자리에 들 때까지 내내 평소와 다를 것 없는 상태를 유지했다. 당장 황제에게 달려들지는 않더라도 어느 정도 난리는 피울 줄 알았는데 의외인 일이었다.

'흥미가 식거나 한 건 아닌 것 같고.'

얼굴을 보고 흥미가 식기에는 황제의 용안이 지나치게 휘황하긴 했다. 아무리 눈이 하늘에 달렸어도 그 외모에 대고 성에 안 찬다는 말은 차마 꺼내지 못할 것이다.

리엘라도 어제 돌아가는 길에 황제가 세상에서 가장 잘생긴 것 같다는 식의 이야기는 입에 올렸었다. 다만 사랑에 빠진 소녀의 얼굴이라기엔 아무래도 영 태연해서 그렇지.

'잠깐. 아니지, 그런 걸 임의로 판정하기엔 내 경험치가 너무 부족하잖아.'

메일은 아직 연애는커녕 누굴 좋아해 본 적도 없었다.

'반했는지 아닌지의 여부는 일단 보류하자. 지켜보다 보면 판단이 서겠지. 그래도 공주님이 무턱대고 얼른 결혼식을 올려야 한다고 떼를 쓰진 않아서 다행이다.'

어젯밤에 대한 회상을 마친 메일이 내심 가슴을 쓸어내렸다. 황제를 보자마자 리엘라가 대뜸 생떼를 쓸 가능성도 만에 하나 염두에 두긴 했었다. 일어나지 않아서 정말 안심이었다.

메일의 생각은 그 뒤로도 줄곧 꼬리에 꼬리를 물어, 정원에서의 사색은 한 시간쯤 계속되었다. 그리고 은근히 기대를 품었던 선배님의 등장은 그때까지도 여전히 이루어지지 않았다.

혹시나 했는데 아쉬운 노릇이었다. 아침마다 일과처럼 여기서 산책하는 게 아닐까 했는데 꼭 그렇지도 않은가 보다. 메일은 미련을 뒤로하고 정원을 빠져나왔다.

그녀는 정원에서 나온 뒤 식당을 들렀다가 도로 처소로 향했다. 단순한 행선지였다. 달리 갈 만한 곳이나 가고 싶은 곳이 없어서이기도 했다. 그리고 메일은 귀환하자마자 방 안의 풍경을 보곤 깜짝 놀랐다.

"공주님? 왜 벌써 일어나 계세요?"

리엘라가 잠자리에서 일어나 있었다. 아직 기상할 시간이 아니었는데 말이다. 물론 해는 아까부터 저 높이 떠 있었지만 평소 리엘라의 기침 시각을 기준으로 하자면 지금은 꼭두새벽이나 다를 것이 없었다. 메일은 제가 잘못 보았나 하고 상대와 시계를 번갈아 응시했다.

"꿈을 꿨어."

말을 하는 것을 보니 몽유병이 아니라 정말로 잠에서 깬 상태인 것 같은데. 메일은 이 시간부터 움직이는 리엘라는 처음 본다고 생각하며 그녀에게 가까이 다가갔다.

"꿈이요?"

"응."

"무슨 내용이었는데요?"

"본궁으로 놀러 가는 내용. 거기서 폐하를 만났던 것 같아."

본궁이라면 어제 발걸음을 했던 곳이다. 부지 내에 있는 건축물 중 가장 크기가 큰 본궁은 지난밤 후보들을 불러 모았던 중앙 연회 홀 외에도 황제의 침소와 집무실 등이 마련되어 있는 공간이었다. 메일은 묘한 표정을 지었다. 알고 꾼 꿈인가?

"꿈 때문에 깨신 거예요?"

"그런가 봐. 정말 가 볼까?"

"네?"

"본궁 말이야. 꿈도 꿨는데 정말 놀러 갈까? 어차피 할 것도 없잖아."

마지막 발언이 날카로웠다. 할 게 없다는 건 맞는 말이었다. 메일은 리엘라의 제안을 듣고 저걸 만류해야 하나 잠깐 고민했다.

'흐음…… 침소나 집무실로 쳐들어가겠다는 것도 아닌데 상관없나?'

본궁이 딱히 출입 금지 구역인 건 아니었다. 어젯밤 후작이 해주었던 안내에 따르면 중앙 정원과 도서관, 식당 정도는 별도의 허가가 없어도 자유롭게 오갈 수 있었다. 물론 개나 소나는 되는 건 아니고 후보의 자격으로 그게 가능하다는 이야기였을 것이다.

메일은 길게 고민하지 않았다.

"그래요, 가요. 산책한다고 생각해도 괜찮겠네요."

"같이 갈 거야?"

"그럼요."

"로즈도 데리고 가야겠다. 내 호위니까."

"그렇게 하세요."

메일이 리엘라 대신 침대의 줄을 당겨 사용인을 불렀다. 몸시중을 드는 시녀들과 충성스런 로즈가 금방 방 안으로 들이닥쳤다.

메일은 시녀들에겐 리엘라의 치장—씻는 걸 포함해서—을 부탁하고 로즈에겐 이러이러해서 외출을 하게 되었다고 간략하게 설명해 주었다.

이번에도 리엘라의 몸단장엔 메일의 입김이 함께했다. 대단한 건 아니고 목이 한 개니 목걸이는 하나만, 머리가 한 개니 머리 장식도 하나만 달게 했을 뿐이다. 물론 그것만으로도 멋대로 꾸미게 두는 것보다는 훨씬 나았다.

리엘라의 치장이 끝나자 셋은 곧바로 출발했다. 좌 로즈, 우 메일. 언제부턴가 정해진 것처럼 자연스러워진 배치였다. 별궁을 벗어날 때쯤 메일이 물었다.

"그런데 특별히 목적지는 없으신 거예요? 본궁의 어디라든가, 그런 거."

"글쎄? 본궁 안에 뭐가 있는데?"

"……뭐가 있을까요?"

"몰라. 벽?"

리엘라가 천진하게 대답했다. 아, 역시 본궁에 대해 제대로 알고 꾼 꿈은 아니었군. 메일은 정처 없이 거닐다 혹시라도 추궁을 받게 되면 행선지로 정원이나 도서관 중 아무 곳이나 갖다 대어야겠다고 생각했다.

바깥 길을 몇 분쯤 걸어 막 본궁에 들어섰을 무렵이었다. 너른 복도에서 모퉁이 하나를 채 돌기도 전에 누군가가 리엘라에게 아는 척을 해 왔다.

"……어머! 이게 누구람?"

카랑카랑한 목소리였다. 그리고 그리 낯설지 않았다. 메일은 창가로 두었던 시선을 전방으로 옮겨 목소리의 주인을 확인했다. ……어라.

"내가 누구냐고? 세상에서 제일 예쁜 공주 리엘라."

"하! 이 뻔뻔한."

"넌 이름이 뭐였지? 아, 오트밀."

"누가 오트밀이야!"

어떻게 쟤를 여기서 만나냐. 메일은 황당한 눈길로 상대를 응시했다. 익숙한 파란색 머리카락이 물결처럼 찰랑거렸다. 구슬 같은 하늘색 눈동자에는 독기가 잔뜩 서려 있다.

메일에게 신인류의 존재를 알려 주었던 선구자. 충격과 공포의 무뇌 오르밀 페튼. 지난번의 결전 이후로 며칠 만의 재회였다.

"오트밀 아니야? 그럼?"

"오르밀! 오르밀 페튼! 남의 이름을 어디서 그따위로……!"

입술을 짓씹은 오르밀이 사납게 리엘라를 노려보았다. 그녀는 상대가 저를 조롱하느라 일부러 우스꽝스러운 호칭을 입에 담았다고 믿는 모양이었으나, 사실 리엘라가 정말로 오르밀의 이름을 까먹어서 그리 지칭했다는 것은 이 자리에서 리엘라 본인과 메일만이 알고 있는 진실일 것이다.

메일은 한껏 표독스러운 표정을 짓고 있는 오르밀을 조금 신기한 심경으로 쳐다보았다.

'경고를 들은 지 며칠이나 되었다고 벌써 저렇게 회복을? 엄청 빠른데?'

가히 놀라운 회복력이었다. 아니, 망각력이라고 해야 하나. 그때 들었던 전쟁 운운하는 협박은 그새 잊은 듯 오르밀은 저번처럼 리엘라를 향해 노골적으로 적의를 드러내고 있었다.

메일은 이쯤 되면 상대의 무뇌가 박수를 받아야 할 수준이 아닌가 잠깐 생각했다. 정말 자기네 나라가 전쟁으로 망해도 상관없다는 걸까?

'오르밀네 왕국이랑 가문도 참 대단하네. 대체 뭘 믿고 쟬 방생한 거지?'

메일이 그렇게 속으로 한창 신기해할 때였다. 저번에 이미 승리를 쟁취한 적이 있어서 그런지, 꽤나 여유 만만한 얼굴을 한 리엘라가 태연하게 상대를 공격했다.

"야, 말해두는데 너한테는 오트밀이라는 이름이 훨씬 잘 어울려."

"뭐라고?"

"왜냐면 네가 오트밀을 닮았거든. 울퉁불퉁하고 못생긴 오트밀! 똑같이 생겼잖아. 그렇지?"

"뭐, 뭐가 어째?"

리엘라의 공격은 효과가 좋았다. 대뜸 못생겼다는 언어폭력을 당한 오르밀이 충격에 눈을 부릅떴다. 메일은 그 양상을 관전하며 조용히 리엘라를 응원했다. 우리 공주님 파이팅!

"거울을 볼 때마다 항상 이렇게 생각하지? 아, 난 어쩜 이렇게 오트밀이랑 똑같이 생겼을까? 오트밀이라는 내 이름은 정말 신이 내려 주신 것 같아. 나는야 세상에서 제일 못생긴 으깨진 오트밀! 흑흑~ 맞지? 안 그래?"

메일이 감탄했다. 어쩜 저렇게 얄미울 수가. 가만 보니 저런 쪽으로만 얼마 없는 뇌 주름이 모여서 발달한 것 같기도 했다. 능력이라면 능력이었다.

"이, 이……!"

그런 리엘라 덕에 오르밀은 제대로 열이 올랐다. 너무 화가 나 받아칠 만한 말도 곧바로 떠오르지 않을 정도였다.

얼굴을 새빨갛게 물들인 오르밀이 꽉 쥔 주먹을 부들부들 떨었다. 복수—저번에 못생겼다는 말을 들었던 것에 대한—에 성공한 리엘라가 신이 나서 그런 오르밀에게 결정타를 먹였다.

"참, 그리고 보니 넌 곰팡이도 닮았었지? 파란색 곰팡이. 곰팡이 핀 오트밀이라니, 아이 입맛 떨어져."

"이 망할 년이!"

인내심이 바닥과 같은 오르밀이 결국 이성을 잃고 손톱을 세워 달려들었다. 눈은 까뒤집고 기세는 미친년 같으니 이 순간만큼은 물의 요정이 아니라 물의 요괴처럼 보였다.

아무리 예쁜 얼굴이라도 저런 때는 얄짤 없구나. 메일은 이 와중에 얼핏 그런 생각을 했다.

오르밀이 그리 사납게 달려들자 리엘라는 당연히 깜짝 놀랐다. 눈만 휘둥그레 뜨고 자리에 굳어 있으려니 로즈가 기다렸다는 듯 믿음직한 이두박근을 꿈틀거리며 앞으로 나섰다. 아니, 정확히는 나서려고 했다.

"꺄악!"

쿠당탕!

달리던 속도 그대로 오르밀이 바닥으로 나뒹굴었다. 소리가 요란했다. 머리채를 죄 쥐어뜯을 기세로 맹렬하게 덤벼든 오르밀이 왜 갑자기 바닥에 얼굴을 처박는 꼴이 되었느냐 하면 그건 다 메일이 바람처럼 튀어 나가 그녀에게 다리를 걸었기 때문이라 하겠다.

메일은 누구보다 빠르게, 남들과는 다르게 리엘라를 치우고 그 자리에 대신 발을 걸어 오르밀을 넘어뜨렸다. 귀신같은 솜씨였다. 절묘한 타이밍에 동작은 신속하고 깔끔했다. 로즈가 순간 감탄해서 이두박근을 더욱 세차게 꿈틀거렸을 정도였다.

자빠진 채로 움직이지 않는 오르밀을 돌아보며 메일이 안도의 한숨을 내쉬었다.

'이렇게 하나의 목숨을 살렸다.'

오르밀은 모르겠지만 메일은 사실 그녀의 생명의 은인이나 다름없었다. 로즈가 나서도록 그대로 두었다면 그녀는 지금쯤 고작 실신이 아니라 하늘나라를 부유하고 있었을 테니까.

메일은 지난 결전에 이어 두 번이나 살인 사건을 막아낸 스스로가 퍽 대견스러웠다.

리엘라는 미동도 없이 축 늘어진 오르밀을 신기한 듯 쳐다보더니 말했다.

"죽었어?"

"아뇨, 그럴 리가요. 살았어요."

"안 움직이는데?"

"기절해서 그래요. 시간이 지나면 깨어날 거예요."

메일은 그리 대답해 주며 마침 근처를 지나가던 시녀들을 불러 오르밀을 넘겼다. 이곳에서 별궁까진 멀지 않으니 알아서 잘 데려다주겠지. 그렇게 오르밀을 들려 보낸 메일이 개운하게 손을 탁탁 털었다.

"작은 소란이었네요. 그럼 다시 갈까요?"

"응. 그런데 조금 전엔 어떻게 한 거야?"

"넘어뜨린 거요?"

"맞아, 그거."

"어릴 때 호신술 같은 걸 조금 배웠어요. 그중에 방금처럼 달려드는 상대에게 발을 거는 동작이 있었구요. 어려운 건 아닌데 연습을 많이 해야 하긴 해요."

"왜 배웠는데?"

"그냥…… 쓸모가 있을 것 같아서요."

"그렇구나."

변덕이 빠른 리엘라는 금방 그 주제에 흥미를 잃었다. 이러나저러나 어쨌든 오르밀을 퇴치했다는 건 마음에 드는지 흥얼흥얼 콧노래를 부르며 복도를 걷기 시작한다.

어릴 때부터 유달리 변태에게 자주 시달려 만에 하나를 대비해 호신술을 익혀야 했던, 슬픈 비화의 주인공 메일이 그런 리엘라를 가만히 쳐다보다가 생각에 잠겼다.

'내 악몽은…… 정말 가능성이 있는 꿈일까?'

메일은 새삼 그에 대해 의구심을 품었다. 리엘라는 마치 어린애 같았다. 단순하고, 무지하며, 내키는 대로 행동하는 어린아이. 타인이 뒷목을 잡고 넘어가게 하는 과감한 언행을 곧잘 남발하긴 하나, 대체로 그것에 악의는 없었다.

전에는 긴가민가했으나 며칠을 곁에 붙어서 지켜보니 확신할 수 있었다. 행동에 앞서 생각이라는 과정을 생략할 뿐 천성이 악독하지는 않다.

어린아이는 과연 사람을 죽일 수 있을까?

물론 무지는 가끔 몹시 참혹한 결과를 낳기도 한다. 메일은 배우지 못한 어린애가 순전히 호기심으로 작은 짐승을 돌로 내려치는 것을 목격한 적이 있었다. 확인해 보진 못했으나 짐승은 아마 죽었을 것이다. 아이의 호기심은 그렇게 살생을 불러 왔다. 순수는 때에 따라 얼마든지 잔인해질 수 있었다.

그러나 짐승이 아니라 사람을 죽이는 것은 조금 다른 차원이 아닌가.

살인과 살생의 깊이는 분명 다를 것이다. 죄의 경중을 따지자는 것이 아니다. 말하자면 본능적인 거부감의 문제였다.

네 발로 뛰고 전신에 털이 나 있는 짐승은 똑같이 살아 움직이더라도 저와 다른 무언가로 인식이 가능하다.

하지만 사람은 아니었다. 저처럼 말을 하고, 동일한 외양에, 익숙하게 행동한다. 아무리 배우지 못한 이라도 상대와 제가 같은 테두리에 속한다는 것은 인지할 수 있을 것이다.

나와 동일한 개체를 죽인다. 그것이 정말 질투만으로 가능할까? 질투에 눈이 멀어 살아 있는 사람을 독살하는 건 과연 아무나 할 수 있는 일일까? 혹 어쩌면······.

"메일."

앞장서 걷던 리엘라가 우뚝 멈췄다. 덩달아 메일의 생각도 함께 끊겼다. 생각에 골몰하느라 내내 바닥만 보며 걸어온 메일이 그제야 고개를 들었다.

"······어라, 이거 뭐죠?"

"길을 잘못 든 것 같아."

리엘라가 말했다. 목적지도 없으면서 길을 잘못 들었다고 한다. 그건 무슨 뜻일까.

바로 더 이상 갈 수 있는 길이 없다는 이야기다. 메일은 눈앞을 가로막은 굳건한 벽을 황당하게 쳐다보았다. 이게 웬 막다른 길?

"음······ 공주님이 말씀하셨던 대로 본궁 안에 벽이 있네요."

"그러게. 어쩌지?"

"어쩌긴요, 왔던 길로 다시 돌아가요."

"기억이 안 나는데?"

"네?"

"돌아가는 길이 기억이 안 나."

길치 리엘라가 당당하게 이야기했다. 아, 네. 그러시군요. 침묵한 메일이 이어 로즈를 돌아봤다. 로즈라면 기억하겠지. 한눈을 팔지 않고 우직하게 리엘라를 보필하며 함께 걸어왔을 테니까.

그러나 시선을 받은 로즈는 절레절레 고개를 저었다.

"전 심각한 길칩니다."

"……."

제 유일한 오점이죠. 로즈가 덧붙였다. 메일은 할 말을 잃었다.

이곳에 공주님과 파괴신과 용사님이 있다. 셋은 힘을 합쳐 본궁이라는 이름의 미로를 무사히 주파해야 한다. 셋 중 공주님과 파괴신은 길치다.

여기서 깜짝 문제. 그렇다면 보다 효과적인 진행을 위해 일행의 선두에 서야 하는 사람은 누구일까요?

정답은 당연히 용사님인 메일이다. 그녀 혼자 길치가 아니었으니까. 그러나 리엘라는 정답을 무시하고 당당하게 앞장섰다. 단호한 의지가 엿보이는 표정이라 말릴 수도 없었다. 메일은 대단히 미덥지 못한 선봉을 뒤따르며 질문을 꺼냈다.

"공주님, 왜 굳이 맨 앞에 서신 거예요? 길 모르시잖아요."

"놀이야."

"놀이요?"

"길 찾기 놀이."

대답을 들은 메일의 눈동자가 흔들렸다. 여러분, 여기 길치가 길 찾기 놀이를 하겠다고 합니다. 이것은 불가능에 도전해 보겠다는 왕족의 패기가 아닐까요? 다들 박수를.

그리고 메일의 우려는 현실이 되었다.

"왜 여긴 벽밖에 없어?"

메일은 리엘라의 새로운 재능을 발견했다. 그녀는 단순한 길치가 아니었다. 그보다는 뭔가 좀 더 고차원적인 영역에 속해 있었다.

그렇지 않고서야 가는 곳마다 막다른 벽을 만나는 이 비범한 능력이 설명이 되질 않는다.

일행은 다섯 번째로 조우한 굳건한 벽 앞에서 잠시 작전 회의를 갖기로 했다.

"이거 아까 만난 그 벽 같은데요? 이래선 끝이 없겠어요."

"여기 이상해."

"제가 그냥 벽을 전부 부수겠습니다. 맡겨 주시죠."

"정말?"

"공주님, 좋아하지 마세요. 부수긴 뭘 부숴요. 로즈는 그게 가능해도 절대 하지 말아요."

소득은 없었다.

기실 꼭 도착해야 하는 특정한 목적지가 있는 것도 아니었으니, 길을 조금 헤매며 뱅뱅 돈다고 해서 달리 큰 문제가 생기는 것은 아니었다. 다만 계속해서 벽을 만나니 좀 성질이 날 뿐이다.

로즈의 주먹에 기대를 걸었던 리엘라가 메일의 만류에 시무룩하게 표정을 바꿨다. 길 찾기 놀이는 이제 싫증이 난 것 같았다.

"놀이 안 해. 다리 아파."

"그럼 이만 돌아가실 거예요?"

"응. 여기 더 안 있을래."

리엘라가 귀환을 선언했다. 그에 메일이 알겠다고 고개를 끄덕였다. 놀이도 끝났으니 본궁을 탈출하고 싶다면야 간단한 방법이 있었다.

이름하여 지나가는 사람 찬스. 길을 모르겠다면 길을 알 만한 사람을 붙잡아 물어보면 그만이다. 메일이 리엘라와 로즈에게 여기서 잠시만 기다리라고 하고 막 움직이려던 참이었다.

"거기서 뭘 하는 거지?"

목소리가 들렸다. 바로 어젯밤에 들어 보았던 목소리였다. 메일은 소리가 난 방향으로 고개를 돌렸다가 화들짝 놀랐다. 놀라면서도 반사적으로 일단 예부터 취한다.

"헬베른의 태양, 존귀하신 황제 폐하를 뵙습니다."

메일과 로즈가 누가 먼저랄 것 없이 공손하게 상체를 숙였다. 그런 와중에 리엘라만이 저 혼자 멀뚱멀뚱 가만히 서 있었다.

곁눈질로 그것을 살핀 메일이 얼른 공주의 옆구리를 푹 찔렀다. '인사하세요, 인사!'라고 입 모양으로 전달하자 그제야 리엘라가 엉거주춤 메일의 자세를 따라했다.

고개를 숙인 메일의 머릿속이 복잡해졌다.

'황제와 이렇게 마주치다니. 무슨 이런 우연이.'

궁 안에서 길을 잃고 막다른 벽 앞에 모여 있다가 황제를 만났다. 좋아해야 할지 말아야 할지 헷갈리는 우연이었다. 아니, 어떤 꼴이든 일단 자주 봐야 상대의 눈에 익을 테니 좋아해야 할 일이 맞나. 메일은 우선은 행운이라고 생각하기로 했다.

"흐음…… 분명 막다른 길일 텐데 인기척이 느껴지기에 와 봤더니, 이거 의외의 구성원이 있군."

"예?"

"아니다. 되었으니 이만 고개를 들라."

말이 떨어지기 무섭게 리엘라가 번쩍 고개를 들었다. 보석이 박힌 머리 장식이 반짝거리며 흔들렸다. 그리 고개를 든 리엘라는 황제의 수려한 얼굴에 멀거니 시선을 고정했다. 아무런 행동도 없이 그저 얼굴만 쳐다보는 모습에 메일이 다시 공주의 옆구리를 찔렀다.

'자. 기. 소. 개.'

뻐끔거리는 메일의 입 모양을 읽은 리엘라가 아, 하는 표정을 짓더니 입을 열었다.

"벨티에 왕국에서 온 공주, 리엘라 드 벨티에라 합니다."

순수 백지 리엘라라도 자기소개 정도는 할 줄 알았다. 낭랑하게 울리는 목소리에 메일이 내심 안도했다.

당장 열어 볼 수 없는 머릿속이야 어떻든, 겉으로 보이는 리엘라의 자태는 마냥 곱고 예뻤다. 화사한 금발에 금색 눈동자가 반짝거리니 지상에 강림한 천사가 따로 없다. 외모만 놓고 본다면 황제의 옆에 리엘라를 세워 놓더라도 아주 썩 나쁘지는 않을 것이다.

괜히 흐뭇한 기분이 든 메일이 시선을 돌렸다. 리엘라에게 성공적으로 인사를 시켰으니 상대의 반응을 좀 살펴볼 요량이었다. 그리고 황제에게로 눈길을 옮긴 메일은 즉시 깜짝 놀랐다.

'왜 날 봐?'

눈이 마주쳤다. 이번에는 황제가 눈을 피하지 않았기에 놀란 메일이 먼저 시선을 내리깔았다. 훔쳐볼 생각으로 힐끗 보았다가 정통으로 눈이 마주쳐서 그런지 당황한 심장이 쿵쿵 뛰었다. 메일은 애꿎은 바닥을 내려다보며 가슴을 진정시켰다.

그러고 보니 어젯밤 연회 홀에서도 비슷한 일이 있었다. 그땐 황제가 노골적으로 시선을 피했지만 어쨌든 눈이 마주쳤던 건 사실이다. 뭐지? 메일의 심경이 혼란스러워졌다.

'왜 자꾸 나를……? 혁, 설마 선배님이 황제한테 내 욕이라도 했나?'

메일의 낯 위로 문득 깨달음이 스쳤다. 저와 황제의 연결 고리는 그것뿐이었으니 제법 그럴듯한 가정이라는 생각이 들었다. 더구나 선배님은 이미 전적―매리골드―도 있지 않나.

싹을 틔운 의심이 뭉게뭉게 구름처럼 증폭될 때였다. 그녀에게서 시선을 거둔 황제가 입을 열었다.

"그래, 벨티에의 공주?"

"네."

"하면 다시 묻지. 이곳에서 뭘 하던 중이었나?"

어딜 봐도 벽뿐인 길을 황제가 흘긋 응시했다. 설마 저걸 뚫고 가려던 건 아니었을 테고.

리엘라를 향해 물었으니 차마 끼어들지 못하게 된 메일이 초조하게 공주를 쳐다보았다. 공주님, 사실 그대로만 대답해 주세요. 멀쩡하게.

예쁘게. 얌전하게.

그런 메일의 바람 속에서 리엘라가 답을 뱉었다.

"길을 잃어 헤매던 중이었습니다."

휴. 메일이 안심했다. 길을 헤매고 있었다는 사실 자체가 자랑은 아니지만, 그래도 일단 별달리 문제는 없는 대답이었다. 그때 리엘라가 말을 이었다.

"이게 다 어제 연회 홀에서 이상한 애가 우리한테 헤매라의 가호를……"

"크흠! 큼!"

메일이 급하게 헛기침을 하며 리엘라의 말을 끊었다. 등 뒤로 식은 땀이 흘렀다. 아, 아니, 이 공주님이 쓸데없이 그런 건 왜 기억하고 있지. 그리고 문제는 틀렸다는 것이다. 그 헤매라 아니라고.

"공주님, 사람을 안심시켜 놓고 갑자기 그렇게 뒤통수를 치시면 안되죠."

"뭐라고? 작아서 잘 안 들려."

"드레스에 뭐 묻으셨다고요."

매무새를 정돈해 주듯 리엘라의 드레스를 툭툭 털어 낸 메일이 아무것도 아니었다는 듯 생긋 웃었다.

하마터면 황제의 앞에서 무식 자랑을 시킬 뻔했다. 그건 안 되지. 웃고 있지만 여전히 마음은 조마조마하다. 메일은 가능한 태연한 낯을 가장하며 황제에게 예를 갖춰 고개를 숙였다.

"말씀을 나누시는데 끼어들어 죄송합니다."

"괜찮다. 그나저나 본궁에서 헤매던 중이었다고?"

"부끄럽사오나 그렇습니다."

"가려던 곳이 어딘가?"

"달리 어딜 찾아가려던 것은 아니고…… 마침 이만 별궁으로 돌아가려던 참이었습니다."

메일의 대답을 들은 황제는 잠시 동안 대꾸가 없었다. 마치 생각에 잠긴 것 같은 표정이었다. 그리 길지 않은 시간이 흘러 황제가 도로 입술을 뗐다. 꺼내 놓은 말은 의외였다.

"좋다. 짐의 궁에서 길을 잃었으니 짐이 책임을 져야지."

"예?"

"따라오도록."

그렇게 말한 황제는 몸을 돌려 걷기 시작했다. 책임을 질 테니 따라오라고 한다. 누가 어떻게 보아도 길 안내를 해주겠다는 표현이었다. 메일이 입을 떡 벌렸다. 진짜?

"뭐 해? 메일, 로즈, 따라와."

상황의 대단함을 모르는 리엘라가 홀로 제일 태연자약했다. 정신을 차린 메일이 얼른 발을 놀려 따라붙었다. 걸으면서도 어안이 벙벙했다. 앞장서 걷는 황제의 뒤통수가 바로 눈앞에 있는데도 어째 현실 같지가 않았다. 이게 무슨 상황이람.

'황제가 몸소 길 안내라니? 왜?'

물론 해주면 좋긴 하다. 싫은 대상한테 굳이 호의를 베푸는 사람은 없을 테니 이건 황제의 눈에 긍정적으로 들었다고 보아도 좋은 상황이었다. 쌍수를 들고 제자리 회전을 하며 기뻐해야 할 일이다. 문제는 연유를 전혀 모르겠다는 거지만.

'공주님이 마음에 들었나? 정말? 혹시 취향이 예쁜 길치?'

메일이 그처럼 생각하며 막 고개를 갸웃했을 때였다. 묵묵히 걷던 황제가 갑자기 입을 열었다.

"공주, 그대에 대한 이야기는 일전에 기회가 닿아 많이 들었지."

'응?'

"듣자 하니 그대가 굉장히 남다른 인물이라던데. 특히 뇌……."

'으아악!'

메일이 속으로 비명을 질렀다. 거기 잠깐! 잠시만! 순간 발이 꼬일 뻔할 정도로 놀란 메일이 급하게 입을 열었다.

"뇌가, 착각을 일으킬 정도로 아름다운 분이시지요."

필사적인 가로채기였다. 불경을 감수하고 불쑥 끼어든 메일이 겨우겨우 웃는 표정을 유지했다.

이게 뭐지? 어떻게 황제가 저 비밀을 알고 있는 거지? 간신히 발설의 위기를 막은 메일을 내려다보며 황제가 흥미로운 표정을 지었다.

"호오? 뇌가 착각을 일으켜?"

"예. 너무나 아름다운 나머지 사람이 아닌 요정이나 엘프로 착각될 정도의 미인이시랍니다. 공주님께서는."

임기응변이 빛을 발했다. 연기력을 십분 발휘하여 메일이 최대한 진심 어린 척 어조를 꾸몄다. 이건 황제를 속이기 위한 것이 아니다. 어차피 황제는 이미 알 만큼 다 알고 있는 것 같았다. 지금 이 순간의 과제는 따로 있었다.

리엘라에게 들키지 않기.

공주님의 일급비밀(?)을 바깥에서 까발렸다는 사실이 들통나서는 안 된다. 리엘라의 분노는 크게 무섭지 않지만 로즈의 충성심은 대단히 무서웠다. 벽도 부술 수 있을 것 같은 로즈의 무쇠 주먹을 떠올린 메일이 조용히 식은땀을 흘렸다.

메일의 응변을 들은 황제의 낯에 얼핏 장난기가 스쳤다. 아쉽게도 메일은 포착하지 못한 아주 찰나의 낌새였다. 제 턱을 한번 쓰다듬은 황제가 재차 말을 꺼냈다.

"그래. 그리고 보니 공주, 그대가 청순하기로도 이루 말할 수 없다던데. 놀랍게도 뇌……."

"뇌쇄적이기까지 하시지요!"

생존을 건 임기응변이 시작되었다. 황급히 외친 메일이 경련을 일으키려는 입가를 겨우 달래 미소를 고수했다. 황제의 낯이 언뜻 웃음을 참는 사람처럼 일그러졌다가 빠르게 도로 펴졌다.

"크흠. 뇌쇄적이라?"

"예. 본래 극과 극은 서로 통한다 했습니다. 마찬가지로 청순함이 극에 이르면 도리어 뇌쇄적인 매력이 발산되기도 하는 법이오는데, 저희 공주님께서 바로 그러하십니다."

설명을 늘어놓는 메일의 얼굴이 구김 없이 밝았다. 막 지어낸 개소리였지만 진지하게 이야기하니 그럴듯했다.

찔리는 기색? 흔들림? 그게 뭐죠, 먹는 건가요? 본래도 뛰어난 편이었던 메일의 연기력에 한층 물이 올랐다. 과연 사람은 궁지에 몰리면 가진 능력이 한 단계 상승하는 모양이었다.

"후훗."

정확히 뭐라는진 모르겠지만 제 칭찬을 한다는 건 알아들은 리엘라가 어깨를 으쓱하며 콧대를 세웠다. 황제는 잠깐 고개를 돌린 채 어깨를 떨었다가 곧 시선을 되돌렸다. 헛기침으로 목소리를 가다듬은 뒤 다시 입을 연다.

"그거참 흥미로운 사실이군. 아, 듣자 하니 순수함과 깨끗함으로도 따라올 자가 없다고 하던데. 무려 뇌……."

"뇌물이란 단어를 모르실 정도죠!"

"오호?"

급히 단어를 갖다 붙인 메일이 속으로 눈물과 욕을 삼켰다. 대체 나한테 왜 이러는 걸까. 황제만 아니었다면 진작 멱살을 잡았을지도 모른다. 속내와는 다르게 밝은 미소를 유지하며 메일이 말을 이었다.

"뇌물 따위의 부정부패는 평생 가까이 해보신 적이 없으셔서……. 그만큼 순수하시다 보니 뇌물이라는 게 뭔지도 모르신답니다."

"응? 아닌데? 나 그거 뭔지 알…….."

"공주님! 어머나, 드레스에 또 뭐가 묻으셨네!"

이 와중에 리엘라는 또 도움 안 되게 솔직했다. 메일이 급히 돌아서서 드레스의 먼지를 털어주는 척 상대의 말을 막았다.

이거 진짜 살 떨려서 살 수가 있나. 이게 무슨 신세야. 문득 본인의 처지가 슬퍼진 메일이 속으로 한탄을 내뱉었을 때였다.

황제가 돌연 웃었다. 선명한 웃음이었다. 눈가는 접히고 가지런한 치아는 고스란히 드러났다. 순간 주변이 환해지는 것 같은 착시 현상이 일었다. 메일을 포함한 셋이 누가 먼저랄 것 없이 그에게 시선을 고정했다.

조각 같은 미남자의 웃음은 상상보다 파급력이 컸다. 리엘라는 헤 넋을 놓았고, 로즈는 파괴신의 명성에 걸맞지 않게 수줍은 소녀처럼 얼굴을 붉혔다.

기본적으로 사람에게는 평가가 박한 메일조차 다른 걸 잊고 순수하게 감탄했을 정도였다. 허어, 이게 바로 대륙적으로 이름이 알려진 미남의 위력인가.

그러나 메일의 감탄은 오래가지 못했다. 지금 이게 무슨 상황인지 언뜻 떠올랐기 때문이다.

'웃어?'

메일은 금방 정색했다. 누군 살겠다고 이 말 저 말 다 동원하며 아등바등하는데 자긴 웃어? 마치 '지금까지 뇌를 언급한 것은 전부 너를 놀리기 위한 것이었으며, 덕분에 나는 아주 재미있는 심정이라 이렇게 웃음이 다 나오느니라' 하고 고백이라도 하는 것 같은 모양이 아닌가.

대충 짐작은 하고 있었지만 확인 사살을 당하니 더 열이 뻗친다. 속에서 열불이 난 메일이 눈썹을 실룩거렸다. 야, 황제면 다냐?

"비제아트 영애."

물론 다였다. 불쑥 저를 부르는 목소리에 메일이 반사적으로 공손히 대답했다.

"예."

"혈압 괜찮나?"

"……예?"

메일은 잠깐 제 귀를 의심했다. 황제의 방긋방긋 웃는 얼굴에서 튀어나온 질문은 순간 이게 뭔가 싶었을 정도로 생뚱맞았다. 뭐라? 혈압?

"안 괜찮은가?"

"아, 아뇨. 괜찮습니다. 아주 멀쩡합니다만, 제 혈압."

재차 내려온 질문에 메일이 당황한 기색도 다 지우지 못하고 급히 대답했다. 감히 황제에게 같은 질문을 세 번씩이나 하도록 둘 수는 없기 때문이다. 이런 와중에서도 계급이란 불변의 깡패였다. 아름다운 세상이었다.

"흠, 정말인가?"

"물론입니다. 제가 어찌 거짓을 아뢰겠습니까."

내가 어쩌다 황제랑 혈압에 대한 이야길 나누게 된 거지. 메일이 혼란스럽게 막 그런 생각을 했을 때였다. 표정에서 웃음을 거두지 않은 황제가 들은 답을 부정했다.

"아닌 것 같은데?"

"예?"

"괜찮다기엔 얼굴이 너무 붉어서 말이야. 금방이라도 뒷목을 잡고 쓰러질 것 같다만."

"…….."

메일은 하마터면 입을 떡 벌린 멍청한 낯을 할 뻔했다. 저 황제 양반이 지금 뭐라고 한 거야? 잠깐 가출을 감행한 넋을 얼른 찾아온 메일이 표정을 수습한 뒤 응수했다.

"설마 그럴 리 있겠습니까. 제 얼굴에 붉은 기미가 도는 탓은 순전히 폐하의 용안을 이리 가까이서 뵈는 것이 지나치게 황송하여……."

"부끄러워서라 이건가?"

"그렇습니다, 폐하."

"아닌 것 같은데."

"……맞습니다."

"영 아닌 듯해."

"분명 맞습니다."

"그래? 한데 왜 이리 믿음이 가질 않는가."

내리깔린 메일의 속눈썹이 순간 파르르 떨렸다. 황제에게서 익숙한 선배님의 깐죽거림이 느껴지는 것은 과연 기분 탓인가. 친구라면 원래 이런 것도 닮는 것일까.

메일은 속으로 '참을 인 세 번이면 황족 모독죄 줄처형도 면한다'는 문장을 다섯 번쯤 되뇐 다음 입술을 뗐다.

"좋습니다. 의원에게 진단서를 받아 오겠습니다."

"음?"

"폐하께서 넓은 마음씨로 제 건강을 염려해 주시는 듯하니, 시간이 나는 대로 곧장 의원을 찾아가 혈압이 괜찮은지 진단을 받은 다음 결과를 문서로 첨부하겠습니다. 사용인을 통하여 보낼 테니 받아주시겠습니까?"

"뭐? 하하하."

메일은 이 순간 황제와 선배님의 공통점을 정리할 수 있었다. 하나, 남의 괴로움을 보며 재미있어하는 훌륭한 인성을 지녔다. 둘, 병이 의심될 정도로 허파가 많이 안 좋다.

황제와 선배님에 대한 평판이 그렇게 메일의 마음속에서 나란히 사이좋게 바닥으로 처박혔다. 그 순간 황제가 발을 멈췄다.

"거의 다 왔군."

본궁은 아까 벗어났고, 어느새 별궁의 모습이 시야에 들어오기 시작했다. 걸음을 멈춘 황제가 고민하듯 입구를 바라보았다. 그러다 이내 고개를 돌려 메일에게 시선을 준다.

"여기서부터라면 헤매지 않고 갈 수 있겠지?"

당연한 질문에 메일이 물론 그러하다고 대답했다.

"그럼 이쯤에서 헤어져야겠군."

"짧은 시간이나마 영광이었습니다. 몸소 안내해 주신 은혜에 감사드립니다."

"감사드립니다."

옆구리를 찔린 리엘라가 앵무새처럼 메일의 인사를 따라했다. 마지막으로 씩 웃은 황제가 이내 몸을 돌려 멀어져 갔다. 상대가 완전히 시야에서 보이지 않게 되자 메일은 맥이 탁 풀렸다. 오는 내내 긴장을 했더니만.

힘이 빠져 걸음도 느려진 메일과 달리 리엘라는 팔랑팔랑 나비처럼 가볍게 걸어 별궁 안으로 쪼르르 들어섰다.

메일은 그런 리엘라를 앞지르려다 포기하고 대신 뒤에서 길을 알려 주었다. 공주님 왼쪽, 다음은 오른쪽, 그다음은 직진.

처소에 도착하자마자 메일은 흐물흐물한 상태로 의자에 기대어 앉았다. 잠시 동안은 이렇게 앉아서 숨만 쉬어야 기운이 좀 회복될 것 같았다.

리엘라는 허물을 벗듯 외출복을 훌훌 벗어 던지더니 꾸물꾸물 침대로 기어들어갔다. 평소보다 덜 잔 상태로 이리저리 걸어 다녔더니 도로 피곤이 몰려온 모양이었다.

이불 바깥으로 얼굴만 쏙 내놓은 리엘라의 꼴을 응시하다 메일이 픽 웃었다. 한번 어린아이 같다고 생각하니 하는 행동마다 다 그렇게 보였다.

메일은 머리만 누이면 잠에 드는 리엘라가 그대로 수마에 빠지기 전에, 문득 떠오른 것을 얼른 입 밖으로 꺼냈다.

"공주님, 물어볼 게 있는데요."

"응?"

"폐하 말이에요."

"폐하가 왜?"

"그…… 잘생겼죠?"

아니, 이런 말을 하려던 게 아닌데. 질문을 고르다가 그만 엉뚱한 말이 튀어 나갔다. 실은 상대가 황제에게 독점욕을 동반한 애정을 품고 있는지 아닌지 알아보려던 거였는데.

메일이 자기가 뱉은 말에 당황하는 사이, 누운 채로 눈을 두어 번 껌벅인 리엘라가 입을 열어 대꾸했다.

"그렇지. 나 아까 깜짝 놀랐잖아."

"놀라다뇨?"

"폐하가 웃었을 때 말이야. 갑자기 얼굴에서 빛이 나는 것 같았거든. 그런 걸 보고 보통 눈이 부시다고 하지?"

"아하…… 그거요."

"확실히 폐하는 세상에서 제일 잘생긴 것 같아. 거기다 황제이기도 하고. 역시 완벽한 내 신랑감이야, 그치?"

칭찬이 술술 나오더니 마지막엔 신랑감 얘기로 끝을 맺는다. 한 손으로 턱을 괸 메일이 으음, 침음을 삼켰다. 결국 간단하게 잘생겨서 좋다는 건가? 사람이 좋다는 건지, 얼굴이 좋다는 건지, 아니면 아직 아무 감정 없지만 조건이 출중하니 앞으로 좋아질 것 같다는 건지.

메일이 무슨 질문으로 그걸 확인해야 하나 고민할 때였다. 정자세에서 옆으로 몸을 돌려 누운 리엘라가 말을 이었다.

"근데 조금 이상해."

"네? 뭐가요?"

"나는 당연히 폐하가 내 운명이라고 생각하거든? 그렇잖아, 완벽하니까."

운명의 상대. 뜻밖의 소녀 감성에 메일이 잠깐 멈칫했다가 호응했다.

"그런데요?"

"그런데…… 아무리 기다려도 그게 오질 않아."

"그거요?"

"응. 그거."

그게 뭔데?

리엘라의 표정은 진지했다. 그러나 메일로서는 그녀가 뭘 말하려는 건지 전혀 짐작도 할 수 없었다. 갑자기 운명의 상대를 운운하더니 거기에 대뜸 '그거'라니? 뭔 그거? 메일이 답답해서 대놓고 물어보려던 순간 리엘라가 답을 알려 주었다.

"전기."

"……네?"

"전기가 통하는 느낌 말이야."

메일은 잠깐 제 귀를 의심했다. 무슨 느낌?

"좀 전에 본궁에서 만났을 때도 계속 기대했었어. 언제쯤 통할까? 이제 슬슬 통할 때 아닌가? 어젯밤엔 거리가 멀어서 그랬다 치더라도 아깐 엄청 가까이 있었잖아. 그럼 당연히 통해야 맞는 건데, 이상하게 아무리 기다려도 전기가 느껴지질 않는 거야."

"……."

"말도 안 되잖아. 운명의 상대를 만나면 무조건 전기가 통해야 하는데."

메일의 사고 회로가 일시적으로 파업을 선언했다. 파업! 파업! 잠시 후 겨우 정신을 차린 메일이 관리에 실패한 표정으로 물었다.

"공주님, 그러니까…… 운명의 상대와 마주치면 전기가 통하는 느낌이 온다고요?"

"그래."

"어…… 정확히 그게 어떤 느낌인가요? 구체적으로."

"발끝에서부터 찌릿한 전기가 타고 올라와서 머리로 빠져나가는 느낌이잖아. 몰라?"

리엘라가 그것도 모르냐는 얼굴로 메일을 쳐다보았다. 메일은 혹시나 리엘라가 갑자기 똑똑해져서 비유적인 표현을 사용했던 것은 아닐까 하는 만일의 가정을 고이 접어 하늘로 날려 보냈다. 저건 진짜다. 진짜 전기를 이야기하고 있는 거야.

'공주님을 대하면서 더 놀라게 될 일은 없을 거라고 생각했는데…….'

익숙해질 만큼 익숙해졌다고 여겼거늘 오판이었다. 과연 뇌 청순의 위용은 대단하다.

메일은 혼돈 속에서 가출하려 하는 넋을 겨우 붙잡았다. 대체 저런 건 어디에서 배운 걸까? 심지어 남들도 다 아는 당연한 사실이라고 믿고 있는 것 같았다. 가령 상식처럼.

"공주님."

"응?"

"그건 어디서 들으신 거예요? 그, 전기 이론이요."

"책에서."

"……멋진 책이네요."

"누구나 다 아는 거잖아? 설마 정말 몰랐어? 이거 상식인데."

습득 경로야 어떻든 리엘라가 그 전기 이론을 신봉하고 있다는 것은 확실한 것 같았다. 메일은 리엘라의 상식도 모르냐는 타박에 잠시 할 말을 잃었다가, 이내 어떤 것을 문득 떠올렸다.

'잠깐, 이거 잘된 거 아니야?'

깨달음이 내려왔다. 이론의 비상식성에서 오는 충격을 잠시 걷어 놓고 냉정하게 판단해 보면, 이건 아주 제대로 된 기회였다. 이것을 이용해서 리엘라가 황후 간택전에서 발을 빼도록 만들 수 있지 않을까? 벼락처럼 지각한 사실에 메일이 얼른 말을 바꿨다. 표정도 가다듬었다.

"아차! 깜박했어요, 공주님. 공주님 말이 맞아요. 운명의 상대를 만나면 전기가 통한다는 건 모든 사람이 아는 상식인데 제가 그만 잠깐 잊고 있었네요."

"그렇지?"

"흐음…… 한데 정말 안타깝네요. 폐하를 만났을 때 전기가 안 통하셨다고 했죠? 그것도 어제 오늘 두 번이나."

"응."

"그건 아쉽지만 폐하가 공주님의 운명의 상대가 아니라는 뜻이네요. 확실히요."

사실을 일러주듯 메일이 진중하게 말했다. 연기는 이미 그녀의 전문 분야가 되어 있었다. 리엘라가 눈을 동그랗게 떴다가 이어 미간을 찡그렸다.

"진짜?"

"공주님도 이미 아시잖아요. 운명의 상대라면 무조건 전기가 통해야만 한다는걸."

"그렇지만…… 폐하보다 완벽한 사람이 있을까? 폐하가 제일 완벽하니까 틀림없이 내 운명의 상대여야 하는데."

"지금은 안 보여도 어딘가에 더 완벽한 사람이 있을지도 몰라요. 혹은 운명을 짝지어주는 신이 실수를 했든가요. 어쨌든 중요한 건 공주님에게 전기가 통하지 않았다는 사실이에요. 아시죠, 공주님? 두 번이나 만났는데도 전기가 안 통했으면 앞으로 백 번을 더 만나더라도 소용이 없다는 거."

메일의 능청스러운 구라에 리엘라가 흔들리는 기색을 보였다. 좋아, 넘어온다. 메일은 내친김에 의자를 움직여 리엘라와의 간격을 좁혔다. 가까이서 눈을 보고 이야기하면 더 설득력이 있겠지.

"하지만 정말 아까운데……. 아까는 폐하가 너무 잘생겨서 순간 생각을 까먹기까지 했었단 말이야."

"공주님, 그거 모르세요?"

"뭐?"

"운명의 상대는 하늘에서 신이 정해 주는 거잖아요. 그런데 운명의 상대가 아닌 다른 사람과 맺어졌다간 어떻게 되겠어요? 신이 엄청 분노하겠죠. 하늘에서 바로 천벌이 내려올 거예요."

"천벌? 어떤 벌인데?"

리엘라가 눈을 깜박거리며 물었다. 이런 설정은 따로 없는 모양이었다. 그럼 이쪽에서 창조할 수밖에. 메일이 부러 심각하게 목소리를 깔았다.

"못생겨져요."

"모, 못생겨져?"

"천벌이 뭐냐면, 바로 하늘에서 벼락이 떨어진답니다. 절대 피할 수 없는 벼락이요. 그 벼락을 맞으면 어떻게 되는 줄 아세요? 머리는 온통 구불구불하게 타 버리고 얼굴이며 팔다리며 피부는 온통 새카맣게 변해서 무지무지 못생기게……."

"시, 싫어! 그거 안 받을래. 천벌 안 받을 거야."

안색이 새하얗게 질린 리엘라가 누운 채로 마구 도리질을 쳤다. 상상만으로도 어지간히 끔찍하게 느껴지는 것 같았다.

과연 공주님. 죽는다는 말보다 오히려 이게 더 무섭겠지. 천벌의 공포에 떠는 리엘라를 내려다보다 메일이 달래주듯 부드러운 미소를 지었다.

"걱정 마세요, 공주님. 운명의 상대가 아닌 다른 사람과 결혼하지만 않는다면 천벌은 결코 내려오지 않으니까요. 폐하는 포기하실 거죠?"

"……응. 어쩔 수 없지. 내가 못생겨지는 건 국가적 손실이니까."

리엘라가 웬일로 어려운 단어를 썼다. 메일은 그에 잠깐 놀랐다가 곧 웃음을 참으며 리엘라를 토닥여 주었다. 우리 공주님, 천년만년 평생 예쁘실 거예요. 우쭈쭈.

"그럼 우리 짐 쌀까요?"

"짐? 짐은 왜?"

"왜긴요, 집에 가야죠. 황후가 될 필요가 없으니 굳이 여기에 더 있을 이유도 없잖아요? 짐 챙겨서 고국으로 가요."

"그래? 알겠…… 아, 맞다!"

"왜 그러세요?"

"있잖아, 만약 오트밀이 황후가 되면 어떡해?"

기습적으로 무시무시한 가정을 들은 메일이 화들짝 놀랐다. 뭐! 오트밀이 황후! 무슨 그런 미친 미래가!

"그럴 리가요."

"아니야, 혹시 모르잖아."

리엘라의 표정은 사뭇 어두웠다. 뭘 생각하는지 고운 미간에 잔뜩 주름이 잡힌다. 무언가 괴로운 상황을 그려 보았는지 잔뜩 기분 나쁜 기색으로 리엘라가 입을 열었다.

"오트밀이 황후가 되면 날 비웃겠지?"

이 순간 리엘라의 가장 큰 고민이었다. 재수 없는 오트밀이 만에 하나 황후가 돼서 나를 비웃으면 어쩌지?

물론 오르밀 페튼이 정말 황후가 될 경우 고작 비웃음으로 끝난다면 그게 도리어 다행인 일이겠지만, 단순한 리엘라의 사고는 거기까지는 닿지 않았다.

그저 오트밀이 자길 비웃는 사태가 오면 아주아주 무지하게 약이 오를 거라고 분기탱천하여 생각할 뿐이었다.

메일은 잠자코 오르밀이 제국의 국모가 되는 미래를 상상해 보았다. 윽, 5초 만에 현기증이 인다. 아무리 세상사 어찌 될지 모르는 거라지만 역시 그건 좀.

"공주님, 제국에서도 가능하면 정상인을 황후로 들이고 싶어 하지 않을까요? 폐튼 영애, 그러니까 오트밀이 황후가 될 가능성은 아무래도……."

"아냐, 나 그냥 여기에 계속 있을래."

"네?"

"누가 황후로 선택되는지 보고 갈 거야."

리엘라가 선언했다. 무슨 일이 있어도 오르밀이 간택전에서 탈락하는 꼴 확인하고 떠나야겠다는 굳은 의지가 표정에서 묻어났다. 메일은 그에 신음을 삼켰다. 저 타오르는 두 눈을 보아하니 말리기는 이미 그른 것 같았다.

'아쉽긴 하지만……'

하는 수 없지. 어차피 리엘라가 황제에게서 관심을 끊게 된 이상 꿈에서 보았던 참극은 이제 일어날 가능성이 거의 없다고 봐도 좋았다. 애초에 질투를 안 할 테니, 독살도 안 할 거고. 그러니 며칠쯤 더 제국에 머무른다고 크게 위험한 일이 생기지는 않을 것이다. 오르밀도 보나마나 광속으로 탈락할 테고. 메일은 좋게 좋게 생각하기로 했다.

'아주 찜찜하지 않은 건 아니긴 한데, 괜찮겠지.'

"그래요, 공주님. 우리 오트밀이 떨어지는 건 꼭 구경하고 가요."

"응!"

대답이 씩씩했다. 리엘라는 그리 대답한 뒤 허리까지 흘러 내려간 이불을 도로 목 밑으로 끌어 올려 덮었다. 그 상태로 이불 안에서 꾸물꾸물 움직여 편하게 자리를 잡고는 곧 눈을 감았다.

피곤한 상태로 떠들었더니 수마가 강하게 밀려든 모양이었다. 리엘라는 금방 새근새근 고른 숨소리를 내기 시작했다.

메일은 잠든 리엘라를 가만히 내려다보다가 이내 몸을 일으켰다. 곧 점심 식사를 해야 할 시간이었지만 리엘라가 저렇게 잠이 들어버렸으니 방 안에서 밥을 먹기가 애매하게 되었다.

식기를 조금 달그락거리는 정도로는 깨지 않겠지만 기왕이면 숙면을 방해하지 않는 편이 좋으니까. 거짓부렁으로 속여 넘긴 것이 조금 미안해서 그런 것도 있다. 찔리니까 괜히 더 잘해 주고 싶은 심리라고나 할까.

일단 처소를 나온 메일은 조금 걷다가 문득 머리 위로 느낌표를 띄웠다.

'그래, 정원에서 점심을 먹을까?'

옳거니. 그녀는 자기가 떠올린 생각에 박수를 쳤다. 그러잖아도 마침 커다란 걱정거리가 하나 해결된 참이었다. 이 기쁨을 정원과 나누지 않으면 누구와 나눌까? 결심이 선 메일이 얼른 발을 놀렸다.

식당에 들러 도시락을 주문해 받아 낸 뒤 곧장 정원으로 향한다. 이젠 눈을 감고도 목적지에 도달할 수 있을 것 같았다.

메일은 정원에 들어서자마자 미리 정해둔 자리로 쪼르르 달려가 깔개를 깔았다. 오면서 생각한 거지만 역시 여기만 한 명당이 없었다.

"안녕, 바일렛?"

오늘도 쌍떡잎이 참 예쁘구나. 새싹에게 인사를 건넨 메일이 흐뭇하게 웃었다. 그녀가 명당으로 지정한 자리는 바로 정원에서 가장 큰 나무의 아래였다.

나무 그늘은 시원하고 밑동 부근에 피어 있는 싹은 보기만 해도 흡족하다. 그녀의 기준 더없이 완벽한 위치라고 할 수 있었다. 물론 정원의 안이라면 어딘들 명당이 아닐 수 없겠지만.

　"그럼 어디……."

　행복의 나라에서 도시락을 풀어 보실까? 메일이 막 싱글벙글 바구니를 열고 요리를 꺼낼 때였다. 접시를 내려놓던 메일의 손이 멈칫했다.

　"응? 어째 나무 그늘이 한쪽만 길어진 것 같은……."

　"뭘 하는 거지?"

　"으악!"

　이제 보니 나무 그늘이 아니라 사람의 그림자였다. 갑자기 들린 목소리에 메일이 화들짝 놀라 왁 비명을 질렀다. 그러곤 자기 비명에 자기가 민망해져 그녀는 양손으로 입을 가린 채 옆을 돌아보았다. 그리고 고개를 돌리자 익숙한 실루엣이 눈에 들어온다.

　"그렇게 놀라니 조금 무안해지는군."

　"어? 선배님!"

　역광이지만 간격이 가까워 상대를 알아보는 데에는 무리가 없었다. 몇 번이나 보았다고 무늬 없는 밋밋한 가면이 이젠 친숙하게 느껴질 지경이다.

　예고도 없이 불쑥 나타난 주인공은 다름 아닌 은신술을 구사하는 선배님이었다. 메일은 상대를 물끄러미 올려다보다가 이내 진지하게 제안했다.

　"목에 방울 안 다실래요?"

　"뭐?"

　"놀랐단 말이에요. 떨어진 후배의 심장을 도로 주워 주실 게 아니라면 은신술은 이제 그만 사용하시죠."

　"이번엔 기척을 낸 것 같은데?"

딱히 살금살금 등장할 의도는 없었던 로하이덴이 어깨를 으쓱하며 항변했다.

'발자국 소리까지 내면서 걸어왔건만 이거 억울하군.'

그가 그렇게 덧붙이자 자기에 대한 믿음이 얄팍한 메일이 흔들리다가 곧 넘어갔다. 그랬나? 그러고 보니 도시락에 정신이 팔려 다른 건 의식을 못 했던 것 같기도 하고.

"정원에만 들어오면 신경이 분산되질 않는가 보군. 다음부터는 최대한 쿵쾅거리면서 입장해 보도록 노력하지. 그나저나 소풍이라도 나온 건가?"

로하이덴의 시선이 바구니와 깔개에 번갈아 닿았다. 메일은 상대의 시선을 따라 눈을 돌렸다가 이내 아, 하곤 제 옆자리를 탁탁 쳤다.

"온 김에 앉으세요. 명당이거든요."

"여기서 식사를 하는 건 처음 보는군."

"원래 경치가 좋아야 밥도 잘 넘어가는 법이잖아요."

천연덕스럽게 대꾸하며 메일이 바구니에서 요리를 하나둘 꺼내놓기 시작했다. 일단 앉으란 대로 자리에 앉은 로하이덴은 그녀가 하는 양을 가만히 구경하다가 곧 흠칫 놀랐다.

끝을 모르고 모습을 드러내는 요리의 가짓수가 심상치 않았기 때문이다. 메일은 한참을 더 음식이 담긴 접시를 소환(?)하고 나서야 바구니를 완전히 비워 냈다.

로하이덴의 낯에 혼란이 서렸다. 일행이 있는 것처럼 보이지는 않는데.

"이게 뭐지?"

"뭐긴요? 밥이죠."

"그게 아니라, 너무 많지 않나?"

"그래요?"

상대의 목소리에서 당황을 읽은 메일이 갸웃하며 접시들을 내려다보았다. 많다고 하니 그런 것 같기도 하고. 하지만 종종 이렇게 먹어왔으니 새삼스러운 양은 아니었다. 메일은 냅킨에 돌돌 말린 식기를 꺼내려다 별안간 멈칫했다. 참!

"선배님."

"……표정이 왜 그러지?"

메일은 뱁새눈을 떴다. 그 상태로 상대방을 응시하니 시선을 받은 로하이덴이 순간 주춤거렸다. 저게 뭐 하는 표정인지는 모르겠지만 딱히 좋은 의도는 아니라는 건 잘 알겠다. 그리 표정으로 기선 제압을 한 메일이 입을 열었다.

"후배의 뒤통수는 많이 단단하던가요?"

"무슨 뜻이지?"

"폐하께서 저희 공주님의 비밀을 알고 계시더라고요. 그것도 구체적으로요. 어떻게 아셨을까요? 아무리 생각해도 선배님 외엔 경로가 없는 것 같아서요. 친한 사이끼리는 고민 상담도 하고 그러는 거라더니 그러자마자 바로 친한 사람의 뒤통수를 쳐?"

분개한 메일이 쌍심지를 켰다. 지은 죄가 명백한 로하이덴이 그에 헛기침을 하며 슬그머니 시선을 피했다. 놀릴 땐 즐거웠건만 이런 후폭풍이.

"……이런, 음식이 식겠군. 어서 들어야 하지 않나?"

로하이덴이 은근슬쩍 화제를 돌렸다.

"식어도 맛있으니 괜찮아요. 그보다 후배의 뒤통수를 때릴 때의 감촉은 어땠는지 이야기나 해주시죠."

효과는 없었다.

"보기보다 집요하군."

"제게 기어이 앞구르기를 시켰던 선배님한테 들을 말은 아닌 것 같은데요."

"뭐, 좋아. 말해주지. 실은 그건 단련을 시켜 주려던 목적이었어."

"네? 단련?"

"훗날 경험도 없이 누군가에게 뒤통수를 맞게 되면 회복이 힘들 것 아닌가? 나중을 대비해 미리 강해지라고 훈련을 시켜준 거지. 후배의 미래를 염려한 따뜻한 배려였던 거야."

"……."

메일은 선배님이 개소리를 그럴듯하게 내뱉는 재주가 있다고 생각했다. 쟤 지금 뭐라는 거니. 그녀는 주먹을 말아 쥐었다.

"그래요? 그럼 저도 답례로 단련을 시켜드릴게요. 미래의 하극상에 대한 단련."

어디 후배의 깜찍한 주먹맛을 좀 봐라. 메일이 그렇게 말하며 주먹을 들어 올리자 그 순간 로하이덴이 빵 터져서 뒤로 넘어갔다. 주먹을 든 채로 메일이 그것을 황당하게 응시했다. 저놈의 허파가 또 저러네.

"고장 난 허파 그냥 떼시죠?"

"아니, 큭, 영애가, 크흠, 너무 웃겨서."

"전 주먹을 드는 것밖에 안 했는데요?"

"그래, 그거."

"제 주먹이 웃겨요? 이거 분노의 주먹이거든요?"

지금 불패신화 공녀의 돌주먹을 무시하는 건가요? 덧붙이며 메일이 못마땅하게 눈썹을 추어올렸다. 물론 저런 별명으로 불려 본 적은 없다. 당연히 돌주먹도 아니다. 그냥 던져 본 으름장이었다. 조금 진정했던 로하이덴이 그 말에 다시 배를 잡았다.

"영애의 속셈을 알겠어. 후우, 나를 웃겨 죽이려는 거군."

"뭐래."

언짢아진 메일의 대꾸가 불손했다. 로하이덴은 그마저도 웃긴지 큭

큭거리다가 이내 양손을 들어 올렸다. 더는 배가 아파서 안 되겠다.

"항복하지."

"아직 주먹은 내지르지도 않았는데?"

"정말 때릴 생각이었나?"

"그건 아니지만."

"한데 갑자기 말이 짧아진 것 같군?"

"기분 탓이에요."

맞먹어도 되는 귀족과 말 한 마디도 허투루 할 수 없는 윗사람이 있다면 선배님은 그 중간쯤이었다. 메일은 치고 빠지면서 개기기로 했다.

"어쨌든 항복을 했으니 보상을 지급하지. 뒤통수를 쳤던 값으로……흐음, 달리 원하는 거라도 있나?"

"주먹 한 대."

"안 때린다더니?"

"농담이에요. 어디 보자, 필요한 게…….."

메일은 상대에게서 받아 낼 만한 것이 뭐가 있을까 잠시 생각했다.

바일렛의 씨앗? 아니지, 어차피 길러 낼 자신이 없으니 받아 봤자. 그럼 큰맘 먹고 정원? 으음, 이것도 아니다. 줄 것 같지도 않지만 설령 받는다고 쳐도 어차피 고국으로 돌아가야 하니 무용지물이고. 돈? 이건 집에도 충분히 많은데.

"선배님."

"골랐나?"

"좀 전에 농담이라고 했던 거 진담으로 바꿔도 될까요? 주먹 한 대."

"그보다는 다른 걸 추천하지."

"어떤 거요?"

"황제에 대해 궁금한 걸 한 가지 더 알려 주는 것. 어떤가?"

로하이덴이 손가락 두 개를 펼쳐 보이며 말했다. 기존에 메일이 얼어 냈던 질문권에 상한을 추가해 총 두 번의 질문을 할 수 있도록 해주 겠다는 소리였다. 메일은 그걸 가만 쳐다보다가 팔짱을 꼈다.

"이런 걸 두고 '답은 이미 정해져 있으니 넌 대답만 하면 된다'고 하 나요?"

"꼭 그렇지는 않아. 원하는 게 따로 있다면 바꿔 주지. 물론 주먹은 빼고."

"음…… 뭐, 딱히 그런 건 없긴 하네요. 선배님은 확실히 폐하를 팔 아먹는 데에 도가 트신 것 같아요."

"칭찬으로 듣지."

메일은 뻔뻔한 상대방의 낯-어차피 가면이지만-을 응시하다가 고 민하듯 제 턱을 쓰다듬었다. 황제에 대해 알고 싶은 거라. 물론 있기는 있었다. 바로 정인이 있느냐 없느냐. 몇 시간 전까지만 해도 그걸 확인 하고 싶어서 발을 동동 구르기도 했던 마당이었다.

다만 지금은 전기 이론을 이용해 리엘라의 마음을 바꿔 놓은 상태라 그 여부가 별반 중요하지 않게 되었지만.

이제 와 그에 대해 질문을 한다면 그것은 순전히 호기심이 이유일 것 이다. 메일은 매만지던 턱 끝에서 손을 뗐다.

"물어보는 건 그게 뭐든지 알려 주겠다고 했었죠?"

"그래. 무엇이든."

"그럼 엄청 개인적인 걸 물어봐도 되겠네요? 막 폐하의 가슴둘레, 허 리둘레, 엉덩이 둘레 이런 것도?"

"……그런 것이 궁금한가?"

"설마요. 그냥 해본 말이에요. 그러면 말 나온 김에 저번에 얻은 보 상을 지금 쓸게요."

바로 질문을 하겠다 예고한 메일이 머릿속으로 문장을 골랐다. 폐하 께 정인이 있나요? 정인이 있어서 간택전을 찬밥 취급하시는 건가요?

아니, 이런 것보다는.

"폐하께서는 왜 정인을 두고 달리 황후를 들이시는 거예요?"

이걸로. 가장 궁금하던 거였으니까.

황제에게 따로 정인이 있다는 것을 아예 전제로 깔고 던진 질문이었다. 정인이 없다면 그게 무슨 소리냐는 답이 돌아올 것이고, 정인이 있다면 이 자리에서 궁금증이 풀릴 것이다. 메일은 잠자코 답변을 기다렸다. 앗, 설마 모른다고 하지는 않겠지?

로하이덴은 조금 시간이 지난 후에야 입을 열었다.

"황제에게 정인이 있다는 건 어떻게 확신했지?"

"확신은 아니고…… 그런데 왜 저한테 역으로 질문을 하고 그래요? 답을 먼저 주셔야죠."

"그도 그렇군. 황제가 왜 정인을 놔두고 황후를 따로 들이냐고 물었나?"

"네."

"그건, 굳이 정인에게 황후의 자리가 필요하지 않다고 생각했기 때문이지."

메일이 고개를 갸웃했다. 응?

"네? 왜요? 아, 이거 추가 질문으로 취급되는 거 아니죠? 솔직히 저렇게 끝나면 너무 불친절한 대답이잖아요."

"걱정 마라. 이어서 설명을 해줄 테니까. 황제가 황후의 자리가 정인에게 득이 되지 않는다고 생각한 이유는 간단하다. 그녀가 몹시 유약하고 욕심이 없는 성정이기 때문이야. 만약 황후가 된다면 주변에서 그녀를 가만 놔둘 것 같나?"

"그야…… 아니겠죠. 콩고물에 눈이 먼 날파리들이 수를 세기 곤란할 정도로 몰려들겠네요. 일가친척부터 생판 모르는 사람까지."

"그래. 단순히 '왕의 사랑을 받는 여인'과 '제국의 국모'는 지닌 권력의 무게가 다르다. 황후의 자리에 오르는 순간 그녀는 어쩔 수 없이 풍파에 휩쓸리게 된다. 그렇기 때문에 황제는 굳이 대신들의 반대를 무릅쓸 필요는 없다고 판단한 거야."

메일은 여기서 한 가지 사실을 덤으로 확인할 수 있었다. 대신들의 반대. 그들은 황제의 정인이 황후가 되는 것에 동의하지 않는다.

즉 그녀에게 결격사유가 존재한다는 소리였다. 역시 신분일까? 메일은 잠깐 추측했다가 이내 그 생각을 털어버렸다. 딱히 중요한 건 아니었다.

"어디, 이 정도면 답변이 됐나?"

"그런 것 같아요. 저 잠깐 정리 좀 할게요."

메일은 상대를 향해 손바닥을 펼쳐 보였다. 잠시 동안 생각에만 집중할 테니 말을 걸거나 하지 말아 달라는 뜻이었다. 그녀는 본래 알고 있던 사실에 방금 들은 것을 조합하여 정돈을 시작했다.

우선 황제에게는 정인이 있다. 그리고 황제가 그녀를 황후의 자리에 앉히지 않는 것은, 귀족 회의의 반대에 부딪혀서기도 하지만 그보다는 심성이 유약한 그녀를 구태여 권력의 소용돌이에 밀어 넣을 필요가 없다고 판단했기 때문이다.

욕심도 없다고 한 것으로 보아 정인 또한 황후가 되는 것을 딱히 원하지는 않은 모양이었다.

그럼 황후 간택전은 왜 연 걸까?

아마도 대신들의 불만을 잠재우기 위해 이름뿐인 황후가 필요했던 것이 아닐까. 물론 대상이 권력을 지니게 해서는 안 될 것이다. 힘을 쥐고 오만해져 자칫 황제의 여인을 건드리거나 하는 일이 생기면 곤란하니까. 황후는 말 그대로 명목상으로만 존재해야 한다.

이에 미루어 본다면 간택전의 선별 기준을 유추하는 것 또한 그리 어렵지 않았다. 우선 외척이 힘을 쓰지 못하도록 지리적으로 아주 먼 나라의 출신일 것이며, 설령 힘을 쓰더라도 그 수준이 알량하도록 하찮은 배경이어야 한다. 가문이 너무 한미하면 오히려 격이 떨어지므로 공녀 혹은 공주이되 출신 왕국이 보잘것없는 편이 좋을 것이다.

그리고 인물 자체의 성정은 헛된 욕심을 부리지 않도록 소심하고 얌전하며 허영이 없을 것. 혹은…….

'아예 지나치게 욕심이 강하고 멍청한 탐욕덩어리이거나.'

옳거니. 메일은 후자에 더 가능성을 두었다. 황후의 자리에 덜컥 앉은 멍청한 욕심쟁이는 필히 제 위치를 객관적으로 가늠하지 못하고 금세 사고를 칠 것이다. 안 친다면 살살 유인하면 그만이다. 그리 부추겨 문제를 일으키게 한 다음,

죄를 물어 폐위시킨다.

'그러고 나면 그걸 핑계로 최소 몇 년은 황후의 자리를 공석으로 둘수 있겠지. 대륙적인 규모로 간택전을 열어 국고 낭비까지 감수하며 황후를 뽑았건만 그 결과가 이 꼴이라고. 그렇게 구실을 내세운다면 국혼을 강권하는 대신들의 입을 효과적으로 닥치게 만들 수 있을…… 잠깐, 그럼 결국 지금 뽑는 황후는 결국 제물을 고르는 거란 얘기잖아?'

생각에 골몰하던 메일이 눈을 동그랗게 떴다. 곧 목 뒤로 슬며시 식은땀이 흐른다. 자각하고 보니 이건 꽤나 무서운 상황이었다.

폐위를 위해 황후를 뽑는다니. 그렇다면 간택전의 승리자에게 주어지는 것은 영광은커녕 함정이 아닌가. 그대를 황제의 평온한 독신 생활을 위한 제물로 선정하노라.

"……선배님."

"정리는 다한 건가?"

"대충이요. 그보다 확인하고 싶은 게 있는데요."

"뭐지?"

"간택전 말이에요. 혹시 폐위를 목적으로 황후를 뽑는 건가요?"

메일이 질문을 뱉고 나자 잠시 정적이 흘렀다. 그걸 짚어 낼 줄을 몰랐는지 상대는 조금 놀란 기색이었다. 이내 로하이덴이 묘한 표정으로 입술을 뗐다.

"누구한테 들었을 것 같지는 않고…… 머리 회전이 빠르군."

"헉! 정말이었어요? 이건 병풍 황후보다 너무한데? 폐하께서 생각보다 되게 피도 눈물도 없……."

아차. 홧김에 너무 솔직했다. 용감무쌍한 제 발언을 깨달은 메일이 뜨끔해서 얼른 말을 바꿨다.

"……는 카리스마는 예전부터 제가 꿈꿔 왔던 이상적인 군주의 상에 완벽하게 부합한다고 볼 수 있겠습니다."

"애쓰는군. 황제에게 이르지 않을 테니 안심해라."

"휴. 살았다."

"황제가 인정이 없는 인물이라는 건 나도 어느 정도 시인하는 부분이지. 하나 그에게 피와 눈물이 많았다면 그의 상황이 지금과는 썩 다르지 않았겠나? 권력 다툼에 밀려 옥좌에 앉지 못했거나, 앉았더라도 원로회의의 등쌀에 밀려 기를 못 펴고 있었겠지."

로하이덴이 의식하지 못하고 있는 것이 있었다.

그는 지금 황제를 변호했다. 따지고 보면 굳이 그럴 필요가 없는데 말이다. 황제가 인정이 없는 걸 떠나 아예 피에 미친 폭군이더라도 뭐 어쩔 것인가.

중요한 것은 성정이 아니라 그가 무소불위의 권력을 지닌 황제라는 사실이었다. 그는 타인의 평판을 얼마든지 무시해도 되는 사람이다.

그러나 로하이덴은 구태여 변명을 했다. 메일의 앞에서 황제의 역성을 들었다. 그는 알지 못했다. 그것이 상대에게 부정적으로 생각되고 싶지 않다는 무의식적인 바람에서 나온 행동임을.

"듣고 보니 그도 그러네요. 하기야 애초에 인성이 바닥인 영애라면 사고를 치지 말래도 알아서 칠 거고, 폐위를 당해도 자업자득이니 딱히 너무할 것도 아니네."

메일은 금방 납득했다. 오르밀을 떠올리니 더욱 쉽게 수긍할 수 있었다. 그 정도면 폐위를 안 당하는 게 재앙이지.

"아, 그리고 저 질문권 하나 남았죠? 그거 지금 사용할게요. 생각하다 보니 궁금해진 게 있어서."

"뭔가?"

"어제 연회 홀에서 간택전에 대한 간단한 안내가 있었잖아요. 그때…… 아차, 이거 폐하에 대해 묻는 거라기엔 좀 애매한데."

"상관없다. 해봐."

"그럼 사양 않고. 그때 후작이 후보들에게 안내하길, 폐하께서는 황후가 누가 되든 신경도 안 쓸 것이고 애정도 없을 거라는 사실을 돌려서 일러 줬잖아요. 구태여 왜 알려 줬던 거예요?"

"아아. 그거 말인가?"

앞서와 달리 이번 질문에 대한 대답은 금세 나왔다. 로하이덴은 주저하는 기색도 없이 바로 답을 주었다.

"두 가지 이유가 있지. 하나는 간택전의 후보들이 황제에게 잘 보이려 애쓰는 것보단 후작에게 잘 보이려 애쓰는 것이 황제의 입장에서 편할 것 같아서이고, 다른 하나는……."

"다른 하나는?"

"선택을 하도록 해준 거지."

"선택이요?"

"그래. 사랑 없는 이름뿐인 자리를 모두가 탐내진 않을 테니까. 원하지 않는다면 시간 낭비할 필요 없이 본인이 미리 그만두는 편이 낫지 않겠나."

"아하."

메일이 고개를 끄덕거렸다. 그래서 예고해 준 거구나. 하긴, 자존심 때문에라도 그런 취급은 견디지 못하겠다는 후보들이 분명 있을 것이다. 알아서 자진 탈락을 할 수 있도록 기회를 준 거군.

메일은 슬슬 간택전이 생판 남의 일처럼 느껴지고 있었다.

"저 그럼 이제 질문권 두 개 다 썼네요? 나름 알차게 쓴 것 같기도 하고."

"……."

로하이덴이 물끄러미 메일을 응시했다. 뭐라 말도 없이 가만 쳐다보기만 하는 시선에 메일이 조금 의아해하며 그를 마주 보았다. 별말 안 했는데 왜 저렇게 빤히 쳐다본담. 잠시 후 가면 바깥으로 유일하게 드러난 상대의 입이 달싹였다.

"한 개로 쳐주지."

"네?"

"질문 말이야."

메일이 모르는 것이 있었다.

사실 로하이덴은 그녀의 첫 번째 질문에 완전한 답을 주지 않았다. 그가 답변으로 내놓은 것은 전체가 아닌 일부였다.

왜 황제는 정인을 황후로 들이지 않고 있는가. 말해준 것 외에 다른 이유가 있었다. 다만 그것은 본인도 혼란스러운 부분이었기에 굳이 입 밖으로 내고 싶지 않아 생략했던 것이다.

연유야 어쨌든 그가 메일에게 불완전한 답을 준 것은 사실이었다. 로하이덴은 본래 크게 양심적인 사람이 아니었지만 오늘만큼은 그런 사람이 되어 보기로 했다. 대답이 완전하지 못했으니 그 질문은 없었던 걸로 쳐 준다. 메일은 알지 못할 선심의 배경이었다.

"어라? 왜요?"

"이유가 중요한가? 그냥 그럴 마음이 들었다고 해두지."

"뭐, 저야 좋지만."

"그보다 음식이 정말로 식겠군. 놔둬도 되나?"

음식을 언급한 로하이덴이 그리로 시선을 옮겼다. 이번엔 화제를 돌리려는 목적이 아니라 진심이었다. 갖가지 요리가 담긴 접시는 아까부터 내내 바닥에 줄을 맞춰 널려 있기만 했다. 메일이 그를 따라 요리들을 내려다보았다.

"괜찮아요. 따뜻한 요리는 없으니까. 야외에서 하는 식사다 보니 좀 산뜻하고 가볍게 먹으려고 했거든요."

"가볍게? 이걸?"

"이게 어때서요?"

"많다고 하지 않았나. 다시 봐도 많은데."

"양이 아니라 종류가 중요한 거죠. 봐요."

이게 얼마나 가볍고 담백한 식사인지 알려 주겠다며 메일이 왼쪽부터 하나씩 손가락으로 지목하기 시작했다.

저건 데친 토마토, 이건 간 토마토, 요건 으깬 토마토, 이쪽에 얘는 버무린 토마토, 그 옆에 쟤는 저며 썬 토마토, 그리고 얘는…….

듣던 로하이덴이 학을 뗐다.

"왜 죄 토마토뿐이지?"

"좋잖아요, 토마토."

"안 좋아."

부정하는 목소리가 쓸데없이 단호했다. 메일이 머리를 기울였다. 에엥?

"혹시 토마토 싫어하세요?"

"보기만 해도 울렁거린다."

"어라. 엄청 싫어하시나 보네."

보는 것만으로도 울렁거린다니. 돌려 말하는 기색도 없이 강한 표현이었다.

　메일은 상대의 낯과 요리들을 번갈아 쳐다보다가 이내 입매를 씩 늘려 짓궂은 웃음을 지어 보였다. 그렇다 이거지. 기회를 잡은 그녀의 녹색 눈이 반짝였다. 설욕의 시간이다.

　"이제 보니 선배님이 아니라 선배 어린이였네?"

　"뭐?"

　"우리 선배 어린이, 평소에 토마토 아예 안 먹지요? 편식은 몸에 안 좋은데 어쩜담."

　지금껏 싫은 음식은 고려할 것도 없이 당연히 입에 대지 않아 왔던 로하이덴이 메일의 놀림에 멈칫했다. 그는 황제다. 지금껏 이거 안 먹고 저거 안 먹는다고 뭐라고 했던 사람 아무도 없다. 메일이 처음으로 뭐라고 하고 있었다.

　낯설다. 그리고 동시에 어쩐지 약이 올랐다. 로하이덴이 못마땅하게 눈썹을 꿈틀거렸다.

　"안 먹을 수도 있지."

　"어허, 우리 선배 어린이. 토마토가 얼마나 몸에 좋은 채소인데요? 자고로 편식하지 않고 뭐든 잘 먹어야 쑥쑥 잘 크…… 기엔 이미 너무 크셨군요. 어쨌든 토마토에는 건강을 위한 영양소가 많이 들어 있답니다. 그것도 정~ 말 많이."

　건수를 잡은 메일은 신이 났다. 복수는 달콤한 것이다. 오르밀에게 앙갚음을 하면서 리엘라가 왜 그리도 신나 했던 건지 이제 십분 이해가 되었다. 이 맛은 통쾌한 맛이로구나.

　로하이덴의 눈썹이 좀 전보다 더 크게 꿈틀거렸다.

　"유치하군."

　"우리 선배 어린이, 편식도 모자라 선배 어린이를 걱정하는 사람한테 그런 나쁜 말이라니요? 때찌 때찌."

메일은 불과 몇 시간 전 리엘라가 오르밀을 공격하는 것을 보며 어쩜 저렇게 얄미울 수 있을까 감탄했었지만, 사실 그녀의 자질 또한 만만치 않았다.

로하이덴은 물 만난 고기처럼 저를 놀리는 상대의 솜씨에 할 말을 잃었다. 얄밉다. 얄미우면 지는 건데, 그래도 얄밉다.

결국 오기가 솟아난 로하이덴이 불쑥 접시로 손을 뻗었다.

"어?"

말릴 새도 없었다. 그는 접시 위의 요리 중 가장 큰 토마토 조각을 집어 들더니 단번에 입안으로 털어 넣었다. 메일이 눈을 휘둥그레 떴다. 어머나.

"됐……."

입에 넣었다. 삼켰다. 의연하게 '됐나?' 하고 말하려 했다. 그러나 로하이덴은 마지막 것은 실패하고 말았다. 제대로 씹지도 않고 삼킨 토마토의 맛과 향이 뒤늦게 올라와 그의 말문을 막은 것이다. 가면으로 가려진 그의 안색이 새파랗게 질렸다. 윽.

상대방이 하는 양을 황당하게 쳐다보고 있던 메일이 얼른 컵에 물을 따랐다. 그리고 바짝 다가가 내밀었다.

"이거 마셔요."

"괜찮……."

"안 괜찮으니까 얼른."

메일의 말이 맞다. 말마따나 사실 안 괜찮았다. 한 번은 튕겼지만 두 번 튕기기에는 너무 괴로웠던 로하이덴이 결국 그녀가 내민 물을 받아 마셨다. 그의 낯빛이 멀쩡하게 돌아온 것은 물을 연거푸 세 잔이나 들이켜고 난 후였다.

"……."

진정을 되찾은 로하이덴은 꿀 먹은 벙어리처럼 입을 다물었다. 부끄러움이 해일처럼 밀려들었기 때문이다.

오기 부리지 말걸. 후회는 원래 아무리 빨라도 항상 늦는 법이다. 체통을 잃은 로하이덴은 그나마 가면이라도 있어서 참 다행이라고 생각했다.

메일이 혀를 찼다.

"그걸 왜 억지로 먹고 그래요?"

타박을 하자 못마땅한 시선이 곧장 날아와 꽂힌다. 항의 섞인 시선에 담긴 의미가 명백해서 메일은 작게 헛기침을 했다. 뭐, 조금 열심히 놀리기는 했지.

"놀린 건 미안해요, 선배님. 편식 운운한 건 장난이었어요. 못 먹는 식재료 한두 개쯤 있으면 뭐 어때요? 뭐든 잘 먹는 것보다 하나쯤은 못 먹는 편이 더 인간미 있고 좋잖아요."

진심으로 들리도록 어조에도 신경을 써 주었으나 이미 늦은 위로였다. 다물어진 선배님의 입은 변화가 없었다. 미동도 않는 상대의 태도에 메일이 입맛을 다셨다. 이럴 줄 알았으면 때찌 때찌는 뺄 걸 그랬나. 저걸 무슨 말로 달래 준담. 잠시 생각을 한 그녀가 재차 말을 꺼냈다.

"선배님, 혹시 가지 잘 드세요?"

"……"

"저는 못 먹어요. 가지 요리만 보면 질색하는 편이에요."

로하이덴이 반응을 보였다. 먹혔다. 메일이 시간을 끌지 않고 바로 이야기를 이었다.

"제가 되게 어렸을 땐데요, 우연히 바깥에서 가지를 주워 먹은 적이 있었어요. 아마 동물을 구경하겠다고 가족과 함께 나들이를 나간 숲에서였을 거예요. 그거 아세요? 익히지 않은 생가지에는 독이 있다는 거."

기억을 더듬어 메일이 조곤조곤 과거사를 꺼내 놓았다. 벌써 십 년도 훌쩍 지난 일이었다. 그녀가 아주 조그마했을 때의 이야기니까. 로하이덴은 삐졌던 것도 잊고 잠자코 귀를 기울였다.

"독 자체는 미약했어요. 아마 성인이었다면 잠깐 배앓이만 하고 지나갔을 거예요. 하지만 전 그때 한 손으로도 나이를 셀 수 있을 만큼 어린애였고, 멋모르고 야생 가지 한 개를 통째로 다 먹었다가 단단히 탈이 나고 말았죠. 지금 생각하면 그걸 왜 먹었나 몰라요. 맛도 없었을 텐데."

"……."

"하루 종일 배를 잡고 뒹굴고 다음 날에는 죽만 먹었는데, 그 기억이 어지간히 강렬했나 봐요. 그 뒤로 가지는 입에도 대지 못하게 됐거든요. 딱히 알레르기가 있는 건 아니니까 먹는다고 쓰러지거나 하지는 않겠지만, 그래도 가지란 걸 아는 상태에서 그게 입에 들어오면 일단 뱉고 싶어져요. 억지로라도 삼키고 나면 꼭 물로 입을 헹구어야만 하고요. 아마 앞으로도 쭉 가지는 피하게 될 것 같아요."

"……."

"선배님은 어쩌다 토마토를 싫어하게 되셨어요?"

메일이 물 흐르듯 질문을 던졌다. 자연스러운 흐름이었다. 이야기에 집중하는 동안 삐진 것이 풀린 로하이덴이 순순히 대답을 입에 담았다.

"……모르겠군. 아마 나도 어렸을 때의 일이 계기가 된 것 같은데. 일곱 살 때쯤."

"오, 우리 공통점이 있네요? 선후배 사이라서 통하나?"

메일이 이를 드러내며 씩 웃었다. 사람은 아무리 작은 것이든 개인사를 공유하고 나면 보통 유대감을 느끼게 된다. 그리고 그 유대감은 쉽게 친밀감으로 이어지게 마련이다.

메일이 웃으면서 덧붙였다. 왠지 우리 조금 친해진 것 같죠? 말만 친한 사이가 아니라. 로하이덴이 작게 고개를 끄덕이며 동의했다. 그런 것 같기도 하군.

"저랑 선배님이랑 같이 식사를 하면 굳이 요리를 가리지 않아도 되겠어요. 토마토가 나오면 제가 먹고, 가지가 나오면 선배님이 드시고. 그죠?"

남기는 음식 없이 우리 강산 푸르게 푸르게. 메일은 여전히 웃는 낯을 유지했다. 어딘지 전염성이 있는 미소였다. 로하이덴은 그것을 물끄러미 바라보다가 저도 모르게 충동적으로 입을 열었다.

"다음에 만날 때는……."

"네?"

"이름을 가르쳐 주지."

그는 자기가 말해놓고 제 발언에 놀란 표정을 지었다. 방금 내가 뭐라고 지껄인 거지. 이건 예정에 없었는데. 가면으로 가려진 상대의 혼돈을 알지 못하는 메일이 눈을 동그랗게 떴다가 이내 고개를 갸웃했다.

"어째 오늘따라 선심이 넘치시네요? 질문도 하나는 덤으로 쳐 주시고, 다음번엔 이름을 알려 주겠다 예고도 해주시고."

"……그런 날도 있는 거지."

"저야 알려 주신다면 반갑게 듣겠지만. 아, 혹시 엄청 웃긴 이름이라도 안 비웃을 테니 걱정 마세요. 친해졌으니 저도 그 정도 인정은 보여드려야죠."

그렇게 말한 메일이 이젠 정말 밥을 먹어야겠다며 아까 내려놓았던 식기를 도로 집어 들었다. 정원에 막 들어설 무렵에는 그리 배가 고프지 않았는데 떠들고 나니 부쩍 출출해졌다.

냅킨을 풀어 포크와 나이프를 각각 한 손에 든 그녀가 '전 이제 식사할 건데 선배님은 뭐 하실 거예요?' 하고 막 물으려던 참이었다.

바깥에서 소란이 일었다.

"침입자다! 잡아라!"

"응?"

침입자? 메일이 소리가 들려온 방향으로 고개를 돌렸다. 여기서는 보이지 않지만 정원 너머 복도에서 무슨 일이 난 모양이었다.

"궁이 소란스럽군."

"수상한 인물이 발각되었나 본데요? 실력이 좋은가 봐요. 여기까지 들어와 걸린 걸 보면."

그리 한마디씩 대화를 주고받았을 때였다. 온통 시커먼 것이 저 멀리부터 미친 듯이 달려오다가 두 사람을 발견하고는 주춤 멈춰 섰다. 사람이 있을 줄을 몰랐는지 그는 다소 놀란 기색이었다. 그리고 메일은 그보다 더 놀랐다.

'침입자!'

외치는 소리가 들린 지 몇 초나 되었다고 당사자가 이리로 뛰어 들어왔다.

침입자는 정말 침입자스러운 행색을 하고 있었다. 머리부터 발끝까지 새까만 옷을 입고 얼굴에는 마찬가지로 까만 복면을 뒤집어썼다. 저놈이 침입자가 아니라면 이 세상에 침입자는 아무도 없을 것이 분명하다.

메일은 순간 상황에 맞지 않는 감탄이 나왔다. 저러고 별궁까지 무사히 들어왔단 말이야? 침입자지만 당신의 실력, 인정합니다.

"정원으로 들어갔다!"

"인원을 나눠 움직인다. 너흰 다른 입구를 막아!"

"쳇."

뜻밖의 만남에 주춤거리던 침입자는 바깥에서 들려온 외침에 곧 결심한 듯 몸을 날렸다. 급한 대로 들어왔으나 입구가 전부 막힌다면 그대로 독 안에 든 쥐가 되고 말 상황.

이럴 때는 아무래도 고전적인 타개책이 제일이다. 이름하여 인질극. 그는 고민할 것도 없이 여성인 메일을 표적으로 삼았다.

'헉! 호신술로는 안 되겠지?'

침입자가 제게 달려든다. 메일은 깜짝 놀란 와중에도 여차하면 휘두를 생각으로 손에 든 식기를 단단히 움켜쥐었다. 그때 로하이덴이 몸을 움직였다.

"윽!"

눈 깜짝할 새였다. 메일의 앞을 막하선 로하이덴은 침입자가 휘두른 단검을 몸을 낮춰 피한 뒤 그대로 상대의 발을 걸어 넘어뜨렸다.

균형을 잃고 넘어진 침입자가 그 상황에서도 얼른 몸을 굴려 뒤로 멀찍이 간격을 벌린다. 로하이덴이 혀를 찼다. 쯧.

"성가신 놈이 들어왔군."

"……와, 선배님. 솜씨 좋으시네요."

메일이 솔직하게 감상을 뱉었다. 그녀는 마디가 도드라질 정도로 식기를 꽉 움켜쥐고 있던 손에서 힘을 풀었다. 선배님의 움직임은 그야말로 번개 같았다. 그런데다가 깔끔하기까지 했다. 아마 지금 상황이 조금만 더 평화롭고 그녀와 관계가 없었다면 메일은 박수를 쳤을지도 몰랐다.

뒤로 물러난 침입자는 곧장 다시 덤벼들지 못하고 머뭇거렸다. 방심했었다지만 너무 쉽게 당했다. 딱히 상대를 제압할 수 있을 거라는 확신이 서지 않았다. 그는 주저하다 결국 품 안에서 단검을 하나 더 꺼냈다.

"부상만 입히고 나란히 인질로 쓰려 했건만…… 어쩔 수 없지."

단검 두 개를 들더니 갑자기 침입자의 분위기가 변했다. 메일은 상대가 풍기기 시작한 자신감에 고개를 갸웃거렸다. 뭐지? 무기가 두 개면 전투력도 두 배가 되나? 그 순간 침입자가 바닥을 박차고 달려들었다.

'으악!'

구경하던 메일이 비명을 삼켰다. 단검은 아슬아슬하게 로하이덴의 몸을 스쳤다. 다치지는 않았으나 옷이 살짝 갈라졌다.

그리고 그때 메일은 침입자가 보였던 자신감의 정체를 확인할 수 있었다. 잘린 섬유가 이상한 색으로 물들며 변질된 것이다. 단검에 독을 발랐거나 마법이 걸려 있거나 둘 중 하나인 것 같았다.

"치사하다!"

메일이 외쳤다. 침입자는 반응하지 않았다. 메일은 머리를 굴리며 뭔가 보다 강한 도발의 말을 생각해 내려 애썼다. 상대를 흥분시켜 빈틈이 생기게 하면 선배님에게 조금이라도 도움이 될 텐데. 그 생각을 읽기라도 했는지 로하이덴이 픽 웃으며 메일을 만류했다.

"그럴 필요 없다. 저런 놈은 독 단검을 들든 국보를 들든 나한텐 상대가 안 되니까."

"그러게요. 정말 필요 없네요."

알아서 도발 잘하시네. 메일이 그렇게 생각하는 순간 침입자가 재차 덤벼들었다. 휘두르고, 피하고, 찌르고, 피하고.

생판 남의 일이 아니다 보니—선배님이 쓰러지면 다음은 자기 차례—메일이 한층 조마조마한 심정으로 그것을 지켜보았다.

선배님, 힘내요! 선배님, 이겨라!

그때 단검을 피하면서 침입자의 몸 쪽으로 깊숙하게 파고든 로하이덴이 그 상태로 상대의 명치에 주먹을 꽂아 넣었다.

퍼억!

"윽."

묵직한 한 방이었다. 침입자가 그대로 단검을 떨어뜨리며 축 늘어졌다. 메일이 이번에는 기어코 박수를 쳤다.

"대단하십니다."

"이 정도야."

"한 방에 뻗었네요."

메일은 침입자가 품에서 단검을 꺼내면서 흘렸던 자신감을 기억했다. 어쩐지 이쪽이 다 부끄러워지는 것은 왜일까.

로하이덴은 단검 두 개를 침입자의 허리춤에 꽂아 넣고는 상대의 목 뒤 옷깃을 움켜쥐었다. 그리고 끌고 갈 심산인 모양이었다.

메일은 그것을 가만 보다가 문득 어떤 사실을 자각했다. 방금 전까진 상황 자체가 급박하고 경황이 없어서 미처 인식하지 못했던 부분이었다. 메일이 로하이덴의 왼쪽 허리 부근에 시선을 고정한 채로 물었다.

"선배님, 있잖아요."

"음?"

"평소에 검 쓰시는 거 맞죠?"

로하이덴은 허리춤에 검을 매달고 있었다. 여차할 때 뽑기 편하도록 위치도 적절했다. 단순한 위협용일 수도 있지만 메일은 그렇게 생각하지 않았다. 가까이 앉거나 서 있을 때 몇 번 관찰한 상대의 손은 분명 검을 쓰는 사람의 손이었기 때문이다. 정석 같은 굳은살이었다. 아니나 다를까 로하이덴이 고개를 끄덕이며 긍정했다.

"그래."

"그런데 왜 검을 안 뽑으신 거예요? 상대방은 단검을 두 개나 들었었는데."

날붙이를 든 상대와 맨손으로 맞서는 건 일반적으로 몹시 위험한 짓이다. 더구나 피치 못할 상황도 아니고 제게 무기가 있으면서도 그걸 사용하지 않다니. 누가 들으면 미련하다고도 할 만한 행동이었다.

로하이덴은 그에 별것 아니라는 투로 답을 주었다.

"그랬다가 피라도 튀면 이곳이 더러워질 것 아닌가. 정원에서 피 냄새를 풍길 순 없지."

정원을 위해서. 신성한 정원을 망치지 않기 위해 검을 들지 않고 싸웠단 소리였다. 그것도 상대는 비겁하게 특수한 무기까지 들고 있었는데.

로하이덴은 기절한 침입자를 끌고 나가며 메일에게 작별을 고했다.

"난 이놈을 처분하러 먼저 나가 봐야겠군. 식사 맛있게 하도록."

그러나 그 말은 메일의 귀에 들어오지 않았다. 그녀는 로하이덴이 침입자와 함께 정원에서 사라진 후에도 어딘지 넋이 빠진 듯 멍한 모습으로 앉아 있었다. 메일이 느릿하게 눈을 깜박였다.

정원을 위해 무장한 적과 맨몸으로 맞섰다. 위험을 무릅쓰고 정원을 위해서. 자칫 다쳤을지도 모르는데 정원을 위하여. 자기 몸보다 정원을 더 소중히.

"……어라?"

메일은 손부채질을 했다. 왠지 얼굴에 열이 오르는 것 같았다. 영문 모를 일이었다.

자랑스러운 황궁 경비대 소속 칼가 방피어는 현재 심장이 평소의 삼분지 일로 쪼그라든 상태였다.

첫째, 내성 바깥에서 쫓던 침입자가 별궁으로 도망칠 때까지 잡지 못했으며, 둘째, 별궁으로 도망친 침입자가 황제의 정원으로 들어갈 때까지도 여전히 잡지 못했으며, 셋째, 그 정원 안에는 하필이면 폐하께서 몸소 자리하고 계셨기 때문이다.

그는 황제가 침입자를 손수 조지는 것을 멀찍이서 바짝 굳은 채로 구경했다. 이미 황제가 손을 쓰기 시작한 이상 도중에 끼어들었다간 외려 더 불호령을 듣게 될 일이었다. 더구나 가면을 쓰고 있을 때는 아는 척을 해서도 안 된다. 불문율이다.

칼가는 잠시 후 황제가 질질 끌고 나와 던진 침입자를 공손하게 받아 들었다.

"고문해서 어디에서 보냈는지 알아내. 단검은 위험한 게 섞여 있으니 폐기하고."

"알겠습니다."

"경이 받게 될 징계는 굳이 이야기하지 않아도 될 거라 믿네."

물론이다. 말하지 않아도 안다.

육 개월 감봉.

여부가 있겠습니까. 송구합니다. 칼가는 피눈물을 흘리며 깊숙이 고개를 숙였다. 이게 다 망할 놈의 이 침입자 때문이다. 침입자 개새끼. 침입자 나쁜 새끼. 자랑스러운 황궁 경비대 소속 칼가 방피어는 오늘만큼은 인정사정없는 냉혹한 고문 기술자로 다시 태어나 보기로 했다.

5
스며드는

"이럴 수가……."

붉은 입술에서 세상을 다 잃은 것 같은 탄식이 흘러나왔다. 오르밀은 거울에 비친 제 모습을 뚫어져라 바라보며 한 손을 들어 올렸다. 부들부들 떨리는 그 손으로 오른쪽 얼굴을 매만진다.

"내 얼굴, 내 얼굴이……."

내 아름다운 얼굴이!

오르밀의 오른쪽 얼굴 광대 부근에는 시퍼런 멍이 자리하고 있었다. 보기 싫어도 저절로 눈에 띌 만큼 선명한 멍이었다. 누가 본다면 이렇게 물어 올지도 모른다. 저, 혹시 누군가가 당신의 광대를 돌주먹으로 휘갈긴 건가요?

그러나 맞아서 생긴 것이 아니다. 그녀의 얼굴에 자리한 상처는 따지고 보면 자업자득의 산물이었다.

리엘라의 머리채를 잡겠답시고 눈을 까뒤집고 달려들었다가 이렇게 됐다. 오래된 것도 아니다. 불과 한나절 전에 있었던 일이다.

리엘라에게 달려들다가 메일에게 발이 걸려 그대로 넘어진 뒤, 오르밀은 여섯 시간이 지난 후에야 처소에서 눈을 떴다.

바닥으로 자빠질 때 났던 요란한 소리와 그녀가 기절한 상태로 보낸 시간을 생각해 보면 당시 그녀가 얼마나 거세게 달려들었는지도 짐작이 가는 일이다.

오르밀은 아주 죽자고 달려들었고, 그 대가로 파란 멍을 얻었다. 실은 이마에도 커다란 혹이 났지만 그건 앞머리로 가릴 수 있었기에 멍에 비해서는 별달리 눈에 띄지 않았다.

손을 부르르 떨던 그녀가 이내 주먹을 꽉 움켜쥐었다.

"용서 못 해."

흘러나온 목소리가 음산했다. 신경 써 상냥하게 말한다면 꾀꼬리 같은 목소리겠으나 음을 바닥까지 내리깔아 씹어뱉듯 내뱉으니 듣기에 썩 좋지가 않았다. 오르밀은 그리 중얼거린 뒤 사정없이 이를 갈았다. 으득.

"감히 내 얼굴을 이 지경으로 만들어?"

오르밀은 표적을 바꿨다. 리엘라에서 메일로. 그녀의 적의는 그렇게 옮겨 갔다. 물론 그것은 리엘라에 대한 악감정이 사라졌다는 뜻은 아니었다. 오르밀은 여전히 리엘라가 싫었다. 생각만 해도 욕이 나왔다. 그러나 일시적으로 그보다 메일이 더 싫어졌을 뿐이다. 말하자면 그녀는 우선순위를 설정한 것이다. 메일을 먼저 조지고, 그다음에 리엘라를 조지기로.

"내가 가만히 둘 줄 알아? 죽여 버릴 거야."

사람을 죽여 본 적은 없지만 죽여 버린다는 말은 쉽게 할 줄 알았다. 외모와 지능이 놀라울 정도로 반비례하는 오르밀 페튼은 제 처소에서 그리 여상하게 악심을 불태웠다.

앞에 장식 문양이 있다.

"왔네?"

오라고는 했지만 정말 올 줄은 몰랐는데. 설마 진짜 오다니. 표정으로 그렇게 이야기하며 텔리야가 저택에서 제 친오빠를 맞이했다.

휴가까지 사용해서 기껏 찾아온 그녀의 오라비는 덕분에 기분이 똥이 되었다. 저게, 꼭 오라고 서신을 세 통이나 보낼 땐 언제고.

"네가 오라고 통사정을 했잖아."

"내가? 그렇게 미친 짓을?"

"……텔리야."

"농담이야. 어서 들어와."

짓궂게 웃으며 텔리야가 반테르를 집 안으로 들였다.

텔리야 폰 모하임. 지금은 결혼해서 텔리야 시클라민이 된 그녀는 반테르와는 세 살 차이가 나는 그의 하나뿐인 여동생이었다.

반테르는 그녀를 볼 때마다 과거 가문으로 청혼서가 날아오던 날을 떠올리곤 했다.

모하임 공작이 매년 한숨을 푹푹 쉬며 대체 저 천방지축을 누가 데려가나 탄식했던 공작가 제일의 왈가닥이, 다름 아닌 수도 제일의 재력 가문 시클라민 후작가의 안주인이 될 줄을 과연 누가 알았을까. 집안사람 모두가 발칵 뒤집어졌던 그때가 벌써 3년 전이라니.

"시간 참 빨라."

"오라버니는 어떻게 나를 볼 때마다 그 소리래? 안 지겨워?"

"매번 그런 생각이 드는 걸 어떡해. 엘시는?"

엘시 시클라민은 텔리야와 시클라민 후작 사이에서 난 딸의 이름이었다. 나이는 두 살. 이제 갓 생후 400일이 되었다. 텔리야는 하녀를 시켜 차를 내오도록 하며 대답했다.

"제 방에서 자."

"그래? 언제부터?"

"조금 전에 잠들었어."

"그럼 걷는 건 못 보고 가겠네."

"어쩔 수 없지. 오라버니는 늘 이렇게 시기가 안 맞더라. 기왕 온 김에 내 예쁜 얼굴이나 실컷 보고 가."

"너 방금 하녀한테 차 준비시켰지? 차만 내오고 과자는 절대 준비하지 마라. 네 얼굴을 보면서 먹었다간 삼키자마자 올라올 것 같으니까."

"진짜 뱉게 해줘?"

모하임 공작가의 오누이는 꽤나 허물없는 사이였다. 서로 체면을 차리지 않고 격식도 따지지 않았다. 품위에 죽고 품위에 사는 보수적인 귀족이 들으면 뒷목을 잡고 넘어갈 만한 대화를 둘은 대수롭지 않게 잘만 나누곤 했다.

지금도 마찬가지였다. 둘 사이에서 현재 오가는 언사를 고상한 레이디가 듣는다면 그녀는 당장 '이 야만인들'을 외치며 뛰쳐나갈지도 모른다.

텔리야는 하녀가 내온 차를 짐짓 우아하게 집어 들었다. 마시기엔 아직 뜨겁다. 얼굴 가까이 가져와 향만 맡은 그녀가 만족스러운 표정으로 입술을 뗐다.

"새로 뽑은 하녀인데 차를 엄청 잘 끓여."

"잘 끓이든지 말든지."

"호응이 건방지다?"

"오라버니한테 건방지다가 뭐냐? 넌 어째 나이가 들어도 변하는 게 없어."

"나보다 더 나이 든 오라버니도 안 변하는데 나라고 변하겠어? 말이 나왔으니까 말인데, 오라버니는 나한테 언제 조카 보여줄 거야?"

"……얘기가 왜 그렇게 가냐."

여동생의 기습적인 공격에 반테르가 주춤했을 때 하녀가 과자를 가지고 들어왔다.

"야, 내가 과자 내오지 말랬잖아."

"누가 오라버니 준대? 다 내가 먹을 거야."

"너 그러다 살찐다."

"난 좀 쪄도 예뻐."

"시클라민 후작이 저택 내에 있는 거울 전부 치웠냐?"

"과자 코로 먹어 볼래?"

가벼운 실랑이가 오간 뒤 화제가 도로 원래의 것으로 돌아왔다. 과자는 견과류를 잔뜩 넣은 원형 쿠키였다.

"아니, 난 사실 당연히 오라버니가 나보다 먼저 아이를 볼 줄 알았지. 나보다 세 살'씩이나' 많은데."

"언제는 고작 세 살 가지고 유세라더니 이젠 강조하는 것 봐라."

반테르의 표정이 떨떠름하게 구겨졌다. 텔리야가 킥킥 웃었다. 그녀는 동전만 한 쿠키를 반으로 조각내 한쪽을 입에 넣어 맛을 본 뒤 재차 말을 꺼냈다.

"재작년에 만났던 영애랑은 정말 결혼할 줄 알았는데."

"야, 그건……."

"아직도 생생하네. 영애의 생일날 오라버니가 기어이 폐하와 대련을 해드려야 한다고 궁에 남았었잖아. 심지어 그날은 영애의 생일이자 동시에 둘이 만난 지 일주년이 되는 날이었는데 말이야. 영애가 그때 편지로 이별을 선고했었지? 공자는 나보다 폐하를 더 사랑하시는 것 같아요. 안녕."

"그때 그건 다 업무의 연장선이니까…… 제길, 텔리야, 너 그거 언제까지 우려먹을래?"

반테르가 한 손을 들어 얼굴을 가렸다. 낯이 새빨갛게 달아올랐다.

오빠의 흑역사를 들춘 여동생은 배를 잡고 실컷 깔깔거린 다음 양 손바닥을 들었다.

"알았어, 다음부턴 이 얘기 안 꺼낼게. 생각해 보니 그 영애한텐 슬픈 기억일 텐데 실례잖아."

"……어휴."

"우리 오라버니는 참, 가만 보면 인기가 없는 것도 아닌데 왜 결혼을 안 하는지 모르겠단 말이야? 이러다 관 뚜껑도 혼자 열고 들어가겠어."

"그럼 거길 혼자 들어가지 남이랑 같이 들어갈까? 너는 내 혼사에 눈치 줄 시간에 엘시한테나 더 신경 써."

"엘시한테는 이미 넘치게 신경을 써 주는 중이야. 나보단 오히려 남편이 더 극성이긴 하지만. 오라버니도 얼른 나처럼 짝을 만나면 좋을 텐데. ……오라버니, 솔직히 아직까지 누굴 제대로 좋아해 본 적 없지?"

턱을 괸 텔리야가 대뜸 반테르의 지난 연애사에 돌을 던졌다. 반테르는 마시려던 찻잔을 들다 말고 발끈했다.

"무슨 소리야? 내가 지금까지 연애를 몇 번이나 했는데."

"단순히 연애 횟수랑은 다르지."

"좋아하지도 않는데 사귀었겠어?"

"글쎄, 터놓고 말하면 오라버니는 연애할 때마다 늘 평등주의자처럼 굴었으니까."

"무슨 말이야? 그게."

텔리야가 한 손을 뻗어 아까 조각내 둔 반쪽 쿠키를 집어 들었다. 그걸 입으로 쏙 털어 넣더니 그새 적당히 따뜻해진 찻물로 입가심을 한다. 그러고는 말을 이었다.

"좋아하긴 좋아했겠지. 그런데 오라버니는 연인을 좋아하면서 동시에 폐하도 좋아하고, 나도 좋아하고, 친구도 좋아하고, 동물도 좋아하고, 빵집에 파는 빵도 좋아하고, 길거리의 잡초도 좋아했잖아."

"마지막 건 안 좋아했어."

"아무튼. 내 기억에 오라버니는 사귀는 상대를 특별하게 대한 적이 한 번도 없어. 그래서 그녀들이 못 견디고 죄 떠난 거고."

오라버니는 진정한 사랑을 몰라. 횟수만 많지 연애 초보야. 텔리야가 진단을 내리듯 그리 못 박았다. 반테르는 숫제 연애 박사처럼 구는 제 여동생을 황당하게 쳐다보았다.

"그럼 제대로 좋아하는 게 뭔데? 사랑 이야기에 나오는 예의 죽고 못 사는 불타는 사랑? 하루라도 못 보면 심장이 타 들어가고 그런 거?"

"얼추 비슷하지."

"텔리야. 진지하게 말하는데, 너 사춘기가 조금 늦게 온 것 같구나."

무슨 꿈 많은 십 대 소녀처럼 사랑 타령이냐며 반테르가 그녀를 타박했다. 그는 여동생의 주장이 퍽 허무맹랑하다고 생각했다. 이야기책에 나올 법한 사랑? 그런 게 진짜 세상에 있을까? 없으니까 이야기책에나 나오는 거다. 이야기는 가짜니까 이야기인 거고.

그럼 여기서 잠깐 반테르의 지난 연애사를 살펴보자.

반테르는 여태 일곱 명의 여자를 만났다. 나이를 생각하면 많지도 적지도 않은 적당한 숫자였다. 그리고 그는 그 일곱 명 중 누구에게도 절박함을 느껴본 적이 없었다.

그의 사고방식은 대략 이렇다. 당장 연인을 못 만난다고 애타고 초조해하는 걸 전혀 이해하지 못한다.

오늘 못 만나면 내일 상대가 죽기라도 하나? 대륙이라도 망하나? 오늘이 안 되면 내일, 내일이 안 되면 모레, 모레가 안 되면 그다음 날 만나면 되지. 어차피 며칠 못 만난다고 상대가 사라지는 것도 아닌데. 이런 식이었다.

이별을 겪은 뒤 심하게 괴로워해 본 적도 없다. 연인이 떠나니 조금 착잡하긴 했지만 딱 그 정도였다. 떠난 연인을 붙잡아야겠다는 생각은 당연지사 안 해봤다. 세상의 절반이 여자인데 나 싫다는 상대를 뭐 하러 붙드나. 시간 낭비 아닌가?

반테르는 늘 이런 식으로 사람을 사귀어 왔다. 처음 이성에 눈을 뜬 이후로 지금까지 쭉 한결같은 태도였다. 그는 자신이 해온 것이 지극히 평범한 연애라고 믿었다. 그가 진단하기에 스스로가 결혼을 못 하는 이유는 단순히 바빠서였다.

텔리야는 뭐라 반박하거나 대꾸하는 대신 그저 어깨를 으쓱했다. 당사자가 자각을 못 하고 있는 이상 백날 말해봐야 이쪽만 입이 아플 일이다. 죽기 전에 누군가를 진심으로 좋아하게 되면 자기가 알아서 깨달겠지. 그녀는 그렇게 생각한 뒤 남은 찻물을 비웠다. 미지근했다.

"하기야 세상에 연애 초보가 어디 오라버니뿐인가. 황제 폐하도 마찬가지이신 것 같고."

"음? 폐하가 왜? 텐고트 영애랑 벌써 3년째 만나고 계신데."

텐고트 영애는 이젤린을 가리킨다.

이젤린 텐고트. 자작가는 재산 문제로 몰락했지만 이름은 남아 있어서 그녀는 여전히 텐고트 영애라고 불렸다.

반테르는 황제가 언급된 것이 통 의아하다는 얼굴로 텔리야를 바라보았다. 네가 말하는 사랑, 나는 몰라도 폐하께선 잘하고 계신 것이 아니냐는 의미의 질문에 텔리야가 고개를 절레절레 내저었다. 역시 저 인간은 자기 사랑뿐 아니라 남의 사랑에도 둔하군.

"내가 궁금한 건 한 가지야. 폐하, 혹시 그 영애한테 빚지셨어?"

"뭐? 폐하께서 그런 걸 왜 져."

"최소한 오라버니는 모른다는 거네."

텔리야는 황당한 심경이 묻어나는 반테르의 대답을 들으며 도로 턱을 괬다. 그녀가 제 오라버니에게 그런 것을 물은 이유는 간단했다.

부채 의식.

오라버니를 따라 우연찮게 몇 번 목격했던 황제와 이젤린 텐고트의 관계에서는 어딘지 이유를 알 수 없는 부채 의식 같은 것이 느껴졌다. 참 이상한 일이었다. 황제가 대체 그런 몰락 가문의 여식한테 빚을 질 것이 뭐가 있단 말인가.

　'심지어 그 당사자도 모르는 눈치였는데.'

　그녀가 보았던 이젤린 텐고트는 단단히 착각에 빠져 있었다. 황제가 저를 사랑하고 있다는 착각. 그렇다면 이젤린 또한 황제의 행동이나 표정에서 언뜻언뜻 묻어나는 무언의 부채 의식과 같은 책임감을 전혀 모르고 있다는 소리가 된다.

　텔리야는 흐음, 비음을 흘렸다. 궁금하긴 하지만 그런 개인적인 것을 감히 황제에게 캐물을 수도 없는 노릇이고.

　"텔리야, 나니까 받아주는 거지 어디 밖에 나가선 그런 얘기 하지 마라. 폐하의 연인 관계에 대해서 왈가왈부하는 건……."

　"걱정 마. 나도 이런 자리라서 주절거린 거니까. 내가 얼마나 입을 조심하고 몸을 잘 사리는지 알면서 그래?"

　텔리야는 품고 있던 의문을 걷어내듯 머릿속에서 지워 버렸다. 그래, 생각하고 있어 봤자 소용없다. 당장 풀릴 것도 아니고.

　더구나 그녀는 그 주제를 누군가와 공유할 수도 없었다. 폐하의 이야기인 것은 둘째 치고, 관계의 이질성을 짚어낸 것은 어디까지나 그녀가 특이할 정도로 타인의 감정에 예민한 인물이라 가능했던 것이기 때문이다.

　아마 남들은 그 이상함을 전혀 눈치채지 못하고 있을 확률이 높았다. 아무리 둔하다지만 하루 종일 붙어 지내는 제 친오빠마저 모르는 것을 보면 대충 답이 나온다.

　텔리야는 엄밀히 따지면 저와 일말도 상관이 없는 황제에 대한 생각을 저 멀리 무저갱으로 던져 버린 뒤, 곧장 다른 화제를 꺼냈다.

"그나저나 오라버니, 검집 교환할 때 되지 않았어?"

"검집? 갑자기 웬?"

"곧 생일이잖아. 선물로 주려고 그러지. 안 그래도 최근에 엄청 기발한 착상이 하나 떠올랐는데……."

몇 주 만에 만난 오누이의 대화는 그 뒤로도 몇 번 이야깃거리를 바꾸어 가며 제법 길게 이어졌다. 중천에 떠 있던 해가 조금씩 옆으로 기울었다.

✳

평화는 관망과 닿아 있다.

무슨 말이냐면, 뭐든 자기 일이 아니라고 생각하는 순간 가장 큰 심적 평온과 안정을 얻을 수 있다는 소리다. 메일은 현재 몹시 평화로운 상태였다.

어제 정원에서 선배님과의 문답을 통해 궁금한 건 전부 해결했다. 간택전의 정체도 알았다. 그리고 나자 문득 명확해지는 것이 있었다.

간택전? 남의 일.

간택전의 기준? 남의 일.

황제가 폐위를 목적으로 황후를 뽑는다? 남의 일.

황제에게 정인이 있다? 남의 일.

정인이 욕심 없고 유약한 사람이다? 남의 일.

온통 남의 일 천지였다. 메일은 이제 리엘라와 손잡고 가만히 구경이나 하면 되었다. 오르밀이 간택전에서 탈락하는 모습을.

물론 마음에 걸리는 것이 아예 없는 것은 아니다. 메일이 확신에 가깝게 짐작한 간택전의 선별 기준은 하나, 왕국이 멀고 약소국일 것. 둘, 가문이 너무 한미하지 않을 것. 셋, 멍청하고 욕심이 많을 것 이 정도였는데, 문제는 여기서 세 번째 조건이 마치 오르밀을 위해서 존재하는 것처럼 그녀에게 완벽히 부합한다는 점이었다.

저 조건만 따진다면 아무리 보아도 오르밀이 1등이다. 직접 그녀를 보고 겪은 메일의 판단은 그랬다.

만약 후보 중에 오르밀보다 더 멍청하고 욕심이 많은 영애가 있다면 이 대륙은 이미 예전에 멸망했어야 옳다. 오르밀 페튼은 확실히 폐위를 염두에 두고 뽑기에는 안성맞춤인 인물이었다.

그러나 메일은 미약하게 염려하되 크게 걱정하지는 않았다. 오르밀이 적을 두고 있는 바인샤 왕국은 메일의 모국에서는 멀지만 이곳 제국에서는 그리 먼 곳에 위치한 왕국이 아니었다. 더구나 한참 내전 중이다.

각 세력의 힘이 비등한 이상 오르밀이 황후가 된다면 그것을 어떻게든 이용하려 들 것이 뻔했다. 그녀가 황후의 자리에 오르는 순간 그녀의 가문이 속한 세력이 기다렸다는 듯 달려들어 제국의 힘을 빌리기 위해 아등바등하겠지. 그건 외척의 간섭을 최소화하길 원하는 황제의 뜻과는 상반되는 일이었다.

'후작이 간택전의 일을 총괄한다고는 해도, 어차피 황제의 뜻에 따라 움직일 테니까.'

위 같은 장애 요소가 있는 이상, 굳이 오르밀이 황후가 되면 어쩌나 미리 겁을 집어먹을 필요는 없을 것이다. 탈락할 공산에 비하면 매우 매우 작은 가능성에 불과하다.

메일은 고작 일 할도 되지 않을 확률에 마음을 졸이며 전전긍긍하는 대신 지금의 평화를 그저 만끽하기로 했다. 아아, 행복한 평온이여.

그런 메일의 평화에 도전장이 날아든 것은 점심 무렵이었다.

"곰팡이가 너랑 같이 밥 먹고 싶대."

메일은 오늘 새로운 장소에 다녀왔다. 별궁 외부에 위치한 넓은 산책용 정원이었다. 늘 가던 곳에 비하면 투박한 인상이 강하긴 했지만 그래도 정원이다. 충분히 신선하고 즐겁고 보람찬 시간을 보냈다. 그러고서 거처로 돌아왔더니 대뜸 리엘라가 웬 서간을 내밀었다.

편지는 이미 뜯어서 읽어본 듯 엉성하게 접혀 있었다. 리엘라의 종이접기 솜씨는 엉망이었다.

메일은 그걸 받아서 도로 펼치자마자 윽, 신음을 흘렸다. 종이는 편지가 아니라 초대장이었다.

"페튼 영애가 왜 저한테 밥을 먹자고 할까요?"

발신인은 오르밀 페튼. 수신인은 메일 폰 비제아트. 적힌 내용은 간단했다. 처소에서 오찬을 함께하고 싶으니 시간을 좀 내 달라는 내용이었다. 메일이 혀를 찼다. 있던 시간도 사라지는 기분인데.

"페튼 영애? 그게 누군데?"

원하는 대로만 기억하는 편리한 기억력을 지닌 리엘라는 오르밀 페튼의 본명이 오트밀 혹은 곰팡이라고 굳게 믿고 있는 것 같았다. 메일은 친절하게 호칭을 치환해 주었다.

"곰팡이 영애요."

"아하."

"그런데 밥은 정말 왜 먹자고 하는 건지……. 공주님은 어떻게 생각하세요?"

"글쎄, 배고파서?"

"배고…… 뭐, 그럴 수도 있겠죠. 예상외로 말예요. 초대장에 적힌 문구가 답지 않게 얌전한 걸로 봐서는 정말 밥만 먹자는 뜻일……."

리가 있나.

거처 한쪽에서 막 시녀 한 명을 발견한 메일이 입을 다물었다. 어디서 본 기억이 있는 시녀였다. 어디냐면 오르밀의 처소에서 말이다.

말문을 잃었던 메일이 한숨과 함께 입을 열었다.

"이 초대장을 전해 준 사람 말이에요. 저기 저 시녀 맞죠?"

"응."

"지금까지 내내 나가지도 못 하고 서 있었을 거구요."

"어떻게 알았어?"

"곰팡이 영애의 의도가 눈에 보이는 것 같아서요."

하여간 악독한 성미였다. 메일이 위처럼 대답하자 리엘라는 고개를 한번 갸웃하더니 시녀에게로 시선을 주었다. 그러곤 묻는다.

"너 왜 안 가고 거기 계속 서 있어?"

시녀는 두 시간 전부터 저 자리에 있었다. 그걸 이제야 묻는 리엘라에게 메일이 시녀 대신 대답을 해주었다.

"안 가는 게 아니라 못 가는 거예요."

"응? 왜?"

"페튼 영애, 그러니까 곰팡이가 오지 못하게 했을 테니까요. 저를 데리고서가 아니면 돌아오지 말라고 했겠죠. 안 그래요?"

"……맞습니다."

얌전히 서 있던 시녀가 시인했다. 그녀는 오르밀이 고국에서부터 데리고 온 개인 시녀였다.

시녀는 모시는 아가씨의 명령을 받고 초대장을 전달하러 이곳으로 왔다. 그리고 여태 돌아가지 못했다. 상대방이 초대에 응할 때까지 몇 시간이고 며칠이고 그곳에 서 있으라는 지시를 받았기 때문이다. 어기고 빈손으로 돌아간다면 십중팔구 매질을 당하게 될 터였다.

시녀는 익숙한 듯 크게 힘겨워 보이지 않았다. 사실 하루까지는 이러고서 버틸 수 있었다. 그 이상이 경과하면 쓰러지겠지만.

혀를 찬 메일이 침대맡의 줄을 당겼다. 애꿎은 사람을 괴롭히고 싶지는 않으니 초대에 응해 줄 생각이었다. 다만 이 상태로 그냥 가지는 않는다. 저쪽은 나름 만반의 준비를 하고 있을 테니 이쪽도 어느 정도는 갖춰 줘야 구색이 맞지 않겠는가.

시녀들의 도움을 받아 옷을 갈아입기 시작한 메일을 보며 리엘라가 말했다.

"로즈 빌려줄까?"

큰 선심이었다. 고맙지만 메일은 거절했다. 상대를 죽이러 가는 게 아니었다.

"아마 단순하고 유치한 괴롭힘일 거예요. 절 골탕 먹이고 면전에서 비웃을 목적이겠죠. 아카데미를 다닐 때 비슷한 걸 목격한 적이 있거 든요."

"그건 왜 챙겨?"

"예상이 맞다면 필요할 일이 있을 것 같아서요."

"옷은 또 왜 그렇게 입고?"

"이것도 필요할 것 같거든요."

"이상해."

"승리를 위한 거예요."

준비는 오래 걸리지 않았다. 잠시 후 메일은 초대장을 전달한 시녀 와 함께 방을 나섰다.

오르밀 페튼은 높은 확률로 뇌의 부재가 의심되는 인물이었지만, 그 래도 사람인 고로 아주 기본적인 사고 정도는 할 줄 알았다. 그러니까 죽이고 싶다고 아무나 다 잡아 죽여서는 안 된다는 사실쯤은 안다는 소 리였다.

그녀는 생각했다.

'아직은 내가 신분에서 밀려.'

오르밀은 백작 영애. 메일은 공녀. 국력이야 비슷했으니 그녀와 메 일의 배경은 엄밀히 따져 두 단계나 차이가 났다.

오르밀은 그것을 인지하고 있었다. 열 받긴 하지만 현실이었으니까. 오르밀의 이성은 보통 사람보다는 못해도 짐승보다는 나은 수준이었기에 그녀는 현실의 앞에서 작은 타협을 했다.

'황후가 되기 전까진 목을 붙여 둘 수밖에.'

그녀는 선심을 쓰는 척 처형의 집행을 뒤로 미뤘다. 상대의 목은 자신이 황후가 된 다음에 따도록 하겠다. 황후의 관을 쓰고 황제를 살살 구슬린다면 그깟 약소국 귀족의 목 따위는 얼마든지 실컷 뗐다 붙였다 할 수 있겠지.

오르밀은 꿀 같은 미래를 그려보며 입꼬리를 끌어당겼다. 달콤한 상상이었다.

똑똑.

"아가씨, 저 에이미입니다."

'왔군.'

오르밀이 짙게 머금고 있던 미소를 얼굴에서 싹 지웠다. 그녀는 오늘 메일을 초대했다. 거창한 의도는 아니었다. 그냥 선전포고라도 할 겸 상대방에게 골탕을 좀 먹여 줄 심산이었다. 치욕으로 부들부들 떠는 상대의 얼굴을 구경하는 것은 목을 따는 것보다는 못해도 그 나름대로 재미가 있을 것이다.

"들어와."

문이 열렸다. 오르밀은 앉은 채로 눈을 들어 제 개인 시녀와 함께 들어오는 인영을 응시했다.

나무껍질 같은 갈색 머리카락은 평범하고 특색이 없다. 녹음을 닮은 초록색 눈동자는 비교적 봐줄 만했으나 그마저도 제 하늘색 눈동자와 비교한다면 칙칙할 뿐이었다. 오르밀은 픽, 비웃음을 흘렸다. 볼품없기는.

"무슨 착오가 있었나 보네요. 난 당신을 식사 자리에 초대한 거지,

사냥터에 초대한 게 아닌데."

　사냥터의 짐승들과 섞여 뛰어놀면 퍽 어울릴 법한 모습이로군요. 노골적으로 메일을 위아래로 훑은 오르밀이 그렇게 덧붙였다. 어투에서는 조소가 묻어났다. 사냥터처럼 거칠고 먼지가 가득한 장소에나 알맞은 정도로 네 행색이 초라하다는, 드러내 놓고 던지는 조롱이었다.

　메일을 그것을 아무렇지 않게 받아치며 오르밀의 맞은편에 앉았다.

　"제가 원래 사슴 같다는 말을 종종 듣곤 해요."

　"뭐……."

　"자리에 맞게 대충하고 왔는데 그래도 티가 났나 봐요? 자연에서 뛰노는 사슴 같은 제 미모가."

　그렇게 말한 메일이 생긋 웃었다. 메일은 상대에게 수준을 맞춰 줄 각오를 하고 왔다. 상대가 저렇게 나온다면 이쪽에서도 이렇게 나가면 그만이다. 그녀는 얼마든지 유치하고 뻔뻔해질 준비가 끝난 상태였다.

　말문이 막힌 오르밀이 하, 기가 차다는 듯 헛숨을 뱉은 뒤 손짓으로 시녀를 불렀다.

　"……요리를 내와."

　"네."

　음식은 금방 나왔다. 그래도 명색이 식사 자리라고 밥을 준비하긴 한 모양이었다. 고급스러운 문양이 새겨진 접시 위에는 스테이크와 구운 채소가 먹음직스럽게 올려져 있었다.

　오르밀은 포크와 나이프를 들곤 제법 우아하게 그것을 썰기 시작했다. 입만 다물고 있으면 나름 교양 있는 레이디처럼 보일 만한 모습이었다.

　그리 요리를 썰다 말고 오르밀이 눈을 들었다. 그러곤 짐짓 놀란 체를 한다.

　"어머, 왜 안 먹나요?"

메일의 앞에도 요리는 있었다. 오르밀의 앞에 놓인 것과 같은 내용물이었다. 문제는 그걸 먹을 수 있을 만한 식기가 전혀 없다는 점이다. 메일의 앞에는 오로지 음식이 담긴 접시만 놓여 있었다. 덩그러니.

"특별히 준비한 요리라 맛이 좋을 거예요. 어서 들어요. 아, 설마 남의 눈을 신경 쓰는 건가요? 그러지 말고 그냥 평소 하던 대로 야만인처럼 손으로 집어 먹어요. 아주 잘 어울릴 것 같은데."

오르밀은 그같이 말을 던지고선 혼자 신나서 깔깔깔 웃었다. 메일은 그에 호호호 따라 웃으며 챙겨 온 바구니에서 깨끗한 천에 싸인 은식기를 꺼냈다. 조명을 받은 포크와 나이프가 반짝거렸다. 오르밀이 웃다 말고 멈칫했다.

"어……."

"사람은 보통 본인의 습관을 무의식적으로 남에게 투영하곤 하죠. 영애가 평소 혼자 있을 때 그런다고 상대방도 당연히 그럴 거라고 생각하면 곤란해요. 아, 영애에게 손으로 음식을 집어 먹는 은밀한 취미가 있다는 사실은 어디 가서 이야기하지 않을게요. 걱정 말아요."

"누, 누가 손으로 음식을……."

"비밀로 해줄 테니 애써 감추지 않아도 돼요. 그리고 보니 목이 마르네. 여기 냅킨이랑 물 좀 갖다 줄래요?"

메일이 태연한 낯으로 필요한 것을 요청했다. 그때 이를 악문 오르밀이 덥석 제 앞에 있던 잔을 움켜쥐었다. 안에는 물 대신 포도주가 들어 있었다.

"목이 마르면 이거나 마시지그래?"

촤악!

오르밀은 잔 안에 든 내용물을 메일을 향해 힘껏 뿌렸다. 마치 '식사 자리에서 상대방에게 맛있는 엿을 먹이는 법! 이렇게만 한다면 당신도 오늘부터 엿장수 : 초급 편' 이런 데에 실려 있을 것 같은 정석적인 행동이었다.

　시대가 바뀌어도 변하지 않는 것이 바로 정석의 힘이구나. 메일은 그
렇게 생각하며 머리 위까지 들어 올렸던 드레스 자락을 내렸다.

　기가 찬 오르밀이 눈을 부릅떴다.

　"무슨……."

　"이런, 드레스가 더러워졌네."

　오르밀이 벌인 짓은 정석이라고 여겨질 정도로 흔한 행위였다. 지금
도 어디 아카데미나 사교계에서는 뭇 영애들이 상대방에게 음식을 주
면서 일부러 식기를 빼놓고 목이 마르면 이거나 마시라며 와인을 끼얹
고 있을지도 모른다.

　그리고 그렇게 흔하다는 것은 동시에 당하는 쪽이 그만큼 대비책을
마련하기 쉽다는 뜻이기도 했다. 남이 겪는 걸 두 눈으로 보고도 똑같
은 수법에 당하는 사람은 잘 없으니까.

　메일은 애초에 드레스 두 벌을 겹쳐 입고 나왔다. 겉에 입은 것이 끈
으로 묶고 푸는 형태라 쉽게 그럴 수 있었다.

　그녀는 오르밀이 '난 당장 너에게 이 포도주를 뿌려 버릴 테야' 하는
표정으로 잔을 잡는 순간 바로 겉의 드레스 자락을 들어 올려 머리까
지 감쌌다. 겹겹으로 된 천이라 드레스는 제법 훌륭하게 방패의 역할
을 했다. 얼굴을 노리고 뿌린 포도주는 메일의 머리카락조차 한 올도
젖게 하지 못했다.

　"안 그래도 버리려던 걸 이렇게 쓰게 될 줄이야. 앞일은 모르는 거라
더니."

　메일의 말은 진심이었다. 입고 나가기에는 민망하고 잠옷으로 입기
에는 불편해서 왜 이걸 제국까지 가져왔나 후회했던 게 바로 이 옷이
었다.

　가지고 있어 봤자 자리만 차지하니 그냥 버려야겠다, 그리 마음을 먹

자마자 오르밀이 이처럼 요긴하게 쓸 기회를 만들어줬다. 사람의 앞날 뿐 아니라 옷의 앞날도 참 이렇게 알 수가 없다. 삶이란.

"페튼 영애, 준비한 게 더 있어도 이 이상은 받아주고 싶지 않네요. 내가 대비한 게 여기까지거든요. 패를 다 썼으면 빈손으로 미적거릴 게 아니라 이만 퇴장해야겠죠?"

의자에서 일어난 메일이 더러워진 드레스를 서슴없이 벗기 시작했다. 탈의는 순식간에 이루어졌다. 민망하다는 게 달리 민망하단 게 아니다. 이 드레스는 벗기가 너무 쉬웠다. 끈만 몇 개 풀어주면 마법처럼 몸에서 탈출했다. 대체 뭘 노리고 만들어진 옷인지.

메일은 드레스를 다 벗자마자 그걸 돌돌 말아 오르밀을 향해 던졌다.

펄럭! 날아가는 도중에 펼쳐진 드레스가 상대의 머리 위로 풀썩 안착했다. 황당해서 말도 하지 못하고 있던 오르밀은 미처 그것을 피하지 못했다.

"이건 초대해 준 값이에요. 좀 물들긴 했지만 영애가 물들였으니 예쁘게 입길 바랄게요!"

그럼 난리 치기 전에 도망쳐야지. 메일은 얄밉게 선물(?)을 건네준 뒤 얼른 처소를 벗어났다. 문을 전부 닫기도 전에 내부에서 접시 따위가 깨지는 소리가 들렸다. 메일은 귀를 막은 채 종종걸음으로 거리를 벌리면서 생각했다.

저거 전부 황궁 소유의 물건일 텐데 변상 안 해도 되나?

물론 남의 일이었다.

오르밀을 퇴치한 메일은 바로 처소로 돌아가지 않고 식당을 거쳐 정원에 먼저 들렀다. 오르밀은 명목상으로는 메일을 식사 자리에 초대했으나 실제로 그녀에게 밥을 먹을 여유는 주지 않았다. 메일은 나온 김에 어제처럼 정원에서 도시락으로 점심을 해결할 생각이었다.

그녀는 여상한 발길로 정원에 들어섰다. 그리고 선정해 둔 명당에 앉아 음식과 식기를 꺼냈다. 오늘의 식사는 어제와는 달리 평화로웠다. 옆에서 말을 거는 누구도 없었고 갑자기 등장해서 달려드는 단검 팔이 침입자도 없었다. 시작부터 끝까지 그저 조용하고 느긋했다.

메일은 마지막 접시의 요리를 깨끗이 비운 뒤 고개를 조금 갸웃거렸다.

'왜 허전하지?'

어쩐지 약간 모자란 것 같은 기분이 들었다. 딱히 양이 부족했다거나 요리의 맛이 성에 안 찼다거나 한 것도 아닌데 의아한 일이었다.

메일은 묘하게 아쉬움과 닿아 있는 이 느낌의 근원을 찾으려 노력하다가 문득 바일렛의 싹을 눈에 담았다. 싹은 오늘도 파릇파릇했다.

"이건가? 인사를 빼먹어서? 흐음…… 안녕, 바일렛? 네 자태는 여전히 예쁘구나. 봉오리는 언제쯤 맺히는 거니?"

동년배의 친구들이 다들 약혼에 결혼에 빠르면 애까지 낳아 기르는 동안, 연애는커녕 짝사랑조차 해보지 않은 메일은 그렇게 엉뚱한 곳에서 감정의 연유를 찾다가 의문을 풀지 못하고 정원을 나왔다.

의아함은 그대로였으나 메일은 원인 모를 허전함에 대한 생각을 금방 머릿속에서 지워 버렸다. 딱히 시간을 들여 고민하고 싶을 만큼 궁금한 건 아니었다.

메일은 식당에 들러 식기가 든 바구니를 반납한 뒤 거처로 돌아왔다. 메일의 귀환을 맞이해 준 건 침대에 정자세로 누운 리엘라였다.

"곰팡이한테 이겼어?"

저번에는 얼굴에 오이를 올리고 있더니 이번엔 감자를 얇게 썰어 붙이고 있었다. 저걸 왜 한다고 했었지? 아, 심심해서. 메일은 두 번째라고 벌써 익숙해지려 하는 리엘라의 식재료 사용법에 시선을 주며 대답했다.

"그럼요."

"그럴 줄 알았어. 별거 아니야, 곰팡이."

"그렇더라구요."

누운 채로 발장구를 치는 리엘라는 퍽 즐거워 보였다. 직접 본 것도 아니면서 그저 오르밀의 패배를 전해 들은 것만으로도 기분이 좋아진 모양이었다. 남의 불행을 본인의 행복으로 삼는 건 썩 권장할 만한 행위가 아니었지만 상대가 오르밀인 만큼 메일은 그냥 그러려니 하기로 했다.

리엘라는 얼굴에 감자를 붙인 채로 한참을 더 오르밀의 욕을 하더니 어느 순간 대뜸 화제를 바꿨다.

"있잖아, 나 도서관 갈래."

"네? 도서관이요?"

메일은 순간 놀라서 리엘라를 쳐다보았다. 도서관은 보통 지식의 보고라고 일컬어지는 공간이다. 리엘라와 지식의 보고라니. 안 어울리는 걸 넘어 괴상하기까지 한 조합에 당황하던 메일은 곧 한 가지 사실을 깨달았다.

'아, 도서관에는 연애 소설도 있지.'

리엘라는 청순한 뇌를 지녔지만 문맹은 아니었다. 독해력도 은근히 나쁘지 않아서 로맨스 소설 정도는 곧잘 읽었다. 아마 전기 이론도 그러다가 습득하게 되었을 것이다. 평정을 되찾은 메일이 몸을 움직여 리엘라에게로 가까이 이동했다.

"같이 가자는 말씀이신 거죠?"

"응."

"알았어요. 혼자 가신다고 했어도 따라갔을 테지만요. 로즈는요?"

부를까요? 묻는 것에 리엘라는 고개를 저었다. 감자 몇 개가 베개로 떨어졌다.

"로즈는 바빠."

"뭘 하는데요?"

"수련을 좀 하고 오겠대."

"……."

무슨 수련인지는 굳이 물어보지 않아도 될 것 같았다. 저번에는 팔 근육을 단련했으니 이번엔 다리 근육을 단련하고 있으려나. 메일은 다음에 로즈를 만나면 어디가 전보다 더 발달했는지 살펴봐야겠다고 생각했다.

"가까운 곳으로 가실 거죠?"

"도서관이 여러 개야?"

"아마 이곳 별궁에도 있고 저쪽 본궁에도 있을 거예요."

"그래? 어디가 더 커?"

"그건 잘 모르겠어요."

성의 크기만 따지면 본궁이 별궁의 배는 된다. 하지만 설계에 따라 도서관 같은 시설은 별궁의 것이 큰 경우도 더러 있었다. 불특정 다수의 사람이 드나들기에 본궁보다는 아무래도 별궁이 쉽기 때문이다.

리엘라는 3초쯤 고민하더니 입을 열었다.

"가까운 데로 가자."

"알았어요. 그럼 우선 감자부터 뗄게요."

메일이 시선도 돌리지 않고 줄을 당겼다. 줄을 당기는 솜씨에도 경지가 있다면 메일은 자신이 장인 근처까지는 오르지 않았을까 생각했다.

곧 익숙하게 들이닥친 시녀들이 현란한 손길로 리엘라를 꾸미기 시작했다. 감자를 떼고 세안을 시키고 화장을 하고 드레스를 입힌다. 반복된 작업에 그녀들도 익숙해진 건지 속도가 빨랐다.

메일은 그걸 구경하다 새삼 리엘라가 이런 것에서만 유난히 부지런하다는 인상을 받았다. 나갈 때마다 저런 과정을 거치는 것도 정말 게

으르다면 못할 텐데.

메일은 잠시 후 반짝반짝해진 리엘라와 함께 처소를 나섰다.

"그런데 왜 갑자기 도서관에 갈 생각이 드셨어요?"

"그게, 심심해서 감자 미용을 했는데."

"네."

"그래도 심심한 거야."

"……."

"그래서 어쩌지? 오이 미용을 해야 하나? 하다가 도서관이 떠올랐어. 나 원래 책 많이 읽거든."

리엘라답다면 리엘라다운 사고의 흐름이었다. 메일이 '과연 공주님이시네요' 하고 대답하자 리엘라가 칭찬으로 알아듣고 콧대를 세웠다. 예쁘니까 그러는 모습도 나름 귀여워 보이긴 했다.

도서관은 생각보다 가까워서 안내를 받자 금방 도착할 수 있었다. 메일은 안으로 들어서며 가볍게 내부를 둘러보았다.

전체적으로 한산한 가운데 드레스 차림으로 자리에서 책을 읽고 있는 영애가 서너 명쯤 되었다. 낯선 면면이 아닌 것을 보니 후보들인 모양이었다.

메일은 혹시라도 공주님이 저들과 마찰을 빚는 일이 없도록 주의를 기울여야겠다고 생각하며 리엘라를 책장 쪽으로 이끌었다.

"생각해 두신 책이라도 있으세요?"

"음……."

"읽고 싶으신 내용이라든가."

"여주인공이 금발이고 공주인 소설."

금발이고 공주인 리엘라가 주춤거리거나 부끄러워하는 기색도 없이 당당하게 말했다. 메일은 그것참 리엘라다운 선정이라고 생각하며 가까이 있던 사서를 불렀다.

"필요한 거라도 있으십니까?"

"책을 찾고 싶은데, 좀 부탁드릴 수 있을까요?"

"물론입니다. 어떤 책이죠?"

메일은 리엘라가 말한 조건을 고스란히 사서에게 전달해 주었다. 도서관에서 책을 찾을 때 주로 제목이나 저자명, 주제를 알려 주는 것을 생각하면 다소 미안할 정도로 불친절한 조건이긴 했으나 그래도 그냥 '재미있는 책'을 찾아 달라 요구하는 것보단 나을 것이다.

메일은 미리 고맙다는 말을 건넨 뒤 근처에서 자기가 볼 다른 책을 골랐다.

'기왕 왔으니 한 권 정도 골라볼까?'

메일은 책을 자주 읽는 편도, 그렇다고 아주 드물게 읽는 편도 아니었다. 말하자면 적당했다. 평균을 내면 딱 그 정도가 나오지 않을까 싶을 만큼, 남들이 읽는 것과 비슷하게 읽었다.

다만 차이가 있다면 주로 찾는 서적의 종류일 것이다. 그녀는 메마른 감수성의 소유자라 남이 사랑하고 질투하고 행복해하는 이야기에 별다른 감흥을 느끼지 못했다.

즉 로맨스 소설은 안 본다는 소리였다. 메일은 책을 고를 때 오로지 한 가지 키워드의 여부만 따졌다. 정원.

'오, 있다.'

원하는 키워드를 발견한 메일이 눈을 반짝였다. 검은 표지에 금박으로 된 제목은 빽빽이 꽂힌 책들 사이에서도 쉽게 눈에 띄었다.

제법 높은 곳에 꽂혀 있었으나 평균보다 반 뼘쯤 키가 큰 메일이 까치발을 들자 꺼내는 것이 그리 어렵지 않았다. 그녀가 그렇게 책을 빼내 손에 쥐었을 때, 리엘라가 저도 막 필요한 책을 얻었는지 폴짝거리는 걸음으로 다가왔다.

"이제 가자."

"생각보다 빨리 찾으셨네요? 어, 세 권씩이나 고르셨어요?"

"3권이 완결인 책이거든."

세 권짜리 책은 리엘라 대신 사서가 들고 있었다. 메일은 흘긋 눈길을 주어 제목을 살폈다. '공주와 기사와 왕자와 마왕과 드래곤'. 어쩐지 제목만 읽었는데도 내용을 알 수 있을 것 같은 책이었다.

메일은 리엘라의 이름으로—도서관 자유 이용은 후보의 권한이었다—대출증을 쓴 뒤 책을 들고 거처로 귀환했다.

오는 길이 쉬웠기에 가는 길은 굳이 안내를 받지 않아도 되었다. 길을 기억하는 메일이 앞장서고 길치 리엘라가 그 뒤를 가벼운 발걸음으로 쫄랑쫄랑 따랐다. 도착은 아까처럼 금방이었다.

심심하다던 말이 정말이었던 듯 리엘라는 처소에 도착하자마자 의자에 앉아 책을 펼쳤다.

그렇게 몇 장쯤 읽다가 눈을 빼꼼 올려 메일을 쳐다본다. 넌 안 읽냐는 뜻이었다. 낮잠이라도 잠깐 잘 요량으로 옷을 갈아 입던 메일이 그 시선에 간단하게 답을 주었다. 내일 읽으려구요.

메일은 옷을 갈아입은 뒤 시녀를 불러 따뜻한 차를 부탁했다. 그녀는 누구처럼 머리만 대면 깊은 잠에 빠지는 축복받은 체질이 아니었기에, 숙면을 위해 자기 전 차 한잔으로 몸을 따뜻하게 해주는 작은 노력 정도는 필요했다.

"여기 말씀하셨던 차입……."

"아, 고마워요."

메일은 피곤한 상태였다. 오전부터 꽤 넓은 곳을 산책한 데다 오르밀을 상대한 뒤 도서관까지 다녀왔으니 그럴 만도 했다. 피곤하니까 다른 곳에 주의를 기울일 만한 기력이 없었고, 그래서 메일은 차를 가져온 시녀가 왜 도중에 말을 끊었는지 궁금해하지 않았다.

그 탓에 미처 보지 못했다. 화장대 위에 올려둔 책의 제목을 읽은 시녀의 표정이 일순 묘하게 변했던 것을.

✳

메일의 하루에 풍파를 주려던 오르밀의 노력은 노력에서 그쳤다. 평화를 망치기 위해 도전장을 던졌으나 도전만 하고 실패했다.

상대를 골탕 먹이려다 외려 자기가 망신을 당한 그녀의 분은 당연히 하늘을 찔렀다.

"이 망할 년! 쓸모없는 년!"

"악!"

참패도 이런 참패가 없었다. 길가다 우연히 시비가 붙은 것도 아니다. 아예 작정하고 엿을 먹일 생각으로 이쪽에서 자리를 만들었다.

그렇게 만든 자리에 상대를 초대했다가 준비한 건 죄 실패하고 배 터지게 역공을 먹었다. 화가 나 눈이 뒤집히지 않는다면 그건 오르밀이 아니라 다른 사람일 것이다.

입술을 깨문 오르밀이 손에 든 채찍을 힘껏 휘둘렀다.

"멍청한 계집애!"

짝!

"아악!"

열은 머리끝까지 오르는데 정작 그 원흉이 된 대상은 자리에 없다. 그렇다면 갈 곳을 잃은 그녀의 분노가 향할 곳은 어디일까? 처음부터 계획을 모자라게 짠 자기 자신? 애초에 허술한 준비만 믿고 경솔하게 상대를 초대한 그녀 본인? 애당초 지적 능력이 삭제된 무뇌로 태어난 스스로?

안타깝게도 그건 심성이 멀쩡한 사람들에게나 해당되는 일이었다.

날 때부터 성정이 꼬인 오르밀의 화는 아무런 죄도 없는 그녀의 개인 시녀에게로 향했다.

"네년이 제대로만 했어도!"

오르밀이 개인 시녀인 에이미에게 시킨 것은 메일을 처소로 데리고 오는 일뿐이다. 그 외에는 하달한 명령이 없었다. 에이미는 제가 맡은 역할을 훌륭히 완수했다.

그 말인즉 그녀가 저딴 질책을 들으면서 채찍질을 당해야 할 이유가 전혀 없다는 소리였다.

오르밀은 현재 순전히 분풀이로 에이미에게 매질을 하는 중이었다.

"네까짓 것, 하아, 왕국에서 데려오는 게 아니었는데. 하아."

양껏 채찍을 휘두른 오르밀이 숨을 몰아쉬며 중얼거렸다. 등 부분의 옷이 죄 찢겨 나간 에이미는 그저 죽은 듯이 아래를 보며 엎드려 있었다. 바닥을 짚은 손이 덜덜 떨렸다.

에이미는 평민이었다. 집안에 돈이 많지도 않고 성공한 인물이 있지도 않았다. 그래서 이런 취급을 당하면서도 입 한 번 벙긋할 수 없었다.

애초 오르밀이 제국까지 동행할 개인 시녀로 그녀를 고른 것도 그런 이유 때문이었다. 수틀릴 때 마음껏 화풀이를 할 수 있으니까.

매질을 하느라 힘에 부친 오르밀이 침대에 털썩 주저앉았다. 채찍을 한쪽으로 던져 버린 그녀가 잠시 동안 숨을 고른 뒤 입을 열었다.

"에이미."

"예, 예. 아가씨."

"좋은 방법이 있을 거야. 그렇지?"

"예……?"

에이미가 한 번에 알아듣지 못하자 오르밀이 협탁 위에 있던 물컵으로 손을 뻗었다. 그러곤 그것을 집어 그대로 에이미를 향해 던졌다.

챙강! 아슬아슬하게 그녀를 스친 컵이 날카로운 소리와 함께 벽에 부딪혀 깨졌다. 에이미가 흐느끼며 딸꾹질을 했다.

"좋은 방법이 있을 거라고. 응?"

"맞슙, 히끅, 맞습니다. 좋은 방법이 있어요. 예, 있습니다."

고개를 조아린 채 에이미가 열심히 대답했다. 원하는 답을 들은 오르밀이 그제야 씩 붉은 입술을 늘려 웃었다. 어릴 때부터 예쁘다는 칭찬만 자자하게 들어온 그녀의 하늘색 눈동자가 악심으로 탁하게 번들거렸다.

'가만 둘 줄 알고? 두고 봐.'

메일은 일전에 오르밀이 뇌를 바치고 대신 배짱을 얻은 것 같다고 생각한 적이 있었는데, 사실 오르밀이 뇌를 제물로 얻어 낸 것은 단지 로즈를 두려워하지 않는 배짱뿐만이 아니었다.

그녀는 놀랍게도 끈기 또한 지니고 있었다. 대체로 썩 바람직하지 못한 상황에서만 발휘되는 선택형 끈기이긴 했지만.

'절대 가만 안 둬. 절대!'

연달아 당하고도 오르밀은 여전히 포기를 몰랐다. 그 탓에 졸지에 남을 해칠 방법을 강구해야 하는 처지가 된 에이미가 엎드린 채로 그저 몸만 바들바들 떨었다.

※

도서관에 다녀온 이후로는 하루가 내내 평화로웠다. 메일은 낮잠을 달게 자고 일어나 처소 안에서 만족스러운 저녁을 먹은 다음, 목욕을 하고 간단한 마사지를 받고 리엘라가 주문한 디저트를 조금 나눠 먹은 뒤 씻고 잠자리에 들었다.

다음 날, 개운하게 아침을 맞이하며 메일은 생각했다. 아, 팔자 좋다.

'고국으로 돌아가기 전까지 쭉 이렇다면 좋을 텐데.'

탁자 위에 놓인 컵에 물을 따르며 메일이 남은 날짜를 어림으로 계산해 보았다.

간택전의 규모와 후보의 수를 생각해 봤을 때 대략적으로 예상되는 소요 기간은 선별마다 일주일에서 열흘 내외. 만약 일주일이라고 친다면 1차 선별까지는 앞으로 나흘 정도가 남아 있었다.

운이 좋다면 그때 바로 집에 갈 수 있을 것이고, 운이 나쁘다면 남아야 할 기간이 다시 일주일에서 열흘쯤 늘어날 것이다.

메일은 컵에 반 정도 따른 물을 한 번에 들이켜며 오르밀의 탈락을 마음 깊이 기원했다. 만에 하나 붙더라도 자기가 알아서 큰 사고를 쳐서 쫓겨나 주면 참 좋으련만.

'후, 일단 좋은 쪽으로 생각하자. 금방 집에 갈 수 있을 거야. 아, 그럼 앞으로는 아침이나 점심을 계속 정원에서 먹을까?'

메일은 문득 그곳에 생각이 미쳤다. 제국을 떠나고 나면 지금 드나드는 정원은 더 이상 볼 수가 없게 된다. 다른 건 몰라도 그것 하나는 퍽 아쉬운 일이었다.

그렇다면 작별하기 전에 가능한 많이 눈에 담고 시간을 보내두는 편이 좋지 않을까. 결심은 금방 섰다.

"또 오셨네요. 오늘도 바구니에 담아드리면 되겠지요?"

세 번째다 보니 슬슬 눈에 익는지 주방장이 아는 체를 했다. 메일은 조금 머쓱하게 인사를 받았다.

곧 음식이 담긴 바구니를 들고 정원에 도착한 메일이 능숙하게 명당에 깔개를 깔았다. 몇 번 이랬더니 이젠 이곳이 아예 이러라고 마련된 장소처럼 느껴졌다.

흠, 바일렛의 새싹 옆 나무 그늘, 이제부터 여길 나의 전용 식당으로 명하노라. 메일은 그렇게 속으로 명명한 뒤 자리에 앉았다.

자리에 앉아 치맛자락을 정리하자마자 시원하게 바람이 불어왔다. 메일은 바구니를 내려놓고 잠깐 바람에 집중했다.

머리카락을 가볍게 간질이는 미풍은 아침이라 그런지 다른 때보다 유독 신선하고 상쾌한 느낌이 있었다. 정원에만 오면 없던 감수성이 생겨나는 메일은 내친김에 눈을 감고 그것을 감상했다.

산들바람이 코끝을 스쳤다. 바람에 묻어나는 꽃향기와 풀 냄새가 맡기 좋았다. 가만 집중하자 정원의 구성원들이 내는 작은 소리들도 더불어 들려온다.

메일은 눈을 감은 채로 소리에 귀를 기울였다. 풀벌레 소리, 잎이 서로 스치는 소리, 발자국 소리…….

엥? 발자국? 메일이 눈을 번쩍 떴다. 혹시? 아니나 다를까 고개를 돌리자 멀리서부터 익숙한 인영이 가까워지는 것이 시야에 들어왔다. 깔끔한 옷차림에 오늘도 단조로운 흰 가면.

"선배님."

"이번엔 미리 알아채는군. 쿵쾅대면서 들어온 게 효과가 좀 있었나?"

"그게 무슨 쿵쾅…… 아니, 그보다."

지척까지 다가온 로하이덴은 메일이 착석을 권하기도 전에 알아서 그녀의 곁에 자리를 잡고 앉았다. 편안한 자세였다. 메일은 그런 로하이덴을 물끄러미 쳐다보다 고개를 약간 옆으로 기울였다. 뭔가…….

"선배님, 혹시 가면 바꾸셨어요?"

"음?"

"아니지, 그대론 것 같은데. 옷이 좀 바뀌었나?"

"무슨 말이지?"

"조금 달라지신 것 같아서요."

뭔지는 모르겠지만 무언가 좀 변했다며 메일이 고개를 갸웃거렸다. 그녀의 시야에 들어오는 상대는 오늘따라 어딘지 달라 보였다. 어디냐 물으면 그건 답을 못 하겠는데 어쨌든 달라졌다. 좋냐 나쁘냐를 따지자면 긍정적인 쪽 같았다.

사실 변한 건 상대의 가면이나 옷차림이 아니라 그녀의 심경이었지만, 그런 방면으로는 유달리 경험이 없어 둔한 메일은 그것을 알아채지 못했다. 로하이덴은 메일의 의견에 자기도 모르겠다는 듯 어깨를 으쓱했다.

"글쎄. 그새 전보다 더 잘생겨졌나?"

"……."

"그 표정은 뭐지?"

"잠깐 다른 세계의 언어를 들었던 것 같은 기분이 들어서요. 그러니까, 네 발로 걷는 타 종족의 언어 말이에요."

"개소리라는 건가?"

"정답."

메일은 이 순간 황제의 말을 개소리라고 평가한 최초의 인물이 되었다. 물론 본인은 모르는 사실이었다.

"너무하군. 이래 봬도 외모로 어디 가서 홀대는 안 당해 봤는데."

"가면부터 벗고 말씀하시죠? 뭐가 보여야 이야기를 하지."

"가면 바깥으로도 느껴지지 않나?"

"잘생김이?"

"그래."

"네, 뭐……. 인정해 드릴게요. 이 바구니랑 비슷하게 잘생기셨네요."

"기왕이면 생물에 비교해 줬으면 좋겠군."

"바구니도 한때는 생물이었어요."

앉아 나누는 대화가 퍽 자연스러웠다. 약속도 하지 않은 만남이 마치 일상처럼 편안하게 느껴진다.

메일은 언제 이렇게 친근해졌나 싶은 상대와 말을 주고받으며 문득 그를 처음 만나던 순간을 떠올렸다. 그땐 정말 뭐 저런 수상한 거짓말쟁이가 다 있나 했었는데.

"특이하죠."

"뭐가, 바구니가? 잘생긴 바구니라니 특이하긴 하군."

"그거 말고요."

메일은 로하이덴이 집어 들어 관찰하려 드는 바구니를 잠깐 옆쪽으로 치웠다.

"그냥, 뭐라고 해야 할까. 선배님을 처음 만났을 때나 지금이나 얼굴도 신분도 이름도 아무것도 모르는 건 똑같은데, 그땐 엄청 수상했던 부분이 이젠 아무렇지 않게 느껴지니까 왠지 신기해서요."

"엄청 수상했었다고?"

"안 수상하게 생겼어요? 거울을 가지고 올 걸 그랬네."

그저께 정원에서 설쳤던 침입자보단 낫지만 이것도 만만찮게 수상쩍어 보인다며 메일이 로하이덴의 가면을 건드렸다. 의식도 못 하는 사이 다가온 가늘고 곧은 손가락이 흰 가면에 닿았다.

로하이덴은 그 순간 내심 깜짝 놀랐다. 무심결에 가만히 있다가 접촉을 허용한 것이다. 타인과 있으면서 이렇게 무방비한 상태가 된 것이 얼마 만인지 그는 기억도 나지 않았다.

"아무튼 묘해요. 믿음 같은 게 생겼나? 일단 최소한 범죄자는 아닐 거라고 생각하고 있어요."

"……영애도 만만치 않아."

"네? 제가 뭘요?"

"나를 자꾸 놀라게 하거든."

"뭐지? 그건 제가 주장해야 할 말 같은데요?"

동의하지 못하겠는 듯 메일이 눈썹을 쓱 들어 올렸다. 좌시할 수 없는 말이었다. 자유자재로 은신술을 구사하는 상대방 때문에 심장이 이렇게 떨어지고 저렇게 떨어졌던 게 누군데. 메일이 표정으로 드러나게 어이없어 하자 로하이덴이 픽 웃었다.

"내 허파를 놀라게 한단 뜻이었어."

"그건…… 선배님의 허파가 약한 탓인 것 같아요."

"뭐, 그렇다고 해두지."

"토마토가 허파에 좋대요."

"……놀린 건 미안하다더니?"

"그냥 그렇다는 말이에요."

샐쭉 웃은 메일이 상대가 뭐라 할세라 얼른 바구니를 끌어와 음식을 꺼내기 시작했다.

이번에도 모습을 드러내는 요리의 가짓수는 많았다. 다른 게 있다면 이번에는 스프도 있고, 구운 빵 같은 따뜻한 음식들도 포함되어 있다는 점이었다. 로하이덴은 접시의 행진을 보며 저번과 똑같이 생각했다. 저게 진짜 다 들어가나?

"안 그래도 저번에는 아쉬웠었는데, 잘됐군."

"뭐가요?"

"궁금했거든. 정말 그것들을 다 먹을 수 있는지."

로하이덴이 눈짓으로 바닥을 수놓은 요리들을 가리켰다. 메일은 바구니에서 마지막으로 식기와 물을 꺼낸 뒤 어깨를 으쓱했다. 이게 뭐 별거라고.

"이걸 다 먹고 후식도 먹을 수 있어요. 아, 물론 코르셋을 찬 채로는 못 먹지만요."

"코르셋?"

"날씬해 보이려고 허리에 둘러서 조이는 거요. 저도 연회에 나갈 때는 그걸 해요. 안 하는 영애가 누가 있겠냐마는."

이렇게 생긴 손바닥만 한 고문 기구예요. 메일이 대강 손짓으로 모양을 그려 보이며 덧붙였다.

로하이덴도 얼추 알긴 알았다. 입고 벗는 걸 본 적은 없지만 그것만 입은 채로 달려드는 영애는 본 적이 있기 때문이다. 별로 좋은 기억은 아니었다. 그는 상기된 이미지를 얼른 털어 냈다.

"그러고 보니 선배님은 아침 드셨어요?"

"조금 전에."

"부지런하시네요."

"일찍 일어나는 편이긴 하지."

로하이덴은 아침잠이 없는 편이라 어떨 땐 새벽같이 기상해 업무를 보기도 했다. 반테르가 가장 싫어하는 점이었다.

"그럼 오늘도 이처럼 일용할 양식을 허락해 주신 대지와 풍요의 여신께 감사드리며, 잘 먹겠습니다."

소리 내 식사 기도를 올릴 때는 발음에 신경을 써야 한다. 특히 대지.

"원래 매번 기도를 하나?"

"왜요? 제 성실함에 깜짝 놀라셨나?"

"보통 어린애들이나 꼬박꼬박하는 게 식사 기도 아닌가 싶어서."

"……."

토마토를 먹여 버릴까?

물론 메일이 매번 식사 전에 기도하는 건 아니었다. 주로 기분이 좋고 만족스러운 자리에서나 드물게 육성으로 입에 올렸다.

메일은 가까운 접시를 들어 올려 무릎 위에 얹으며 잠깐 고개를 갸웃했다. 그러고 보니 내가 식사 기도를 할 정도로 기분이 좋았나? 어제 이곳에서 점심을 먹을 땐 기도를 안 했던 것 같은데. 뭐, 그리 중요한 건 아니지만.

"그러는 선배님은 어렸을 때부터 식사 기도를 매번 생략했을 것 같아요."

"왜?"

"동심이 없어 보이거든요. 넉넉잡아 한 세 살 때까지만 순수했을 것 같은 느낌?"

"뭔가, 그게."

로하이덴이 하하 소리 내어 웃었다. 메일은 가지런히 드러난 상대의 치아를 보며 또 슬쩍 의아해했다. 웃는 얼굴이 얄밉지 않다니 별일이었다. 전엔 무슨 이유로 웃든 일단 때려 주고 싶거나 기가 차거나 둘 중 하나였는데.

'언제 친근감이 이렇게 올랐을까?'

친근감이 올라서 생기는 현상이 맞겠지? 그렇게 추정한 메일이 빵을 찢어 입에 넣었다. 그냥 먹기도 하고 소스에 찍어 먹기도 하고 토마토를 얹어 먹기도 하고 스프에 담가 먹기도 한다.

로하이덴이 그걸 구경하며 한마디 했다. 빵을 참 알차게 먹는군.

"그런데 선배님은 계속 저 먹는 거 구경하실 거예요?"

순식간에 빵 하나를 작살낸 메일이 물었다. 다른 할 일은 없냐는 뜻이었다.

나라의 꼭대기에 앉아 있는 로하이덴은 두말할 것 없이 할 일이 넘쳤지만, 그래도 이 자리에서 금방 벗어나고 싶지는 않았다. 오전 일정 사이의 휴식 시간을 조금 줄이기로 결정한 그는 곧 능청스럽게 한가한 척을 했다.

"따로 취미는 없지만 오늘만은 특별히 관람하도록 하지."

"유료예요."

"식사를 구경하는 게?"

"100만 골드."

백만 골드면 리엘라가 죽고 못 사는 화려한 프릴 덩어리 드레스를 백 벌은 살 수 있다. 당연히 장난이었다. 로하이덴은 그걸 당황하는 기색도 없이 태연하게 받아쳤다.

"거기 자릿세는 200만 골드."

"윽."

"친한 사이니까 특별히 절반으로 탕감해 주지."

"그것참 영광이네요."

결국 쌤쌤이 되었다. 상대를 놀려 주려다 실패한 메일이 아쉬운 듯 입맛을 다셨다.

그녀는 잠시 멈췄던 식사를 이내 다시 시작했다. 손을 뻗어 두 번째 접시를 고른다. 방금 해치운 것이 빵이라면 이번엔 샐러드였다.

로하이덴은 포크질 몇 번에 샐러드가 원래 없었던 것처럼 사라지는 광경을 조금 신기한 듯 쳐다보았다.

엄청 빠른데. 여태 남이 먹는 모습에 흥미를 가져 본 적은 없지만 이번엔 예외였다. 이건 썩 보는 재미가 있었다. 어떻게 저렇게 빨리 먹지? 그러면서 게걸스럽게 먹지도 않았다. 저것도 능력이라면 능력일 것이다.

잠시 후 메일이 마지막 접시인 다섯 번째 접시를 말끔히 비우자 로하이덴이 결국 박수를 쳤다. 순수한 감탄에서 우러나오는 박수였다.

뭔가 대단한 걸 해낸 듯 구는 상대의 반응에 조금 민망해진 메일이 빈 접시들을 얼른 바구니로 도로 집어넣었다. 로하이덴의 박수는 그녀가 하지 말라고 할 때까지 이어졌다.

"뭘 박수씩이나 치세요?"

"신기해서 저절로 나오는 걸 어쩌나."

"이만큼 먹는 사람 처음 보셨어요? 저 아카데미 다닐 때는 제가 그렇게 유별난 것도 아니었는데."

마치 들숨 날숨을 선보였는데 대단하다고 박수갈채를 받은 기분이에요. 메일이 그리 덧붙였다.

그녀가 먹은 양은 굳이 계산하자면 일반적인 성인 남성이 먹는 양의 약 1.5배에서 2배쯤 되었다. 활동량이 많은 남성이라면 아마 그녀와 비슷하게 섭취할 것이다. 많긴 했지만 그렇다고 박수를 받을 만한 양은 아니었는데, 그럼에도 로하이덴은 진심으로 신기해했다. 그 이유는 바로.

"그럼 내가 봐 온 게 유별난 건가?"

"네?"

"지금껏 내가 보아 온 영애들은 하나같이 죽지 않을 만큼만 먹었거든."

이래서였다. 여태 식자 자리에서 그와 동석을 했던 모든 여인이 포크질을 서너 번쯤 하고는 배가 부르다며 입을 닦곤 했었던 것이다.

내내 그런 모습만 봐 왔더니 원래 귀족 영애는 전부 생명 유지에 필요할 정도로만 먹는 줄 알았지. 로하이덴의 고백을 들은 메일이 황당한 표정을 지었다.

"그거 자칫하면 인기 많았다고 자랑하는 것처럼 들리겠는데요?"

"음? 이게?"

"그 영애들이 전부 선배님께 잘 보이려고 코르셋을 한계까지 조이고 자리에 참석했었다는 말이잖아요. 저도 작정하고 코르셋을 조이면 음식 냄새밖에 못 맡아요."

그렇게 말한 메일이 이어 자신 있는 어조로 덧붙였다. 그 영애들 중 과반수가 집에 돌아가서 따로 밥을 먹었다는 것에 이 바구니를 걸 수 있어요. 그에 로하이덴이 대꾸했다. 자신하는 것치고는 퍽 쓸데없는 걸 거는군.

"쓸데없긴요. 잘생긴 바구니인데."

"아, 날 닮았다고 했었나? 정정하지. 그럼 국보로 지정될 만한 가치가 있어."

"뭐…… 아무튼 그런 거예요. 여자가 밥을 못 먹는 건 그만큼 그 자리에 신경 쓰고 나왔다는 얘기가 되죠."

믿을 수는 없지만 인기가 있으셨나 보군요. 아니면 여태 한 명이나 두 명이랑만 식사를 해봤거나. 메일이 미심쩍다는 듯 뱁새눈을 뜨며 물었다. 후자 아니에요? 로하이덴은 대답 대신 입매를 늘려 씩 웃었다. 여유로운 미소였다.

"……방금 그거, 뭔가 승리자의 미소 같았어요."

"그런가?"

"얄미움이 다시 돌아왔네. 그래요, 인기 많았다고 쳐 줄게요. 부인은 뿌듯하시겠네요."

"부인?"

생각도 못 한 단어를 들은 로하이덴이 멈칫했다. 메일이 양 손바닥을 펼쳐 로하이덴을 가리키며 이음동의어를 꺼냈다.

"아내분."

"그런 거 없다."

"네?"

"없다고."

"아하."

"없어."

"알겠어요."

뭘 세 번씩이나 부정하고 그러지? 메일이 당황할 때 로하이덴도 똑같이 당황했다. 뭔데 같은 부정을 세 번씩이나 내뱉은 거지? 공연히 민망해진 로하이덴이 헛기침을 했다.

"왜 있을 거라고 생각한 거지?"

"그냥, 귀족들은 대체로 일찍 결혼하잖아요. 제 나이 또래만 되어도 벌써 결혼했거나 결혼을 앞두고 있거나 그러니까…… 헉, 설마 저보다 어린 건 아니죠?"

메일이 설마 그렇겠냐는 눈빛으로 로하이덴을 쳐다봤다. 물론 아니었다. 어리긴커녕 7살이나 많다. 즉위한 지도 10년씩이나 된 한참 인생 선배 로하이덴은 잠시 고민하다 은근슬쩍 시치미를 떼었다.

"그렇다면?"

"거짓말."

"왜?"

"사람한테선 풍기는 느낌이란 게 있잖아요. 제가 볼 때 선배님은 못해도…… 스무 해에서 몇 년은 더 사셨어요. 아마 이십 대 중반에서 후반쯤?"

제 말이 맞을 거예요. 그렇죠? 마냥 의기양양하게 메일이 팔짱을 꼈다.

로하이덴의 나이가 올해로 스물일곱이었으니 딱 정답이었다. 아주 늙거나 어리지 않은 이상 목소리와 체격만으로 나이는 맞히기란 제법 어려운 일일 텐데, 메일은 이런 데서는 또 날카로웠다. 다른 말로 하면 감이 좋다고 할까.

'용케 나와 황제가 동일인이라는 건 눈치 못 채고 있군.'

아니면 앞서 한 짓이 있으니 무의식중에 눈치채길 거부하고 있는 건가. 어느 쪽이든 로하이덴에겐 좋은 일이긴 했다. 그가 황제라는 것을 들키는 순간 지금 같은 유흥은 당연히 막을 내리고 말 테니까. 그는 얼마 만인지도 모르는 이 즐거운 놀이를 결코 일찍 끝내고 싶지 않았다.

'황제의 모습을 하고 있을 땐 되도록 마주치는 일이 없게 유의해야겠어.'

그런 로하이덴의 속내를 알 길 없는 메일은 정체 모를 선배님을 향해 그저 무구하게 질문을 던졌다.

"선배님은 그럼 왜 여태 혼인을 안 하셨어요?"

"의무는 아니지 않나."

"어? 그렇게 따지면 그렇긴 한데. 하기야 비혼인주의라고 나라에서 잡아가진 않으니까요."

"그러는 영애는 왜 아직 결혼을 안 했지?"

로하이덴은 메일의 간단한 신상 명세를 알았다. 거창한 것은 아니고 이름과 나이, 국적, 가문 정도였다. 그 정도는 별궁에서 머무는 인물들의 명단만 구하더라도 쉽게 알 수 있었다. 그리고 메일은 아직 이름 뒤의 성과 가문의 명이 같았다. 결혼을 하지 않았다는 뜻이었다.

메일은 미혼이 맞았으나 부러 능청스럽게 그게 무슨 소리냐는 듯 놀란 표정을 지어 보였다.

"제가 언제 미혼이라고 했던가요? 모르셨나 본데, 전 이미⋯⋯."

"정원이랑 결혼했다는 헛소리를 할 거면 치워라."

아니, 어떻게 알았담. 들킨 메일이 정색했다.

"헛소리라니요. 전 이미 정원과 백년가약을 맺은 몸. 아이 계획은 소박하게 400나무 300꽃 정도로⋯⋯."

"정혼자도 따로 없는 건가?"

"무시하지 말아주실래요?"

툴툴거리면서도 메일은 순순히 대답해 주었다.

"있었어요."

"'있었'다?"

"3년 전까지는."

메일은 사실 약혼자가 있었다. 귀족 영애치고 어릴 때부터 집안끼리 정해진 정혼자가 없는 경우가 더 드물었으니 딱히 놀랄 만한 일은 아니었다.

다만 특이한 점은 과거형이라는 것이다. 로하이덴의 낯에 흥미가 서렸다. 그는 그 전에 제 속을 스쳐 지나간 '안도'는 미처 지각하지 못했다.

"지금은 없다는 말로 들리는데."

"맞아요. 있다가 없어졌죠. 그러니까……."

과거의 이야기를 꺼내려다 메일이 멈칫했다. 말해도 되나? 장소 구분 없이 꺼내 놓기엔 다소 민감할 수 있는 과거사였다. 말을 멈추고 고민하던 메일이 곧 결정을 내렸다. 그래, 친한 사이인데 어때. 기왕 하는 것 맛깔나게 얘기해 주기로 결심한 그녀가 목소리를 깔았다.

"그것은 바야흐로 3년 전 봄이었습니다."

"갑자기 뭔가가 시작되는 느낌이군."

"제법 파격적인 이야기거든요. 단순히 집안의 갈등으로 깨지거나 한 게 아니라서. 그러니까 그때 저는 열여섯 살이었고, 약혼 상대는 열일곱 살이었죠. 약혼 자체는 열 살 때 했지만 혼인식은 서로가 혼인 적령기가 된 이후에 올리기로 했었어요."

사실 이건 마냥 담담하게만 이야기할 수 있는 사건은 아니었다. 한때나마 메일의 가문을 송두리째 뒤집어 놓았던 일이다. 원인은 바로 그녀의 약혼자였다.

"말씀드린 적 없죠? 실은 저는 어릴 때부터 유독 변태가 잘 꼬이는 체질이었어요."

메일은 자라면서 유달리 변태에게 많이 시달렸다. 그리고 그건 '난 변태다', '진정한 변태라면 이놈처럼' 같은 누가 봐도 변태인 사람이 아이를 납치하듯 바깥에서 달려들었단 뜻은 아니다. 말하자면 그녀의 경험은 대체로 이런 식이었다.

"분명 평판도 좋고 인물도 가문도 멀쩡한 인물인데, 나중에 알고 봤더니 헉! 변태잖아! 하는 식의 사람들이 자주 들러붙곤 했었죠."

말하자면 아닌 척하는 변태들에게 인기가 많았다. 메일은 시간이 흘러 이젠 감응이 꽤 옅어진 사건을 차근차근 털어놓기 시작했다.

"삼 년 전 봄, 저는 제 취미에 대해 알고 싶다는 약혼자를 흔쾌히 집으로 초대했어요. 저택의 후원에 제가 직접 가꾼 정원이 있었거든요."

목소리를 깔자 분위기는 알아서 형성되었다. 로하이덴은 저도 모르게 입을 다물고 이야기에 귀를 기울였다.

"약혼자는 책 읽기를 좋아하고, 바깥 활동을 잘 안 하는 사람이었어요. 말수가 없고 얌전했죠. 그래서 따로 호위 기사 없이 정원에 단둘이만 있더라도 괜찮을 거라고 생각했었어요. 아무 일 없을 거라고. 그런데⋯⋯."

아무 일이 있었다. 청취자 로하이덴이 긴장했다.

"약혼자, 아니, 그 자식이 그날따라 무슨 책을 읽고 왔는지 남녀 간에 대한 호기심이 넘치는 상태였던 거예요. 당연히 저는 전혀 관심이 없는 혼자만의 호기심이었죠. 하지만 그 자식은 어차피 곧 결혼할 사이인데 괜찮지 않느냐며 혼자 앞서가서 제게 강제로 과한 접촉을 시도했고⋯⋯."

긴장이 더 심해졌다. 언제 주먹을 쥐었는지 모를 로하이덴의 손에 힘이 들어갔다.

"저는 깜짝 놀라 저도 모르게 그 자식을 넘어뜨린 다음 마구 때리기 시작했죠."

"⋯⋯음?"

생각지도 못 했던 전개였다. 뭘 시작해? 청자가 혼란스러워하든 말든 메일은 아직 끝나지 않은 이야기를 계속 이어나갔다. 진짜 핵심은 보다 뒤에 있었다.

"만약을 대비해 제가 호신술을 몇 가지 배웠었거든요. 사실 약혼자 자식을 초대했던 것도 여차하면 힘으로 이길 자신이 있어서였어요."

약혼자는 전형적인 학자 타입이었다. 개중에서도 아마 특히 유약한 편이었을 것이다. 깡마른 몸에 체력은 바닥을 쳤으니 설사 주먹다짐을 하게 되었더라도 이쪽이 이겼을 거라고 메일은 종종 생각하곤 했다.

"아무튼 발을 걸어 넘어뜨리고, 놀란 마음에 엉겁결에 나뭇가지로 상대를 마구 후려쳤죠. 나무를 손질하던 와중이라 막 잘라 낸 상한 가지를 손에 들고 있었거든요."

"……"

"그런데 문제는 이때 일어났어요. 제가 겨우 놀란 가슴을 진정시키고 때리던 것을 멈췄을 때, 몸을 웅크린 채로 맞고 있던 약혼자가 벌떡 일어나서는 제게 이렇게 말한 거예요."

뭐지? 두 번째 위기인가? 로하이덴이 재차 긴장해서 표정을 굳혔다. 그 순간 메일의 입이 열렸다.

"너무 좋아요! 더 때려 주세요! 부디 저를 이 나뭇가지로 사정없이 더 후려쳐 주세요!"

로하이덴은 귀를 의심했다.

"……뭐?"

"알고 보니 그 약혼자 자식은 피가학적 변태였던 거죠. 하지만 스스로는 모르고 살아왔구요. 그랬는데 저한테 정의의 나뭇가지 응징을 당하면서 그만 눈을 뜨게 된 거예요. 말하자면 제가 각성시켜 버리고만 거죠!"

"……"

여태 진지하게 듣던 청자 로하이덴이 말문을 잃었다.

"물론 저는 그것도 개인의 취향이라고 생각해요. 맞으면서 좋아할 수도, 때리면서 좋아할 수도 있죠. 남에게 피해만 안 주면 나쁜 건 아니니까요. 그렇지만 그 자식은 그런 걸 떠나 저를 강제로 덮치려고 했었으니 당연히 약혼은 깨질 수밖에 없었어요."

"……"

"한데 상대측 가문에선 이 혼처를 놓치고 싶지 않았나 봐요. 우리 아이가 마음이 앞서 실수한 건 죄송하지만, 그래도 오래 이어 온 관계인데 한 번만 넘어가 주실 수 없겠냐고 저희 집까지 찾아와 사정을 했죠. 그러다 약혼자의 상처를 들먹이며 폭행죄로 공녀가 재판에 회부되면 서로 좋을 게 없지 않겠냐고 협박도 곁들였고요. 제가 듣다못해 약혼자분의 성향이 이러이러하더라 설명을 하자 지금 누구네 명예를 실추시키려고 그런 말을 하냐며 막 노발대발하기도 했는데…….”

“어떻게 끝났지?”

“다음 날 약혼자가 자기 가정교사랑 야반도주를 했어요.”

“…….”

“자길 가장 거칠게 훈육해 주었던 가정교사였대요. 나중에 제 이름으로 고맙다고 편지가 와서 알았어요.”

“가관이군.”

기가 찬 로하이덴이 이마를 짚었다. 살다 살다 이렇게 뒤통수가 얼얼한 이야기는 처음이었다. 풀썩 나무에 등을 기대는 로하이덴을 보며 메일이 씩 웃었다.

“제 친구가 전에 이 얘길 듣고 그러더라구요. 웃어야 할지 탄식해야 할지 욕해야 할지 박수를 쳐야 할지 모르겠다고.”

“마찬가지야.”

가면이 없었다면 그는 꽤나 얼빠진 표정을 상대에게 보여주고 말았을 것이다.

로하이덴은 다시없을 파격적인 이야기를 꺼내 놓고는 눈을 접으며 웃는 메일을 물끄러미 쳐다보았다. 황당한 전개에 당황스러운 결말이긴 했지만, 그래도 한편으로는.

“다행이군.”

“뭐가요?”

“다치지 않아서.”

"······."

메일은 일순 꿀 먹은 벙어리가 되어 로하이덴과 시선을 맞췄다. 변태를 각성시키고 약혼이 깨지고, 충격적인 우여곡절이 있었지만 그런 걸 떠나 그 와중에 다치거나 해를 입지 않아서 다행이라고 한다.

물론 처음 듣는 말은 아니었다. 그녀에게 이 이야기를 들었던 친척이나 지인 중 몇몇은 그런 식으로 그녀를 걱정해 주곤 했다. 딱히 새로울 것은 아닌데······.

'이상하게 새롭네.'

걱정을 받는다는 것이 이렇게 낯간지러운 일인 줄은 몰랐다. 어째 공연히 상대를 계속해서 마주 보기가 어렵다. 상대의 시선을 피한 메일은 내심 허둥지둥 화제를 전환할 만할 걸 찾았다. 그러니까, 아, 맞다. 책.

그녀는 거처에서 책을 가지고 나왔다. 어제 리엘라의 주도로 함께 갔던 도서관에서 빌려온 서적이었다.

책등을 포함해 전체적으로 검은색 표지에 제목은 고급스럽게 금박으로 되어 있다. 메일은 정원에서 식후에 여유롭게 읽을 목적으로 챙겨온 것을 얼른 꺼냈다.

"저는, 크흠, 슬슬 책을 좀 읽어 볼까 해요."

"책?"

로하이덴이 이채를 띠었다. 정원 안에서 식사를 마치더니 이제는 책이라. 잘하면 나중에는 여기서 잠도 잘 것 같았다. 여태 열심히 가꾸기는 했지만 정원을 그리 다용도로 활용할 생각은 못 해본 그가 메일의 발상이 재미있다는 듯 웃었다.

"이 자리에서 책이라. 나쁘지는 않겠군. 한데 무슨 책이지? 느낌상으론 분명 정원······."

로하이덴의 말이 끊겼다. 책의 제목을 눈에 담자마자 그는 움직임을 멈췄다. 적색 눈동자가 일순 세차게 흔들렸다.

……잘못 읽었나? 그러나 아무리 보고 또 봐도 적힌 글자는 변하지 않았다. 자기 눈을 의심한 로하이덴이 짧은 침묵 후 입을 열었다.

"그 책."

"네?"

"혹시 내용은 알고 빌린 건가?"

메일은 상대의 시선이 책의 표지에 못 박힌 듯 고정되어 있다는 걸 눈치챘다. 그녀는 눈을 내려 화려한 금실로 수놓아져 있는 서명을 응시했다.

「화끈한 그이와 정원에서 단둘이♡」

마지막 글자 옆에는 앙증맞은 하트도 붙어 있었다.

도로 눈을 든 메일이 뭘 그렇게 당연한 걸 묻냐는 어조로 대답했다.

"화끈한 그이와 정원에서 단둘이 나무 심는 내용이잖아요."

"……."

"선배님? 괜찮으세요?"

메일은 화들짝 놀랐다. 로하이덴이 갑자기 등을 대고 있던 나무에서 주르륵 미끄러져 쓰러졌기 때문이다.

자세를 무너뜨린 그가 고개를 숙인 채로 어깨를 떨었다. 당황한 건 메일이었다. 뭐야? 왜 저래?

"그…… 책, 지금부터 읽을 건가?"

뭔가를 꾹 눌러 참는 듯한 목소리였다. 메일은 상대가 왜 저러나 의아해하면서도 일단 순순히 대답했다. 네.

"혹시 책에 관심 있으세요? 그럼 다 읽고 나서 빌려드릴게요. 대출 기간은 넉넉하게 잡았으니까."

"아니, 그런 게 아니라."

"……?"

"지금부터 읽을 거라고 했지? 그럼 낭독을 좀 부탁해도 되겠나?"

겨우겨우 차분한 척 말을 뱉는 로하이덴의 입매가 미세하게 떨렸다. 메일은 모를 것이다. 지금 그가 금방이라도 터져 나올 것 같은 웃음을 참느라 훈련 때도 안 쓰던 안간힘을 쓰고 있다는 것을. 로하이덴은 인내했다. 아직, 아직이다. 아직 웃을 때가 아니야.

"낭독이요? 그야 어렵진 않죠."

메일은 흔쾌히 상대의 요청을 받아들였다. 고국에 있을 때 곧잘 놀아주곤 했던 사촌 동생이 올해 겨우 일곱 살이었다. 소리 내 책을 읽어 주는 것 정도야 그녀에겐 익숙한 행위 중 하나였다. 왜 요구한 건지 궁금하긴 하지만 낭독이 딱히 별건 아니니까.

목을 가다듬은 메일이 능숙하게 책을 펼쳤다.

"목차는 건너뛸게요. 아, 어차피 없네."

책은 서장이나 소제목도 없이 첫 장부터 바로 본론으로 들어갔다. 메일은 무릎 위에 책을 올려놓은 채 낭랑한 목소리로 글자를 읽기 시작했다.

"로젤리아는 정숙한 여성이었다. 집안에서 엄격하게 교육을 받으며 성장한 그녀는 부지 내의 정원을 방문하면서도 반드시 장갑을 꼈다. 얼굴을 절반 이상 가리는 챙이 넓은 모자를 빼먹지 않는 것은 물론이었다."

메일은 속으로 로젤리아의 마음가짐을 칭찬했다. 나무를 심기 위해선 장갑이 필수였다. 예쁘게 관리한 손을 아무리 자랑하고 싶더라도 반드시 장갑을 끼고 있어야 한다. 또 오랜 시간 정원에 머물러야 했으니 햇빛이 강한 날에는 챙이 넓은 모자를 쓰는 것이 현명한 선택이었다.

역시 정원 책. 여주인공의 준비성에 내심 고개를 끄덕거린 메일이 다음 문단으로 눈을 내렸다.

"그날도 마찬가지였다. 로젤리아는 정원에서 '그'를 만났다. 그는 치명적인 매력을 지닌 남자였다. 로젤리아는 그를 마주치자마자 알 수 있었다. 그는 자신을 망가뜨릴 것이다."

……?

메일은 고개를 조금 갸웃했다. 갑자기 망가뜨리긴 뭘 망가뜨려?

어쨌든 만났으니 이제 곧 나무를 심겠지. 여백이 넓은 책은 한 면에 들어가는 글자 수가 그리 많지 않았다. 메일은 다음 장을 넘겼다.

"그는 정원에서 로젤리아를 발견하는 순간 망설임도 없이 그녀를 낚아챘다. 그리고 으슥한 곳으로 끌고 가 그녀를 밀어붙였다. 로젤리아는 반항하고 싶었지만 그럴 수 없었다. 그의 어두운 검은 눈동자를 마주하는 순간 마치 거미줄에 옭죄인 것 같은 기분이 들었기 때문이다."

어라. 이거 뭐지. 메일이 조금씩 이상함을 느끼기 시작했다. 나무를 심어야 하는데 흘러가는 책의 분위기가 이상했다. 저러다가 나무를 심나?

"한순간에 상대의 포로가 된 그녀는 아무런 행동도 할 수 없었다. 저도 모르게 가빠지는 숨을 조금씩 몰아쉬는 것이 고작이었다. 그때 그런 로젤리아를 향해 그가 낮은 목소리로 속삭였다."

어서 삽을 가져와.

그렇게 둘은 서로 정답게 정원에서 나무를 심었다.

……는 어디까지나 메일의 희망 사항이었다. 실제로 책에 적힌 다음 구절은 그녀의 기대를 인정 없이 박살 냈다.

"로젤리아, 당신이 남자의 앞에서 결코 모자와 장갑을 벗지 않는다는 걸 알아요. 하지만 상관없어요. 내가 벗기고 싶은 건 다른 거니까. 싫으면 싫다고 이야기해요. 그렇게 말한 그가 능숙한 손길로 로젤리아의 치…… 마를……."

탁.

메일은 책을 덮었다. 방금 내가 뭘 읽은 거지?

해당 페이지의 우측 하단에는 낯부끄러운 삽화까지 그려져 있었다.

섬세한 그림체로 아주 노골적이게도 그려 놨다.

소리가 날 정도로 빠르게 책장을 덮은 메일이 즉시 동공지진을 일으켰다. 식은땀이 흐른다. 아무리 메일이라도 이쯤 되자 깨달을 수밖에 없었다. 얘네 나무 안 심잖아. 안 심어. 나무는 안 심고 정원에서 서로…….

"……어라."

"뭐?"

"기억을 잃어라!"

메일은 냅다 로하이덴의 머리를 향해 바구니를 집어 던졌다. 그리고 자리에서 일어나 부리나케 도망쳤다. 그런 메일의 뒤로 로하이덴이 정원이 떠나가라 웃는 소리가 들려왔다.

"저주할 거야."

침대에 웅크려 앉은 메일이 중얼거렸다. 어제 일찍 잠든 탓인지 평소보다 이른 시간에 기상한 리엘라가 조식을 먹다 말고 그런 메일을 흘긋 쳐다보았다.

"뭐 해?"

"혼자 있고 싶어요. 다 나가 주세요."

"뭐라는 거야."

리엘라는 금방 흥미를 잃었다. 다시 포크를 움직여 구운 과일을 잘라 먹기 시작한다. 메일은 세상을 때리고 싶은 기분이 되어 무릎을 세운 다리 사이로 얼굴을 파묻었다.

속았다. 누구한테 속았냐면 책의 저자한테 속았다. 메일은 억울했다. 그녀는 과거 동일한 저자가 집필한 비슷한 제목의 책을 읽은 적이 있었다. 제목은 '요염한 누나와 부엌에서 단둘이'. 그리고 그것은 불건전한 상상을 불러일으키는 표제와는 다르게 평범한 요리책이었다. 그래, 요리책. 요염한 누나는 그냥 요리사였다!

'요염한 누나와는 요리를 하면서 왜 화끈한 그이와는 나무를 안 심는 건데……'

나쁜 작가……. 진짜 저주할 거야……. 본의 아니게 낚여서 거대한 흑역사를 생성하게 된 메일이 침대 구석에서 내적 괴로움에 몸부림쳤다.

부끄럽다. 민망하다. 안면이 판매된다. 한참을 발버둥 치던 그녀가 진정한 것은 리엘라가 식사를 끝내고 후식인 초콜릿 티까지 모조리 들이켰을 때였다.

먹을 걸 다 먹고 나자 리엘라는 다시 메일에게 관심을 주었다.

"거기서 왜 그러고 있어?"

"……그냥…… 이러고 싶은 날이에요. 오늘 이 순간은요."

"이거나 봐봐."

애초 상대의 사정은 별달리 궁금하지 않았던 리엘라가 자기 용건만 들고 메일에게 다가갔다. 품에는 밝은 표지의 책을 안고 있었다. 메일은 파묻고 있던 무릎에서 고개를 들어 어느새 지척까지 접근한 리엘라를 쳐다보았다.

「공주와 기사와 왕자와 마왕과 드래곤 1권.」

일단 내미니까 받아 들긴 받아 든다. 메일은 리엘라가 내민 책을 든 채로 의아하게 상대를 응시했다. 이걸 왜 저한테?

책을 넘긴 리엘라가 진지한 낯으로 입을 열었다.

"못 고르겠어."

"네?"

"기사랑 왕자랑 마왕이랑 드래곤 중에서 누굴 골라야 할까?"

……?

그걸 왜 공주님이 고르시죠?

메일은 리엘라의 (딴에는 진지한) 고민을 듣고는 떨떠름하게 책을 내려다보았다. 소설을 읽다 보니 여주인과 본인을 동일시하게 된 건지, 아니면 이참에 그냥 종이 애인을 하나 만들겠다는 선언인지. 황당해하면서도 메일은 일단 책을 펼쳤다.

"꼭 한 명만 골라야 하는 거예요?"

"결혼은 한 명이랑만 할 수 있잖아."

언제 결혼 계획까지?

"아무튼 골라 봐. 누가 제일 멋진 것 같아?"

"……책을 주신 건 읽어 보라는 뜻이죠? 다 읽고 선택해 볼게요."

이렇게 의미 없는 선발은 참 간만이었다. 메일은 제비뽑기 같은 걸로 아무나 고르려다 이내 생각도 비울 겸 소설을 완독하기로 했다. 그리고 그 결정은 옳았다. 앉은 자리에서 공주와 (이하 생략) 세 권을 연이어 독파한 메일은 성공적으로 머리를 비울 수 있었다.

머리가 비워지니 그녀를 괴롭게 했던 부끄러움 등의 감정들도 제법 희석되었다.

메일은 자기를 수치의 늪에서 꺼내 준 리엘라가 고마웠다. 물론 리엘라는 아무 생각 없이 한 행동이었겠지만.

"공주님, 저는 마왕이 제일 좋은 것 같아요."

"그래? 왜?"

"우선 잘생겼고, 또 여기 묘사를 보면……."

책을 펼친 채로 성의껏 리엘라와 놀아주던 메일이 문득 아까 정원을 나오면서 들었던 목소리를 떠올렸다.

"헤메라의 여신이 가호를 거두는 시간에 다시 여기서 만나지. 바구니와 깔개는 볼모야."

후다닥 도망치는 메일의 등에 대고 로하이덴이 던진 말이었다. 말하자면 약속을 잡은 셈이다. 통상적으로 헤메라의 여신이 힘을 못 쓰게 된다고 여겨지는 시간은 저녁 6시쯤. 막 석양이 질 시간대였다.

'어쩐다……'

정원도 좋고 석양도 좋은데 자신이 망측한 성인 소설을 낭독했다는–비록 도입부이긴 했지만–것과 선배님에게 바구니를 던졌다는 사실은 매우 좋지 못했다.

메일은 골머리를 앓으며 일단 리엘라가 심각하게 늘어놓는 마왕과 드래곤의 매력 비교에 집중했다.

✳

"경."

황제는 기분이 좋아 보였다. 하긴 요 근래 안 그래 보인 적이 없기는 했지만.

꿀 같은 휴가를 마치고 복귀한 반테르가 부름에 정중히 대답했다.

"예, 폐하."

"높은 곳에서 떨어져 죽으면 실족사. 배를 곯다가 죽으면 아사. 물에 빠져 죽으면 익사. 호흡을 차단당해 죽으면 질식사. 그럼 웃다가 죽으면 뭐라고 칭해야 할까?"

반테르는 적응이 빠른 인간이었다. 그리고 휴가를 다녀와서 아량이 넓어졌다. 황제가 저렇게 헛소리를 지껄이더라도 웃으면서 이해할 수 있었다. 또 모르지, 저러다 저번처럼 불쑥 휴가를 줄지도.

"제 짧은 소견으로는 폐풍사가 아닐지."

휴가를 바라는 반테르의 대답이 정성스러웠다.

"폐풍사?"

"허파에 바람이 들어 죽는 것이 아닙니까. 그래서 폐풍사."

"그거 말 되는군. 그럴듯해."

"영광입니다."

주거니 받거니. 필요할 때 시중을 들기 위해 한쪽에 서 있던 시종이 차마 못 봐주겠던지 조용히 고개를 돌렸다.

"한데 폐하, 그것들은 다 뭡니까?"

반테르의 시선이 집무실의 책상 아래쪽으로 옮겨 갔다. 오전 업무를 시작하기 전 잠깐 외출을 다녀온 황제는 오는 길에 양손에 뭘 하나씩 들고 나타났다.

웬 바구니와 야외에서 바닥에 앉을 때나 쓸 것 같은 깔개였다. 의아한 점은 나갈 땐 분명 빈손이었다는 것이다. 그의 의문에 막 펜촉을 잉크병에 담그던 황제가 답을 주었다.

"글쎄, 담보? 혹은……."

"……?"

"신데렐라의 유리 구두라고 해야 할까."

알아듣기 힘든 대답이었다. 반테르는 황제의 두루뭉술하고 동심 가득한 답변에 속으로 고개를 갸웃했다.

웬 신데렐라? 비록 어릴 때 읽어본 것이긴 했으나 저런 물건들은 분명 이야기 속에 등장하지 않았던 것 같았다. 설마 요즘 신데렐라는 구두 대신 바구니를 신고 호박 마차 대신 깔개를 타나?

반테르가 그리 실없는 의문을 품는 사이, 무언가를 떠올린 황제의 입매가 매끄럽게 곡선을 그렸다.

그는 메일과 저녁 여섯 시경에 만나자고 일방적으로 약속을 잡았다.

기왕이면 정오쯤에 만나 오찬을 함께하는 것이 더 좋겠지만 하필 그때 회의가 잡혀 있어 시간을 뺄 수가 없었다. 아쉽긴 하지만 노을이 지는 정원도 썩 나쁘지는 않을 것이다.

사실 장소와 시간이 뭐 그리 중요하겠는가. 진짜 중요한 것은 언제, 어디서가 아니라 '누구'를 만나느냐였다. 그렇게 생각한 로하이덴이 막 서명을 마친 서류를 한쪽으로 밀어 놓고 의자에 등을 기댔다.

'그러고 보니 이름을 알려 주기로 했었지.'

그가 최근 들어 연달아 깨닫고 있는 사실이 있었다. 사람은 간혹 자기가 한 행동의 이유를 자기가 모르기도 한다. 이번뿐 아니라 얼마 전 로하이덴이 입에 올렸던 발언부터가 딱 그 짝이었다.

'대체 무슨 생각이었는지······.'

메일과 정원에서 다섯 번째로 마주쳤던 날, 그는 자기가 뱉은 말에 스스로 당황했다.

"황제에 대해 알고 싶은 것이 있으면 무엇이든 한 가지 말해주지."

보상을 명목으로 그가 직접 입에 올렸던 약조였다.

왜 그랬을까? 그날 알지 못한 이유는 지금에 와서도 뾰족하게 윤곽이 잡히지 않았다. 설마 상대가 '황제'인 자신에게 흥미를 가져 주길 바랐던 건가.

그렇게 생각하면 그건 더 이해가 안 되는 일이다. 그래서 어쩌자고? 상대가 정말로 황제에게 관심을 보인다면 뭐 어떻게 할 건가. 본 신분으로 관심을 받는 것이 그리 달가운 관계나 상황도 못 되는 주제에.

그래 놓고선 가장 최근에는 무려 이름을 알려 주겠다고 했다.

등받이에 몸을 기댄 황제가 침음을 삼켰다.

'명심해라, 로하이덴. 재미는 있지만 그뿐이야.'

메일과 정원에서 보내는 시간이 즐거운 것은 사실이다. 그 시간을 가능한 일찍 끝내고 싶지 않은 것 또한 진심이었다. 그러나 그는 동시에 한 가지 사실을 잊지 않으려는 듯 계속해서 되뇌었다. 이건 어디까지나 놀이일 뿐이다. 더구나 길지 않은 유효기간이 정해져 있는.

로하이덴은 가명으로 쓸 만한 적당한 이름을 골라 봐야겠다고 생각했다.

✻

평민으로 태어나 백작가의 시녀가 된 에이미는 여태 한 번도 누군가를 괴롭혀 본 적이 없었다. 그녀에게 타인이란 마주치면 인사를 하고 웃으면서 잘 지내야 할 대상이었지 일부러 해를 끼치고 골려 주고 싶은 존재가 아니었다. 그녀는 싸우는 것이 싫었다. 남이 괴로워하는 것도 싫었다.

그러나 지금은 싫어도 그것을 해야만 한다. 에이미는 우울한 제 심경이 드러나지 않도록 표정을 가다듬으며 무리에게 다가갔다.

"저기……."

삼삼오오 모여 떠들던 시녀들이 잠깐 대화를 멈추고 에이미에게로 시선을 주었다.

에이미는 눈길이 제게 몰리자 기다렸다는 듯 품에서 작은 주머니를 꺼냈다. 그리고 그것을 상대에게 건네주었다. 짤랑. 주머니 안에서는 동전 소리가 났다.

"조금, 조언을 구하고 싶은 일이 있어서."

에이미가 힘겹게 서두를 뗐다. 주머니에 담긴 것은 은화였다. 큰돈은 아니지만 말 몇 마디와 작은 심부름 한두 개에 대한 대가로는 나쁘지 않은 금액이다. 짧은 망설임 후에 주머니를 받아 챙긴 금발의 시녀가 에이미를 보며 입을 열었다.

"무슨 조언?"

"……사람을…… 약간 괴롭혀 주려고 하는데."

오르밀은 에이미에게 매질을 하며 뾰족한 수를 강구해 오라 일렀으나, 평생 타인에게 해를 입혀 본 적이 없는 에이미가 그런 것을 바로 생각해 낼 수 있을 리 만무했다.

하루 종일 고민하던 그녀는 결국 가지고 있던 동전을 모조리 털어 바깥으로 나왔다. 그리고 복도를 거닐다 눈에 띈 무리에게 접근했다. 스스로의 힘으로 계책이 떠오르지 않는다면 남의 도움을 받는 것 또한 방법이었다.

금발의 시녀 옆에 서 있던 옅은 갈색 머리의 시녀가 흥미롭다는 표정을 지었다.

"그러니까, 지금 우리한테 마땅한 방법을 알려 달라고 하는 거지?"

에이미가 고개를 끄덕였다. 그나마 다행인 것은 대상을 죽이거나 불구로 만드는 등 심한 짓은 하지 않아도 된다는 것이다. 말 그대로 골려 주는 정도면 되었다. 가령 학급에서 마음에 들지 않는 여자아이를 합심해서 괴롭힐 때처럼.

"재미있네. 뭐, 그런 거라면 우리가 몇 가지 알려 줄 수 있기는 하지."

무리를 이룬 시녀들이 저마다 키득키득 웃었다. 그녀들은 추측했다. 설마 낯선 제국 땅에서 서로 같은 처지인 시녀끼리 시비가 붙었을 리는 없고, 눈치로 보아 아마도 간택전의 후보끼리 싸움이 난 모양인데.

그렇다면 그것은 그녀들에게 전혀 나쁠 것이 없는 일이었다. 후보들이 서로 싸우다 공멸하면 경쟁자가 둘씩이나 알아서 줄어들게 된다. 그녀들은 황궁 소속이 아닌 다른 특정 후보의 개인 시녀들이었다.

"알려 주는 것뿐일까? 적극적으로 도와줄게."

"응, 특별히."

"재미있을 거야. 그치?"

같은 시녀복을 차려입은 여럿이 동시에 깔깔거렸다. 에이미는 그다지 웃음이 나오지 않았으나, 즐거워하는 이들 사이에서 억지로 입가를 끌어당겨 웃어 보였다. 양심이 따끔거리고 자괴감이 들었지만 그보다 무서운 것은 주인의 폭력이었다.

어쩔 수 없어. 에이미는 그렇게 스스로에게 속삭였다.

✳

'공주와(후략)'에 나오는 네 남자 주인공─왕자, 기사, 마왕, 드래곤─ 중 누구를 고를까 갈등하던 리엘라는 반나절하고도 두 시간 만에 기사를 선택했다.

걸린 시간은 둘째 치고 결국 기사를 고를 거였으면 마왕과 드래곤 사이에서 고민은 왜 했는지 의문이었다. 메일은 기력을 다 빼앗겨 침대에 체통 없는 자세로 널브러졌다.

처음엔 단순히 상념을 지울 수 있다고 좋아했던 것이 반나절을 넘기면서부터는 숫제 고문으로 바뀌었다.

메일은 시간이 더 흘러서는 아예 저자를 원망하기도 했다. 왜 남자 주인공을 한 명이 아닌 네 명이나 등장시킨 거죠? 결정 장애 환자는 죽으라는 건가요? 어? 그런 거냐?

메일은 그리 시체가 되었으나 리엘라는 그와 달리 마냥 쌩쌩했다. 외려 선택을 마친 것이 개운한 듯 평소보다 더 기운이 넘쳐 보였다. 그녀는 반쯤 육신의 통제권을 잃은 메일을 이해할 수 없다는 듯 쳐다보더니 불쑥 입을 열었다.

"메일."

"……네?"

힘이 없어서 대답이 한 박자 늦게 나왔다. 리엘라는 신경 쓰지 않고 곧장 말을 이었다.

"넌 왜 치장 안 해?"

"네?"

갑자기 무슨 소리람. 뜬금없이 등장한 새 주제에 메일이 누운 채로 고개를 옆으로 돌렸다. 눈을 굴려 쳐다보자 리엘라가 딴에는 제법 진지한 표정을 짓고 있는 것이 시야에 들어온다. 난데없는 화제였지만 상대는 정말로 궁금해하는 얼굴이었다.

메일은 대충 대답했다.

"안 할 수도 있죠."

"왜? 하면 더 예뻐지잖아. 왜 안 해? 왜 안 꾸며?"

리엘라가 고개까지 갸웃거리며 물었다. 누가 들으면 메일이 일 년 내내 잠옷에 세수만 하고 돌아다니는 줄 알 것이다.

메일도 당연히 필요할 때는 사용인에게 단장을 받았다. 다만 제국에 온 뒤로는 아직 그만한 필요성을 느끼지 못했을 뿐이다.

물론 단장을 받더라도 리엘라처럼 반짝반짝하고 화려하게 꾸미는 것은 아니다. 번거로운 걸 싫어하는 메일의 치장은 대체로 기초적인 선에서 그칠 때가 잦았다.

"더 안 예뻐져도 돼요. 제 몫까지 공주님께서 더 많이 예뻐지세요."

"으음, 이상해. 더 예뻐지는 게 무조건 좋은 거 아니야? 그래야 사랑을 더 많이 받잖아."

"괜찮아요. 제가 사랑을 많이 받고 싶은 상대는 사람이 천사처럼 예쁘게 생겼든 이마에 세 번째 눈이 달렸든 구분을 못 하거든요."

그건 바로 식물이다. 그때 리엘라가 대뜸 선언했다.

"내가 꾸며 줄래."

"네, 그러세…… 네?"

영혼 없이 대답하던 메일이 깜짝 놀랐다. 리엘라가 손수 꾸며주겠다고 한다. 누구를? 그야 말할 것도 없었다. 누운 자세를 고수하던 메일이 당황해서 얼른 몸을 일으켰다.

"······꾸며 주시겠다고요? 저를요?"

"응."

"언제요?"

"지금!"

활짝 웃으며 리엘라가 주저 없이 대답했다. 두 눈이 반짝거리는 것이 마치 재미있는 장난감을 발견한 어린아이 같은 모양새였다. 메일은 그에 식은땀을 흘렸다. 위기다.

리엘라의 '내가 꾸며 줄래'는 과연 어떤 뜻일까? 가정하면 두 가지 경우로 나눠볼 수 있다.

인형 놀이를 하듯 직접 화장을 해주고 머리를 만져 주겠다는 의미이거나, 아니면 시녀들에게 치장을 시키되 그 통솔을 본인이 하겠다는 뜻이거나.

'둘 다 위기야.'

전자는 말할 것도 없고 후자 또한 마찬가지다. 메일은 리엘라의 남다른 미적 기준을 알고 있었다. 그녀는 목에 목걸이를 세 개 걸면 세 배 예뻐진다고 믿는 인물이었다. 그런 리엘라가 앞장서 타인을 치장해 주었다간 보지 않아도 대참사가 일어날 것이 뻔했다.

대참사의 위기에 처한 메일이 겨우 표정 관리를 하며 입을 열었다.

"저어, 공주님, 저는 딱히 안 꾸며 주셔도 괜찮아요."

"난 꾸며 줘야 괜찮아."

리엘라가 뭔가를 하는데 있어 상대방의 동의를 구한다면 그날은 하늘이 쪼개지는 날일 것이다. 애석하게도 하늘은 멀쩡했고 리엘라는 여전히 유아독존이었다. 메일은 새삼 피할 수 없다는 것을 깨달았다.

"……지금 꾸며 주신다고 했죠?"

"응."

"어떤 식으로 꾸며 주실 건데요?"

"예쁘게!"

"화려하고 반짝반짝하고 나풀나풀하게요?"

"응!"

리엘라가 바로 그거라며 손뼉을 쳤다. 그에 메일이 절망의 늪으로 엎어진 것은 당연한 일이었다.

그녀는 힐긋 시계로 시선을 주었다. 시계가 가리키고 있는 시각은 오후 4시. 선배님은 오후 여섯 시에 그녀에게 볼모―바구니, 깔개―를 찾으러 정원으로 오라고 했다. 안 나간다고 큰일이 생기는 건 아니지만 바구니 및 식기들은 빌린 물건이었다. 기왕이면 오늘 안에 식당으로 되돌려 주는 편이 좋았다. 그런 데서는 고지식한 메일이 흔들리는 눈빛으로 리엘라를 쳐다보았다.

피할 수 없다면.

"공주님."

"왜?"

방향이라도 바꾼다.

"저번에 저한테 나무를 닮았다고 이야기해 주셨던 거 기억나세요?"

오르밀의 거처에서 첫 신경전이 있었던 날이었다. 돌아가는 길 복도 창가에서 불어온 바람에 메일의 갈색 머리카락이 나부끼는 것을 보며 리엘라가 그렇게 언급했었다. 용케 잊어버리지 않은 듯 리엘라는 고개를 끄덕였다.

"그랬었지. 근데?"

"나무처럼 꾸며 주세요."

"응?"

"제가 나무를 닮았잖아요. 그러니 꼭! 나무처럼 꾸며 주세요."

세상에 보석과 레이스가 주렁주렁 치렁치렁 달린 나무는─아마도─없다. 메일은 그것에 걸어 보기로 했다.

결론부터 이야기하자면 메일의 꾀는 성공이었다. 리엘라가 해맑게 웃으며 메일을 거울 앞으로 이끌었다.

"어때, 예쁘지?"

"짜잔!"

언제 왔는지 옆에 서 있던 로즈가 입으로 효과음을 내주었다.

"……예쁘네요."

메일의 반응이 조금 늦게 흘러나온 것은 거울에 비친 형상이 괴상해서가 아니다. 그녀의 목소리에 담긴 것은 떨떠름함이 아니라 감탄이었다. 메일은 정말로 놀랐다.

그녀는 처음 리엘라에게 수수하게 꾸며 달라고 부탁할까 고민했었다. 그러나 곧 그 생각을 접었다. 예쁘게 해줄 거라고 눈을 빛내고 있는 상대에게 그런 청을 해봐야 먹힐 리 만무했기 때문이다.

단출하게, 무난하게, 그런 건 안 통한다. 짧은 시간 열심히 머리를 굴린 메일은 겨우 그럴듯한 요구를 떠올렸다.

나무. 예쁘게 꾸미되 예쁜 나무처럼 만들어주세요.

나무가 화려해 봐야 한계가 있을 테니 그나마 낫지 않을까 하는 계산에서였다. 그리고 그 계산은 성공을 넘어 놀라운 결과를 낳았다.

"정말 잘 어울리십니다."

효과음을 내주었던 로즈가 가까이 다가와 엄지를 세워 올렸다. 그녀의 칭찬은 빈말이 아니었다. 치장을 마친 메일은 누가 보기에도 예뻤다. 리엘라가 보기에도, 놀랍게도 남들과 메일 자신이 보기에도 말이다.

메일은 묘한 기분으로 거울에 시선을 고정했다.

"이렇게 예쁘게 해주실 줄은 몰랐어요."

"나 잘했어?"

"잘했어요."

"대단해?"

"대단해요."

리엘라의 콧대가 쑥쑥 높아졌다. 잘난 체를 하듯 팔짱을 끼고선 에헴, 헛기침을 한다. 그런데도 얄밉지가 않았다. 오히려 그럴 만하다는 생각이 든다.

리엘라는 치장을 위해 시녀들을 불러들였다. '내가 꾸며 줄래'는 손수 분칠을 해주겠다는 게 아니라 그 분칠을 어떤 방향으로 해야 할지 뒤에서 지시하겠다는 뜻이었다. 화장은 이렇게, 드레스는 이걸로, 장신구는 이만큼. 리엘라는 보기보다 까다롭게 따지면서 그런 것들을 명령했다.

"내가 원래 좀 대단해."

'예쁘게'를 목적으로 했을 때는 살아 움직이는 레이스 덩어리를 탄생시키더니, '나무처럼'을 목표로 하자 예상외의 걸작을 만들어 냈다.

우연인지 재능인지 모를 일이었다. 메일은 거울에서 한 발 뒤로 물러나 보다 전체적인 모습을 눈에 담았다.

윤기가 흐르도록 매끄럽게 손질하여 늘어뜨린 갈색 머리카락이 가지런했다. 목걸이와 머리 장식은 생략하고 귀걸이는 붉은 보석이 달린 것을 골랐다. 의상은 밑단이 넓게 퍼지지 않으며 몸의 굴곡이 언뜻 드러나는 엠파이어 드레스였다.

드레스는 전체적으로 흰색이었는데 독특하게도 치마의 가장 아랫단만 선연한 쪽빛을 띠었다. 마치 그 부분만 바다에 담가놓은 듯한 느낌이었다.

메일은 거울 속의 제 모습을 가만히 응시하다 선 자리에서 한 바퀴를 돌았다. 작게 물결치는 밑단이 꼭 파도 같았다.

"공주님."

"응?"

"그런데 왜 이 드레스를 고르신 거예요?"

예쁘긴 한데 아무래도 나무와는 거리가 멀다. 메일은 솔직히 리엘라가 갈색이나 녹색 드레스를 선택할 거라고 생각했다. 예상이 빗나갔으니 자연스레 이유가 궁금해졌다.

"나무가 아무 데나 있는 건 아니잖아."

답을 들은 메일이 의아하게 눈을 깜박였다. 틀린 말은 아니었지만 왜 이 드레스를 골랐냐는 질문에 대한 대답치고는 영 생뚱맞았다. 그때 리엘라가 말을 이었다.

"내 방에 가면 나무가 있거든. 그 나무의 집이 그렇게 생겼어."

'내 방'은 고국에 있는 리엘라의 처소를 이야기한다. 메일은 그제야 납득했다. 장식을 목적으로 방 내부에 분재를 두는 것은 흔한 일이다. 아마 그 화분의 색이 이 드레스와 비슷한 모양이었다.

메일의 표정이 묘해졌다. 그 화분이 만약-그럴 리는 없겠지만-형광색이었다면 아주 무서운 일이 일어났을 뻔했다.

"다행이네요."

"뭐가?"

"아니에요. 참, 그럼 묻는 김에 다 물어봐도 될까요?"

목걸이랑 머리 장식은 왜 생략했는지, 귀걸이는 왜 하필 이걸 골랐는지. 그리고 놀랍게도 거기엔 다 나름대로 이유가 있었다. 어깨에 힘을 준 리엘라가 조잘조잘 설명을 늘어놓았다.

우선 목걸이는 나무와 별로 어울리지 않는다고 생각해서 제했고, 머리 장식은 잎사귀를 닮은 색과 모양이 없어서 생략했다. 그리고 귀걸이를 동그랗고 붉은 보석이 달린 것으로 고른 이유는 그것이 열매와 비슷했기 때문이다. 그리고 앞서 이야기했듯 드레스는 화분을 빼닮은 것으로.

덧붙여 마지막 순서인 화장은 리엘라가 직설적으로 '나무처럼' 하라 지시했다. 명령을 받은 시녀들은 고민하다 눈두덩에 옅은 갈색 분을 살짝 바르고 입술을 과실처럼 탐스러운 색으로 칠해 주었다. 그렇게 완성된 결과물이었다.

"진지하게 나무처럼 꾸며 주신 거였군요."

"응, 예쁜 나무처럼!"

"맞아요. 예뻐요."

거울에서 눈을 뗀 메일이 의기양양 기뻐하는 리엘라를 보며 마주 웃었다. 경위야 어떻든 예쁘게 변신하고 나니 기분이 나쁘지 않았다.

메일은 본래 외모가 떨어지는 편이 아니었다. 떨어지기는커녕 얼굴 하나로 첫눈에 정혼자를 사로잡았던 아버지를 닮아 보기 드문 미모를 지니고 있었다. 그리 타고난 본바탕에 공들인 치장을 더하니 저절로 찬사가 나올 정도가 되었다.

만약 이 모습으로 본궁의 모임에 참석했더라면 경계 어린 시선을 제법 받았을 것이다.

'예쁘긴 예쁘네. 확실히 주렁주렁이나 치렁치렁보다는 훨씬 나아. 그런데 이건 또 이거대로…….'

메일은 시간을 확인했다. 벌써 여섯 시였다. 약속에 불응할 게 아니라면 얼른 나가야 했다. 그녀는 마지막으로 힐끗 거울에 눈길을 주었다.

'꼭 일부러 신경 쓴 것 같잖아.'

왜 그런 게 마음에 걸리는지는 모를 일이다. 메일은 공연히 머리카락 끝을 조금 만지작거린 뒤 바로 처소를 나섰다.

로하이덴은 타인의 미에 둔감한 인물이었다. 예쁘고 아니고를 객관적으로 구분하지 못하는 건 아닌데, 남의 미모에서 받는 감흥이 거의 없다시피 했다. 이에 관해서는 다음과 같은 몇 가지 일화로 부연할 수 있다.

어느 미녀가 거의 헐벗듯 야한 옷차림으로 육감적인 몸매를 자랑했다. 로하이덴은 생각했다. 춥겠군.

다른 미녀가 뭇 사내들을 수없이 홀렸던 매혹적인 눈웃음을 지어 보였다. 로하이덴은 생각했다. 웃으면서 걷다간 넘어지겠군.

또 다른 미녀가 풍성한 드레스에 장신구를 잔뜩 달고 화려함을 뽐냈다. 로하이덴은 생각했다. 입느라 오래 걸렸겠군.

이 밖에도 등등, 상대가 어떤 자태를 선보이든 순순히 '와, 예쁘네' 하는 법이 없었다. 말하자면 그는 남의 외모에 한정하여 아주 무심한 인간이었다.

그에 대해 혹자는 이렇게 이야기하기도 했다. 매일 아침마다 거울로 자기 얼굴을 볼 텐데 안 무심해지고 배겨?

물론 정말로 그러다 무감해진 건지 아니면 타고난 성정인 건지 진실은 알 길이 없었다.

어쨌든 그리 무심한 인간 로하이덴은 현재 정원에서 꽃을 내려다보고 있었다.

해가 길어졌다. 바람이 차가웠을 때라면 진작 땅거미가 졌을 시각, 따뜻한 공기가 돌기 시작한 날은 아직도 낮의 끝을 알리지 않고 파란 하늘을 고수하고 있었다.

그는 아직 밝은 정원에서 그렇게 가만 꽃을 감상하다가 문득 고개를 들었다. 기척이 느껴졌다.

로하이덴이 느긋하게 몸을 돌렸다. 본인이 던지고 간 유리 구두를 찾으러 신데렐라가 행차할 때가 됐나.

그러나 그가 미처 알지 못한 사실이 있었다.

도망치듯 사라졌던 신데렐라는 그 후 요정의 도움을 받았다. 재투성이, 아니, 풀잎투성이의 수수한 아가씨는 그렇게 요정의 마법으로 누구보다 아름다워졌다.

유리 구두부터 던져 놓고 뒤늦게 예뻐지다니, 따져 보면 순서는 엉망이었지만 그래도 마법의 힘은 대단했다. 얼마나 대단했느냐 하면.

"어휴, 이거 은근히 걷는 데 신경 쓰이네."

무심한 왕자의 마음속에 감흥이 찾아가 문을 쾅쾅 두들겼을 만큼. 똑똑도 아니고 쾅쾅.

"길이가 조금만 짧았으면 좋았을 텐데…… 어, 선배님."

조심조심 걸어 들어오던 메일이 로하이덴을 발견하곤 걸음을 멈췄다. 놀란 것도 아닌데 왜 우뚝 멈췄는지는 본인도 잘 모른다.

그리 서서 그녀는 무의식중에 제 머리나 옷차림 같은 것을 살폈다. 자각도 없이 자연스레 행한 것이라 메일은 그것이 상대에게 비칠 제 모습을 신경 쓴 행동이라는 것을 미처 인지하지 못했다.

"먼저 와 계셨네요."

"……."

"음…… 그러니까, 바구니 찾으러 왔어요."

메일은 문득 자기가 횡설수설하지 않기 위해 노력하고 있다는 것을 깨달았다. 그리고 그것은 조금 당황스러운 자각이었다.

말이 두서없이 나올까 봐 걱정된다는 건 즉, 긴장을 하고 있다는 의미가 된다.

긴장이라니? 정원에 바구니를 찾으러 오면서 무슨 긴장? 혼란스러워진 메일의 속내가 겉으로 드러나지 않게 동요했다.

그리고 혼란에 빠진 사람은 이 자리에 한 명 더 있었다.

로하이덴은 아예 당황해서 말문이 막혔다.

결 좋은 갈색 머리카락이 굴곡을 타고 차분하게 흘러내렸다. 얼핏 드러나는 몸의 선이 부드럽고 유려하다. 새하얗게 이어지다 끝부분만 비취색을 띠는 드레스는 움직임을 따라 파도처럼 작은 물결을 만들어냈다. 그리고 눈부시게 하얀 드레스를 입은 여인이 파란 바다에 발을 담갔다. 그리 발을 담근 채로 걷다가, 문득 멈춰 서서 그를 보았다. 눈이 마주쳤다.

'이런.'

로하이덴은 손을 들어 제 입가를 가렸다. 방금 제가 느낀 것을 믿을 수가 없었다.

예쁘다고 생각했다. 그게 뭐 별거냐 하겠지만 그에겐 별거다. 여태 내로라하는 각국의 미녀들을 보면서도 석상이 울고 갈 무심함을 자랑해 왔다. 장식이나 옷이 미려하다고 지나가듯 여긴 적은 있어도 사람 자체를 보며 감탄한 것은 처음이었다.

그래, 감탄. 감탄이라는 표현이 옳다. 찰나였지만 눈을 뗄 수가 없었다. 머리로 분석하여 내린 무미건조하고 객관적인 감상이 아니다. 평가 따위를 하기 전에 마음이 먼저 움직였다.

그는 놀라운 경험을 했다. 녹음을 닮은 녹색 눈동자와 시선이 마주치던 순간, 주변의 모든 것이 갑자기 한순간에 무채색의 배경으로 전락하고 말았다. 짧은 순간 그녀 혼자만이 그 자리에 색을 간직하고 살아 있었다.

태어나 처음 겪는 일이었다. 비록 잠깐이었더라도.

'뭐였지?'

자러 들어간 침소에서 암살자가 베개인 척하고 있다가 달려든대도 이만큼 당황스럽지는 않을 것이다.

드물게 혼란에 휩싸인 로하이덴이 잠시 눈을 다른 곳으로 돌렸다가, 다시 메일을 쳐다보았다. 다행이라고 해야 할지 그녀는 조금 전처럼 홀로 빛나지는 않았다.

대체 뭐였을까.

그가 쉽사리 혼란을 떨치지 못하는 사이, 메일은 먼저 평정을 되찾았다. 그녀는 상대가 잠깐 눈길을 거두던 순간 제 긴장의 이유를 알아차릴 수 있었다.

시선. 처음 정원에 들어와 눈을 마주치자마자 상대는 저를 미동도 없이 뚫어져라 바라봤다. 붉은 눈동자는 자칫 집요하게 느껴질 정도로 그녀에게서 떨어지지 않았다.

'놀래라.'

그래서 당황했던 것이다. 이유를 알고 나니 혼란이 가셨다. 메일은 평소와 다름없이, 아니, 실은 평소보다는 조금 뻣뻣했으나 그럭저럭 자연스럽게 멈췄던 발을 도로 놀렸다.

그녀의 눈에 들어온 것은 그늘 아래에 놓여 있는 바구니였다. 저것만 탈취하면 방문 목적은 달성이다.

'아참, 깔개.'

볼모는 두 개였다. 깔개는 어디 반납해야 하는 물품은 아니었으나 어쨌든 그녀의 것이니 온 김에 가져가야 했다. 메일은 바구니 다음으로 깔개를 찾다가 멈칫했다.

접혀 있거나 말려 있거나, 어느 쪽이든 들고 가기 좋게 되어 있을 거라 생각했던 깔개는 예상외로 당장에라도 엉덩이를 대고 앉을 수 있도록 바닥에 넓게 펼쳐져 있었다.

그리고 그 위에 바구니가 하나 놓여 있다. 비슷하게 생겼지만 메일이 놓고—던지고—갔던 바구니와는 다른 물건이었다.

'응?'

기분 탓이 아니라면 저건 마치 자리를 마련해 놓은 것 같은 모양새인데. 메일은 눈을 깜박이다가 이내 제 바구니로 손을 뻗었다. 자리고 뭐고, 깔개는 나중에 생각하고 일단 바구니부터 회수하자. 그때 그녀보다 먼저 그것을 낚아채는 손길이 있었다.

"어?"

"어딜."

메일은 눈을 들었다. 가면 탓에 표정은 보이지 않지만 아까보다는 긴장감이 덜한 시선이 그녀를 향해 내리꽂혔다.

그녀는 적색 눈동자를 마주했다가 곧 가로채인 바구니로 눈을 돌렸다. 바구니는 그녀의 손이 닿지 않을 정도로 높이 들려 있었다.

"……선배님."

"순순히 돌려준다곤 안 한 것 같은데."

"바구니로 인질극 하지 마세요."

로하이덴은 목표물을 탈환하려는 메일의 손길을 요리조리 피해 바구니를 뒤로 숨겼다.

그 행동에 메일이 황당해진 건 당연지사였다. 평상시와 같은 익숙한 유치함을 감지하자 긴장이 씻은 듯 사라졌다. 그녀는 옷차림 때문에 조심조심 신경 쓰던 몸가짐을 집어치우고 팔을 힘껏 뻗었다.

"고작 바구니 가지고 이러지 말죠?"

"고작 바구니를 열심히도 뺏으려고 드는군."

"그걸 가지러 왔는데 당연하죠."

로하이덴의 어조나 태도는 다른 때와 똑같았다. 그래서 메일은 아닌 척하는 상대의 혼란을 전혀 눈치채지 못했다. 이렇게 장난을 치는 것도 실은 그 혼란스러움을 감추기 위함이라는 것도 당연히 알 턱이 없었다.

"후, 알겠어요. 어쩌다 그 바구니에 애정이 생기셨는지는 모르겠지만, 선배님이 꼭 원하신다면 제가 후배 된 도리로 양보할게요…… 는 빈틈!"

"어림없지."

"쳇."

바구니를 사이에 두고 유치한 공방이 이어졌다. 목표를 뺏기 위해 이렇게도 해보고 저렇게도 해보던 메일은 곧 포기하고 양손을 내렸다.

오기가 나긴 했지만 백날 폴짝거려도 탈환은 힘들 것 같았다. 현실을 받아들인 메일이 팔짱을 낀 채 뱁새눈을 떴다.

"그렇게 뜨면 앞이 보이나?"

"좋아요."

"음?"

"제가 뭘 하면 될까요? 그 인질, 그러니까 바구니를 돌려받기 위해서요."

결국 정말로 인질극이 되었다. 바구니를 무사히 구출(?)하기 위해 메일은 항복을 선언했다. 로하이덴은 그런 메일을 내려다보다가 돌연 픽 웃었다.

이렇게 보고 있으면 전과 다를 것이 없는데.

싱그러운 녹색 정원은 이제 무채색화하지 않고, 메일도 더 이상 홀로 유일무이한 존재감을 내보이지 않았다. 바다에 발을 담가 걷던 신비로운 여인은 사라지고 친숙한 정원 덕후가 그의 앞에서 바구니를 노리며 협상을 시도하고 있었다. 평소와 같다.

로하이덴의 혼란이 조금 가라앉았다. 그러나 아주 평온해지지는 못했다. 비록 찰나였고 지금은 존재하지 않아도, 그만큼 생소하고 강렬한 감각이었으니까. 아마 한동안은 계속 그의 마음을 어지럽힐지도 모른다. 아니, 분명 그럴 것이다.

제가 상대에게 안겨 준 여파를 짐작도 못 하고 있는 메일이 선배님의 웃음에 눈을 더욱 가늘게 떴다.

"왜 웃으실까요? 설마 비웃음?"

"그럴 리가. 바구니를 위한 영애의 희생정신, 난 꽤 숭고하다고 생각해."

"아. 네. 영광."

메일의 눈이 완전히 실이 되었다. 그에 재차 웃은 로하이덴이 바구니를 한쪽으로 내려놓았다.

자유로워진 저 바구니를 얼른 낚아챌까 말까 메일이 고민하는 사이, 깔개 위에 털썩 앉은 로하이덴이 그녀를 불렀다. 시선을 주자 눈짓으로 옆자리를 가리킨다. 굳이 정확히 하자면 옆보다는 맞은편 자리라는 느낌이 강했다.

"앉으라고요?"

"일부러 준비한 거야."

"제 깔개를요?"

"깔개는 잠시 빌렸지. 정확히는 이거."

로하이덴은 바구니를 집었다. 메일이 뺏으려고 폴짝거렸던 것과는 다른 바구니였다. 그는 그것을 열어 내용물을 꺼내 놓기 시작했다.

곧 깔개 위에 성찬이 차려졌다.

"……이게 웬?"

"저녁 식사를 들 시간이지 않나."

"저 혹시 만찬에 초대받은 거예요?"

"그런 셈이지."

로하이덴이 씩 웃었다. 바구니를 인질 삼아 사람을 놀려 먹어 놓고는 저리 천진하게 웃는다.

얄미운데 이상하게 보기 싫지가 않았다. 어쩔 수 없다는 듯 고개를 내저은 메일이 순순히 맞은편에 착석했다. 막 지기 시작한 석양빛이 머리 위로 내려앉는다.

자리에 앉자마자 음식 대신 상대방을 물끄러미 쳐다보던 메일이 문득 웃음을 터뜨렸다.

"선배님, 가면 말이에요."

"가면?"

"흰색보다 주황색이 더 예쁜 것 같네요."

메일이 생뚱맞게 주황색을 운운한 이유는 바로 석양 때문이었다. 노을빛을 받은 로하이덴의 흰 가면이 불그스름한 주황색으로 물들었던 것이다.

메일은 나름 진지하게 평가했다. 색이 있는 가면도 썩 나쁘지 않았다. 흰색이 아닌 다른 단색 가면이라면 은근히 개성적인 치장품처럼 보일지도 몰랐다. 물론 검정은 제외하고.

"기왕이면 지금 쓰고 있는 것 말고 알록달록한 가면도 하나 장만하시는 건 어때요? 추천을 드리자면 분홍색이 괜찮을 것 같은데."

그렇게 말하는 그녀의 위로도 석양빛이 드리워졌다. 노을에 물든 채로 메일이 배시시 웃었다.

공들여 차분히 빗어 내린 머리는 바구니를 뺏으려 폴짝거리던 과정에서 조금 흐트러진 상태였으나, 생동감이 덧대어져 오히려 보기가 좋았다.

날이 저무는 정원. 그를 혼란스럽게 했던 상대가 얼굴을 마주하고 아이처럼 웃고 있었다.

저녁 해를 얹은 속눈썹이 길고 가지런하다. 푸른 녹음을 담은 눈이 반달로 접혔다. 로하이덴은 순간 저도 모르게 입을 열었다.

"이름."

"네?"

"이름을 알려 주기로 했었지."

평정을 되찾았다고 생각했던 것은 착각이었나. 그의 입은 다분히 충동적으로 열렸다. 지나서 떠올리면 지금 뱉으려는 이 말을 후회할지도 모른다. 그렇지만.

"반."

"……."

"반이라고 부르면 된다."

생각해 두었던 몇 가지 가명이 세상 밖으로 나오지 못하고 그렇게 사라졌다.

반. 허락받지 않은 사람은 부를 수 없는 그의 세례명이었다.

6
용사님과 고난과 거짓말

    날이 완전히 저물었다. 활동을 마친 궁은 고요하면서도 어딘지 삭막한 데가 있었다. 황궁 마법사의 노고가 아낌없이 들어간 마법 등을 손을 한번 휘저어 소등한 로하이덴이 이내 침상에 몸을 뉘었다.

    희미한 달이 뜬 하늘은 충분히 어둑했다. 늦은 시간이었다. 그러나 평소였다면 그가 아직 잠자리에 들지 않고 업무를 보고 있었을 시간이기도 했다.

    황제는 잠이 적은 편이라 남들보다 늦게 잠들고 남들보다 일찍 기상하는 일이 잦았다. 지금처럼 정시에 침소에 드는 것은 말하자면 이례적인 일이었다.

    반듯하게 몸을 누인 로하이덴이 눈을 감았다.

    "반."

    그의 실제 신분을 알지 못하는 소녀는 무구하게 그 이름을 입에 담았다. 상대를 불렀다기보다는 들은 것을 되새기는 듯한 울림이었다. 반. 그렇게 한 번 더 중얼거리더니 이내 감상을 이야기한다.

"예쁜 이름이네요. 생각보다는요."

짐짓 얄밉게 덧붙이고는 장난스럽게 웃었다.

로하이덴은 몸에서 완전히 힘을 뺐다. 예상에 없던 짓을 벌였지만 생각보다 크게 후회되지는 않았다.

기실 후회해 보았자 어쩔 텐가. 알려준 것을 이제 와 실수였다며 도로 주워 담을 수도 없는 노릇이다. 더구나 그는 이미 상대의 목소리를 타고 흘러나온 제 이름이 듣기 좋다고 생각해 버렸다. 주워 담을 수 있다고 해도 담지 않을 것이 뻔하다.

그는 굳이 왜 그랬느냐고 스스로에게 이유를 묻지 않았다. 물어봤자 답이 나오지 않을 것임을 알고 있기 때문일까. 애써 파고들었다간 머리만 아파질 것 같았다. 어쩌면 무의식이 그에게 피하기를 종용하고 있는 것일지도 모른다.

가는 달빛만 흘러들어오는 어두운 사위가 적막했다. 시간이 흘러 장막처럼 찾아온 수마가 조용히 그를 뒤덮었다. 수면 아래 깊이 가라앉은 과거가 기억하지 못하는 꿈이 되어 그 뒤를 따랐다.

"전하, 표정이 왜 그런가요? 음식이 입에 맞지 않나요?"

"싫습니다."

"전하?"

"그렇게 딱딱한 호칭은 싫습니다. 좀 더…… 조금 더 다정한 말로 불러 주세요."

"……"

"……."

"……반."

"……."

"사랑하는…… 하나뿐인 나의 반."

사람은 종종 굉장히 쓸데없고 한심한 일에 심력을 낭비하기도 한다. 예를 들면 특정한 한 명을 괴롭히기 위해 여럿이서 머리를 맞대고 계획을 세운다던가 하는 것 말이다.

주머니 안의 은화를 공평하게 분배한 에나가 입을 열었다.

"뭐부터 할까?"

"효과적이면서 재미있는 것부터 시작하자."

"어떤 거?"

"음…… 이간질?"

"어머, 그거 좋다."

말을 나누는 인원은 총 네 명이었다. 이름은 차례로 에나, 비나, 시나, 디나. 같은 복식을 한 그녀들은 평소에도 자주 몰려다니는 편이었지만, 오늘따라 유독 끈끈한 유대를 선보이고 있었다. 바로 공동의 목적이 있기 때문이다.

그게 무엇이냐? 이른바 '벨티에 왕국에서 온 메일 폰 비제아트 괴롭히기' 되시겠다.

정확히는 직접 괴롭히는 것이 아니라 갖가지 방법을 에이미—그녀들에게 주머니를 건네준 오르밀의 시녀—에게 알려 주는 것이었지만, 그녀들은 나름 선심을 썼다. 시범 삼아 몇 가지를 손수 해주기로 한 것이다.

물론 물리적인 방법은 아니었다. 감히 귀족의 몸에 손을 댈 정도로 그들의 배짱이 담대하지는 않았다. 고안해 낸 것은 보다 은밀하고 간접적인 행위였다.

시나의 제안에 나머지가 일제히 손뼉을 쳤다.

"뭐랬더라, 자국의 공주와 함께 머문다고 했지?"

"우선 공주에게 미움을 받도록 하면 되겠네."

"버림받고 타지에서 고립되도록."

"공주가 멍청한 인사라면 좋을 텐데 말이야."

목표에 대한 간단한 정보는 주머니와 함께 이미 건네받았다. 처소는 어디고, 누구와 함께 머물고 있으며, 관계는 어떻게 되는지 등.

은연중에 무리를 이끌고 있는 에나가 소리 죽여 웃었다. 악동 같은 웃음이었다.

평범한 사람이라면 그러지 않겠지만, 심성이 비틀린 인간에게 이간질이란 생각보다 아주 재미있는 놀이가 된다. 사람 사이의 관계가 틀어지고 파탄 나는 광경은 그들에게 퍽 즐거운 구경거리였다.

네 사람의 머리가 한데 모여 속닥거렸다.

"그럴듯한 험담을 지어내서 은근히 흘리는 거야."

"지금 한참 예민할 시기잖아. 간택전 때문에 다들 신경이 곤두서 있을 테니까 말이야. 다른 때보다 귀가 쫑긋거릴걸?"

"의심이라는 건 작은 싹만 있어도 아주 쉽게 꽃을 피우지."

"과연 어떨까, 모시는 사람에게 배신자로 매도당하는 공녀의 반응은?"

꺼내 놓는 말들이 이런 짓이 처음이 아니라는 것을 알려 주듯 자연스러웠다. 서로서로 눈을 마주친 그녀들이 누가 먼저랄 것 없이 키득거렸다. 안 그래도 따분했는데 정말 잘됐다, 그치? 넷은 저마다 긍정하며 고개를 끄덕였다.

이간질을 하기 위한 계획은 간단했다. 골탕을 먹어야 하는 대상인 공녀가 늘 모시는 공주와 함께 다니지는 않을 것이다.

공주가 혼자 있거나, 혹은 혼자가 아니더라도 공녀가 아닌 다른 사람과 있을 때를 노리면 된다. 말을 흘리는 것은 어렵지 않은 일이었다. 마치 들은 소문을 이야기하듯 지나가는 길목에서 떠들기만 하면 되니까.

"공녀, 그러니까 목표물이 아까 처소에서 혼자 나가는 걸 개가 봤다고 했지?"

"개?"

"우리한테 돈 준 애."

"아, 에이미."

"맞아. 에이미가 그런 말을 전해 주고 갔지."

"마침 잘됐네. 우리 오늘 일과는 다 끝났잖아? 혹시 공주를 만날지도 모르니까 처소 근처에서 시간을 좀 보내 볼까?"

"괜찮네. 심심하면 우리끼리 이야기하고 놀면 되니까."

행동을 정한 그녀들은 즉시 움직였다. 리엘라의 처소가 시야에 들어오는 길목에서 자리를 잡고 죽치기 시작했다.

그리고 그녀들은 운이 좋았다. 시간이 얼마 흐르지 않아 공교롭게도 리엘라가 정말 모습을 드러낸 것이다. 빌린 책을 반납하기 위해 로즈를 대동하고 복도로 나선 길이었다.

에나를 비롯한 네 명은 행운의 여신이 자기들을 도왔다고 기뻐했으나, 그 기쁨은 아주 잠시였다. 그들은 곧 누가 먼저랄 것 없이 흠칫 놀랐다.

"……다들 봤어?"

"……뭐야? 공주 옆에 있던 시녀…… 아니, 시녀 맞아? 그전에 사람은 맞는 거고?"

"책 세 권을 새끼손가락으로 들고 있었어."

"와, 내가 잘못 본 줄 알았는데 아니었네."

"……우리 이거 위험한 일 아니야?"

네 사람의 동공이 한꺼번에 흔들렸다. 그들을 충격으로 몰아넣은 것은 바로 로즈의 존재였다. 직업이나 성별을 떠나 종족마저 의심하게 만드는 로즈의 존재감은 말할 필요도 없이 파격적이었다. 입은 옷은 분명 시녀복인데 어쩐지 갑옷보다 더 단단해 보인다.

저런 위협적인 전사(?)가 일행이라는 소리는 듣지 못했다. 에이미가 전해 주었던 정보에는 없는 내용이었다.

만약, 정말 만에 하나 해코지를 시도했다가 꼬리를 밟히게 된다면? 그렇게 돼서 저 전사가 직접 그들에게 응분의 철퇴를 휘두르게 된다면?

그랬다간 필시 그녀들은 고국의 냄새도 맡아 보지 못하고 낯선 이국 땅에서 불귀의 객이 되고 말 것이다. 공포감이 저절로 스민다. 자기들의 처참한 최후를 상상한 디나가 새파랗게 질려 우는 소리를 했다.

"싫어. 나, 난 관에 들어가기 싫어!"

"관에라도 넣어주면 다행이지. 주먹 봤어? 맞는 순간 가루가 될 것 같던데?"

"둘 다 정신 차려! 우리가 건드리려는 건 공주가 아니야. 보아하니 저 시녀는 공주의 호위인 것 같아. 공주에게 직접 해를 끼치지 않는 이상 아마 움직이지 않을 거야."

에나는 이 중 그나마 평정을 유지하고 있었다. 태연을 가장한 그녀가 얼른 끼어들어 무리의 동요를 잠재웠다.

사실 그녀라고 로즈가 무섭지 않은 것은 아니었다. 저런 존재의 등장은 솔직히 예상 밖이다. 그러나 그렇다고 해서 당장 벌벌 떨며 계획을 접을 정도까지는 아니라는 것이 그녀의 판단이었다.

"들어 봐. 우리가 하려는 게 뭔데? 공주를 공격하는 거? 저 시녀에게 결투장을 내미는 거? 아니야. 우린 그냥 말만 조금 흘리려는 것뿐이야. 별거 아니라고."

"그야……."

"그건 그래."

"물론 나라고 저 시녀인지 전사인지 알 수 없는 상대가 신경 쓰이지 않는 건 아니야. 위협적이라는 건 인정해. 그러니까 우리는 이간질만 마치고 바로 빠지자. 나머지는 어차피 에이미의 몫이잖아."

"……그럴까?"

"맞아. 나는 찬성! 저 공주의 귀에 헛소문만 흘리고 얼른 발 빼자."

"그래!"

무너질 듯 동요했던 넷은 리더 에나를 필두로 다시 뭉쳐서 결의를 다졌다. 그래, 고작 이간질인데 뭐 어때. 무서우니까 그 이상은 하지 않기로 한다.

"좋아. 그럼 생각해 보자. 방금 전에 나온 공주가 어디로 갔을까?"

"책을 들고 있었으니까…… 아무래도 도서관?"

"사라진 방향도 일치해. 별궁의 도서관은 한 군데뿐이잖아."

"우린 그럼 돌아오는 길을 노리자."

속전속결이다. 논의를 끝낸 네 사람은 즉시 자리를 이동했다. 도서관에서 리엘라의 처소까지 거리를 따졌을 때 얼추 중간 지점이었다. 그 복도의 한쪽에 옹기종기 모인 그들은 저마다 심호흡으로 긴장을 가라앉혔다.

잠시 후 그들이 기다리던 상대가 모퉁이를 돌아 나타났다. 풍성한 금발이 반짝거렸다. 에나를 비롯한 넷은 일부러 로즈에게는 시선을 주지 않으려 노력하며 대화를 시작했다. 일단 물꼬를 트고 나자 사전에 맞춘 것처럼 자연스레 이야기가 흘러나왔다.

"참, 너희 그 소문 들었어?"

"무슨 소문?"

"간택전의 후보 중에 공주님이 한 분 계시잖아. 금발을 여기까지 기르시고……."

"아아, 자국의 공녀를 시비로 데리고 오신?"

"응, 그분."

크지 않은 목소리였으나 조금 떨어진 곳에서도 듣기가 어렵지 않았다. 마침 복도가 별다른 소음 없이 조용하다는 것이 도움이 되었다.

에나는 말을 하면서 흘끗 곁눈질로 대상과의 거리를 확인했다. 좋아, 이 정도면 충분히 들릴 간격이야.

"그 공주님이 왜?"

"듣고 놀라지 마. 글쎄, 이건 나도 들은 얘기이긴 한데, 그 공주님께서 데리고 오신 시비가 세상에……."

비나는 열을 올리며 꺼내던 말을 멈췄다. 뭔가 이상했다.

이쯤 되면 한 번쯤은 시선을 주었어야 했다. 당연하다. 다른 일을 하다가도 자기 얘기가 들려오면 저도 모르게 귀를 기울이는 것이 사람이다.

그렇게 듣게 된 이야기에 휘둘리고 아니고는 좀 더 나중의 영역이었다. 일단은 주의가 쏠리는 것이 자연스럽다. 그건 성정을 떠나 다소 일차원적인, 귀가 달려 있다면 누구나 그러는 기본적인 반응이었다.

그러나 리엘라는 그 상식을 깼다. 그녀의 태도는 완전히 예상외였다. 슬쩍 쳐다본 뒤 의연하게 주의를 거뒀더라면 차라리 그러려니 했을 것이다.

하지만 리엘라는 아예 눈길조차 주지 않았다. 그녀는 마치 아무것도 못 들은 것처럼—더해서 상대방이 존재하지 않는 것처럼—그들을 스쳐 지나갔다.

무관심을 넘은 무반응.

복도에 남은 네 사람이 뒤늦게 당황했다.

"……어?"

"……뭐야?"

"우리 혹시 방금 음소거 상태에 투명인간이었어? 아니지?"

"잠깐만, 오히려 전사는 이쪽을 쳐다봤잖아? 잠깐이지만 시선을 줬는데?"

"다른 생각에 빠져 있었던 걸까? ……아니, 아무리 그래도 어떻게 저래? 남 얘기도 아니고 본인 이야기를 하고 있었는데?"

에나부터 디나까지, 네 사람은 사이좋게 혼란에 빠졌다. 자랑은 아니지만 여태 이런 식의 말 흘리기를 한두 번 해본 것이 아니다. 흘리는 말을 듣고도 무시한 사람은 있었지만 이렇게 아예 안 듣고 가 버린 상대는 처음이었다. 맹세컨대 정말로.

그녀들은 사람의 본능이라는 것을 믿었다. 남의 얘기 친구 얘기, 더 나아가 가족 얘기에까지 무감한 인간이더라도 자기 얘기를 무시할 수는 없는 법이다. 시끌벅적한 소음의 가운데서도 본인 이름이 들리면 고개부터 돌아가는 것이 본능이란 놈이 아닌가. 본인들도 그랬기에 잘 알았다. 공주의 반응은 정말 말도 안 되는 종류였다.

"설마 자기 얘기인 줄 몰랐던 거 아니야?"

"그럴 리가!"

"그렇게 대놓고 지칭했는데?"

"금발에 자국의 공녀를 시비로 데리고 온 간택전의 후보. 거기다 공주. 귓등으로 들어도 본인 얘기잖아!"

"……이제 어쩌지? 이런 건 같은 위치에서 두 번 시도하면 수상하잖아. 의심을 사기 좋다구."

"실패했다고 생각하고 그냥 손 뗄까?"

"……아니."

에나가 고개를 저었다. 공연히 비장한 고갯짓이었다. 그녀는 이대로 포기하고 싶지 않았다. 이렇게 끝내기에는 너무 황당하고 허무했다.

물론 성공해 봐야 달리 얻어지는 것도 없는 쓸데없는 행위였지만, 그린 무가치한 일일수록 왠지 모르게 승부욕이 솟아오르는 법이다. 인생에 도움 안 되는 괜한 오기로 무장한 에나가 이어 선언했다.

"한 번만 더 해보자."

※

포기를 모르는 도전 정신은 대체로 좋은 것으로 여겨진다. 관련된 미담도 많다. 그러나 세상에는 차라리 빨리 포기하는 것이 외려 바람직한 일도 있었다.

바로 지금 같은 일이었다.

"왔어, 왔어?"

"아니. 다른 사람이야."

"어휴, 언제 오는 거야? 어제 책을 한 권만 빌려 가는 걸 봤는데 오늘이면 반납할 만도 하잖아."

에나를 비롯한 네 시녀가 선정한 두 번째 무대는 바로 도서관이었다. 어제 공주가 도서관에서 대출한 것으로 추정되는 책을 들고 가는 것을 봤다. 기다리면 분명 다시 이곳으로 나타날 것이다. 그녀들은 그때까지 도서관의 잡일을 도우며 죽치기로 했다.

리엘라의 기상 시간을 모르는 그녀들은 쓸데없이 이른 아침부터 자리를 잡았다. 당연히 오전 내내 공주는 코빼기도 비치지 않았다. 슬슬 지루함을 느끼기 시작한 시나가 슬쩍 하품을 했다.

"그런데 정말 오긴 오는 거야?"

"올 거야. 사실 희망 사항이지만."

"이제 와서 하는 말이지만…… 제국은 왜 후보들에게 아무것도 안 시키는 걸까? 뭐라도 일정을 만들어줬으면 접근하기가 훨씬 쉬웠을 텐데."

"그러게."

"방치 플레이 완전 대박."

"아, 나 배고파."

"조금만 참아. 정 안 나타나면…… 뭐, 할 수 없지. 아쉬운 대로 정말 소문을 퍼뜨려서 간접적으로 귀에 들어가게 하는 수밖에."

장소의 특성상 크게 떠들 수는 없다. 그리 소리 낮춰 속닥거리기가 얼마나 지났을까? 지루함과 허기를 이기지 못한 비나가 자긴 이만 포기하겠다고 막 선언하려던 차였다. 에나가 눈을 반짝 빛냈다.

"왔어."

역시 행운의 여신은 우리 편이야. 에나가 속삭이듯 작은 어조로 그렇게 덧붙였다.

아침부터 줄곧 기다렸던 상대가 드디어 입구를 통해 모습을 드러내고 있었다. 프릴이 잔뜩 달린 샛노란 드레스가 하얗고 조막만 한 얼굴보다도 먼저 시선을 끈다. 도서관에 나타난 리엘라는 여상하게 화려한 행색이었다.

슬그머니 몸을 일으킨 에나가 일행에게 눈짓을 했다. 가자!

"어머, 오늘은 어제의 그 전사가 옆에 없네?"

"그러니까 행운이지."

넷은 안도한 기색이 역력한 낯으로 몸을 움직였다. 전사가 함께 있었다면 솔직히 지금처럼 주저 없이 접근할 생각은 못 했을 것이다. 특히 관에 들어가기 싫다고 떨었던 디나가 가장 다행이라는 표정을 지었다. 휴, 살았다.

리엘라는 책을 고르려는지 책장이 있는 안쪽으로 이동했다. 웬일로 사서의 노동력을 빌리지 않고 손수 찾을 셈인 모양이었다. 에나부터 디나가 얼른 발을 놀려 그 뒤로 따라붙었다.

"이쯤이면 되겠다. 시작할까?"

"그래."

너무 멀어도, 너무 가까워서도 안 된다. 다년간의 노하우로 적당한 간격을 잡은 그녀들이 서로 눈빛을 교환했다. 고개를 끄덕인 뒤 이내 들으라는 듯 속닥거리기 시작한다.

"나 얼마 전에 너무 충격적인 이야길 들었어."

"어떤 이야기?"

"왜 있잖아, 벨티에 왕국에서 온 공주님 말이야. 금발에 금안이시고, 공녀를 시비로 데리고 오신."

이번에는 친절하게 왕국 이름도 넣어줬다. 귓등이 아니라 발등으로 들어도 본인 얘기였다. 그녀들은 말을 나누며 흘긋 리엘라를 살폈다.

'안 보잖아!'

어제와 똑같다. 상대는 여전히 이쪽으로는 눈길도 주지 않고 있었다. 설마 대륙에 벨티에라는 나라가 둘인가? 아니, 그럴 리가. 당황해서 찰나 주춤한 에나가 결국 이를 악물고 가장 강력한 수단을 꺼냈다.

"벨티에 왕국에서 오신 리엘라, 드, 벨티에 공주님 말이야."

그냥 대놓고 이름을 언급한다. 일부러 악센트까지 주었다. 이 정도면 이번에야말로 반드시 돌아볼 수밖에 없을 것이다. 이건 거의 근처에 가서 저기요, 하고 부른 거나 마찬가지다. 그리고 다음 순간 그녀들은 환호했다.

'쳐다봤다!'

리엘라가 마침내 이쪽을 향해 시선을 주었다. 행복과 기쁨과 쾌거의 순간이었다. 어쩐지 승리한 기분마저 든다. 하지만 그것은 오래가지 않았다.

휙.

'1초!'

리엘라의 고개는 1초 만에 도로 돌아갔다. 오래가지 않은 정도가 아니라 심하게 짧았다. 너무할 만큼 잠깐이었나. 더구나 상대에게선 표정 변화 또한 딱히 찾아볼 수 없었다. 다시 말해 잠시 눈길은 주었으나 여전히 흥미는 없다는 소리였다.

허탈해진 비나가 힘을 빼고 책장에 몸을 기댔다. 목소리에서도 기운이 빠졌다.

"……하지 말까?"

"우린 1초를 위해 이 시도를 한 거구나."

"그러는 척이 아니라 정말로 관심이 없었네."

"이름까지 언급했는데 저렇게 의연하다니…… 놀라운 사람이야."

"시선만 끌고 나면 일사천리일 줄 알았더니."

"이래서야 소문을 떠들어 봤자 아무 효과도 없겠지?"

"신경 자체를 쓰지 않을 테니까."

"우리가 졌어."

의욕은 빠르게 꺼졌다. 상대의 무관심은 그만큼 강력했다. 본인의 이름을 듣고도 저만큼 무심하기란 쉽지 않다. 보통내기가 아니라는 뜻이었다.

벨티에 왕국에서 온 리엘라 공주. 화려한 드레스에 보석을 주렁주렁 매단 겉모습을 보고 성정을 짐작했었으나 오판이었다.

그들은 공주가 당연히 귀가 얇고 멍청할 거라고 예상했지만, 지금 보니 오히려 그와 반대다. 공주는 멍청하기는커녕 출처 모를 남의 이야기에는 눈길조차 주지 않는 현명함과 자신의 이야기에도 흔들리지 않는 의연함을 지니고 있었다.

과연 그냥 한 나라의 공주가 아니라는 걸까? 행색과는 달리 멋진 인물이었다.

"놀랐어. 정말 의외야."

"……아! 혹시 저렇게 입고 다니는 것도 실은 의도적인 게 아닐까?"

"의도적?"

"우린 저 공주님의 화려한 겉모습만 보곤 쉽게 흔한 허영 덩어리 황족일 거라고 생각했어. 실제는 그렇지 않았는데도 말이야. 혹시 그걸 노린 거라면?"

"그 말은……."

"맙소사! 무슨 말인지 알겠어. 이곳은 지금 조용한 전쟁터잖아. 소리 없는 경쟁이 벌어지고 있는. 만약 저 옷차림이 하수를 골라내기 위한 위장이라면? 겉모습만으로 남을 평가하는 어리석은 이들을 미리 솎아 내려는……."

"세상에, 어쩜 그런 혜안이!"

얘가 북을 치니 쟤가 장구를 치고. 전부터 함께 몰려다녔던 그들은 착각을 할 때에도 손발이 잘 맞았다.

리엘라는 이렇게 자기도 모르는 사이 혜안을 지닌 현명한 왕족으로 탈바꿈되고 있었다.

실상은 평소처럼 깨끗하고 맑고 자신 있는 머리로 그저 제목에 '공주님'이 들어가는 책을 찾느라 여념이 없었지만. 참고로 '예쁜 공주님'이 들어간다면 더 좋았다.

"그러네. 생각해 보니 우리가 아둔했어. 다들 어제의 그 시녀 전사를 떠올려 봐. 과연 그만한 강자를 아무나 제 아랫사람으로 부릴 수 있을까?"

시녀인지 전사인지 헷갈리던 로즈의 명칭은 그렇게 대충 자리를 잡았다. 저분은 시녀인가요, 전사인가요? 저 사람은 시녀 전사란다.

"아……!"

"맞아. 그럴 만한 인물이니까 그처럼 대단한 호위가 붙어 있었던 거야. 우리가 시녀 전사를 얕봤어. 그렇게 굉장한 사람이 주인을 함부로 고를 리 없지. 뛰어난 전사가 뛰어난 주인을 알아본 거야."

"이제 정말 납득이 된다."

로즈의 평가 또한 덩달아 높아지고 있었다. 그녀는 그냥 돈을 많이 주니까 황궁에서 일했던 것뿐이다. 물론 의리를 아는 인물이었으므로 돈 많이 주는 고용주인 리엘라에게 실제로 충성하고 있기는 했다.

"훗, 우리의 완벽한 패배야."

진실이야 어떻든 혼자 싸우고 혼자 패배한 에나부터 디나가 씁쓸하게 그것을 인정했다. '세상엔 정말 위인이 많구나', '동감이야' 멋대로 리엘라를 위인으로 만든 그녀들은 오늘 일과 후 패배의 위로주를 딸 것을 약속하며 조용히 그 자리를 벗어났다. 아니, 벗어나려고 했다.

"어, 나 방금 발에 뭐가 걸렸는데."

"책이네."

"책이 이런 데 떨어져 있어?"

"정리하다 흘렸거나, 누가 다른 책과 함께 빌리려다 모르고 떨어뜨렸겠지. 기왕 주운 거 사서에게 전해 주고 가자."

"응? 나 이거 전에 읽어 본 적 있는 책이야."

귀족 아가씨를 모시는 시녀는 대부분 평민이었지만, 아무 평민은 아니었다. 백작 이상의 고위 가문에 소속된 시녀들은 통상 글을 읽고 쓸 줄 아는 경우가 많았다.

간혹 글을 모르는 아이를 시녀로 들이더라도 가문에서 체면을 생각해 직접 가르치는 것이 일반적이었다. 에나를 포함한 넷은 그렇게 글자를 배웠다.

"어디, 무슨 책인데? 오필리아 공주의 지혜?"

"언제 이런 걸 읽었어?"

"딱히 재미있어 보이지는 않다."

"보기보다 읽을 만해. 어려운 내용도 아니야. 축약하자면 세상에서 가장 아름다운 공주님이……."

자기 남편감을 찾기 위해 문제를 내는데.

디나는 미처 하려던 말을 다 잇지 못했다. 그 순간 소리가 날 정도로 휙 고개를 돌린 리엘라가 그녀들을 뚫어져라 쳐다봤기 때문이다. 깜짝 놀란 디나는 이어지는 책의 줄거리 대신 딸꾹질을 꺼내놓았다. 딸꾹.

뭐야? 나 뭐 잘못했어?

그녀가 표정으로 묻는 사이 리엘라가 척척 가까워졌다. 갑작스러운 일이었다. 이게 무슨 상황일까. 당황한 네 사람이 나란히 눈만 동그랗게 뜨는 가운데, 금방 지척까지 당도한 리엘라가 입을 열었다.

"내 얘기했어?"

"네?"

"지금 내 얘기했잖아."

"……네?"

에나를 비롯한 넷은 리엘라가 꺼낸 말을 바로 이해하지 못했다. 공주 얘기? 하기는 했다. 지금 말고 조금 전에. 서, 설마 그걸 이제 와서 묻는 건가?

물론 그렇지 않았다. 리엘라는 친절하게 다시 입을 열었다.

"세상에서 가장 아름다운 공주님이라고 그랬잖아. 방금."

"……."

"내 얘기한 거 아니야?"

"……네……?"

그리고 에나, 비나, 시나, 디나는 잠시 후 누가 먼저랄 것 없이 깨닫게 된다. 세상은 넓고, 청순의 종류는 다양하며, 착각은 자유라는 말이 얼마나 대단한 명언인지를.

"공주님, 잘 다녀오셨어요?"

메일은 후다닥 달려가 리엘라를 맞이했다. 자기가 잠깐 외출한 사이 리엘라가 혼자 출타를 감행했다는 걸 알고 얼마나 놀랐는지 모른다. 물론 황성 바깥으로 나가진 않았겠지만 문 앞 복도만 거닐고 온다고 해도 걱정되는 것이 바로 리엘라였다.

다행히 처소로 귀환한 그녀는 어디 흐트러진 구석 없이 깔끔한 모습이었다. 최소한 시비에 휘말리진 않았구나. 메일은 우선 안심했다.

"도서관에 다녀오신 거예요?"

리엘라는 책을 들지 않은 빈손이었으나 그 외에는 딱히 갈 만한 곳이 없어서 그렇게 물었다. 지친 기색이 없는 걸로 보아 길을 잃어 헤매거나 하진 않은 모양이다. 사용인의 안내를 받아 도서관까지 다녀온 길치 리엘라가 고개를 끄덕였다.

"가서 이상한 애들 만났어."

"이상한 애들이요?"

"네 욕하더라."

"네에?"

에나를 비롯한 네 사람은 리엘라와 대화를 나누면서 인생의 허무함을 느끼게 된다. 우리들 대체 뭐 한 거니.

리엘라는 자기 얘기를 하는 걸 알면서도 무심하고 의연한 모습을 보여 주었던 것이 아니다. 그녀는 그냥 몰랐거나 못 들었던 것뿐이다. 비나는 진실을 알고 허탈함에 쓰러지려는 시나를 붙잡아주어야만 했다.

그럼 실상을 알게 된 넷은 이후로 어떻게 했을까? 헛고생을 한 것은 기가 막히지만 일단 상황만 놓고 보면 기회를 잡은 셈이었다.

공주는 처음 생각했던 것처럼 귀가 얇고 사고력이 조금 부족해 보인다. 대면한 김에 떠도는 소문인 척 말을 전달해 주면 스펀지처럼 쏙쏙 흡수할 것이다.

그들은 옳다구나 백지 리엘라를 앞에 두고 인생 연기를 펼치기 시작했다.

공주님, 혹시 그 얘기 들으셨어요? 저도 들은 건데 말이에요. 이러쿵저러쿵 이 말 저 말, 이 험담 저 험담. 메일을 주인공으로 내세운 온갖 헛소문이 기다렸다는 듯 구름처럼 쏟아져 나왔다.

네 사람이 하나씩만 지어내도 벌써 욕이 네 개다. 메일에 대한 헛말은 끝이 없었다.

리엘라는 그렇게 쏟아지는 이야기들을 귀를 쫑긋거리며 열심히 주워들었다. 말하는 사람 신나도록 중간중간 호응을 해주기도 했다. 그러고는 들은 것들을 고스란히 당사자에게 와서 전달했다. 이건 에나 일행이 미처 생각지 못했던 전개였다.

갖가지 휘황찬란한 제 욕을 전해 들은 메일이 황당하게 눈을 껌벅거렸다.

"정말요? 그렇게 말했어요?"

험담은 대체로 메일이 리엘라를 몰래 헐뜯고 다니며 그녀를 간택전에서 떨어뜨리기 위해 뒤에서 암계를 꾸몄다는 것이 주된 내용이었다.

황제를 포기시키려고 전기 이론을 이용한 적은 있지만 다른 후보와 유착하여 배신을 계획했다는 말은 금시초문이다. 욕은 정성이 느껴질 정도로 구체적이었다.

"응. 그러던데?"

"왜 그랬을까요? 분명 저랑은 얼굴도 모르는 사이일 텐데."

"글쎄?"

리엘라는 별반 대수롭지 않게 여기는 낯이었다. 메일의 이야기라 전해 주기는 했는데 크게 관심은 안 생기는 모양이었다.

메일은 리엘라가 아무리 간접적이라지만 자기 욕이 포함되어 있는 말을 듣고도 저리 태연한 이유를 알 수 있을 것 같았다. 못생겼다는 욕이 없어서겠지.

'뭐…… 누구 소행인지는 대략 알 만한데.'

메일은 쉽게 범인을 짐작했다. 딱히 긴 추론의 과정을 거칠 필요도 없었다. 생면부지의 사람들만 가득한 이곳에서 달리 누가 제게 저만한 악심을 품을까?

사람을 썼든 무얼 했든 무조건 오르밀 페튼이 관여되어 있을 것이다. 뻔한 일이었다.

'이 정도야 뭐. 그래, 앞으로도 딱 이 정도만 해줬으면 좋겠네.'

최근에 있었던 식사 초대까지 포함하면 오르밀과는 벌써 세 번이나 마찰이 있었다. 이제 와 상대가 얌전히 있을 거라곤 전혀 생각하지 않았다.

메일은 오르밀이 어떤 식으로든 날뛸 것이라 예상했고, 이간질 시도 정도면 꽤 얌전한 축에 든다고 내심 평가했다. 충분히 버티거나 흘려보낼 수 있는 수준이었다.

당연한 얘기지만 오르밀의 시비가 천년만년 계속되지는 않을 것이다. 간단히 생각하면 당장 제국만 벗어나더라도 끝날 인연이다.

메일은 상대가 간택전에서 탈락할 때까지만 오르밀의 행각을 조용히 참아 넘기기로 했다. 물론 그녀의 시도가 매번 이렇게 허망한 결과를 낳는다면—이간질 실패처럼—굳이 참고 말고 할 것도 없겠지만.

'공주님한테 집착하지 않아서 그나마 다행이야.'

복도에서 오르밀을 넘어뜨렸던 일 이후로 그녀의 화살은 리엘라가 아닌 메일을 향했다.

메일은 그래서 오히려 잘됐다고 생각했다. 오르밀이 여전히 리엘라를 물고 늘어졌다면 메일은 지금보다 심적으로 두 배는 힘들고 바빴을 것이다. 상대방과 공주님을 동시에 감시하며 노심초사하느니 차라리 자기 혼자서 받아넘기는 것이 나았다.

앞으로도 지금처럼만 시간이 흘렀으면 좋겠다고 메일이 생각했을 무렵, 문이 열리고 심부름을 나갔던 사람이 돌아왔다. 로즈였다. 그녀의 강인한 근육은 문을 여닫을 때도 역동적으로 꿈틀거렸다.

"저 왔습니다."

"로즈!"

메일이 반색했다. 로즈가 맡은 심부름은 메일이 부탁한 것이다. 거창한 것은 아니었고 뭘 좀 알아봐 줄 수 있겠냐고 물었었다. 로즈는 퍽 듬직한 풍채로 귀환했다.

"부탁하신 건 어렵지 않게 알아냈습니다. 엿새 정도 남았다고 하더군요."

"아, 고마워요."

엿새라.

메일은 속으로 들은 것을 되새겼다. 대체 뭐가 엿새쯤 남았다는 걸까? 그건 바로 간택전의 1차 선별일이 있을 날까지 남은 기간을 뜻했다. 현재 황궁에서 머무르고 있는 후보 중 절반이 귀국을 위해 짐을 싸야 하는 날, 그날이 오늘로부터 며칠쯤 지나야 다가오는지.

메일이 하필 로즈에게 그것을 알아 와 달라 요청했던 까닭이 있다. 1차 선별일의 날짜는 딱히 대단한 비밀처럼 보이지는 않는다. 아마 황궁 소속 시녀들이라면 그에 대해 미리 알고 있을지도 몰랐다.

결과적으로 그건 옳은 추측이었고, 로즈는 매우 손쉽게 그녀들의 정보를 손에 넣을 수 있었다.

로즈가 한 일은 별것 없었다. 그저 시녀들이 모여 있는 곳에 가서 혹시 간택전의 일정에 대해 아냐고 상냥하게 물어봤을 뿐이다. 상냥하게. 삼두박근을 꿈틀거리면서 상냥하게.

심부름을 해낸 포상으로 메일의 인사를 받은 로즈가 뿌듯하게 어깨 근육에 힘을 주었다.

'엿새 정도면…… 그 정도면 괜찮아.'

1차 선별일. 이전까진 얼추 추측만 하고 있었으나 이로써 구체적인 날짜를 알게 되었다. 메일은 그것이 최근 갑작스럽게 알고 싶어졌다. 이유를 묻는다면 있다.

그녀는 어젯밤 잠자리에 들면서 옅은 불안감을 느꼈다.

"반."

"……"

"반이라고 부르면 된다."

하룻밤에 지나지 않은 일이다. 노을로 물든 정원에서 마주 앉은 상대에게 이름을 들었다. 아무것도 모르던 이에 대해 처음으로 아는 것이 생기던 순간이었다.

메일은 상대의 이름이 퍽 예쁘다고 생각했다. 몇 번이고 입에 올려도 나쁘지 않은 울림이라고. 그리고 그녀는 이후 당혹스러운 위험을 감지했다.

떠나고 싶지 않아질 수도 있었다.

대체 그게 무슨 예감일까? 황당한 일이었다. 메일은 제국에 도착한 뒤로, 아니, 도착하기 전부터 자나 깨나 고국으로 돌아갈 생각을 했다.

그녀의 일 순위는 말할 것도 없이 무사히 간택전에서 탈락해 제국을 떠나는 것이다. 분명 그랬다.

그런데 어떻게 떠나고 싶지 않아질 수가 있을까.

이곳에 남고 싶다고? 왜? 아무리 이곳의 정원이 마음에 들었대도 그것이 이유가 될 수는 없었다.

제국의 정원은 아름답지만 유일무이하다고 할 만큼은 아니었다. 정이 든 정도를 따진다면 오히려 고국의 자택에 있는 손수 가꾼 정원이 더 높을 것이다. 메일은 막연하게만 느껴지는 예감의 연유를 찾지 못

했다.

'이상한 예감이야.'

물론 예감은 어느 정도 미래형을 띠고 있었다. 지금 당장 이곳을 떠나지 못하겠다는 기분이 드는 것은 아니다.

메일은 가능하다면 오늘 밤에라도 짐을 싸서 고국으로 출발할 자신이 있었다. 지금 떠나지 않는 것은 단순히 여건이 되지 않기 때문이다.

리엘라는 오르밀이 탈락하는 꼴을 본 뒤 제국을 떠나겠다고 했다. 가장 가까우며 희망적인 날짜는 바로 1차 선별일이었다.

남은 기간은 엿새. 엿새는 보기보다 짧은 시간이다. 그 정도라면 위의 이유 모를 예감이 현실이 되기엔 부족할 것이다. 메일은 그렇게 생각했다.

"메일."

"……네?"

이름을 불린 메일의 대답이 조금 늦게 흘러나왔다. 생각에 잠겨 있느라 인식하는 것이 조금 늦었다. 고개를 든 메일은 리엘라가 그새 다시 서 있는 것을 시야에 담을 수 있었다. 분명 아까 방에 들어오자마자 침대에 주저앉는 걸 봤는데 말이다.

그러고 보니 리엘라는 아직 외투를 벗고 있지 않았다. 다른 때라면 답답하다고 당장 벗어 던졌을 텐데?

"어? 혹시 다시 나가시려는 거예요?"

서 있는 것도 그렇고, 외투를 여전히 입고 있는 것도 그렇고. 다시 외출할 계획이 있다고밖에 보이지 않는다. 리엘라는 곧장 긍정했다.

"도서관에 갈 거야. 너도 갈래?"

"도서관은 방금 다녀오셨잖아요?"

"그때는 로즈가 없었고, 지금은 로즈가 있지."

메일은 도서관에 다녀왔다던 리엘라가 빈손이었던 것을 떠올렸다.

설마? 빌릴 만한 책이 없었나 보다 추측했더니 그게 아니었어?

리엘라는 당당하게 선언했다. 책을 들어줄 짐꾼이 왔으니 다시 가겠노라.

"많이 빌릴 거야."

"얼마나 많이……. 책장이라도 뽑아 오시게요?"

"가능합니다."

로즈의 앞에선 농담이 농담이 되질 않는다. 메일은 책장만은 참아 달라고 덧붙인 뒤 의자에서 몸을 일으켰다.

어차피 제국에 있는 동안은 리엘라의 곁을 가능한 따라다니기로 결심했다. 알아서 같이 가자고 챙겨 주는 것을 거절할 이유가 없었다.

"같이 갈게요."

리엘라는 냉큼 앞장섰다. 길치가 용감하다 싶겠지만 당연히 메일이 뒤에서 가야 할 방향을 알려 주었기에 가능한 일이었다. 공주님, 왼쪽 말고 오른쪽. 공주님, 코너 말고 직진.

"메일, 너도 빌리고 싶은 책이 있으면 다 빌려. 로즈가 들어 줄 거야."

도서관 안으로 들어서며 리엘라가 밝게 말했다. 그녀가 책을 여러 권 대출하는 기준은 단순했다. 이걸 전부 읽을 수 있는가? 틀렸다. 이걸 다 들고 갈 수 있는가? 맞다.

메일은 리엘라의 선심에 어색하게 웃으며 고개를 끄덕거렸다. 보통은 기한 내에 완독할 수 있는가를 가장 먼저 따질 텐데 말이다.

책장까지 들 수 있다고 선언했던 로즈는 곁에서 자신만만하게 리엘라를 부추겼다. 마음껏 고르세요, 공주님! 도서관을 고르셔도 됩니다!

저러다 정말 고를까 봐 겁난다. 메일은 신이 난 리엘라와 듬직한 로즈를 뒤로하고 걸음을 옮겼다. 리엘라가 눈을 반짝이면서 쏘다닐 로맨스 서적란은 메일이 선호하는 영역이 아니었다.

메일은 침착하게 책장마다 붙어 있는 분류표를 살폈다. 이번에는 아

예 '전문 서적'으로 분류가 되어 있는 위치에서 책을 고를 것이다. 저번
같은 실수-화끈한 그이와 (후략)-는 한 번이면 족했다.

큼지막하게 붙어 있는 분류표는 살피기가 어렵지 않았다. 저번에도
좀 이렇게 할걸. 이제 와 돌이키기엔 늦은 흑역사에 메일이 속으로 혀
를 찼을 때였다.

"아!"

"……괜찮으세요?"

작게 터져 나온 소리는 탄성이 아니라 짧은 비명에 가까웠다. 메일
은 반사적으로 눈길을 주었다가 조금 놀라서 말을 걸었다.

비명의 주인공은 웬 여성이었다. 높은 곳에 꽂혀 있는 책을 꺼내다
가 그만 미끄러진 책에 머리를 얻어맞고 만 것이다. 얻어맞은 부위를
감싼 여성이 괜찮으냐는 물음에 고개를 들었다.

그녀의 움직임을 따라 은발이 함께 흔들렸다. 사락거리는 소리가 들
리는 것 같았다. 메일은 색이 옅고 가는 상대의 은발을 보며 눈을 깜박
거렸다. 오래되지 않은 기억이 저절로 떠올랐다.

"아, 분명 저번에."

만난 적이 있는 사람이다. 정확히는 만났다기보다는 부딪힌 적이 있
는 거지만.

복도에서 모퉁이를 돌다 우연히 부딪혔던, 사소하고 별것 아닌 일이
었으나 메일은 그것을 제법 생생히 기억하고 있었다. 온통 창백한 인
상에 또렷한 하늘색 눈동자가 인상에 깊게 남았었기 때문이다.

"아…… 안녕하세요. 우연히 또 뵙네요."

기억하고 있었던 건 메일뿐만이 아니었던 모양이다. 여인은 메일의
아는 체에 순순히 호응했다. 그녀는 머리에서 손을 떼곤 고개를 꾸벅
숙였다.

"괜찮냐고 물어봐 주셔서 고마워요. 그때도 지금도 참 상냥하신 분

이시네요."

인사까지 받을 일은 아니었다. 메일은 손사래를 치다가 저번에도 상대에게 과한 인사를 받았었다는 것을 기억해 냈다. 여인은 특이한 인물이었다. 다시 보아도 분명 곱게 자란 외양인데.

메일은 우선 화제를 바꿨다.

"책을 빌리러 오셨나요?"

"아, 네. 영애께서도……?"

"그럼요. 이곳은 책이 잘 정돈되어 있어서 좋네요. 한눈에 보기에 종수도 많고."

이건 빈말이 아니었다. 도서관 내부는 확실히 칭찬이 아깝지 않을 만큼 깔끔하게 정리되어 있었다. 그것은 분류표만 간단하게 훑어보아도 알 수 있다. 사서의 솜씨가 확실히 빼어난 모양이었다.

"독서를 즐기는 사람들은 이 도서관이 정말 마음에 들겠어요. 앞으로도 쭉 찾고 싶을 만큼."

그렇게 말한 메일은 직후 제 발언을 점검해 봐야만 했다. 여인의 표정이 눈에 띄게 어두워졌기 때문이다.

급격한 변화였다. 여인은 일부러 내비친 표정은 아니었던 모양인지 금방 본인이 더 당황스러워하며 고개를 숙였다. 그리 숙인 채로 작은 목소리가 흘러나왔다.

"그, 그렇죠. 좋은 곳이에요. 황궁의 사람들에게만 개방되는."

여인의 말은 그냥 듣기엔 당연한 발언이었다. 황궁 안에 위치한 도서관이니 자연히 황궁의 사람들에게만 개방된다. 단순한 사실을 이야기한 것처럼 들리나, 메일은 어쩐지 그 말에서 묘한 느낌을 받았다.

'그건 뒤집어 말하면 황궁의 사람이 아니라면 출입할 수 없다는 뜻. 뭐지? 그게 자기에게 중요한 의미를 지니는 걸까?'

가설을 세우려면 얼마든지 할 수 있다. 가령 여인은 지금 당장은 황궁에 머물지만 곧 이곳에서 쫓겨나게 될지도 모른다던가.

그럼 더 이상 황궁의 사람이 아니니 앞으로는 지금처럼 도서관에 드나들 수 없다. 그렇다면 표정이 어두워진 것도 이해가 가는 일이다.

'비약이야.'

메일은 금방 추측을 털어버렸다. 직감뿐인 가정에 굳이 무게를 얹을 필요는 없을 것이다. 메일은 이만 자리를 벗어나야겠다고 생각했다. 애초에 서서 오래 이야기를 나눌 사이도 아니었다.

"황궁의 도서관이라 그만큼 엄격하게 관리되는 걸지도 모르겠네요. 그럼 모쪼록 마음에 드는 책을 고르시길 바랄게요. 전 이만……."

"아, 저기."

퍼뜩 고개를 든 여인이 메일을 붙잡았다. 그리 잡아 놓고선 잠시 망설이다가 곧 입술을 달싹인다.

"혹시…… 간택전의 후보이신가요?"

"네?"

여인의 질문은 갑작스럽고 맥락이 없었다. 메일은 의아하게 상대를 쳐다보았다. 창백하다는 느낌을 주는 흰 피부에 부러질 듯 앙상한 체형.

메일이 기억하기로 연회 홀에 모였던 후보 중 여인은 없었다. 있었다면 눈에 띄어서 바로 알아봤을 것이다. 그때 분명 모든 후보를 불러 모았다고 했었으니 바꿔 말하면 여인은 후보가 아니라는 뜻이 된다.

왜 저런 것을 물을까? 의문을 불러일으키는 상황이었으나 메일은 일단 순순히 답을 주었다.

"아니에요."

"아……. 그러시군요."

"다만 후보 한 분을 가까이서 모시고는 있답니다."

여인은 놀란 표정을 지었다. 메일이 후보가 아닌 시비로서 이곳에 체류하고 있다는 사실이 퍽 의외로 느껴지는 모양이었다.

기실 메일의 외모나 지위라면 충분히 후보에 오를 자격이 있었으니 그럴 만한 반응이었다.

"대체 어느 분을……."

"이만 가 봐야 할 것 같네요. 더 질문하실 것이 있나요?"

"아, 죄송해요. 저어, 한 가지…… 한 가지만 더 물어도 될까요?"

"그러세요."

허락을 받았지만 여인의 질문은 바로 나오지 않았다. 사람에 따라 답답함을 느낄 수도 있을 침묵이었다. 그녀는 조금 더 주저하다 침묵을 깼다.

"이상하게 들릴 수 있다는 걸 알지만요."

"……?"

"혹 알고 계시거나 들으신 것이 있나요? 폐하께서…… 달리 신경 쓰시는 후보에 대해."

"네?"

반문하는 메일의 목소리가 조금 전보다 높았다. 그만큼 놀랐다는 방증이다. 이상하게 들릴 수도 있다더니 정말로 예상치 못한 질문이었다. 폐하가 뭐?

'달리 신경 쓰는 후보?'

그런 걸 알고 있을 리가. 아니, 그전에 전제부터가 이상했다. 메일이 알기로 황제에게는 따로 정인이 있었다. 간택전에는 일말 관여하지 않겠다 선언까지 했는데 웬 신경 쓰는 후보?

그런 게 있을 리가 없고 있다 해도 금시초문이었다. 메일은 고민할 것 없이 얼른 대답했다.

"유감이지만 없어요. 아는 것도, 들은 것도 전혀 없답니다."

"……."

"그렇게 쳐다본다고 제가 모르는 걸 갑자기 알게 되지는 않아요."

"아, 죄, 죄송해요."

"아녜요. 그럼 전 정말 가 볼게요."

메일은 고개를 숙여 가볍게 인사하고 몸을 돌렸다. 왜 저런 걸 알고 싶어 하는지 궁금하긴 했지만 구태여 캐물을 정도까진 아니었다. 그녀는 필요 없는 관심은 크게 갖지 말자는 주의였다.

그리 멀어지는 메일의 뒷모습에 여인의 눈길이 잠깐 닿았다가 떨어졌다.

메일이 사라지자 이젤린은 곧바로 표정 관리를 관뒀다. 애써 괜찮은 척 가장했던 낯빛이 도로 눈에 보이게 어두워졌다. 안색을 감추기 위해 책장을 바라보고 선 이젤린이 자기 입술을 깨물었다.

'아는 것도, 들은 것도 없다고? 그럼 그 후보가 입이 가벼운 인물은 아니라는 뜻이네.'

이젤린은 추측이 아닌 확신을 했다. 황제에게는 분명 특별한 사람이 생겼다. 그렇지 않고서야 그가 보이는 태도를 설명할 길이 없었다.

"미안하군. 선약이 있어서."

저녁 식사를 함께하자는 제 요청에 거절의 답이 떨어지던 날 이젤린은 깨달았다.

아, 위험하다. 나 정말 위험하구나. 선약이 있다고 말하는 황제는 웃고 있었다. 대체 누구를 생각하기에.

'후보 중의 한 사람이 맞아. 틀림없어. 이제 와 전부터 일하던 시녀 따위를 품거나 할 리는 없잖아.'

새롭게 궁에 들락거리기 시작한 사람은 없다. 시기상으로도, 정황상으로도 황제의 그녀는 간택전의 후보 중 한 명이 분명했다.

입이 가벼운 사람이라면 이미 물밑으로 소문이 퍼졌을 텐데 그렇지는 않은 모양이다. 이젤린이 초조하게 눈을 깜박거렸다.

그녀는 이미 전에 이 문제로 후작에게 상담을 한 적이 있었다. 그때 후작은 전혀 신경 쓸 일이 아니라고 못 박았다. 워낙 단호하게 이야기해서 이젤린 또한 잠시 안도를 얻었었다.

그러나 한번 생긴 불안감이란 얼마나 끈질긴지. 안타깝게도 그녀의 안심은 아주 잠깐이었다. 일시적으로 며칠은 괜찮았으나 그녀는 금방 도로 괴로워졌다.

'날 버리지 않을 거라고 했지. 버리지 못할 거라고. 하지만 그걸 어떻게 알지?'

잠깐이나마 안도했던 것이 무색할 정도로 이젤린을 뒤흔드는 불안감은 컸다. 그녀는 송두리째 흔들렸다.

한때는 믿음을 주었던 후작의 장담조차 이젠 같잖은 거짓부렁처럼 느껴졌다. 기실 일리 있는 의심이었다. 후작은 말만 그랬지 딱히 증거 같은 건 보여 주지 않았으니까.

황제는 정말 저를 내치지 않을 것인가? 황제의 마음을 얻은 새 사람이 그에게 매달려도? 다른 이와 당신을 나눠 갖고 싶지 않다 눈물로 호소하고 매달려도? 정말?

'어떡하지.'

후작은 말했다. 너는 그저 여태 하던 대로만 하면 된다고. 제자리에서 본분이나 마저 지키라고 말이다.

그러나 후작이 계산하지 못한 것이 있다면 그것은 상실에 대한 이젤린의 공포가 생각보다 컸다는 것이다.

'난 무엇을 해야 하지? 뭘 해야 지금 누리는 것을 지킬 수 있지?'

반복해서 깨물린 이젤린의 입술이 붉게 부어올랐다.

도서관을 나와 처소로 돌아가는 길에 로즈는 조금 아쉬워했다. 리엘라가 책장도 도서관도 고르지 않았기 때문이다. 물론 왜 그런 것에 아쉬워하는지 보통 사람인 메일은 잘 이해할 수가 없었다.

"공주님, 빌리신 책 정말 다 읽으실 수 있겠어요?"

리엘라는 책장이나 도서관 대신 평범하게 책을 골랐지만, 고른 권수는 그다지 평범하지가 않았다.

로즈는 책이 쌓여 만들어진 탑을 무려 두 개나 들고 이동해야 했다. 짐꾼 노릇을 톡톡히 한 셈이었다─한계를 보여주지 못했다는 본인의 아쉬움은 차치하고.

책을 그리 왕창 대출한 공주님은 메일의 질문에 발랄하게 대답했다.

"아니!"

"의외로 본인을 잘 알고 계시는군요."

"예전에 말이야, 내가 집에 있을 때, 낮잠을 잘 시간이 되면 유모가 와서 책을 읽어주곤 했어."

메일은 흠칫 놀랐다. 밤에 그렇게 자면서 낮잠을 또 잔다고? 미인은 잠꾸러기라는 말이 학계에서 입증된 사실이라면 리엘라는 그 학설에 대한 산증인일 것이다. 자도 자도 또 잘 수 있는 그녀의 능력이 메일은 약간 부럽기도 했다.

"그러셨어요?"

"응. 근데 생각해 보니까 여기 와선 내가 낮잠을 별로 안 잤거든? 왤까?"

"낮잠으로 자야 하는 몫까지 전부 밤에 자서 그런 거 아닐까요?"

"아니야. 내 생각은 달라. 바로 이거 때문이야."

리엘라는 로즈가 무사히 운반해 처소 한편에 쌓아 놓은 책을 가리켰다.

"책을 읽어주는 사람이 없어서 그래."

"……."

"그리고 난 지금 낮잠을 자야겠어."

침대맡에서 책을 낭독하라는 명령을 답지 않게 어렵게 하는구나. 메일은 사족을 다는 대신 얌전히 맨 위에 놓인 책을 집었다. 기침한 지 몇 시간 되지도 않아 다시 잘 수 있는 능력은 과연 축복인가 아니면 뭔가 다른 것인가.

"아무거나 읽어드려요?"

"재밌는 거."

"표지만 보고는 알 수가 없어요. 그보다 재미있으면 책의 내용을 계속 듣느라 낮잠을 못 주무실 텐데?"

"어? 그러면 안 되잖아. 그럼 재미없는 거."

언제 침대에 누웠는지 머리만 내놓은 리엘라가 큰 눈을 깜박거렸다. 깜박일 때마다 그녀의 긴 속눈썹이 나비의 날갯짓처럼 함께 살랑인다.

메일은 크고 예쁜 애기를 키우는 것 같다고 생각하며 손에 든 책을 펼쳤다.

"옛날 옛날 아주 먼 옛날, 한 왕국에 왕과 왕비님이 살았어요. 공주님, 동화책 빌리셨어요?"

"그거 동화책이야?"

"보자, 제목이……. '공주님의 눈물'이네요."

"공주님이라는 글자가 들어가는 건 전부 다 꺼냈어."

"공주님다운 선정이셨군요."

"아무튼 계속 읽어줘. 빨리."

"알았어요. 왕과 왕비님은 서로 사랑했지만 안타깝게도 두 사람 사이엔 장애물이 있었습니다. 그건 바로 왕비님이 아이를 낳지 못한다는 거였어요. 그래서 왕은 후사를 위해 두 번째 부인을 들였습니다."

동화책 같던 시작과는 달리 책의 이야기는 제법 어둡고 현실적으로 흘러갔다.

성정은 나쁘지 않지만 무능한 왕. 왕을 사랑하지만 질투가 많은 왕비. 착하고 소박하지만 입궁한 지 얼마 안 되어 바로 왕의 아이를 임신하게 된 후궁.

이야기는 그렇게 소용돌이를 만들어냈다.

"평생 왕비님만 사랑할 것 같던 왕은 후궁이 예쁜 공주님을 낳자 그녀에게 더 큰 관심을 주었습니다. 왕의 명령 아래 후궁은 항상 좋은 것만 보고 좋은 것만 먹었습니다. 왕비님은 그런 왕의 행동이 일시적인 변덕일 거라 생각했지만, 왕의 변덕은 생각보다 오래 지속되었습니다."

질투가 많은 왕비는 과연 가만히 있었을까? 슬프게도 그러지 않았다. 후궁은 공주를 낳았지만 힘이 없었다. 속한 가문이 한미했기 때문이다. 그리고 왕은 더없이 무능했다.

"예쁜 공주님이 처음으로 자기 힘으로 걸을 수 있게 되던 날, 왕비님은 후궁에게 끔찍한 선물을 주었습니다. 그날은 공주님의 생일이었습니다. 햇볕이 내리쬐던 오후, 후궁은 왕비님이 보낸 독을……."

문장을 읽어 내리던 메일이 미간을 찡그렸다. 이거 더 읽어야 되나? 별로 정서상 좋지 못한 이야기였다.

리엘라가 정말로 어린아이인 건 아니지만 더 들려주는 것이 공연히 내키지 않았다. 말을 멈춘 메일이 슬그머니 책에서 눈을 뗐다.

'자는구나.'

다행이었다. 리엘라가 새근새근 잠에 빠진 것을 확인한 메일이 즉시 책을 덮었다. 손놀림에 주저는 없었다.

제목이 왜 공주님의 눈물인가 했더니 가정사가 이 모양이면 나라도 눈물이 나겠다. 메일은 책을 따로 빼놓았다. 반납 일 순위였다.

리엘라가 잠이 들자 메일은 다시 자유를 얻었다. 할 일이 없어진 메일은 의자에 앉은 채로 턱을 슬쩍 괴었다. 시선은 리엘라를 향하고 있었다.

아이처럼 잠에 빠진 리엘라. 눈을 감고 고른 숨소리를 내는 작은 얼굴은 어느 때보다도 평온해 보인다.

메일은 아이가 자는 모습을 보며 종종 천사 같다고 이야기하던 사람들의 심정을 조금 알 수 있을 것 같았다.

'안 어울려.'

새삼스럽지만, 정말이지 어울리지 않았다. 저 천사처럼 맑고 평온한 얼굴과 메일을 이곳까지 오게 만들었던 지독한 악몽 속 광경은.

'내가 놓치고 있는 뭔가가 있는 걸까?'

메일의 눈동자가 깊어졌다. 나뭇잎을 떠올리게 하는 초록색 눈에 음영이 졌다. 그녀는 곰곰이 악몽 속 내용을 다시 짚어 보았다. 굳이 상기하려는 노력은 필요 없었다. 꿈은 마치 어제 꾼 것처럼 생생했다.

"이게 무슨 소리냐!"

"비, 비보가 늦었습니다. 화, 황제가, 헬베른의 황제가…….."

"아악!"

"명청한 공주를 둔 자기들의 운명을 탓해라. 씨 하나 남기지 말고 모조리 쓸어버려! 폐하의 명령이다!"

"공주님이…….."

"고, 공주님께서 황제의 정인을…….."

"독살…….."

아, 머리 아파. 메일은 턱을 괬던 손을 풀어 제 관자놀이 부근을 꾹 눌렀다.

꿈의 내용을 떠올릴 때면 으레 따라붙곤 하던 두통은 이번에도 어김없었다. 지끈거리는 통증이 익숙해질 듯 말 듯 이어진다. 메일은 생각을 멈췄다.

'안 되겠어. 머리를 좀 비우자.'

사실 이제 와 꿈의 내용에 대해 분석하는 것은 대단히 쓸모없는 일일지도 모른다.

현실의 리엘라는 황제를 사랑하지 않았고, 질투에 눈이 멀기는커녕 황제의 정인이 존재한다는 사실조차 몰랐으며, 무엇보다 사람을 죽일 만한 성정도 못 되었다.

악몽 속 전개는 그야말로 얼토당토않았다. 지금은 생생하더라도 제국을 떠나고 나면 곧 꿈의 내용 또한 흐려지고 잊힐 것이다.

'며칠 남지도 않았는데 그냥 밝은 생각으로 채우자. 밝은 생각. 몸에 좋고 정신에도 좋은 밝은 생각.'

메일은 처소를 나왔다. 자기에게 세뇌를 걸 듯 밝은 생각, 밝은 생각을 중얼거린 그녀가 어디로 향했을지는 구태여 이야기하지 않아도 알 것이라 믿는다. 이쯤 되면 메일의 거처는 두 군데라고 봐야 했다.

정원 안으로 들어서며 메일이 크게 심호흡을 했다.

"그래, 이 공기야. 뭘 맡고 뭘 봐도 밝은 생각밖에 안 떠오르는 곳. 온갖 부정을 정화하는 그대의 이름은 정원……."

메일은 말끝을 흐렸다. 눈앞에 펼쳐진 정원의 모습은 여상히 아름다웠지만 정작 그녀의 눈길을 끈 것은 따로 있었다.

잎이 무성한 긴 가지를 넓게 뻗은 커다란 나무 옆, 그 그늘 아래 익숙한 뒷모습이 보였다. 거의 올 때마다 마주치는 수준이었으니 상대는 그녀에게 정원의 지박령이라고 불린대도 할 말이 없었다.

어제도 봤고, 아마 그저께도 봤을 것이다. 메일은 선 자리에서 뒤로 도는 그를 가만히 쳐다보았다.

'반.'

이름을 들었지만 어쩐지 부르기가 쑥스러웠다. 메일은 그것을 속으로만 삼키고 대신 익숙한 호칭을 꺼냈다.

"선배님, 혹시 여기서 사세요?"

"왔군."

"한가해도 너무 한가하신 거 같은데."

뭘 또 기다린 사람처럼 맞아주고 그런담. 메일은 가까이 걸어가 상대를 마주 보고 서선 공연히 헛기침을 했다. 약속하지 않았는데도 약속을 한 것 같은 이 만남이 새삼 신기했다. 이제는 놀랍지 않다는 것이 놀랍다.

피식 웃은 로하이덴이 먼저 편안하게 앉았다.

"잠깐씩 들르는 건데 신기하게 올 때마다 마주치는 것 같군."

"그건 제가 할 말이에요."

"실은 아침에도 이곳에 왔었는데."

"그땐 제가 없었잖아요. 아쉬우셨겠어요."

"아쉽지 않았다고 하면 삐치나?"

"설마."

치마를 그러모아 쥔 메일이 간격을 조금 띄우고 마찬가지로 주저앉았다. 그러고 보면 이성을 이처럼 스스럼없이 대하는 것도 굉장히 오랜만이다. 또래의 친구들과 어릴 때나 이렇게 마주 보고 떠들었었지.

메일은 앉은 채로 물끄러미 로하이덴을 응시했다. 가면은 생김새는 보여주지 않아도 눈동자까지 가리지는 않았다. 로하이덴은 저를 뚫어져라 바라보는 메일을 의아하게 마주 보았다.

"오늘따라 시선이 뜨거운데?"

"선배님."

"음?"

"……."

"불러 놓고 왜 말이 없나."

"눈동자 말이에요. 원래 그 색이에요?"

"뭐?"

로하이덴이 흠칫 놀랐다. 가면은 이럴 때 참 유용하게 도움이 된다. 찰나 표정 관리를 놓치더라도 그것을 알아서 가려 주니까. 놀랐지만 놀라지 않은 척한 그가 재차 응수했다.

"눈동자를 염색할 수 있다는 건 금시초문인데."

"그건 저도 아는데요, 음……. 그러게 왜 그런 생각이 들었지?"

긴 갈색 머리를 하나로 간단하게 묶은 작은 머리통이 갸웃거렸다. 메일은 방금 전 상대의 붉은 눈동자를 응시하다 문득 '다른 색이면 더 어울리지 않을까?' 하는 생각을 했다. 그래서 저런 질문이 나온 것이다. 본인도 왜 그런 생각이 들었었는지는 알지 못했다.

메일은 그리 조금 의아해하는 데서 그쳤지만, 반면 로하이덴은 심장이 떨어질 뻔했다. 덜컥 내려앉았던 그의 가슴을 알아주는 사람은 이 자리에 그 혼자뿐이었다. 보는 사람이 없었다면 가슴께에 손을 얹고 숨을 골랐을지도 모른다.

'들키는 줄 알았다.'

로하이덴의 눈동자는 본래 붉은색이 아니다. 그는 적안이 아니라 황금을 옮겨 놓은 듯한 금안이었다. 눈부신 백금발에 선명한 금안. 황가의 상징이자 현 황제의 상징. 얌체같이 가면 하나로 제 정체를 숨기고 있는 로하이덴이 위기를 넘기고 한숨 돌렸다.

"그러는 메…… 너는."

"네?"

운을 터놓고 로하이덴이 부자연스럽게 침묵했다. 그가 메일의 이름을 부르려다 실패해서 '너'로 급하게 선회했다는 것은 그를 제외하면 아무도 모르는 사실일 것이다.

로하이덴은 이제 와 뒤늦게 충격을 받았다. 그는 꽤 전부터, 그러니까 메일을 처음으로 마주쳤던 날 이후부터 계속 그녀의 이름을 알고 있었지만 부르려고 시도한 것은 지금이 처음이었다.

그러고 보니 이름 대신 매번 영애라고 칭했지. 그래, 호칭이야 그렇다 치고 문제는 실패를 했다는 부분이다. 이름을 부르려다 실패했다.

왜? 아니, 이게 뭐 성공하고 실패하고 할 만한 거라고. 혼란에 휩싸인 로하이덴은 실패의 이유도 모르면서 곧바로 다시 도전했다.

"메…….."

"메?"

"메리골드가 참 예쁘군."

"전 또 뭐라고. 당연한 얘기잖아요."

……뭐야, 이거?

로하이덴의 눈동자가 흔들렸다. 이게 아닌데. 그는 이 순간 굉장히 어처구니없는 이유로 동공지진을 겪고 있었다. 제국 하늘 아래 더는 올려다볼 사람이 없던 지고한 황제가 지금 스무 살 소녀의 이름을 부르지 못해 연달아 실패를 겪고 있다. 아무도 믿어주지 않을 이야기였다. 심지어 로하이덴 그 본인조차도.

"대체 뭐지?"

"뭐가요?"

"설화에서 읽은 것 같기도 한데. 이름을 부르면 돌로 변한다던가? 아니, 그건 얼굴을 보는 거였나."

"무슨 소리예요?"

어디 아프세요? 황당한 표정을 한 메일이 이어 물었다. 로하이덴은 대답하는 대신 입을 꾹 다물고 그녀를 응시했다.

메일. 메일 폰 비제아트. 그녀의 이름은 메일. 메일의 이름은…….

"메일."

"갑자기 웬 설화 얘기를…… 어?"

아. 불렀다. 뭐야, 쉽잖아.

그러나 로하이덴에게서 이어지는 말은 나오지 않았다. 고작 이름을 불린 걸로 화들짝 놀란 메일이 이내 선명하게 당황스러워하는 티를 냈기 때문이다. 평소보다 눈을 빠르게 깜박거린 그녀가 곧 시선을 마주하지 못하고 눈을 피했다.

"아, 네. 음, 부르셨어요?"

바로 앞에 상대를 놔두고 왜 애꿎은 허공을 보며 대답하는지, 그리고 귓가는 왜 붉어진 건지.

로하이덴은 드는 의문 중 아무것도 묻지 못했다. 애초 자신조차 왜 이름 하나를 바로 부르지 못하고 몇 번이나 버벅였는지 이유를 답해 줄 수 없었으니까.

어색한 분위기 속에서 매리골드만이 저 홀로 발랄하게 바람에 흔들렸다.

문 앞에 선 에이미가 크게 심호흡을 했다.

"아가씨, 저 에이미예요."

"……."

"들어가겠습니다."

대답 대신 침묵이 자리했으나 에이미는 문고리를 잡고 돌렸다. 주인의 침묵은 대체로 거절보다는 허락을 의미했다.

그녀는 전에 그 의미를 잘못 해석하고 안으로 들어가지 않았다가 매질을 당한 경험이 있었다.

"시키신 일…… 보고드리러 왔습니다."

누운 채로 오르밀이 고개를 까딱였다. 얼굴에는 반죽 비슷한 팩을 올리고 있었는데 그것 때문에 말을 아끼고 있는 모양이었다. 침대 가까이 다가간 에이미가 공손하게 무릎을 꿇고 앉아 입을 열었다.

"방금 엑트라 후작 영애의 시녀들을 만나고 왔습니다. 이간질을 목적으로 말을 흘렸다고 하는데……."

엑트라 후작 영애의 시녀들은 에나, 비나, 시나, 디나 이 네 사람을 말한다.

전날 이 넷에게 의뢰 아닌 의뢰를 했던 에이미는 그것을 고스란히 오르밀에게 보고했다. 오르밀은 사소한 것까지 전달받길 원했다. 매질이 싫고 무서운 에이미는 당연히 그런 주인의 성정에 맞춰 움직였다.

계속 이야기하라는 뜻으로 오르밀이 손가락 끝을 까딱거렸다.

"공주에게 비제아트 공녀에 대한 험담을 소문인 척 전달했다고 했습니다. 이걸로 둘의 사이가 얼마나 멀어질지는 알 수 없지만, 일단 고립을……."

"고립시키면?"

"네?"

오르밀이 상체를 일으켰다. 미끄러지는 팩을 손으로 잡아 뜯어 한쪽으로 던진 그녀가 이어 말했다.

"고립시키면 뭐? 그래서, 그 계집애가 공주와 사이가 멀어지고 나면 엉엉 울기라도 한다니?"

"그건……."

에이미는 우물쭈물했다. 뭐라고 대답해야 좋을지 알 수 없었다. 이간질은 일견 별거 아니게 보일지 몰라도 생각보다 잔인한 짓이었다. 사람은 때로 물리적인 아픔보다 정신적인 고통에 더 쉽게 무너지기도 한다. 그러나 오르밀은 그렇게 생각하지 않는 눈치였다.

"나는 당장 내 눈에 보이는 걸 원해. 내 눈에 들어오는 거. 응? 그년이 지금 바로 기겁하고 질질 짰으면 좋겠단 말이야!"

"……."

"차라리 얼른 가서 뺨이라도 후려칠까? 어? 그게 낫겠지? 이간질이고 뭐고, 좀 더 즉각적이고 눈에 보이는 걸 가지고 와."

"잘못했어요. 명심하겠습니다."

에이미는 납작 엎드렸다. 맞기 전에 미리 수그리는 것이다. 다행히 오르밀은 지금 매를 들 기분까진 아닌 듯 뭔가를 던지거나 하지 않고 얌전히 있었다. 그녀는 이마를 바닥에 댄 제 시녀를 물끄러미 내려다보았다.

"에이미."

"네."

"이간질 따위 말고, 그래, 그것들이 또 어떤 것들을 알려주던?"

오르밀은 에이미더러 사람을 괴롭힐 만한 갖은 방법을 알아오라고 했다. 그리고 에이미는 그것을 다른 이에게 소정의 대가를 지불하며 물어보았다. 주인이 원하는 것을 알아들은 에이미가 얼른 말을 쏟아냈다.

"제게 다양한 방법을 일러 주었습니다. 비교적 간단한 방법부터 사람을 이용하는 것까지……."

에나를 비롯한 시녀들이 가르쳐 준 행위들은 유치하다면 유치한 것도 있고, 너무하다면 너무한 것도 있었다.

전해 듣는 오르밀의 표정이 흥미롭게 변했다.

에이미는 주인 아가씨의 반응이 나쁘지 않은 것에 안도했다. 오늘은 맞지 않아도 되겠구나. 엎드린 에이미의 눈꺼풀이 미약하게 떨렸다.

느지막한 오후가 되어서도 황제의 집무실엔 일거리가 많았다. 황제 본인이 구태여 업무를 줄이지 않는 편이라 더 그랬다.

그는 벌써 세 번이나 읽은 황궁 기사단 예산안을 잡아먹을 듯 쳐다보다가 옆으로 치웠다. 글자가 눈에 들어오지 않았다.

문서를 내려놓고는 의자에 깊게 몸을 기대는 상사의 모습에 반테르가 말을 걸었다.

"피곤하십니까?"

"……아니."

"표정은 말씀과 다르신데요."

"피곤해서가 아니야."

반테르는 '그럼요?'라고 대답하며 황제가 손에서 놓은 서류를 집어 들었다. 적힌 내용은 지난 분기에 올라왔던 것과 토씨 하나 다르지 않았다. 이대로 직인을 찍어도 되겠구먼. 딱히 검토할 것도 없는 예산안을 세 번씩이나 읽어놓고 황제는 본인이 피곤한 게 아니라 주장했다. 퍽 믿음이 가는 말이었다.

"피곤한 상태가 아니시라면 그게 더 문제입니다만."

"경."

"예."

"아니, 반테르."

"……?"

반테르의 미간에 미세한 주름이 잡혔다. 순간 왜 이러시냐고 응수할 뻔했다. 황제가 그를 이름만으로 부른 것은 꽤나 오랜만의 일이었다. 그는 잠깐 고민하다가 솔직하게 심경을 토로했다.

"징그럽습니다. 차라리 모하임 경이라고 불러 주세요."

모하임은 그의 가문 명이다. 황제는 들은 척도 않았다.

"반테르."

"아, 왜요."

"아주 쉬워. 아무렇지도 않단 말이지."

"뭐가 말입니까? 제가요?"

"쉽단 말이야. 반테르."

"말씀드리지만 전 쉬운 남자 아닙니다."

반테르가 사뭇 진지하게 주장했다. 그는 스스로를 나름 진중하고 어려운 남자라 여기고 있었다. 생각은 자유인 법이라 그의 지인들은 딱히 태클을 걸지 않았다.

황제는 깊게 한숨을 내쉬었다. 복잡한 얼굴이었다.

"경이 쉽다는 게 아니라. 경의 이름이 쉬워."

"제 이름은 또 왜 공격하십니까? 일 처리가 마음에 안 들면 그냥 그렇다고 말씀을 해주시지요."

"이름을 부르는 것이 쉽다고."

"아하. 확실히 어려운 발음은 아니죠."

"그래서가 아니라……."

"부르기 어려운 이름도 있습니까?"

로하이덴이 일순 꿀 먹은 벙어리가 됐다. 있다. 부르기 어려운 이름이 있었다. 그래서 문제였다. 왜 어려운지 이유를 모르겠으니까.

"……있더군."

"그러고 보니 저도 생각이 나는군요. 여동생이 어렸을 적 키웠던 너구리 이름이 엘리앙티 냥트리체시카 할마리모자리아였습니다. 대충 줄여서 부르려고 해도 한사코 그러지 못하게 했었죠. 그걸 외우느라 들였던 공만 생각하면……. 다시 떠올려도 기가 차네요."

"모하임 영애, 아니, 이젠 시클라민 후작 부인인가? 아무튼 그녀답군."

"죽을 때까지 변하지 않을 겁니다."

"경의 추억이자 경험담은 잘 들었어. 한데 아쉽게도 짐의 경우는 그런 이유가 아니야. 짐은……."

황제는 메일을 떠올렸다. 그의 황금색 눈동자가 허공을 잠시 배회했다. 아무것도 없는 빈 공간에 멋대로 그림이 그려졌다.

녹색 눈동자, 흑갈색 머리카락, 바람에 날려 떨어진 나뭇잎을 머리에 얹고도 말갛게 웃던 미소까지.

언제부터 그가 화가였을까. 그려진 그림은 장인이 공들여 옮겨 낸 초상화 못지않았다.

"그냥 어려워."

"그냥이요?"

"목이 가렵고……. 그래, 그냥."

로하이덴은 정원에서 메일의 이름을 한번 불렀다. 고유한 울림 그대로 입에 담았다. 그러고 나자 묘하게 목 안이 간질거렸다. 긁고 싶다거나 그런 종류는 아니었다. 뭔가 딱히 표현해 낼 말을 찾기 어려워 가렵다고 했을 뿐이다. 설명하기 힘든 감각이었다.

반테르가 고개를 슬쩍 옆으로 기울였다.

"목감기가 오려나?"

"……여태 짐의 말은 다 어디로 들은 건가? 어떻게 거기서 목감기가 추론되지?"

"목이 가려우시다기에."

"그건 빗댄 거였어. 비유 모르나? 비유."

"제가 그걸 어떻게 알아듣습니까? 애당초 해주시는 말씀이 너무 한정적인데요. 제가 들은 건 이름이 어렵다는 것과 목이 가렵다는 것뿐입니다. 둘이 완전히 별개의 내용 아닙니까?"

반테르는 오히려 본인이 답답해했다. 로하이덴이 이야기를 꺼내게 된 상세한 내막을 모르니 그럴 만도 했지만, 눈치가 빠른 사람이었다면 황제의 단편적인 말만 듣고도 어떠한 상황인지 대강 알아차렸을 것이다.

연애에 관해서는 이보다 둔할 수 없는 두 사람이 만나니 대화가 자연히 정답과는 멀어져만 갔다.

차라리 이곳에 있는 사람이 반테르가 아닌 그녀의 여동생이었다면 담화가 지금과는 다른 양상을 띠었을 텐데. 먼저 백기를 든 것은 황제 쪽이었다.

"내가 실수했군. 짐이 잘못을 했어. 경에게 말을 꺼내는 게 아닌데."

"하나부터 열까지 세세하게 말씀해 주시면 목감기와는 다른 답을 드리겠습니다."

"됐네."

황제는 손을 내저었다. 포기라는 뉘앙스에 반테르는 약간 억울해졌다. 저쪽이 불친절한 거지 절대 내가 멍청한 게 아니야. 흥칫뽕.

"예산안이나 마저 보시죠. 지난 분기의 서류가 필요하시다면 준비하겠습니다."

"짐의 기억력은 세 살배기 아기보단 나아. 그건 필요 없네. 그보다 경."

"예?"

"황후 간택전 말이야. 1차 간택일까진 얼마나 남았지?"

이건 아는 주제다. 반테르는 이번 질문에는 쉽고 빠르게 답을 줄 수 있었다. 그는 냉큼 입을 열었다.

"엿새 정도 남았습니다."

"엿새라……."

"관심을 가지실 줄은 몰랐는데요."

반테르는 다소 의외라는 표정을 지었다. 그는 간택전이 열리게 된 배경을 알고 있었다. 당연히 그 목적도. 황제와 이젤린이 몇 년째 성공적인 연애 중이라고 믿는 반테르의 의아함은 자연스런 반응이었다.

"후보가 총 몇 명인지도 모르시는 거 아니었습니까?"

"굳이 기억하려 애쓰진 않았지."

"어디에서 누가 왔는지도 따로 보고받지 않으시고."

"그건 맞네."

"음, 사족을 붙이자면 볼텐 후작이 어련히 잘 진행하지 않을까 합니다. 애초 그가 가장 강력히 간택전의 필요성을 주장하기도 했으니까요."

황후 간택전의 총괄은 맡은 마르힘 볼텐 후작. 기실 이번 간택전이 열린 것은 그의 공이 컸다. 그가 물심양면으로 삼 일 밤낮 알랑거리지 않았다면 황제는 굳이 이 규모로 간택전을 열 생각까진 하지 않았을 것이다.

후작은 제 뜻이 아닌 척 다른 귀족을 전면에 내세웠으나 황제는 바보가 아니었다.

총괄을 맡게 되었을 때 후작이 겉으로는 예상하지 못한 척, 부담스러운 척해 놓고 속으로는 쾌재를 불렀다는 사실 또한 진작 파악하고 있었다.

어차피 볼텐 후작은 간택전이 시작되기도 전부터 내내 황제의 눈치를 보느라 바빴다. 사욕을 채운대도 뻔한 수준일 것이라 가만 놔두고 있는 것이다.

로하이덴은 반테르의 의견에 간단히 긍정했다.

"틀린 사족은 아니군."

"혹시 이대로 후보들을 방치하는 게 역시 시간 낭비로 느껴지신 겁니까? 그래서 엿새 사이에 뭐라도 시키시려고?"

"그들의 시간이지 내 시간이 아니야."

"낭비는 맞다는 말씀이시군요."

"아무튼 그럴 생각은 아니네. 후작에게 총괄을 맡긴 것을 딱히 철회할 의사도 없고. 남은 날짜를 물은 건 별 의미 없었어."

별 의미 없었다는 것치고 황제는 그에 대해 제법 오래 생각했다. 그가 상념에 빠져 있다는 것은 여전히 탁자 한쪽에서 찬밥 취급을 받고 뒹구는 예산안만 보더라도 알 수 있었다.

반테르는 그에 구태여 독촉하는 대신 가만히 자기 할 일을 했다. 어쨌든 황제는 자기 일이 다 안 끝났다고 아랫사람을 퇴근시키지 않는 악덕 상사는 아니었다.

그가 닫았던 입을 다시 연 것은 반테르가 막 남은 서류의 분류를 끝냈을 때였다.

"……엿새는."

"……?"

"짧은 시간이야. 그렇지 않나?"

"뭘 하냐에 따라 다르겠지만 일반적으로 그리 길게 느껴지지 않는 기간이긴 하죠."

"그래, 그렇지."

"아, 사족을 또 달아도 됩니까? 유급휴가로써는 대단히 길다고 생각합니다. 엿새의 반만 주셔도 저는 감사히 다녀올 자신이 있습니다."

"욕심이 크군. 일이나 해."

쳇.

아쉬움을 속으로만 표현한 반테르가 다시 서류로 눈을 돌렸다. 그러나 일 잘하는 보좌에게 일이나 하라고 타박을 놓아 놓고, 정작 그런 본인은 업무로 복귀할 의사가 없어 보였다.

황제의 고뇌는 어두워지기 시작한 하늘처럼 깊어만 갔다. 무슨 고뇌인지는 그 혼자만 알 일이었다.

✳

리엘라는 낮잠에서 깨어나자마자 메일의 모습을 하고 있는 동상을 봤다.

"우응, 뭐 해? 그거 노는 거야?"

아니, 실은 메일이 맞았다. 다만 뭘 생각하는지 한쪽에 심각한 자세로 앉아서는 미동도 않기에 동상처럼 보였을 뿐이다.

메일은 리엘라의 말을 한번 씹었다. 본의 아닌 무시에 리엘라가 이번엔 몸소 가서 상대를 건드렸다.

"메일."

"헉! 네?"

"움직이지 않기 놀이를 하는 거야? 잠깐 멈췄다가 다시 해. 나 배고파."

메일이 움직이지 않았던 건 놀이가 아니었고 배가 고프면 침대맡의 줄만 당기면 된다.

메일은 그것들을 설명하는 대신 가만히 눈만 깜박이다가 이내 알겠다고 고개를 끄덕였다. 리엘라가 이상하게 볼 정도로 미동도 없이 앉아 있었다는 것은 그녀 자신도 몰랐다.

"어, 뭐로 드실래요? 어제처럼 오믈렛에 샐러드를 주문할까요?"

"아니."

"달리 드시고 싶은 거라도……."

"가서 고를래."

"네?"

"식당이 있을 거 아니야? 가자."

리엘라는 그렇게 말하곤 선 채로 기지개를 켰다. 입을 벌려 하품도 했다. 왕족의 품위는 없지만 예쁜 얼굴로 저러니 참 귀엽…… 다가 아니라. 메일이 조금 놀라서 들은 것을 되물었다.

"식당으로 가시겠다구요?"

"응. 멀어?"

"멀진 않아요."

"로즈도 배가 고프겠지?"

"로즈와 함께 식당에 갈 순 있지만 공주님과 겸상, 그러니까 같이 먹는 건 못 할 거예요. 아니, 그보다 웬일로 나가서 식사할 생각을 하셨어요?"

리엘라는 때에 따라 게으르기도 하고 부지런해지기도 했는데, 당연한 말이지만 전자가 압도적으로 비율이 높았다. 그녀가 밥을 먹기 위해 외출을 택한 건 제국에 온 이후로 이번이 처음이었다.

공주님은 메일의 질문에 대충 대답했다.

"그냥."

평소와 다른 결정을 내린 이유가 단순 변덕이라는 것을 어렵지 않게 알게 해주는 답이었다.

"그래요. 그럼 함께 나가요. 채비는 간단히 하실 거죠?"

"가면 뭘 먹을까?"

불친절한 응수나 동문서답은 익숙하다. 메일은 시녀를 불러 리엘라의 머리나 옷차림을 도로 정돈시켰다. 자고 일어난 마당이니 양치질도 권했다. 상쾌하고 깔끔한 상태로 거처를 나선 리엘라는 식당까지 가는 동안 큰 의미는 없는 말들을 재잘거렸다.

리엘라가 자의적으로 내놓은 본인의 꿈 해석에—개꿈이었다—메일이 맞장구를 몇 번 쳤을 때쯤 둘은 식당에 도착했다.

메일은 과거 아침부터 식당 안에 후보들이 바글거렸던 광경을 기억하고 있었다. 다행이라고 해야 할까? 오늘은 그때보단 훨씬 보이는 인원수가 적었다.

식당에 상주하며 수발을 드는 사용인이 의자를 빼 주자 리엘라가 냉큼 가서 앉았다. 메일도 맞은편에 자리를 잡았다. 빈 잔에 새로 따른 물을 한 모금 홀짝인 리엘라가 입을 열었다.

"뭐 먹을래?"

마찬가지로 목을 축인 메일이 눈을 들어 리엘라를 마주했다. 도서관에 같이 가자고 했을 때도 그렇고 지금도 그렇고. 이제 보니 공주님은 은근히 남 챙기기를 잘했다.

어디까지나 제 사람에 한정되는 거겠지만 그래서 더 의미가 있는 걸지도 모른다. 시비에서 어느새 리엘라의 사람이 된 메일이 빙긋 웃었다.

"공주님 드시는 걸로요."

"내가 뭘 먹을 것 같아?"

"글쎄요?"

"나도 몰라."

"고르기 어렵다는 말씀이시군요. 보통 식당엔 그날그날 주방장이 내놓는 회심의 메뉴 같은 것이 있어요. 특별히 원하시는 요리가 없으면 그걸로 해도 괜찮을 거예요."

"응, 그럼 그럴래. 나 회심의 메뉴."

"알겠어요."

웃으면서 대답한 메일이 근처에 서 있던 사용인을 불러 음식을 주문했다. 시키고 나서 도로 리엘라를 쳐다보다가 메일은 문득 말을 꺼냈다.

"공주님."

"응?"

"저 이름 한 번만 불러 주세요."

부탁이 뜬금없었다. 그러나 아주 근본 없이 튀어나온 것은 아니었다.

리엘라는 몰랐으나 그건 아까 처소에서 메일이 멍하니 앉아 있었던 이유와 관련이 있었다. 리엘라는 갑작스런 청에 고개를 조금 갸웃거리기는 했으나 선선히 그것을 들어주었다.

"메일."

그리고 이름을 불린 메일은 생각했다. 아무렇지 않은데.

"한 번만 더요."

"메일."

"역시 괜찮은데."

"뭐가?"

"공주님."

"왜?"

"공주님도 종종 남에게 이름으로 불릴 때가 있잖아요. 불릴 때 보통 어떤 기분이 드세요?"

"이름을 불리는 기분."

"음……."

얼핏 무성의한 대답 같지만 어떻게 보면 현답이었다. 이름을 불릴 때 달리 들 만한 특별한 기분이 뭐가 있단 말인가. 그걸 이쪽도 알기는 아는데. 복잡한 심경에 메일이 잠깐 턱을 괴었다가 얼른 도로 풀었다. 식사 예절에 턱 괴기는 없었다.

"메일."

메일은 지나간 목소리를 떠올렸다. 오래되지는 않았고 불과 몇 시간 전이었다. 그때 바람이 불었던가? 그런 사소한 것까지는 잘 기억이 나지 않는다. 다만 선명하고 명확한 것은 이름을 들었을 때 자신이 보였던 반응이었다.

상대는 기습적으로 그녀의 이름을 입에 담았다. 이제 와 되새기니 기습적이라는 표현이 참 옳다. 메일은 정말로 예기치 않게 공격을 당한 기분이었다. 예고도 없이, 그렇게 갑자기 불린 이름은 그녀를 당황스럽게 만들었다.

심장이 뛰었다. 그런 기분이 들었다. 조금은 철렁, 하고 내려앉는 것 같기도 했다. 죄를 지은 것도 아니고 잘못을 한 것도 아닌데 긴장이 되고 열이 올랐다. 동시에 공연히 상대의 눈을 제대로 마주 보기가 힘들었다.

왜 그랬을까.

"그런데 공주님한테는 백번을 불려도 그런 기분이 안 들 것 같아요."

"어, 물 안에 꽃잎 있다."

종종 남의 말을 귓등이나 발등으로 듣는 리엘라의 특기가 이럴 땐 도움이 되었다. 저도 모르게 흘러 나간 혼잣말을 메일이 수습하지 않아도 되었으니까. 메일은 고개를 짧게 흔들 듯 내저은 다음 리엘라의 꽃잎 탐구에 손을 보탰다.

더 오래, 깊게 생각한다면 어쩌면 답이 나올지도 모른다. 그러나 구태여 그러고 싶지 않았다. 왠지 그래선 안 될 것 같았다. 본인조차 이유를 모르는 무의식적인 제재였다.

마침 주문한 요리가 나와 메일은 주의를 그리로 옮길 수 있었다. 그녀는 먹으면서 동시에 생각도 하고 말도 할 수 있는 멀티 능력자였지만 이번엔 일부러 능력을 봉인했다.

메일은 최대한 먹는 행위에만 집중하려 노력했다. 덕분에 메일의 식사는 매우 경건한 양상이 되었다.

그렇게 메일이 재료 하나하나의 맛을 음미하며 때아닌 미식가의 길을 걷고 있을 때였다.

막 식당 안으로 들어선 누군가가 앉을 생각은 않고 고개를 이리저리 돌려 가며 내부를 훑었다. 마치 뭔가를 찾는 것 같은 모양새였다. 식당 전체를 시선으로 샅샅이 뒤진 누군가가 곧 눈길을 한군데에 고정했다.

'찾았다. 이년.'

양 눈썹 사이를 찡그렸다 편 오르밀이 입가를 늘려 웃었다.

'에이미 이것이 아주 간만에 쓸모 있는 짓을 했어.'

에나 일행이 주머니를 받으며 에이미에게 약조했던 것이 있었다. 일부러 감시를 하진 않더라도, 일상 중에 우연찮게 메일을 발견하게 되면 두어 번쯤은 에이미에게 당장 알려 주기로 한 것이다.

인원이 네 명이나 되니 한 명 정도는 일과 중에 잠깐 자리를 비우는 것이 어렵지 않았다. 전달을 받은 에이미는 듣자마자 얼른 주인 아가씨에게 보고했고, 오르밀은 그렇게 이 자리에 나타나게 되었다.

'마침 잘 기어 나왔어. 아주 엉엉 울게 해주마.'

"에이미, 그거."

메일에게서 눈을 떼지 않으며 오르밀이 손을 내밀었다. 식당까지 따라 나온 에이미가 그에 얼른 품 안에서 주머니를 꺼내 아가씨의 손 위에 얹었다. 오르밀의 하얀 손과 대비되는 어두운 갈색 주머니였다.

필요한 것을 전달한 뒤 에이미는 공손하게 옆으로 빠졌다. 그러면서 눈길은 주머니를 힐긋거린다.

저 안에 대체 뭐가 들었을까?

에이미는 몇 시간 전을 회상했다. 에나 일행은 돈값을 하기 위해 준비했다며 그녀에게 작은 주머니를 건네주었다.

칙칙하고 어두운 갈색에, 크기도 크기거니와 무게가 현저히 가벼웠다. 뭐가 들었는지 궁금했으나 열어보면 별로 좋지 못할 거란 말을 들었기에 꾹 참을 수밖에 없었다.

에나 일행은 경고에 이어 사용법을 알려주었다.

"차를 마시든, 식사를 하든 아무튼 뭔가를 먹고 있을 때 사용하면 효과가 좋을 거야. 차라면 찻잔 안에, 음식이라면 스프 안에 퍼부어줘. 엉엉 울다 뿐일까? 잘하면 기절하는 모습까지 볼 수 있을걸."

그들은 그렇게 말한 뒤 당부도 잊지 않았다. 나중에 혹시 저걸 사용한 일로 추궁을 당하게 되더라도 무조건 네가 구한 것으로 하라고. 우리 이름이 나오는 일은 절대 없게 하라고. 신신당부를 한 뒤에나 일행은 자리를 떴다.

'궁금해.'

누군가를 괴롭힌다는 양심의 가책은 여전히 그녀를 아프게 했지만, 사람의 호기심이란 또 어쩔 수 없는가 보다.

에이미는 주머니를 든 채 메일에게 다가가는 제 주인 아가씨의 모습을 까치발을 들어가며 주시했다.

오르밀의 걸음은 의기양양했다. 주머니에 든 게 뭔지는 그녀 또한 아직 모른다. 그러나 잘하면 기절까지도 시킬 수 있다고 했으니 자연히 기대가 되었다.

메일의 바로 근처까지 당도한 오르밀은 상기된 기색을 숨기지 못하고 콧바람을 뿜었다. 식사를 막 끝내 가던 메일이 깜짝 놀랐다.

"……페튼 영애?"

"식사는 맛있나요?"

메일이 미간을 슬쩍 좁혔다. 오르밀이 갑자기 튀어나온 것도 황당한데 그렇게 나타나서는 대뜸 밥은 맛있냐니. 걸어온 말은 두 배쯤 황당했다. 메일은 일단 식기를 내려놓았다.

"주방장이 힘을 썼는지 아주 맛있네요. 남은 거 드릴까요?"

무슨 꿍꿍인지는 모르겠지만 우선은 침착하게 응수했다. 이 자리에 로즈가 없는 것이 내심 다행이었다. 오르밀이 죽을 걱정은 덜었으니까.

그런 메일의 속내를 알 길 없는 오르밀이 잠깐 발끈했다가 금방 표정을 바꿨다.

"호호, 필요 없으니 마저 드세요. 제가 특별히 더 맛있게 해줄 테니까."

메일은 그제야 오르밀의 손에 들린 갈색 주머니를 발견했다. 어, 설마 저거? 오르밀의 대사나 주머니의 존재감이 심상치 않았다. 아카데미 재학 시절 비슷하다면 비슷한 상황을 목격했던 메일이 얼른 리엘라를 돌아보았다.

리엘라는 먹던 것을 멈추고 멀뚱히 앉아 있었다. 오르밀의 등장에 짜증은 나는데, 상대가 자신이 아닌 메일에게만 말을 걸고 있으니 이 상황에서 자기가 화를 내야 하나 말아야 하나 헷갈리는 것 같았다.

식기를 내려놓아 자유로워진 메일의 손이 움찔거렸다. 여차하면 당장 리엘라의 눈부터 가려야 했다.

"그쪽을 위해 준비했으니 마다하지 말고……."

그때 오르밀이 멈칫했다. 말을 하며 주머니의 끈을 풀던 도중이었다. 주머니를 얹은 그녀의 손바닥이 뭔가 이상한 감각을 잡아냈다. 방금 뭐가 움직였는데?

바스락.

"바스락……?"

촉각 말고 청각도 자기 몫을 했다. 움직임도 느껴지고 소리도 들렸다. 오르밀이 그리 멍청하게 들은 것을 입 밖으로 중얼거렸을 때였다. 반쯤 열린 주머니의 입구로 긴 더듬이 한 쌍이 모습을 드러냈다. 쫑긋.

"……."

검고 긴 더듬이.

본 것을 뇌가 인지하는 데까지 일 초쯤 걸렸다.

오르밀이 미친 듯이 비명을 질렀다.

"꺄아아아아악!!"

"뭐, 뭐야?"

"무슨 일이지?"

들고 있던 주머니를 오르밀이 있는 힘껏 던졌다. 머리가 아닌 가슴으로 행했다. 바닥으로 패대기쳐지며 주머니의 입구가 완전히 열렸다.

그때부터는 비명을 지르는 사람이 오르밀 혼자가 아니었다.

사사삭.

"꺄아아악!"

"저, 저게 뭐야!"

"저건……!"

일 났다. 몸을 일으켜 리엘라의 시야를 가린 메일이 난감하게 상황을 주시했다. 입구가 열린 주머니에서 쏟아진 것은 시체였다. 바로 벌레 시체. 절지동물 친구 여럿이 죽은 채로 나자빠졌다. 문제는 그게 끝이 아니라는 점이다.

쏟아진 것은 죽은 벌레가 다였다. 그러나 그 사이로 '튀어나온' 것이 있었다.

누군가가 사색이 되어 외쳤다.

"바, 바 선생!"

바 선생.

태초에 지닌 풍채가 너무도 흉악하며 만인이 선생이라 부르기로 합의한 절지류가 있었다.

흉악한데 왜 선생이라 칭하는가? 그 이유는 다음과 같다. 대륙에는 지금은 사라진 나라 중 '잉국'이라는 곳이 있었다.

잉국은 매우 넓고 비옥한 영토를 지닌 제국이었는데, 야만인들이 침략하여 세웠다는 말이 있을 정도로 국민들의 성정이 포악하고 급했다. 그에 대륙 사람들은 그 나라 국민들을 '잉국 신사'라고 부르기 시작했다.

왜냐? 제발 부탁이니 신사 좀 되라고.

야만인처럼 굴지 말고 부디 신사 좀 되어 달라는 뜻에서 그런 호칭이 생겼다. 바 선생 또한 마찬가지였다. 생김새가 지나치게 혐오스러우니 제발 점잖고 교양 있는 벌레가 되어 달라고 말이다.

말의 힘인지 잉국의 후손들은 시간이 지날수록 정말로 신사가 되었다. 야만족이란 말은 옛말이었다. 그러나 아쉽게도 그 힘은 바 선생에게까진 통하지 않은 모양이다.

점잖지도 않고, 교양도 없는 바 선생이 힘차게 바닥을 기었다.

"꺄아악!"

"누, 누가 좀!"

"히익!"

우당탕.

바 선생의 미친 질주 본능은 대단했다. 파괴력 또한 발군이었다. 그가 지나가는 곳마다 족족 비명이 터지고 의자가 나동그라졌다. 한 영애는 손수건을 꺼내 엉엉 울기까지 했다.

지켜보는 메일의 이마에 식은땀이 맺혔다.

'잡아야 하는데.'

간택전의 후보인 여인들은 물론이거니와 식당에서 근무하던 남자인 사용인들까지 저마다 하얗게 질려 어쩌지를 못 했다. 그만큼 바 선생은 공포의 존재였다. 긴 더듬이, 광택이 흐르는 등, 강인한 다리까지 그 무엇 하나 흉악하지 않은 것이 없다.

더군다나 대왕 바 선생이다. 대왕 바 선생은 크기가 큰 만큼 혐오감도 배를 달렸다. 모 기사는 대왕 바 선생을 잡느니 차라리 몬스터를 베는 것이 낫다고 말했을 정도였다.

결국 메일이 나서야 했다. 메일은 이 중에서 아마도 가장 바 선생을 두려워하지 않았다. 애초 그녀는 절지동물들과 꽤나 친한 편이었다.

정원 덕후의 첫 번째 조건, 벌레들을 꺼리지 말 것.

정원은 따지고 보면 하나의 작은 숲이다. 나무가 있고 꽃이 있으니 당연히 곤충과 벌레가 없을 수가 없었다. 그런 곳을 거닐고, 뒹굴고, 손수 손질하고 가꾸다 보면 맨손으로 벌레를 잡는 것쯤은 별것 아닌 일이 된다. 벌레 잡기에 레벨이 있다면 메일은 단연코 만렙이었다.

랭커 메일이 양손을 걷어붙이며 나설 결심을 마쳤다. 출격하기 전 리엘라에게 눈을 감고 있거나 음식만 보고 있으라고 신신당부하는 것 또한 잊지 않았다.

그때 바 선생이 새로운 묘기를 선보였다.

"으아악!"

"날았다!"

흉악의 대명사 바 선생의 절대 비기, 날기. 바 선생이 선보인 필살기에 여기저기서 경악에 찬 비명이 끊이질 않았다.

심약한 사용인은 결국 누군지도 모르는 영애와 함께 울었다. 지체할 시간이 없다는 것을 깨달은 메일이 얼른 몸을 날렸다.

"꺄악! 살려 줘!"

바 선생은 무작위로 비행하다 대뜸 목표물을 하나 정해선 날아들었다. 반만 땋고 반은 늘어뜨린 주황색 머리가 인상적인 영애였다. 과연 그녀는 이대로 제물이 되고 말 것인가?

가혹한 영애의 운명에 모두가 눈을 부릅뜨는 가운데, 바람처럼 움직인 메일이 얼른 팔을 뻗었다.

턱!

"……?"

"……!"

"……?!"

순간 침묵이 모든 것을 대변했다. 메일은 양손으로 포획한 것이 도망가지 않도록 꼼꼼히 감싸 쥐었다. 놓치지 않았다는 사실에 대해 안도의 한숨을 내쉰다.

자리에 있던 모두가 한마음으로 경악했다.

"자, 잡았다."

"잡았어."

"바 선생을 잡았어!"

"와아아!"

경악은 곧 환호로 변했다. 메일은 영웅이었다. 특히 주황색 머리의 영애는 감격해서 눈물까지 글썽였다. 하나둘씩 박수를 치기 시작하자 금방 갈채가 되었다.

메일은 함성과 박수갈채 속에서 머쓱하게 웃은 뒤 곧장 오르밀에게로 다가갔다. 손 안에는 여전히 바 선생이 있었다.

"페튼 영애."

오르밀은 처음 메일이 저를 불렀다는 것조차 바로 인식하지 못했다. 그만큼 충격에 빠져 있었다. 인자하게 웃은 메일이 간격을 한 발짝 더 좁혔다.

"아무리 산책을 시키고 싶어도 말이에요. 애완동물은 잘 관리해야죠. 다음부턴 주의하도록 해요."

"뭐⋯⋯?"

"자, 돌려드릴게요."

메일의 손이 번개처럼 움직였다. 되로 주고 말로 받는다는 말이 있다. 오르밀은 되만큼도 주지 못했지만 돌아온 것은 말보다 컸다. 펄떡거리는 강한 심장의 소유자 바 선생이 오르밀의 옷 사이로 미끄러지듯 들어갔다.

물론 살아 있는 상태였다.

"⋯⋯!"

비명도 충격이 적당해야 지르는 것이다. 그럴 만한 정신머리가 남아 있다는 거니까. 등으로 느껴지는 이 세상의 것 같지 않은 감촉에 오르밀이 결국 눈을 까뒤집었다.

털썩.

메일이 기절하는 꼴을 볼 거라고 희희낙락했던 오르밀은 그렇게 본인이 정신을 잃었다. 조금 떨어진 곳에서 에이미가 어쩌지도 못 하고 입만 뻐끔거렸다.

잠시 후, 소란을 듣고 뒤늦게 달려온 병사들이 오르밀의 옷을 탈출해 다시 질주하기 시작하려던 바 선생을 용감무쌍하게 처리했다.

이른 저녁, 예고 없이 벌어졌던 바 선생 소동은 그렇게 마무리되었다.

들은 귀가 여러 개고 목격한 눈이 여러 쌍이다. 소문은 안 나려야 안 날 수가 없었다. 에나 일행은 소동이 벌어지기 직전에 자리를 떴기에 식당에서 있었던 일을 한발 늦게 소문으로 전해 들었다. 기승전결을 듣자마자 넷은 누가 먼저랄 것 없이 눈을 동그랗게 떴다.

"우리…… 그 주머니에 죽은 것만 담아서 건네준 거 아니었어?"

"난 그런 줄 알았는데."

"나도."

"나도."

동의가 잇따랐다. 넷은 곧 침묵했다. 주머니 속 바 선생의 생존은 이 중 아무도 몰랐던 사실이었다. 바 선생의 생명력이 대단한 건지 그녀들의 확인이 소홀했던 건지 진실은 알 길이 없었다.

하나 확실한 것은 덕분에 식당이 개판이 되었었다는 부분이다. 네 사람은 서로 시선을 교환했다. 기절한 건 오르밀 페튼이라는 백작 영애라며? 그 영애가 아마 에이미의 주인이지? ……우리 이제 어쩔까?

"있잖아, 앞으로 에이미 피해 다닐래?"

"나는 찬성."

"나도."

"난 반대를 모르는 사람이야."

의견은 수월하게 합치되었다. 실수는 했지만 책임은 지기 싫다. 그들의 마음은 같았다. 애초 책임을 아는 인물이었다면 남 괴롭히기 따위에 동참도 하지 않았을 것이다.

에나 일행은 이렇게 에이미와의 끈을 끊었다. 그래도 우린 할 만큼 했어, 그치? 먹튀는 아니야. 그치? 소곤거리던 네 사람의 목소리는 곧 다른 화제를 찾아 평소처럼 시끄러워졌다.

한편 소식을 접한 사람은 위의 에나 일행만이 아니었다. 먼저 보고를 받은 반테르가 황당한 얼굴로 황제를 찾았다.

"폐하, 보고드릴 게 있습니다."

"중요한 게 아니라면 나중에."

"중요한 건 아니지만 웃긴 겁니다."

"그럼 해봐."

"어제 서쪽 별궁의 식당에서……."

반테르는 핵심만 요약하는 솜씨가 좋았다. 보좌에게 짧고 강한 이야기를 전해 들은 황제는 곧 책상을 치며 뒤로 넘어갔다. 덩달아 함께 듣게 된 시종은 차마 대놓고 터지지는 못 하고 부들부들 웃음을 참았다.

"바 선생 마스터라는 별명을 얻었더군."

겨우겨우 메일의 이름을 한 번 불렀다가 혼란에 빠진 로하이덴은 한동안 정원을 찾지 않으려 했다. 정원에서 그 꼴을 연출하고 곧바로 다시 얼굴을 본다는 것이 왠지 민망했기 때문이다.

그러나 이번엔 오지 않을 수가 없었다. 바 선생 마스터. 듣자마자 기절하는 줄 알았다. 손수 저를 놀리기 위해 행차하신 선배님을 앞에 두고 메일이 한숨을 푹 쉬었다.

"그렇게 됐네요."

별명인지 칭호인지. 어쨌든 그런 것을 얻기는 했다. 당연한 얘기지만 영광이나 명예와는 거리가 멀었다. 반납할 수 없다는 것이 슬플 따름이었다.

로하이덴이 진지한 목소리로 말했다.

"칭호만 있으니 허전하지 않나? 상패를 줄까?"

"……아니…… 그런 걸 왜 만드느냐는 둘째 치고, 누가 수여하는데요?"

"황제가."

"됐거든요?"

질색한 메일이 이어서 황제가 그렇게 한가한 줄 아냐며 상대방을 혼냈다. 확실히 한가하지는 않다. 어제도 새벽까지 업무를 보다 잤다─이건 좀 자업자득이지만.

하지만 그리 바쁜 와중에도 훈련된 강아지처럼 계속 정원을 찾게 되는 것은 무슨 연유인지. 메일에게 혼난 로하이덴이 눈 하나 깜짝 않고 씩 웃었다.

"상패뿐일까? 황제는 기꺼이 웃으면서 금관도 씌워 줄 거야."

"예전부터 느꼈지만 황제 엄청 팔아먹네. 상패도 금관도 선배님이 대신 수상하시죠?"

"왜 내가?"

"선배님도 바 선생 정도는 잡으시잖아요. 맨손으로."

물론 잡을 수 있다. 그는 정원을 좋아하기 전에도 벌레 따위에는 꿈쩍도 하지 않았다. 모두가 한마음으로 기겁하는 거대 곤충형 몬스터도 태연한 낯으로 요리했던 로하이덴이다. 물론 순순히 그것을 밝히지는 않고 그는 시치미를 뗐다.

"못 잡아. 어렸을 때부터 심약했거든."

"……."

"표정이 안 좋은데?"

"심약한 선배님을 어떻게 놀려 줄까 생각하고 있었어요. 잘 찾으면 여기에 바 선생은 없어도 바 선생 친구 정도는 있을 것 같거든요."

"이거 너무하군. 지켜 준다고 할 줄 알았는데."

"제가 어떻게 지켜 줘요?"

황당하다는 듯 대꾸하던 메일이 문득 무언가를 떠올렸다. 그러고 보니 그녀는 선배님을 지켜 준 적이 없어도 선배님은 그녀를 지켜 준 적이 있었다.

처음으로 정원에서 도시락을 깠던 오후, 갑자기 나타난 침입자가 그녀를 인질로 삼기 위해 달려들었던 날이었다.

'그랬지, 참.'

오래되지 않은 일은 며칠 만에 다소 달라진 감흥으로 메일에게 다가왔다. 그때는 선배님이 정원을 위해 기꺼이 맨손 격투를 선택했다는 점이 인상 깊었다. 그것 때문에 가슴이 잠깐 뛰었던 것도 같다. 그러나 다시 떠올린 지금은? 메일은 그때와는 다른 부분에 집중했다.

'나를 지켜 줬구나.'

인지하고 나니 급격히 부끄러운 기분이 들었다. 메일은 제 앞을 막아서던 상대의 뒷모습을 기억하고 있었다. 본인도 모르게 강렬했던 모양이다.

다시 떠올린 그 장면은 어떻게 그럴 수 있나 싶을 만큼 선명하고 또렷했다. 허공에 수놓듯 그려진 것을 지우기 위해선 고개를 흔들어야 했을 정도였다.

갑자기 도리질을 치는 메일을 보며 로하이덴이 눈을 조금 크게 떴다.

"뭘 하는 건가?"

"네?"

"갑자기 머리를 흔들기에."

"아, 그건, 음…… 그냥 쓸데없는 게 좀 떠올라서요."

"쓸데없는 거? 아아, 어제 잡은 바 선생?"

"……네, 뭐. 비슷해요."

죄책감을 느낀 메일의 대답이 살짝 기어들어갔다. 과거 본인의 뒷모습이 바 선생으로 치환되었다는 것을 모르는 로하이덴이 유쾌하게 말을 이었다.

"멋진 활약이긴 했어. 말을 전해 주는 부관도 감탄을 아끼지 않더군."

"부관? 선배님 부관도 있어요?"

아차. 말실수를 한 로하이덴이 얼른 수습했다.

"……부간. 오랜 친우인데 이름이 부간이야."

반테르는 졸지에 개명을 했다. 굳이 의심할 만한 것이 아니라 메일은 순순히 납득했다.

"그렇군요. 한가한 선배님한테 소문을 전달해 줄 정도면 그 친구분도 제법 한가하신가 보네요."

반테르 폰 모하임은 본인이 바빠서 연애를 못 한다고 믿는 사람이다. 로하이덴이 씩 웃으며 답했다.

"백수야."

바쁜 남자 반테르가 들었다면 울었을 것이다. 그의 상관은 양심의 가책도 느끼지 못하는지 뻔뻔했다. 답을 들은 메일이 어깨를 으쓱했다.

"선배님은 아니시구요?"

"난 바쁘지. 늘."

"노느라 바쁘신 거겠죠."

"흐음, 어떻게든 날 한량으로 만드는군."

"정원에 올 때마다 보이는데 그럴 수밖에요."

"반갑지 않나?"

장난스럽게 던진 말에 메일이 잠깐 멈칫했다. 아주 잠깐이라 티가 날 정도까지는 아니었다. 농담인 걸 아는데 왜 꼭 속을 들킨 듯한 기분이 드는지. 실제로 은연중에 반가움을 느끼고는 있었던 메일이 부러 아닌 척 뜬한 표정을 지었다.

"정원 구경은 혼자 해야 참된 구경이죠."

"난 방해꾼이고?"

"아신다니 다행이네요. 나가시는 문은 저쪽입니다."

"매정하군."

"말씀드렸잖아요. 식물한테만 친절하다고."

"식물이 아니라서 슬픈 기분이 든 건 처음이야. 영애 때문이니 영애가 책임져."

그렇게 말하며 로하이덴이 양손을 활짝 펼쳐 제 턱 아래 갖다 댔다. 심상찮은 제스처에 메일이 그게 뭐 하는 짓이냐고 물었다.

로하이덴이 능청맞게 대답했다. 이렇게 하면 꽃이 되는 거 아닌가? 메일은 당연히 질색했다.

"꽃을 욕 대신으로 쓰게 하지 말아주세요."

"역시 매정해."

"그런데요, 선배님."

"음?"

"간택전 말이에요."

메일은 속으로 다시 날짜를 셌다. 닷새. 1차 간택일까지는 이제 닷새가 남았다. 달리 말하면 그것밖에 남지 않았다. 한 호흡 쉬듯 말을 멈췄던 메일이 다시 입을 열었다.

"탈락한 사람은 그날이나 다음 날 바로 고국으로 떠나나요?"

메일은 네 가지 가능성을 염두에 두었다.

하나, 1차 간택 때 오르밀은 떨어지고 리엘라는 붙는다. 몹시 괜찮다. 떨어진 오르밀에게 작별 인사를 해준 뒤 곧바로 자진 탈락을 하면 되니까.

둘, 오르밀도 떨어지고 리엘라도 떨어진다. 리엘라가 좀 삐질 수는 있겠지만 이것도 나쁘지 않다. 오히려 붙어 놓고 기권하는 수고를 덜 수 있다는 점에선 좋았다.

셋, 오르밀도 붙고 리엘라도 붙는다. 답이 없다.

마지막 넷, 오르밀은 붙고 리엘라는 떨어진다. 더 답이 없다.

그러나 메일은 부정적인 가능성에 대해선 별달리 걱정하지 않았다. 리엘라야 그렇다 치고 오르밀이 붙을 거라는 생각이 전혀 들지 않았기 때문이다.

아무리 폐위를 목적으로 한다지만 제국의 황후다. 아무렴 체면이 있는데 저런 애를 국모로 앉힐까. 특히 어제 바 선생 사건이 결정적이라 오르밀의 탈락은 거의 확정적이라고 봐도 좋았다.

"선배님 은근히 아는 거 많으시잖아요. 저것도 아실까 싶어서 물어봤어요."

메일은 황제에 대해 궁금한 것이 있으면 뭐든 물어보라며 질문권을 턱턱 던져 주던 상대방을 떠올렸다. 황제에 관해서는 거의 만물박사 수준이던데. 그럼 간택전에 대해서도 나름 잘 알겠지.

로하이덴은 그런 메일의 질문에 바로 답해 주는 대신 잠시 침묵했다. 답을 몰라서 시간을 끈 것은 아니다. 단지 어제 그를 업무 시간 내내 괴롭혔던 갈등이 질문을 계기로 다시 솟아올랐기에 그에 잠깐 멈칫했을 뿐이다.

그는 여전히 혼란스러웠지만, 최대한 그것을 드러내지 않으며 태연한 척 입을 열었다.

"발표일마다 위로 및 축하의 의미로 연회가 있을 거야. 사흘쯤 예상하니 연회를 다 즐기고 가도 좋고, 원한다면 그 전에 먼저 떠나도 좋겠지. 대답이 됐나?"

"충분히요."

메일은 고개를 끄덕였다. 그러곤 로하이덴을 마주 보며 방긋 웃었다. 고맙다는 의미이기도 했고, 낙관적인 미래를 염원하는 일종의 파이팅이기도 했다.

미인의 환한 웃음은 보통 꽃 같다는 평을 듣곤 한다. 꽃처럼 웃는 미인. 꽃 같은 미소. 로하이덴이 조금 전 장난치듯 만들었던 양손 꽃받침은 지금 그보다는 메일에게 더 어울렸다.

꽃은 예쁘다. 예쁘니까 꽃에 비유하는 것이다. 그러니 이 순간 메일도 당연히.

'……미치겠군.'

로하이덴의 혼란이 깊어졌다. 그를 위로하듯 벨벳나무의 잎사귀가 바람에 팔랑거렸다.

로하이덴은 메일을 놀리러 정원까지 행차했다가 혼란만 두 배로 얻어선 돌아왔다. 놀리기는 놀렸으나 심경은 배로 복잡해졌으니 본전도 못 찾았다 할 수 있겠다.

반테르는 하루 사이에 상관의 이상 증세에 익숙해져 황제가 어떤 태도로 업무에 임하든 딱히 놀라지도 않았다.

✳

1차 간택일까지 남은 닷새는 그러는 사이에도 착실히 줄어들었다. 하루, 이틀, 시간은 멈추는 법을 몰랐다. 날짜와 요일은 바뀌어 가고 낮의 공기는 조금씩 따뜻해졌으며 하루하루는 평화로웠다.

아, 정정한다.

'메일에게는' 평화로웠다.

그럼 누구에게 평화롭지 않았느냐? 바로 오르밀이다.

그녀는 닷새 동안 매일 새롭게 엿과 물을 먹었다. 평화는커녕 하루 하루가 고된 풍파의 연속이었다. 문제라면 전부 본인이 자초한 고난이 었다는 것이다.

바 선생 사건으로 기절까지 했던 오르밀은 회복하자마자 더 크게 악 심을 불태웠다. 보통은 그런 꼴을 당하고 나면 있던 의지도 사그라들 게 마련이다.

그러나 오르밀은 유감이게도 보통이 아니었다. 오기로 무장한 그녀 는 외려 한층 끈질기게 이런 짓 저런 짓을 저지르기에 이른다.

그렇다면 과연 그 결과는? 말해서 무엇할까. 엿과 물을 먹었다는 부 분에서 이미 설명이 끝난 일이다.

오르밀은 메일에게 냉수 한 컵을 뿌리려다 본인이 물에 빠진 생쥐 꼴 이 되고, 메일의 드레스를 찢어 놓으려다 자신이 거지꼴이 됐다.

나중에는 답지 않게 머리를 써 다른 파벌을 이용하려 들었다가 되레 그 파벌에게 머리채를 잡히기도 했다.

자, 이쯤 했으면 보통 할 만큼 했다고 한다. 실상 그랬다. 그간 오르 밀의 몸부림을 보아온 사람이라면 백이면 백 그렇게 말할 것이다.

오르밀은 여태 충분하고도 넘칠 만큼 시도했으며, 이제 슬슬 그만할 때도 되었다. 다른 게 아니라 본인을 위해서도 이만 의지를 꺾는 것이 좋을 일이었다.

그러나 오르밀의 악의는 놀라웠다. 그건 마치 암덩이 같았다. 숙주 로 삼은 주인의 실패와 수모를 먹고 자라나는 암덩이.

오르밀이 일을 그르칠 때마다 그녀의 악의는 몸집을 불렸다. 더 크 게, 더 크게. 암덩이는 한계를 몰랐다.

"죽여 버려야겠어."

"……네?"

"아니, 아니야. 역시 그건 아직 안 되지. 그래, 불구로 만들까?"

에이미는 납작 엎드린 채로 눈만 힐끗 들었다. 조금 전까지 미친 사람처럼 소리 지르며 물건을 집어 던졌던 그녀의 주인이 어느새 진정해서는 침대에 앉아 뭐라고 중얼거렸다. 방금 뭐라고 했지? 그때 오르밀이 에이미를 불렀다.

"에이미."

"네, 네?"

"그 계집을 설설 기게, 응? 다신 두 다리로 걷지 못하게 만들 방법이 뭐가 있을까?"

에이미는 잠깐 자기 귀를 의심했다. '설설 기게'까지만 들었을 때는 그러려니 했다. 그건 보통 기가 죽어 대들지 못하는 상태를 가리키는 표현이었으니까. 그런데 이어진 말이 통 이상하다. 걷지 못하게? 두 다리로 걷지 못하게 한다고?

"그…… 말씀은……?"

"에이미야, 멍청한 에이미야. 왜 말을 한 번에 알아듣질 못하니?"

힘이 없는데 널 또 때려야 하잖아. 오르밀은 그리 덧붙이곤 탁자로 손을 뻗었다. 헛손질을 몇 번 한 뒤 그녀는 곧 깨달은 표정을 했다. 아, 아까 매를 치웠었지 참. 아쉬운 대로 그녀의 손이 가까운 유리잔을 집었다.

퍼억!

"악!"

"이제 바로 알아듣겠지? 응?"

유리잔에 얻어맞은 이마에서 피가 흘렀다. 비명을 토한 에이미가 황급히 제 상처를 감쌌다. 폭력은 익숙했지만 고통은 매번 낯설었다.

특히 요즘 들어 오르밀은 더욱 난폭해지고 있었다. 쌓여 가는 그녀의 화를 받아내는 건 매번 만만한 에이미의 몫이었다.

"네, 알아, 알아듣…… 겠습니다."

"그렇지. 그래야지."

본능처럼 환부를 감쌌던 손에는 붉은 피가 잔뜩 묻었다. 에이미는 그것을 내려다보며 양손을 벌벌 떨었다.

반복적으로 오르밀의 화풀이 대상이 되면서 그녀는 이제 이 정도 고통에는 울지 않는 사람이 되었지만, 그렇다고 공포까지 사그라지는 것은 아니었다. 에이미는 언젠간 이렇게 맞다가 자신이 죽어버리게 될까 두려웠다.

'그렇지만.'

에이미는 하얗게 질린 얼굴로 오르밀을 올려다보았다. 그럼에도 이번 주인 아가씨의 요구는 터무니없었다. 공포에 떨면서도 냉큼 그러겠노라, 방법을 알아 오겠노라 차마 대답하지 못하고 입만 의미 없이 달싹였다.

어떻게 그럴 수 있을까. 어떻게 그런. 타인을 불구로 만들겠다는 발상을 어쩜 그리 쉽게.

"시간이 얼마 남지 않았어, 에이미. 나는 그 계집애가 간택전에 붙었다고 희희낙락거리는 꼴은 못 보겠거든. 도저히."

다른 때였다면 주인 아가씨가 희희낙락이라는 고급(?) 어휘를 안다는 사실에 놀랐을 텐데. 지금은 그런 실없는 생각을 하기엔 상황이 너무도 괴롭고 무서웠다. 에이미는 점점이 카펫에 얼룩을 새겨 나가는 제 피를 응시했다.

오르밀이라면.

주인 아가씨라면 분명 또 매를 들겠지. 이마가 찢어져 피를 뚝뚝 흘리는 제 시녀를 향해 얼마든지 폭력을 퍼붓고 손에 잡히는 것을 집어 던지겠지. 재수가 없으면, 그래. 맞은 곳을 또 맞게 될지도 몰라. 피를 흘리는 정도가 아니라 쏟아 내게 될지도 몰라.

덜덜. 떨림은 더 심해졌다. 에이미는 눈을 질끈 감았다.

"에이미."

"……."

"남의 다리보단 네 다리가 더 소중하잖아. 응, 그렇지?"

"맡겨…… 주세요."

고개를 수그린 에이미가 속으로 끊임없이 중얼거렸다. 죄송해요, 죄송해요. 정말 미안해요. 들리지 않을 사과는 그렇게 한 시녀의 입안에서만 끊임없이 맴돌았다.

✳

무시크는 운이 좋았다. 그는 뒷골목 용병 출신이나 어제부터 황궁 내성에서 근무할 것을 명받았다.

그것만으로도 그의 운이 얼마나 좋은지 미루어 짐작해 볼 수 있는 일이다. 그는 마치 황궁이 제 것인 양 가슴을 활짝 펴고 복도를 걸었다.

"본궁이라면 더 좋았을 텐데……. 그래도 뭐, 별궁이라도 어디야."

아무도 보는 사람은 없지만 무시크는 부러 목과 어깨에 힘을 주었다. 내딛는 걸음걸이가 자신만만하고 힘찼다.

일반 병사는 보통 평민으로 이루어지지만 그렇다고 아무나 될 수 있는 건 아니다. 더구나 황궁 소속이었다. 입가를 실룩거리던 무시크가 결국 숨죽여 웃음을 터뜨렸다.

"크흐흐. 무시크 인생에 꽃이 폈다, 꽃이 폈어. 출세했다, 무시크. 자랑스럽다! 어디 보자, 황궁 시녀들이 그렇게 예쁘다던데……."

"저기."

그런 무시크를 뒤에서 부르는 목소리가 있었다. 작은 음성이었으나 무시크는 놓치지 않고 바로 반응했다. 그건 목소리가 젊은 여성의 것처럼 높고 예뻤기 때문이 맞다. 돌아본 그는 곧장 쾌재를 불렀다.

"크흠, 나를 부른 것인가?"

무시크는 어디서 들어본 그럴듯한 말투를 흉내 냈다. 주로 기사들이 쓰던 것이다. 그를 불러 세운 시녀는 빼어난 미인은 아니더라도 제법 귀염상이었다.

무시크와 마주선 에이미는 침을 꿀꺽 삼켰다.

"실례지만 시간을…… 조금만 내어주실 수 있을까요, 병사님?"

"으음? 나? 시간이 없는 건 아닌데. 하하!"

껄껄 웃은 무시크가 이내 슬쩍 물었다.

"그런데, 흠, 무슨 용건으로?"

무시크의 커다란 얼굴 가득 기대감이 차올랐다. 역시 이래서 남자는 출세를 해야 한다. 황궁 소속 병사가 되자마자 이렇게 여자가 꼬이는 것을 좀 보라지.

에이미는 착각에 빠진 무시크가 저를 위아래로 훑는 것을 군이 제지하지 않았다. 어차피 잠시 후면 무시크는 에이미에겐 일말 관심도 갖지 않을 것이다. 훨씬, 훨씬 아름다운 사람을 만나 정신을 차리지 못하게 될 테니까.

속으로 다시 한번 사죄한 에이미가 입을 열었다. 둔한 무시크는 에이미의 표정이 어두워진 것을 알아차리지 못했다.

"병사님을 만나고 싶어 하시는 분이 계세요"

그리고 잠시 뒤, 무시크는 물의 요정을 만나게 된다. 병사 무시크에게 사랑이 찾아오는 순간이었다.

연회의 밤이 밝았다.

메일은 난간에 기대서서 멍하니 밖을 바라보았다. 일 층이라 대단한 경치는 못 되어도 어차피 그걸 구경하려 쳐다보고 있는 것이 아니었으니 상관없었다.

상념에 빠져 있던 그녀는 퍼뜩 정신을 차렸다. 테라스의 문이 열리고 리엘라가 등장했다.

"뭐 해?"

"공주님, 바람이 차요."

"방금 따뜻한 거 먹었어."

리엘라는 코코아를 마셨다. 입가에 묻어 있었기에 싫어도 알 수밖에 없었다. 고개를 저은 메일이 손수건을 꺼내 묻은 것을 닦아주었다. 시비가 아니라 숫제 유모였다.

"들어가서 마저 드시지."

"너도 들어와. 방금 전에 콧수염 왔어."

"어? 정말요?"

콧수염은 리엘라가 오르밀을 곰팡이라고 지칭하듯 마르힘 볼텐 후작을 부르는 단어였다. 안 그래도 그의 등장을 기다리고 있었던 메일이 얼른 연회장으로 통하는 문을 열었다. 틈새가 생기자마자 음악과 소란이 테라스를 침범했다.

닷새는 순식간에 사라지고 어느덧 1차 간택일이 되었다. 많은 이가 목을 빼고 기다리던 날이었다.

전날 왜인지 잠을 거의 자지 못한 메일은 다시 밤이 찾아온 지금까지도 뜬눈으로 시간을 보내고 있었다. 금방 날 줄 알았던 발표는 의외로 시간을 끌었다. 메일은 피곤한 눈을 깜박거리며 볼텐 후작을 응시했다.

"반갑습니다, 여러분. 거의 열흘 만인가요? 이틀 전 고지했던 대로 오늘은 간택전의 1차 발표일입니다. 다들 궁금하셨을 텐데, 드디어 누가 탈락하고 누가 합격인지를 오늘 이 자리에서 여러분들께 말씀드 릴…… 예정이었습니다만."

"……?"

"안타깝게도 조금 미뤄지게 되었습니다."

연회장이 술렁였다. 방금 후작이 뭐라고 한 거야? 혼란스럽게 서로를 돌아본 후보들이 다시 후작을 쳐다보았다. 후작은 본인도 난감하다는 듯 곤란하게 웃고 있었다.

"죄송합니다. 말씀드리기 힘든 사정이 생겨서 말입니다. 대신이라고하긴 뭣하지만 연회를 최대한 성대하게 준비했습니다. 사흘간 계속될테니 마음껏 먹고 마시며 즐겨 주시길 바랍니다. 연회가 끝나기 전에는 여러분께 선별 결과를 알려드리겠습니다."

"뭐야……."

"고지해 놓고 왜 갑자기?"

"아이참, 오늘 통신구로 아버님께 결과를 말씀드리기로 했는데."

"타찌아 영애한테 다시 연락해. 기간이 늘었으니 내기 판돈을 올리자고."

각양각색의 반응이 회장 안을 어지럽혔다. 메일은 그 가운데 황당하게 넋을 놓고 있었다.

그렇게 오늘을 기다렸는데. 어제는 심지어 밤까지 지새웠는데. 메일의 표정이 이루 말할 수 없이 허탈해진 것과 반대로 리엘라와 로즈는 별반 신경 쓰지 않는 기색이었다.

리엘라는 과연 후작의 말을 듣긴 들은 건지 의심스러운 모습으로 손에 낀 보석 반지를 뚫어져라 응시하고 있었다.

반지 가운데 세공된 큼지막한 보석과 제 백옥 같은 손을 번갈아 쳐다보는 것이 뭐가 더 미의 정점에 가까운가 고민이라도 하는 듯한 모양새다.

결국 우열을 가리지 못했는지 리엘라가 메일을 불러 물었다. 뭐가 더 최고야? 힘 빠진 메일의 대답은 대충 흘러나왔다. 몰라요.

"왜 몰라?"

"공주님도 모르셔서 저한테 물어보신 거잖아요."

"로즈한테 물어봐야지."

리엘라는 근처에서 근육 단련을―연회장에서까지―하고 있는 로즈를 향해 쫄래쫄래 걸어갔다. 메일은 뒤를 따를까 하다 그냥 자리에 가만히 서 있었다. 지금은 서 있기만 해도 에너지가 드는 기분이었다. 정신적 피해가 너무 컸다. 잠을 못 잔 상태라 더 그런가.

"단 거라도 조금 먹을까……."

"꺅!"

촤악.

음식이 있는 곳을 향해 시선을 옮기던 메일이 깜짝 놀랐다. 가까이 있던 하녀가 그만 발을 헛디뎌 나르던 음료수 잔을 엎고 말았다. 거기까진 그럴 수 있다 치는데 하필이면 그 일이 메일의 지척에서 일어났다.

메일은 제 드레스를 내려다보았다. 잔 안의 내용물이 쏟아지면서 밝은색의 드레스에 진한 얼룩을 남겼다. 무슨 이런 공교로운 일이.

"어, 어머! 이, 이를 어째. 죄송합니다, 정말 죄송합니다!"

안 그래도 기력이 빠진 상태에서 날벼락을 맞자 메일은 정말로 힘이 하나도 남지 않았다. 평소였다면 연신 사과하는 하녀에게 괜찮다는 말 정도는 해줬을 텐데 그럴 기운조차 동났다.

메일은 잠시간 우두커니 서 있다가 그 상태 그대로 몸을 돌렸다. 이 꼴을 하고 더 있을 수는 없었다.

갈아입고 다시 오든가, 아니면 아예 퇴장하든가. 메일은 리엘라를 찾아 눈을 돌렸다. 그새 손에 쥔 마실 것을 홀짝거리며 로즈의 근육 묘기(?)를 구경하는 리엘라는 제법 신나 보였다.

메일은 잠깐 고민하다 갈아입고 다시 오는 쪽으로 결정했다. 리엘라를 두고 먼저 귀환하기도 그랬고 저렇게 잘 놀고 있는 상대에게 그만 돌아가자고 말하기도 좀 그랬다. 결단을 내린 메일이 얼른 움직였다.

"얼굴이나 머리에 묻지 않은 게 다행이지."

본궁을 벗어나며 메일이 중얼거렸다. 음료수가 머리 위로 쏟아졌다면 훨씬 더 곤욕을 치렀을 뻔했다. 그렇게 생각하면 불행 중 다행인 일이었다. 메일은 그런 식으로 긍정적인 사고에 집중했다.

'먼 거리가 아니라 다행이네…… 응?'

별궁에 거의 다다른 메일이 걸음을 늦췄다. 대단히 자주는 아니어도 몇 번 드나들었던 별궁의 입구가 조금 이상했다. 우선 경비병이 없었다.

본궁이든 별궁이든 입구에 문지기 한둘 정도는 당연히 세워놓게 마련이다. 그들은 궁을 지키는 역할도 했지만 귀족이 직접 문을 열지 않도록 해주는 역할도 겸했다.

'횃불은 또 꺼져 있고.'

손수 문을 열고 들어서자 안쪽은 더 이상했다. 다 떠나서 너무 어둡다. 아무리 늦은 밤이라도 평소엔 복도가 시작되는 지점부터 횃불을 밝혀 두기에 이렇게 어두울 수가 없었다.

달빛으로 겨우 사물을 분간할 수 있을 만큼 어스름한 복도는 어딘지 인위적인 느낌마저 들었다.

"이상하네. 분명 별궁이 맞는데."

중얼거린 목소리가 적막한 복도 안을 갈랐다. 궁 안엔 불빛만 없는 것이 아니라 인적 또한 없었다. 분위기만 보면 후보들이 잔뜩 머무는 별궁이 아니라 어디 숲속의 버려진 고성 같았다.

메일은 어두울 때 무서워하기보단 분위기를 즐기는 편이었지만 어째 지금 이 상황은 즐기자니 영 꺼림칙했다.

"……다시 돌아가야 하나?"

메일이 조금만 덜 피곤한 상태였다면. 그랬다면 그녀는 주저 없이 별궁을 도로 나왔을 것이다. 본궁으로 돌아가 사용인을 몇 불러 별궁에 불을 밝히고 평소대로 돌려놓았겠지.

그러나 그러기엔 현재 메일의 몸 상태가 너무 좋지 않았다. 다른 것보다 날을 새운 후유증이 가장 컸다.

고작 몇 분 거리를 다시 걷는 것도 지금의 그녀에겐 고행이다. 가만히 서 있으니 축축한 드레스 자락의 느낌이 더욱 불쾌하게 와 닿았다. 메일은 어쩔 수 없이 다시 걸음을 내딛었다.

나올 때는 방 안의 등이라도 가지고 나오지 뭐. 그렇게 생각하며 메일이 모퉁이를 돌았을 때였다.

'어, 사람.'

복도의 중간쯤에 사람이 있었다. 어렴풋이 보이는 행색으로 추정컨대 하인이나 시종인 것 같았다.

메일의 표정이 환해졌다. 잘됐네. 불을 좀 밝혀 달라고 해야겠다. 그러나 메일은 곧 생각을 정정해야 했다.

'……쟤가 끈 것 같은데?'

반가운 만남이 아니다. 이제 보니 별궁을 이 꼴로 만든 범인을 만난 것 같았다. 그렇게 추정한 이유는 바로 상대의 행동에 있었다.

그는 메일이 나타난 순간부터 그녀에게 시선을 고정한 채 제자리에 못 박힌 듯 가만히 서 있었다. 으레 할 법한 인사나 옆으로 비켜서는 흉내조차 없다. 남자는 수상했다. 무척.

"저기요. 사람 맞으시죠?"

메일은 때에 따라 장난처럼 들릴 수도 있는 질문을 했다. 그녀의 가정하에 상대는 무조건 범인 아니면 귀신 둘 중 하나였다.

전자라면 쟤가 무슨 목적으로 이런 짓을 했는지 알 수 없으니 당장 몸을 돌려 도망가고, 후자라면 별로 무섭지 않으니 그냥 갈 길을 갈 수 있을 것 같은데. 그때 어둠 속의 남자가 입을 열었다.

"네가 메일이냐?"

그리고 메일은 할 말을 잃었다. 낭패였다. 다른 때라면 모르는 사람에게 초면부터 반말을 들었다는 황당함이 먼저였겠으나 지금은 아니었다. 상대의 한마디로 상황을 파악한 메일이 지그시 입술을 물었다. 튀자.

"잘못 찾으셨어요. 메일이라는 사람은 여기 말고 저기 길 건너 다른 동네에 산답니다. 그럼 이만."

메일은 바삐 몸을 돌렸다. 그녀는 방금 남자가 뱉은 말로 두 가지 사실을 깨달았다.

하나, 쟤는 귀신이 아니고 사람인데 대단히 높은 확률로 별궁의 불을 다 끈 범인이다. 둘, 불을 끈 이유는 어둠 속에서 누군가를 조지기 위해서인 듯한데 하필이면 그 누군가가 나인 것 같다.

종합하면 세 글자로 요약이 가능했다. 망했다.

"어딜 도망가!"

"아니, 왜 쫓아와? 나 말고 찾으시는 메일이나 마저 찾으러 가세요!"

"어디서 거짓말이야? 이 시간에 여기로 들어오는 건 네년뿐일 거라고 이미 얘길 다 들었는데! 인상착의도 똑같고!"

이 어두운 데서 인상착의는 또 어떻게 봤대. 메일은 기가 차서 뒤를 돌아보았다가 깜짝 놀랐다.

남자는 무지막지하게 빨랐다. 멀었던 간격이 그새 가까워졌다. 달리기로 도망치는 건 무리라는 걸 깨달은 메일이 곧바로 다리 대신 배에 힘을 주었다. 있는 힘껏 비명을 지를 심산이었다.

퍼억!

"……!"

망할. 메일이 속으로 욕을 삼켰다. 그냥 아까 대꾸 말고 비명부터 지를걸. 남자는 메일이 소리를 지르려던 걸 눈치챘는지 재빨리 그녀의 목부터 노렸다. 큰 소리를 내지 못하도록 울대 부근을 손날로 후려치는 솜씨가 능숙했다.

이 미친놈이 이런 짓을 얼마나 자주 해본 거야. 바닥으로 쓰러지며 메일은 그런 생각을 했다.

"이제 겨우 얌전해졌군."

맹세컨대 얌전하다는 표현이 이렇게 기분 더럽게 들린 건 머리털 나고 처음이었다. 바닥에 엎어진 채로 메일은 헛웃음을 흘렸다. 내 인생, 변태한테는 시달려도 이렇게 타국에서 미친놈까지 만날 줄은 몰랐지.

메일은 굳이 몸을 일으켜 세우기 위해 노력할 필요가 없었다. 남자가 메일의 멱살을 쥐고 그녀를 달랑 들어 올렸기 때문이다.

이제 보니 남자는 힘이 셌다. 조절하지 않았다면 방금 전의 한 방으로 목뼈가 부러져 죽는 것도 가능했을 것이다. 이거 안 죽여 줘서 고맙다고 해야 하나. 조소하는 메일을 향해 남자가 말을 뱉었다.

"그러게 어디서 겁도 없이 여신님을 건드려?"

'뭐?'

여신님이 누군데. 목만 멀쩡했다면 메일은 그렇게 물었을 것이다. 그녀는 과거 황제의 미모 하락을 기도하면서 여신을 찾은 적은 있어도 여신을 건드린 적은 없었다. 황당해하다가 메일은 곧 깨달았다. 아.

"천한 몸종 주제에, 감히 여신님을."

메일은 여신은 아니어도 여신처럼 예쁜 인물은 알았다. 그리고 정황상 그 인물이 맞는 것 같았다. 눈앞의 이 남자가 미인에 눈이 멀어 사리 판단이 불가능해진 멍청이라는 쪽이 여신을 모시는 신전의 열렬한 신도라는 가정보다 훨씬 그럴듯했으니까.

메일은 입을 벌렸다. 아픈 목으로도 어쩔 수 없이 헛웃음이 터졌다. 정말 돌았구나. 오르밀 페튼.

'이 남자는 더 돌았고.'

"웃어?"

메일의 웃음을 어떻게 받아들였는지 남자가 이를 드러냈다. 메일은 확신에 가깝게 짐작했다. 궁의 사정에 어두운 걸로 보아 이 남자는 아마 평민일 것이고, 내성에서의 근무를 갓 명 받은 인물일 것이다.

아무리 오르밀에게 눈이 멀었다지만 메일을 몸종이라고 철석같이 믿고 있는 것만 봐도 답이 나왔다.

"지금 웃을 만한 처지가 아닐 텐데? 파악이 잘 안 되나 보지?"

안 되면 잘되게 도와주겠다며 남자가 손을 들었다. 치켜 올라간 손바닥이 그대로 메일의 뺨을 내려친다.

픽! 맞는 소리가 둔탁했다. 남자의 손이 워낙 두껍고 크다 보니 이건 뺨이 아니라 숫제 머리를 얻어맞는 기분이었다.

비명을 삼키며 메일은 생각했다. 아이고, 머리야. 내 좋은 머리 이러다 공주님과 자웅을 겨룰 정도로 청순해지겠네.

실없는 생각이었지만 그런 거라도 하지 않으면 견딜 수가 없었다. 메일은 벌레를 보고 기절하는 레이디보다는 담력이 강했지만 그렇다고 공포를 모르지는 않았다. 떨지 않는 것은 안간힘을 쓴 메일의 마지막 저항이었다.

"허, 울지도 않고. 독한 년이구먼."

울기는. 네가 울게 해줄까. 메일은 남은 힘을 쥐어짜 손가락으로 남자의 눈을 찌를까 잠깐 고민했다.

물론 분노한 남자가 날뛰면 득보다 실이 많을 것이 뻔했기에 실행으로 옮기지는 않았다. 메일은 그런 사소한 반격을 하는 대신 두 눈에 양껏 힘을 주었다.

이 남자가 오르밀의 사주를 받았다면 저를 죽이기까진 하지 않을 테다. 그렇다면 지금은 흠씬 두들겨 맞고 끝나더라도 나중에 설욕의 기회가 있었다.

그때 가서 제대로 복수하려면 용의자를 확실히 짚어 낼 줄 알아야지. 메일은 시야에 들어오는 남자의 모든 외양에 집중했다.

어두운 걸 떠나 얼굴은 천 쪼가리 같은 것으로 가리고 있어 알아볼 수 없었지만, 대신 다른 특징들은 눈에 새겨 놓을 수 있었다.

목소리, 키, 체구, 손 크기…… 그녀는 눈을 아래로 내렸다. 그래, 다리 길이와 발 크기까지. 관찰 결과 다리는 짧았다.

메일이 뭘 하는지 알아차리기라도 했는지 남자가 대뜸 그녀를 패대기쳤다. 예고 없이 바닥과 정면충돌한 메일이 충격에 입술을 깨물었다. 통증이 엄습했다. 놓으려면 살살 놓지, 이 망할 놈아.

그리 메일을 패대기친 남자는 방금까지와 다르게 조금 초조한 기색을 내비쳤다. 불현듯 남은 시간이 얼마 없다는 것을 깨닫기라도 한 듯했다. 하기야 아무리 사람을 매수했다 해도 궁의 복도를 비워 놓는 것이 장시간 가능할 리가 없었다.

작별의 기운을 감지한 메일이 내심 안도의 한숨을 쉬었다. 이제는 우리가 헤어져야 할 시간. 다음에 또 만나요. 물론 다음에는 법정에서 만나자. 그때 남자가 발을 들었다.

"……!"

걷어차려는 건가. 메일은 머리를 보호하기 위해 팔을 들었다가 멈칫했다. 남자는 그녀를 걷어차지 않았다. 대신 밟았다. 그가 지그시 내리 누른 것은 바로 메일의 무릎이었다.

'설마.'

불안감이 소름처럼 등골을 타고 올라왔다. 부러뜨리려고? 아니, 아니지. 단순히 그럴 목적이면 더 간편하게 정강이를 걷어찼겠지. 여태 간신히 태연을 가장해 왔던 메일의 표정이 순식간에 무너졌다. 이 정신 나간 놈이 설마.

"앞으로는 팔로 걸어 다니게 될 거다."

이런 미친. 그건 이미 걷는 게 아니잖아. 하얗게 질린 메일이 버둥거렸다. 차라리 어디 여러 군데 부러지는 게 낫다. 다리가 완전히 망가지는 것은 최악이었다.

무릎을 지르밟은 남자의 발에 힘이 들어가고 메일의 얼굴에선 한층 핏기가 사라졌다. 안 돼. 메일은 목소리가 나오지 않는다는 걸 알면서도 반사적으로 비명을 지르기 위해 입을 벌렸다.

그때였다.

"커억!"

비명은 메일이 아닌 남자에게서 나왔다. 단말마 고통에 겨운 소리를 토한 남자가 멀리까지 데굴데굴 굴렀다.

무릎을 압박하던 체중이 그렇게 온데간데없이 사라졌다. 놀란 메일이 충격으로 흐릿해진 시야에 힘을 주었다. 어딘지 조금, 익숙한 실루엣이 보이는 것도 같았다. 실루엣은 금방 가까워졌다. 다급한 손길이 그녀를 일으켜 세웠다.

"메일."

"ㅍ…… 하."

잔뜩 일그러진 얼굴은 메일이 익히 아는 사람의 것이었다. 폐하. 이 두 음절도 제대로 나오지 않는다. 메일은 눈을 몇 번 깜박여 환상인지 아닌지를 분간한 뒤 이내 안심했다. 아, 살았다.

"어…… 떻게 여기……."

"말하지 마라. 목소리가 안 좋다. 말하지 마. 나중에, 나중에 괜찮아지면 이야기해."

손길보다 더 다급한 목소리가 거듭 같은 말을 반복했다. 뚝뚝 묻어나는 걱정이 절절하여 지나칠 정도였다. 이래저래 힘이 빠진 메일이 그에 날숨을 내뱉듯 웃었다. 등을 받친 단단한 팔이 이상할 정도로 편안

했다.

아, 이럴 게 아니라 참, 범인. 범인 잡아야 하는데. 범…….

긴장이 풀리니 순식간에 눈앞이 아득해졌다. 메일은 곧 까무룩 정신을 잃었다.

❋

로하이덴은 지난 며칠 내내 바빴다. 얼마나 바빴느냐 하면 지켜보던 반테르가 어디 가서 분신술이라도 배워 오는 것이 좋지 않겠냐고 넌지시 제안을 건넸을 정도였다. 황제는 그만큼 몸이 두 개라도 모자라 보였다.

왜 그리 바빴냐고 묻는다면 그냥 운이 없었다고 대답할 수 있다. 원하지도 않은 일복이 갑자기 터져 로하이덴은 강제로 업무의 홍수에 입수당했다.

그의 거친 일정과 불안한 눈빛과 그걸 지켜보는 부관. 그는 무려 나흘이 넘게 밤잠을 줄여 가며 일에 매진해야만 했다.

그렇게 시달리고 나니 어느새 1차 간택일이었다. 해가 지고도 한참이 지나서야 정무를 끝낸 황제는 세상 모든 일을 끝낸 사람처럼 의자에 몸을 묻고 있다가 갑자기 벌떡 일어나 누군가를 찾았다.

불려온 것은 볼텐 후작이었다. 간택전의 책임자인 그는 황제의 영광스러운 부름을 받고 집무실로 불려와 제국의 태양을 독대하자마자 생각했다.

아오, 또야?

기실 며칠 전에도 황제는 후작을 호출한 적이 있었다. 당시 그는 하던 일도 다 제쳐 두고 달려온 후작에게 대뜸 '리엘라 드 벨티에 후보를 1차 선별 시에 탈락시켜라'고 명했다.

일절 관여하지 않겠다던 사람치고는 뜬금없는 명령이었으나 겁 많은 후작이 토를 달았을 리 없다. 그는 까라면 깔 줄 아는 사람이라 곧장 알겠노라고 공손하게 대답했다.

그러곤 집무실에서 퇴장…… 하려고 했는데, 황제가 그렇게 두지 않았다. 황제는 나가려던 사람을 불러 세워 놓곤 다시 말했다.

"아니. 탈락시키지 말게."

말 바꾸기가 빨라도 너무 빨랐으나 후작은 당황하지 않고 다시 대답했다. 예, 알겠습니다. 그러곤 이번에야말로 나가…… 려고 했는데, 황제가 재차 그를 붙잡았다.

"아니. 역시 탈락시키게."

후작은 슬슬 이게 뭔가 싶은 기분이 들었으나 역시 공손하게 대답했다. 알겠습니다. 그러자 황제가 다시 말했다.

"아니. 탈락시키지 말게."

후작이 또 대답했다. 그리하겠습니다. 그러자 황제가 또다시 말했다.

"아니. 아니야. 역시 탈락시켜."

후작은 다시 또 대답했다. 명 받들겠습니다. 그러자 황제가 다시…….

노쇠한 후작의 혈압이 솟구쳤다. 어쩌라고?

볼텐 후작은 본인이 다혈질이 아니라서 다행이라고 생각했다. 그렇지 않았다면 미쳐서 황제의 집무실에서 하극상을 벌였을 것이다.

대체 황제가 혼자 무슨 갈등을 겪느라 저 난리를 치는지는 모르겠지만 제발 고통받는 신하도 좀 생각해 주었으면 좋겠다. 후작은 며칠 전에도 이번에도 치를 떨었다.

그렇게 장장 두 번에 걸쳐 후작을 괴롭힌 로하이덴은 그를 보내고 홀로 집무실에 남아 생각에 잠겼다.

그는 혼란스러웠고, 혼란스러운 만큼 괴로웠다. 업무에 시달리느라 묵혀 두었던 며칠 치 번민이 한꺼번에 살아나 그의 머릿속을 온통 헤집어 놓았다. 아주 아름답게 뒤죽박죽이었다. 두통도 일었다.

그러다가 문득 생각했다.

보고 싶다.

로하이덴은 그렇게 생각한 스스로를 인지하자마자 깜짝 놀랐다. 놀라서 저도 모르게 책상을 내려쳤다가 바깥에서 대기하던 시종이 자길 부르는 줄 알고 문을 열고 들어왔을 정도였다.

황제는 손짓으로 시종을 내보낸 뒤 제 이마를 짚었다. 방금 무슨 생각을 한 거야?

보고 싶다, 정원이. 로하이덴은 그렇게 속으로 변명을 갖다 붙였다가 이내 양손으로 책상을 내려쳤다. 이번엔 시종이 들어오지 않았다. 로하이덴은 미간을 찌푸린 채 괴롭게 한숨을 내쉬었다.

그래, 인정한다. 인정할 수밖에 없다. 보고 싶었다. 다른 누구도 아닌 메일이.

그가 마지막으로 메일을 본 것은 닷새 전 정원에서였다. 그 이후로는 홍수처럼 덮친 업무에 발이 묶여 차마 외출하지 못했고, 외출하지 못했으니 당연히 메일 또한 볼 수 없었다.

그는 이미 장인의 초상화보다 선명하게 메일의 모습을 그려 낼 수 있었다. 언제 이 지경이 되었는지는 모르겠지만 이 지경이 됐다.

로하이덴은 한참을 이마를 짚은 채 아무것도 없는 책상을 내려다보았다. 메일의 모습은 허공이 아닌 책상에도 그려졌다. 미친 게 분명했다.

본인이 돌았다고 결론을 내린 황제는 곧 벌떡 몸을 일으켰다. 며칠 내내 잠도 줄여 가며 일에 매진했으니 바른 순서를 따른다면 다 제치고 당장 침소에 들어야 옳다.

그러나 그는 잠자리에 드는 대신 연회장으로 가는 것을 택했다. 이 상태로 침상에 누워 봐야 어차피 잠은 오지 않을 것이 뻔했으니까.

그는 황제의 모습 그대로 집무실을 나섰다. 그가 가면을 챙기지 않은 이유는 간단했다. 가면을 쓴 채로 연회장처럼 사람이 많은 곳에 가는 것은 퍽 위험한 행위였기 때문이다.

누구 한 사람이라도 불문율을 어기고 그에게 아는 척을 한다면 어찌 되겠나. 로하이덴은 그런 식으로 메일에게 자신이 황제라는 사실을 들키고 싶지는 않았다.

목적지를 정한 그의 걸음이 바빴다. 그는 황제의 모습을 하고 있는 만큼 메일에게 직접적으로 말을 걸 생각은 없었다.

일단은 그냥, 다소 떨어진 곳에서 얼굴만 보더라도 괜찮을 것 같았다. 예고 없는 그의 행차에 사용인이 호들갑을 떨고 시종이 나자빠지고 몇 후보가 은근히 다가와 추파를 던지겠지만 그 정도는 감안하고 감내할 수 있다. 괜찮았다. 어쨌든 지금은 얼굴을 보고 싶었다.

그렇게 연회장에 도착한 로하이덴은 반쯤 열린 문 앞을 조금 앞두고 그 자리에 멈춰 섰다.

그가 향한 곳은 황제 및 귀빈 전용이 아닌 연회 참가자 모두가 이용하는 공용 문이었다. 그 문 가까이에 붙어 선 하녀 둘이 뭔가를 속닥거리고 있었다.

작은 목소리였으나 로하이덴은 남들보다 월등히 청력이 좋았다. 무시하기엔 수상한 대화가 속속들이 그의 귀에 박혀 들었다.

"정말? 고작 음료수를 엎지르기만 하는데 그 돈을 준다고 했다고?"

"그렇다니까. 정확히는 음료수든 뭐든 옷이 더러워지게만 하면 된댔어. 별궁으로 드레스를 갈아입으러 가도록. 아, 어떻게든 혼자 나가게 하라고도 했네."

"그래서 성공은 했고?"

"물론이지. 누가 봐도 실수처럼 보였을걸?"

"운 좋았네, 기집애. 그런데 누구였어? 누구한테 음료수를 쏟은 거야? 오늘 연회에 참석한 걸 보면 간택전에 참가한 후보일 텐데."

"몰라. 암갈색 머리에 눈은 녹색이었다는 것밖에. 아아, 그 영애와 같이 연회장에 들어왔던 다른 사람은 알아. 내가 또 금발을 좋아하잖아. 어디 왕국에서 온 공주님이라고……."

더 들을 필요가 없었다. 그는 그 자리에서 더 시간을 보내는 대신 얼른 몸을 돌려 뛰었다. 불안감이 속에서 섬뜩하게 솟아올랐다. 돈으로 사람을 매수해 뭔가를 저지르는 사람이 좋은 의도였던 것을 그는 여태 목격해 본 적이 없었다. 심장이 기분 나쁘게 두근거렸다.

별궁은 멀지 않았다. 입구에 경비병이 없는 것을 확인하자마자 로하이덴은 절로 욕지거리가 튀어나왔다. 제발 아무 일도 없어라. 제발.

절박한 바람을 안고 뛰어든 궁의 복도는 어두웠다. 그는 어둠이 아니라 이 어둠 속에서 메일이 뭔가를 당했을지도 모른다는 생각 때문에 덜컥 두려움이 치밀었다.

그가 최근에 이리 뭔가를 간절하게 바라본 적이 있던가. 최근이 아니라 더 과거까지 거슬러 가도 없을 것이다. 그는 초조함을 내리누르며 어둠 속을 뛰었고, 곧 발견했다.

"커억!"

찰나의 기억이 없었다. 머리보다 몸이 먼저 움직여 의식에도 남지 않았다. 그는 쓰러진 메일을 밟고 있던 남자를 걷어차 치워 버리고 나서야 정신을 차렸다.

늘어진 가는 몸을 부축하는 손이 다급함으로 떨렸다. 입술을 겨우 열어 이름을 불렀다. 메일.

황제의 모습으로 메일을 이름으로 부른다는 것은 꽤나 부자연스러운 일이었지만 이 상황에 그런 이성적인 사고가 될 리 없었다.

그의 팔에 몸을 기댄 메일은 눈을 몇 번 깜박이더니 안심한 듯 편안하게 숨을 내쉬었다. 더듬더듬 흘러나오는 잔뜩 쉰 목소리는 듣기가 괴로울 지경이라 그는 애원하듯 메일의 말을 막았다.

메일은 곧 그의 팔 안에서 혼절했다. 로하이덴은 그녀를 부축한 채로 사력을 다해 속에서 치솟는 화를 내리눌러야 했다. 지금 메일을 감싼 제 손에 힘이 들어가지 않도록.

"폐하!"

"무슨 일이십니까?"

잠시 후 기사와 병사들이 들이닥쳤다. 본궁에서부터 황제를 발견한 경비대가 숨이 턱에 닿도록 뒤따라 달려온 것이다.

"폐하, 괜찮으십니까?"

황제의 안위를 묻는 목소리가 곳곳에서 순서를 가리지 않고 튀어나왔다. 번잡한 소란에 로하이덴이 짧게 대답했다.

"짐은 괜찮다."

중요한 것은 따로 있었다.

"죄인을 이송해라. 치죄는 후에 직접 하겠다."

황제의 시선이 닿은 곳엔 웬 천으로 얼굴을 가린 남자가 기절한 듯 축 늘어져 있었다. 대강 이게 어떻게 된 판국인지 눈치챈 병사들이 얼른 다가가 남자를 포박했다.

로하이덴은 가까이 다가오는 기사들을 고갯짓으로 물린 뒤 손수 메일을 안아 들었다. 손길은 여전히 조심스러웠다.

"이대로 곱게 죽어선 안 될 중죄인이다. 살려 놓도록."

"명 받들겠습니다!"

남자는 피거품을 물고 있었다. 로하이덴이 그를 걷어찰 때 손 속에 사정을 두지 않았으니 가만히 놔두면 필시 오래지 않아 숨이 넘어갈 것이다. 그리 깔끔하게 죽일 수는 없지. 절대로.

"경."

"하명하십시오."

"연회는 중지다. 가서 전해. 그리고 오늘 연회장에 일손으로 참여했던 모든 하녀를 잡아다 본궁의 알현실에 세워 놔."

"당장 시행하겠습니다."

허리를 깊숙이 숙인 기사가 곧 먼저 달려 나갔다. 로하이덴은 이어서 명령했다.

"별궁 경비를 맡은 병사들도 전부 잡아 대령해라. 한 놈도 빠짐없이."

"시행하겠습니다!"

각기 맡은 일을 수행하려는 움직임들이 바빴다. 로하이덴은 이후 메일을 안은 채로 걸음을 옮겼다.

만인이 황금보다 찬연하다 칭송했던 그의 황금색 눈동자가 어느 때보다 어둡게 가라앉아 있었다. 내딛는 발걸음에서마저 한기가 묻어나 뒤따르던 병사들이 저도 모르게 흠칫 몸을 떨었다.

"폐하, 이게 무슨……."

연락을 받고 급히 달려온 반테르가 아연한 낯을 했다. 그의 친우이자 상관이 그를 당황시키는 것은 어제오늘 일이 아니었지만 단연코 이번만큼 놀란 적은 처음이었다.

황제는 처소 안으로 들어서는 반테르를 보며 입술에 손가락을 하나 가져다댔다. 쉿. 제스처가 의미하는 바가 지나치게 명확해서 반테르는 그대로 벙어리처럼 입을 다물었다.

"괜찮은가?"

"큰 외상은 없습니다. 타박상은 약을 발라 두면 금방 나을 겁니다. 아마 극도의 긴장에서 벗어나면서 탈진 증세가 온 것 같습니다만, 지금은 기절보다는 수면 상태에 가까우니 푹 자고 나면 문제없이 깨어나실 겁니다."

메일을 진찰한 궁의가 침착하게 소견을 밝혔다. 그는 반테르보다 세 배는 급하게 불려 왔는지 잠옷 차림이었다. 진찰 결과를 들은 황제가 그제야 사람다운 얼굴을 했다.

"다행이군."

궁의는 마찬가지로 생각했다. 정말 다행이다. 처음 이곳에 불려 왔을 때 마주한 황제의 용안은 다시 떠올리기 싫을 정도로 살벌하여 그는 제대로 서 있는 것조차 힘들었다.

만약 진찰한 영애가 괜찮지 않았더라면 어찌 되었을까. 그는 멀쩡한 영애에게 마음 깊이 감사했다.

"수고했네. 그만 돌아가 쉬게."

"망극합니다."

"폐하."

궁의가 물러나자 반테르가 가까이 다가왔다. 그는 침상 옆에 선 황제와 침상에 누워 있는 영애를 번갈아 쳐다보았다. 그의 표정이 어딘가 형언하기 힘들 만큼 복잡해졌다.

"대체 무슨 일입니까?"

"대충 들었을 것 아닌가."

"말 그대로 대충입니다."

황제는 구태여 반테르에게 세세한 사정을 설명해 줄 용의는 없는 것 같았다. 로하이덴의 눈은 잠든 메일에게서 떨어지지 않았다. 곡절을 듣는 것을 포기한 반테르가 질문을 바꿨다.

"좋습니다. 그건 대충이라도 들었으니 넘어간다치고, 저는 왜 부르신 겁니까?"

"여길 지켜."

"⋯⋯예?"

"이곳을 지키게, 경. 내가 돌아올 때까지."

아니, 어딜 다녀오시려고. 그러나 반테르의 의문은 세상의 빛을 보지 못했다. 물을 겨를도 주지 않고 황제가 성큼성큼 처소를 빠져나갔기 때문이다.

로하이덴은 그리 복도로 나와 곧장 알현실로 향했다. 너른 공간으로 마련된 알현실에는 기사단에게 잡혀온 하녀들이 연유도 모르고 벌벌 떨며 그를 기다리고 있었다. 그 옆에는 병사들이 나란히 무릎을 꿇고 있다. 도착한 황제는 차분하게 말했다.

"한 명씩."

"⋯⋯?"

"하녀들은 한 명씩 아무 말이나 이야기해라. 목소리를 듣기 위한 것이니 내용은 어떤 것이든 좋다."

"들었느냐? 당장 명을 이행하라!"

이게 도대체 무슨 일인지. 서로를 돌아보며 눈치만 보던 하녀들은 기사의 일갈에 화들짝 놀라 부랴부랴 입을 열기 시작했다.

한 명, 한 명. 마치 자기소개 같던 짧은 말하기가 끝나자 황제는 곧바로 두 사람을 지목했다. 지목당한 두 하녀가 새파랗게 질려 끌려 나왔다.

"나머지는 이만 돌려보내도 좋다."

"알겠습니다."

남겨진 하녀는 황제의 앞에서 오들오들 떨었다. 궁 안의 허드렛일이나 담당하는 하녀의 입장에서 황제는 연심이나 선망보다는 두려움을 느끼기에 적합한 대상이었다.

그건 굳이 황제가 폭군이 아니더라도 마찬가지다. 폭군이든 성군이든 손가락 하나로 그들을 죽일 수 있는 지위라는 건 같으니까.

물론 로하이덴은 그녀들을 죽이고자 남긴 것이 아니다. 지은 죄에 합당한 처벌은 내리겠지만.

질문은 평이한 어조로 흘러나왔다. 이미 짐작은 하고 있으나 온전한 확인을 위해서였다.

"사주를 받고 연회에서 음료수를 엎은 것이 어느 쪽이지?"

대답은 굳이 필요 없었다. 말이 떨어지기 무섭게 아닌 쪽이 옆을 돌아보았기 때문이다. 오른쪽에 선 하녀는 숫제 울기 직전이었다. 확인을 마친 로하이덴이 이번엔 무릎 꿇은 병사들을 돌아보았다.

본래라면 오늘 밤 별궁의 입구를 지키고 있었어야 하는 병사는 이 중 누구인가. 이번에도 색출은 금방이었다. 두 병사가 파랗게 질린 얼굴로 무리에서 쫓겨나듯 튀어나와 부복했다.

"그래."

황제가 웃었다. 물론 즐거워서 웃는 것은 아니었다.

"이제 이야기를 듣지. 차례대로."

하녀와 병사 둘. 도둑은 제 발을 저리고 죄인은 신전에 들지 못한다. 세 사람 중 떨지 않는 이는 아무도 없었다.

오르밀은 무거운 눈꺼풀을 들어 올렸다.

머리가 지끈거렸다. 시야에 들어오는 풍경은 흐릿한데다 어두워 한 번에 잘 파악이 되질 않았다. 눈을 깜박거리며 그녀는 우선 몸을 일으켰다. 바닥을 짚자 손바닥에서 느껴지는 냉기와 딱딱한 감촉이 낯설었다.

"어……?"

어디지, 여기. 제 처소가 아닌데. 인지하자마자 퀴퀴하고 역한 냄새가 코를 확 찔렀다. 욱, 토기가 치밀어 한 손으로 코를 틀어막고 고개를 든다. 그리고 잠시 후 오르밀은 찢어질 듯 비명을 질렀다.

"꺄아아악!"

두 공간을 갈라놓는 창살. 그 너머에 다른 사람이 있었다. 사지에 쇠를 매달고 죽은 듯 널브러진 몰골에 오르밀은 순간 그것이 시체인 줄 알았다. 비명을 지르고 나서 그녀는 깨달았다. 아, 기억났다.

연회가 갑자기 취소되었다. 예고도 없이 중단되어 후보들은 연유도 모른 채 머물던 처소로 도로 안내받았다.

그건 오르밀 또한 마찬가지였다. 거처로 돌아온 그녀는 혼자 단꿈에 빠져 이런저런 상상을 하며 시간을 보냈다. 황후가 되고 나면 무엇부터 하는 게 좋을까? 두 계집의 처형일은 결혼식 이후가 좋겠지? 같은 날 목을 자를까 날짜를 떨어뜨려 놓을까?

그때 갑작스레 병사들이 들이닥쳤다. 무장한 병사들은 창을 든 채 그녀를 에워쌌다. 순간 어안이 벙벙하여 오르밀은 제가 꿈을 꾸는 줄 알았다. 그리 굳어 있는 그녀를 향해 선두에 선 기사가 말했다. 모셔라.

말은 모시라고 했지만 강제로 사지를 제압해 끌고 가는 손길은 그녀의 의사를 묻지 않았다. 오르밀은 당연히 비명을 지르며 온갖 발악을 했고 곧 목 부근에 강한 통증을 느끼며 정신을 잃었다. 그리고 깨어나 보니 이곳이었다.

"뭐야, 이게……."

목소리 끝이 갈라지듯 떨려 나왔다. 눈이 달렸다면 알 수 있다. 여긴 감옥이었다. 그것도 어둡고 습하며 창문조차 존재하지 않는, 아마도 지하에 위치한 감옥.

오르밀은 겨우겨우 다시 눈을 돌려 창살 너머의 사람을 응시했다. 잘 보니 그녀가 아는 사람이었다. 친분이 있는 것은 아니고 이용해 먹으려던 인물이다. 오르밀이 미간을 찡그렸다. 이제야 어떻게 된 일인지 알 것 같았다.

잡혔구나. 시킨 일을 하다가 저놈이 잡혔어.

하, 헛웃음이 흘러나왔다. 속에서는 욕이 치밀었다. 멍청한 새끼. 이 멍청한, 아둔한, 무식한 새끼! 시킨 일도 제대로 못 해낸 것은 둘째 치고 어떻게 저까지 잡혀 들어오게 한단 말인가.

오르밀은 붙잡힌 무시크가 제 이름을 팔았기에 본인이 이곳에 갇히게 되었다고 믿었다. 전부 상대방 탓이었다.

'실토했어도 상관없어. 아니라고 잡아떼면 되니까. 저놈이 혼자 저지른 짓이라고 우기면 돼.'

오르밀은 그것이 먹힐 거라고 생각했다. 어차피 세상은 그렇다. 저 멍청하고 무식한 가진 것 없는 평민보다는 저처럼 아름답고 고귀한 레이디의 손을 들어준다. 그건 당연한 일이었다. 당연하고 또 타당했다. 그래, 그렇고말고.

그때 발소리가 들렸다. 기사나, 못해도 교육받은 사람의 것임을 알게 해주는 규칙적인 보폭이었다. 적막한 감옥 안에 새롭게 나타난 소리에 오르밀이 번쩍 고개를 들었다.

황제였다.

오르밀의 표정이 환하게 피었다. 됐다. 이제 됐다. 다른 사람도 아니고 황제에게 무고를 주장한다면 자신은 금방 풀려날 수 있을 것이다.

그래, 어쩌면, 오해해서 미안하다며 황제와 단둘이 식사를 하게 될지도 모르지. 폐하의 거처에 초대를 받게 될지도. 오르밀이 그리 낙관하며 입을 열려고 할 때였다.

끼익.

"……?"

황제는 그녀에게는 눈길도 주지 않았다. 그가 향한 곳은 창살 너머 옆 공간이었다. 무시크가 쓰러져 있는. 오르밀은 그것을 의아하게 응시하다가 깜짝 놀랐다. 황제가 언제 검을 뽑았지?

잠시 후 소름 끼치는 소리가 울렸다.

서걱.

"끄아아악!"

"……!"

오르밀이 제 입을 틀어막았다. 기절해 있던 무시크가 깨어나 비명을 질렀다. 잘린 손가락이 어둠 속에서도 선명하게 데굴, 바닥을 굴렀다. 피비린내가 훅 끼쳤다.

황제가 차분하게 말했다.

"누가 시켰나?"

평온하게 흘러나온 목소리에는 음의 고저가 거의 없었다. 무시크가 구속된 온몸을 뒤틀며 비명을 질러 대는 것과는 대조적이었다.

오르밀은 자신이 눈으로 본 것을 의심했다. 꿈, 환영, 아니, 뭐든 이것은 도저히 현실 같지가 않았다.

이 상황을 믿을 수 없는 것은 무시크 또한 마찬가지였다. 그는 사실상 이 자리에서 가장 억울했다. 적어도 스스로는 그렇게 생각했다.

제가 뭘 잘못했나? 대체 뭘? 그저 몸종 하나를 혼내 준 것뿐이다. 모시는 공주의 배경이 제 것이라도 되는 양 주제 모르고 호가호위한다는 평민 계집을 조금 때렸을 뿐인데. 그것뿐인데 도대체 왜.

"폐하, 헉, 허억, 소인은 억울……."

무시크의 말은 마저 흘러나오지 못했다. 황제가 원한 대답은 그런 것이 아니다. 그의 검이 다시 움직였다.

"헉, 큭, 으아아악!"

툭. 바닥을 구르는 것은 이번에는 발목이다. 피가 조금 전과는 비교할 수 없을 정도로 쏟아졌다. 황제는 제 옷자락을 적시는 피 분수에도 아랑곳하지 않고 다시 말했다.

"누가 시켰나?"

차분한 어조는 동일했다. 황제는 무시크의 손가락과 발목을 잘라 놓고도 평온했다. 창살을 사이에 두고 그 모든 걸 목격한 오르밀이 대신 기겁하며 뒷걸음질을 쳤다. 그러다 넘어지고는 네 발로 기어 거리를 벌린다. 전신이 덜덜 떨렸다.

무시크는 미친놈처럼 비명만 지를 뿐 대답하지 않았다. 않은 것이 아니라 실은 못 했다고 보아야 옳다.

그는 나름 오랫동안 용병 생활을 했지만 늘 약자만 찍어 눌러왔기에 지금처럼 본인이 짓밟히는 처지에 놓인 것은 처음이었다. 공포와 격통이 그를 무력하게 만들었다. 하얗게 변한 머릿속은 아무런 생각도 떠올리지 못했다.

황제는 오래 기다려 주지 않았다.

콱!

발목이 성한 다른 쪽 다리, 무릎에 정확히 검신이 꽂혔다. 무시크는 이제 걸을 수 없었다. 그 전에 과연 목숨을 부지할 수 있을지가 더 관건이었지만. 그는 고통에 게거품을 물었다. 그러면서 결국, 겨우겨우, 비명 사이에 한 사람의 이름을 섞어 뱉었다.

오르밀 페튼.

동시에 오르밀이 숨을 멈췄다. 황제의 시선이 그녀에게 닿았다. 무고를 주장하겠다던, 결백을 이야기하겠다던 생각은 이미 그녀의 뇌리에 남아 있지 않았다.

자신감은 휘발되고 대신 그녀의 숨을 멈춘 공포가 자리했다. 무시크의 무릎에서 검을 뽑은 황제가 검신에 묻은 핏물을 털었다. 몇 방울이 오르밀의 뺨에 튀었다. 그녀가 발작하듯 비명을 질렀다.

감옥 특유의 퀴퀴한 냄새는 어느샌가 비릿한 피 냄새에 완전히 묻혔다. 오르밀은 이미 정상적인 사고를 할 수 없는 상태였다. 피 웅덩이가 바닥을 타고 점차 번져 나갔다. 조금만 더 있으면 제게도 닿아 저를 집어삼킬 것 같았다.

황제와 다시 눈이 마주쳤다. 그가 한 발자국 움직였다. 오르밀은 결국 정신을 잃었다.

내리쬐는 햇빛이 환했다. 바람이 살랑거리고 나뭇잎이 노래를 부른다. 꽃들이 춤을 추고 풀잎은 흥을 더했다. 나무 그늘 아래 잔뜩 핀 바일렛의 새싹이 살갑게 인사를 건네 온다.

메일은 생각했다. 어라, 여기 천국인가?

언제 자신이 천국에 왔을까. 경위는 알 수 없었지만 어쨌든 천국에 왔다는 사실은 기뻤다. 더군다나 이런 천국이라면 더욱 환영이다.

메일은 환하게 웃으며 지난 인생을 뿌듯해했다. 내가 이러려고 그렇게 열심히 살았구나. 그랬구나, 하하. 행복해! 아하하!

그때였다.

"메일."

"공주님?"

메일은 깜짝 놀랐다. 익숙한 목소리에 뒤를 돌아보니 리엘라가 있었다. 그것도 어딘지 심통이 난 것 같은 얼굴로 팔짱을 끼곤 서 있다. 메일은 급격히 혼란스러워졌다. 여기 천국 아니었나? 어떻게 공주님이.

"지금 여기서 이러고 있어도 돼?"

"네?"

"아주 태평하네?"

"네?"

리엘라가 째려보듯 눈에 힘을 주었다. 바람을 잔뜩 넣은 볼이 귀여우면서 동시에 얄미웠다.

메일은 다른 걸 다 떠나 리엘라의 두 번째 말이 너무나 황당했다. 태평하다니? 어떻게 그런 말을? 다른 사람도 아니고 어떻게 공주님이 그런 말을!

"저기, 공주님, 천국에는 어떻게 오신 거예요? 아무리 그래도 천국인데 입주 자격에 기본적으로 양심 정도는……."

"내가 나라를 멸망시키든 말든 이젠 관심도 없다 이거지?"

"네?!"

이건 또 무슨 소리야! 메일이 눈을 휘둥그레 떴다. 폭탄 발언을 날린 리엘라는 제 발언의 무게를 아는지 모르는지 토라진 아가씨처럼 팽 고개를 돌렸다. 그러곤 총총걸음으로 멀어지기 시작한다.

"지금 당장 멸망시키러 가야겠다."

"고, 공주님?"

"꺄르르~ 나라 멸망이다~ 꺄륵~"

"공주님! 잠깐만요! 리엘라 공주님!"

메일이 황급히 일어섰다. 그러나 언제 그렇게 걸음이 빨라진 건지 저만치 멀어진 리엘라는 그새 보이지도 않았다.

메일은 잔뜩 다급해졌다. 왠지 이 상황이 낯설지 않은 것은 둘째 치고 이대로 리엘라를 놓칠 수는 없었다. 치마를 올려 잡아 치맛단을 발목 위까지 올린 메일이 얼른 꽃과 풀 사이를 뛰었다. 공주님, 가지 마세요! 기다려요, 공주님! 거기 서!

"······려요······."

"메일?"

"기다려요······ 기다려······ 기다······ 기다리라고!"

벌떡.

메일이 몸을 일으켰다. 상체를 덮고 있던 이불이 아래로 스르륵 흘러내렸다. 어? 메일은 흘러내리는 이불을 보며 멍하니 눈을 깜박거렸다.

"뭐야, 꿈 꿨어?"

"······공주님?"

메일이 얼떨떨하게 고개를 돌렸다. 의자에 앉은 리엘라와 그 옆에 우직하게 선 로즈가 보였다. 자신은 침대에 누워 있었다. 남의 침대는 아니고 제국에 온 뒤로 매일 잠을 청했던 바로 그 침대다. 메일은 그제야 정신을 차렸다. 아, 꿈이었구나.

"······잠깐, 어디부터 어디까지가 꿈이지?"

"무슨 소리야?"

"오늘 며칠이에요? 저희 간택전 1차 발표는 했어요?"

"얘 왜 이래?"

눈썹을 쓱 들어 올린 리엘라가 얼굴을 확 디밀었다. 가까이에서 메일이 이상이 있나 없나 살펴보기라도 하려는 듯했다. 물론 의사도 아닌데―설령 의사라고 해도―그런 것만으로 상태를 알 수 있을 리 만무하다. 리엘라는 도로 몸을 바로 했다.

"너 연회 도중에 갑자기 없어졌다가 나중에 사람들한테 실려 왔잖아. 그것도 바글바글."

"네? 실려 와요?"

"별궁에서 습격을 당하셨다고 들었습니다. 몸은 좀 괜찮으십니까?"

아. 로즈의 말을 들으니 알겠다. 메일은 이제야 괴한에게 얻어맞았던 그 일이 완전히 꿈이 아니었다는 것을 알아차렸다. 꿈에 해당하는

건 천국의 광경뿐이었다. 슬프게도.

실감하고 나니 갑자기 삭신이 쑤시는 것 같았다. 메일은 별로 괜찮지 않다는 뜻으로 고개를 저으며 침대맡 협탁으로 손을 뻗었다.

유리잔 안에 담겨 있던 차가운 물을 목으로 넘기자 정신이 좀 더 깨는 기분이 든다. 잔을 내려놓고 메일이 말했다.

"저 얼마 만에 깨어난 거예요?"

"10분."

"······진짜?"

"아닙니다. 꼬박 하루 만에 정신을 차리셨습니다."

리엘라의 헛소리를 로즈가 정정했다. 메일은 어젯밤에 기절했다가 오늘 밤이 되어서야 눈을 떴다. 시간으로 따지면 스무 시간을 더 넘겼다.

메일은 어쩐지 입도 텁텁하고 몸도 삐거덕거리던 것을 떠올리며 하루라는 기간에 납득했다.

"아, 범인은 어떻게 됐어요?"

중요한 걸 떠올린 메일이 퍼뜩 물었다. 그렇지, 범인을 잡아야 하는데. 무엇보다 그게 가장 급했다. 메일은 지금 당장에라도 증언을 하러 움직일 의사가 있었다.

눈에 새겨 둔 인상착의, 신체적 특징들이 하나도 빠짐없이 기억 속에서 선연했다. 조금이라도 흐려지기 전에 얼른 기록해 두는 편이 좋을 텐데.

"경비대를 부르거나, 아니지, 일단 종이와 펜이라도 먼저 주실래요? 제가 기억하고 있는 범인의 특징이 몇 가지 있거든요. 우선은······."

"범인 잡혔는데?"

"짧은 다리······ 네?"

"범인 잡혔다고."

널 이 꼴로 만들어 놓은 놈 말이야. 리엘라가 혀를 쯧쯧 차며 덧붙였다.

메일은 눈을 동그랗게 떴다. 리엘라까지 알고 있을 정도면 성 안에는 이미 소식이 파다한 상태라고 보는 편이 좋았다. 공개적으로 방을 붙이지는 않았을 테니 어지간히 요란하게 잡혔나 보다.

어쨌든 잘된 일이었다. 메일은 쓸데없이 기억 저장소를 차지하고 있는 범인의 특징들을 지워 내려 머리를 가볍게 흔들었다.

"그런데 생각보다 빨리 잡혔네요? 어제 있었던 일인데."

"목격담에 의하면 현행범으로 잡혀 들어갔다고 합니다."

소식통에 가까운 로즈가 정보를 꺼내 놓았다. 메일은 그 말을 듣고 기억을 더듬었다. 현행범이라, 그렇다면 현장에서 붙잡혔다는 말인데. 그리고 곧 그녀는 정신을 잃기 전 마지막으로 보았던 장면을 떠올릴 수 있었다.

"메일."

"음……."

폐하였지, 분명히. 메일은 상기된 기억을 꼼꼼히 더듬어 가며 이상한 부분이 없는지 살폈다. 어두웠지만 몸을 받쳐 줄 정도로 가까이에서 얼굴을 보았으니 그게 잘못 본 것일 리 없다. 어두운 와중에도 수려하던 그 이목구비는 필시 황제가 맞았다.

'그럼 이름을 불렸다고 생각한 건 착각인가?'

당시엔 확실히 들었다고 생각했는데 기절했다 깨어 보니 모호했다. 메일은 그 부분에선 쉽사리 확신을 할 수 없었다. 잘못 들었던 걸지도 모른다.

이게 대체 무슨 상황이냐는 뜻으로 '뭐야'라고 했는데 그걸 비몽사몽간에 메일이라고 들었을지도.

메일은 고민하듯 콧잔등을 조금 찡그렸다가 도로 풀었다. 혼자 생각한다고 답 안 나온다. 정 궁금하면 나중에 기회를 엿봐 물어보면 될 일이었다.

"폐하께서 범인을 잡으신 거예요?"

"그렇다고 들었습니다."

"그렇구나……. 아무튼 현행범이라니 참 잘됐네요. 범인인 게 명백해서 처벌이 빠를 테니까. 혹시 어떻게 됐대요?"

메일이 추정하기로 범인은 평민이었다. 내막이 어찌 되든 평민이 귀족에게 상해를 입혔으니 극형을 피할 수 없을 것이다. 어쩌면 현장에서 목이 잘렸을지도.

메일은 사주한 오르밀도 잡고 싶었기에 후자는 원하지 않았다. 리엘라가 당당하게 말했다.

"범인이니까 당연히 감옥에 갇혔겠지!"

그것도 모르냐는 어조였다. 로즈가 부연했다.

"현장에서 잡힌 범인은 물론이고 관계된 동조범들까지 줄줄이 감옥에 들어갔습니다. 아가씨를 습격했던 직접적인 범인은 며칠 후면 목이 잘릴 거라고 하더군요. 어디까지나 하녀들끼리 수군거리는 이야기를 들은 거긴 합니다만, 잡혀 들어간 사람 중에 하녀도 있다고 하니 아주 틀린 얘기는 아닐 겁니다."

"잠깐, 사람들? 감옥에 들어간 사람이 여럿이야?"

리엘라가 불쑥 그 부분을 짚었다. 로즈가 고개를 끄덕거렸다.

"한둘은 아닙니다. 성별도 연령도 다양하다고."

"그래? 그럼 그중에……."

"파란 곰팡이 영애도 있습니다."

척하면 척이다. 로즈는 리엘라의 유능한 심복이었다. 사실을 들은 리엘라가 양팔을 하늘로 뻗으며 기뻐했다. 와! 쌤통!

메일은 덩달아 정보를 얻곤 놀랐다. 오르밀도 벌써?

"그런데 왜? 오트밀은 왜 감옥에 들어갔는데?"

"역시 모르면서 물어보셨구나. 그건 제가 말씀드릴게요. 그러니까……."

메일의 설명은 짧고 간결했다. 이야기를 전부 들은 리엘라가 손뼉을 짝 쳤다.

"그러면 걔도 목 잘려?"

"글쎄요."

오르밀 페튼의 죄는 귀족 상해 사주였다. 평민이라면 볼 것도 없이 극형이겠지만 문제는 그녀 또한 귀족이라는 것이다.

하극상이라는 죄목을 없는다면 죗값이 커질지 모르나 둘의 왕국이 다르다 보니 그 또한 조금 애매한 구석이 있었다. 법은 반역에 관한 것 외에는 대체로 귀족에게 관대했다.

그나마 희망을 가질 만한 것이 있다면 오르밀이 일을 벌인 무대가 황궁이라는 것이다. 그것도 간 크게 남의 나라, 무려 제국의 황궁. 이걸 빌미로 온갖 괘씸죄를 갖다 붙인다면 오르밀이 중형을 받는 것도 꿈은 아니다.

물론 이는 전적으로 황제의 의사에 달렸으니 현재 오르밀의 목줄은 황제가 쥐고 있다고 봐도 좋았다.

"궁의 하녀나 시녀들끼리는 내기를 걸기도 한 모양입니다. 곰팡이 영애의 처분에 대해."

"내기?"

"네. 우선 곰팡이 영애를 가까이서 모셨던 이들은 대개 모가지가 잘리는 쪽에 걸었다는군요."

"완전 좋은데? 그럼 나도 모가지에 걸래."

"공주님의 뜻이 그러시다면 저도 그쪽으로 하겠습니다. 아무튼 그런 무리가 있는 반면, 외려 보여 주기 식의 가벼운 처벌로 끝날 거라는 쪽에 건 사람들도 더러 있다고 합니다."

"뭐? 왜?"

"예뻐서 그렇답니다. 자고로 동서고금을 막론하고 예쁜 여자는 죽을 죄를 지어도 살아남는다는 게 그들의 주장입니다."

"······예뻐? 누가? 곰팡이가? 걔들 눈이 좀 이상한 거 아니야?"

"아마 곰팡이치곤 좀 봐줄 만하다는 뜻인 것 같습니다."

"그래도 그렇지. 참나, 그럼 난 지금 가서 폐하를 때려도 무죄겠네?"

"암살해도 무죄십니다."

"그치? 까르륵~"

리엘라도 리엘라지만 로즈 역시 만만치 않다. 메일은 두 사람의 대화에 고개를 절레절레 내저었다.

"참, 그런데 메일."

"네?"

"너 아까 잠꼬대하더라."

"잠꼬대요?"

메일은 앉은 채로 뻐근한 어깨나 목을 이리저리 돌리다가 리엘라의 말에 반응했다.

잠꼬대라고? 그야 꿈을 꾸었으니 몇 마디쯤은 했을 수도 있다. 욕을 했다면 문제겠지만 리엘라의 태도를 보니 그런 것 같지도 않았다. 메일은 가볍게 물었다.

"뭐라고 하던가요? 혹시 거기 서라거나 기다리라고?"

"아니? 그건 또 뭐야."

"그럼요?"

"보고 싶다고 하던데."

"네?"

예상외의 말에 메일은 깜짝 놀랐다. 자기가 그렇게 서정적인 잠꼬대를 했을 줄은 몰랐다. 이제 와서 향수병이 찾아온 것도 아닐 텐데. 그 와중에 또 짚이는 것이 있는지 철렁 내려앉는 가슴 한편은 그녀를 배로 당황스럽게 만들었다. 이건 왜 이래.

"……혹시…… 누가 보고 싶은지도 말했나요?"

리엘라가 고개를 끄덕였다. 그러고는 입을 연다. 메일은 이상하게 가슴이 뛰었다. 긴장이 그녀를 괴롭혔다.

"뭐더라…… 발레? 발레가 보고 싶다고 했는데."

"발레가 아니라 바일렛이었습니다, 공주님."

"그랬나? 아무튼 그거."

"……바일렛이요? 제가 바일렛을 보고 싶다고 잠꼬대로 그랬다고요?"

"응. 그것도 두 번이나. 아주 애절하던데."

메일의 표정이 황당해졌다. 그녀는 맥이 탁 풀렸다. 이유 모르게 찾아왔던 긴장이 씻은 듯 사라지자 허무한 웃음이 흘러나왔다.

메일은 허탈한 낯으로 벽을 응시하다가 갑자기 침대의 줄을 당겼다. 곧 불려 온 시녀에게 물수건을 부탁해서 그걸로 대강 세안을 마치고 옷을 갈아입는다. 주섬주섬 준비하는 것이 누가 보아도 나갈 낌새라 리엘라가 구경하다가 말을 걸었다.

"나갈 거야?"

"애절하게 잠꼬대까지 했던 바일렛 좀 보고 오려구요."

"지금?"

"무리하시면 안 됩니다. 더구나 어젯밤에 그런 일이 있었는데 위험하게 외출하시는 건……."

"괜찮아요. 몸 상태는 괜찮으니까."

메일은 옷을 입으면서 혹시나 싶어 무릎을 매만져 봤다. 제자리에서 콩콩 뛰어도 봤다. 멀쩡했다. 비싼 약을 썼는지 얼굴이나 목에도 멍이 남지 않아서 그녀는 겉보기엔 마냥 말끔해 보였다. 삭신이 쑤신다는 것은 기분 탓이었는지 막상 일어나서 움직이자 몸이 좀 결리는 것 외엔 아무런 문제가 없었다.

"그리고 어제 그런 일이 있었으니 오늘은 특히 안전할 거예요. 경비가 엄청 삼엄할 거라서. 그럼 금방 다녀올게요."

"그러든가. 아, 로즈 빌려줘?"

"마음만 받을게요."

곧 메일이 처소를 나섰다. 무심한 듯 관대한 리엘라는 닫히는 문에다 대고 손을 흔들어주는 인심을 써주었다. 잠시 후 문이 완전히 닫히자 리엘라가 앉은 채로 늘어져라 하품을 했다.

"난 이제 뭐 하지?"

"혈액순환에 좋은 족욕…… 발 목욕을 추천드립니다."

"그거 좋다. 아, 그런데 로즈."

"네."

"이제 생각났는데. 메일 아까 잠꼬대로 발레 말고 뭐 다른 것도 보고 싶다고 하지 않았어? 뭐더라, 선생님?"

"선생님이 아니라 선배님이었습니다."

"맞아, 그랬지."

뒤늦게 잊고 있던 사실을 기억해 냈지만 말해줄 사람은 이미 자리에 없다. 리엘라는 나중에 메일이 돌아오면 전해 줘야겠다고 생각했다. 나름 기특한 생각이었다. 물론 그때까지 까먹지 않을 때의 이야기였지만.

✳

반테르는 오늘 일찍 퇴근했다. 그러나 마냥 기쁘고 즐겁지만은 않았다. 그는 씨름하듯 쳐다보고 있던 한 장짜리 신상명세서를 탁, 소리 나게 내려놓았다. 하루 전의 기억이 다시 떠올랐다.

"폐하!"

반테르 폰 모하임은 어젯밤 간만에 기절할 것 같은 짜릿함을 맛봤다. 그것은 자신이 올 때까지 자리를 지키고 있으라던 황제가 어딜 가서 뭘 했는지 피를 흠뻑 묻히고 돌아왔기 때문이 맞다.

저게 지금 묻은 건지 뒤집어쓴 건지. 황제는 거처로 귀환하자마자 피를 씻어 내고 옷을 갈아입었지만 그렇다고 반테르가 목격한 몰골이 없던 몰골이 되지는 않는다. 반테르는 턱이 빠질 뻔했다.

"어딜 다녀오신 겁니까? 아니, 뭘 하고 오신 겁니까? 아니, 아니, 왜 그러고 오신 겁니까?"
"말이 많군, 경. 호들갑을 떨 만한 일은 아닌 것 같은데."
"이건 호들갑이 아닙니다. 타당한 반응입니다."

반테르의 놀람에는 이유가 있었다. 그는 섬세하고 심약한 멘탈의 소유자처럼 단순히 피를 보고 놀란 것이 아니다. 그를 기함하게 만든 요소는 따로 있었다.

황제가 어떤 사람인가? 남들은 잘 몰라도 친우인 그는 알았다. 황제는 쓸데없이 피를 보는 것을 싫어하는 사람이다.

간혹 암살자나 침입자와 마주칠 때면, 검을 쓰되 베거나 찌르지는 않고 주로 제압한 뒤 기절시켰다. 그건 마음이 약해서가 아니라 순전히 옷에 피가 튀는 걸 선호하지 않기 때문이었다.

옷자락 끝에 튄 소량의 핏방울에도 미간을 있는 대로 찡그리던 사람이, 뭐? 묻은 정도도 아니고 아예 피를 뒤집어쓰고 나타나서는 제게 호들갑을 떨지 말라니?

반테르는 기가 막히고 코가 막혀서 감히 황제를 막 추궁했다. 그의 정신 나간 배짱에 황제가 결국 귀찮다는 듯 답을 주었다.

지하 감옥. 그곳에서 죄인을 잠깐 신문하고 왔다고.

반테르는 답을 듣자마자 입을 다물었다. 그건 할 말을 잃었기 때문이다. 황제가 첫 번째로 싫어하는 것은 몸에 피가 튀는 것이고 두 번째는 어둡고 눅눅한 지하 감옥이다.

그런데 그는 지금 두 번째로 싫어하는 곳에 손수 찾아가서 첫 번째로 싫어하는 것을 하고 왔다고 말하고 있었다.

꿀 먹은 벙어리처럼 입을 다물고 있던 반테르는 이내 믿을 수 없다며 직접 지하 감옥으로 뛰어 내려갔다. 그리고 그는 그곳에서 2차 충격을 받았다.

악취나 피 냄새는 둘째 치고 죄인의 몰골이 처참해도 너무 처참했기 때문이다. 특히나 혹여 과다 출혈로 죽기라도 할까 봐 절단 부위를 불로 지져 지혈해 준 자상함은 정말이지 감격스러울 지경이었다.

황제는 대체 무엇 때문에 이렇게 화가 났나? 반테르는 연애 감정에 있어 둔하기로는 둘째가라면 서러울 정도였지만 이렇게 눈앞에서 떠먹여 주는 것도 못 받아먹을 만큼 바보는 아니었다. 그는 마음이 복잡해졌다. 이건 대단히 당혹스러운 일이었다.

황제가 저 영애를 마음에 두었다고 하자. 그럼 이젤린 텐고트는?

반테르는 황제와 텐고트 영애가 퍽 이상적인 연애를 해오고 있다고 믿던 사람이다. 자기 일이 아니라도 혼란스러울 수밖에 없었다. 그럼 이제 옛 여친 텐고트 영애는 버려지는 건가? 갈아타는 거야?

'뭔가 이상한데.'

그는 신상명세서 위에 올려 둔 손으로 종이를 톡톡 두드렸다. 황제는 정말로 마음이 옮겨 간 게 맞나? 정황만 보면 그렇게 보이지만 한

편으론 또 애매한 구석이 있었다.

반테르가 기억하기로 황제는 가장 최근에도 비밀리에 붙여 둔 호위를 통해 이젤린 텐고트의 안위를 확인했다. 그때도 황제는 여전히 안도하는 표정을 지었다.

'거참.'

뭐가 뭔지. 두 사람을 동시에 사랑하는 것이 불가능한 일은 아니라지만 어딘지 그가 아는 황제와는 어울리지 않는다.

반테르는 잠깐 저와 달리 눈치가 빠른 여동생 텔리야를 떠올렸다가 황급히 도로 지워 냈다. 에이, 걔를 이리로 불렀다가 내가 무슨 변을 보려고.

반테르는 고개를 탈탈 턴 뒤 곧 잠자리에 들었다. 내일을 위해서라도 우선은 자는 것이 현명한 선택이었다.

✳

복도는 밝았다. 과장을 조금 보태면 낮보다 환할 정도였다. 경비 또한 삼엄해서 곳곳에 병사가 서 있지 않은 곳이 없었다.

메일은 그런 복도를 가로지르며 혀를 내둘렀다. 예상보다 과하다는 생각이 들면서도 다른 후보들을 안심시키려면 이 정도는 해야 맞는 건가 싶은 생각이 동시에 들었다.

"어딜 가십니까?"

메일은 깜짝 놀랐다. 이제 보니 병사만 있는 것이 아니라 사이사이에 기사도 있었다. 보통 기사는 고급 인력이라 이런 단순 보초에는 동원되지 않는 것이 일반적이었다. 대체 얼마나 신경을 쓴 거야.

"산책을 좀 다녀오려고 해요. 궁 밖으로 나가지는 않을 거예요."

"에스코트를 맡겠습니다."

"네?"

방금 놀란 것은 놀란 것도 아니다. 메일은 어안이 벙벙해졌다. 실내에만 있겠다는데 갑자기 에스코트가 웬 말이냐.

그러나 임무라도 맡은 것처럼 기사의 태도가 워낙 단호해서 됐다고 말하는 것도 쉽지 않았다. 메일은 결국 에스코트를 수락했다.

'이건 좀 과하지 않나?'

누가 보면 어제 살인 사건이라도 있었던 줄 알 것이다. 별궁의 경비를 이 상태로 만든 장본인이지만 다친 곳 없이 멀쩡한 메일이 괜히 머쓱해져서 이마를 긁었다. 그러는 사이 도착은 금방이었다.

"제 목적지는 여기예요."

둘은 샛길 앞에 멈춰 섰다. 정원으로 들어서는 입구였다. 기사는 잠시 망설이는가 싶더니 이내 뒤로 한 발짝 물러섰다.

짧은 에스코트가 끝나고 메일은 홀로 정원 안으로 들어섰다. 따라 들어온다고 하면 어떻게 해야 하나 고민했는데 다행이었다. 제멋대로 입장을 허락해도 되는지는 둘째 치고 식물에게 말을 거는 꼴을 보여줄 수는 없었다.

"자, 그럼 그리운 바일렛부터 볼까?"

메일은 혼자 중얼거렸다가 픽 웃었다. 대체 왜 그런 잠꼬대를 한 건지. 바일렛이 보고 싶으면 뭐 얼마나 보고 싶다고 말이다. 매일매일 봤는데 이러다 고국으로 돌아가고 나면 상사병이라도 걸리지는 않을까 걱정이다.

"네가 보고 싶으면 도감을 보면 되지."

그렇지 않니, 바일렛? 메일은 치마를 그러모아 폭삭 쪼그려 앉았다. 요새 도감에 실리는 그림은 워낙 생생해서 꼭 식물을 복사해다 옮겨 놓은 것 같은 수준을 자랑했다. 모든 식물을 평등하게 사랑하지만 다 기를 수는 없는 메일에겐 기꺼운 일이었다.

"네가 실린 도감은 우리 집에도 세 권이나 있어. 그리고 왕성의 정원에 가면 아마 실물도 볼 수 있을 거야. 가 본 적은 없지만."

그렇단다. 너는 사실 그렇게 막 보고 싶어서 잠꼬대를 할 정도로 특별한 친구는 아니야. 아, 물론 꿈 속 천국에서는 나왔지만.

메일은 그렇게 생각하며 뚫어져라 바일렛을 응시했다. 바람이 불지 않아 바일렛은 움직이지 않았다.

"그런데 나는……."

나는. 메일의 말이 멈췄다. 나오지 못한 질문이 속에서 맴돌았다. 나는 정말 너를 보고 싶었던 걸까?

잠꼬대를 할 정도로 아른거린 건 정말 너일까?

아니면…….

그때 바스락거리는 소리가 들렸다. 메일은 알았다. 이건 발걸음 소리였다. 그녀의 고개가 저절로 소리가 들린 방향으로 돌아갔다.

"……."

밤의 정원에 뜬 보름달은 밝았다. 그 아래 익숙한 사람이 있었다. 그는 가면을 써서 표정을 감추었음에도 놀란 티가 났다. 메일은 그런 상대와 눈을 마주하곤 깨달았다.

아, 저 사람이구나. 내가 보고 싶었던 건 저 사람이야.

메일은 이제 알았다. 그녀는 괴한에게 얻어맞던 순간을 다시 떠올렸다. 어쩔 수 없는 무기력함과 공포에 떨던 순간, 그녀는 구세주처럼 나타나 저를 구해 준 황제를 보곤 안심했다. 마음이 놓일 정도로 안심하고, 그리고, 실망했다.

그 극적인 위기 속에서 우습게도 다른 사람을 기다렸던 것이다. 정말 우습게도.

'그렇구나.'

우두커니 선 상대는 당황스런 기색으로 저를 내려다보고 있었다. 시선을 마주한 채로 메일은 그냥 웃어버렸다.

깨달음은 갑작스러웠지만, 그럼에도 인정하지 않고는 배길 수 없을 정도로 명확했다. 메일은 도망칠 수 없었다. 그저 받아들일 수밖에.

그때 바람이 불었다. 바일렛의 잎이 그녀의 깨달음을 축하해 주듯 살랑 흔들렸다.

정원에 들어설 때까지만 해도 로하이덴은 믿을 수가 없었다. 그는 조금 전 메일이 깨어났다는 전갈을 듣고 바로 궁의를 보낼 준비를 했다.

이미 전날 밤 괜찮다는 소견을 듣기는 했지만 의식이 있는 상태에서 진찰한다면 또 어떨지 몰랐으니까. 그러나 그는 궁의를 부르지 못했다. 이어서 다른 보고를 받았기 때문이다.

'……어딜 갔다고?'

꼬박 하루 만에 정신을 차리자마자 메일은 외출을 감행했다. 그것도 어제 그런 일을 겪어 놓고서. 로하이덴은 찰나 귀를 의심했다가 이내 집무실을 뛰쳐나왔다. 반테르는 진작 퇴근한 뒤라 그를 붙잡을 사람은 없었다.

그렇게 도착한 정원에 발을 들여놓으며 로하이덴은 생각했다. 이건 절대 나무라지 않고 넘어갈 수 있는 일이 아니다. 메일은 따끔한 소리를 들어야 했다. 대체 누가 그런 일을 겪고도 그리 제 몸 살피지 않고 돌아다닌단 말인가. 그는 기필코 얼굴을 보자마자 쓴소리를 담으리라 다짐했다.

그러나 그것은 얼마나 헛된 다짐이었는지 로하이덴은 바일렛 앞에 무릎을 굽혀 앉은 메일을 발견하는 순간 깨달았다.

쓴소리? 그런 건 할 수 없었다. 그는 메일이 저를 올려다보자마자 숨이 턱 막혔다. 숨이 막히는데 말문이라고 안 막힐까. 훈계부터 하겠다는 결심은 개나 줬다. 그는 그저 한동안 벙어리가 되어 메일을 마주 보앗다.

먼저 침묵을 깬 것은 메일이었다.

"선배님."

불러 놓고 메일은 쑥스러운 듯 웃었다. 로하이덴은 또 그 웃는 얼굴
에 멋대로 시선을 빼앗겼다가, 잠시 후 그녀와 조금 간격을 띄우고 앉
았다. 앉은 자리의 간격은 평소와 비슷했다. 그러나 심장의 고동은 비
슷하지 않았다.

"……몸은 좀 괜찮나?"

한참 만에 꺼내 놓은 소리가 저거였다. 훈계나 쓴소리는 역시 개가
잘 물어갔다. 메일은 그에 눈을 두어 번 깜박인 뒤 대답했다.

"선배님도 다 들으셨어요?"

대답보다는 반문이었다. 로하이덴이 말을 받았다.

"어제 있었던 일 말인가?"

"들으셨네."

"들은 건 아니고……."

로하이덴이 잠시 주저했다. 왜 이런 걸 말하고 싶은지는 모르겠다.
하지만 멋대로 이어진 뒷말은 갈등보다 빨랐다.

"……봤지."

"네? 봐요?"

"같이 있었다는 뜻이야. 그러니까, 어제."

너를 괴한에게서 구해 낼 때.

로하이덴은 그렇게 어젯밤의 메일 구출 슈퍼 히어로에 본인 또한 끼
어 있었음을 주장했다. 거짓말은 아니지만 황제의 얼굴을 하고 그녀를
구해 놓고서 나불댈 말은 아니었다. 메일은 상대의 말에 눈을 동그랗
게 떴다.

"정말요? 제가 기절한 다음에 오신 거예요?"

"……그래."

"폐하께서 범인을 잡으셨다고는 들었어요. 그때 같이 있으셨나 봐요."

"그랬지."

"아하. 그런데 전 어떻게 옮겨진 거예요? 무거웠을 텐데."

별로 무겁지 않았다. 로하이덴은 그때를 회상했다가 말문이 막혔다. 그때는 경황이 없어 미처 인지하지 못했는데 이제 와 생각해 보니 메일을 이 손으로 안아 들었다. 저 가는 몸을. 그는 공연히 헛기침을 했다.

"마르지 않았나."

"저요? 그거 가벼웠을 거라는 말이죠?"

"그래."

"그치만 정신을 잃으면 보통 무거워지잖아요. 더구나 저는 키가 커서."

"그래도 가벼웠어."

반박하듯 대답해 놓고 로하이덴은 멈칫했다. 이런. 아니나 다를까 메일이 곧바로 반응했다.

"그걸 선배님이 어떻게 알아요?"

"가벼웠을…… 거다."

"말 바꾸지 마세요. 늦었어요."

수습이 안 된다. 로하이덴은 급히 어젯밤을 떠올렸다. 그가 범인을 잡았다는 건 파다하게 알려졌지만 메일을 손수 안아서 옮겼다는 건 전혀 소문이 퍼지지 않았다.

당시 현장에 있던 눈치 빠른 기사 도자리가 알아서 입단속을 시켰기 때문이다. 황후 간택전이 한참 진행 중인 이 판국에 그런 소문이 난다면 여러모로 좋지 않을 거라고 판단한 모양이었다.

로하이덴은 도자리 경에게 특별 휴가를 내려야겠다고 생각하며 입을 열었다.

"직접 옮겼으니까."

"아, 그러시구나…… 네?"

"내가 옮겼으니 알지."

메일의 눈이 휘둥그레 뜨였다. 예상하지 못했던 말이 나왔다.

"저를요? ……선배님이? 정말?"

"말을 해줘도 못 믿는군."

"못 믿는 게 아니라……."

메일은 얼굴에 열이 오르는 걸 느꼈다. 아니, 왜 하필 선배님이야. 왜 하필. 무겁지 않았겠냐는 말은 반쯤 장난이었는데 갑자기 진지하게 신경이 쓰였다. 그녀는 얼굴 가까이 손을 갖다 대고 파닥거렸다. 식어라, 열.

"민망하잖아요."

"안아 옮기기만 했다. 다른 짓은……."

"헉! 누가 뭐래요? 그런 의도로 한 말 아니에요! 그냥, 뭐……. 어, 그런데 저 실려 왔다고 들었는데?"

문득 리엘라에게 들은 말이 떠오른 메일이 그것을 입에 담았다. 공주님은 메일이 사람들에게 바글바글 실려 왔다고 했다.

"사람들이 저를 바글바글 실어다 줬다고 들었어요. 혹시 선배님이 그 바글바글 중 한 명……?"

"아니야. 우선 다른 곳으로 옮긴 뒤 그곳에서 경과를 봤다. 네가 거처로 옮겨진 건 그 이후의 일이고."

"아하."

그럼 역시 선배님은 혼자 저를 들었다. 말이 든 거지 실상은 안은 것이다. 쓰러진 여인을 들어서 옮기는 자세는 보통 정해져 있으니까. 메일은 다시 파닥파닥 손부채질을 했다.

"고생하셨어요."

"치하를 듣게 될 줄은 몰랐군."

"그럼 뭐라고 해요. 팔은 괜찮으시냐고?"

"본인이 무거웠을 거라는 주장은 쭉 고수하는 건가?"

"그야……."

"원한다면 응해 주지. 실은 지금도 감각이 없어. 평소 식사는 납덩이로 하나?"

"……네, 뭐. 추천해 드리자면 납덩이 케이크, 납덩이 푸딩, 납덩이 타르트 순으로 맛있어요. 참고하세요."

"굳이 하나를 꼽자면?"

"선배님 전용으로는 납덩이 펀치."

메일의 응수에 로하이덴이 큭큭 웃었다. 웃고 난 그는 화제를 다시 처음으로 돌렸다.

"그래, 몸은 정말 괜찮나?"

"괜찮아요. 정말로. 제가 생각했던 것보다 제 체력이 더 좋은가 봐요."

메일은 원래 체력에는 자신이 있는 편이었다. 애초 정원을 가꾸는 것이 체력 없이는 할 수 없는 일이다. 그녀 주변의 대표 저질 체력을 꼽자면 아마 리엘라일 텐데, 메일은 리엘라 다섯 명과 릴레이 달리기를 해도 이길 수 있을 것 같다고 평소 생각하곤 했다.

"다행이군."

로하이덴의 눈이 깊게 가라앉았다. 그는 지금 진심으로 안도하는 중이었다. 그건 굳이 메일에게 외상이 없어서만은 아니다.

그는 혹여 메일이 후유증에 시달리지는 않을까 걱정했다. 여자의 몸으로 저보다 힘도 체격도 월등한 상대의 폭력을 견디는 건 확실히 힘겨운 일이었을 테니까. 상기한 로하이덴의 손에 다시 힘이 들어갔다.

대체 때릴 곳이 어디 있다고.

메일이 조막만 한 머리를 흔들거나 갸웃거릴 때마다 풍성한 갈색 머리카락이 부드럽게 나부꼈다. 키가 큰 편이지만 옷 바깥으로 드러난 손목이나 목은 분명 이견의 여지없이 가늘다. 안아 올렸을 때 가벼웠다는 것은 빈말이 아니었다.

메일은 튼튼한 편이었으나 그건 어디까지나 병든 닭 같은 영애들과 비교했을 때의 이야기지, 그녀가 겉보기에 한눈에 잡초처럼 질겨 보인다는 뜻은 아니다.

안아 드는 것조차 조심스러웠던 이 몸을, 감히 어떻게.

'손가락을 하나씩 전부 잘라 놓을 것을 그랬군.'

로하이덴은 뒤늦게 조금 후회했다. 자신이 너무 물렀다. 고작 발목을 자르고 무릎을 망가뜨리는 것 정도로는 모자랐는데. 무슨 정신으로 그리 자비를 베풀었을까? 있어도 보지 못하는 눈을 뽑고 앞으론 필요하지도 않을 혀는 뿌리부터 도려낼 것을.

그렇게 잔인한 속내와 달리 메일에게 말을 건네는 로하이덴의 목소리는 부드러웠다.

"상처도 전혀 남지 않았나?"

"말끔해요."

메일은 고개를 끄덕였다. 뺨이나 목은 보이는 부위니 바로 치료했다 쳐도 팔꿈치나 어깨 같은 곳에는 멍이 좀 남아 있지 않을까 했는데, 옷을 갈아입히면서 전부 처치했는지 흔적 비슷한 것도 없이 멀쩡했다. 로즈의 솜씨였지만 메일은 그것까진 알지 못했다.

고개를 끄덕이다 메일이 문득 뭔가가 생각났다는 듯 손가락을 튕겼다.

"다만 어릴 적 산을 타다 얻은 영광의 흉터라면 있어요."

"흉터?"

"네. 작은 흉터이긴 한데 여기쯤……."

메일은 저도 모르게 보여주려고 손을 올렸다가 머쓱하게 웃었다. 흉터는 어깨에 있었다. 그녀는 대강 옷 위로 위치만 짚었다.

"어쩌다 흉터를 얻게 된 거지? 산에서 구르기라도 했나?"

"정답. 다람쥐였나, 새였나? 아무튼 작은 동물을 잡으려고 사방팔방 뛰다가 그만 급경사에 발을 잘못 디딘 거예요. 균형 잡기에 실패한 어린애는 그대로 데굴데굴……."

메일이 실감나게 손동작까지 이용해 묘사했다. 여섯 살이던 그녀는 그날 아주 무자비하게 구르다가 천운으로 나뭇가지에 옷이 걸려 목숨을 건졌다. 지금 생각하면 그때부터 나무와는 이런 사이(?)가 될 운명이었는지도.

그렇게 덧붙이는 메일은 도저히 죽을 뻔했던 경험을 얘기하는 사람 같지 않아서 로하이덴은 잠깐 제가 잘못 들었나 했다.

"생각보다 흉터를 얻게 된 경위가 강한데?"

"이 정도쯤 되니까 영광의 흉터죠. 그날 호위 기사도 곁에 있었는데 공교롭게도 그가 바닥에서 뭘 줍는 사이 제가 굴러떨어져서……. 주운 것도 알고 보니 제 물건이었거든요. 그때 전부 본인의 불민함 탓이라며 호위 기사가 한동안 저만 보면 엉엉 울었는데, 아직도 그건 그한테 미안해요."

호위 기사는 덕분에 이후로 한참 동안 이름 대신 울보라는 별명으로 불렸다. 본명이 우르보였으니 사실상 별반 차이는 없던 걸지도 모르지만. 지나서 생각하니 다 추억이었다.

"아무튼 그렇게 여섯 살짜리는 세상의 쓴맛을 배우게 되었다는 이야기입니다."

"흉터는 왜 지우지 않았지?"

로하이덴이 정말 궁금하다는 투로 물었다. 크게 다치면 흉터가 남는 것은 일견 당연하게 보이지만 실은 여기에도 자본주의의 힘이 작용한다. 돈을 쏟아붓는다면 뭔들 못 할까. 귀족 영애의 몸에 흉터를 남겨두는 경우는 거의 없었다.

"아버지께서 지우지 못하게 하셨거든요."

"왜?"

"반성과 배움을 통한 예방을 위해서래요. 씻거나 옷을 갈아입을 때마다 흉터를 보면서 늘 되새기라고 하셨어요. 목숨은 소중하다. 그러니 앞으론 조심조심 주의해서 행동하자."

"효과는?"

"한 달 정도?"

짧기도 하다. 로하이덴이 피식 웃었다.

"참, 아버지께서 흉터에 관해 해주신 얘기 중에 다른 것도 있어요. 이건 제가 좀 크고 나서 들은 건데요."

"또 혼이 났나?"

"아니요. 이건 결혼에 대한 거였는데……. 나중에 배우자가 제 어깨의 흉터를 보고 레이디의 몸이 어쩌고를 운운하거든 당장 그놈을 걷어차고 나오라고 하셨어요. 기사의 흉터는 훈장으로 취급하면서 레이디의 흉터는 오점으로 치부하는 편협한 인간은 제 남편이 될 자격이 없다고요. 참고로 어딜 걷어차든 아버지가 책임져 주시겠대요."

"멋진 아버지시군."

로하이덴은 메일의 어깨 부근을 짧게 응시했다. 확실히 저라면 흉터를 보며 오점이라는 생각 따위는 들지 않을 것 같았다. 오히려 대견하거나 사랑스러울지도. 흉터라는 건 결국 상처가 다 나은 뒤 생기는 흔적이니까.

"사실 워낙 작은 흉터라 눈에 잘 띄지도 않지만요. 저도 가끔은 잊어버리거든요. 그러고 보니 전 역시 튼튼한 체질인가 봐요!"

"왜 갑자기?"

"어릴 때 그렇게 구르고도 작은 흉터 하나밖에 안 남았잖아요. 타고난 거죠."

가끔은 튼튼 정도가 아니라 무쇠 체질이 아닐까 의심스러울 때도 있다며 메일이 덧붙였다. 그건 즉 그간 자기 몸을 그만큼 시험했다는 거고 흉터를 지우지 않은 공작의 큰 뜻은 결국 금방 빛이 바랬다는 소리다.

메일은 공작이 알면 뒤로 넘어갈 천방지축 같은 말을 해놓고선 하하 해맑게 웃었다.

로하이덴은 그런 메일을 가만히 바라보았다. 그의 눈빛은 시종일관 부드러웠지만 종종 스쳐 가듯 괴로움을 닮은 혼란스러움이 머물기도 했다.

그의 가슴은 갓 고동을 시작한 것처럼 기분 좋고 빠르게 뛰었지만, 또 한편으로는 꽉 막혀서 내려앉기라도 한 듯 그를 답답하게 만들었다.

메일은 본인을 무쇠 체질에 비유하며 웃었다. 그러나 그것이 농담이 아니라 사실이더라도 로하이덴은 그녀를 걱정할 수밖에 없을 것이다.

그것은 실제로 메일이 튼튼한지 아닌지의 여부나, 그녀의 체형이 마르고 마르지 않고 따위와는 하등 상관없는 일이었다.

메일이 어느 날 깨달음을 얻어 진짜 금강불괴가 되더라도 로하이덴은 그녀를 걱정하고 살필 수밖에 없다. 다른 이유는 없고, 그냥 메일이라서.

"선배님."

"……얘기해라."

"그냥 불러 봤어요."

말갛게 웃는다는 건 뭘까. 이런 웃음을 두고 하는 말인가. 로하이덴은 물끄러미 메일과 눈을 맞췄다. 그러다 곧 괴로운 듯 잠깐 눈을 질끈 감았다.

그는 처음이라고 부를 수 있을 법한 어느 순간을 떠올렸다. 그 순간 속에서 자신은 오만하게 웃고 있었다.

며칠간의 유희거리가 생겼다며 가벼운 기분으로 즐거워했다. 정해진 기간이 끝나고 나면 없었던 일처럼 끊어 낼 수 있을 거라고 미련하게 자신했다. 이 지경이 될 줄도 모르고.

로하이덴은 손을 들어 제 가면을 매만졌다. 그는 자신이 원하는 것을 알았다. 그는 이것을 벗고 싶었다. 가면을 내려놓고 황제의 모습으로 메일을 마주하고 싶었다. 지금 받는 시선을, 말을, 표정을, 가면을 쓴 누군가가 아닌 온전한 자신으로서 얻기를 원했다.

하나 하고 싶은 것과 할 수 있는 것은 항상 합치하지는 않는다. 애석하게도.

"메일."

"……네?"

이름을 부르고 잠시간 입을 다문다. 침묵은 짧았다. 그러나 그사이 한 사람 속을 맴돌고 사라진 생각과 감정은 길었다. 길고 짙었다. 짙어서 그는 고통스러웠다.

"난……."

"……?"

"나는 앞으로 이곳에……."

가면 속 얼굴이 괴롭게 일그러졌다. 머릿속으로는 수번도 정리하고 배열한 말이 입 밖으로 쉬이 나오지 않았다. 뭐가 그리 어려운 말이라고. 뭐 얼마나 힘든 이야기라고.

죄를 고백하는 신자보다도 더욱 힘들게 그의 입술이 달싹였다. 한 마디, 한 마디를 밀어내듯 내뱉었다.

"여기에……."

여기에.

"……올 거다."

오지 않을 거다.

"……올 거야."

오지 않는다.

"······계속."

계속.

"······응? 당연한 얘길 뭐 그렇게 무게 있게 이야기하고 그래요? 언제는 안 왔었던 것처럼. 선배님은 정원의 지박령이잖아요."

메일이 황당하다는 듯 웃었다. 심각한 어조로 목소리를 깔기에 또 무슨 말을 하려고 드나 했더니. 그녀는 상대가 장난이라도 친 것처럼 웃다가 문득 떠올렸다.

그러고 보니 며칠간 선배님이 보이지 않기는 했다. 처음에는 단순히 엇갈린 거려니 짐작했었는데 정말로 그동안 정원에 오지 않았던 걸지도 모른다.

이 지박령이 이제 보니 잠깐이지만 파업을 했었네? 메일이 짐짓 장난스럽게 말을 덧붙였다.

"앗, 설마 앞으로는 정말 여기서 살겠다는 선언을 한 거예요? 그동안 안 나타난 건 혹시 이삿짐을 싸느라? 어쩜 그런 파격적인 결심을."

농담조로 흘러나오는 목소리가 밝고 경쾌하다. 메일은 눈을 반달로 접어 미소를 지었다. 달은 밝고, 바람은 차갑지만 시원하고, 메일의 미소는 예쁘고.

로하이덴은 거짓말쟁이가 되었다.

다시 바람이 불었다. 바일렛의 잎은 흔들리지 않았다. 거짓말쟁이는 축하받지 못했다.

7
마음의 방향

낡은 체력에 지나친 노염은 좋지 않다. 그러나 후작은 도무지 진정할 수가 없었다.

그는 전날 새벽부터 황제의 부름을 받았다. 창밖은 이제 갓 밤이 걷히려는지 어스름했다. 이르다고 하기도 민망한 시각이었다.

후작은 순순히 부름에 응해 집무실로 향하면서도 상대의 의중을 짐작하지 못해 갸우뚱했다. 왜 이 시각부터 저를? 황제가 노망이 나 저번처럼 농이나 치려고 이러는 것은 아닐 텐데.

그리고 후작은 도착하자마자 깨달았다. 살고 싶다면 엎드려야 했다. 황제는 화가 난 상태였다. 그것도 대단히.

"후작."

황제는 언성을 높이지 않았으나 그는 본래 사형선고를 내릴 때도 격양되지 않는 사람이다. 후작은 고개를 바닥에 처박듯 조아린 채로 직

감했다. 뭔가가 잘못됐다. 뭔지는 모르겠지만, 어쨌든 무언가가 잘못
되었다.

"얻은 직책이 과중하면 과중하다 짐에게 이야기를 하면 될 것을."

차분한 목소리에는 지나칠 정도로 온기가 없었다. 바닥을 짚은 후작
의 팔에 소름이 돋았다. 직후 그에게는 사형선고나 다름없는 말이 떨
어졌다.

"오늘부로 간택전의 총책임자 권한을 박탈한다. 그리 알게, 후작."
"……폐하!"
"후보 하나 제대로 관리하지 못해 황실에 누를 끼쳤으니 그에 대한 책임은
져야 마땅하지. 그대가 생각하기에도 그렇지 않나? 그러하지, 후작?"
"폐, 폐하. 소신이 다 잘못하였습니다. 소신이 불민했습니다. 다신 실망시
켜 드리지 않을 테니 부디 재고를……."
"이만 나가 보게."
"폐하!"

다급해진 후작이 저도 모르게 불경을 잊고 고개를 들었다. 그리고 곧
신화 속의 괴물이라도 본 듯 굳었다. 황제의 금안은 목소리보다 차가
웠으면 차가웠지 덜하지 않았다. 후작의 목이 눌린 듯 죄어 왔다. 그는
급히 도로 고개를 숙였다.

"후작. 짐이 후작의 목을 잘랐다가 그것을 도로 제자리에 올려놓는다면 말
이야."
"……."

"그것이 붙을까?"

"……."

"이미 자른 목에다 대고 다신 자르지 않겠다 맹세하면 그것이 무슨 소용인가. 하하, 우스워질 뿐이지."

"……."

"알아들었으면 이제 정말 나가 보게."

황제의 의사는 확고했다. 재고의 여지는 없었다. 후작은 그 자리에서 넋이 나갈 것 같았으나 친위병에게 끌려 나가고 싶진 않았기에 겨우겨우 제 발로 물러났다. 후작의 정신이 제대로 돌아온 것은 거처에 도착한 이후였다.

"어떻게 이런……!"

벌써 하루가 지난 일이다. 하나 그럼에도 후작은 끓는 속을 조금도 가라앉힐 수가 없었다. 가만히 있다간 화병이 도질 것 같아 이미 세간 여러 개를 박살 내고 새로 갈았다. 막 화분 하나를 깨뜨린 후작이 주먹으로 탁자를 내려쳤다.

"고작 이런 일로 나를! 어떻게 날! 내가 그간 얼마나 저에게 기었는데!"

숨이 거칠어지고 눈에는 핏발이 섰다. 억울하고 속이 터질 것 같았지만 뭘 어떻게 할 방법이 없었다. 황제의 결정은 절대적이었다. 애초 간택전의 총책임자 정도는 황제가 제멋대로 주었다 앗았다 할 수 있는 권한이다. 이견을 주장할 만한 여지는 없었다.

"젠장!"

겨우 여기까지 왔는데.

후작은 거칠어진 숨을 몰아쉬었다. 그의 체력은 나이를 감안하더라도 심히 좋지 않아서 지금처럼 과한 흥분은 피하는 것이 좋았다.

그는 식기를 몇 개 더 깬 뒤 간신히 진정하고 의자에 앉았다. 머리가 띵 울렸다.

후작이 이마를 짚는 것을 본 시종이 바삐 다가와 미지근한 차를 건넸다. 후작은 그것을 단번에 들이켠 후 길게 숨을 내뱉었다.

'얼마 남지 않았다.'

그는 속으로 되뇌었다. 무대는 완벽해야 했다. 완벽해야만 절대자를 무너뜨릴 수 있었다. 후작은 눈을 감고 과거의 어느 순간을 회상했다.

"그거 압니까?"

"뭘 말이오?"

"완벽한 사람을 무너뜨리는 방법은 세상에 없습니다. 그런 건 불가능해요. 무너지지 않으니까 완벽한 겁니다."

"하지만 방금……."

"황제가 완벽하다고 생각합니까?"

테이블을 가운데 두고 두 사람은 마주 보고 있었다. 기억 속의 사람이 물었다. 후작이 대답하지 못하자 그는 옅게 웃은 뒤 다시 입을 열었다.

"그럴지도요. 그는 확실히 다 가진 인물처럼 보입니다. 황제로서는 완벽할 수도 있겠죠. 남자로서도, 무인으로서도, 통치자로서도."

"그럼……."

"그러나 사람으로서의 그는 완벽하지 못합니다."

"……."

"기억하세요. 우리는 황제를 무너뜨리는 게 아닙니다. 우리가 망가뜨리려는 건 황제가 아니라……."

기억 속의 사람은 일부러 뜸을 들이듯 말을 끊었다. 테이블에 놓인 다 식은 차를 한 모금 음미한 그가 이내 말을 뱉었다.

"한 명의 병든 사람입니다."

"……그래."

현실로 돌아온 후작이 탁자를 톡톡 두드렸다. 몸은 느긋하게 뒤로 빼어 의자에 완전히 기댔다. 그는 그 상태로 생각을 정리했다.

'괜찮다. 차질이 조금 생기긴 했지만 계획을 엎어야 할 정도는 아니야. 이 상황에서도 무대를 만드는 것 정도는……'

차분해지는가 싶던 후작이 대뜸 미간을 찡그렸다. 역시 다시 생각해도 속이 뒤집혔다. 빌어먹을 멍청한 후보 하나 때문에 대체 이게 뭔 꼴인지.

덕분에 전보다 간택전 후보들의 일거수일투족을 보고받는 게 배는 힘들어지게 생겼다. 일을 도모할 때도 훨씬 까다롭게 신경을 써야 할 것이다. 괜한 낭비였다.

'제길. 아무리 그럴듯한 대상이 필요했다지만 어느 정도 선은 그어 둘 것을. 머리가 비어도 그렇게 빈 인물이 있었을 줄이야.'

후작은 그렇게 생각하다가 깍지를 꼈다. 그러곤 그 위에 턱을 얹었다. 자세를 바꾼 후작이 사고의 방향도 함께 틀었다.

'그나저나 황제의 분노가 지나치다. 이건 확실히 그래. 황실을 기만했다지만 그건 어디까지나 자의적인 판단에 달린 일. 평소의 황제라면 관련자들에게 공개적인 처벌을 내리는 정도로 마무리 지었을 거야.'

즉, 자신까지 말려들 일은 아니었다는 소리다. 질책을 당하더라도 간택전이 끝난 후의 근신 정도였겠지.

걸리는 것은 물론 그뿐만이 아니었다. 오르밀의 처분을 상기한 후작이 미간에 한층 깊게 주름을 잡았다.

그녀는 지금 지하 감옥에 갇혀 있다고 들었다. 실행범이자 평민인 병사를 그곳에 가둔 것은 이해가 되나 귀족 영애 쪽은 확연히 과한 감이 있다. 거긴 정말 어지간한 죄인이 아니라면 처넣지 않는 곳이었다. 더구나 분위기로 보아 오르밀 페튼의 처벌은…….

'누가 보면 피해자가 죽거나 그 비슷한 꼴은 된 줄 알겠군. 간단한 타박상 정도로 끝났다고 들었는데.'

흐음. 닫힌 입에서 비음이 새어 나왔다. 후작은 이번엔 가해자가 아닌 피해자에 대한 것을 떠올렸다.

메일 폰 비제아트. 후보로 참가한 벨티에 왕국 리엘라 공주의 일행. 황제와 따로 식사 자리를 갖거나 사적인 친분을 나눈 정황은 그가 알기로는 없다.

딱히 특이한 점이 있는 대상은 아니었다. 애초 후보가 아니라 그간 신경을 쓰지 않았기 때문에 입수해 둔 정보가 달리 없기도 했다.

'아니, 가만. 그러고 보니 이젤린이 최근에 찾아와 징징거린 일이 있었지.'

지나가듯 넘겼던 일을 다시 떠올린 후작이 멈칫했다. 그의 눈에 이채가 돌았다. 그때, 그래. 분명 황제에게 정인이 생긴 것 같다고 했었는데.

그럴듯한 연관성에 후작의 표정이 묘하게 변했다.

'정인이라……. 확인해 볼 필요가 있겠군.'

후작은 턱을 괸 손을 풀었다. 그러곤 손짓으로 시종을 내보낸 다음 심복을 가까이 불렀다. 그가 죽으라면 기꺼이 죽는 시늉도 마다 않을 심복이 공손히 다가와 고개를 숙였다. 후작이 작은 목소리로 무어라고 속삭이자 잠시 후 심복이 조용히 방을 나섰다.

　─어떻게 이름도 얼굴도 모르는 사람과 사랑에 빠질 수 있죠? 그에 대해선 아무것도 모르는데요.

　─그와 같은 공간에 있었나요?

　─네.

　─그와 같은 시간을 보냈나요?

　─네.

　─그와 단둘이 이야기를 나누었나요?

　─맞아요.

　─그렇다면 그에 대해 모든 것을 아는 겁니다. 당신을 그를 사랑할 자격이 충분해요.

─로맨스 소설 '사랑의 조건' 중에서.

　메일은 탁! 소리 나게 책을 덮었다. 던지지 않은 것은 그녀의 남은 인내심이었다. 꽃이 만연한 몽글몽글한 표지를 내려다보던 메일이 그것을 협탁 위로 올려 두고 다시 아무렇게나 몸을 뉘었다.

　한숨이 절로 새어 나왔다.

　'나 어쩌지.'

　어제부터 메일은 내내 그 생각만 하고 있었다. 정확히는 어젯밤부터. 더 정확히는 어젯밤에 정원을 다녀온 이후부터.

　머릿속이 복잡했다. 전에도 복잡했지만 이번에는 그 종류와 방향이 사뭇 달랐다.

　메일은 양손을 들어 눈을 가렸다. 그러곤 침대에 누운 채로 발을 동동 구르며 바둥바둥거렸다. 리엘라나 할 법한 짓이었지만 지금 메일의 머릿속에 그런 것이 떠오를 리 만무했다.

'나 진짜 어쩌지?'

동동거리다 제풀에 지친 메일이 팔다리에 힘을 빼고 천장을 물끄러미 쳐다보았다. 머릿속에서 반질반질한 가면이 퐁 솟았다. 바일렛의 새싹도 퐁 솟았다. 잎사귀가 팔랑거리고 뜬금없이 꽃잎이 흩날렸다. 그리 흩날리는 꽃잎 가운데 반질반질한 가면을 쓴 사람이 익숙한 목소리로 그녀를 불렀다.

메일.

메일.

메일.

'아, 그만 불러!'

아무것도 없는 허공을 향해 메일이 손을 휙휙 내저었다. 그녀의 속을 읽을 수 없는 남이 본다면 얼마나 꼴사나운 행동일지. 메일은 양 눈썹 사이에 힘을 주었다가 도로 풀었다. 혼자 하는 쇼도 이만한 쇼가 없었다.

스무 해가 되도록 연애 감정과는 인연이 없었던 모태솔로 메일. 그녀는 어젯밤 결국 제 감정을 깨달았다.

소나기처럼 찾아와 마음을 적신 깨달음은 명확해도 너무 명확했기에 메일은 더 이상 경험이 없고 둔하다는 핑계로 그것을 모른 척할 수가 없었다. 턱을 붙잡고 스푼을 들이미는데 그걸 차마 안 받아먹을 수는 없던 느낌이랄까.

깨달음의 순간을 상기한 메일이 다시 울컥했다. 다 좋은데, 아니, 실은 다 좋지 않다. 다 나빴다. 메일은 손가락을 들어 이 망할 자각이 저에게 도움이 되지 않는 이유를 꼽기 시작했다.

하나, 선배님이 뭐 하는 인물인지 아직도 모른다. 둘, 선배님이 어디에 사는지 여전히 모른다. 셋, 선배님이 어떻게 생겨 먹었는지 여태 모른다. 넷, 선배님이 저를 어떻게 생각하는지 제대로 모른다. 다섯.

악몽을 또 꿨다.

"……."

손가락을 다 접은 메일이 벌떡 몸을 일으켰다. 그랬다. 인생 첫 사랑 타령을 하느라 잠깐 옆으로 미뤄 두었지만 사실 가장 중요한 내용은 저거였다. 그놈의 사람 미치게 하는 악몽이 제일 큰 문제다.

메일은 간밤에 꾼 세 번째 악몽을 통해 새로운 사실을 알았다. 꿈은 진행되고 있었다.

늘 같은 내용을 보여주는 것 같으나 실상은 말미에 조금씩 장면이 추가되었다. 가령 첫 번째 꿈이 도망을 계획하는 데서 끝이 났다면 두 번째 꿈은 도망을 시도하는 데까지, 세 번째 꿈은 한참 길을 달리며 도망을 치는 데까지 이어지는 식이었다.

처음에는 기분 탓인 줄 알았으나 이제 보니 기분 탓이 아니다. 꿈은 정말로 보여줄 것이 더 남았다는 듯 조금씩 조금씩 길어졌다.

기가 막히는 일이었다.

'대체 나한테 왜 이래?'

살다 살다 꿈을 원망하게 될 줄은 몰랐다. 메일은 애꿎은 실내화를 발로 구겼다. 꿈은 보통 무의식의 발현이라고 하지만 이번에는 도저히 그에 동의할 수가 없었다.

대체 저의 무의식에 뭐가 들었기에 이런 악몽을 연달아 꾼단 말인가. 그것도 끝 장면을 자꾸 추가로 갖다 붙이면서.

'……꿈이 나한테 뭔가 하고 싶은 말이 있나?'

메일의 생각은 하다하다 그곳까지 진행되었다. 처음에는 개꿈 같긴 하지만 혹시 모르니까, 두 번째에는 역시 개꿈 같지만 만에 하나 모르니까, 세 번째에는…… 이거 개꿈 맞나? 혹시 뭔가 의미가 있는 건 아닐까? 나만 모르는.

'하지만 정말 모르겠는걸. 대체 뭘 말해주려는 거야? 설마 제국에서

더 노닥거릴 생각 말고 얼른 짐이나 싸라는 경고인가?'

마지막 가정에 메일이 다시 어젯밤을 떠올렸다. 확실히, 그래. 그땐 그랬다. 정원에서 보내는 시간이 마치 꿈에서 천국을 만났을 때처럼 기분이 좋아서 '조금만 더 머무르고 싶다'는 생각이 들기는 했다.

그냥 바일렛이 아니라 그가 심은 바일렛이라서, 단순히 예쁜 정원이 아니라 그가 가꾼 정원이라서, 그저 시원한 바람이 아니라 그의 머리카락을 흐트러뜨린 바람이라서. 그래서 두고 가고 싶지가 않았다. 더 오래 보고 싶었다. 그만큼 이곳에 남아서.

'……그런 불경한 생각을 했었다고 이러는 거야? 정말? 악몽 너 이러기니?'

악몽은 상도덕도 없었다. 일 년 이 년 눌러앉겠다는 것도 아니고 고작 잠깐 더 머무르고 싶다고 생각했을 뿐인데. 메일은 본인의 가정에 본인이 황당해하다가 이내 완전히 몸을 일으켰다. 더 생각하고 따져 봐야 나만 손해지. 악몽은 말도 못 하는데.

'반납이나 하자.'

구겼던 실내화에 발을 밀어 넣은 메일이 협탁 위의 책을 들어 올렸다.

사랑의 조건. 머리를 비울 목적으로 빌렸는데 공교롭게도 지뢰였다. 차라리 리엘라처럼 '공주님'이 들어가는 이야기책이나 고를걸.

메일은 머리를 비워 주기는커녕 더욱 복잡하게 만들어준 지뢰를 얼른 치워 버릴 요량으로 바삐 거처를 나섰다.

오전이라 그런지 도서관은 제법 한산했다. 메일은 책을 반납한 뒤 산책이라도 하듯 책장 사이를 거닐었다. 깔끔하게 정리된 책들은 딱 보기에도 정갈하여 사서의 성미를 짐작할 수 있도록 도와주었다.

메일은 그렇게 책장 사이를 건너다가 깜짝 놀랐다.

"로즈?"

"아가씨."

우연찮게 뵙는군요. 로즈가 예의 강직한 표정으로 정중하게 인사했다. 메일은 그런 로즈를 벙벙하게 쳐다보다가 곧 본인이 놀란 이유를 깨닫곤 조금 미안해졌다.

무의식중에 로즈라면 여가 시간을 도서관보다는 연병장 같은 곳에서 보내지 않을까 짐작했던 것이다. 아무리 로즈라도 매일매일 근육 단련만 하라는 법은 없는데. 스스로의 편견에 머쓱해진 메일이 일부러 더 친근하게 말을 건넸다.

"공주님 없이 여기에서 마주치는 건 처음이네요. 로즈도 독서를 좋아하나 봐요?"

"아니요. 독서는 좋아하지 않습니다."

"응?"

"하지만 책은 좋아합니다."

그 둘이 뭐가 다른데? 솟아오른 메일의 의문은 속에서만 끝났다. 물어보기도 전에 로즈가 먼저 답을 주었기 때문이다.

그녀는 책을 잔뜩 뽑아 탑을 쌓더니 그것을 한 손으로 들어 올렸다. 그러고는 위아래로 팔을 운동하듯 움직이기 시작했다. 근육이 역동적으로 꿈틀거렸다.

"책은 참 유용한 물질입니다."

"……."

편견이 아니었나. 메일은 로즈에 대한 제 파악이 부족했음을 인정했다.

"아가씨께선 책을 대출하러 오신 겁니까?"

"고민 중이에요. 사실 뭘 빌리면 좋을지도 잘 모르겠고."

"좋은 책은 거의 사서가 알고 있습니다. 사서를 데리고 오겠습니다."

"응? 잠깐……."

로즈는 만류를 듣지도 않고 바람처럼 멀어져 갔다. 얼마나 빠른지 붙잡으려던 메일이 허망하게 헛손질을 했을 정도였다.

바람처럼 사라진 로즈는 이어 바람처럼 사서를 데리고 돌아왔는데, 사서는 반쯤 끌려온 것 같은 모습을 하고도 외려 본인이 더 의욕을 불태웠다. 책을 추천해 주는 것도 사서의 주 업무라고 한다. 메일은 결국 예정에 없던 책 추천을 받기로 했다.

"이곳에는 정말 다양한 서적이 구비되어 있습니다. 없는 도서가 없다고 봐도 좋을 정도죠. 지식을 얻기 좋은 책도 있고, 흥미 위주의 책도 있고, 지식과 흥미를 한 번에 잡을 수 있는 두 마리 토끼 같은 책도 있으니 원하는 쪽을 말씀해 주시길 바랍니다."

"저, 실례지만 잠시 끼어들어도 되겠습니까?"

"그럼요. 이야기하시지요."

"두 마리 토끼를 들으니 떠오른 것이 있습니다. 최근 제 고민에 대한 건데……. 저는 파워와 민첩함을 동시에 기르고 싶습니다. 가능하겠습니까?"

대화를 들으면서 걸음을 옮기던 메일은 발을 헛디딜 뻔했다. 왜 그런 질문을 사서에게? 그러나 놀랍게도 사서는 답을 주었다.

"쉽지 않은 일이겠군요. 하지만 가능합니다."

"정말입니까?"

"관련된 책을 추천해 드리겠습니다. 책은 모든 지식의 집합체이니까요. 우선은 '힘의 역사'와 '들리나요, 근육의 소리'를……. 아, 이분께 먼저 책을 골라드려도 괜찮으시겠습니까?"

"얼마든지요."

"영애의 배려에 감사드립니다."

이내 사서는 전문적인 솜씨를 마음껏 뽐내기 시작했다. 머리부터 발끝까지 유약한 인상이지만 책을 고를 때에는 눈빛에서 카리스마가 느껴졌다.

메일이 그런 사서의 프로페셔널한 모습과 기대감으로 꿈틀거리는 로즈의 근육을 번갈아 구경하듯 쳐다봤을 때였다.

쿵!

"……쿵?"

묵직하고 둔탁한 소리가 울렸다. 뭔가가 떨어진 것 같기도 하고, 혹은 공중에서 부딪친 것 같기도 했다. 어느 쪽이든 일상적인 소리는 아닌데. 메일이 그렇게 생각한 순간 사서가 외쳤다.

"조, 조심해요!"

"어?"

책장이 기울고 있었다. 책을 찾느라 그들이 등지고 있던 단면 책장이었다. 책장은 보통 크고 무겁다. 이곳은 공간이 넓어 표준보다 크기가 큰 책장을 주로 두었기에 더 그랬다.

왜 쟤가 기울고 있는지는 둘째 치고 깔리기라도 한다면 무사함을 장담할 수 없을 것이다.

크, 큰일 났다. 사서는 눈을 질끈 감았다. 도망치라고 소리쳐야 했는데 너무 늦었다. 그가 눈을 감기 직전 책장은 코앞까지 다가와 있었다. 천국에도 도서관이 있으면 좋을 텐데. 그렇게 생각하며 사서가 곧 닥쳐 올 고통에 대비해 이를 악물었을 때였다.

"……다들 괜찮습니까?"

"멀쩡해요. 사서도 괜찮은 것 같고. 고마워요, 로즈."

"별말씀을."

"……?"

예상했던 고통 대신 다른 것이 찾아왔다. 말을 나누는 목소리는 평화로웠다. 뭐지? 설마 과정을 생략하고 천국으로 바로 이동했나? 사서는 꾹 감았던 눈을 슬그머니 떴다.

"……!"

순간 사서는 눈을 의심했다. 시야에 들어온 것은 태산이었다.

그것도 굳건한 태산.

넘어지는 책장을 힘으로 받친 로즈가 대수롭지 않은 낯으로 입을 열었다.

"바로 세워야겠군요. 잠깐 물러나 주시겠습니까? 다치실까 봐."

"그래요. 이 정도면 될까요?"

"충분합니다. 그럼……. 흡!"

쿵.

책장은 다시 제자리를 찾아 바로 섰다. 반동으로 반대편의 책이 몇 권 떨어졌는지 바닥에 부딪치면서 둔탁한 소리를 냈다. 언제 기울었었냐는 듯 책장을 되돌린 로즈가 가볍게 손을 탁탁 털었다.

"오랜만에 이렇게 힘을 써보는군요. 적수를 잃은 뒤로는 처음인데, 반가운 느낌입니다."

"근육이 기뻐하겠네요."

"맞습니다."

"아무튼 고마워요. 덕분에 이렇게 무사하고. 음, 그런데…… 사서 씨?"

메일이 사서를 돌아보며 그를 불렀다. 그때까지 멍하니 넋을 놓고 있던 사서는 뒤늦게 허둥지둥 코끝까지 흘러내린 안경을 올리며 대답했다.

"마, 마론이라고 불러 주시면 됩니다."

"좋아요, 마론 씨. 혹시나 해서 묻는 건데 원래 이런 깜짝 이벤트가 종종 일어나는 편인가요?"

물론 그럴 리 없다는 걸 알면서 한 말이었다. 사서가 당연히 손사래를 쳤다.

"결코 아닙니다. 애초 넘어뜨리려고 작정해도 넘어갈 만한 무게가 아닌데……."

"확실히 무겁긴 하네요."

메일은 로즈가 되돌린 책장을 시험 삼아 한번 밀어 보았다. 꿈쩍도 하지 않았다. 밀어서 넘어뜨리려면 분명 어지간한 힘으론 어려울 것이다.

"그럼, 이런 식으로 미는 게 아니라 몸으로 부딪쳐도 힘들까요?"

"몸으로요? 아, 그런 방법이라면……."

잠시 생각해 보던 사서가 성인의 체구 정도라면 가능할 것 같다고 긍정했다. 즉, 아무나 할 수 있다는 말이다.

메일은 몇 발 옆으로 물러나 도서관 안쪽을 둘러보았다. 조금 떨어진 곳에서 시선을 주는 영애 한둘과 사용인 몇. 으음, 저 중에 목격자가 있을까. 그때 로즈가 바닥에서 뭔가를 발견했다.

"아가씨."

"응?"

"여기 책이 떨어져 있는데, 멀쩡하지가 않습니다."

"멀쩡하지 않다고요?"

"자국이……."

책을 주워 들고 로즈가 몸을 일으켰다. 그녀의 말마따나 책에는 부자연스러운 자국이 남아 있었다. 마치 어딘가에 깔려 있기라도 했던 것처럼.

메일은 그걸 확인하자마자 침음을 흘렸다. 깜짝 책장 이벤트가 실수도 우발도 아닌 계획적 일이었다는 것이 확실해지는 순간이었다.

"오르밀이 탈옥이라도 했나……."

"예?"

"아니에요. 아무튼 범인이 미리 준비를 했었나 보네요. 이거 아마 책장 바닥 모서리에 깔려 있던 거 같은데."

"네? 그 말은……."

"약간이라도 사전에 기울여 놓는 게 넘어뜨리기 쉬울 테니까요. 어쩐지 힘껏 부딪쳤다기에 작은 소리라 했더니."

"하, 하지만 어제 퇴근 전에 점검했을 때는 분명."

"오늘 아침이겠죠. 책 정리를 도우러 왔던 하녀나 하인 생김새 기억해요?"

"……여럿이라 잘…….."

"아쉽게 됐네요."

메일은 표지에 자국이 남은 책을 이리저리 돌려 보다가 이내 사서에게 넘겼다. 얼결에 건네받은 사서가 책을 든 채로 어쩔 줄을 몰라 했다. 지나치게 긴장하기에 메일이 안심하라는 듯 한 소리를 했다.

"증거로 보관하라는 건 아니에요. 원한다면 그렇게 해도 되지만."

"예? 아, 예."

"모국도 아니라서 범인 잡는다고 설치기가 좀 그러네."

머리카락을 쓸어 넘긴 메일이 이마를 좀 긁적였다. 목격자를 찾고, 사용인을 불러다 심문하고. 용의자를 특정하고 나면 또 배후를 캐고. 못 할 일은 아니지만 번거로움과 소란을 각오해야 하는 것이 사실이었다.

누가 다치기라도 했다면 또 모르지만 로즈의 활약으로 다들 멀쩡한 마당이니. 메일은 갈등하다가 결정했다.

'오르밀의 망령이려니 생각하자.'

오르밀은 아직 죽지 않았지만 일단은 그렇게 넘기기로 했다. 기껏 시간을 들여 범인을 잡았는데 배후가 끈을 끊어버리면 그 또한 답답해지는 일이다. 왜 이런 짓을 했는지 궁금하긴 하지만.

"그런데 아가씨. 범인은 저희가 이 위치로 올 줄은 어떻게 알았던 걸까요?"

"음, 내가 생각하기엔 책을 이 책장에만 깔아 두진 않았을 것 같아요. 아마 찾아보면 곳곳에 몇 개 더 나오지 않을까. 그리고 정 우리가 원하는 위치로 오지 않아도 어차피 책장을 넘어뜨릴 수는 있으니까."

"그렇군요. 범인은 잡으실 겁니까?"

"로즈는 잡고 싶어요?"

"아가씨의 결정을 따르겠습니다."

"나는 솔직히 회의적이에요. 일단 목격자를 찾아야 하는데, 그 목격자가 정말 목격자인지 범인인지 아니면 범인의 조력자인지도 확인을 거쳐야 하니까요. 꽤나 까다로울 거예요."

더구나 귀족 중에는 사건이든 사고든 남의 일에 관계되는 것 자체를 싫어하는 사람도 수두룩했다. 그렇다고 강제로 진술을 요구할 수도 없었다. 메일의 말을 들은 로즈가 고개를 끄덕였다.

"그럼 이번 일은 간만에 저를 위해 일어난 이벤트라고 생각하겠습니다. 실제로 근육이 오랜만에 상쾌했다고 제게 속삭이는 것이 들리는군요."

로즈의 말은 어딘지 농담처럼 들리지 않았다. 메일이 어색하게 웃을 때였다. 사서가 갑자기 로즈를 불렀다.

"저……."

"……?"

"로, 로즈 양."

메일은 깜짝 놀랐다. 그가 로즈의 이름을 부른 것은 둘째 치고, 그 이름 뒤에 붙은 한 글자가 어째 심상치 않았기 때문이다. 정작 로즈는 아무렇지 않은 얼굴로 대답했다.

"말씀하시죠."

"그, 로즈 양 덕분에 제가 다치지 않고 살았습니다. 그러니, 저어."

말을 이어나가는 사서의 얼굴이 붉었다. 원래 피부가 빨간 사람인가? 아니, 그럴 리가. 메일의 놀란 표정이 한층 격해졌다.

"괜찮다면 감사의 의미로 시, 식사를 대접하고 싶은데요."

"……."

"오늘…… 저녁 식사 어떠십니까?"

모태솔로 메일도 이게 무슨 상황인지는 알았다. 사서와 로즈의 주변으로 꽃이 피어났다. 묘한 기류가 흘렀다. 메일은 그 광경을 멀거니 쳐다보다가 눈을 비볐다.

심복의 표정이 좋지 않았다. 거처에서 업무를 보던 후작이 이유를 묻자 그가 더듬더듬 대답했다.

"못 할 짓을 한 것 같습니다……."

"뭐?"

"사서에게 못 할 짓을……."

"무슨 소리냐?"

심복은 그러다가 숫제 울먹이기 시작했다. 뭐야, 이놈? 후작은 당연히 알아듣지 못했다.

"폐하, 괜찮으십니까?"

반테르는 출근하자마자 눈을 의심했다. 황제의 얼굴이 반쪽이 되어 있었다. 고작 하루 만에 저게 어떻게 가능하지?

"아니."

"제 눈에도 그렇게 보입니다."

"알면서 왜 묻나? 경은 일이나 해."

반테르는 순순히 일에 집중하는 척했으나 눈길은 중간중간 불경하게 황제를 힐긋거리기를 멈추지 않았다. 그의 머릿속이 다시 복잡하게 돌아갔다.

왜 저 상태가 됐을까? 고뿔에 걸려 밤새 앓고 일어나도 저 지경이 되지는 않을 것 같았다. 대체 황제에게 무슨 일이.

그때 서류를 검토하던 황제가 입을 열었다.

"에드지 영지에서 지원 요청? 이건 뭔가, 경?"

서류에서 눈을 뗀 황제가 반테르를 응시했다. 시선을 받은 반테르가 곧장 가까이 다가와 설명했다.

"영지와 닿은 산맥에 있는 야만족을 완전히 토벌하고자 한답니다."

"야만족? 전에 대대적으로 토벌대를 돌릴 때 에드지 영지에서는 신청하지 않은 걸로 아는데?"

"추측입니다만 일종의 상부상조 관계가 아니었을까 사료됩니다."

경우에 따라 야만족은 쓸모가 있었다. 물론 영지민들이 아닌 순전히 영주의 입장에서였다. 알 만하다는 듯 고개를 끄덕인 황제가 이어 말했다.

"한데 왜 이제 와서 토벌을?"

"저도 그것이 미심쩍어 따로 알아보았는데…… 영주인 자작의 막내딸이 야만족에게 납치를 당한 모양입니다."

"납치?"

내내 무심하던 황제의 표정이 처음으로 황당해졌다. 반테르 또한 비슷한 감상이었다.

"보고에 따르면 막내딸이 가출을 했다가 그리되었다고 합니다만……"

"딸이 많이 어린가?"

"올해 열둘입니다."

"어리군."

어리니 경솔했을 수 있다. 그러나 이해가 가지 않는 건 야만족의 행동이었다. 뭘 믿고 영주의 혈육을 납치했을까? 박살 나듯 토벌당하는 게 오랜 숙원이라면 납득하지 못할 것도 아니지만.

"아무튼 야만족이 어중이떠중이는 아닌 모양이군. 지원 요청까지 한 것을 보니."

"꽤 오래 세를 불린 부족이라고 합니다. 그럼 어느 기사단으로 보내시겠습니까?"

"……."

황제는 의외로 바로 결정하지 않고 침묵을 지켰다. 이런 일이라면 전담처럼 맡던 기사단이 있었기에 반테르는 상대가 고심하는 이유를 몰라 속으로 고개를 갸웃거렸다. 잠시 후 황제의 입이 열렸다.

"짐이 직접 가지."

"예, 그럼 그렇게…… 예?"

반테르는 귀를 의심했다. '짐이 직접'이라는 이름의 기사단은 없었다. 본인의 청각에 이상이 생겼는지 간단한 테스트로 확인한 반테르가 이내 경악하는 표정을 지었다.

"제 귀에는 문제가 없습니다."

"짐이 가겠다고 했네. 동행할 기사는 친위대 중에서 고르지."

"맙소사……."

상관이 이제 보니 얼굴만 반쪽이 된 것이 아니라 정신도 반쪽이 됐다. 반테르는 미치겠다는 듯 제자리에서 한 바퀴 돈 다음 재차 입술을 뗐다.

"저도 함께 출정하는 겁니까?"

"경은 일을 해야지."

"폐하가 안 계시는데 제가 퍽이나 일을 하겠습니다."

"근무 태만을 예고하는 건가?"

원한다면 그렇게 하라며 황제가 짧게 덧붙였다. 대신 봉급과 휴가도 태만해지겠지만. 반테르는 그에 꿀 먹은 벙어리가 되었다가 곧 다시 말하는 능력을 찾았다.

"좋습니다. 일단 남겠습니다. 일도 열심히 하고요. 한데 정말 일을 하라고 남기시는 겁니까? 제가 내성에선 폐하의 업무 보좌지만 행사나 외성 바깥으로 나가면 호위 기삽니다. 전에는 토벌이든 뭐든 떼 놓은 적이 없으셨잖습니까."

"버림받는 고양이처럼 굴지 말게, 경."

"그렇게 군 적 없습니다!"

소름이 돋은 반테르가 기겁하며 외쳤다. 그러든지 말든지 황제는 그에게서 눈을 거뒀다. 서류 또한 다음 것으로 넘긴다. 결정이 끝난 일이었다.

반테르는 그에 더 이상 뭐라고 물어도 소용없다는 것을 깨달았다. 체념한 그가 한숨을 삼켰다. 제멋대로인 황제는 가끔 반테르 한정 폭군이었다. 이 나쁜 상사.

"그럼 출정일은 언제로 하시겠습니까?"

"남은 일만 처리하고 바로 떠나도록 하지."

"남은 일이라 하시면."

"죄인의 처분을 결정하고 바로 출발한다. 그렇게 알게."

죄인. 반테르는 반사적으로 엊그제 확인했던 지하 감옥 안의 참혹한 광경을 떠올렸다. 그래, 황제가 세상에 다시 없이 자상한 사람이라는 걸 처음 알게 된 날이었지.

절단해 놓고 죽지 말라고 환부를 지져 준 자상함이 너무 감격스러워서 오 분도 보지 못하고 다시 뛰어올라왔었다. 상기된 장면을 지워낸 반테르가 고개를 숙였다.

"알겠습니다."

몰골은 불쌍했으나 기실 동정의 여지는 없었다. 만약 있다 한들 구경관에게는 사치다. 죄인을 동정할 수 있는 사람이 있다면 그것은 피해자뿐이었다.

반테르는 지하 감옥에서 짧게 마주했던 잠깐의 인연을 생각해 속으로 인사 정도는 건네주었다. 잘 가시오.

✳

죄인 무시크의 참형이 결정되었다. 공개 처형이었다. 그는 본보기로 내일 아침 만인의 앞에서 목이 잘린다.

로즈가 혹시 구경 가겠냐 물었고 메일은 두 번 생각할 것 없이 고개를 저었다. 아무리 제게 폭력을 행사한 범인이라지만 사람 목이 떨어지는 걸 눈앞에서 보고 싶지는 않았다. 극형을 받는다면 그걸로 됐다.

리엘라는 무시크가 내일 목이 잘리게 되었다는 말에 그럼 오르밀도 그 옆에서 같이 잘리는 거냐고 물어봤다. 아쉽게도 그런 일은 없었다.

그럼 무시크와 달리 목을 보존하게 된 오르밀의 처분은 어떻게 되었을까? 우선 그녀는 간택전의 후보 자격을 박탈당했고, 시민권이 강제로 말소되어 더 이상 모국에 돌아갈 수 없게 되었으며, 날 때부터 지니고 있던 귀족이라는 신분을 잃어버렸다. 요약하자면 오갈 곳 없는 평민 신세가 되었다고 정리할 수 있다.

여기서 잠깐 그녀의 집안 이야기를 하자면, 오르밀의 친부인 페튼 백작은 사건이 있던 다음 날 바로 제국으로 소환되어 황제에게 머리를 조아리고 빌었다.

바인샤 왕국은 제국과 통하는 워프 게이트가 설치된 나라였다. 페튼 백작은 그를 통해 지체 없이 황제의 부름에 응할 수 있었다.

당시 페튼 백작은 황성에 도착하자마자 아연했다. 당연한 일이었다. 황후가 되겠다며 자신만만하게 떠난 딸이 황후는커녕 죄인이 되어 있었다. 심지어 경죄도 아니다. 백작은 하마터면 딸과 함께 파멸할 뻔했다.

페튼 백작은 머리를 바닥으로 처박는 그 짧은 순간에 손익을 계산했다. 계산은 매우 빠르게 끝났다.

그는 애초 혈육의 정이 넘치는 인사가 아니었고 오르밀은 집안의 골칫거리였다. 얼굴은 누구보다 예쁘게 태어났으나 타고난 성격이 비할 데 없이 방자하고 교만했다. 수발을 드는 사용인들이 특히 괴로워하며 학을 떼었다. 친부의 입장에서 보아도 집안에 두어 도움이 될 인물은 결코 아니었다.

백작은 늘 어떻게 하면 딸을 가장 비싸게 팔 수 있을까를 고민했고 그 결과가 황후 간택전이었다. 미모 하나는 빼어나니 어떻게 되겠지. 물론 착각이었다. 어떻게 되긴 했는데 좋은 쪽으로 어떻게 되지는 않았다.

미련도 남지 않은 페튼 백작은 황제의 발치에 엎드려 오르밀과 바로 혈육의 연을 끊을 것을 맹세했다. 쉽게 말해 호적에서 파겠다는 말이다.

같이 망하긴 싫으니 이제 남남이 된 자기는 봐 달라는 뜻으로 해석이 가능하다. 황제는 그런 백작의 결정을 존중하여 그에게 따로 책임을 묻지 않기로 했다. 백작은 딸을 버린 대가로 그렇게 제 안위를 손에 넣었다. 아주 잠시 동안.

페튼 백작은 안심하고 돌아갔으나 머잖아 왕국 내의 힘의 균형이 깨지고 말 거라는 걸 그는 알지 못했다.

황제는 제국 내 백작의 안위를 보장했으나 왕국 내에서의 안위까지는 장담하지 않았다. 그는 곧 알아서 권력 다툼의 패배자가 되어 오르밀과 별반 다를 것 없는 신세가 될 것이다. 오르밀의 성정과 패악을 알면서도 그를 방관하고 팔아먹으려고만 들었던 그의 죗값이었다.

아무튼 오르밀은 그렇게 지닌 모든 것을 잃었다. 원래부터 없었던 인맥이야 말할 것도 없고, 신분을 잃었으니 사실상 다 잃은 것이다.

자랑이었던 미모는 지하 감옥에서 며칠 구르는 동안 알아보기 힘들 정도로 빛이 바랬으니 그것 또한 잃은 것에 포함된다고 봐도 좋았다.

오르밀은 정말로 아무것도 없는 사람이 되었다. 아무것도.

"그럼 걔는 이제 뭐 하고 살아?"

오르밀이 내일 성 밖으로 쫓겨나게 되었다는 말을 들은 리엘라가 천진하게 물었다. 로즈는 대답을 조금 얼버무렸다.

"글쎄요."

가진 것을 다 잃은 평민 오르밀은 앞으로 어떻게 살까. 빛이 바랬다곤 했지만 사실 그녀는 아직도 아름답다. 개과천선을 한다면 어찌어찌 잘 살아갈 방도가 나올지도 모른다.

하지만 로즈는 그것이 차라리 죽었다가 새사람으로 환생하는 것보다 더 어렵다는 사실을 알고 있었다.

오르밀처럼 끝 간데없이 남을 괴롭히고 악심을 불태우는 인간은 생각보다 흔하다. 로즈는 과거 살아오면서 성별과 신분을 떠나 그런 유형을 제법 봤다.

그들은 타인을 어떤 방법으로 짓밟든 결코 죄책감을 느끼지 못했다. 죄책감을 느끼지 않으니 당연히 제가 잘못했다고도 생각하지 않았다.

변화는 반성에서 나온다. 그들은 변할 수 없는 인간들이었다. 이 일이 아니었더라도 오르밀은 언젠가 비슷한 파국을 맞고 말았을 것이다.

일그러진 인간이 맞게 된 최후. 이제 앞으로 그녀가 걸어가야 할 비참한 가시밭길은 얼마든지 유추가 가능하다.

하지만 그런 현실적인 이야기를 과연 리엘라에게 해줘도 될는지. 로즈가 고민하는 사이 메일이 입을 열었다.

"금방 죽지 않을까요?"

"정말?"

"예감이 들어요. 마침 길 가던 도적 떼가 새로 산 칼의 효능을 시험해 보기 위해 오르밀, 그러니까 파란 곰팡이의 목을 뎅강! 해줄 것만 같은 강렬한 예감이요. 와아, 공주님의 소원 성취!"

"와!"

막무가내식 상황 설정이었으나 리엘라는 좋아했다. 남 죽는단 이야기에 좋아하다니, 얼핏 보면 잔혹한 성정처럼 보일 수 있겠지만 메일은 그것이 현실감의 부재에서 비롯된 천진함이라는 것을 알았다.

누군가는 멍청하다고 손가락질할지 몰라도 이미 정이 들어버린 메일은 더 이상 그런 모습을 부정적으로 바라볼 수가 없었다.

"으음, 꿈속의 공주님도 어쨌든 공주님이실 텐데."

"그게 뭐야?"

"공주님."

메일은 양손으로 턱을 괸 채 리엘라를 바라보았다. 꿈속의 리엘라는 황제에게 사랑에 빠진다. 그걸 떠올리고 나니 문득 상관없는 다른 의문이 들었다. 리엘라도 사랑을 해본 적이 있을까?

'없겠지.'

없으니까 전기 이론 같은 걸 맹신하고 있지. 메일은 답을 알면서 괜히 물어봤다.

"공주님은 누굴 좋아해 본 적 있으세요?"

"응."

"역시 그렇군요…… 가 아니라 뭐라고!"

메일이 깜짝 놀라 눈을 휘둥그레 떴다. 잘못 들은 줄 알았다. 로즈도 옆에서 같이 놀라 근육을 세차게 꿈틀거렸다.

"정말요?"

"응."

"……좋아한다는 게 뭐게요?"

"기분이 좋았다가 나빴다가, 가슴이 아팠다가 안 아팠다가 하는 거."

헉. 메일은 믿을 수 없어서 제 입을 가렸다. 리엘라는 의외로 평범하게 사랑을 해본 것 같았다. 연애인지, 짝사랑인지 그런 것까지는 몰라도. 로즈는 입을 가린 메일보다 더 믿을 수 없었는지 도중에 끼어들었다.

"공주님, 혹시 그때 궁의는 만나 보셨습니까? 조울증과 심장병이었던 걸지도 모릅니다."

"그게 뭐야?"

"공주님."

메일이 심각하게 리엘라를 불렀다. 리엘라가 해본 게 정말 사랑이라면 그녀는 그 분야(?)에 있어서는 메일보다 인생 선배라는 말이 된다. 있을 수 없는 일이었다. 메일의 눈동자가 흔들렸다.

"그럼, 혹시 그때 전기가 통하셨던 거예요?"

"아니. 운명의 상대는 열다섯 살 생일이 지나야 만날 수 있잖아."

"……전기 이론에 그런 구체적인 설정이 있었다니……."

황당해하던 메일이 고개를 흔들었다. 아니, 그건 그렇다 치고. 리엘라의 말에는 정보가 있었다. 그녀의 사랑은 적어도 열다섯 살 이전이었다. 불신을 제치고 궁금증이 솟아오른 메일이 그에 대해 질문했다.

"그럼 몇 살 때 만나셨어요?"

"뭐를?"

"좋아하는 사람이요."

"음……. 열세 살."

리엘라가 뱉어 놓은 나이는 퍽 어렸다. 열셋. 열셋이라. 메일은 그맘때의 리엘라를 상상해 보았다. 지금 리엘라가 열여덟이니 다섯 살이나 더 어리다.

메일은 상상력을 동원하여 공주님의 나이를 걸어 내다가 곧 그럴 필요가 없다는 것을 깨달았다. 그녀는 아버지를 따라 방문한 궁중 화가의 작업실에서 그 나이 때 리엘라의 초상화를 본 적이 있었다. 그랬지, 참.

리엘라는 열세 살에도 예뻤다. 천사처럼.

"그 사람을 좋아한다는 건 어떻게 아셨어요?"

메일은 딱히 열셋이라는 나이를 이유로 리엘라의 경험을 폄하하고 싶은 생각은 들지 않았다.

세 살이면 또 모를까. 애초 유명한 명작 로맨스 소설에 나오는 주인공도 열네 살이다. 그녀는 열네 살에 죽음까지 불사르는 사랑을 했다.

기억을 더듬는지 눈을 데굴데굴 굴리던 리엘라가 대답했다.

"그냥 알았어."

"그냥이요?"

"내가 보석 반지를 떨어뜨렸는데, 그걸 주워 줬거든. 근데 보석 반지를 들고 있는 개의 얼굴이 내 반지보다 예뻐 보였어. 그때 그냥 알게 됐어."

메일은 동작을 멈췄다. 리엘라의 말을 듣는 순간 그림처럼 펼쳐진 장면이 있었다. 달이 뜬 정원, 바일렛, 그리고 그 사람.

눈이 마주쳤을 때.

맞다. 사랑을 알게 되는 건 그런 거다. 싫어도 강제로 알게 되고 말지.

메일은 리엘라를 빤히 쳐다보며 공감하다가 문득 소리 내 웃어버렸다. 리엘리와 이런 이야기를 나누게 될 거라곤 상상도 못 했다. 정말 상상도.

"……흠흠. 실은 저도……."

그때 로즈가 슬그머니 대화에 참여했다. 파괴신의 얼굴이 답지 않게 살짝 붉었다.

"저도 한때는 힘과 사랑에 빠졌다고 생각했던 적이 있습니다. 힘과 스피드를 동시에 사랑하며 과연 양다리를 걸쳐도 되는 건가 고민하던 때도 있었죠. 거기에 지구력이 추가되자 삼파전이 시작되었고요."

시삭이 어딘가 이상했지만 로즈다웠다. 메일이 하하 웃은 뒤 다음 이야기를 독촉했다.

"그런데 다르더군요. 힘, 스피드, 지구력을 사랑하는 것과 사람을…… 크흠, 신경 쓰는 것은 확실히 다른 기분이었습니다."

"어떻게 다른데?"

"공주님은 아시지 않습니까. 공주님이 열세 살 때 느끼셨던 바로 그 기분입니다."

"그럼 힘 어쩌고는 가짜 사랑이야?"

"사랑의 종류가 다른 거죠."

메일의 표정이 묘하게 변했다. 로즈는 어쩐지 지나간 과거의 일을 이야기하는 사람 같지 않았다. 마침 목격한 것도 있는 마당이다. 메일이 슬쩍 찔러 보듯 물었다.

"로즈. 혹시 오늘 저녁에 뭐 해요?"

로즈에게선 대답이 나오지 않았다. 그녀는 침묵을 지켰으나 대신 얼굴이 전보다 더욱 빨갛게 달아올랐다. 아주 새빨갛지는 않아도 평소의 혈색과 비교하면 확실히 붉었다.

어머나. 메일은 이번엔 눈을 비비지는 않고 대신 입을 가렸다.

"난 오늘 저녁에 저녁밥 먹을 거야."

눈치 없는 리엘라가 당연한 소리를 하며 끼어들었다. 빨갛게 익은 얼굴로 눈 둘 곳 모르던 로즈가 그에 이때다 싶었는지 '공주님의 저녁 식사 메뉴'로 얼른 화제를 돌렸다.

메일은 그 모습을 황당히 쳐다보다가 이내 괜스레 웃음이 나서 푸하하 웃고 말았다.

날이 밝자 새로운 소식이 들렸다. 무시크의 공개 처형과 오르밀의 퇴성은 전날 미리 발표가 된 일이니 새로운 소식이 아니다. 진짜 새 뉴스는 바로 황제의 출정 소식이었다. 궁은 금세 시끄러워졌다.

"이야기 들었어?"

"폐하께서 직접 출정하신다는 거?"

"에드지 영지의 야만족이라며? 그럼 언제 돌아오시는 거야?"

"글쎄. 폐하야 전에도 워낙 빠른 시간에 야만족을 토벌하신 적이 있으셔서."

"하아! 부럽다. 폐하께서 직접 찾아가 토벌까지 해주고. 나도 차라리 야만족으로 태어날걸. 그렇지 않니, 얘들아?"

"……그건 좀…….."

황제는 경외의 대상이자 내성 제일의 인기남이었다. 사용인들뿐 아니라 후보들 또한 숙덕숙덕 입을 모았다.

"폐하께서 변방의 영지로 떠나셨다면서요?"

"야만족 토벌이 목적이시라지요?"

"어쩜, 왜 하필 이 시기에 그런 미개한 것들이 날뛰는 건지."

"아쉬워요. 조금 더 일찍 알았다면 직접 수놓은 손수건을 달아드렸을 텐데."

"영애가 그런다고 폐하께서 눈길이나 주실까요? 영애의 이름도 모르실 텐데."

"비겁하게 사실로 공격하지 말아줄래요?"

제국에서 별달리 할 일이 없는 그녀들은 여러 명씩 옹기종기 모여 서로 티타임을 갖거나 담소를 나누거나 했다.

어떨 때는 덕담이 오가고 어떨 때는 공격이 오갔다. 가끔은 웃으면서 이야길 나누다가 갑자기 상대의 급소를 찌르는 사냥꾼다운 면모를 보여 주기도 했는데, 비등한 수준의 이들끼리 모였는지 크게 다치거나 쓰러지는 사람 없이 비슷한 견제가 쭉 이어졌다. 재미있는 광경이었다.

메일은 그 와중에 황제의 출정 소식을 듣고 선배님을 떠올렸다. 어제 선배님은 정원에 나타나지 않았다. 몹시 아쉬운 일이었다.

오늘은 볼 수 있지 않을까 했는데 마침 그에 화답이라도 해주듯 황제가 성을 떠났다는 이야기가 들렸다. 메일은 왠지 오늘도 선배님을 볼수 없을 것 같다는 예감에 마음이 싱숭생숭해졌다.

싱숭생숭한 사람은 여기 하나 더 있다. 마론이었다. 마론이 누구냐고 묻는다면 바로 로즈가 도서관에서 구해 줬던 사서다. 그는 로즈를 향한 자신의 떨림이 동경인지 사랑인지 아니면 또 다른 무언가인지 구별이 되지 않아 혼란스러웠다. 마음이 뒤죽박죽 복잡했다.

썸남 마론이 그 모양이니 로즈 또한 상태가 별반 다르지 않았다. 마음에 혼돈이 들어선 그녀는 전과 다르게 리엘라의 곁을 비우는 시간이 늘었다.

그렇게 사용인들은 숙덕이고, 후보들은 담소를 나누다가 상대를 공격하고, 메일은 싱숭생숭하고, 마론과 로즈도 마음이 어수선하고.

그런 가운데 리엘라만 저 혼자 아무 생각이 없었다.

"메일, 나 심심해."

체통 없이 널브러져 있던 리엘라가 투정을 부렸다. 메일은 이때 토마토에 양념 대신 상념을 끼얹어 기계처럼 주워 먹던 중이었다. 리엘라의 목소리를 인식하고 퍼뜩 정신을 차린 메일은 곧 조금 의외라는 표정을 지었다.

"심심하세요?"

"그러네."

"저를 부르신 건 놀아 달라는 의미인 거죠?"

"응."

여기서 참고할 만한 사실이 있다. 지금과 같은 리엘라의 투정은 기실 꽤 드문 일이었다. 리엘라는 본래 싫증을 잘 내고 심심함도 곧잘 느끼는 편이었지만, 또 그런 만큼 심심함을 타개할 방법을 알아서 찰 찾는 타입이었기 때문이다.

공주님은 보기보다 한정된 공간에서 한정된 자원으로 놀기를 잘했다. 메일은 과거 언젠가 리엘라가 보석을 붙들고 하나하나 점수를 매기며 놀았던 것을 기억하고 있었다.

이 사파이어는 3점, 이 토파즈는 5점, 저 루비는 2점 등. 물론 기준점이 되는 본인의 얼굴은 100점이었다.

아무튼 그 밖에도 오이 미용이나 감자 미용 등 혼자서도 잘만 놀 방법을 찾던 리엘라가 이번엔 웬일인지. 메일은 상대의 요구에 잠깐 고민하다가 입을 열었다.

"도서관에 가실래요?"

잠깐 고민한다고 뭔가 대단한 놀거리가 떠오르지는 않았다. 메일의 식상한 제안에 리엘라가 고개를 저었다.

"아니."

"그럼 식당에 가서 달콤한 디저트를 드시는 건 어때요?"

"별로 안 먹고 싶어."

"음……."

메일은 로즈를 떠올렸다. 이럴 때 로즈가 있었다면 근육 단련 쇼나 팔씨름 쇼를 보여 주겠다고 말이나 꺼내 보았을 텐데. 대상의 빈자리에 큰 아쉬움을 느끼며 메일이 재차 입술을 뗐다.

"재미있는 이야기라도 들려드릴까요?"

"재미없으면?"

"……공주님께서 그런 합리적인 의심을 하실 거라곤 예상을 못 해서 당황스럽네요."

사실 해줄 수 있는 이야기라곤 누구나 아는 명작 동화가 다였다. 리엘라의 취향은 로맨스 소설이겠지만 메일은 로맨스 소설을 읽어본 적이 없다. 이럴 줄 알았으면 정원 책이나 식물 도감 말고 영웅소설이나 모험소설이라도 몇 질 읽어둘걸. 그렇게 생각하던 메일이 문득 눈을 반짝였다. 가만, 정원?

"공주님, 예쁜 거 보러 가실래요?"

"거울은 됐어."

"아뇨, 공주님. 그런 게 아니라……."

메일은 설명할 말을 골랐다. 정원은 예쁘다. 예쁘고 아름답다. 그리고 또?

"……저를 닮은 친구들이 많이 있어요."

"널 닮아?"

"네."

자기 입으로 나무를 닮았다고 이야기하는 것이 조금 민망하기는 했지만, 어차피 상대에게 먼저 인정을 받았던 사실이니 틀린 말은 아니었다.

리엘라는 메일의 설명에 조금 흥미가 돋았는지 처음으로 긍정적인 반응을 보였다.

"어디 있는데?"

"별궁을 나가서 조금만 걸으시면 돼요. 산책하기에도 좋은 곳이고, 꿈과 희망이 넘치고……. 같이 가실래요?"

정원의 세계로 리엘라를 끌어들이는 메일의 유혹이 은근했다. 리엘라는 고민 비슷한 것을 아주 잠깐 하는가 싶더니 금방 고개를 끄덕였다.

"그래!"

나이스 선택, 공주님. 메일이 박수를 치며 리엘라의 결단을 치켜세웠다. 그렇게 심심한 리엘라의 바깥 정원 나들이가 즉흥적으로 결정되었다.

에드지 영지로 향하는 토벌대는 단출하게 구성되었다. 다섯 손가락으로 셀 수 있는 인원이었으니 실상 단출하다고 하기에도 민망한 수준이다. 그들은 뒤따르는 사용인도 하나 없이 말을 타고 성문을 나섰다.

에드지는 변방에 위치한 곳이었지만 굳이 먼 거리를 전부 도보로 이동할 필요는 없었다. 수도 외곽까지만 가면 그곳에서 에드지 근처로 통하는 워프 게이트를 이용할 수 있기 때문이다. 물론 수도 외곽이라고 해서 만만한 거리는 아니다. 수도가 원체 넓었기에 황제를 비롯한 일행은 못해도 하루 동안은 말을 달려야 했다. 죽을 맛이었다.

황제는 마차를 물린 것도 모자라서 쉬지도 않고 말을 몰았다. 대체 왜 그러는 건지 친위병들은 알 길이 없었다. 서두른다는 말로 표현하기에도 지나친 혹사였다. 황제는 마치 스스로의 몸을 괴롭히고 싶어 안달 난 사람 같았다.

물론 존중한다. 이해할 수 있었다. 자기 몸인데 자기가 괴롭히고 싶을 수도 있지. 취향 존중이다.

그러나 문제는 일행 또한 덕분에 괴로워 죽을 지경이라는 것이다. 그들은 나름 훈련받은 정예였으나 한때 무신이라고까지 불렸던 황제에 비할 정도는 아니었다.

결국 그들은 황제를 제외하고 초주검 상태가 되어 워프 게이트를 탔다. 게이트에서 내려서도 휴식 없이 다시 말을 달려야 했던 건 덤이었다.

"네? 출입이 안 돼요?"

“죄송합니다.”

병사가 꾸벅 고개를 숙였다. 메일은 난감한 기색으로 그런 상대를 응시했다.

정원에 들어갈 수 없었다.

메일은 별궁 야외에 조성된 산책용 정원으로 리엘라를 이끌었다. 대놓고 좀 걸으라고 만들어져서 그런지 넓기도 넓고 조각이나 분수 등 볼거리가 많은 공간이었기 때문이다.

그곳이라면 리엘라도 흥미를 붙이고 잘 놀겠다 싶어 주저 않고 앞장섰더니, 웬걸. 하필이면 정원에서 사고가 났다. 자세한 경위는 몰라도 물에 빠지거나 다친 후보가 있는 모양이었다. 이런 일이 생기면 보통은 책임자에게 결재를 받고 보수공사에 들어간다.

지금은 결재를 올려 둔 상태이며 공사가 끝나려면 아무래도 다소 시일이 걸릴 것 같다고 병사는 정중하게 덧붙였다.

“이런…….”

아쉽지만 어쩔 수 없는 일이었다. 메일은 사고가 난 사람의 안위를 물었다. 다행히 경미한 부상이라고 한다.

메일은 리엘라를 데리고 도로 별궁의 입구를 통과했다.

“예쁜 거 보러 간다며?”

리엘라가 따질 것처럼 운을 띄웠다. 기껏 열심히 걸어갔는데 아무것도 못 하고 그대로 몸을 돌려 돌아왔으니 심통이 날 만도 했다.

엄밀히 따져 메일의 탓은 아니었지만 어쨌든 할 말이 없어진 메일이면 산을 바라보듯 복도의 벽에 시선을 주었다. 공주님을 어떻게 달래면 좋을까.

“나는 예쁜 거를 꼭 봐야겠어.”

“네?”

리엘라는 갑자기 고집을 부렸다. 메일이 고개를 돌렸다. 아까 거처를 나올 때만 해도 저 정도 기대나 의지는 찾아볼 수 없었는데 언제?

아무래도 안 된다는 말을 듣고 나니 공연히 오기가 생긴 모양이었다. 리엘라가 재차 말했다.

"예쁜 거. 보여준다고 했잖아? 보여줘."

메일은 고민했다. 여기서 상대가 이미 한번 사양했던 거울을 보여 줘 봤자 효과는 당연히 없을 것이다. 리엘라의 표정은 전에 없이 단호한 의지를 드러내고 있었다. 어쨌든 예고한 것을 대령하긴 대령해야 했다.

메일의 고민이 한층 깊어졌다. 물론 갈 곳이 없어서는 아니다.

'거길 데려가도 괜찮을까?'

별궁 안에는 그녀가 눈 감고도 찾아갈 수 있는 정원이 있다. 사실 메일에게 '정원' 하면 떠오르는 장소는 야외의 정원보다는 그곳이었다. 그럼에도 갈등하는 이유는 다음과 같았다.

우선 그 정원은 주인이 있다. 메일은 자유로운 출입을 허락받았지만 리엘라는 아니다.

물론 정원의 주인이 메일에게 건넨 특혜나 해온 태도를 보면 메일이 일행 한 명 정도를 동반한다고 해서 언짢아할 것 같지는 않았지만, 그래도 혹시 모르는 일이었다.

다음으로 해당 정원은 흙이 아니라 잔디를 밟는다. 다른 말로 하면 벌레가 붙기 한층 쉬운 환경이라는 뜻이었다. 메일은 벌레에 놀란 리엘라가 난리를 치다가 소중한 매리골드를 발로 밟는 상상을 해보았다. 식은땀이 흘렀다.

그리고 마지막으로는.

'마지막 이유는……'

메일은 망설였다. 이건 너무 이기적인 이유였다. 이기적인 데다가 이유라고 하기에도 민망했다. 남모르게 얼굴이 붉어진 메일이 결국 눈을 질끈 감았다 떴다.

세 번째 이유에서 느낀 부끄러움 때문에 메일은 더 이상 리엘라가 그 정원에 출입하면 안 된다고 말할 자신이 없어졌다.

"······가요, 공주님."

"응?"

"예쁜 거 보여드릴게요."

어떻게 이야기할 수 있을까. 둘만의 추억에 타인이 침범하는 것 같아 내키지 않는다고는 도저히.

앞서 걷는 메일의 걸음이 부끄러움을 감추려는 듯 평소보다 빨랐다.

✳

에드지 영지의 영주는 엑스트 자작이다. 그는 연통을 받자마자 손님을 맞이하기 위해 버선발로 뛰어나왔다. 예상보다 이르게 토벌대가 도착한 것만 해도 기꺼운데 그 토벌대에 황제가 끼어 있다니?

자작은 오는 내내 꿈을 의심했다. 물론 꿈이 아니다. 그는 황제의 앞에서 절을 올리면서 언제부터 자신이 황제의 총애를 받는 가신이었나 고민했다. 그의 착각을 정정해 줄 사람은 없었다.

"기사님들께서도 정말 잘 오셨습니다. 감사합니다, 감사합니다."

"크흠, 우선 좀 씻고 싶습니다만."

"아, 예! 바로 안내해 드리겠습니다."

친위병은 집사를 비롯한 사용인들이, 황제는 자작이 직접 머물 곳으로 안내했다. 황제가 안내받은 거처는 자작의 방보다도 화려하고 넓었다.

자작이 언젠가 고위 귀족과 연이 닿으면 그를 대접하는 용도로 쓰려고 야심차게 준비해 두었던 방이 이렇게 제 몫을 해냈다.

황제는 몸을 씻어 간단하게 여독을 풀자마자 바로 필요한 서류를 준비시켰다.

"야만족에 대해 정리된 사항입니다."

"납치되었다는 막내딸에 대한 것도."

"여기 있습니다."

여러 장의 문서를 받아 든 황제가 그것을 빠르게 훑어 내렸다. 정보를 한눈에 들어오도록 깔끔히 정리해 둔 솜씨가 나쁘지 않았다. 황제는 내심 평가했다. 집사가 인재로군.

"이게 전부인가?"

"그렇습니다."

"십 년이라. 꽤 오래 세를 불렸군."

문서를 넘기며 황제가 중얼거렸다. 야만족이 산맥에 자리를 잡고 제영역을 과시하기 시작한 지 서류상으로는 벌써 십 년이나 되었다.

기록이 늦었다고 가정하면 더 오래되었을 수도 있다. 그들은 주제에 이름도 있었다. 세브족.

"토벌이 재미있겠어. 그리고 막내딸은…… 음? 수도에 들어온 지 얼마 안 됐나?"

"예. 불과 이주 전에 방학을 맞이하여 내려오셨습니다."

올해 열두 살인 자작의 막내딸은 재작년 수도의 아카데미에 입학했다. 변방의 작은 가문인 엑스트 자작가로서는 부담이 될 만한 수업료였으나 막내딸이 입학시험에서 수석을 차지해 전액 장학금을 받으면서 금전적인 문제를 해결했다.

내용을 확인한 황제의 낯에 이채가 돌았다. 막내딸은 그의 예상보다 똑똑했다.

"가출했다는 이야기를 들었는데."

"자작님께서 외출 금지령을 내리셨는데…… 그를 어기고 외출하셨습니다."

"얼마나 됐지?"

"엿새 전의 일입니다."

황제는 마지막 장까지 눈에 담은 서류를 탁자 위에 내려놓았다. 토벌은 어렵지 않은 일이 될 것이다. 그의 지금 같은 심정으로서는 차라리 어려웠으면 싶었지만 세브족이 아무리 날고 기어 봤자 변방의 작은 부족이었다.

하루면 충분했다. 그러나 일정을 잡기에 앞서 황제는 추가적인 서류를 몇 장 더 요구했다.

막내딸의 납치 사실을 목격한 목격자의 신상 정보. 막내딸 이전에 최근 야만족에게 납치된 피해자는 누가 있는지. 그 피해자와 막내딸의 관계는 어떻게 되는지.

그리고 추가로 영주를 불러올 것을 명했다. 부름을 받은 자작은 헐레벌떡 달려왔다.

"폐하! 소신을 부르셨다고 들었습니다."

"몇 가지 물어볼 것이 있어 불렀네."

"여부가 있겠습니까! 뭐든 성심성의껏 답하겠습니다!"

자작은 그 어떤 것이든 정성을 다해 대답하겠다는 열의가 넘쳤다. 지금 입고 있는 속옷 색깔을 물어본대도 냉큼 알려 줄–혹은 심지어 보여 줄–태세였다. 물론 황제가 그런 것을 궁금해할 리 없다. 황제가 담담히 질문했다.

"딸에게 외출 금지령을 내린 이유가 무엇인가?"

"아, 그것은…… 제 딸아이가 원체 밖을 돌아다니는 것을 좋아하는 성격이온데, 최근 세브족이 자주 출몰한다는 보고가 올라와 혹 화를 입진 않을까 걱정이 되어 그리했습니다."

그러나 딸은 그의 명령을 어겼고 바깥으로 나가 결국 화를 입었다. 현 상황을 다시 상기한 자작이 울컥 치미는 눈물을 삼켰다. 그는 팔불

출이었고 딸이 납치당한 이후부터 이렇게 걸핏하면 눈물이 솟아오르곤 했다. 최근 자작의 넘버원 휴대 용품은 손수건이었다.

"혹시 막내딸이 야만족을 완전히 토벌해야 한다는 의견을 꺼낸 적이 있나?"

"예, 예에. 어찌 아셨습니까? 이번 방학을 맞아 집에 돌아온 뒤로 종종 그런 주장을 하기는 했습니다."

"들어주지 않았겠군."

"그, 그야…… 토벌이라는 것이 그리 쉽게 결정할 만한 사안이 아니었던지라…….”

자작의 목소리가 기어들어갔다. 막내딸이 납치되었다는 사실을 알자마자 눈이 뒤집혀 수도로 병력 지원을 요청한 주제에 꺼내 놓는 변명이 궁색했다. 황제는 그런 자작을 구태여 추궁하진 않았다. 기실 빈번하다면 빈번한 일이었다.

여태 세브족은 자작에게 좋은 수단이자 구실이 되었을 것이다. 영지민들을 겁에 질리게 만들어 그가 더욱 손쉽게 통치할 수 있도록 해주는 수단. 다른 영지보다 조금 더 높은 세율을 부과하더라도 합당한 것처럼 보이게 해주는 구실.

그 대가로 세브족은 여태 약탈을 일삼으면서도 눈 가리고 아웅이나 다름없는 보여 주기식 토벌 외에는 아무런 제재도 받지 않을 수 있었다.

물론 어느 정도 선은 지켜야 했을 것이다. 영지민들도 세금을 내려면 먹고는 살아야 하고, 영주도 제 비위에는 거슬리지 않아야 계속 그들의 활동을 묵인해 줄 테니까.

암묵적인 공생 관계는 그렇게 십 년이 넘게 지속되었다. 자작의 막내딸이 납치당하기 바로 전날까지.

'야만족이 무리의 새 우두머리로 멍청한 인사를 뽑았나 했더니.'

처음 보고를 받았을 때는 그런 가능성 또한 염두에 두었던 것이 사실이다. 그러나 아닌 것이 명백해졌다.

자작의 막내딸은 고작 열두 살의 나이치고 꽤나 담대한 인물이었다. 자라난 후에는 다른 가문으로 시집을 가는 것보다 가주의 직위를 물려받는 편이 집안에 도움이 될 것이다.

짧게 평가를 마친 황제가 이내 자작을 물렸다. 필요한 것은 다 확인했다.

자작이 물러나자 황제는 사용인들까지 전부 내보내고 거처에 홀로 남았다. 적막해진 공간 속에서 그는 창밖으로 시선을 주었다. 해는 진작 저물었으나 달이 밝게 뜬 모양인지 바깥의 풍경은 시간에 어울리지 않게 환했다.

보름달이라도 뜬 걸까. 그럼 좋아할 텐데.

'정원 안에 있다면 예쁘다며 신이 났겠지.'

해가 내리쬐는 정원도 아름답지만 그게 못지않은 것이 보름달이 뜬 정원이다. 밝게 뜬 달은 정원에 은은한 운치를 더하고 식물을 낮과는 다른 색으로 빛나게 해준다. 누구라면 결코 놓칠 수 없는 장관이었다.

평소에도 그렇게 좋아하는데, 지금이라면 아는 꽃과 나무의 이름을 하나하나 불러 주며 배는 즐거워하고 있을지도.

"……미치겠군."

황제는 자조했다. 쓴웃음이 저절로 흘러나왔다. 무엇 때문에 제가 도망치듯 이 변방으로 토벌을 하러 나왔는데. 행동은 통제할 수 있지만 생각은 그럴 수 없었다. 몸을 한계까지 혹사시켜도 방심은 이렇게 금방 찾아온다. 원하지 않아도 그저 제멋대로.

수마는 번잡한 마음을 싫어한다. 거처의 불은 오래도록 꺼지지 않았다.

‘일단…… 오기는 왔는데.’

샛길의 입구에 선 메일이 심호흡을 했다. 부끄러움과 민망함이 범람한 탓에 충동적으로 내린 결정이었으니 긴장이나 망설임이 들지 않는다면 그게 거짓말일 것이다.

메일은 옆으로 눈을 돌려 리엘라를 쳐다보았다. 섬섬옥수에 어울리는 흰 장갑이 양손을 빈틈없이 감싸고 있었다.

‘괜찮겠지.’

여기서 잠깐, 알아도 몰라도 크게 상관은 없지만 괜히 말해주고 싶은 정원 상식!

정원에 들어서면 화려하고 싱싱한 꽃과 나무 친구들이 여러분을 반갑게 맞이해 줄 거예요. 어떤 꽃은 잎을 팔랑거리며 환영의 뜻을 알려줄지도 모르죠.

하지만 명심하세요. 아무리 예쁜 꽃이나 나무라도 함부로 손을 대어서는 안 된답니다. 특히 맨손이라면 더욱이요.

만약 이 경고를 무시하고 손을 댄다면 어떻게 될까요? 바로 꽃과 나무의 절친한 친구인 절지류가 여러분의 손등에 찰싹 달라붙어 살갑게 인사를 건네올 거랍니다! 앙증맞은 절지류의 인사에 여러분은 아마 이렇게 대답하겠죠? ‘와, X발 잠깐만’.

“……공주님, 꼭 저만 잘 따라오셔야 해요. 혼자서 막 여기저기 구경하지 마시고요.”

“옆에 계속 붙어 있으라는 소리야?”

“맞아요. 한 번에 알아들으시다니 총명하시네요.”

“근데 왜? 내가 길 잃을까 봐?”

“바로 그거예요.”

정원은 일부러 길을 잃으려고 노력해도 그럴 수 없는 규모였지만, 메일은 우선은 그것을 구실로 삼았다. 의외로 본인을 잘 아는 희대의 길치 리엘라는 다행히 납득한 듯 별달리 토를 달지 않았다.

샛길은 길지 않았기에 두 사람은 금방 정원의 초입으로 들어섰다. 발에 밟힌 잔디가 바스락거리는 소리를 낸다. 리엘라는 메일을 뒤따르며 눈을 동그랗게 떴다.

"여기야?"

"흠흠. 예쁘죠?"

아직 해가 지기 전이라 정원 안에는 따뜻한 햇볕이 가득했다. 초록색 잎과 다양한 색의 꽃이 햇볕 아래에서 본연의 색을 마음껏 뽐내고 있었다.

메일은 자기가 가꾼 정원도 아니면서 괜히 뿌듯해져 목소리에 힘을 주었다. 리엘라가 저 예쁘다는 찬양을 들었을 때 보이는 반응과 조금 비슷했다.

"네 친구가 엄청 많네."

메일은 리엘라에게 공식으로 제 식물 친구들을 소개시켜 준 적이 없었지만, 메일에게 먼저 나무를 닮았다고 말을 했던 만큼 리엘라는 메일과 식물들이 친구일 거라고 알아서 판단한 모양이었다. 그리고 그 판단은 메일을 감동시켰다. 공주님! 왈칵.

"이제 보니 공주님께 현자의 혜안이……."

"저건 뭐야?"

이것저것 구경하던 리엘라가 메일의 아부를 끊었다. 그녀의 손가락은 어느 한 지점을 가리키고 있었다. 메일은 그를 보자마자 대답했다.

"저건 벨벳이라는 나무예요."

"벨벳?"

"나무의 이름이죠."

"나무에도 이름이 있어?"

"……."

메일은 강한 데자뷔를 느꼈다. 어쩐지 같은 말을 전에도 들은 것 같은데.

"하긴, 네 친구니까."

알아서 납득한 리엘라는 그 이후로 눈에 보이는 나무나 꽃, 풀마다 족족 이름을 묻기 시작했다. 재미라도 붙인 것 같았다.

정원에 관해서라면 만물박사이자 프로 설명꾼이 되는 메일은 당연히 하나도 놓치지 않고 전부 꼼꼼히 설명해 주었다.

리엘라는 대체로는 그냥 듣다가 간혹 '어, 나도 그거 아는데'라고 아는 체를 하기도 했는데, 그건 향수나 보석 장신구에 꽃의 이름을 따다 붙이는 경우가 많았기 때문이다.

"아, 그쪽으로 가면……."

곁에 딱 붙어 있으랬더니 리엘라는 당부한 것이 무색하게도 그새 그걸 까먹은 것 같았다. 옷에 달린 장식용 리본을 팔랑거리며 작은 몸이 잘도 멀어져 갔다.

메일은 전에 꾸었던 리엘라가 나오는 꿈이 지금 이 상황을 암시하는 예지몽이었나 고민하며 얼른 그녀의 뒤로 따라붙었다.

"뛰지 마세요, 공주님! 걱정돼요!"

내 친구들이!

메일의 간절한 염원이 닿았는지 리엘라는 뛰던 것을 멈추고 순순히 걸음을 늦췄다. 메일은 약간 감격할 뻔했다. 가까이서 공주님의 상태를 보기 전까지는 말이다. 리엘라는 그냥 지친 거였다.

"힘들어."

"……그 정도 체력으로도 살아가는 데 아무런 지장이 없다니 참 신기하네요."

"지금 로즈가 있었으면 로즈를 타고 다니는 건데."

"······?"

뭘 타?

메일은 로즈의 듬직한 풍채를 떠올렸다. 그리고 그 위에 앉은(?) 리엘라도. 생각보다 어울리지 않는 건 아니었지만 일반적인 풍경과는 어쩔 수 없이 참 멀었다. 메일은 곧 상상한 장면을 지워 냈다. 로즈는 새삼 만능이었다.

"아쉬우시겠어요. 참고로 저는 탈것으로 변신 못 해요."

"나도 알아. 로즈가 그건 자기만 할 수 있댔어."

메일은 로즈의 선수가 고마웠다. 만약 리엘라가 태워 달라 떼를 썼다면 큰일 날 뻔했다.

"맞아요. 그건 로즈의 전용 필살기죠. 힘들다고 하셨으니 우선 정원의 명당인 그늘에서 잠시 쉬세요."

탈것으로 변신은 못 해도 쉬기에 좋은 명당 정도는 추천해 줄 수 있지. 메일은 그렇게 리엘라를 나무 그늘로 안내하다가 순간 멈칫했다.

잠깐, 나무 밑은 분명 명당이긴 하지만 운이 나쁘면 머리 위로······ 그····· 무언가가 '툭' 하고······. 아무튼 대참사의 가능성이 있었다. 좋지 못한 사태를 상상한 메일이 공포에 떨며 얼른 한 입으로 두말을 했다.

"쉴 때는 역시 햇볕 아래가 현명한 선택이죠. 따뜻하고, 따사롭고, 포근하고. 완벽하지 않나요?"

"그늘이 명당이라면서?"

"명당을 알아들으시다니 놀랍······ 아니, 아무튼 그건 좋은 자리라는 뜻의 명당이 아니었답니다. '명'령을 받아도 '당'연히 앉지 않는 구린 나무 그늘이라는 뜻에서 명당이었어요."

메일은 생긋생긋 웃으면서 거짓말을 했다. 양심이 전혀 아프지 않은 건 아니지만 괜찮다. 이건 공주님의 심적 평화를 위한 하얀 거짓말이니까. 그렇게 생각하며 메일이 가만히 선 채로 주변을 둘러보았다. 어디쯤에 앉는 게 가장 덜 위험하려나.

그때 발걸음 소리가 들렸다.

'발걸음?'

메일이 기민하게 반응했다. 작은 소리였지만 확신할 수 있었다. 리엘라는 듣지 못한 듯—혹은 들었어도 관심이 없는 듯—무심하게 발치의 꽃이나 구경하고 있었다.

메일은 리엘라에게 꽃을 꺾거나 만지지 말라고 말해둘까 잠나 고민하다가 이내 고개부터 먼저 돌렸다. 소리가 들려온 방향은 가까웠다.

'혹시.'

심장이 평소보다 빠르게 뛰기 시작했다. 굳이 손을 가슴께에 얹어 박동을 세어 보지 않더라도 알 수 있었다. 고작 낯선 발걸음 소리를 들었을 뿐인데 이상하리만치 가슴이 기대로 차오른다. 지나치다는 것을 알고는 있었지만 통제되는 감정이 아니었다. 결국 메일은 상대방이 나타나길 기다리지 않고 먼저 걸음을 옮겼다.

거리는 가까웠으나 중간에 위치한 몇 그루의 나무가 그녀의 시야를 가렸다. 높이는 성인 키만 한 것이 잔가지와 잎은 마치 제가 거목이라도 되듯 유난히 풍성했다.

메일은 이 와중에 상한 가지를 몇 개 잘라 주어야겠다는 생각을 하며 나무 사이를 통과했다. 통과하면서 바닥에 떨어져 있던 마른 가지를 밟았다. 그 순간이었다.

챙!

"⋯⋯!"

메일의 동작이 멈췄다. 시각보다 촉각이 먼저 그녀를 움직이지 못하게 만들었다. 목 끝에 차가운 것이 닿았다. 그게 무엇인지는 곧 눈에 들어오는 정체를 통해 알 수 있었다. 목에 닿은 것은 검이었다.

잠시 후 검의 주인에게서 얼빠진 소리가 흘러나왔다.

"어라?"

반테르 폰 모하임은 까라면 까는 사람이다. 어지간한 명령에 대해선 그랬다. 물론 명을 받자마자 '예! 맡겨 주십시오!' 이러는 것보다는 '아, 왜요?' 하고 일단 반발을 하고 보는 쪽이긴 했지만 어쨌든 이행을 한다는 것이 중요하다. 그는 황제의 뜻에 따라 착실하게 본궁에 남았다.

반테르는 상관이 없어지자마자 태만하게 굴 것처럼 말했지만 그건 역시 공기 반 투정 반이었던 모양인지, 그는 오전 내내 제가 해야 할 일을 쉬지 않고 부지런히 해치웠다.

자기 선에서 결재가 가능한 서류를 처리해서 내려 보내고 황제의 갑작스런 출성에 성이 난 몇몇 귀족의 볼멘소리를 한 귀로 흘려 주고 나니 어느새 정오가 지난 대낮이 되었다. 황제 탓에 바쁘게 사는 것에 익숙해진 반테르는 그제야 식사를 마치고 숨을 좀 돌렸다.

여유가 생기고 나니 떠오르는 것이 있었다. 반테르는 안락의자에 반쯤 누운 채 황제를 배행하던 순간을 회상했다.

"지켜."

말에 오른 황제는 반테르에게 그렇게 말했다. 그게 끝이었다. 목적어도 없고 부사도 없고 이유도 없고 뭐 아무것도 없었다.

기껏 보좌 된 도리로 배웅을 나왔다가 밑도 끝도 없는 불친절한 명령을 선물로 받게 된 반테르는 당연히 어이를 잃고 망연해졌다. 아니, 최소한 뭐를 지켜야 되는지는 말을 해줘야 하는 것 아닌가.

"설마 정원을 말씀하신 건가?"

대충 중얼거린 추측에서 어쩐지 그럴듯한 느낌을 받은 반테르가 손가락을 딱 튕겼다. 옳거니!

"아무리 개떡 같은 명령을 받아도 찰떡같이 알아듣는 내 능력이 오늘따라 두렵군."

눈치가 없는 사람은 가끔 정답과 다른 결론을 도출해 내곤 거기에 자기 혼자 설득당하곤 한다. 지금 반테르가 딱 그랬다. 그는 업무 능력은 우수하면서 희한하게 눈치는 바닥을 찍는 특이한 유형이었다.

특히 불세출의 무눈치가 활개를 치는 영역은 바로 연애 방면이다. 그가 여태 독신인 이유가 단순히 바빠서가 아님을 알게 해주는 대목이었다.

"흐음, 그런데 어떤 식으로 지키라는 거지?"

지켜야 할 대상을 알아내고―오답이지만―개운해졌던 반테르가 다시 설핏 인상을 썼다. 황제의 남다른 정원 사랑은 그도 익히 알고 있었다. 모르는 게 이상하다. 그래서 반테르는 정원을 지키라는 황제의 명령―그게 아니지만―이 곧잘 이해되지 않았다.

황제가 궁을 비우는 것은 드물지만 간혹 있는 일이었다. 연합국에서 번갈아 가며 여는 회담에 참석하기 위해 일 년에 한 번 정도는 정기적으로 자리를 비웠고, 과거 민심을 위해 야만족과 몬스터를 토벌할 때는 하도 밥 먹듯이 선봉을 서서 궁 안에 있는 날보다 없는 날이 더 많았다. 그럼 그때마다 황제가 정원을 그냥 방치했느냐? 결코 아니었다.

그가 부재하는 동안 정원은 매번 엄격하게 출입이 통제되었다. 마법사를 불러 입구에 결계를 깔거나 경비를 세워 두거나 하는 식이었다.

그러는 동안에는 그 누구도 정원에 출입할 수 없었다. 아주 가끔 건기가 계속되는데 황제가 출타 중일 때에는 통신구로 허락을 받은 정원사 한 명만이 물을 주러 잠깐 들어갔다 나올 수 있었다.

'출정을 서두르느라 미처 입구를 통제하는 것을 잊으신 건가?'

그랬다가 출발하기 바로 직전 뒤늦게 생각이 났고 말이다. 납득한 반테르가 그렇게 결론지었다. 평상시의 황제를 생각하면 꽤나 어울리지 않는 실수였지만 어쨌든 그도 사람이다. 사람이 어쩌다 평소답지 않게 실수 한 번쯤 하는 것이 뭐 대수라고.

"우선 가서 좀 둘러본 다음 병사를 세우던가 해야겠어."

반테르는 본인의 추측을 철석같이 믿었으나 그래도 확인을 건너뛰지는 않았다. 눈치는 없지만 일 잘하고 신중한 남자 반테르가 몸을 일으켜 정원으로 향했다. 빠른 보폭으로 부지런히 걷자 도착이 오래 걸리지 않았다.

정원 안으로 들어서며 그는 자신의 짐작에 확신을 더했다. 황제가 성을 떠났는데도 정원의 입구엔 아무런 방비가 되어 있지 않았다.

역시 까먹으신 게 맞군. '지켜'는 정원을 지키란 뜻이었어. 내부를 느긋하게 둘러보며 반테르가 속으로 경비를 세울 만한 인물을 골랐다.

별궁의 병사들은 오르밀 사건으로 황제에게 미운털이 박혔으니 본궁에서 불러들이는 편이 좋을 것이다. 적임자를 골라내는 일은 크게 어렵지 않았다. 명예의 근무자를 대강 선출해 낸 반테르가 여유롭게 정원의 경치를 눈에 담았다.

'근사하긴 하군.'

그는 눈치는 없어도 감수성은 살아 있었다. 긴장을 풀고 싱그러운 녹음을 구경하니 기분이 나쁘지 않았다. 머리카락 끝을 간질이는 연한 바람과 그 바람에 섞인 풀 내음은 이십 대 독신남을 점차 감성에 젖게 만들었다. 곧 반테르가 촉촉하게 젖은 눈동자를 했다.

그는 그 상태로 누군가를 떠올렸다.

'텔리야, 이 못된 것……'

감수성이 차오르니 억울한 일이 가장 먼저 생각났다. 이 나쁜 기집애. 네가 뭔데 툭하면 오라버니를 구박해. 그러고도 여동생이냐.

최근에 결국 궁금증을 이기지 못하고 텔리야에게 통신구로 연락을 걸었다가 오히려 그녀에게 혼만 잔뜩 난 반테르가 들리지 않을 소리로 항변했다.

황제 폐하를 둘러싼 사랑의 작대기가 심상치 않아 마음이 복잡하다고 상담했던 그날. 텔리야는 한숨과 함께 고개를 저으며 정말 심상치 않은 건 댁을 둘러싼 독거노인의 작대기라고 화답했다.

왜 갑자기 욕을 하냐고 억울해하는 반테르에게 텔리야는 욕이 아니라 현실을 일러준 거라고 단호히 못 박았다. 기껏 비싼 통신구를 사용한 반테르는 엄청 서러워졌다.

'내가 결혼을 못 하는 건 정말 일이 바쁜 탓이래도.'

진심으로 그렇게 믿고 있는 반테르가 눈물이 차올라서 고개를 들었다. 그리고 흐르지 못하게 또 살짝 웃…… 려던 순간.

바작!

무언가를 밟는 소리가 들렸다. 추정컨대 마른 나뭇가지 따위인 것 같았다. 습관이란 무서운 것이다. 딴생각에 빠져 있다가 지척에서 그런 수상한 소리를 들은 반테르는 거의 반사적으로 손을 움직였다. 허리춤에서 검을 뽑고 그것을 수상한 이에게 가져다댄다.

그리고 곧 그는 얼빠진 소리를 냈다.

"어라?"

정원으로 침입자가 숨어드는 건 전에 없던 일이 아니다. 특히 초보 침입자일수록 샛길이 보이면 무조건 뛰어드는 성향이 있어서 별궁 내부와 통한 정원의 입구는 한때 침입자들의 핫플레이스였다.

물론 입구 두 개를 양쪽에서 막아버리면 꼼짝없이 고립되는 공간이었기에 요새는 그런 자충수를 두는 침입자가 드물다. 그러나 한때 침입자와 열심히 씨름했던 반테르는 몸에 밴 대로 행동했다.

결과는 나빴다.

'이런!'

반테르는 깜짝 놀라 급하게 검을 회수했다. 상대의 목을 겨누고 있던 잘 벼린 검신이 검집 안으로 순식간에 사라지듯 모습을 감췄다. 반테르의 목 뒤로 식은땀이 흘렀다.

'하필⋯⋯.'

이런 건 운이 없다는 말로 표현해도 된다. 확실히 그랬다. 침입자인 줄 알고 반사적으로 검을 겨눴는데 그 대상이 다른 사람도 아니고 하필이면 '그녀'일 것이 뭐란 말인가. 그러니까 자신의 그녀도 아니고 친구의 그녀도 아니고 무려 황제의 그녀.

메일 폰 비제아트. 얼마 전 조사했던 상대의 신상 명세를 떠올린 반테르가 겨우 침착한 척 말했다.

"죄송합니다. 괜찮으십니까? 무단으로 침입한 수상한 자로 착각하여 그만 실례를 범했습니다."

메일은 바로 대꾸하지 않았다. 그녀로서도 일단은 놀란 가슴을 진정시킬 시간이 필요했다. 아무리 담대한 성정이라도 목 끝에 검이 닿았는데 아무 일도 없던 것처럼 태연할 수는 없었다. 잠시 후 심경을 달랜 메일이 입을 열었다.

"다치지는 않았으니 괜찮습니다. 한데⋯⋯ 누구시죠?"

정체를 묻는 목소리에서 경계와 의심이 묻어났다. 반테르는 그것을 듣고 깨달았다. 상대는 이 정원에 처음 방문한 것이 아니다. 최소한 친근한 장소라는 인식이 생길 만큼은 자주 드나들었을 것이다. 그녀는 마치 제 집에 나타난 낯선 방문자를 대하듯 굴고 있었다.

'폐하께서 그럼, 혹시⋯⋯.'

반테르의 사고가 회전했다. 간택전의 후보도 아닌 여인을 언제 어디서 만나 어떻게 마음을 주었나 했더니 이곳 정원이 있었다.

정원에서 계속 마주치고 인연을 쌓았던 건가. 그의 표정이 묘하게 변했다. 그렇다면 황제가 지키라고 한 것은 단순히 정원이 아닐 수도 있다. 정원보다는 오히려.

"……실례했습니다. 반테르 공작가의 차남, 반테르 폰 모하임입니다. 현재 황제 폐하를 곁에서 보좌하고 있습니다."

자기소개가 정중한 목소리로 흘러나왔다. 메일은 그의 소개를 듣고 뭔가가 떠오른 듯 눈을 동그랗게 떴다.

"아, 그때 연회장에서 폐하의 우측에……."

메일이 말한 '그때'는 간택전의 후보들이 처음으로 연회장에 모두 모였던 날을 이야기한다. 그날 옥좌에 앉아 있던 황제의 오른쪽 곁을 반테르가 지켰다. 대충 언제를 얘기하는 건지 알아들은 반테르가 얼른 아는 체를 했다.

"맞습니다. 공식 행사에서는 호위 기사직을 겸하고 있습니다."

"그렇군요. 이런 곳에서 만나게 되어 반갑습니다. 전 벨티에 왕국에서 온 메일 폰 비제아트입니다. 현재 간택전의 후보이신 리엘라 공주님을 모시고 있습니다."

메일의 목소리가 한결 편안했다. 수상한 놈인 줄 알았던 상대가 다행히 신원이 보증된 인물이라 안심이 된 것 같았다.

그녀가 공손하게 상체를 낮춰 인사하자 반테르 또한 정중하게 그에 마주 응했다. 그가 저지른 실수에 대한 노여움의 기색이 없어 반테르는 일단 마음을 놓았다.

반테르가 걱정했던 부분과 달리 지금 메일의 머릿속을 채운 건 그가 검을 겨눴던 일이 아니었다. 그녀의 동그란 머리 안은 온통 다른 생각으로 가득했다.

'선배님이 아니었어.'

시야를 가린 나무 사이를 통과하던 순간 느꼈던 기대감이 생생하다. 나뭇가지를 밟던 순간까지도 그녀의 가슴은 기대에 화답해 요란하게 뛰고 있었다.

그러나 다음 순간 마주친 현실은 다시 그녀를 정적으로 가라앉게 만들었다. 손끝에서부터 올라왔던 두근거리는 열기가 거짓말 같았다.

기대는 실망을 부른다. 반테르가 수상한 놈이 아닌 것에 대한 안도와는 별개로 상심이 메일을 짓눌렀다. 푹신한 잔디밭이 갑자기 딱딱한 자갈밭처럼 느껴졌다.

'아, 혹시 어쩌면.'

불쑥 어떤 가능성을 발견한 메일이 눈을 밝게 빛냈다가 다시 주저했다. 상대는 황제를 아마도 가장 가까이서 모시는 인물이다.

그렇다면 자연히 황제의 사람들에 대해서 잘 알고 있을 가망이 높았다. 다시 말해 그건 황제와의 남다른 친분을 자랑해 왔던 선배님에 관해서도 알고 있을 거란 뜻이다.

'물어볼까.'

충동은 강했다. 마음은 굴뚝같았다. 그간 수차례 마주치면서도 알 수 없었던 선배님에 대한 정보를 지금 어쩌면 질문 한번으로 알아낼 수 있을지도 몰랐다. 그의 풀네임도, 신분도, 하는 일도, 그 외 궁금한 전부를.

'그렇지만…….'

결심은 쉽게 서지 않았다. 메일은 어쩔 수 없이 갈팡질팡했다. 이유는 간단하다. 그건 그녀가 상대를, 로하이덴을 좋아하기 때문이다.

좋아하는 사람에 대한 이야기를 남의 입을 통해 듣고 싶어 하는 사람은 별로 없다. 아무리 사소한 것이라도 눈을 마주 보고 직접 제게 이야기해 주기를 바란다. 유치한 욕심이더라도 별수 없었다. 사랑은 본래 자석처럼 그런 불가항력을 불러들였다.

메일의 망설임이 길어질 때였다. 리엘라가 대뜸 말했다.

"방금 어떻게 한 거야?"

"공주님?"

메일이 화들짝 놀랐다. 그럴 만했다. 그녀는 리엘라가 조금 전부터 줄곧 옆에 있었다는 걸 이제야 깨달았다. 본의 아니게 옆 사람을 놀라게 한 리엘라는 그에 아랑곳하지 않고 다시 입을 열었다.

"칼이 갑자기 휙 사라졌잖아. 어떻게 했어?"

리엘라의 눈길은 메일이 아닌 반테르를 향했다. 반테르 또한 메일을 신경 쓰느라─정확히는 메일에게 저지른 실수를─리엘라의 존재를 뒤늦게 자각해서 다소 당황한 눈치였다. 먼저 평정을 찾은 메일이 어서 대답해 주려 운을 띄웠다.

"그건 말이죠, 공주님. 그냥 검집에 빠르게 검을······."

"난 쟤한테 물어봤는데?"

콰르릉.

메일은 이 순간 환청을 들었다. 천둥이 치는 환청이었다. 물론 원인은 리엘라다.

초면에 하대로도 모자라 쟤. 제 아니고 쟤. 제국 공작가의 영식이자 황제의 측근에게 쟤!

"공주님!"

"왜 불러?"

"저어, 음, 그러니까 호칭과 말투를 약간만······."

"뭐가? 쟤는 공작 아들이고 나는 공주인데?"

벨티에 왕국에서는 리엘라가 누구에게 말을 놓든 다들 그러려니 했다. 왕이 분신처럼 아끼는 금지옥엽이었으니 하대를 들어도 이것은 임금이 빙의하여 하는 하대이려니 하며 마음을 비우고 넘겼다.

그러나 그건 어디까지나 왕국에서의 이야기였다. 제국에서는 사정이 다르다. 돌발 상황에 난처해진 메일이 이마를 짚었다. 여신님, 맙소사.

메일이 그리 난감해하는 사이 반테르는 속으로 박수를 쳤다. 반말에 이어 '쟤'라는 파격적인 지칭어를 들었으나 그는 화가 나기보다는 그저 신기했다.

풍성한 금발에 천사 같은 외양을 해서는 입을 열 때마다 교양과 기품이 쾅쾅 바닥을 찍는다. 공주라는 신분을 지니고 어떻게 저럴 수가 있지? 성장 배경이 퍽 궁금해지는 일이었다.

아무튼 신기한 건 신기한 거고. 마침 잘된 노릇이다. 계산을 마친 반테르가 입을 열었다.

"괜찮습니다."

차분한 목소리가 부드러웠다. 그의 시선은 정확히 메일에게 향했다. 리엘라를 설득시킬 말을 두뇌 풀 가동 상태로 찾고 있던 메일은 순간 제가 잘못 들었나 싶어 눈을 깜박였다. 반테르가 재차 말했다.

"저는 괜찮습니다."

메일이 저를 쳐다보자 그는 마치 구세주 같은 미소를 지었다. 눈부셨다. 메일은 그에 윽, 하고 눈을 가렸다가 이내 혼란스러워졌다.

뭐지? 괜찮다니 진심일까? 혹시 막 대해지는 걸 즐기는 타입? 믿을 수 없는 파격적인 아량에 메일이 남몰래 상대의 성향을 의심할 때였다. 반테르가 허공에 빠르게 글자를 썼다.

딜(Deal).

메일은 눈이 좋았다. 헷갈리지 않고 그 글자를 바로 알아보았다. 그리고 곧 눈치챘다.

'내 목에 검을 들이댔던 과실을 공주님의 무례를 얌전히 받아주는 걸로 상쇄하겠단 거구나!'

거절할 이유가 없었다. 안 그래도 수명이 줄어드는 기분이었던 참이다. 메일이 곧바로 대답했다.

콜! 거래는 그렇게 성사되었다.

"마음껏 말을 놓으셔도 됩니다, 공주님."

"알아. 당연한걸."

"참, 조금 전에 제가 검을 어떻게 사라지게 했냐고 물으셨죠? 별것 아닙니다. 다시 보여드릴까요?"

"응."

"잘 보세요. 이렇게 빠르게 꺼냈다가…… 짠!"

"와! 한 번 더!"

메일은 형언하기 힘든 기분으로 그 광경을 구경했다. 저렇게 잘 놀아줄 줄이야. 반테르는 그녀의 예상보다 리엘라를 잘 다뤘다. 마치 아이와 놀아주는 것 같은 양상이긴 했지만.

"다른 것도 보여드릴까요?"

"어떤 거?"

"만약 검에서 빛이 난다면 어떨 것 같으세요?"

"예뻐."

"그렇죠? 그럼 예쁜 걸 보여드리겠습니다. 짜잔!"

"와아!"

이번에는 한 발 떨어져 구경하고 있던 메일도 덩달아 깜짝 놀랐다. 잘 벼린 검신이 새하얀 빛으로 휘감겼다.

검에서 빛이라니? 그녀가 알기로 저건 결코 아무나 할 수 있는 일이 아니었다. 가능한 사람은…… 음…… 검술 천재 정도? 달리 말해 반테르는 검에 숙달한 것을 넘어 천재나 다름없는 인물이란 소리다. 메일이 감탄했다. 황제의 호위 기사도 겸한다더니 그럴 만한 실력이구나.

물론 경탄하는 메일과 달리 리엘라는 제가 목격한 것이 얼마나 대단한 건지 알지 못했다. 그녀는 그저 흰빛이 예쁘다며 좋아하다가 그걸 만져 보겠다고 손을 뻗어 반테르를 식겁하게 했을 뿐이다.

그는 타이밍 좋게 오러−빛−를 거둬 사람이 만지면 원래 사라지는 빛이라고 능숙하게 거짓말을 했다.

만지지 못한다니 리엘라는 금방 흥미를 거뒀다. 대신 다른 것이 그녀의 관심을 사로잡았다.

"그건 뭐야?"

리엘라의 황금색 눈동자가 반테르의 왼쪽 허리춤을 빤히 응시했다. 반테르가 그를 따라 시선을 내렸다.

"이건…… 그냥 검집입니다."

그냥 검집이지만 한편으론 또 그냥 검집이 아니다. 반테르가 허리에 찬 검집은 일반적인 것보다 훨씬 화려하고 장식이 예뻤다. 특히 그믐 달을 본떠 문양 가운데 박혀 있는 크림색 진주가 인상 깊다. 예쁜 걸 좋아하는 성정이라면 누구나 관심 어린 눈길을 줄 법했다.

그럼 이것은 반테르의 취향이냐? 그렇지 않다. 그건 최근 텔리야가 후작저에서 보내온 이른 생일 선물이었다. 심지어 직접 주문 제작을 마치는 정성까지 보였다.

반테르는 무늬가 거의 없고 깔끔한 것을 선호하는 편이었지만 호구…… 아니, 여동생을 사랑하는 자상한 오빠였기에 차마 텔리야의 성의를 무시할 수가 없었다. 그래서 열심히 차고 다니는 중이다.

리엘라가 당당히 손을 내밀었다.

"구경할래."

손에 들고 살펴보게 내놓으라는 뜻이다. 뻔뻔한 태도였지만 아예 자기가 가지겠다고 하는 것보다 낫다는 점에선 대견했다. 메일은 이런 것에 대견스러워하는 스스로가 슬펐다.

반테르는 순순히 허리춤에서 검집을 풀었다. 날이 드러난 검처럼 위험한 것도 아니니 잠깐 빌려주는 것 정도야 크게 어려운 일은 아니었다. 그렇게 풀어낸 검집을 리엘라에게 건네려다 반테르가 멈칫했다.

'그러고 보니 분명 편지가…….'

문득 떠오르는 기억이 있었다. 선물은 검집만 달랑 배달되지 않았다. 돌돌 말려 리본으로 묶인 편지가 함께 동봉되어 있었던 것으로 기억한다. 내용이 뭐였더라.

'취급주의라고 했었나? 다른 사람에게 넘기지 말라고?'

떠올려 보니 편지보다는 경고문이었던 것 같다. 그러나 반테르는 당시 그것을 대수롭지 않게 넘겼다. 선물을 주면서 '꼭 너만 써' 하고 당부를 덧붙이는 건 흔한 일이었다. 편지의 으름장 또한 대충 그런 의도였을 텐데, 그것이 왜 이제 와 갑자기 걸리는지.

리엘라는 반테르가 검집을 내밀던 것을 멈추자 눈썹을 위로 추어올렸다.

"빨리 줘."

"잠깐……."

잠깐만요, 공주님. 그러나 반테르의 말은 끝까지 나오지 못했다. 참을성 얕은 리엘라가 기다리지 않고 먼저 손을 뻗었기 때문이다. 그녀의 손은 말릴 새도 없이 반테르의 검집에 닿았다. 그 순간이었다.

파지직!

"꺅!"

"……!"

"공주님!"

상황을 파악할 새도 없었다. 메일이 놀라 외쳤다. 단말마의 비명만 남기고 리엘라가 그대로 뒤로 넘어갔다.

✳

에드지 영지의 아침 해가 밝았다. 엑스트 자작은 새벽부터 일어나 저택의 1층에서 뭐 마려운 사람처럼 발을 동동 굴렀다. 토벌은 대체 언제쯤 시작하는 거지? 정확히 언제? 몇 시? 몇 시 몇 분?

"몇 시 몇 분 몇……."

"엑스트 자작."

"예! 폐하!"

대체 언제 내려오셨는가. 자작은 간이 튀어나오게 놀랐다가 얼른 읍했다. 갓 침소에서 나온 사람답지 않게 흐트러진 곳 없이 단정한 황제는 부감한 얼굴로 입을 열었다.

"딸을 찾더라도 토벌은 예정대로 진행할 생각이네. 이견이 있는가?"

"예?"

엑스트 자작은 황제의 말을 이해하지 못했다. 딸을 찾으려면 어차피 야만족을 토벌해야 하는 것이 아닌가? 왜 둘이 별개인 것처럼 이야기하지? 의문이 머리를 괴롭혔으나 그것을 황제에게 직접 묻자니 소심해서 그럴 수가 없었다. 자작은 그저 공손히 대답했다.

"이견이라니 가당치도 않습니다."

"그래."

잠시 후 자작은 저택의 온 사용인을 불러 모았다. 황제가 그러라고 시켰기 때문이다. 사람이 모이자 황제는 재차 입을 뗐다.

"그럼 이제부터 딸을 찾는다."

모인 이들이 술렁거렸다. 병사를 부른 것도 아니고 사용인을 모아 놓곤 대뜸 딸을 찾는다니? 이 구성원으로 야만족의 근거지를 습격하기라도 하겠단 뜻인가?

그리고 시간이 조금 더 흐른 뒤. 그들은 정말로 막내딸을 찾았다.

[텔리야, 너! 지금 이게 무슨 짓이야!]

텔리야는 통신구를 앞에 두고 귀를 막았다. 그녀의 오라버니는 아주 간만에 그녀에게 언성을 높이고 있었다. 중급 통신구라서 얼굴은 보이지 않고 목소리만 전해졌지만 그것만으로도 충분히 상대가 당황한 상태임을 알 수 있었다.

이것 참 예상외의 강한 반응. 대체 누가 당했기에? 귀에서 손을 뗀 텔리야가 통신구에다 대고 말했다.

"그러게 경고문 같이 보냈잖아."

[누가 그것만 보고……!]

"도대체 어떤 사람이 당첨되었길래 그래? 설마 이젤린 텐고트 영애? 그래서 폐하께서 화내셔?"

[한가하게 그런 소리가 나와? 뭐든 와서 확인해도 늦지 않으니까 당장 달려와. 지금 당장!]

통신구가 일방적으로 끊겼다. 텔리야는 조용해진 통신구를 보며 입맛을 다셨다. 저리 재촉하지 않아도 가려고 준비 중이긴 했지만, 아무튼 궁금한 일이었다. 정말 누굴까? 진짜로 텐고트 영애인가?

잠시 후 채비를 마친 텔리야가 이동 마법으로 순식간에 후작저에서 외성 근처로 이동했다. 이동 마법은 꽤 고위급 마법이었다. 아이구, 머리야. 텔리야가 빈혈 때문에 잠깐 눈을 감았다 떴다.

짚고 가자면 반테르와 텔리야는 이런 점에서 비슷했다. 둘은 남매가 쌍으로 천재였다. 오라버니는 검에, 여동생은 마법에 두각을 나타냈다. 반테르는 황제를 제외하면 제국에서 그를 당할 자가 없고 텔리야는 마탑의 원로 마법사도 그녀에게 한 수 접어주어야 하는 수준이었다. 덕분에 사람들은 간혹 사교계에서 모하임 가문의 유전자에 대해 열띤 토론을 나누곤 했다.

"어머, 마중 나온 거야?"

신분을 확인받고 외성을 통과하자마자 텔리야는 반가운 얼굴을 만났다. 반테르였다. 그는 여동생을 발견하는 즉시 길게 한숨부터 내쉬었다.

"너 때문에 내가 제명에 못 살지."

"오라버니, 뭘 모르는구나. 원래 윤택한 삶을 위해선 적당한 자극이 필요한 법이야."

"이게 적당한 거냐?"

텔리야는 날 때부터 왈가닥에 장난치기를 좋아했다. 친오빠 반테르는 당연히 그걸 누구보다 잘 알았다.

얘가 답지 않게 주문 제작한 선물에 경고문까지 함께 보냈을 때 알아봤어야 하는데. 내 죄지, 내 죄야. 마차를 출발시키며 반테르가 자책했다.

"네가 시클라민 후작 부인이 되어서까지 이런 짓을 저지를 줄은 몰랐다. 아카데미를 졸업할 때 같이 졸업한 거 아니었어?"

"어머나, 여동생의 귀여운 장난을 짓이라고 폄하하다니! 텔리야는 슬퍼."

"……말을 말아야지……."

한숨을 추가로 내쉰 반테르는 아예 고개를 돌려 버렸다. 텔리야는 킥킥 웃다가 곧 표정을 바꿨다. 이내 나름 진지한 어조로 묻는다.

"그런데 정말 누구야?"

텔리야는 장난을 칠 목적으로 검집을 만들었다. 그건 그녀 또한 인정하는 바가 맞다. 그러나 그녀는 단순히 오라버니인 반테르 만을 골려 주려던 것은 아니었다.

일반적으로 검사의 검과 검집은 타인이 함부로 건드려서는 안 되는 영역이다. 허락을 받지 않은 상태로는 물론이고 허락을 받았더라도 필히 조심스러워야 했다. 만약 주인의 허락 없이 몰래 손을 댄다? 그만한 무례가 없었다.

텔리야는 아카데미를 다니며 여러 인간 군상을 겪었고 그중엔 신분의 고하를 떠나 아주 버릇없는 사람들도 있었다.

개중 가장 기분이 나쁜 건 상대가 정중할수록 콧대를 세우며 강하게 나오는 유형이었다. 상대가 예의를 갖추면 그에 똑같이 화답하기는커녕 오히려 그 예의를 제게 굽힌 것으로 보고 상대를 우습게 여긴다. 그런 타입은 꼭 어딜 가나 존재했다. 복제라도 한 것처럼 말이다.

텔리야가 원한 것은 다름 아닌 그런 인물에게 골탕을 먹이는 것이다. 반테르는 대체로 연령과 신분을 따지지 않고 상대방을 예우해 주는 편이었고, 그건 가끔 상대를 잘못 만나면 그에 대한 무시로 돌아왔다.

반테르는 상대가 그러든가 말든가 별반 신경 쓰지 않는 편이었지만 텔리야는 아니었다. 이게 어디서 누구 오라버니한테? 어딜 감히? 그녀가 검집에 마법을 건 것은 반쯤은 그런 의도였다. 나머지 반은 그냥 반테르를 놀려 주려고.

물론 아무리 한 성질 하는 텔리야라도 정도는 지킬 줄 알았다. 그녀가 검집에 걸어 둔 마법은 어디까지나 상대를 놀라게 하는 효과가 전부였다. 소리와 빛만 요란할 뿐 사람에게 해를 끼치지는 못 했다.

여전히 고개를 돌린 채로 반테르가 불친절하게 대답했다.

"가서 보면 알아."

"텐고트 영애는 진짜로 아니지? 폐하의 화는 사실 나도 감당이 안 되는데."

"아니야."

"그래? 그럼 간택전의 후보인가?"

반테르에게선 대답이 나오지 않았다. 그러나 텔리야는 그것이 긍정이라는 걸 쉽게 알아차렸다.

흐음, 후보란 말이지.

텔리야가 턱을 쓰다듬었다. 곰곰이 뭔가를 생각하는가 싶던 그녀는 곧 심각해진 표정으로 입을 열었다. 조금 전보다 한층 무게 있는 목소리로 진지하게 묻는다.

"예뻐?"

반테르는 기가 차서 고개를 되돌렸다.

"넌 진짜……."

"아, 예쁘냐고."

텔리야는 집요했다. 그렇다. 여기서 마법 천재 텔리야 폰 모하임-결혼한 뒤로는 텔리야 시클라민-의 주요한 특징을 한 가지 더 알 수 있다. 그녀는 사실 중증의 얼굴 밝힘증을 앓고 있었다.

그에 대한 과거의 전적을 소개하자면 이런 게 있다. 그녀는 아카데미 졸업반일 시절 누군가가 제 험담을 하고 다닌다는 걸 알아냈다. 그리고 저에 대해 온갖 헛소문을 퍼뜨리는 범인을 텔리야는 장장 일주일이 걸려 잡았는데, 잡은 다음 별달리 처벌도 하지 않고 그냥 놔주었다.

왜냐? 범인이 예뻤기 때문이다.

텔리야는 그만큼 중증이었다. 물론 본인과 관련된 일에서만 그런 자비를 보이는 분별 정도는 할 줄 알았다.

참고로 남편인 시클라민 후작과의 러브 스토리에도 그놈의 얼굴 이야기는 빠질 수가 없다고 한다. 시클라민 후작은 대단한 미남이었다.

"도착하면 직접 봐."

"그 정도는 그냥 말해주면 안 돼?"

"내 동생이지만 정말 이해할 수가 없네. 대체 얼굴이 왜 그렇게 중요해? 남의 얼굴이지 네 얼굴이냐?"

"아니, 이 사람이 지금 남의 취향을 공격하고 앉았네? 취향 존중 몰라? 내가 언제 오라버니의 재미없는 구시대적 취향 가지고 뭐라 한 적 있어?"

"구, 구시대적?"

"그래! 말이 나왔으니까 하는 말인데 요즘 누가 그런 타입을 이상형으로 꼽아? 발걸음은 조신조신, 웃을 땐 입을 보이지 않고, 말수는 적으며 취미는 무조건 자수 놓기…… 어휴, 옛날 냄새."

"······!"

본인의 이성관이 지극히 평범한 편이라고 믿고 있었던 반테르의 섬세한 하트에 금이 갔다. 제가 먼저 텔리야의 얼굴 밝힘증을 공격했다가 당한 역공이긴 하지만 대미지가 컸다. 잠시 창밖의 풍경을 내다보며 회복의 시간을 가진 반테르가 몇 분 뒤 입을 열었다.

"······예쁘면."

"응?"

"예쁘면 뭐 어떡하려고?"

텔리야가 그 말에 눈을 빛냈다. 말해주려는 건가. 그녀는 냉큼 답했다.

"그럼 그만큼 더 성심성의껏 빌어야지."

장난인 듯 진심인 듯 모호한 대답을 들은 반테르는 짧게 침묵을 지켰다.

잠시 후 마차가 내성에 도착했다. 먼저 마차에서 내려 텔리야를 부축해 주면서 반테르가 지나가듯 말했다.

"무릎 꿇을 준비해라."

"뭐?"

구겨진 옷매무새를 신경 쓰느라 제대로 듣지 못한 텔리야가 다시 물었다. 반테르는 두 번 말해주지는 않았다.

리엘라는 크고 화려한 침대 위에 잠든 것처럼 누워 있었다. 아니, 처럼이 아니라 아마 잠든 것이 맞다. 새근거리는 숨소리와 얼굴의 혈색이 그랬으니까.

침대 옆 의자에 앉아 메일은 그런 리엘라를 심각한 표정으로 지켜보았다. 그때 문이 열리고 반테르와 텔리야가 들어섰다.

"범인을 잡아왔습니다."

"안녕하세요, 염치없지만 범인입니다."

상체를 깊게 숙이며 자기소개를 한 텔리야가 메일과 눈을 맞췄다. 메일은 그리 어렵지 않게 상대의 신원을 짐작할 수 있었다. 본인들은 부정하는 사실이었지만 반테르와 텔리야는 꽤나 닮은 생김새였기 때문이다.

동생이 범인이라니. 이 남매는 한 명은 검에 특출하고 한 명은 마법에 특출한가 보구나. 메일이 그렇게 생각하는 순간 텔리야가 자기 입을 가렸다.

그녀는 감격한 얼굴이었다.

"아름다우시네요."

"네?"

뜬금없는 말이라 메일은 당황부터 했다. 잘못 들은 줄 알았는데 옆사람의 일그러지는 표정을 보니 그것도 아닌 모양이다. 메일을 의식해 반테르가 겨우 언성을 낮췄다.

"텔리야, 당장 빌기 시작해도 모자랄 판에 지금 수작질이 나와? 응?"

"아니, 나도 모르게 그만. 너무 예쁘시잖아. 찬양 조금만 더 하고 빌면 안 될까?"

"말이라고……."

"저어, 범인분?"

반테르가 인내심을 테스트당하는 사이 메일이 어색하게 웃으며 끼어들었다. 천재는 괴짜라더니 어째 그 일례를 보고 있는 것 같았다. 텔리야가 부름에 냉큼 대답했다.

"시클라민 후작가의 내실을 맡고 있는 텔리야 시클라민입니다. 텔리야라고 불러 주셔도 좋아요."

"아, 시클라민 후작 부인. 아무튼 만나게 되어 반가워요. 전 벨티에 왕국에 적을 두고 있는 메일 폰 비제아트입니다. 편하게 불러 주세요."

"벨티에 왕국은 혹시 유학생을 받아주나요?"

"네?"

"영애를 따라 몇 년쯤 유학을 다녀오고 싶어서요. 영애처럼 아름다운 분이 계시는 곳이라면 그곳이 어디든⋯⋯."

"텔리야!"

반테르가 결국 언성을 높였다. 그는 몇 분 사이 수명이 몇 달은 줄어든 것 같은 얼굴이었다. 메일은 그런 반테르에게서 어쩐지 동지애를 느꼈다.

"그만하고 소기의 목적이나 이행해. 가서 빌어."

"알았어. 여기 아름다우신 비제아트 영애께 빌면 되지?"

"아뇨, 후작 부인. 제가 아니라⋯⋯."

메일은 고개를 돌렸다. 그리고 양손을 손바닥이 하늘을 향하게 펼쳐 공손히 옆을 가리켰다. 메일에게 정신이 팔려 방 안에 다른 누가 있는지도 몰랐던 텔리야가 그를 따라 시선을 돌렸다.

잠시 후 텔리야가 바닥으로 무너졌다.

"처, 천사⋯⋯!"

"안 시켜도 알아서 꿇는구나."

잠든 리엘라의 금색 속눈썹이 길고 가지런했다. 우유처럼 새하얀 피부에 잡티가 섞이지 않은 금발은 아무렇게나 침대 위를 수놓고 있음에도 그저 눈부셨다. 거기에 덮고 있는 이불도 하필이면 흰색이다. 리엘라는 정말로 천사 같았다.

"저, 저분은?"

"벨티에 왕국에서 오신 리엘라 공주님. 덧붙여 네 정신 나간 검집 마법의 희생양."

"오라버니⋯⋯."

"이제 죄책감이 좀 드냐?"

"나 국적 옮길까? 어떻게 생각해? 공주님과 비제아트 영애를 보고 나면 남편도 벨티에 왕국으로 떠나는 나를 이해해 줄 거야."

"……제발."

헛소리 좀 그만해……. 말하기도 지친 반테르가 표정으로 전달했다. 메일은 그런 반테르를 안쓰럽게 쳐다보았다. 힘내요, 동지.

그때 가만히 잠들어 있던 리엘라가 눈가를 작게 움찔했다. 속눈썹이 흔들리는가 싶더니 커튼을 걷듯 그 아래로 차분히 금색 눈동자가 드러났다. 완전히 뜨고 나서는 다시 짧게 눈을 감는다. 깜박. 눈꺼풀에 의해 황금이 드러났다 모습을 감추었다가 한다. 그것을 몇 번 반복하고 나서 리엘라는 몸을 일으켰다.

"……."

"……."

리엘라의 기상에 좌중이 약속이나 한 듯 침묵을 지켰다. 동시에 긴장이 감돌았다. 정확히 말하자면 텔리야는 눈을 뜬 리엘라의 얼굴을 감상하느라 정신을 못 차리는 중이고 반테르와 메일은 긴장 속에서 초조하게 침을 삼키는 중이다.

정신이 든 리엘라가 처음으로 한 것은 바로 반테르를 쳐다보는 일이었다. 시선을 받은 반테르가 깜짝 놀랐다.

리엘라는 무어라 말을 하지 않고 계속 그렇게 상대를 쳐다보기만 했다. 그 눈길이 마치 가까이 오라고 부르는 것처럼 보여서 텔리야가 얼른 제 오라버니의 등을 밀었다.

반테르가 등 떠밀려 가까이 다가가자 리엘라가 즉시 손을 뻗었다. 반테르는 제게 다가오는 하얀 손을 바라보며 혼란에 휩싸였다.

저 손은 대체 무슨 의미일까. 설마 처벌의 의미로 제 목을 비틀겠다는 것인가. 그럼 저는 얌전히 비틀려 죽은 척 연기를 선보여야 하는 것인가.

그러나 리엘라의 손은 다른 곳으로 향했다. 굳은살 없이 매끄럽고 가는 손가락은 반테르의 멱살이 아닌 허리춤의 검집을 건드렸다. 물론 텔리야가 오는 동안 진작 마법을 해제해 두었기에 이번엔 아무런 일도 일어나지 않았다.

콰광. 리엘라는 다시 없이 충격받은 얼굴을 했다.

"공주님?"

메일이 의아하게 물었다. 왜 저러시는 거지. 리엘라 탐구 영역 1급 자격증을 지닌 메일이라도 지금 상대가 보이는 행동의 의미를 바로 파악할 수는 없었다. 어려워하는 메일에게 힌트를 주듯 리엘라가 떨리는 목소리로 말을 뱉었다.

"운명이야?"

난데없는 발언이다. 그러나 이 순간 메일에겐 짚이는 것이 있었다. 설마…….

"쟤가 내 운명이야?"

설마가 사실이었다. 확신한 메일이 기함했다. 공주님!

"왜?"

리엘라는 울상을 짓고 있었다. 충격에 이어 슬픔이 찾아온 것 같았다. 메일은 얼른 그런 리엘라의 지적으로 이동했다. 말을 고르는 그녀의 등 뒤로 상황 잘 만난 식은땀이 열심히 흘러내렸다.

'설마 이게 이렇게 될 줄은.'

리엘라가 정원에서 검집을 건드렸을 때 환한 빛이 터졌다. 효과음도 요란했다. 파지직거리며 터진 빛에 메일 또한 마법인 걸 알면서도 잠깐 벼락을 연상하기는 했다.

하지만 그렇다고 리엘라가 정말로 그걸 전기라고 생각할 줄은 몰랐지. 그것도 운명의 상대를 만났을 때 통하는 전기로.

도통 웃어야 할지 울어야 할지 알 수 없는 상황이었다.

"무슨 이야깁니까?"

무언가 평범한 상황은 아니라는 것을 깨달은 반테르가 슬그머니 물었다. 텔리야 또한 옆에서 관심을 기울이고 있었다.

메일은 그에 바로 답을 주지 못하고 난처하게 머뭇거렸다. 리엘라의 선기 이론을 어떻게 설명해야 할지 쉽게 서두가 잡히지 않았다.

그때 리엘라가 말했다.

"운명의 상대랑 이어지지 않으면 천벌을 받는다고 했잖아. 안 돼. 난 못생겨지면 안 돼애."

천사처럼 생긴 얼굴이 울먹거렸다. 어쩜……. 텔리야는 그 모습에 거칠어지는 숨을 주체하지 못하다가 문득 정신을 차렸다. 가만, 운명의 상대?

"저어, 공주님?"

"으응?"

"저는 텔리야 시클라민이라고 합니다. 공주님의 노예 텔리야라고 불러 주셔도 좋아요. 그런데 한 가지 궁금한 것이 있는데 말이에요. 혹시 말씀하는 운명의 상대가…… 이 사람?"

텔리야는 양손으로 반테르의 팔을 붙잡고 앞으로 끌어당겼다. 리엘라가 시무룩하게 대답했다.

"응……."

"꺄악!"

텔리야가 즉시 비명을 지르며 기뻐했다. 어떻게 된 일인지는 모르겠지만 횡재였다. 횡재이고 경사로다. 쌍수를 들고 좋아하는 제 여동생을 황당하게 쳐다보던 반테르가 얼른 메일을 다시 돌아보았다.

"운명의 상대라니요?"

그가 판단하기로 메일은 이 자리에서 유일한 정상인이었다. 물론 메일 또한 반테르를 비슷하게 평가하고 있었다. 슬퍼하는 리엘라와 기뻐하는 텔리야를 뒤로하고 메일이 결국 착잡한 마음으로 설명을 시작했다.

"이러이러해서……."

리엘라가 품은 잘못된 믿음을 정정해 주지 않은 이유를 말하기 위해선 어쩔 수 없이 간택전에 대한 이야기도 꺼내야만 한다.

메일은 목소리를 낮추고 사정을 간추려서 이야기했다. 어설프게 둘러대느니 솔직하게 설명한 다음 협력을 구하는 편이 나았다.

배경 지식을 전부 들은 반테르는 기가 차지만 납득은 간다는 표정을 지었다.

"그렇게 된 거로군요."

"네. 그렇게 된 거랍니다."

"고생이 많으십니다."

"공자께서야말로……."

잠시 연민을 나눈 두 사람이 이어 대책을 강구했다.

"그럼 이제 어쩌면 좋겠습니까?"

"큰일은 아닐 거예요. 공주님을 납득시키기만 하면 되니까요. 그건 운명의 전기가 아니라 마법이었다고……."

"안 그래도 해명을 하고 잘못을 빌게 시키려고 범인, 그러니까 제 여동생을 데리고 오긴 했습니다만."

반테르가 텔리야를 향해 곱지 않은 시선을 주었다. 그녀는 지금 리엘라의 곁에 무릎을 꿇고 붙어 앉아서 세상의 모든 단어로 공주님의 미모를 찬양하는 중이었다. 덕분에 충격으로 울적했던 리엘라는 기분이 조금 나아진 것 같았다.

반테르가 한숨을 내쉬었다.

"보시다시피 저 꼴이라서."

"음…… 독특하신 분이네요."

"독특이라는 단어에게 실례인 것 같습니다. 아무튼 도움은 되지 않을 것 같은데 곤란하군요."

텔리야에게 사정을 알려 주었을 때 그녀가 보일 반응이란 뻔했다. 검을 만졌을 때 나타난 효과가 실은 제가 걸어 둔 마법이라고는 세상이 쪼개져도 고백하지 않을 것이다. 오히려 옳다구나 그것은 운명의 전기가 틀림없다며 리엘라의 잘못된 믿음에 확신이나 더해 줄 가망이 높았다.

"할 수 없죠."

이쪽에서 아니라고 주장해도 저쪽에서 맞다고 주장하면 상황은 고착 상태에나 빠질 뿐이다. 메일은 농담을 던졌다.

"결혼 축하드려요. 미혼인 건 맞으시죠?"

"비제아트 영애!"

"농담이에요. 그렇게 세상 무너지는 표정을 지으시니 제가 많이 죄송스럽네요."

"아, 아니, 이건…… 공주님께서 별로라는 뜻이 아니라."

"괜찮아요. 누구보다 이해한답니다. 어쨌든 방향을 조금 바꿔야 할 것 같네요."

이야기를 나누며 평정을 되찾은 메일이 차분하게 말했다. 강제 중매를 설 수는 없는 노릇이니 리엘라를 어떤 식으로든 설득을 하긴 해야 했다.

자아, 그럼 뭐라고 말을 꺼내면 좋을까. 메일은 리엘라에겐 교리나 다름없어 보이는 전기 이론에 새 설정을 조금 추가하기로 마음먹었다.

"흠흠. 공주님, 많이 놀라셨죠?"

"메일."

그새 텔리야로부터 갖은 표현으로 찬사를 받은 리엘라는 우울함이 꽤 가신 듯 썩 밝아진 얼굴을 하고 있었다.

메일은 내심 혀를 내둘렀다. 남매는 천재라는 것 외에도 공통점이 있었다. 하나같이 리엘라를 잘 다룬다. 비범했다.

"기분은 좀 괜찮으세요?"

"조금. 그런데 메일, 정말 어떡해? 내가 못생겨지면 진짜 큰일 나잖아. 그건 그, 국가적 손질 아니야?"

"손실이죠. 맞아요. 저도 그건 절대 있을 수 없는 일이라고 생각해요."

"그렇지? 근데 전기가……."

"공주님."

"응?"

"혹시 그거 아세요?"

메일이 시동을 걸었다.

"뭘?"

"전기를 내리는 운명의 신도 가끔은 실수를 한다는걸."

"실수?"

"네. 운명은 신은 솔직히 너무너무 바쁘잖아요. 하루에도 몇 번씩 이 사람 저 사람에게 전기를 내려야 하니 말이에요. 그러다 보면 어쩌다 한 번은 실수를 하는 날도 있대요."

"무슨 실수?"

"운명의 상대가 아닌데 전기를 통하게 하는 실수요."

"와! 정말?"

반색하던 리엘라가 이내 도로 표정을 바꾸고 의심했다.

"하지만 그걸 어떻게 알아? 실수한 건지 아닌지."

못생겨지는 천벌이 어지간하게 무서운지 리엘라는 답지 않게 신중한 모습을 보였다. 이 정도는 예상했기에 메일이 흔들리지 않고 대답했다.

"사실 공주님도 이미 알고 계시죠? 진짜 운명의 상대를 만나면 전기만 통하고 끝나는 게 아니라는걸."

"응? 그럼?"

"아시잖아요. 운명의 상대와 함께 있다 보면 갑자기 가슴이 쾅쾅 뛰고, 숨이 턱 막히고, 뭘 해야 할지 모르게 된다는 거."

"그건…… 좋아하는 거잖아."

"그래요. 운명의 상대니까 좋아하게 되는 건 너무 당연한 일이겠죠? 그런데 그런 느낌이 기다려도 계속 찾아오지 않는다면 뭘까요? 전기는 통했는데 느낌이 안 온다면?"

"……실수?"

"바로 그거예요. 그러면 운명의 신이 실수를 한 거죠!"

"그렇구나!"

넘어간 리엘라가 손뼉을 치며 좋아했다. 메일은 모하임가(家) 남매를 보며 리엘라를 잘 다룬다고 생각했지만 남매는 지금 메일을 보며 똑같은 생각을 하고 있었다. 반테르가 감탄을 숨기지 않으며 말했다.

"그럴듯하군요."

"그럼요. 사실이니까요."

"아, 죄송합니다."

반테르가 아차 하는 와중 텔리야는 흥미로운 얼굴로 제 턱을 쓰다듬었다. 그녀는 친오빠와 달리 눈치가 빨랐다. 따로 사정을 청취하지 않아도 상황이 어떻게 돌아가는지 대강 파악이 되었다. 이것 참 재미난 설정이었다.

"오라버니가 정말 공주님의 운명의 상대면 좋을 텐데. 뭐, 두고 보면 알겠지만."

"텔리야."

"바람을 얘기한 것뿐이야. 그나저나 공주님, 저 궁금한 게 한 가지 생겼는데 말이에요."

질문이 늦었지만 실은 공주님을 처음 본 순간부터 마음에 걸렸다며 텔리야가 물음을 꺼냈다.

"공주님 혹시 나이가 어떻게 되시나요?"

텔리야가 보기에 그녀의 천사는 상당히 어린 것 같았다. 메일도 어려보이긴 했지만 리엘라가 생김새 탓인지 유독 그랬다. 리엘라는 순순히 대답했다.

"열여덟 살."

"헐."

어린 것 같은 게 아니라 어렸다. 텔리야의 진한 회색 눈동자가 흔들렸다. 제국법상 성년이 되는 기준은 남녀 모두 18번째 탄생일을 지내는 것이었으니 그 기준에서 리엘라는 일단 성인이기는 했다. 그러나 너무 갓 성인이었다. 텔리야는 제 오라버니를 돌아보았다.

"······."

"왜 그렇게 봐?"

반테르의 현재 나이는 스물여섯. 곧 생일이 지나면 스물일곱이 된다. 리엘라의 생일이 언제냐에 따라 둘은 무려 아홉 살이나 차이가 났다. 아직 리엘라가 생일이 지나지 않았다 가정해도 최소 여덟 살.

연하남과 결혼한 텔리야가 눈초리에 경멸을 담았다. 반테르가 울컥했다.

"그 시선은 뭐야? 나 지금 되게 쓰레기가 된 것처럼 느껴지는데 기분 탓일까?"

"내 남편은 나보다 한 살밖에 안 어려."

"그래서?"

"공주님은······."

"누가 뭘 어떻게 한대?"

반테르는 억울해서 펄쩍 뛰었다. 한 것도 없이 욕을 먹으니 기가 찼다. 한 게 없기는 물론이고 앞으로 할 일도 없다.

가슴에 손을 얹고 말하건대 리엘라 공주는 그의 취향과 백만 년쯤 거리가 멀었다. 독신남 반테르의 이상형은 교양 있고 정숙하며 어른스러운 여성이었다.

"알았어. 그런데 나 한동안 황궁에 머물러도 되지? 남는 방은 많을 거 아냐. 뭣하면 내가 전에 근무하면서 지냈던 거처도 있고."

"뭐? 갑자기 왜?"

"그냥."

텔리야는 천사 리엘라와 세상 제일가는 연애치 반테르를 번갈아 한 번씩 쳐다보았다. 그러더니 의미심장하게 웃는다.

"재미있을 것 같아서."

그러나 그녀의 목적은 쉽게 이루어지지 못했다. 반테르가 그런 건 황제 폐하께 허락을 받으라고 냉정하게 못 박았기 때문이다. 황제는 출정 때문에 지금 황성에 없다. 텔리야는 곧 울상을 지었다.

클리버는 영민한 소녀였다. 1남 2녀 중 막내였지만 오빠와 언니를 제치고 아버지로부터 가장 큰 기대를 받았다.

가족뿐 아니라 저택의 사용인들 또한 곧잘 막내 아가씨께서 가장 똑똑하다며 그녀에게 칭찬을 아끼지 않곤 했다.

비록 변방이어도 귀족가에서 태어난 클리버는 특별히 부족한 것 없이 유복하게 잘 자랐다. 그리고 열 살이 되던 해 스스로 아카데미에 입학할 것을 희망했다. 훌륭한 스승에게 더 많은 것을 배우고 싶다는 아이답지 않은 열망이었다. 그리고 아버지인 자작은 딸의 총명함을 알았기에 별다른 반대 없이 허락했다.

그렇게 입학한 수도의 아카데미에서 클리버는 원하던 많은 것을 배웠다. 새로운 지식은 그녀를 환희에 차오르게, 한편으론 실망하게 만들었다.

　무엇에 실망했는가? 바로 그녀의 아버지인 자작의 가르침에 대해서다.

　자작은 클리버가 더 어릴 때 이렇게 가르치곤 했다. 귀족은 고귀하고 존엄하며, 그렇지 못한 평민은 천하고 하찮다. 하찮으니 우리가 마음껏 착취해도 된다.

　자작이 평민에 대해 얘기할 때면 클리버는 이상하게 사람에 관한 이야기를 듣는 것 같지가 않았다. 분명 그들 또한 사람임에도.

　　"아가씨, 평민 아이들과 어울리시면 안 됩니다."
　　"네? 왜요?"
　　"그건……."

　클리버는 저잣거리에 놀러나갔던 어느 날을 기억했다. 시장을 한 바퀴 둘러보다 우연히 마주친 또래의 여자애들과 함께 군것질을 하고 떠들었다.

　클리버는 즐거웠으나 그녀의 호위 기사는 그것이 옳지 못한 행동이라고 했다. 이유를 묻자 그는 대답했다.

　　"자작님께서 노하십니다."

　호위 기사의 말처럼 자작은 그날 클리버에게 화를 냈다. 어디서 그런 더러운 것들과 어울리느냐고 그녀를 꾸짖었다.

　클리버는 제게 쏟아지는 아버지의 훈계가 타당치 않다고 생각했지만 그것을 지적하기엔 그때의 그녀는 너무 어렸다. 어린 클리버는 다만 속으로 항변했을 뿐이다. 그 애들은 더럽지 않아요. 매일 냇가에서 목욕을 하는걸요.

그리고 시간이 지나 아카데미에서 그녀는 마침내 원하던 것을 배웠다. 이제 그녀는 아버지의 잘못된 질책에 근거를 들어 반박할 수 있었다.

그것은 잘못된 가르침이라며 당당하게 맞설 수 있었다. 그렇게 클리버는 씩씩한 마음가짐으로 방학을 맞이하여 영지에 내려왔다.

그때 사건이 생겼다.

"꺄아악!"
"아, 안 돼. 이놈들아! 안 돼! 딜리!"

야만족이 출몰했다. 그들의 약탈은 크게 드문 일이 아니었으나 클리버가 그것을 직접 목격한 것은 처음이었다. 그들은 마치 짐승처럼 무리 지어 마을을 들쑤셔 놓은 뒤 클리버 또래의 여자아이를 납치해 갔다. 아이의 이름은 딜리였다.

목격자가 된 클리버는 겁에 질려 심장이 쿵쾅거리는 와중에도 당장 아버지인 자작에게 달려갔다. 그러곤 숨도 고르지 않고 주장했다. 딜리를 구해야 한다고, 야만족이 딜리를 납치해 갔다고. 하지만 자작은 들은 체도 하지 않았다.

"딜리? 그게 누구냐. 설마 평민 나부랭이를 말하는 건 아니겠지?"

그리고 클리버는 제 아버지가 입에 올린 지칭어에 숨이 막혔다.

평민 나부랭이. 이제 그녀는 알았다. 그건 틀렸다. 신분을 떠나 아버지는 그래선 안 되었다. 영주인 아버지가 영지민인 그들을 그렇게 취급하는 것은 있을 수 없는 일이었다.

'이래선 안 돼.'

클리버는 생각했다. 그건 노블리스 오블리주나 인간의 기본적인 존엄성 같은 것을 차치하더라도 마찬가지였다.

영주와 영지민의 관계는 지배가 아니라 공생이다. 그것을 모르는 영주는 결국 분노한 군중의 손에 무너지게 되어 있었다.

그녀는 영지민을 위해, 그리고 가문을 위해 야만족을 토벌하기를 원했다. 그러나 원한다고 할 수 있는 것이 아니었다. 그녀가 아무리 강력하게 주장해도 자작의 대답은 늘 한결같았다.

야만족은 비록 수는 많지 않아도 대단히 난폭하고 사나우며, 험한 산지의 지형을 이용해 숨어 살기 때문에 완전한 소탕이 불가능하다고. 영지의 힘으로는 고작 견제가 최선이라고 말이다.

하지만 열두 살의 클리버는 그것이 거짓말이란 사실을 이미 알고 있었다.

어떻게 해야 할까? 어떻게? 아무리 간절히 바라더라도 마음가짐만으로는 아버지의 행동을 바꿀 수 없다. 그렇다면?

클리버는 깨달았다. 마음만으로 안 된다면 움직여야지.

얼마 뒤 몰래 저택을 빠져나간 클리버는 그대로 실종되었다. 이후 민가에서 그녀가 야만족에게 납치되었다는 소문이 돌았다. 최초 목격자는 딜리의 가족이었다.

"클리버!"

자작은 믿을 수가 없었다. 눈에 보이는 것이 현실 같지가 않았다. 황제의 지휘 아래 저택의 사용인들은 정말로 클리버를 찾아냈다.

그녀는 자작의 서재에서 발견되었다.

"어, 어떻게……! 클리버, 네가 어떻게 거기에서!"

자작은 너무 놀란 나머지 말까지 더듬었다. 클리버는 낭패한 기색으로 입술을 사리물었다.

클리버가 실종되고 납치되었다는 소문이 돈 날, 엑스트 자작은 처음에는 믿지 않았다. 야만족이 지난 십 년간의 공생을 그렇게 갑자기 깨뜨릴 리 없었다.

자작은 병사들을 시켜 목격자를 잡아들이고 그들의 집을 샅샅이 조사했다. 자기 가족이 납치된 평민들이 앙심을 품거나 꾀를 내어 클리버를 가두었을 거라고 생각했기 때문이다.

그러나 아무리 그들의 집을 뒤져도, 더 나아가 영지 안을 쥐 잡듯이 뒤집어엎어도 클리버는 나타나지 않았다. 그의 막내딸은 정말로 실종된 상태였다.

자작은 그제야 야만족이 딸을 납치해 갔다는 말을 믿었다. 그땐 그럴 수밖에 없었다. 마을의 모든 집을 뒤져도 클리버가 보이지 않았으니까.

어디를 찾아도 흔적이 없으니 유일하게 남은 가능성인 야만족에게로 당연히 화살이 돌아갔다. 은혜도 모르는 야만족이 배신했다고 생각한 자작은 눈이 뒤집혀 당장 수도로 토벌대를 요청했다.

그랬는데.

"이게 어떻게 된 일인지…… 설명을 좀 해주겠니, 클리버?"

더듬지는 않았으나 충분히 떨리는 목소리로 자작 부인이 물었다. 클리버는 더 이상 입을 다물고 있을 수가 없었다. 그녀는 천천히 입술을 뗐다.

"이게 최선이었어요. 제가 할 수 있는."

클리버는 야만족에게 납치되지 않았다. 애초에 실종 자체가 거짓이었다. 그녀는 단지 숨어 있었던 것뿐이다. 제 집 안에.

그날 클리버는 저택을 빠져나왔다. 몰래 나오는 척했으나 일부러 티가 나게 움직여 다수의 사람이 제가 외출한 것을 알 수 있게 했다. 그러고는 근처에 숨어 있다가 심부름꾼들이 이용하는 쪽문을 통해 다시 몰래 저택으로 숨어들었다. 이번에는 정말 몰래, 아무도 눈치채지 못하도록.

딜리의 가족이 소문을 내도록 한 것은 미리 부탁해 둔 것이다. 그렇게 하면 딜리를 구할 수 있다고 설득했다. 그런 뒤 클리버는 실종을 가장하여 저택 내 2층의 서재에 숨어서 지냈다. 아버지의 개인 서재였다.

전말을 들은 자작은 거의 쓰러질 뻔하다가 하인의 부축을 받고 겨우 바로 섰다.

"믿을 수가 없구나. 도저히 믿을 수가 없어. 이게 전부, 야만족을 토벌하기 위해서…… 그걸 위해서 이런 짓을 벌인 것이냐?"

"네. 맞아요."

"어떻게…… 아니, 그래, 전부 그럴 수 있었다고 치자. 그렇다면 그간 서재에서는 어떻게 지냈느냐? 식사를 비롯해 너의 편의를 몰래 봐줄 사람이 필요했을 텐데."

물론 그렇다. 아무리 남의 눈에 띄지 않는 새벽에 몰래 움직인다고 해도 한계가 있었다. 이에 대한 대답은 클리버가 아닌 다른 사람에게서 나왔다.

"제가 도왔습니다."

자작은 눈을 부릅떴다.

"집사! 자네가 어떻게!"

"참고로 계획은 전부 아가씨께서 혼자 세우신 일입니다. 저는 그저 소모적인 도움을 조금 드렸을 뿐."

"왜…… 왜 그랬나? 내가 자네를 얼마나 믿는지 자네도 잘 알지 않나. 그런데 왜."

"큰 이유는 아닙니다. 단지 아가씨께서 어디까지 하실 수 있나 보고 싶었을 뿐입니다. 훗날 제가 모시게 될 수도 있는 분이니까요."

자작의 몸에서 힘이 빠졌다. 그는 결국 견디지 못하고 비틀거리다 안

락의자에 풀썩 주저앉았다. 입에서는 자조 섞인 한숨 같은 것이 흘러나왔다. 그는 그렇게 충격이 옅어지길 기다리듯 가만히 침묵하다가 잠시 후 입을 열었다.

"클리버."

"……네, 아버지."

"한 가지 더 물어보마. 다른 곳도 아니고 왜 하필 2층 서재에 숨어 있었던 게냐?"

"그건……."

클리버는 조금 머뭇거렸다. 그러나 대답은 곧 명확한 목소리로 흘러나왔다.

"2층 서재는 아버지만 출입하시잖아요. 그리고 아버지는 굉장히 기분이 좋으실 때나 굳이 2층까지 올라와서 일을 보시죠. 제가 납치되었는데 아버지께서 그렇게 기분이 좋으실 일은 절대 생기지 않을 거라고 생각했어요."

이어 덧붙인다.

"아버지는 영지민들은 그처럼 하찮게 여기셔도…… 저는 끔찍이 아끼고 사랑하시니까요."

답을 들은 자작은 허허, 숨소리나 다름없는 허탈한 웃음을 내뱉었다. 만약 이것이 전투라면 자작은 꼼짝없이 막내딸에게 졌다. 그는 패자다. 승자는 클리버였다.

클리버는 하고 싶은 말이 남았던 듯 재차 입술을 뗐다. 그녀는 마치 호소하듯 말했다.

"아버지, 제발 알아주세요. 우리가 공생해야 할 대상은 야만족이 아니에요. 우리는 야만족이 아닌 영지민과 공생해야 해요. 그게……."

열두 살 아이의 목소리가 간절했다.

"그게 정답이에요."

좌중은 침묵했다. 모인 사람들은 누구도 입을 열지 않았다. 그들은 이 순간 자기보다 한참 어린 소녀의 앞에서 부끄러움을 느꼈다.

저 말을 결국 이곳에서 가장 어린아이가 내뱉게 했다는 사실이 뭇 사람들의 마음을 무겁게 했다. 그들은 여태 각각의 사정으로 나서지 못했지만 연장자로서 최소한 부끄러움 정도는 느낄 줄 알았다.

그때 그것을 전부 지켜보고 있던 황제가 움직였다. 아이는 아이인지 말을 뱉은 뒤 울먹이던 클리버는 제 위로 지는 그림자를 한발 늦게 지각하곤 깜짝 놀랐다. 이내 그녀의 작은 머리 위를 커다란 손이 부드럽게 내리눌렀다.

"고생했다."

"……"

"이 자리의 누구보다 네가 용감하구나. 짐을 포함해서 말이야."

사실 따지자면 완전 범죄나 다름없던 클리버의 계획을 이렇게 도중에 밝혀지도록 만든 건 바로 황제다. 그가 아니었다면 클리버는 야만족 소탕이 끝날 때까지 서재에 숨어 있다는 것을 들키지 않았을 것이다.

제가 무산시켜 놓고 저리 칭찬하는 것이 어찌 보면 참 우스운 모양새였지만, 클리버는 발끈하거나 황당해하는 대신 울컥 치미는 눈물을 참았다. 머리에서 느껴지는 온기가 따뜻했다.

잠시 후 손을 거둔 황제가 말했다.

"앞으로는 영지에서 야만족을 구경도 할 수 없을 테니 마음 놓거라. 소탕은 오늘 안에 마무리될 거다."

"아, 화, 황송……."

"인사할 필요 없다. 그러려고 온 거니까."

클리버는 조심스레 얼굴을 들었다. 황제의 용안은 어린 그녀가 보기에도 충분히 눈이 부셨다. 물론 그렇다고 왕자님처럼 느껴지기에는 아직 소녀가 너무 어리다.

황제는 클리버의 생기 있는 녹색 눈동자에 지나가듯 짧게 시선을 주었다. 이후 눈길을 옮겨 자작을 응시한다.

"엑스트 자작."

"예, 예. 폐하."

"확인한다 생각하고 다시 묻지. 곧 진행될 야만족의 토벌에 이견이 있나?"

막내딸을 찾기 전 아침에도 들었던 말이다. 이제는 그때와 달리 질문의 의미를 알았다. 그러나 대답이 어떻게 바뀔 수 있을 것인가. 자작은 쓰게 웃었다.

"없습니다."

십 년을 이어 온 비틀린 공생이 마침내 완전히 끊어지는 순간이었다.

✳

텔리야는 퇴장 또한 범상하지 않았다. 그녀는 천사님을 두고 이대로 돌아갈 순 없다며 내내 버티다가 결국 해가 진 뒤 그녀를 찾으러 온 시클라민 후작에게 반쯤 업혀서 사라졌다.

메일은 멀어지는 둘을 보며 잠깐 생각했다. 부부가 금슬이 좋구나.

하루는 그렇게 저물었다. 십년감수한 반테르는 제 거처로 사라지고 리엘라는 충격이 아예 가신 듯 평소로 돌아와 자기 미모를 자찬하며 잘만 놀았다.

메일은 그런 리엘라를 보며 그녀가 반테르와 실제로 맺어지는 상상을 아주 잠깐 해보았다. 반테르는 기사답게 체격이 다부지고 얼굴이 미남이라 리엘라와 나란히 선 모양이 생각보다 꽤나 어울렸으나, 메일은 곧 이것이 누구한테 더 미안한지 알 수 없는 상처뿐인(?) 중매라는 걸 깨닫고 고개를 휘휘 저어버렸다.

시간이 더 흘러 늦은 밤이 되어 메일은 잠자리에 들었다. 악몽은 제멋대로라 이번엔 그녀를 찾아와 괴롭히지 않았다.

그리고 다음 날. 황궁에는 변화가 생겼다.

정확히는 후보들에게 찾아온 변화였다.

"간택전의 책임자가 바뀌었다지?"

"이젠 그 콧수염 후작이 아니야?"

"아아! 이미 가문에서 선물을 잔뜩 보냈을 텐데, 아까운 짓을 했어!"

볼텐 후작이 자격을 잃고 그 자리를 차지한 건 으리다 백작이다. 으리다 백작은 모하임 공작가와 연줄이 닿은 가문으로, 이견의 여지없는 황제의 사람이었다.

참고로 으리다 백작은 모시는 이에 대한 의리를 목숨보다 소중하게 여긴다. 그날 볼텐 후작은 처소에서 이를 박박 갈았다.

으리다 백작은 간택전에 대한 권한을 쥐자마자 얼른 선별 결과를 발표했다. 아는 사람만 아는 모종의 이유로 미뤄졌던 1차 간택의 결과가 드디어 면전에 공개되었다. 별궁은 발칵 뒤집혔다.

"거짓말! 대체 선별 기준이 뭐야? 설마 제비뽑기는 아니겠지?"

"열흘이 넘게 제비뽑기를 했다고?"

"진정하세요. 이미 정해진 결과에 흥분해 봤자 소용없는 일인걸요."

"붙은 사람은 양심적으로 입 열지 말자?"

이 와중에 메일을 비롯한 벨티에 왕국 원정대(?)는 평온했다. 오르밀이야 어차피 진작 후보도 뭣도 아니게 됐으니 당연히 합격자 명단에 없다. 그렇다면 리엘라는?

"응. 어차피 당연한 거 아니야?"

합격했다. 물론 간택전의 선별 기준을 대략적으로나마 알고 있는 메일은 리엘라의 합격이 영광스러운 것이라고는 차마 이야기할 수 없었지만, 그래도 탈락해서 그녀가 삐치는 것보단 나았으니 잘되었다고 축하의 박수를 쳐 주었다.

리엘라는 당연한 것 아니냐고 말한 것과는 달리 콧대를 잔뜩 세우고 어깨를 으쓱으쓱했다.

1차 간택의 결과는 합격자 명단만을 추려 각 후보에게 전달하는 방식으로 공개되었다.

메일은 시녀를 통해 그 명단을 받아 들곤 거처에서 유심히 살폈다. 리엘라의 이름은 왜인지 최상단에 있어서 진작 찾았지만 메일에겐 추가로 확인하고자 하는 것이 있었다.

'없네.'

메일은 그녀를 떠올렸다. 모르아도 드 노메러 공주.

오르밀과는 달리 첫 만남에서 꽤나 기품 있게 선전포고를 날리고 사라진 그녀는 그 이후로 이쪽과 별반 마주칠 일이 없었다. 어쩌다 같은 공간에 있게 되더라도 서로의 존재만을 인식할 뿐 시비를 걸거나 인사를 나누지는 않았다. 덕분에 메일도 한동안 그녀에 대해서는 잊고 있었던 것 같다.

그랬는데 명단을 받으니 다시 생각이 나네. 메일은 골을 앓았다.

'어느 정도 예상은 했지만.'

기실 선배님을 통해 간택전의 목적을 확인한 날부터 모르아도 공주의 탈락은 예견된 것이나 다름없었다.

간택전이 원하는 황후는 적당히 멍청하고 적당히 국력이 보잘것없는 백작 영애 이상의 인물이다. 모르아도 공주는 지위는 되지만 안타깝게도 멍청함이 부족하고 출신 왕국의 국력이 너무 강했다.

물론 헬베른 제국에 댈 것은 아니지만 기준상 그렇다는 얘기다. 어쨌든 여러모로 모르아도 공주는 간택전이 원하는 황후의 상에 어울리지 않았고, 예정된 수순대로 탈락했다. 문제는 모르아도 공주 또한 그것을 순순히 받아들여 주느냐는 것이지만.

메일은 머릿속 한구석에서 구겨져 있던 기억을 도로 꺼내 폈다.

"전 되도록 선의의 경쟁을 하고 싶답니다. 물론 그렇게 하게 두느냐는 제국의 뜻이겠지만요."

대충 그렇게 이야기했던 것 같은데. 모르아도 공주의 발언을 떠올린 메일이 이마를 짚었다. 으음. 그러니까 그건 즉 여건만 된다면 선의는 커녕 매우 더티한 공작도 마다 않겠다는 의사를 표명하신 게 아닌가. 메일의 기분이 찜찜해졌다.

'별일이야 있겠어.'

리엘라는 붙고 모르아도 공주는 떨어졌다. 그러나 합격자는 무려 마흔 명이 넘었다. 그중 두셋쯤 골라 시비를 건다 해도 그녀가 리엘라에게 수작을 걸어올 확률은 1할 이하로 떨어진다. 메일은 수학적인 추산을 믿었다. 설마 그날 연회장에서 모르아도 공주가 경고를 날린 게 리엘라 한 명뿐이겠어?

그러나 설마의 취미는 사람 잡기다. 메일은 그걸 채 하루도 지나지 않아 깨달았다.

"부탁드려요. 이 자리의 모두가 증인이 되어주세요!"

메일은 어안이 벙벙했다. 모여든 후보들과 사용인이 수군거렸다. 모르아도 공주가 목소리를 높였다.

"저도 솔직히 이런 불미스러운 일을 입에 올리는 것이 내키지 않아요. 하지만 어쩔 수 없지 않나요?"

그녀가 말을 할 때마다 풍성한 분홍색 머리카락이 솜사탕처럼 부드럽게 흔들렸다. 공주는 저녁 하늘 같은 다홍색 눈동자를 깜박이며 말을 이었다.

"다른 것도 아닌 황궁의 명예가 걸린 일인걸요."

대체 이게 어떻게 된 일일까. 메일은 조금 전을 회상했다. 오늘은 저녁부터 본궁에서 연회가 열렸다. 간택전의 책임자로 새로 취임한 으리다 백작의 소개 및 인사 자리 겸, 탈락한 후보들을 위한 위로연이 있었기 때문이다.

탈락한 후보에겐 위로연이지만 붙은 후보에겐 축하연이다. 메일은 거처에 남을까 하다가 으리다 백작이 어떤 사람인지 아주 약간 궁금하기도 해서 리엘라와 함께 연회에 참석했다.

그리고 잠시 후 그곳에서 갑자기 모르아도 영애가, 아니, 그녀의 측근이 손을 들고 물었다.

"궁금한 것이 있습니다, 백작님."

"무엇입니까?"

"도둑질은 죄인가요?"

"질문의 뜻을 모르겠습니다만, 표면 그대로 대답해 드리자면 도둑질은 죄가 맞습니다."

"그럼 도둑질을 한 자는 죄인이지요?"

"물론입니다."

"그렇다면 혹시 죄인은 간택전의 후보 자격을 유지할 수 있나요?"

이때 연회장은 크게 술렁였다. 그녀가 하고자 하는 말을 알아듣지 못한 이는 이 자리에 아무도 없었다. 리엘라는 로즈가 말해줘서 알았다.

모르아도 공주의 측근은 주장했다. 이곳에 도둑질을 저지른 후보가 있다.

이미 탈락한 후보라면 자격 유지를 운운할 필요가 없으니 합격한 후보 중에 존재한다는 이야기다. 후보들은 저마다 제 일행을 돌아보며 수군거렸다. 웅성거림을 잠재운 것은 으리다 백작이었다.

"주장을 확실히 하겠습니다. 영애께서는 이곳에 모인 1차 합격자분

중에 도둑질을 저지른 사람이 있다고 말씀하고 계십니다. 맞습니까?"

"맞습니다."

"맙소사!"

"세상에, 대체 누구지?"

기껏 잠재운 소란은 한층 크기를 키워 일어났다. 이번엔 백작 또한 완전히 가라앉힐 수가 없었다. 그만큼 충격적인 주제였다. 그때 모르아도 공주가 앞으로 나섰다.

"안녕하세요. 노메러 왕국의 모르아도 드 노메러입니다. 여러분께 이런 이야길 전하게 되어 심히 유감입니다."

왕족의 기품이 깃든 그녀의 목소리에는 힘이 있었다. 좌중이 알아서 집중했다. 공주가 말을 이었다.

"지금 이 자리에는 죄인이 있습니다. 누구인지는 제가 알고 있어요."

그리고 그녀는 곧 한 사람을 지목했다. 지목을 당한 이는……

"부디 순순히 죄를 인정하셨으면 좋겠어요. 리엘라 드 벨티에 공주."

바로 리엘라였다.

그렇게 되어 지금이다. 메일은 한 치의 거짓 없이 진실만을 말하듯 당당한 모르아도 공주의 태도에 말문이 막혔다. 이곳의 누구도 그녀가 거짓말을 한다고는 감히 생각하지 않을 것이다. 그만큼 그녀의 가장은 빼어났다.

'내 연기력은 아무것도 아니었어.'

메일이 이상한 것에 패배감을 느끼는 사이 모르아도 공주가 이어 주장했다.

"저도 사실 조금 전에 안 사실이에요. 양심의 가책을 이기지 못한 한 하녀가 제게 제보를 해준 덕분이죠. 내내 안절부절못하기에 이상하게 여겨 연유를 물었더니 바로 털어놓더군요."

리엘라는 실시간으로 범인으로 몰리고 있으면서도 별반 동요 없이 태연했다. 자기가 하지 않은 짓에 대해 벌을 받을 수도 있다는 개념이 애초 머릿속에 존재하지 않는 것 같았다. 반면 로즈의 표정은 무섭게 굳었다. 주인이 누명을 쓰고 있었으니 당연했다.

메일은 모르아도 공주의 주장이 사실일 가능성은 아예 염두에 두지 않았다. 그건 확률의 높고 낮음을 떠나 불가능한 일이었다.

대체 뭘 훔쳤다는 건진 모르겠지만 그게 뭐든 리엘라에게는 몰래 도둑질을 할 만한 잔머리나 은밀함이 없었다. 능력 밖이란 소리다.

물론 실정을 모르는 구경꾼들은 쉽게 흔들렸다.

"궁금하네요. 공주가 뭘 훔친 거죠?"

"지금부터 말씀드릴게요. 리엘라 공주께서 훔친 물건은…… 후우, 저도 쉽게 믿기지 않네요. 그건 바로…… 황제 폐하의 물건이랍니다."

"세상에!"

"어쩜 그럴 수가!"

지금까지 중에 가장 큰 반응이 나왔다. 회장 전체가 크게 들썩였다. 나름 냉정한 자세를 유지하며 지켜보고 있던 으리다 백작도 이번엔 깜짝 놀란 것 같았다.

메일 또한 함께 놀랐다.

'황제의 물건?'

모르아도 공주는 배짱이 대단했다. 박수를 받아도 좋을 정도였다. 그렇지 않고서야 누명을 씌우면서 다른 사람도 아니고 황제를 팔 수는 없는 일이다. 그가 무슨 동네 개도 아니고.

'으음…… 하기야, 그 정도는 되어야 이런 자리에서 공론화를 시킬 만하겠지.'

그렇대도 용감하긴 하다. 메일은 속으로 상대의 배짱을 인정하며 이어질 말을 기다렸다.

설계해 놓은 상황을 전부 알아야 어떻게 빠져나갈 구멍을 찾든 말든 할 테니까. 모르아도 공주는 술렁임이 조금 진정되길 기다렸다가 입을 열었다.

"하녀는 제게 이야기했어요. 리엘라 공주의 거처를 정돈하던 도중, 그곳에서 몹시 익숙한 물건을 보았다고요. 처음에는 잘못 보았나 생각했다고 해요. 그러나 아무리 살펴보아도 그건…… 폐하의 집무실에 있었던 물건이라고 하더군요."

"어머나……. 대체 어떤 물건이기에?"

"그건 저도 잘 몰라요. 다만 보석 따위가 들어갈 만한 작은 함이었다고 해요. 백금으로 된 표면에 상단과 측면엔 각각 황금색과 은색 용이 새겨져 있는."

"물건은 지금 어디에 있나요?"

"하녀는 그것을 발견하기만 했지 손을 대지는 않았다고 했어요. 그녀의 고백이 사실이라면 그 함은 여전히 리엘라 공주의 거처에 있겠죠. 저는 이 자리에서 사람을 보내 찾아보도록 하는 것이 좋다고 생각해요."

로즈가 굳은 표정으로 메일에게 속삭였다.

"제가 함께 다녀오겠습니다."

메일은 그에 고개를 저었다.

로즈는 모르아도 공주에게 매수된 사람이 리엘라의 거처에서 찾았다고 거짓말을 하고 물건을 다른 곳에서 가져올 거라 의심하는 눈치였지만, 메일은 공주의 수를 그보다 높게 평가했다.

오르밀도 아닌 모르아도 공주가 그리 허술할 리 없었다. 아마 진작 거처에 물건을 숨겨 둔 상태일 것이다. 로즈가 동행해 봤자 은폐를 목적으로 따라붙는다고 의혹의 눈초리나 받을 것이 뻔했다.

메일은 우선 순순히 동의했다.

"그러세요. 저희 공주님께서도 그러는 편이 좋겠다고 하시네요."

"내가 언……."

"언질도 주지 않았는데 어떻게 공주님의 뜻을 알았는지 궁금하시죠? 척하면 척이랍니다. 공주님의 시비잖아요."

임기응변으로 리엘라의 항의를 막은 메일이 생긋 웃었다. 자, 어서 다녀오시죠.

모르아도 공주는 메일이 그렇게 나오자 조금 당황한 눈치였다. 뭘 믿고 저러지? 그녀는 리엘라 측이 어쩔 줄 몰라 하며 수색을 거부하는 꼴을 기대한 것 같았다.

아쉬움을 뒤로하고 모르아도 공주가 백작에게 청했다.

"그럼 부탁드립니다. 수색은 공정하고 투명해야죠. 백작님께서 사람들을 보내 주셨으면 합니다."

"……알겠습니다. 궁의 시녀와 병사들을 보내도록 하겠습니다."

잠시 후 백작의 명령 아래 리엘라의 거처를 구석구석 조사한 사람들이 돌아왔다. 그들의 손엔 정말로 작은 함이 들려 있었다.

"어머, 저것 좀 봐요!"

"모르아도 공주가 이야기한 모양과 똑같잖아?"

"사실이었어."

아기의 주먹만 한 크기의 함은 공주가 묘사했던 것처럼 백금으로 된 표면에 은색, 황금색 용이 새겨져 있었다. 문양의 위치도 동일했다.

으리다 백작이 눈에 띄게 난감한 표정을 지었다. 이게 정말 황제의 물건이라면 이건 단순히 범인의 후보 자격을 박탈하는 것만으로 끝날 일이 아니었다. 출정 중인 황제에게 연락을 취해야 할 정도의 중대사였다.

"그런데 저게 황제 폐하의 물건이라는 사실은 어떻게 확인하죠? 하녀 한 명의 말만 믿을 수는 없는 노릇이고."

"그에 대해선 제게 생각이 있어요."

모르아도 공주가 다시 나섰다.

"증인을 신청하고자 해요. 폐하의 집무실에서 수발을 든 시종, 폐하께서 집무실에서 외출하실 때 매무새 정돈을 맡은 시녀 등. 그들이라면 집무실에서 저 함을 한 번쯤은 보지 않았겠어요?"

"호오, 그러네요."

"괜찮은 방법이에요."

모르아도 공주의 의견이 호응을 얻었다. 메일은 별말 하지 않았지만 속으로 머리를 바삐 굴리는 중이었다.

이걸 어쩐다. 확인이 끝나 봐야 알겠지만 아무래도 느낌상 저건 황제의 물건이 맞는 것 같다. 모르아도 공주는 진정 배짱이 넘치는 여자였다. 누명을 씌우기 위해 정말로 황제의 물건을 훔치다니. 오르밀의 상위 호환이다.

'마땅한 방법이 떠오르질 않네.'

이래저래 잔머리로 소소한 위기를 격파해 온 메일이었으나 이번엔 확실히 쉽지 않았다. 모르아도 공주는 작정하고 덤볐다. 그건 무뇌가 나름대로 함정을 파는 것과는 차원이 달랐다.

이건 메일의 추측이지만 아마 공주는 가짜 자백을 맡을 하녀도 한 명쯤 준비해 두었을 것이다. 리엘라 공주가 시켜서 어쩔 수 없이 물건을 훔쳤다고 털어놓을 하녀 말이다. 모르아도 공주 정도의 배경이라면 협박이든 회유든 하녀 몇을 완전히 매수하는 것 정도는 크게 어려운 일이 아니었다.

'시간을 끄는 것밖에 답이 없나?'

사람을 쓰는 경우 당장은 아니더라도 언젠가 꼭 흔적이 드러나게 되어 있다. 매수당한 사람의 신의라는 게 그렇게 대단치 않기 때문이다.

이걸 어떻게든 재판으로 돌려 증인인 하녀를 황제의 앞에서 몇 번씩 증언하게 만들면 그때 분명 그녀의 거짓말에 틈이 생길 것이다. 그걸 노려야 했다.

다만 그때까지는 꽤나 지지부진한 결백 주장만을 반복해야 하겠지만.

'어쩔 수 없지. 후우, 생판 처음 디디는 제국에 왜 이렇게 적이 많담.'

속으로 푸념을 뱉은 메일이 로즈에게 한 발 가까이 다가가 섰다. 혹시라도 화가 난 로즈가 이성을 잃고 적을 공격하진 않을까 걱정이 되어서였다. 그랬다간 그건 다른 종류의 엄청난 대참사다.

그러는 사이 백금으로 된 함이 황제의 물건임이 증명되었다. 확인은 시종장이 맡았다.

"이건…… 맞습니다. 제 기억이 잘못되지 않았다면 말입니다. 며칠 전 폐하께서 제게 장신구를 넣어 둘 만한 작은 함을 요구하신 적이 있는데, 그때 구해드린 함이 바로 이것입니다."

"답이 나왔네요. 더 확인이 필요할까요?"

모르아도 공주가 눈부시게 웃었다. 그녀는 오르밀이나 리엘라와 비교해 썩 대단한 미인은 아니었지만 눈가를 곱게 접어 달처럼 환한 미소를 지을 줄 알았다.

저게 어떻게 뒷공작으로 무고한 이에게 누명을 씌우는 사람의 웃음인지. 메일이 혀를 내둘렀다.

'저런 왕족을 모시느니 차라리 우리 공주님이 낫다.'

로즈도 비슷하게 생각하는 듯 곁에서 크흥 야생의 콧김을 뿜었다.

으리다 백작은 함 안의 물건이 혹시 없어지진 않았는지 확인해 보자고 했다. 함만 그대로 두고 내용물만 빼돌렸다면 그게 더 큰 문제니까. 시종장이 그에 동의하여 장갑을 낀 손으로 조심스레 함을 열었다.

연락을 받은 반테르가 허겁지겁 달려온 것은 그쯤이었다.

'야단났네!'

반테르에게는 황제가 내린 임무가 하나 있었다. 바로 지키는 것. 무엇을? 처음에는 정원을 이야기하는 줄 알았으나 다시 생각해 보니 아무래도 메일 폰 비제아트 영애를 뜻하는 것 같았다. 그리 전환하자 훨씬 그럴듯했다.

그러나 반테르는 조금 전까지 의문에 사로잡힌 상태였다. 대체 뭐로부터 그녀를 지키라는 건지 도통 알 수 없었기 때문이다.

혹시 모를 침입자? 제2의 무시크? 하나 사건 이후로 더없이 삼엄해진 별궁의 경비는 요새도 마찬가지였다. 별궁의 복도는 밤에도 낮처럼 밝았고 곳곳에선 병사들이 부리부리한 감시의 눈을 뜨고 있었다. 반테르까지 나서지 않더라도 영애는 충분히 안전했다.

라고 생각하자마자 그녀가 누명을 썼다! 정확히는 메일이 아닌 리엘라가 함정에 빠진 거지만 둘의 관계를 감안하면 함께 위기에 처했다고 봐도 무방했다.

반테르는 연회장으로 달리면서 피눈물을 흘렸다. 죄송합니다, 폐하. 소신이 부족하여. 설마 궁 안에 이런 음모와 술수가 난무할 줄은.

물론 황제가 이런 것을 예견하고 명령을 남긴 것은 아닐 것이다. 황제라고 예언자는 아니었으니까.

하나 그렇대도 지키라고 했는데 저리 죄인의 누명을 쓰도록 내버려 둔다면 그건 대단히 면목이 없어지는 일이다. 반테르는 현장에 뛰어들면서 내키지는 않지만 어쩔 수 없이 권력의 힘을 동원하기로 마음먹었다.

'응?'

그러나 막 나서려던 반테르는 멈칫했다. 시야에 들어온 메일의 표정이 심상치 않았기 때문이다. 그녀는 무언가에 크게 놀란 것 같았다. 그건 아무리 봐도 단지 누명을 썼다는 상황 때문만은 아니었다.

리엘라가 눈을 반짝 뜨며 말했다.

"어? 저거 내 건데?"

백금으로 된 작은 함이 열렸다. 그 안에서 나온 것은 누가 보더라도 여성의 것인 머리 장식이었다. 정중앙에 새빨간 루비가 박힌 반달 모양의 핀.

바로 메일이 제국에 도착한 첫날 잃어버렸던 것이다.

"왜 저게……."

메일이 이제까지 중에 가장 놀란 표정으로 입을 열었다. 그녀는 저 머리 장식을 기억하고 있었다.

별궁에 입성한 첫날, 리엘라는 메일을 거처에 남겨 두고 연회장으로 갔다. 메일은 그런 리엘라를 몰래 뒤따르기 위해 저 머리 장식을 챙겼다. 저걸 전해 주러 왔다고 핑계를 대기 위해서였다.

그러나 바보같이 가는 길에 잃어버려 정작 연회장에선 꺼내보지도 못 했다. 그랬는데. 그게 왜 저 안에.

"공주의 것이라뇨? 리엘라 공주, 훔친 것을 인정하시는 건가요? 어쩜 뻔뻔하게……."

"무슨 소리야? 저건 내가 우리나라에서 가지고 온 거야. 우리 집 내 방에서."

"아하하, 리엘라 공주. 변명을 하려거든 차라리 훔치지 않았다고 하는 편이……."

"……맞습니다."

메일이 앞으로 나섰다. 한 걸음 걸어 나오며 말을 꺼냈기에 큰 목소리가 아니었음에도 주변의 이목을 끌었다. 모르아도 공주가 눈썹을 추어올렸다.

"뭐가 맞다는 거죠?"

"함 안에 있는 장신구는 리엘라 공주님의 것이 맞습니다. 증명할 수 있습니다."

"……뭐라구요?"

모르아도 공주는 눈을 커다랗게 떴다가 금방 표정을 가다듬었다. 말도 안 되는 소리. 저건 황제의 함이 틀림없다. 이미 시종장의 눈을 통해 확인이 끝난 게 아닌가.

공주는 속으로 비웃었다. 궁지에 몰리니 처지가 궁색하여 아무 말이나 내뱉는 꼴이 우습다고 생각하면서.

그러나 이어진 메일의 말은 모르아도 공주의 기분을 한 번에 바꿔놓았다.

"핀의 안쪽을 보시면 공주님의 탄신일이 새겨져 있을 겁니다. 뒤집어 보세요."

"무슨!"

"대륙력으로 1026년. 왕국력으로 216년 7월 15일입니다. 그 머리 장식은 공주님의 탄신연 때 선물로 들어온 겁니다. 루비는 공주님의 탄생석이구요."

메일의 말은 거침없었다. 누가 들어도 변명을 하려고 지어낸 것처럼은 들리지 않았다. 그 말대로 핀을 뒤집어 확인한 시종장이 놀란 낯으로 말했다.

"사실입니다. 새겨져 있군요."

"……그래서? 그게 뭐 어쨌다는 거죠? 훔쳤을 때 미리 장신구를 살펴보았을 테니 숫자가 적혀 있다는 것쯤은 이미 알고 있었겠죠. 그 숫자에 맞춰 말을 꾸며 내는 것쯤은 누구나 할 수 있어요. 그런 걸 증명이라고 하다니 황당하네요."

"후보로 이름을 올릴 때 제국에 제출한 신상 명세만 열람해 봐도 공주님의 탄신일이 언젠지 알 수 있습니다. 지금 당장에라도."

"그게 왜요? 설사 날짜가 동일하더라도 그것이 우연의 일치가 아니라고 장담할 수 있나요?"

"증거는 더 있습니다."

모르아도 공주가 눈에 보이게 흠칫했다. 뭐라고? 메일의 말이 담담히 이어졌다.

"머리핀의 양쪽 끝에 세공되어 있는 아주 작은 검정색 보석이 보이시나요? 그 보석은 흑수정이 아니라 오딜트라고 불리는 저희 벨티에 왕국의 특산석입니다. 비슷하게 생겼지만 경도가 훨씬 낮고 결정의 모양이 다릅니다. 감정을 맡기면 바로 알 수 있죠."

"……!"

"오딜트는 수출하지 않는 보석입니다. 오로지 벨티에 왕국에서만 생산되는데 말이죠. 어디, 더 증거가 필요하신가요?"

사위가 웅성거렸다. 이게 도대체 어떻게 되어 가는 일인지 구경꾼들은 서로 끊임없이 대화를 나눴다. 안색이 조금 전과는 완전히 변한 모르아도 공주가 이를 악물었다.

"거짓말. 지금 거짓말을 하는 걸 내가 모를 것 같아요?"

"의심이 되시면 확인을 해보면 됩니다. 지금 바로 감정사를 불러도 저는 괜찮습니다."

"……벨티에 왕국의 특산석이라 해서 꼭 그 안에서만 존재하리란 법이 어디 있죠? 지금도 봐요. 이 머리핀은 제국 안에 있잖아요? 누군가가 그 보석을 황제 폐하께 진상했을 가능성은요?"

모르아도 공주의 주장에는 억지가 있었다. 핀에 새겨진 탄생 년일이 겹치는 것부터가 단순한 우연으로 치부하기엔 지나친데다, 거기에 혹자가 황제에게 오딜트라는 보석을 진상했을 실현성은 거의 0이라고 봐도 좋을 만큼 낮았다.

메일의 설명에 따르면 오딜트는 여기저기서 쉽게 구할 수 있는 흑수정보다 경도가 낮다. 즉 쓸모가 딱히 없다는 말이다. 세상에 어느 미친 인간이 황제에게 쓸모없는 상품을 바친단 말인가?

모르아도 공주 자신도 이미 알고는 있었다. 그녀는 머리가 좋은 편이라 말을 하면서 동시에 스스로의 모순을 잡아냈다. 그러나 차마 오기 때문에 그만둘 수가 없었다.

　언성이 점차 높아지는 공주와 달리 메일의 목소리는 여전히 침착했다.

　"좋습니다. 모르아도 공주께서 그렇게 생각하신다면 이런 방법은 어떨까요?"

　"어떤……."

　"지금 당장 폐하께 환궁을 요청하는 겁니다."

　"……?"

　"그리고 폐하를 알현하여 직접 장신구를 보여드리며 묻는 거죠. 이 머리핀이 정말 폐하의 것인지 아닌지."

　"……!"

　"폐하의 것이 맞다 말씀하시면 저는 더 이상 아무런 말도 않고 죗값을 치르기 위해 감옥에 들어가겠습니다. 하나 만약 폐하의 것이 아니다 말씀하시면."

　메일이 일부러 짧게 뜸을 들였다. 그러면서 모르아도 공주와 눈을 맞춘다. 노을 진 하늘을 닮은 다홍색 눈동자가 위태하게 흔들렸다.

　"감히 폐하를 출정 도중에 황궁으로 부른 것을 비롯해 모든 책임을 공주께서 지셔야 합니다. 어떤가요?"

　"……."

　"그렇게 하시겠습니까?"

　물론 할 수 있을 리 없다. 벙어리처럼 입을 꾹 다문 모르아도 공주가 가만히 서서 미약하게 몸을 떨었다. 분을 이기지 못하는 듯 눈에는 잔뜩 힘이 들어가 거의 깜박이지 않았다.

　이런 점에서 모르아도 공주는 또 오르밀과는 전혀 달랐다. 그녀는 낭패감과 화에 온몸을 떨면서도 왕족으로서의 제 체통을 지켰다. 감히 품위 없이 입술을 깨물거나 드레스 자락을 움켜쥐는 짓 따위는 결코 하지 않는다. 설령 유일하게 심경을 드러낸 눈만큼은 빨갛게 충혈되더라도.

어쨌든 입을 다문 모르아도 공주는 패자였다. 결론은 났다.

좌중이 웅성거렸다.

"뭐야……. 그럼 어떻게 된 거지?"

"저 머리핀은 결국 리엘라 공주의 물건이라는 거네?"

"그런데 왜 그게 황제 폐하의 함에서?"

"폐하께서 따로 집무실에 보관해 둔 함 안에 지금 리엘라 공주의 머리 장식이 있었다는 거야?"

웅성거림은 시간이 지날수록 커졌다. 으리다 백작과 시종장 또한 이게 어떻게 된 일인지 몰라 서로 말없이 난색을 표할 뿐이었다.

돌아가는 상황을 지켜보던 반테르가 그제야 퍼뜩 정신을 차리고 나섰다. 이대로 저런 소문이 돌도록 놔둘 수는 없었다.

"실례합니다. 다들 오해가 조금 있으신 것 같군요."

"누구……."

"모하임 공자님!"

으리다 백작이 가장 먼저 반응했다. 그는 반테르의 집안인 모하임 공작가와 연이 닿아 있었다. 격한 반응이 자연스럽다. 시종장 또한 반테르를 발견하고는 놀란 기색을 보였다.

"공자님께서 어떻게 여기에…… 아니, 그보다 오해라니요? 그게 무슨 말씀이신지?"

"지나가다 우연찮게 들었습니다. 지금 시종장이 손에 들고 있는 그 함. 그것이 폐하의 물건이라고 생각하고들 계신 것 같은데, 맞습니까?"

"예? 아, 예. 이건 며칠 전 폐하께서 제게……."

"유감입니다."

"예?"

"애석하게도 그건 폐하의 함이 아닙니다. 폐하께서 소유하고 계시던 함은 지금 제 거처에 보관되어 있으니까요. 출정을 떠나시던 날 제게 따로 맡기셨습니다."

모양이 많이 비슷하여 착각했나 보군요. 반테르가 웃는 낯으로 그렇게 덧붙였다. 그 말에 가장 당황한 것은 시종장이었다. 이 함은 그가 직접 구한 것이다. 잘못 보았을 리가 없었다.

"예에? 하지만……."

"시종장, 설마 제가 거짓말을 하고 있다고 말하고 싶은 겁니까?"

"……."

"아니지요?"

"……그럴 리가 있겠습니다. 아무래도 제가 착각한 것 같습니다."

현 제국에서 모하임 공작가가 갖는 위세는 말로 설명하기 입 아프다. 모하임 공작의 권세는 굳이 서열을 나누자면 황제 바로 다음이었고, 반테르 폰 모하임은 가장 유력한 차기 가주 후보였다.

더구나 구태여 집안의 힘이 아니더라도 반테르는 그 자체로 인재였다. 이미 이십 대의 나이로 황제의 보좌이자 호위 기사를 겸하고 있다. 지닌 바 능력도 뛰어나며 공연한 황제의 오른팔이었다. 밉보이느니 차라리 그날로 제국을 뜨는 것이 낫다.

시종장의 인정에 반테르가 현명하다는 듯 빙긋 웃었다. 그는 좌중을 둘러보며 다시 한번 쐐기를 박았다.

"오해가 해프닝을 불러왔군요. 이 함은 절대 폐하의 것이 아닙니다. 아무래도 영애께서 함의 주인이신 것 같은데, 맞습니까?"

반테르는 부러 리엘라가 아닌 메일을 지목했다. 리엘라가 뜻대로 장단을 맞춰 줄 리 만무했기 때문이다. 메일은 당연히 상대의 의도를 알아들었다.

"……네. 제 것이 맞습니다."

"왜 진작 소유권을 주장하지 않으셨는지 궁금합니다."

"처음엔 이 함을 이야기하는지 미처 몰랐고, 함을 가져온 이후로는 폐하의 것이라는 주장이 워낙 강하여 차마 말할 경황이 없었습니다. 오해를 풀어주셔서 감사합니다."

"인사받을 일이 아닙니다. 이건 영애의 것이니 돌려드리죠."

"……고맙습니다."

메일은 함을 받아 들었다. 뚜껑이 열린 함 안에는 루비가 세공된 머리핀이 도로 들어가 있었다. 그녀는 복잡한 눈빛으로 그것을 내려다보았다.

"그럼 오해가 풀린 것 같으니 저는 이만 지나가 보겠습니다. 남은 분들께선 연회를 마저 즐겨 주시길 바랍니다."

가볍게 목례를 건넨 반테르가 그렇게 퇴장했다. 리엘라는 그래도 아는 사람이라고 멀어지는 등에다 대고 손을 흔들어주었다.

도중에 잠깐 뒤를 돌아본 반테르가 그 인사에 피식 웃었다가 헛기침을 하곤 얼른 사라졌다.

자리에 남은 후보들은 갸우뚱한 눈치로 서로를 돌아보았다.

"뭐지? 아니었어?"

"오해였던 건가요?"

"잘못 보았나 보네요. 이것 참, 1차 책임은 그 하녀에게 있는 게 아닌가요? 똑같은 함이 분명하다며 제보까지 했다더니."

"하녀의 말을 믿어준 모르아도 공주만 모양이 우습게 됐지요."

"그래도 경솔하게 믿은 것이 잘못이죠. 리엘라 공주께는 사과를 드려야 할 거예요."

여론은 반테르가 원한 대로 형성되었다. 그건 메일과 리엘라에게도 잘된 일이었다. 단 한 사람, 모르아도 공주만이 핏기가 가신 얼굴로 표정 관리에 힘쓸 뿐이었다.

다수의 의견은 이내 모르아도 공주가 사과를 해야 하느냐 마느냐로 나뉘었다. 물론 해야 한다가 압도적으로 강세였다. 모르아도 공주의 국력을 신경 쓴 몇몇이 은근히 그녀의 편을 들었다가 주변의 눈총을 받고 금방 입을 다물었다.

결국 공주는 새빨갛게 충혈된 눈으로 메일과 리엘라에게 고개를 숙였다. 지금의 사과와는 별개로 그녀는 확실하지 않은 일로 소란을 피운 것에 대한 책임 또한 따로 져야 할 것이다.

모르아도 공주는 사과를 하는 동안 낯을 구기지 않기 위해 사력을 다했지만, 안타깝게도 메일에겐 그 가상한 노력을 알아봐 줄 정신이 남아 있지 않았다. 메일의 주의는 온통 한곳으로 쏠려 있었다.

'왜 이게…….'

함을 쥔 손에 메일이 힘을 주었다. 황제는 그녀가 잃어버린 핀을 마치 귀중품이라도 되는 양 보관하고 있었다.

백금을 입고 용의 장식을 단 함은 무지렁이의 눈으로도 평범한 물건으로는 보이지 않는다. 구태여 이런 것을 구해 넣어 둘 정도로, 저절로 애지중지란 말이 떠오를 만큼 그렇게.

그러나 핀을 잃어버린 날 그녀가 만난 사람은 황제가 아닌데.

메일의 표정이 딱딱하게 굳었다.

❋

야만부족 세브족은 에드지 영지의 공식 무법자다. 아니, 무법자였다. 현재형이 과거형이 되었다는 걸 모르는 그들이 본거지에서 좋다고 술을 퍼마셨다.

"이 구역의 진짜 무법자는 우리야!"

"케케케!"

"술맛 좋다!"

민가를 약탈하여 빼앗은 술은 꿀맛이었다. 고된 노동은 영지민이 하고 꿀은 그들이 빠는 작태는 누가 보아도 불합리했지만, 세브족에겐 그저 일상이나 다름없었다. 취기가 오른 그들이 들썩들썩 어깨춤을 추며 슬거워했다.

"저번 약탈 때 너무 많이 쓸어 왔나? 아무리 먹고 마셔도 남네."

"터는 거 적당히 조절 좀 하자. 우리가 정기적으로, 어? 자주 바깥으로 나가 줘야 영지민들이 우릴 안 까먹고 벌벌 떨지."

"옳으신 말씀! 푸하하!"

"멋지고 늠름한 우리는 공포의 대상~ 그 이름하여 최강의 세브족! 낄낄…… 응?"

일상에 이변에 생긴 건 그때쯤이었다. 야비한 얼굴로 야비하게 웃던 한 야만족이 웃음을 뚝 멈췄다. 뭔가를 자세히 보려는 듯 눈가에 주름을 잡은 그가 이내 옆 사람을 툭툭 쳤다.

"건두리쥐 마~"

"그만 처마시고, 야, 저게 뭔 것 같냐?"

"엉?"

"저거 사람 아냐?"

그들은 산속 깊은 곳에 터전을 잡고 산다. 워낙 험한 지형이라 십 년을 넘게 살아온 그들 외에는 아무도 이곳까지 들어오는 사람이 없었다. 멀찍이 입구 부근에서 아른거리는 인영에 술을 입으로 가져가던 남자가 대충 대답했다.

"싸러 나갔던 놈이 돌아오나 보지~"

"잠깐, 야, 미친놈아. 자세히 좀 봐봐."

"왜 이래?"

"저거 우리 부족 놈 아닌데?"

멀리 있던 인영은 조금씩 가까워졌다. 거리가 좁혀질수록 흐릿하던 상대의 형상이 자세히 보였다.

장소에 어울리지 않게 환한 백금발에 차려입은 옷은 별다른 무늬가 없음에도 알아서 귀태가 났다. 술잔을 든 채로 멈칫한 남자가 이맛살을 찌푸렸다.

"그러게?"

"전에 우연히 봤던 여기 영주도 저렇게 재수 없을 만큼 귀태가 줄줄 흐르진 않았거든? 저놈 뭐지?"

"어디 돈 많은 집 자식인가? 엥, 그런데 그런 놈이 여길 왜 와?"

그들이 서로를 돌아보며 의아해하는 사이, 낯설고 귀태 흐르는 인물은 한층 가까이 다가왔다. 간격이 좁아지자 이제 생김새도 눈에 들어온다. 한 야만족이 분노했다.

"뭐야! 저 쓸데없이 잘생긴 놈은! 누가 저런 거 들여보내래?"

"계집애들이 꺅꺅대게 생기긴 했군. 하지만 진짜 사내다운 얼굴은 우리처럼 늠름한⋯⋯."

"이 정신 나간 놈들아! 지금 그런 걸 신경 쓸 때냐? 침입자라고!"

개중 가장 술을 덜 마신 야만족이 답답함에 제 가슴을 쾅쾅 쳤다. 그제야 나머지도 퍼뜩 정신을 차렸다. 아차, 그렇지. 낯선 인물은 귀태가 흐르고 잘생긴 것이 다가 아니었다.

침입자는 허리춤에 검을 차고 있었다.

상황을 파악한 세브족이 들고 있던 술잔들을 집어 던졌다.

"술잔 버리고 도끼 들어라, 애들아."

"이미 들었수다."

"오냐, 그럼 겁도 없이 이리로 쳐들어온 곱상한 놈 심문 좀 할까? 거기 얼굴 뺀질뺀질한 형씨! 뭐 호위 기사 같은 거 주렁주렁 달고 다니게 생겨서는 어쩐 일로 이런 데를 혼자 왔을까?"

세브족은 십 년이 넘게 영지에서 자작과 공생했다. 아이였던 이들이

자라 성인이 되면서 무리의 전력은 과거와 비교할 수 없을 정도로 늘었다.

무장한 부대가 들이닥친대도 상대할 자신이 있는 판에 검을 들었다 한들 고작 한 놈은 그들에게 장난감처럼 여겨질 뿐이었다.

다수의 야만족과 대치하고도 침입자의 얼굴엔 동요가 없었다. 적당한 거리를 띄우고 멈춰 선 그가 입을 열었다.

"아이는 어디 있지?"

"뭐? 방금 저놈이 뭐라고 했냐?"

"애새끼가 어디 있냐고 묻는데요."

"애? 애가 어딨는 줄 우리가 어떻게 알아. 어이, 애는 모르겠고 애송이가 어디 있는지는 알려 주마. 애송이는 바로 우리 앞에 있지! 하하하!"

"크하하!"

좋다고 웃는 야만족에게서 침입자가 시선을 거뒀다. 그의 눈이 세브족의 터전 안을 구석구석 훑었다. 곧 눈길이 한군데에서 멈춘다.

열 살쯤 되어 보이는 아이는 노예처럼 허드렛일을 담당한 듯 부르튼 손으로 천막 근처에 쓰러져 있었다. 지쳐 잠든 것인지 기절한 것인지 모호했다.

침입자가 차분히 말했다.

"아이를 챙겨."

누구한테 하는 것인지 알 수 없는 소리였다. 야만족이 표정을 찌푸리는 순간 나무 위에서 사람이 떨어져 내렸다.

야만족 무리가 흠칫 놀라고, 바닥으로 조용히 내려앉은 사람은 쏜살같이 튀어 나가 아이를 품에 안고 돌아왔다. 야만족이 막기는커녕 뭘 어떻게 해보려고 시도조차 할 새도 없던 속도였다.

아이를 안은 채로 친위병이 고개를 숙였다.

"나머지는 명령하신 대로 조금 떨어진 곳에 대기하고 있습니다. 말씀만 내리시면 바로 소탕을 시작하겠습니다."

"됐다. 아이를 데리고 물러서라."

친위병이 미세하게 움찔했다. 순간 '예?' 하고 되물을 뻔했다. 그야 그럴 만한 것이, 그의 주인이 대단히 답지 않은 행동을 하고 있었다. 지금 야만족을 손수 토벌하겠다고 말씀하시는 것인가.

그러나 그는 익히 알았다. 지고하신 그의 주인은 제 몸에 피가 튀는 것을 무엇보다 싫어하는 사람이었다. 곁에서 보필한 세월이 일이 년이 아니었으니 그가 잘못 알고 있는 사실일 리 없다. 그런데 어째서?

"명을 받들겠습니다."

하나 친위병에게 감히 다른 대답을 한다는 선택지는 없다. 그들은 충성심으로는 누구도 댈 자가 없는 집단이었다. 명은 이행하라고 있는 것이다. 그것이 어떤 내용이든.

친위병이 물러서자 로하이덴이 눈을 돌렸다. 그는 야만족을 응시하며 천천히 검을 뽑았다. 친위병이 보여준 신위에 잔뜩 당황한 그들은 이제 더 이상 상대를 비웃지 않았다. 긴장한 세브족 무리가 저마다 손에 든 무기를 있는 힘껏 쥐었다.

"하, 한 놈인데 뭐."

"그래, 한 놈이잖아."

"애를 안은 쪽은 안 나설 것 같은데?"

그러나 그들이 깨달았어야 하는 것이 있다. 나서지 않는다는 것은 즉 나설 필요가 없다는 것과 동일한 의미라는 것을.

세브족은 그날 제국의 하늘 아래에서 사라졌다. 그들의 터전은 더 이상 지도 위에 존재하지 않았다.

클리버는 얌전히 1층에서 황제를 기다렸다. 조금 전에 돌아온 토벌대를 보고 식구들은 전부 겁에 질린 기색을 보였지만 그녀는 그렇지 않았다. 황제는 피 칠갑을 하고 있어도 사신이 아니라 소녀의 구세주였다.

영민한 클리버는 은혜를 모른 척하는 것이 싫었다. 뭐라도 도움이 되어서 받은 것을 갚았으면 좋겠다고 생각했다.

그러나 작은 소녀가 황제에게 대체 무엇을 줄 수 있단 말인가. 그녀는 답을 모르면서도 그냥 무작정 기다리며 시간을 보냈다.

"……왜 들어가지 않고."

얼마나 있었을까. 간편한 차림새를 한 황제가 1층으로 나왔다. 클리버는 꾸벅 절을 올려 인사를 한 뒤 상대를 올려다보았다. 황제는 녹색 눈동자가 저를 쳐다보는 것을 막지 않았다.

"폐하."

"이야기 상대가 필요해서 그러느냐?"

"아니요. 제가 이야기 상대가 되어드리고 싶어서요."

클리버는 영민하고, 그만큼 눈치가 빨랐다. 어린 소녀의 눈에 비친 황제는 가슴에 무언가 커다란 것을 얹고 있는 어른이었다.

아이와 달리 어른은 간혹 괴로워도 괴롭다고 토로하지 않는다. 그것이 들어줄 사람이 없어서이기 때문인지는 모르겠지만.

어린 소녀의 요청에 황제는 침묵했다. 이어 말한다.

"후원으로 나갈 생각이다. 원한다면 따라와도 좋다."

잠시 후 두 사람은 나란히 후원에 섰다. 자작저의 후원은 경치가 썩 빼어나지는 않아도 바람이 잘 들어 선선했다. 클리버는 자기 키만 한 초목을 쳐다보다가 말했다.

"아카데미에 있을 때는요."

"……."

"친구들이 저를 종종 '오늘의 이야기님'이라고 불렀어요. 고민이나 그런 것들을 정말 잘 들어준다고요."

"……."

"다들 속에 있는 걸 꺼내 놓고 나면 후련해진다고 했어요. 그게 무슨 이야기든."

황제는 소녀가 하고자 하는 말을 알아들었다. 그리고 그건 결국 그를 웃게 만들었다. 그의 심복도 그에게 묻지 않았던 걸 이런 어린아이에게 들키다니. 우스운 일이었다. 그러나 구태여 감추고자 했던 것은 아니니 상관없을까.

황제의 이야기는 클리버가 초목을 다 구경하고 시선을 땅으로 내렸을 때쯤 흘러나왔다.

"짐이…… 모르는 것이 있는데."

"……."

"그것이 짐을 많이 괴롭게 한다. 어떻게 하면 좋겠느냐?"

"모르는 것을 알게 되면 더는 괴롭지 않게 되나요?"

"글쎄. 아마도. 괴롭지 않기 위한 방법을 찾으려 시도할 수는 있겠지."

"음……."

클리버는 골몰했다. 땅을 쳐다보았다가 다시 초목을 쳐다보았다가, 그런 다음 입을 열었다.

"그것은 폐하도 모르시는 건가요, 아니면 폐하만 모르시는 건가요?"

"뭐?"

"폐하만 모르시는 거라면…… 누군가 아는 사람이 있지도 않을까요?"

클리버는 그렇게 말한 다음 도로 시선을 아래로 내렸다. 아니라면 어쩔 수 없지만요. 도움이 못 되어서 죄송해요. 덧붙이는 클리버의 머리를 큰 손이 꾹꾹 쓰다듬었다. 아니, 괜찮다. 도움이 되었어.

그리 답하는 황제의 표정은 조금 전과는 어딘지 미세하게 달라져 있었다.

리엘라는 제 머리핀이 갑자기 웬 함에서 튀어나온 것에 대해선 별반 놀라워하지 않았다. 보아하니 핀이 없어졌다는 사실도 전혀 모르고 있었던 듯했다. 그녀는 함의 정체나 제 머리핀이 그 안에 들어가게 된 경위 대신 다른 것을 물었다.

"오데트? 여기 박혀 있는 이 보석이 오데트야?"

"오데트가 아니라 오딜트라고 하셨습니다."

"아무튼. 그거 맞아?"

수많은 후보와 백작, 시종장의 앞에서 그렇게 주장했던 메일이 솔직하게 말했다.

"저도 몰라요. 그런데 아마 아닐걸요."

"응? 오딜트라며?"

"거짓말한 거예요."

핀 뒷면에 리엘라의 탄신일이 새겨져 있다는 건 잃어버리기 전에 본 적이 있으니까 알았다. 그러나 새끼손톱보다 작은 검정색 보석이 흑수정인지 오딜트인지 아님 다른 원석 나부랭이인지는 감정을 맡겨 본 적도 없는데 알 게 뭐란 말인가.

메일은 그냥 허풍을 친 거였다. 그 핀의 소유자가 리엘라라는 사실에 그럴듯하게 쐐기를 박아야 했기 때문이다. 모르아도 공주와 그 자리에 모인 사람들이 인정할 만큼.

"오딜트는 그럼 실제로 존재하는 보석입니까?"

"아마도. 특산석이라는 것도 아주 거짓말은 아니에요. 백 년쯤 전에는 왕가 소유의 광산에서 검정색 원석이 생산되었다고 책에서 읽은 적이 있거든요. 이름이 오딜트라는 건 조금 불명확한 기억이지만."

"그렇군요."

벨티에 왕국은 제국에서 멀리 떨어진 작은 왕국이다. 관심을 가진 사람이 거의 없다는 것을 알았기에 더욱 뻔뻔하게 뻥을 칠 수 있었다.

모르아도 공주가 정말로 감정사를 불렀다면 큰일이 날 뻔했지만, 메일은 당시 피차 거짓말을 하는 중인 그녀가 결코 그런 선택을 할 리 없다고 확신했다. 결과적으로 들어맞았다.

리엘라는 못 들어본 보석에 흥미가 생겼던 것뿐인지 금방 김이 샌 얼굴로 머리핀을 내려놓았다.

"흑수정은 나도 알아."

"맞아요. 의외로 보석에 대해선 박식하시죠."

"그런데 메일 아가씨."

로즈는 메일을 비제아트 공녀님이 아닌 메일 아가씨라고 칭했다. 새삼스럽지만 거리감이 없다 싶은 지칭이었다. 그녀는 다소 걱정스러운 얼굴로 말을 이었다.

"아까부터 계속 표정이 좋지 않으신 것 같습니다. 제 기분 탓입니까?"

메일은 그에 쓰게 웃었다.

로즈는 날카로웠다. 그건 기분 탓이 아니다. 메일의 표정은 아까부터, 정확히는 함을 손에 넣은 후부터 계속 어두웠다. 가능한 겉으로 드러내지 않으려 했지만 결국 티가 나고 말았나 보다. 메일은 뭐라 대답해 주는 대신 그저 고개를 저었다.

털어놓거나 할 수 있는 일이 아니었다. 개인적인 사정이기도 했지만, 그런 걸 넘어서 이건. 이건 너무.

'최악이야.'

있을 수 없는 일이었다. 아니, 있어선 안 되는 일이었다.

메일은 핀을 잃어버리던 날을 기억했다. 그날은 그녀에게도 인상 깊은 날이었다. 제국에 처음 도착한 날이었고, 별궁과 본궁을 처음 방문한 날이었으며, 샛길로 통한 정원을 처음 발견한 날이기도 하면서…….

선배님을 처음으로 마주쳤던 날이니까.

그리고 그게 문제였다. 메일은 그날 선배님을 만났다. 그러고선 핀을 흘렸는데 그게 이제 와 황제의 함 안에서 발견되었다. 왜? 왜 하필? 메일은 차라리 기억을 지워 버리고 싶었다. 아니면 함을 열기 전으로 시간을 되돌리든가.

억지 가정을 하지 못하는 것은 아니다. 그날 메일은 핀을 떨어뜨렸고, 정원이든 복도에서든 마침 지나가던 황제가 그것을 주웠으며, 뒤에 숫자가 새겨져 있는 걸로 보아 귀중품 같으니 주인을 생각해서 소중히 보관해 두었다. 끝.

그러나 그런 것에 납득하기엔 너무 늦었다. 여태 감정에 눌려 있었던 이성이 결국, 이 지경이 되어서도 저를 핍박하겠냐며 고개를 디밀었기 때문이다.

메일은 더 이상 지금까지 해온 것처럼 눈 가리고 아웅 할 수도, 보이는 것을 보이지 않는다고 잡아뗄 수도 없었다.

메일은 알았다. 모를 수가 없었다. 손에 잡힐 듯 명백해서, 그렇게.

"이 정원이 누구의 거라고 생각하지?"
"황제에 대해 알고 싶은 것이 있으면 한 가지 말해주지. 무엇이든."
"그래도 되는 사이니까."
"같이 있었다는 뜻이야."

어떻게 모른다고 할 수가 있을까.

메일은 본래 기억력이 좋은 편이었다. 특히 사람을 구분할 때 실수하는 일이 거의 없었다. 그녀는 오르밀의 거처에서 지나가듯 본 시녀의 인상착의를 기억했고, 먼발치서 한번 구경했던 반테르를 어렵지 않게 알아보았다.

그 사람이 누구인가를 판단하기 위해 필요한 것은 얼굴뿐만이 아니다. 머리 길이, 목소리, 키, 체격, 어깨의 넓이나 몸의 비율, 보폭 등.

한 명의 사람에게는 수많은 단서가 있었다. 이목구비는, 머리색이나 눈 색은…… 실은 극히 일부의 조건일 뿐이다.

그러니 그런 걸 가린다고 알아볼 수 없는 사람이 아니었다. 그렇게 소홀하게 눈에 담은 사람이 아니었다. 분명, 그랬다.

그럼 이만큼이나 명확한데 그동안 의심조차 하지 않았던 건 대체 뭐라고 설명해야 하나.

메일은 이번에 깨달았다. 감정은 이성의 위에 설 수 있었다. 그 위에서, 알기 싫을 뿐인 것을 알지 못하는 거라고 속일 수가 있었다. 외면하고 있는 것을 정말 모르는 것이라고 눈가림할 수 있었다.

결국 나중에 그것이 언젠가 밝혀졌을 때, 피하던 것을 기어이 마주했을 때 스스로가 입게 될 상처는 전혀 생각도 않고서.

감정은 그만큼이나 대책이 없었다.

"아가씨, 표정이 역시 영 안 좋으십니다. 몸이라도 안 좋으신 건……."

"응? 메일이 왜?"

"공주님, 메일 아가씨께서……."

'내 탓이네.'

메일은 빛바래지도 않는 못된 기억을 더듬었다. 언제였을까. 사실 의심 정도는 해볼 수도 있었을 것이다. 처음부터 감정이 앞에 선 것은 아닐 테니 말이다.

아마 시작은 그저 단순한 이유였을지도. 정체 모를 누군가에게는 해도 되지만 그가 황제라면 곤란해지는 말이나 태도가 몇 가지 있었으니까.

그렇게 단지 난처해지기 싫어서 모른 척을 시작했던 건지도 모른다. 어차피 상대가 속이려고 드는 것, 그에 맞장구를 치는 것쯤이야 뭐 어떠냐고 가벼이 생각했던 것은 아닐까.

"응? 메일?"

"아, 아가씨!"

"손등에 물 묻었어."

"공주님, 묻은 게 아니라…… 아니, 묻은 게 아닌 건 아니지만…… 아, 아니."

"어? 물이 자꾸 떨어지는데?"

결국 좋아하게 될 줄도 모르고. 미련하게.

"아, 아가씨…….”

메일은 과거 시간을 돌리고 싶다고 생각한 적이 있었다. 그땐 부끄러움이 원인이었다. 그때도 나름 간절하게 그것을 원했다고 생각했다.

그러나 지금에 비교하면 그건 얼마나 하찮고 가벼운 바람이었는지. 메일은 결국 아이처럼 울고 말았다.

8
감추어진

황제가 에드지 영지에서 출발했다는 연통이 닿았다. 덕분에 황궁은 종일 바빴다. 그들은 황제의 입성에 맞춰 터뜨릴 축포를 마련하고 토벌의 성공을 기리는 축하연을 준비했다.

물론 그런 성대한 환궁은 황제의 취향이 아니다. 그보다는 시키지도 않은 과잉 충성을 일삼는 황제파 신하들의 취향이었다.

덕분에 입궁하여 여독을 풀자마자 연미복을 차려입게 된 로하이덴이 황당한 표정을 지었다.

"축하연은 누가 주관했지?"

"으리다 백작이⋯⋯."

"축포는?"

"그것도 으리다 백작이."

"허, 간택전을 맡겨 놓으면 그에 집중하느라 겨를이 없을 줄 알았더니."

백작을 과소평가했군. 황제가 혀를 찼다. 반테르는 옆에서 조금 동감했다. 축하연은 그도 어느 정도 예상했지만 축포를 쏠 줄은 솔직히 몰랐지. 시간도 촉박했을 텐데 한두 개도 아니고 어디서 구했는지 의문이었다.

어쩔 수 없다는 얼굴로 단장에 몸을 맡기고 있던 황제가 말했다.

"경도 채비를 좀 하지."

"예? 저 말입니까?"

"여기 달리 누가 있나."

"저야 갑옷에 검이면 충분하지 않습니까."

"황궁 밖의 인사들도 참석하는 공식적인 연회 아닌가. 내 호위 기사가 아니라 모하임 공자로서 참석해."

"뜻이 그러시다면…… 알겠습니다."

그럼 따로 채비를 하기 위해 물러가야 한다. 얌전히 퇴장하려던 반테르가 멈칫했다.

"폐하."

"이야기하게."

"……."

'애지중지하시던 그 머리핀 말입니다. 함 안에 든 거. 그거 엊그제 주인이 도로 가져갔습니다.'

"……아닙니다."

보고해야 하는데 이상하게 입이 떨어지지 않았다. 반테르는 고민하다 속으로 결정을 내렸다. 폐하께서 후에 없어진 걸 눈치채고 제게 행방을 묻거든 그때 대답하기로. 내일 집무실에서 업무를 보기 시작하면 금방 알아채시겠지.

"못 본 새 사람이 싱거워졌군."

"전 원래 담백한 남잡니다. 그럼 물러가겠습니다."

반테르가 퇴장했다. 그가 왜 황제의 거처에 있었냐고 묻는다면 황제가 부재중인 동안 발생한 일과 올라온 안건을 우선적으로 보고하기 위함이라 하겠다.

그는 핵심만 추출하는 빼어난 솜씨로 2박 3일간의 모든 일을 간략히 전달했다. 단 머리핀에 관한 것만 제외하고.

제 부관이 빼먹은 내용을 알지 못하는 황제는 치장에 몸을 내맡기며 가만히 눈을 감았다. 여러 가지 생각이 그의 머릿속을 복잡하게 휘젓다가 결국 한 가지만 남기고 앞다투어 물러갔다. 정확히는 한 사람의 모습만 남았다.

'몸을 혹사시키면 떠오르지 않을 줄 알았더니.'

사람은 간혹 뭔가를 잊거나 생각하지 않기 위해 죄 없는 몸을 괴롭히곤 한다. 생각은 몸이 아니라 머리의 영역인데 쓸데없이 고생하는 몸만 억울한 일이었다.

물론 그런다고 잊히는 일도 거의 없다. 만고 쓸모없는 헛고생에 개고생이었다. 그걸 알면서도 쉬지 않고 말을 몰고 혐오하는 피를 온몸에 뒤집어썼던 황제가 근심 가득한 얼굴로 한숨을 쉬었다.

'내가 이렇게 한심한 인간이었나.'

채비가 끝났다. 원하는 것을 알면서도 그를 행하지 못하는 황제가 무거운 눈을 떴다.

"완벽하십니다, 폐하."

찔리는 것─황제의 함을 남에게 넘겼으니─이 있는 시종장이 다른 때보다 성의껏 아부했으나 그에 신경 써 줄 정신이 없는 황제는 그것을 한 귀로 흘렸다.

제 몸을 괴롭히는 식으로 회피하기만 했던 황제는 이제 알고 싶었다. 왜 저는 원하는 것을 행하지 못하는가. 자신조차 모르는 그 아래 깔린 기저는 대체 무언가.

"폐하만 모르시는 거라면…… 누군가 아는 사람이 있지도 않을까요?"

정말 그렇다면. 정답을 아는 이는 과연 제 주변에 존재할 것인가.

로하이덴의 황금색 눈이 깊어졌다. 그러나 우선은 제 앞에 다가온 연회를 먼저 신경 써야 했다. 정확히는 그 연회에 참석할지도 모르는 한 사람을 말이다.

아직은 얼굴을 볼 자신이 없는데. 그는 어렵사리 무지근한 걸음을 뗐다.

❋

메일이 닭똥 같은 눈물을 흘린 것은 전날 일이다. 벌써 하루가 지났다. 그러나 로즈와 리엘라는 여전히 그 여파에서 벗어나지 못하고 있었다.

로즈는 그렇다 치고 리엘라가 얼마나 당황했느냐 하면, 그녀는 메일이 운다는 것을 깨달은 뒤 놀랍게도 무려 메일의 눈치를 봤다. 리엘라는 황제의 앞에서도 존댓말만 썼을 뿐 눈치를 보지는 않았다. 충격적이게도 이번이 최초였다.

덕분에 메일은 본의 아니게 자신의 이미지에 대해 재고하는 시간을 가져 볼 수 있었다. 혹시 나 외로워도 슬퍼도 절대 울지 않는 강철의 여인 이미지였던 걸까. 별로 그렇지 않은데.

"공주님, 저도 원래 잘 울어요. 아프거나 슬프면 울어야죠. 사람인데."

"알아."

안다고 대답한 것치고 리엘라는 여전히 뻣뻣한 표정이었다. 의도한 건 아니겠지만 그 덕에 메일은 조금 정신을 차렸다.

평소답지 않게 남을 신경 쓰는 리엘라를 보는 건 황당하고 신기하면서도 한편으론 미안한 일이었다. 마치 아이에게 걱정을 끼친 못난 어른이 된 기분이라고 할까.

메일은 씩씩한 척 웃었다.

"오늘 연회가 엄청 성대하다면서요? 제가 공주님을 연회장에서 가장 예쁘게 꾸며드릴게요."

리엘라는 여태 메일의 만류 및 조언 아래 1목 1목걸이, 1머리 1머리 장식 정도는 지키고 있었지만 드레스나 장갑이 눈 아프게 휘황찬란한 것은 여전했다.

메일은 이번에야말로 리엘라의 드레스에도 손을 뻗치겠노라 다짐했다. 나풀거림이 적은 흰 드레스를 잘 골라 입혀 놓으면 리엘라는 비유가 아니라 정말로 구름 위에서 내려온 천사 같을 것이다.

지금껏 드레스에 대해선 타협을 불허해 왔던 리엘라지만 이번엔 그러지 않았다. 슬금슬금 메일을 살피고 있던—지금은 울지 않는지—리엘라는 메일이 웃으면서 말하자 일단 냉큼 고개를 끄덕였다.

물론 내용은 뒷전이라 뒤늦게 치장을 다 마친 뒤 '이게 아닌데' 하고 당황할지는 모르지만 그거야 나중 일이었다. 메일은 옳다구나 치장에 들어갔다.

리엘라는 그렇게 한참 단장을 받다가 말했다.

"너는 안 꾸며?"

"꾸민 거예요."

"안 예쁘잖아. 반짝반짝하지도 않고."

"왜요? 나무 같은데."

메일은 그렇게 둘러댔지만 사실 이번 대화에서는 리엘라의 말이 맞다. 메일은 별다른 장신구 없이 가지런히 빗어 내리기만 한 머리에 무늬가 없는 고동색 드레스를 차려입고 있었다. 사람에 따라 수수한 걸 넘어 연회에 부적절하다고도 생각할 수 있을 법한 차림이었다.

그러나 메일은 이 이상 밝거나 화려하게 치장하고 싶지가 않았다. 옷차림은 그날의 심경을 대변하기도 한다. 지금 같은 기분으로 발랄한 드레스를 입어 보았자 내키지 않은 음식을 먹어 체한 듯 답답하기만 할 것이다.

리엘라는 메일의 나무 같다는 말에는 또 반박할 말을 찾기 어려웠던 모양인지 그냥 고개를 잠깐 갸웃하고 말았다. 화분이 없는 나무는 어쨌든 잎을 빼고 온통 갈색이긴 했으니까.

"다 됐습니다."

"어머나, 너무 아름다우시네요."

시간이 흘러 리엘라의 치장이 끝났다. 마무리를 마친 시녀들은 평소와는 달리 아끼지 않고 감탄을 쏟아 냈다. 다른 때처럼 묵묵히 인사만 남기고 퇴장하기에는 단장을 마친 리엘라가 너무 예뻤던 탓이다.

풍성한 금발을 반은 묶고 반은 늘어뜨렸다. 진주 가루가 뿌려진 새하얀 드레스는 상체를 따라 굴곡을 드러내다가 엉덩이 중반쯤에 이르러 나풀거리며 퍼졌다.

나풀거리며 원을 그리는 천은 여러 겹으로 되어 있었는데 가장 바깥 천이 얇은 베일처럼 투명했다. 그리 투명한 천 하단에는 비취 가루가 은하수처럼 수놓아져 있었다.

귀걸이는 분홍빛이 아주 살짝 감도는 진주를, 머리 장식은 잎사귀를 닮은 작고 앙증맞은 것을 꽂았다. 목걸이는 일부러 생략하고 화장은 새하얀 피부를 더욱 생기 있어 보이도록 하는 것에 주력했다.

리엘라가 그 모습으로 황금색 눈동자를 깜박거렸다. 그녀는 마치 실수로 인간 세계에 떨어진 천사 같기도, 혹은 그런 천사들의 사랑을 받는 미의 여신 같기도 했다.

메일이 솔직하게 경탄했다.

"예상은 했지만……."

"드레스가 너무 가벼운 것 같아. 목도 허전하고."

"아니에요, 공주님. 완벽해요."

메일은 지금의 리엘라라면 오르밀도 감히 고개를 들지 못할 거라고 확신했다.

한때 오르밀의 미모는 리엘라보다 약간 위로 평가되었지만 그건 리엘라가 과한 치장으로 외려 제 외모를 죽이고 다녀서 그렇다. 한껏 타고난 아름다움을 드러낸 리엘라는 이 순간 누구와 비교하더라도 견줄 사람이 없었다.

"로즈가 봐도 분명 완벽하다고 할 거예요. 어느 때보다 제일이요."

로즈는 지금 사서 마론과 썸을 타느라 잠시 자리를 비운 상태다. 그런 것을 용인해 주는 점에서 리엘라는 마음이 넓은 주인이었다.

"그래? 그렇게 예뻐?"

"그럼요."

"그렇다면 뭐."

화려한 장신구와 프릴의 부재로 허전해하던 리엘라는 연이은 칭찬에 금방 콧대를 세웠다. 시녀들이 마침 박수까지 치며 호응해 주자 허전함에서 오던 어색함도 잊고 한층 의기양양 기뻐한다.

메일은 리엘라가 보여 주는 리엘라다운 모습에 피식 웃음을 삼켰다.

축하연에는 꽤나 많은 귀족이 참석 명단에 이름을 올렸다. 정말 야만족 토벌 성공을 축하해서는 아니고 그보다는 실상 궁금해서였다.

각국에서 내로라하는 미녀들만 뽑아 보냈다는 간택전의 후보들은 과연 얼마나 아름다울 것인가. 1차 간택을 통해 이미 그 수가 반으로 줄었다지만 그래도 뭇 사내들의 호기심에 불을 지피기에는 충분했다.

그들은 기꺼이 일이나 놀 거리를 미루고 마차를 달려 황궁으로 향했다. 거튼 멀그므 백작 또한 그중 한 명이었다.

거튼은 고작 이십 대의 나이로 아버지의 작위를 물려받은 젊은 백작이었다.

작년까지만 해도 작위는 없이 단지 백작가의 영식이었던 그가 하루 아침에 백작이 된 데에는 치정 싸움에 휘말린 아버지가 갑자기 삶에 염증을 느껴 가주직을 때려치우고 대뜸 귀농을 해버렸다는 황당한 배경이 있다.

말릴 새도 없었다. 외아들 거튼 멀그므는 그렇게 준비되지 않은 백작이 되었다.

"백작이고 뭐고. 나는 아직 창창하다 이겁니다."

중얼거린 거튼이 멀끔하게 차려입은 채로 마차에서 내렸다. 그는 스물넷이었고, 미혼이었으며 여전히 일보다는 노는 것이 훨씬 좋았다.

멀그므 백작가가 쌓아 놓은 재산이 워낙 많아 거튼 한 명쯤 대충 살아도 별반 문제가 없다는 것이 다행이라면 다행인 일이었다. 거튼은 곧 본궁의 연회장 안으로 들어섰다.

"이야."

너른 연회장은 바쁘게 돌아다니는 사용인과 갖가지 술과 음식, 그리고 한껏 차려입은 사람들로 정신이 없었다.

후보들은 따로 참석을 권유하는 첩장을 받지 않았음에도 다들 빠짐없이 참석한 듯 곳곳에 눈에 띄는 미녀가 가득했다. 미녀 구경이 목적이라면 그야말로 눈이 즐거워지는 풍경이었다.

술을 집어 들고 한 모금 마신 거튼이 감상을 뱉었다.

"눈이 부시는데."

그러나 말과는 달리 그는 별달리 감흥이 인 얼굴이 아니었다. 그는 눈에 들어오는 광경을 죽 훑으면서 생각했다.

'다들 너무 꾸몄어.'

거튼의 취향은 수수한 미인이었다. 그러니까 수수한데 미인. 꾸며서 미인보다 배는 찾기 힘든 까다로운 취향이었지만 그는 스스로의 눈이 별로 높지 않은 편이라고 믿었다.

그때 연회장의 음악이 멈췄다. 그리고 북과 나팔이 울렸다. 그것이 의미하는 건 황제의 등장이다. 회장 안을 둘러보던 것을 멈추고 거튼이 시선을 집중했다.

"제국의 태양, 황제 폐하께서 드십니다!"

'역시 잘생기셨군.'

황제는 오늘도 빛났다. 백금발을 깔끔하게 넘기고 검정색 연미복을 차려입은 그는 등장하자마자 당연한 듯 이곳의 주인공이 되었다.

부러움이나 질투는커녕 경외심이 드는 외모에 거튼이 혀를 내둘렀다. 그는 내심 제가 오늘 검정색 연미복을 선택하지 않은 것에 안도했다.

'반테르 폰 모하임 공자도 참석했군.'

거튼은 황제의 옆을 응시했다. 황제의 공식적인 오른팔 반테르는 황제를 보필하듯 곁에 서서 함께 입장했으나 기사의 복장이 아닌 깔끔한 연회복 차림을 하고 있었다.

오늘의 연회에는 호위 기사가 아닌 한 명의 귀공자로서 참석하겠다는 의미일 테지. 거튼이 흠, 신음을 흘렸다.

그는 반테르를 은근히 (외모)라이벌로 생각하고 있었으나 그래도 낭패감 따위가 일지는 않았다. 상대와 저는 각자 원하는 이성관이 썩 다르다.

거튼은 반테르가 선호하는 얌전하고 정숙한 여성은 취향이 아니었다. 오늘 이곳에서 파트너 문제로 충돌하는 일은 없을 것이다.

'그럼 조금 더 구경하다가 골라 볼까.'

거튼은 그렇게 콧노래를 흥얼거리며 회장 안을 돌아다녔다. 그의 눈에 이채가 인 것은 얼마 후였다.

살다 보면 때때로 의도하지 않은 일이 뜻밖의 도움을 주곤 한다.

"부디 제게 아름다운 레이디와 한 곡 출 수 있는 영광을……."

"공주님께서 지금 몸이 안 좋으셔서요."

열다섯 번째 춤 신청을 거절하면서 메일은 그렇게 생각했다.

메일은 제 안목을 십분 발휘해 리엘라를 연회장 제일의 미녀로 만들었다. 그리고 그건 부작용이라고도 할 수 있는 여파를 낳았다. 연회에 참석한 미혼이란 미혼 귀족은 죄다 리엘라에게 춤 신청을 하면서 들러붙었던 것이다.

처음에는 웃으면서 돌려보냈던 메일은 횟수가 거듭되자 땀을 닦았다.

"이건 예상보다 더하네요."

"그러게 말입니다."

메일과 함께 리엘라를 지키는 데 일조한 로즈가 동의했다.

그렇다면 이 난처한 상황은 메일에게 대체 무슨 도움이 되었나? 그건 바로 그녀에게서 여유를 앗아갔다는 점이다.

메일은 리엘라에게 접근하는 놈팡이를 구분하고 쳐 내느라 정신이 없었고, 그것은 즉 그녀가 다른 일에 신경을 쓸 겨를이 없도록 해주었다.

황제가 입장한 뒤 메일은 일부러 그에게 시선을 주지 않았다. 쳐다보았을 때 가슴이 내려앉을 것이 두려웠고, 눈을 떼지 못할까 봐 무서웠기 때문이다.

그러나 그 의도적인 노력은 곧 강제적인 것으로 바뀌었다. 한숨 돌렸다 하면 새로운 인간이 나타나 리엘라에게 말을 걸어 대는 통에 보고 싶어도 볼 수가 없었던 것이다.

메일은 귀족들의 연이은 치근거림 덕에 황제를 보며 마음 아파하지 않을 수 있었다. 좋은 건지 나쁜 건지, 애매한 일이었다.

"그래도 이젠 좀 쉬었으면 좋겠는데……."

"아름다운 레이디, 잠시 실례해도 되겠습니까?"

'또야?'

간택전의 후보라는 방패는 미혼 귀족들의 춤 신청을 막는 것에 별반 효력을 발휘하지 못했다.

그들도 실상 눈치채고 있었기 때문이다. 간택전이 원하는 것은 사랑받고 권력을 쥐는 진짜 황후가 아니라 단지 대신들의 불만을 잠재울 일시적인 병풍 황후라는 것을.

그러니 후보 관리에 눈에 불을 켜지도 않을 것이며, 어차피 탈락할 몇 후보가 중간에 다른 노선으로 갈아탄다 한들 구태여 막아서지도 않을 것이다.

젊은 귀족들에게 지금 이 연회는 빼어난 타국 미녀와 불타는 인연을 만들 수 있는 기회의 장이나 다름없었다.

메일은 한숨을 삼키며 고개를 돌렸다. 대단히 드문 확률로 어쩌면 혹시 만에 하나 리엘라의 마음에 드는 인물일 수도 있으니, 일단은 얼굴을 보고 나서 거절해야 했다.

물론 리엘라의 눈은 하늘에 달려 있었으므로-황제 이하 못생김-여태 그런 경우는 존재하지 않았다.

"전 거튼 멀그므 백작입니다."

"네, 안녕하세요."

말을 건 사람은 훤칠한 젊은 귀족이었다. 짙은 회색의 머리카락을 깔끔히 빗어 넘기고 그에 맞춘 옅은 회색의 연미복을 큰 키에 맞게 잘 차려입었다. 호수를 연상시키는 연푸른색 눈동자는 색이 맑아 그런지 나름 깊이가 있어 보였다.

메일은 상대를 마주하고 내심 놀랐다. 거튼 멀그므 백작이라 저를 소개한 그는 여태 리엘라에게 흑심을 보인 남자 중에 가장 잘생긴 인물이었다.

아니, 구태여 집단을 한정 지을 필요도 없다. 그는 외모로만 따지면 지금껏 메일이 본 이성 중에 다섯 손가락 안에 들었다.

'혹시?'

메일이 아주 잠깐 고민했다. 이 정도라면 공주님도 마음에 들어 할까? 리엘라는 지금 바로 뒤에서 로즈가 가져다준 크림 브륄레를 먹고 있었다. 갈등하던 메일이 이내 금방 고개를 저어 냈다.

미남이기로 따지면 반테르 또한 만만치 않다. 탄탄한 몸에 훤칠한 키, 깊고 맑은 물처럼 선명한 남청색 눈동자는 뭇 여성들의 비명을 자아내기에 모자람이 없다.

그러나 그런 반테르를 제 운명의 상대라고 착각했을 때 리엘라가 보였던 반응을 떠올려 보자. 그녀는 하늘이 쪼개진 것 같은 얼굴을 했다.

역시 당치도 않았다.

'내가 공주님을 너무 예쁘게 꾸며드려서 본의 아니게 많은 사람이 실패의 쓴잔을 마시는구나. 적당히 할걸. 죄 많은 나.'

"죄송하지만 지금 공주님께선 춤을 추실 수 있는 몸 상태가 아니시라……."

"이런, 제가 오해를 드렸나요? 그럴 여지는 없었다고 생각하는데."

"네?"

"저는 공주님이 아니라 영애에 관한 것이 궁금합니다. 아름다운 레이디, 부디 제게 시간을 내어주시겠습니까?"

"……네?"

메일은 당황한 나머지 두 번이나 반문했다. 반문한 다음 리엘라를 돌아보았다가 다시 남자를 쳐다보았다가, 이내 손가락 하나를 세워 저를 가리켰다. 남자가 고개를 끄덕였다.

"제 눈엔 이 연회장의 어느 분보다 영애께서 아름답습니다."

"아, 그러시군요. 정말 감사…… 가 아니라, 실례지만 왜 저인가요?"

메일이 진심을 담아 물었다. 그건 스스로에게 자신감이 없어서가 아니라 지금 본인이 어떤 차림을 하고 있는지 알고 있어서 나온 질문이었다.

장신구란 장신구는 죄 생략하고 드레스는 무려 민무늬 고동색. 차림새에 성의가 없어도 너무 없었다. 차라리 저번처럼 밑단만 비취색인 흰 엠파이어 드레스를 입고 있었을 때라면 모를까.

'아, 쓸데없는 기억이 생각났어.'

어두워지는 메일의 표정을 어떻게 해석했는지 남자가 진지하게 말했다.

"저는 화려한 것을 아름답다 생각하지 않습니다. 기실 화려하여 아름답지 않은 것이 무엇이 있겠습니까? 진실로 아름다운 것은 수수함 속에서 피어난다 생각합니다. 가령 제 앞에 계신 영애처럼."

"……."

아하. 메일은 상대가 주장하고 싶은 바를 알아들었다. 그러니까 자긴 꾸며서 예쁜 여자는 됐고 꾸미지 않아도 예쁜 여자가 좋다는 말 아닌가.

'눈이 높으시네.'

상대가 제게 접근한 마당에 그런 생각을 하는 것이 조금 부끄럽기는 했지만 하여튼 그랬다. 물론 눈이 높은 걸로 뭐라고 할 의향은 없다.

본인도 어디 가서 꿀리지 않을 만큼 잘생겼으니 어디선가 원하는 이상형을 만나 깨를 볶고 잘 사시겠지. 다만 메일에겐 그 깨를 볶아줄 마음이 없었다.

메일은 차분히 거절의 말을 꺼냈다.

"관심은 감사합니다. 하지만 저는 아직 이성을 만나고 싶은 마음이 없어서요."

"예?"

남자는 제가 거절당할 거라곤 생각을 못 했는지 잠시 당황한 기색을 보였다. 그러다 표정을 추스르곤 입을 연다.

"이유를 물어도 되겠습니까? 제 입으로 이야기하긴 그렇지만 저는 제 자신이 꽤나 이성에게 호감을 주는 인상이라고 생각합니다."

"백작님 탓이 아닙니다. 그저 제가……."

"폐하 때문입니까?"

남자의 말이 기습적으로 메일을 찔렀다. 그는 메일을 간택전의 후보라고 생각하여 한 말이지만, 어쨌든 결과적으로 그건 메일이 속을 들킨 사람처럼 입을 꾹 다물게 만들었다. 그에 제 생각을 확신한 남자가 말을 이었다.

"이런 말씀 드리고 싶지 않지만 헛된 기대입니다. 아시지 않습니까? 미약한 확률을 뚫고 황후가 된다고 한들 폐하께서 마음을 내어주시진 않을 겁니다."

"백작님, 저는……."

"폐하께는 오랜 정인이 있습니다. 벌써 삼 년이 넘었습니다. 폐하께서 얼마나 그 정인을 끔찍이 위하시는지 아십니까?"

메일이 숨을 멈췄다. 남자의 말은 송곳처럼 메일을 파고들었다. 안다. 당연히 알고 있었다. 무려 직접 듣기까지 했다.

정인을 너무 아끼고 아껴서, 혹시 풍파에 아파할 새라 황후의 자리에 올리지 않고 그녀를 위해 다른 희생양을 뽑는 중이라고.

알지만 억지로 생각하지 않고 있었는데. 남자는 배려 없이 메일을 난도질했다.

여태 황제가 있는 방향으론 눈길조차 주지 않고 다른 것에 집중하면서 겨우 지켜 온 마음을 기어이 끄집어내어 송곳으로 찔렀다. 얼음으로 된 송곳은 상처만 잔뜩 낸 뒤 도로 녹아버려 흔적을 남기지 않고 사라졌다.

말이야 내뱉고 나면 그만. 하지만 이미 다친 사람은 어떻게 하나. 드러나지 않게 주먹을 쥔 메일은 눈을 질끈 감았다 떴다.

"……백작님께 들을 이야기가 아니라고 생각합니다. 이런 자리에서는 더욱이."

"저는 어디까지나 영애를 생각해서."

"제가 바라지 않아요. 그만해 주세요."

"영애."

언제 보았다고 남자는 끈질기기도 했다. 메일은 이제껏 누굴 거절할 때보다 머리가 아팠다.

그녀는 상대가 저러는 이유가 제가 그만큼 마음에 들어서가 아니라 단순히 오기 때문일 거란 생각을 지울 수가 없었다. 자존심이라도 상했나. 하지만 이럴수록 회복은커녕 더 상할 뿐일 텐데.

"심한 말로 백작님을 거절하고 싶지 않습니다. 헤아려 주셨으면 해요."

"영애께서는 폐하를 마음에 품으신 겁니까?"

메일은 말문이 막혔다. 이번엔 속내를 찔려서가 아니라 어처구니가 없어서. 남자는 놀라울 정도로 자기 할 말만 했다. 귀는 들으라고 있는 것일 텐데 왜 쓰지를 않는지.

메일이 슬쩍 뒤를 돌아보았다. 리엘라는 언제 거리를 벌렸는지 다소 떨어진 곳에서 디저트를 빵빵한 볼 안에 밀어 넣고 있었다. 보아하니 로즈가 진작 그녀를 데리고 눈치껏 자리를 피해 준 모양이었다. 의도는 달랐겠지만 어쨌든 다행인 일이다. 황제 운운하는 남자의 말을 둘에게 고스란히 들려주었다면 퍽 난감할 뻔했으니까.

시선을 회수한 메일이 입을 열었다.

"더 이상 백작님과 말을 나누지 않겠습니다. 사람을 부르기 전에 가 주세요."

"영애만 다치는 일입니다. 어차피 안 될 마음이에요."

"……제국에서까지 이러고 싶지 않았는데. 저기, 미안하지만 여기 경비병을 좀."

"혹 모성애와 착각하신 건 아닙니까? 종종 그런 사람이 있다고 들었습니다. 모친의 부재에 안타까워하며 결핍을 채워 주고 싶은 마음을 사랑으로 착각하는……."

"가급적 빨리 와 달라…… 네?"

메일이 멈칫했다. 시종에게 경비병 호출을 부탁하던 와중 이상한 소리를 들은 것 같았다. 남자에게 눈을 고정한 메일이 다시 물었다.

"뭐라고 하셨나요?"

"그러니까 이게 드문 일이 아니라고 합니다. 제국에 온 뒤 폐하를 몇 번이나 뵈셨습니까? 먼발치서 본 것만으로 사랑에 빠지기에는 사람의 감정이라는 게……."

"모친의 부재라뇨?"

"예?"

남자는 눈을 몇 번 껌벅이다 이내 아, 하곤 대답해 주었다.

"대비께서 안 계시지 않습니까."

"대비…… 요?"

메일이 들은 것을 되묻듯 입에 담았다. 대비는 선황의 비를 일컫는다. 그러니까 후비. 만약 황제의 생모가 황후였다면 그녀는 살았든 죽었든 대비라고 불리지 않는다.

황제는 후실의 소생이었다.

"그래서 사실 이번 간택전이 한편으론 떠들썩했습니다. 폐하의 어머니가 안 계시니 제국의 국모 자리가 내내 공석이었으니까요. 황후를 맞이하면 어쨌든 국모의 자리가 채워지긴 하니까."

"그럼 언제부터…… 아니."

입을 다문 메일이 주변을 살폈다. 황제의 이야기가 궁금했지만 이곳에서 들을 만한 내용은 아니었다.

메일은 자문했다.

알고 싶나?

알고 싶었다. 왜? 그의 이야기니까. 그러나 또 섣불리 결단이 서지 않았다. 당사자에게 듣는 것도 아닌데, 이런 식으로 알아도 되는 걸까.

그때 메일과 눈이 마주친 남자가 거의 반사적으로 웃었다. 딴에는 매력적인 미소라고 생각하는 것 같았다─물론 얼굴이 잘났으니 객관적으로 나쁘지 않았으나 남자는 이미 메일에게 밉보인 상태였다.

순간 메일의 속에서 울컥 뭔가가 치밀었다.

'쟤도 아는데.'

자존심이 상했다. 이걸 자존심이 상한다고 표현하는 게 옳은지는 모르겠지만, 아무튼 속이 답답하고 억울함 비슷한 기분이 드는 것이 마음을 충동질하기엔 충분했다. 결국 메일이 입을 열었다.

"자리를 옮겨도 괜찮을까요?"

남자는 반색했다. 그는 당연히 거절할 이유가 없었다. 지나가는 길에 붙잡혔던 시종은 그런 남자와 메일을 어쩌라는 건지 모르겠다는 표정으로 번갈아 쳐다보다가, 경비병을 부르는 것을 일단 보류했다.

잘생긴 남자는 미간에 주름을 잡은 채 불편한 심기를 드러내고 있어도 잘생겼다. 그걸 몸소 실천으로 알려 주는 황제를 보며 반테르가 한마디 했다.

"기분이 안 좋으면 먼저 들어가시죠."

"아니."

즉답이 튀어나왔다. 빠르기도 해라.

반테르는 황제의 시선을 따라 고개를 돌렸다. 눈길을 좇아가는 것은 어렵지 않았다. 황제는 아까부터 우직하게 한곳만 쳐다보고 있었다. 시선 끝에 위치한 걸 확인한 반테르가 속으로 혀를 찼다.

리엘라와 메일, 그리고 로즈의 조합은 눈에 띄지 않으려야 않을 수가 없었다.

특히 리엘라를 가운데 두고 메일과 로즈가 철벽을 치듯 남자들의 접근을 방어하고 있는 모습은 멀리서 보기에도 장관이었다.

물론 황제가 그걸 장관이라서 보고 있는 것은 아닐 테다. 황제의 눈길은 집요하게 한 사람에게만 향했다.

저러다 뚫어지겠네. 반테르는 생각만 하고 말로 꺼내진 않았다.

'그나저나 보기 민망할 정도로 몰려드는군.'

애가 거절당하면 쟤가, 쟤가 거절당하면 그 옆의 쟤가. 연회장 안의 남자들은 도통 메일과 로즈에게 쉴 틈을 주지 않았다.

남자들과 계속 말을 섞으며 상대하는 건 메일이었으니 황제는 그에 심기가 불편해진 모양이지만, 실상 저 지경이 만들어진 원인은 리엘라였다. 그들은 줄을 지어 온통 리엘라에게 구애하고 있는 것이다.

'그럴 만큼인가?'

반테르는 약간 의아했다. 리엘라가 예쁘다는 건 물론 그도 눈이 있으니 알고 있었다. 저번 정원에서 봤을 때보다 오늘이 더 예쁘다는 것도 역시 보이니까 알았다. 그렇지만 그게 저 정도 낯부끄러운 광경을 연출할 정도인지는 여전히 조금 의문스러웠다.

'취향의 차이인가?'

하기야 반테르는 혼자 답을 내리고 납득했다. 이건 조금 다른 경우지만 그가 텔리야를 볼 때는 그저 눈, 코, 입 따로따로인 천방지축 선머슴으로 보인다.

그러나 남들이 그녀의 첫인상을 평가하는 단어는 '늘씬한 미녀'였다. 들을 때마다 기함하는 표현이었지만 사람마다 보는 눈이 다르니 반테르는 요새는 그러려니 하고 있었다.

그때 어떤 훤칠한 미남이 메일에게 말을 걸었다. 호수를 닮은 연푸른색 눈동자에 이성을 많이 만나 본 듯 자신감 넘치는 매력적인 미소를 지을 줄 아는 남자였다.

오, 잘생겼는데. 물론 폐하께는 댈 수 없지만. 반테르가 속으로 그렇게 평한 순간이었다. 메일이 깜짝 놀라며 손가락으로 자기를 가리켰다. 그러자 미남이 고개를 끄덕였다.

반테르가 깜짝 놀랐다.

'헉?'

대화는 들리지 않지만 분위기로 봐서 저 미남은 분명 노선이 달랐다. 앞선 남자들과 달리 리엘라가 아니라 메일을 목적으로 말을 걸었다. 반테르는 그 모습을 당황스럽게 쳐다보다가 얼른 옆을 돌아보았다.

'음……'

팔걸이 부서지겠다. 반테르는 황제의 손등에 선 힘줄을 보며 생각했다.

미남과 메일의 대화는 계속 이어졌다. 위치 때문에 메일의 표정은 볼 수 없었지만 미남이 퍽 적극적으로 들이대고 있다는 것은 대충 봐도 알 수 있었다.

반테르는 속으로 이 순간 자신이 할 수 있는 게 뭐가 있을까 고민했다. 혹시 황제가 이성을 잃고 저 미남을 죽이려고 들면 당장 몸을 던져 막는 거? 오, 그럴듯했다.

그때 황제가 입을 열었다.

"저 개……."

'개?'

"……영식이 어떤 인물인지 궁금하군."

개에서 갑자기 영식으로 바뀌었다. 반테르는 알 것 같았다. 실제로는 개자식이라고 하고 싶었겠지. 황제의 말은 반테르의 머릿속에서 자동으로 번역되었다.

'저 영식이 어떤 인물인지 궁금하군' 이걸 번역하면 즉 '저 개자식은 뭐 하는 놈이야?'.

"흔한 생김새는 아니군요. 시종장이나 다아라 백작이라면 알고 있을 것 같습니다. 부를까요?"

"……."

곧장 그러라고 대답할 것 같았던 황제는 의외로 침묵했다. 망설이는 기색이었다. 물론 마음 같아선 당장 신상 명세는 물론이요, 온갖 은밀한 개인 정보에 과거사, 사돈의 팔촌까지 조사해서 알아내고 싶을 것이다.

그러나 그런 마음과는 달리 주저하는 이유를 반테르는 알 수 있을 것 같았다.

'자격 때문인가.'

그건 도의적으로 보호될 권리가 있는 제국민의 신상을 멋대로 털어도 되냐 아니냐 같은 문제는 아니었다.

막말로 황제의 권력은 무소불위다. 잡음은 있겠지만 당장 이 자리에서 상대를 잡아다 공개적으로 터는 짓도 의향만 있으면 할 수 있었다. 그럼 뭐가 문제인가.

걸리는 것은 황제와 메일의 관계였다.

연애 방면 불세출의 둔치인 반테르라도 지금 황제의 심경 정도는 알았다. 질투 때문에 속에서 불기둥이 치솟고 활활 난리가 났겠지.

경험해 본 적은 없어도 들은 적은 있어서 안다. 애먼 팔걸이를 부서져라 잡고 있는 것을 보니 질투가 나도 보통 난 것이 아니다.

하지만 과연 질투를 해도 되는가?

'아무 사이도 아닌데.'

그렇지. 이게 문제다. 여기서 바로 답이 없어진다. 반테르가 보기에 황제와 메일은 아무 관계도 아니었다.

황제가 보여 준 태도로 보아 그녀를 마음에 둔 것은 분명한 것 같은데, 정작 상대는 그걸 모르는 눈치고—머리핀이 함 안에 들어 있었던 것도 몰랐으니—황제 또한 이렇다 할 행동은 하지 않는다. 뭐 하자는 건지 알 수 없는 구도였다.

'짝사랑……?'

문득 한 가지 가능성을 생각해 낸 반테르가 흠칫했다. 헉, 이거 충격적이지만 가능성은 있는데. 그런데 정말 너무 충격적이다.

그러는 사이 메일이 미남에게 뭐라뭐라 말했다. 그러자 직후 미남이 환해진 얼굴로 메일을 밖으로 이끌었다. 그렇게 두 사람이 함께 어딘가로 사라졌…… 응? 둘이 함께 사라져?

반테르가 눈을 휘둥그레 뜨고 옆을 돌아보았다.

"……."

황제의 상태야 말할 것도 없었다. 식은땀을 한 방울 흘린 반테르가 지나가던 시종을 불렀다. 그러곤 인상착의를 설명해 준 뒤 따라가서 몰래 주시하라 일렀다. 명령은 받지 않았지만 상관을 생각한 신하의 마음이었다.

고개를 끄덕인 시종이 회장 밖으로 사라지자 황제의 표정이 아주 조금 나아졌다. 물론 너무 조금이라 유의미하다기엔 민망할 정도이긴 했다.

반테르는 쟁반으로 음식을 나르던 하녀가 우연히 황제의 용안을 보곤 깜짝 놀라 발을 헛디디는 모습에 속으로 한숨을 삼켰다.

'너무 살벌하십니다, 폐하.'

그렇지만 뭐라고 할 수도 없는 노릇이다. 메일이 미남을 따라 홀 밖으로 나가던 장면은 아무 상관없는 반테르에게도 상당히 충격으로 다가왔다.

왜 가냐는 질문이 속에서 저절로 솟았다. 아니, 물론 연회에 참석한 두 미혼 남녀가 서로 눈이 맞아 자리를 이동하는 건 딱히 드문 일이 아니지만. 거기다 잘못도 아니지만. 알면서도 반테르는 괜히 따지고 싶은 기분이었다.

왜 가시죠? 그 회색 머리 미남이 그렇게 마음에 드셨나요? 여기 더 미남이 있는데요?

'잠깐, 그리고 보니 이쪽 미남한테는······.'

반테르는 불쑥 깨달았다. 아차. 이쪽 미남은 훨씬 잘생겼어도 하필 여자가 있네. 그걸 잊었다.

'이런. 너무 큰 문제야.'

이젤린 텐고트를 떠올린 반테르가 속으로 고개를 저었다. 그는 (텔리야의 주장에 따르면) 진짜 사랑은 못 해봤어도 순정남이었다.

동시에 두 여자를 옆에 두는 건 양심에 털이 난 자들이나 하는 짓이다. 그리고 그가 알기로 황제의 양심은 반들반들했다.

'그래서 뭐 어쩌지는 못 하고 저렇게 속만 끓이시나.'

그리 생각하면 자업자득이었지만 그래도 가까운 이의 편을 들게 되는 것이 사람이다. 반테르는 아무것도 못 하고 그저 머리핀이나 간직하고 있었던 황제가 조금 안쓰럽게 느껴졌다.

더군다나 이젠 그마저도 없는데. 우리 폐하 앞으론 어떡하나. 자초한 거라지만 왠지 불쌍한 마음이 드는 건 상대가 내 월급을 책임지는 상관이어서겠지. 반테르가 그렇게 생각하며 보이지 않는 눈물을 찍어낼 때였다.

순간 뭔가를 떠올렸는지 황제가 크게 충격받은 얼굴을 했다.

"폐하?"

저게 뭐 하는 표정이지. 갑작스런 황제의 표정 변화에 반테르가 저도 모르게 황제를 불렀다.

황제의 낯은 놀란 것 같기도, 혹은 당황한 것 같기도 했다. 복잡한 낯빛에서 그나마 명확하게 읽히는 것은 바로 다급함이었다. 황제는 앞은 자리에서 벌떡 몸을 일으켰다.

"무슨 일 있으십니까?"

반테르의 물음은 무시당했다. 사실 그도 별로 대답을 바라고 질문한 건 아니었다. 그래도 들은 체 정도는 해주길 바랐는데 황제는 그마저도 않고 옥좌를 박차고 나갔다.

말려 볼 기회조차 없이 덩그러니 혼자 남겨진 반테르가 어안이 벙벙하여 눈을 깜박였다.

"아니……."

방금 무슨 일이 일어났는지 보신 분?

반테르는 아연해져서 빈 옥좌를 바라보았다. 팔걸이를 부술 기세긴 했어도 잘 앉아 계시던 사람이 왜 갑자기 저렇게. 이게 도대체 무슨 일이람.

그는 응시하던 빈자리에서 눈을 떼고 천장을 말없이 올려다보았다. 아름다운 벽화와 샹들리에가 눈부셨다.

기사단 시절 함께 근무했던 동기가 툭하면 하늘을 쳐다보며 '늙는다'고 푸념을 하곤 했었는데. 반테르는 갑자기 그 동기를 이해할 수 있을 것 같았다.

거튼은 희희낙락했다. 초반 상대의 예상치 못한 철벽에 당황하긴 했지만 어쨌든 밖으로 데리고 나왔다. 연회에서 남녀가 단둘이 자리를 옮긴다는 건 곧 게임 끝이란 의미가 아닌가? 더구나 테라스도 아니고 인적 드문 정원이었다. 그는 성공을 예감했다.

'그래. 닿을 수 없는 황제보단 눈앞의 미남인 내가 낫지.'

답 없는 착각에 빠져 거튼 멀그므는 홀로 성취감에 젖어 들었다. 메일은 떨떠름하게 그런 상대를 바라봤다.

상대는 잘생김으로는 다섯 손가락 끄트머리에 겨우 드는 정도였지만 '얼굴이 아까운 인간' 순위로는 당당히 1위였다.

'앗, 아니지. 오르밀이 1위인가?'

그렇다면 남자 부문 1위로 정정하자. 그런 메일의 생각을 전혀 알 길 없는 거튼이 부드럽게-그러나 메일의 눈에는 느끼하게-웃으며 입을 열었다.

"저녁 공기가 시원하군요. 마치 우리의 만남을 축복하는 것처럼 말이죠."

"전 추워요."

"이런! 레이디, 연약하시군요. 아니면 혹시 바람이 영애의 아름다움을 질투한 걸까요?"

거튼의 개수작은 통하지 않았다. 메일은 호응은커녕 들은 척도 않고 바로 본론을 꺼냈다.

"단도직입적으로 물을게요. 백작님께서 조금 전 연회장에서 하셨던 이야기가 궁금해요. 자세히 들려주실 수 있나요?"

"예? 제가 했던 이야기라면."

"황제 폐하에 대한 것 말이에요."

정확히는 현재 존재하지 않는다는 대비에 관한 이야기. 메일의 직접적인 말에 거튼이 얼굴에서 미소를 지웠다.

"설마 자리를 옮기자고 한 이유가?"

"연회장 안은 이야기를 더 듣기에 적합하지 않은 공간이었으니까요. 짐작하셨을 줄 알았는데요."

"아니…… 저는 영애께서 마음을 바꾸신 줄 알았죠. 제 설득을 듣고."

"그게 설득이었나요?"

메일은 황당한 표정을 지었다. 어처구니란 어처구니는 아까 연회장에서 다 소진한 줄 알았는데 아직 잃어버릴 것이 남아 있었다는 게 신기했다. 거튼은 그에 도리어 본인이 기가 차다는 듯 펄쩍 뛰었다.

"당연한 것 아닙니까? 그럼 뭐 하러 입 아프게 그런 얘기를 합니까, 제가."

"호사가이신 줄 알았죠. 설득을 위해 황제 폐하의 돌아가신 대비 이야기를 꺼내다니 대단하네요."

"그러니까 그건! 영애의 마음이 사랑이 아닐 거라는 말을 하다가 나오게 된 이야기죠. 사랑이 아니라 모성애일 거라고요."

메일은 속으로 헛웃음을 흘렸다. 그렇게 피치 못하게 파생된 이야기치곤 그것이 본론이라도 되는 양 열심히 말하지 않았나. 상대는 간택전과 국모를 운운하며 사족까지 붙였던 건 까맣게 잊은 모양이었다.

'잊었으면 기억나게 해줘야지.'

남자는 부추기면 분명히 입을 열 타입이었다. 메일이 판단하기론 그랬다. 호사가인 줄 알았다고 한 건 빈말이 아니다.

메일은 말을 고르고 입술을 뗐다.

"그렇군요. 아쉽네요. 정말 궁금한 이야기였는데."

"다른 유익한 이야기도 많이 있잖습니까? 가령 우리의 앞날에 대한 의논이라든지……."

"그나저나 대비께선 언제쯤 돌아가셨을까? 돌아가신 지 얼마 안 되었나? 아, 아니지. 국모의 자리가 오래 공석이었다고 했으니까. 흐음, 그럼 한 십 년?"

메일은 혼잣말인 척 중얼거렸지만 당연히 다 들으라고 하는 소리였다. 호사가는 자기가 아는 얘기가 나오면 가만히 있지 못하는 고질병이 있다. 아니나 다를까 귀가 쫑긋한 남자가 근지러운 듯 입술을 달싹였다.

언제 별세했는지는 정확히 아는 모양이군.

메일이 그치지 않고 혼잣말을 더했다.

"아냐, 십 년은 너무 짧은가? 그럼 십오 년쯤……."

"이십 년은 더 넘었습니다."

결국 입이 가볍고 남 말하기를 좋아하는 거튼이 참지 못하고 끼어들었다.

그래, 이럴 줄 알았지. 이 양반이 호사가 중에서도 중증이네. 메일은 그런 속내를 감추며 천연덕스럽게 놀란 체를 했다.

"이십 년이나요?"

"대비께선 폐하를 출산하시고 바로 돌아가셨습니다. 흔하지는 않아도 종종 있는 경우죠. 제국 귀족들이야 뭐, 대부분 아는 사실인데 타국에서 오셔서 모르셨나 봅니다."

"아하……. 그러게요, 전 처음 듣네요. 놀랐어요."

메일은 거튼의 말에 호응해 주며 생각했다. 대비는 아들을 출산 직후 사망. 그렇다면 황후는? 황후가 따로 있으니 그녀가 비가 된 것일 텐데. 그런 메일의 생각을 읽기라도 했는지 거튼이 마침 고맙게도 그 내용을 입에 올렸다.

"생각해 보면 선황께선 참 비운의 남자이시죠. 사랑하는 아내들을 전부 본인보다 먼저 하늘로 보냈으니 말입니다."

'아, 전대 황후도 이미…….'

"아니지, 참, 첫 번째 대비께선 선황의 서거 이후였나?"

"첫 번째 대비요?"

메일이 자연스레 그것을 물었다. 사망 시기도 그렇고, 뉘앙스도 그렇고 어쩐지 현 황제의 생모를 지칭하는 것 같지는 않았다. 거튼이 고개를 끄덕였다.

"따지고 보면 그분만 오래 사셨네요. 아니, 그래도 젊은 나이에 작고 하셨으니 그것도 아닌가? 가장 나중에 돌아가신 건 맞지만."

"선황께선…… 비를 여럿 두셨나 보네요."

"그랬죠. 그래서 뭇 남성들의 선망, 크흠, 이건 농담입니다. 아무튼 전대 황후께서는 꽤 예전에 가장 먼저 돌아가셨는데, 그 이후에 선황께서 비를 여럿 맞이하셨습니다. 황제 폐하께선 그중 세 번째 비전하에게서 태어나셨고요."

거튼은 주절주절 아는 것도 많았다. 그는 이어서 두 번째 대비는 황궁 생활 몇 년 만에 자진하여 비 자격을 내려놓고 도망치듯 고국으로 도망갔다고 덧붙였다. 그는 그 이유까지는 설명하지 않았지만 메일은 직감적으로 그것이 첫 번째 비 때문임을 눈치챘다.

다수가 한 공간에서 생활할 때 가장 힘이 센 이가 나머지를 핍박하는 건 흔한 일이었다. 메일이 떠보듯 '두 번째, 세 번째 비께서 고충이 많으셨겠네요' 하고 말을 던지자 거튼이 냉큼 그것을 물었다.

"그럴 수밖에요. 첫 번째 대비의 외척인 에시스 왕가가 워낙 막강하기도 했고, 그 본인의 성격도 썩……. 가장 유순하셨던 건 세 번째 대비시라고 합니다. 몸도 약하고 조용한 성정이셨다고."

"아는 것이 정말 많으시네요."

메일이 슬쩍 거튼을 띄워 주었다. 효과는 아주 좋았다. 미녀의 감탄에 눈에 띄게 으쓱해진 거튼이 커흠, 헛기침을 한 뒤 아는 것을 모조리 떠벌렸다.

"이 정도야 아무것도 아니죠. 아, 그리고 현 황가에는 세 번째 대비의 초상화가 없다는 사실도 아십니까? 아마 이것 또한 첫 번째 대비께서 무언가 손을 쓰신 게 아닐까 짐작하지만…… 소문 중에는 그게 아니라 선황의 뜻이라는 말도 있더군요. 뭐, 근거는 없는 이야기이고 제가 생각하기에도 선황께서 그럴 만한 이유가 없으니 낭설이 아닐까 싶습니다."

메일은 때때로 놀란 표정을 짓거나 고개를 끄덕여 주며 거튼이 쏟아 내는 정보를 담아 들었다. 황제를 두고 이르게 세상을 뜬 황후. 뒤이어 맞이한 황비 셋. 그중 제일 몸이 약하고 온순하던 세 번째 황비에게서 태어난 아들.

'더구나 낳은 직후 돌아가셨다니. 첫 번째 황비가 결코 어미 잃은 황자를 사랑으로 대했을 것 같진 않은데…….'

메일의 녹색 눈이 흔들렸다. 제 바로 다음 황비를 고국으로 쫓아낼 만큼 패악을 부렸던 첫 번째 황비.

그녀가 그럴 수 있었던 것은 외척의 힘도 있지만 당대 황제가 그것을 용인해 주었기에 가능했던 일이리라. 권력을 등에 업은 황비는 황제의 사랑까지 받았다. 좁은 황궁 안에서 과연 그녀가 하지 못할 일이 무엇이 있었을까.

좋아하는 사람의 어쩌면 불행했을지도 모르는 유년기를 상상하는 건 괴로운 일이었다. 마음이 불편해진 메일이 억지로 주변의 나무와 꽃을 눈에 담았다. 그러나 그건 평소처럼 만능 치료제가 되지는 못 했다.

거튼은 메일의 분위기가 가라앉은 이유가 제가 들려준 이야기에 푹 빠져서라고 생각했다. 물론 아주 틀린 것은 아니지만 그는 사실에 비해 다소 지나친 고양감에 빠져들었다.

제 입에서 나오는 이야기가 아름다운 미녀의 기분을 이리저리 좌지우지한다. 부분적으론 착각일지라도 그는 강한 카타르시스에 젖었다.

도취된 거튼이 결국 예정에 전혀 없던 이야기까지 입에 담았다.

"……사실 이건 저만 아는 사실입니다만."

"네?"

"파티에서 만난 어느 이름 모를 영애가 제게만 은밀히 귀띔해 주었던 내용입니다. 영애께만 특별히 말씀드리겠습니다."

여기에는 생략과 거짓말이 있다. 파티는 오늘 같은 일반 파티가 아니라 퇴폐적인 향락 파티이고 귀띔해 준 이는 이름 모를 영애가 아니라 고급 작부다.

하룻밤 품으려면 어마어마한 화대를 지불해야 한다는 아름다운 그녀는 파티에서 거튼의 얼굴을 보고 한눈에 반해 그와 대가 없이 밤을 보냈다. 그때 속삭여 준 얘기였다.

"그녀 또한 어떤 고위급 귀족으로부터 우연히 들은 것이라고 합니다만."

고위급 귀족은 바로 그녀의 손님이었다. 그녀가 그랬듯 그 귀족은 잠자리에서 입이 가벼워졌다. 거튼이 분위기를 잡듯 목소리를 잔뜩 깔고 이야기했다.

"사실 황제 폐하의 생모이신 세 번째 대비께선 산고로 돌아가신 게 아니랍니다. 출산 직후가 아니라 몇 년 뒤 폐하가 어릴 적에 사망하셨는데 폐하께서 그것을 기억하지 못하시는 거라고."

"……네?"

뭐라고? 메일은 귀를 의심했다. 그럴 수밖에 없었다. 거튼이 뱉어놓은 것은 결코 농이나 흥밋거리로 넘길 만한 가벼운 내용이 아니었다.

출산 직후 별세했다고 알려진 대비가 실은 사실과 달리 훨씬 나중에 죽었고, 아들인 황제는 그걸 기억하지 못하고 있다니?

"대체 그게 무슨……."

당황한 메일이 자세히 따져 물으려던 때였다. 그 순간 거튼이 갑자기 눈을 부릅떴다. 눈을 잔뜩 확장시킨 그는 그로도 모자라 하얗게 질린 얼굴로 동공을 떨기 시작했다. 메일이 저도 모르게 멈칫했을 정도로 갑작스럽고 격한 변화였다.

"……백작님?"

"크, 큰일이 있었는데, 참. 큰일이 있는 걸 깜박했네!"

급한 일도 아니고 무슨 큰일? 그러나 거튼은 물을 새도 주지 않고 뒷걸음질을 치다 꽁지를 빼고 사라졌다.

어떻게 봐도 도망치는 모양새라 메일은 황당함을 감추지 않고 그런 상대를 바라보았다. 그때 뒤에서 목소리가 들렸다.

"메…… 비제아트 영애."

'아.'

아는 목소리였다. 그녀의 이름을 부르려다 실수를 눈치채곤 도중에 호칭을 바꾼 그 목소리는 그냥 아는 정도가 아니라 메일에겐 지나치게 친숙했다. 아니, 실은 늘 듣던 것보단 아주 약간 낮았으나 메일은 이제 그쪽이 진짜라는 사실을 알고 있었다.

'이래서 도망쳤구나.'

남자의 행동이 이해가 갔다. 한창 개인적이고 민감한 이야기를 떠벌리고 있는데 다른 사람도 아니고 당사자가 나타났으니 당연히 지레 찔려 내뺄 수밖에.

메일은 상황 자체에 헛웃음이 나왔다. 그리고 그와 별개로 뒤에 선 존재를 의식한 심장이 빠르게 뛰기 시작했다.

상황은 참 공교롭고도 가혹했다. 어느 정도는 원망스럽기도 했다. 연회장에서 먼발치서 보는 것도 겁이 나서 하지 못했는데, 이렇게 갑자기 제 지척에 나타나는 법이 어디 있는지.

메일은 겨우 뒤를 돌아보았다. 그러기까지 그녀에게 있었던 온갖 망설임과 고민을 알아주는 사람은 없다. 고작 몇 초의 시간은 한 사람에게 무던히도 길었다.

"……폐하."

눈이 마주쳤다. 목소리를 떨지 않은 것은 순전히 노력했기 때문이다. 해를 닮은 황금색 눈동자는 사위가 어둑함에도 곤란할 만큼 눈부셨다. 메일은 그것이 일종의 반칙 같다고 생각했다.

직후 로하이덴의 얼굴 가득 안도의 기색이 번졌다.

'다행이다.'

그는 조금 전 옥좌에서 과거에 들었던 어떤 이야기를 떠올렸다. 다름 아닌 메일이 해주었던 이야기였다. 그녀는 그때 제 약혼이 깨지게 된 황당한 경위를 들려주면서 이렇게 말했다.

"저는 어릴 때부터 유독 변태가 잘 꼬이는 체질이었어요. 그것도 분명 평판도 좋고 인물도 가문도 멀쩡한데, 알고 봤더니 헉! 변태잖아! 하는 사람들이요."

그것을 떠올리자마자 황제는 자리를 박찼다. 그 순간 그에게는 이성이 없었다. 이미 약혼자라는 놈도 과거 메일을 억지로 덮치려 했던 전적이 있다. 이번에 접근한 놈이 그와 비슷한 위험인물이 아닐 거라는 보장은 대체 어디 있는가.

황제는 연회장을 뛰쳐나와 주변을 온통 뛰어다니며 뒤졌다. 얼마나 뛰었는지는 모른다. 그에게는 그런 것을 가늠할 만한 정신도 없었다. 그러다가 지금, 이렇게 결국 찾아냈다. 메일은 다행히 무사했다. 그는 다른 모든 것을 잊고 안도하다가 뒤늦게 정신을 차렸다.

"그게…… 산책을 하던 길에, 크흠, 우연히 보아서."

로하이덴의 변명은 궁색했다. 옷차림이나 머리가 잔뜩 흐트러질 정도로 뛰어다녀 놓고 퍽이나 설득력이 넘쳤다.

물론 그로서는 그러는 것이 최선이었다. 걱정이 되어 찾았다 털어놓기에는 그는 아직 메일에게 제 정체를 들켰단 사실을 모르고 있었다. 황제로서 그녀를 신경 쓰는 것은 부자연스러운 행위였다.

메일은 그런 상대 때문에 속이 크게 울렁거렸다. 산책 중이었다는 말을 곧이곧대로 믿을 정도로 그녀는 눈치가 없지 않았다. 이마에 맺힌 땀만 보아도 그게 거짓말이라는 것쯤은 누구나 알아차릴 것이다. 모르는 것이 더 힘들 정도로 티가 났다. 못 본 체를 할 수도 없게. 이것 또한 반칙이었다. 메일은 망설이고 망설이다가 결국 손수건을 꺼냈다.

"영애?"

"……이마에, 땀이."

메일은 속으로 한숨을 삼켰다. 황제의 모습일 때든, 선배님일 때든 이 사람을 앞에 두고 이렇게 말을 건네는 것이 어려웠던 적이 없는데. 지금은 꼭 마치 혀가 굳기라도 한 것 같았다.

차라리 그저 황제라고 알고 있었을 때가 황송하고 부담스럽긴 했어도 말을 나누기엔 이보다 편했다.

로하이덴은 제게 내밀어진 손수건을 보며 당황했다. 메일은 그를 똑바로 올려다보며 손수건을 내밀고 있었다. 그녀의 얼굴이나 녹색 눈동자에 담긴 감정은 복잡하여 읽기가 어려웠으나 그는 최소한 한 가지는 알 수 있었다.

달랐다.

메일은 전에 황제의 모습을 한 자신을 이리 대하지 않았다.

"팔 아파요."

"어? 어, 음, 그래."

그는 이례적일 만큼 바보같이 대꾸하며 손수건을 받아 들었다. 메일이 그런 그를 응시하며 살짝 웃었다. 로하이덴의 심장이 쿵 내려앉았다.

'뭐지?'

"폐하."

"……이야기하게."

"저도 지금, 음, 마음이 많이 복잡해서요. 말이 매끄럽지 않을 수 있어요. 이해해 주세요."

메일은 그렇게 말하고 시선을 잠깐 아래로 내렸다. 그녀는 평정을 원했지만 그건 쉽게 찾아와 주지 않았다. 심장은 제멋대로 요동쳐서 제 주인을 아프게 했다. 잠시 후 내리깔았던 눈을 도로 든 메일이 말했다.

"제가 걱정되시죠? 신경도 쓰이고."

"……어?"

"많이 생각해 봤는데. 역시 가지고 놀았다거나 그런 건 아닌 것 같아요. 떠올려 보면 범인도 폐하께서 잡으셨고, 별궁의 경비는 아직도 과하고, 머리핀은 그보다 몇 배는 값나가 보이는 함 안에 있었던 데다, 지금도 이렇게…… 흐트러져 계시니까."

로하이덴의 눈이 크게 뜨였다. 그는 그대로 아무것도 하지 못하고 굳었다. 손에서는 핏기가 빠져나가는 듯했고 속은 철렁이며 내려앉았다.

메일이 말을 이었다.

"그런데 또 정인…… 이 따로 있으시고. 그리고 많이 소중하시잖아요. 음, 비교를 하고 싶은 건 아니에요. 만에 하나 감정에 우선순위를 둘 수 있다고 해도, 뭐랄까. 제가 그런 걸 못 하거든요. 그 사람 버리고 나한테 와라, 이런 거."

"……."

"앞으로도 쭉 못 할 거예요. 그런 성격이라서."

"……메일."

"아, 그리고 정원에는 혹시 일부러 안 오시는 거예요? 그러지 마세요. 발길을 끊는대도 제가 끊어야지, 주인을 쫓아내는 건 이상하잖아요."

"메일."

"그럼 그동안 감사했습니다."

"……!"

"선배님."

메일은 상체를 꾸벅 숙였다. 그리고 나서 도로 들었을 때 그녀는 더 이상 상대를 바라보고 있지 않았다. 고동색 드레스를 입은 몸이 뒤를 돌았다. 그대로 멀어진다.

로하이덴은 그 자리에 우두커니 섰다. 움직이지 않는 그는 마치 숨 쉬는 방법조차 잊어버린 사람 같았다.

✳

　로즈는 정사각형의 하얀색 천을 꺼내 땀을 닦았다. 수줍은 분홍색 하트가 수놓아진 그것은 몇 시간 전 도서관 사서 마론이 그녀에게 직접 선물로 준 것이다. 땀을 훔치고 나서 로즈는 천—손수건이라기엔 큰—을 도로 곱게 접어 갈무리했다.

　"공주님, 이곳에 더 계시겠습니까?"

　"응. 이 브륄레 맛있는데?"

　리엘라는 입이 짧았지만 음식에 대한 호기심은 많은 편이었다. 특히 디저트에 관해서 그랬다. 아직 연회장 안에 리엘라가 먹어 보지 못한 디저트가 제법 남았다는 것을 파악한 로즈가 공주님의 대답에 고개를 끄덕였다. 그녀는 다시 근육을 긴장시켰다.

　로즈는 아까부터 공주님의 호위로서 맡은 바 본분을 훌륭히 해내는 중이었다. 즉 리엘라에게 접근하는 놈팡이들을 빈틈없이 잘 차단하고 있다는 뜻이다.

　흑심을 품고 다가온 젊은 귀족들은 번번이 로즈에게 가로막혀 목적을 실패하기 일쑤였다.

　물론 방어선을 지키는 것은 쉬운 일이 아니다. 로즈의 앞머리는 일부 땀으로 젖어 있었다.

　"흠흠, 이보게. 거기 계신 아름다운 레이디께 말을 걸 기회를 좀 주었으면 싶은데."

　'또군.'

　메일과 로즈의 방어 양상은 사뭇 달랐다. 겉으로만 보면 영식들이 로즈에게 더 쉽게 길 것 같지만 그렇지 않다. 로즈의 옷은 드레스가 아니라 시녀복이었다.

　즉 외형을 떠나 만만히 대해도 좋은 신분으로 비춰진단 뜻이다. 실제로도 로즈는 귀족이 아니었으니 메일처럼 리엘라를 대변하여 상대를 단호히 거절할 수는 없었다.

로즈는 대신 자신이 할 수 있는 다른 방법을 택했다. 그리고 그건 매우 효과적이었다.

"공주님과 말씀을 나누시려면 시험을 통과하셔야 합니다."

"음? 무슨 시험?"

"공주님께서는 강인한 남자를 좋아하십니다. 그러니 자격을 얻으시려면 저와의 팔씨름에서 먼저 승리하셔야 합니다."

로즈가 오른팔의 근육을 꿈틀거리며 말했다. 물론 왼팔도 만만치 않았다. 키는 크지만 호리호리한 체형의 귀족은 침음을 흘리며 그것을 바라보다가 이내 고개를 저었다.

"까다로우신 공주님이군. 그저 말을 나누자는 것뿐인데."

"양해를 부탁드립니다."

참고로 이는 리엘라의 사전 승인을 얻은 방법이다. 리엘라는 로즈가 공주님께 접근하는 남자 모두와 팔씨름을 하겠노라 선언했을 때 곧바로 그러라고 했다. 로즈의 팔씨름은 예전부터 리엘라에겐 하나의 재미난 구경거리였다.

호리호리한 젊은 귀족은 결국 물러났다. 절반은 이렇게 시도조차 하지 않고-현명하게-포기하곤 했다. 그때 누군가가 그런 귀족을 제치고 앞으로 나섰다.

"어이, 시녀. 시녀 맞나? 아무튼. 팔씨름에서 이기기만 하면 되지?"

말투가 건방졌다. 물론 익숙한 수준이다. 로즈는 금발이라기엔 색이 탁한 노란 머리의 영식을 향해 그렇다고 대답했다.

"좋아! 그런데 넌 공주 본인이 아니라 시녀잖아. 그럼 나도 내 아랫사람을 써도 되는 게 아닌가? 맞지?"

"예?"

"맞잖아. 맞다고 치고, 자, 선수 입장!"

영식은 당당하게 제 뒤에 서 있던 우람한 사내를 앞으로 내보냈다. 자격을 판단하는 시험이니 본인이 직접 도전해야 하는 것이 당연한데도 영식은 그리 뻔뻔스럽게 나왔다.

비겁한 짓이었지만 어느새 구경꾼이 된 몇몇 귀족은 수군거리기만 할 뿐 말리지 않았다. 그들은 대부분 로즈와 경합하여 지거나 혹은 지레 겁먹고 포기한 패자들이었다.

영식이 편법을 써서 통과하는 선례를 만들어준다면 새로운 길이 열리는 것이니 그들로서도 나쁠 것이 없었다.

'힘들겠군.'

돌아가는 분위기에 로즈가 각오를 다졌다. 근력을 집중적으로 단련한 상급 실력자는 그녀로서도 쉽지 않은 상대였다. 끽해야 호신용 검술이나 익혔을 뿐인 귀족 자제와는 말할 것도 없이 비교가 되지 않는다.

'최선을 다해야겠어.'

로즈의 단단한 근육에 저절로 힘이 들어갔다. 그녀의 긴장을 눈치챈 영식이 의기양양하게 명령을 내렸다.

"좋아, 머슬 경! 팔씨름하면 머슬 경이지. 시작하도록!"

그렇게 세기(?)의 시합이 막을 올렸다. 로즈 대 머슬. 머슬이라 이름 불린 사내는 이름처럼 오로지 근육만을 위해 살아온 것 같은 남자였다.

우열을 가리기 힘들 정도로 풍채가 태산 같은 둘은 곧 사용인이 특별히 대령한 튼튼한 탁자를 가운데 두고 맞붙었다. 주변인들이 기웃거리며 관심을 모았다.

"세상에, 저것 좀 봐. 팔씨름을……."

"둘 다 사람은 맞지?"

"누가 이길까?"

"어머, 타찌아 영애! 영애께서 기다리던 판이에요. 어서 이리로!"

로즈와 머슬의 결전은 팽팽했다. 겉으로 보기에 둘의 근육은 서로 비슷하게 정점에 오른 것 같았다. 그렇게 볼 때 성별이란 핸디캡을 지고 있는 로즈가 힘에서 밀리지 않는다는 건 참 놀라운 일이었다. 머슬 또한 그렇게 생각한 듯 표정에 감탄이 번졌다.

"여성이면서 이 정도 경지에 오르다니. 그대를 인정하겠소."

"인정은 필요 없습니다. 전 그저 공주님을 위해 승리할 뿐."

"……사나이보다 사나이답군. 그대 같은 인재를 제 사람으로 둔 그 공주님이 부러워. 그분 또한 필히 범상치 않으시겠지."

범상치 않은 리엘라는 바로 곁에서 경합을 구경하며 초코 푸딩을 먹고 있었다. 확실히 범상치 않기는 했다. 대체 어떻게 먹은 건지 초콜릿도 아니고 푸딩을 입가에 묻히고 있었으니까. 순간 로즈의 신경이 그리로 쏠렸다.

'앗, 저거 닦아드려야 하는데.'

순간이지만 정신이 흐트러진 대가는 가혹했다. 머슬은 노련했으며 미세한 틈을 놓치는 사람이 아니었다. 흡, 짧은 기합을 내뱉은 그가 그대로 로즈의 팔을 넘겼다. 순식간에 일어난 일이었다.

쿵!

"……!"

묵직한 소리를 내며 로즈의 오른팔이 탁자로 넘어겼다. 그게 무슨 뜻이겠나. 패배였다. 내심 조마조마하게 시합을 지켜보고 있던 노란 머리 영식이 즉시 환희의 비명을 질렀다.

"이야!"

"……맙소사."

희비가 교차했다. 로즈는 넘어간 제 팔을 믿을 수 없다는 듯 쳐다보았다. 리엘라도 제법 놀란 듯 먹다 만 푸딩을 떨어뜨려서 근처의 하녀가 바삐 치웠다. 머슬이 오른팔을 거두며 한마디 했다.

"내가 운이 좋았군."

사실 이건 리엘라의 공이었다. 머슬의 승리에 대한 공. 다시 말해 팀 킬. 리엘라가 입가에 푸딩만 묻히지 않았어도 로즈가 이렇게 허무하게 패배하지는 않았을 것이다.

자기가 저지른 팀킬을 모르는 리엘라가 놀라서 입을 헤벌리고, 로즈는 면목이 없는 낯으로 고개를 숙였다.

머슬은 온전히 실력으로 쟁취한 승리가 아님을 알았기에 씁쓸한 웃음을 머금었다. 한발 늦어 아쉽게 내기에 참여하지 못한 타찌아 영애 또한 원통해했다.

그런 가운데 노란 머리 영식만이 혼자 기뻐 날뛰었다.

"하하하! 그럼 내가 최초 통과자인가? 이거 영광인데!"

"크윽······."

로즈의 표정이 어두워졌다. 저런 경박한 인물이 공주님과 말을 섞는 것은 결코 그녀가 바라던 바가 아니었다. 하나 막을 수 없다. 대역 사용을 문제 삼으려면 처음부터 그랬어야 했다.

이제 와 영식을 막아서는 건 그저 말을 번복하는 꼴이 되어 상대를 분노케 할 뿐이다. 로즈는 자책감에 차마 얼굴을 들지 못했다.

"머슬 경, 수고했네. 아, 물론 머슬 경에게 경합을 떠맡기고 나는 아무것도 하지 않은 게 다소 불합리하게 느껴질 수도 있겠지. 그럼 이건 어떨까?"

"······?"

"시녀와 내 사람이 팔씨름을 했으니 난 공주님과 팔씨름을 하는 거야. 어때? 합리적이지 않나? 하하하!"

주장을 펼치며 노란 머리 영식이 경망스럽게 웃었다. 로즈의 낯빛이 한층 암담해졌다. 대놓고 개수작으로 공주님의 손을 더듬겠노라 떠드는데 막아설 수 없다는 사실이 너무나 참담했다.

공주님, 죄송합니다. 정말 죄송해요. 끼고 계신 장갑은 오늘 돌아가서 바로 버릴 수밖에 없겠군요.

그때였다. 소란—거의 노란 머리 영식 혼자서 피우고 있는—사이로 누군가가 끼어들었다.

"이런, 조금 늦었네요. 미안합니다."

승리감에 취해 있는 자에게 낯선 동성의 목소리란 이물질처럼 느껴지게 마련이다. 영식이 짜증스레 눈길을 주었다. 어떤 놈이야?

"……모하임 공자님?"

놈이 아니라 분이었다. 옆 사람이 놀란 듯 중얼거리고 영식은 깜짝 놀라 얼른 제 표정을 폈다. 다수의 시선이 새로 나타난 인물에게로 쏠렸다.

짙은 남색 머리카락과 남청색 눈동자. 그에 어울리는 푸른빛 도는 흰색 연미복이 썩 근사하다. 이목의 가운데서 반테르가 씩 웃었다.

"반갑습니다. 두 번째 관문입니다."

"예?"

"그게 무슨……."

반테르는 이 자리에 모인 귀족 중 모르는 사람이 없을 정도로 유명 인사였다. 그러나 그럼에도 그가 내뱉은 뜬금없는 자기소개는 누구도 알아듣기가 쉽지 않았다. 노란 머리 영식을 포함한 그들은 너 나 할 것 없이 혼란스러워했다.

그때 먼저 눈치를 챈 것은 로즈였다. 그녀의 전사(?)로서의 감은 아군을 감지하는 데 특화되어 있었다. 화색이 된 로즈가 입을 열었다.

"네, 그렇습니다. 사실 저는 첫 번째 관문에 불과했습니다."

로즈의 눈치는 메일과 비등했다. 본래 빠른 편이던 것이 리엘라를 모시면서 더 빨라진 케이스라고 볼 수 있다. 그녀는 능청스럽게 반테르의 곁으로 자리를 옮겼다.

"바로 이분께서, 저를 넘은 다음 또 넘어야 하는 두 번째 관문이십니다."

"뭐?"

"그게 무슨 소린가!"

귀족들은 강하게 반발했다. 슬슬 말의 의미를 알아들었기 때문이기도 하고, 이번 발화자인 로즈가 만만해서이기도 했다.

강자에게 약하고 약자에게 강한 그들의 아름다운 습성을 알고 있는 반테르가 한발 움직여 로즈의 앞을 막아섰다. 그러고선 입을 연다.

"아름다운 공주님의 곁에 시녀만 있는 경우를 보셨습니까? 시녀와 기사. 한 묶음입니다."

"예에? 그런 말도 안 되는…….."

"아, 아니. 그럼 그 말은 공자께서 저 공주님의 기사다, 이 말씀입니까?"

"그렇습니다."

반테르는 시원하게 긍정했다. 리엘라는 반테르가 갑자기 제 기사가 되는 광경을 새로 받은 초코 푸딩을 들고 멀뚱히 바라보았다. 혹시 그녀가 초를 칠까 봐 로즈가 얼른 리엘라에게 속삭였다.

"공주님의 장갑을 버리지 않을 수 있도록 도와주시는 분입니다. 이곳에서만 잠시 공주님의 기사가 되어주실 겁니다."

"응. 나 쟤랑 아는 사이야."

"아, 그러십니까?"

로즈의 표정이 한층 밝아졌다. 원군이 반갑기는 했지만 낯선 인물이라 걱정했는데 이미 안면이 있는 사이라니 다행이었다. 그렇다면 이 도움은 흑심이 섞이지 않은 단순한 호의일 수도 있겠다.

로즈가 그렇게 안심하는 사이, 노란 머리 영식이 항의에 들어갔다.

"저는 인정할 수 없습니다. 가, 갑자기 나타나셔서 그러시는 법이 어디 있습니까?"

영식은 이 자리에서 가장 억울한 사람의 얼굴을 하고 있었다. 비록 편법을 썼다지만 태산 같은 관문을 무찌르고 이제 달콤한 과실이 눈앞이었다. 그랬는데 그걸 두 눈 멀쩡히 뜨고 놓치게 생겼으니 그의 입장에선 청천벽력일 만도 했다. 반테르는 미소를 유지하며 대꾸했다.

"늦어서 미안하다고 말씀드렸을 텐데요."

"아, 아무리 그래도…….."

"그래서 영식께서 원하시는 게 무엇입니까? 뭐라고 하셔도 저를 넘지 않고는 공주님께 접근하실 수 없습니다. 정 억울하시다면 제가 핸디캡 정도는 지도록 하지요."

"예? 핸디캡이라면…… 어떤?"

"절 넘으시려거든 대련을 통해 꺾으시면 됩니다. 그리고 그 대련에서 저는 왼손만 쓰겠습니다. 어떻습니까?"

반테르는 오른손잡이다. 그건 그의 허리춤에 매달려 있는 검의 위치만 봐도 쉬이 알 수 있다. 반테르가 내건 핸디캡에 영식이 고민하듯 조용히 눈을 굴렸다. 솔깃한 낌새였다.

"……크흠, 머슬 경. 어때? 경의 주 영역은 팔씨름이 아니라 실은 검술이 아닌가. 할 수 있지…… 않을까?"

로즈의 앞에서 그리 당당하게 편법을 썼던 영식은 이번에는 아무래도 눈치가 보이는지 언성을 슬그머니 낮췄다.

하나 곁눈질로 살핀 반테르는 그다지 신경 쓰지 않는 모양새다. 영식이 그에 히죽거리는데 머슬이 단호히 고개를 저었다.

"불가능합니다."

"뭐? 왜?"

"도련님께서도 한때 검을 쥐셨으니 아실 게 아닙니까? 모하임 공자께선 이미 마스터의 경지에 이르신 분입니다."

마스터. 그게 무엇이냐 하니 바로 검에 흰 빛무리를 씌울 수 있는 수준을 말한다.

초반에는 별다른 명칭이 없었는데 누군가가 검에 통달했다는 뜻으로 마스터라고 부르기 시작하면서 그게 공식적인 이름이 됐다. 영식은 눈을 껌벅이다가 이내 이마를 긁적였다.

"알긴 하는데…… 그게 그렇게 대단해?"

"도련님."

머슬이 표정으로 기함했다. 제 주인이 멍청한 건 진작 알았지만 이 정도일 줄은 몰랐다는 얼굴이었다. 눈치가 없어서 그 불경한 낯을 알아먹지 못한 영식이 연이어 고개만 갸웃했다.

"경도 실력자이지 않나. 왼손만 쓰겠다는데. 정말 안 돼?"

"호위 때려치울까……."

"좋습니다."

그때 불쑥 반테르가 입을 열었다. 조르듯 굴던 영식도, 제 처지에 회의감을 느끼고 있던 머슬도 그에 눈길을 주었다. 반테르는 둘을 번갈아 보며 느긋하게 말했다.

"왼손만 사용하고, 더해서 이 자리에서 움직이지도 않겠습니다. 그리고……."

그가 지나가던 하인을 붙잡았다. 하인은 식기를 옮기던 중이었다. 그중에서 나이프를 하나 집어 든 반테르가 말을 이었다.

"제 무기는 이걸로 하겠습니다."

"뭐? 푸하하하! ……하하."

혼자 빵 터졌던 노란 머리 영식이 주변의 눈총에 얌전히 목소리를 낮췄다. 아무리 상대의 행동이 허무맹랑해도 소리 내 비웃기엔 그의 신분이 너무 높았다. 대다수는 비웃는 대신 조심스레 말을 건넸다.

"그…… 진심이십니까?"

"아무리 공자님이시라지만, 그건."

"지나치게 불공정한 핸디캡이 아닐지……."

"아, 아니! 다들 무슨 소리십니까?"

이러다 무산되기라도 할까 봐 당황한 영식이 얼른 다수를 가로막으며 나섰다. 그는 반테르가 비교적 가벼운 핸디캡만 걸었을 때도 승산이 있다고 믿은 인물이다. 그런 와중에 핸디캡이 왕창 추가되었으니 영식에게 이건 결코 놓칠 수 없는 황금 같은 기회나 다름없었다. 그는 소리 높여 피력했다.

"누가 강요한 것이 아닙니다. 공자께서 먼저 제안하신 게 아닙니까? 당사자의 의견을 존중해 드려야지요!"

"아니 뭐, 그야……."

"모하임 공자님, 그렇지 않습니까? 핸디캡에 변동은 없는 거지요?"

영식이 기대 서린 얼굴로 확인하듯 물었다. 반테르는 그의 낯에서 절박함을 읽고는 순간 튀어나올 뻔한 웃음을 삼켰다. 그렇게나 공주에게 말을 걸고 싶을까. 한편으론 대단했다.

'나름 마성의 공주님이군.'

정작 인기의 중심에 선 본인은 아무런 생각이 없어 보였지만 말이다. 리엘라는 그새 푸딩을 다 먹고 바닐라 에클레어를 포크로 자르고 있었다. 저렇게 보면 얼굴은 예뻐도 역시 영락없이 애 같은데. 이성으로 보이는 게 신기하군. 반테르는 그렇게 생각하며 영식의 물음에 답했다.

"물론입니다."

"좋습니다! 하하! 그렇다면 저는, 어흠. 저의 충성스러운 기사인 머슬 경을 도전자로 세우겠습니다."

머슬 경의 의사는 묵살되었다. 강제로 떠밀린 머슬이 설핏 미간을 구겼다.

그의 주인인 노란 머리 영식은 이미 승리를 따 놓은 것처럼 희희낙락했지만 그는 조금도 그에 동의하지 않았다.

기사들에게 있어 마스터란 신과 같다. 솔직히 어떤 유리한 조건을 줘더라도 맞서고 싶지 않은 존재였다.

'어쩔 수 없지.'

머슬은 이것을 요행으로 얻은 앞선 승리에 대한 대가라 받아들이기로 했다. 앞으로 나서는 그의 표정이 비장했다. 긴장해서 진지해진 그의 기세를 자신감으로 받아들인 영식이 뒤에서 좋다고 응원을 날렸다.

판이 깔리자 귀족들은 알아서 뒤로 물러났다. 몇 걸음씩만 서로 걸음을 물리자 간격은 금세 동그랗게 원을 그리며 생겨났다. 그 원 가운데 반테르와 머슬이 마주 보고 섰다.

반테르는 여전히 본래 서 있던 그 자리에 있었다. 리엘라는 로즈가 데리고 물러섰다. 머슬이 꿀꺽 침을 삼켰다.

"……진검으로 합니까?"

"편한 대로."

오른손은 쓰지 못하며, 자리에서 움직이지도 못 하고, 무기는 한 뼘짜리 나이프를 든 반테르의 목소리는 외려 사지가 자유롭고 장검을 든 머슬보다 훨씬 평온했다.

머슬의 음성은 부들부들 떨렸다. 그는 몸담은 가문으로 돌아가면 반드시 연봉 협상을 시도하겠노라 결심했다.

"후후, 그럼 시작…… 아, 혹시 심판이 필요하겠습니까?"

"괜찮습니다. 모호하게 결판나지는 않을 테니까."

반테르가 차분히 못 박았다. 그에 영식은 내심 이죽거렸다. 나이프를 쥐고서는 뭔 개폼이람. 그러나 정작 대치한 머슬은 식은땀을 흘릴 정도로 잔뜩 긴장했다. 이를 악문 그가 이내 자세를 잡았다.

"그럼 먼저 가겠습니다."

상대는 자리에서 움직일 수 없으니 그가 덤벼드는 게 당연하다. 기합을 내뱉은 머슬이 이어 바닥을 박찼다. 근육 때문에 둔해 보이는 외관과 달리 그의 속도는 꽤나 빨랐다. 근육과 스피드의 동시 단련에 관심이 깊은 로즈가 반짝 눈을 빛냈다.

순식간에 상대의 지척으로 다다른 머슬의 검이 반테르를 덮쳤다. 막중한 힘이 실린 장검은 핸디캡 탓에 무력해진 한 사람을 그대로 쓰러뜨릴 것처럼 보였다. 그때 반테르가 슬쩍 왼손을 움직였다.

챙!

날카로운 소리가 울렸다. 나이프에 가로막힌 검이 반테르에게 닿지 못하고 허공에서 멈춰 섰다. 그리 막아낸 검신을 옆으로 흘린 반테르가 나이프의 손잡이로 번개처럼 머슬의 손등을 찍었다.

안 그래도 상대가 검을 흘리면서 자세가 무너졌던 머슬이 그에 짧은 신음을 내뱉으며 쥐고 있던 검을 놓쳤다.

챙그랑.

이어 무기를 잃은 머슬의 목에 나이프가 닿았다. 끝이었다.

"……."

사위는 침묵했다. 구경꾼은 누구도 먼저 입을 열지 못했다. 그들도 눈이 있으니 결판이 났다는 건 안다. 공방의 여지없이 깔끔하게 끝났다. 그러나 이건 빨라도 너무 빨랐다. 시작한 지 얼마나 되었다고?

조용해진 관중에다 대고 반테르가 담담히 선언했다.

"끝났습니다. 뒤이어 도전하실 분은 지금 나오시면 됩니다."

"이, 이게 무슨!"

노란 머리 영식이 버럭 외쳤다. 눈을 부릅뜬 그가 도저히 믿을 수 없다는 듯 계속해서 반테르와 머슬을 번갈아 응시했다. 하얗게 변한 그의 낯을 가득 채운 건 경악이었다.

반테르가 나이프를 내리자 자세를 수습한 머슬이 꾸벅 고개를 숙였다.

"지도에 감사드립니다."

"아닙니다."

머슬은 전에 알던 사실에 다시 한번 감탄하는 중이었다. 몸으로 부딪히고 새삼 깨달았다. 마스터는 역시 하늘 위의 경지였다.

머슬이 깊은 존경을 표하고 물러나자 영식이 그런 머슬을 뭔가 굉장히 할 말이 많은 표정으로 쳐다보았다.

그러나 실제로 무어라 말을 꺼내지는 못 했다. 그가 아무리 멍청하고 눈치가 없어도 이게 일방적인 패배라는 것쯤은 알 수 있었다. 할 수 있는 말이 없었다.

"제, 제길."

"받아들이기 힘들어 하는 얼굴이군요. 원한다면 직접 도전해도 좋습니다. 영식께도 동일한 핸디캡을 적용시켜 드릴 테니."

"……아닙니다."

영식은 억울하여 씩씩거렸으나 금방 꼬리를 말았다. 좀 전의 그 대련을 보고도 덤비고 싶은 마음이 든다면 그게 정신 나간 인간이다.

실상 그가 억울해할 것도 없었다. 말을 나눌 권리를 얻는다고 해서 그게 리엘라를 어떻게 해볼 수 있다는 뜻은 아니었으니까. 마치 다 얻은 제 여자를 빼앗긴 듯 구는 영식의 태도는 남들이 보기엔 그저 우스울 뿐이었다.

결국 두 번째 관문은 너무나 막강하여 이후 아무도 덤비지 않았다. 머슬이 패배하자 곧바로 쭉정이가 된 영식을 포함해 도전자는 없었다. 리엘라를 노리던 귀족들은 그렇게 불가능해진 목적을 포기하고 너도나도 자리에서 퇴장했다.

로즈는 한산해진 주변을 보며 깨달았다. 아, 이제 홀로 방어선을 지키지 않아도 되겠구나. 한시름 놓은 그녀가 크게 한숨을 내쉬었다.

"도움을 주셔서 감사합니다."

"별것 아닙니다."

반테르는 빙그레 웃으며 인사를 받았다. 실은 처음부터 이렇게 나서려던 것은 아니다. 그는 본래 가만히 있을 생각이었다. 어느 두 귀족의 더러운 대화를 듣기 전까지는.

"젠장. 시녀인지 뭔지, 저것 때문에 꽃을 눈앞에 두고도 꺾지를 못 하네."

"정 안 되면 사람을 쓰는 수밖에. 여럿이서 저 괴물 같은 시녀를 상대하게 한 뒤 공주를 회장 바깥으로 끌어내면 되지 않겠어?"

"역시 그것뿐인가? 하아. 썩 내키지는 않는데."

"내키지 않는다는 사람이 입은 웃고 있네?"

"어? 들켰나? 하하. 그럼 우리 순서부터 정할까?"

그러고는 음담패설이 이어졌다. 그때까지 구경꾼1을 고수하고 있던 반테르는 그 대화를 듣고 마음을 바꿨다.

어디에나 쓰레기 같은 놈들은 있게 마련이다. 그 쓰레기가 지금 황제가 부재중인 틈을 타 활개를 치려 하고 있었다. 당연히 가만히 놔두어선 안 될 일이었다.

그는 도덕적 의무감에 개인적인 감정을 조금 실어 쓰레기 둘의 발목을 걸어찼다.

서로 수준 낮은 음담을 주고받던 두 귀족은 그대로 뒤엉켜 연회장 바닥으로 우스꽝스럽게 넘어졌다. 얼굴이 시뻘개져 범인을 찾는 그들에게 반테르는 담담히 한마디 했다. 이런, 실수.

그들은 저를 마치 더러운 오물 보듯 내려다보는 시선에서 상대가 제 이야기를 들었음을 눈치챘다. 사람인 이상 제 죄를 모를 리가 없다.

둘은 서로 눈치를 보다가 누가 먼저랄 것 없이 연회장 밖으로 내뺐다. 반테르는 사라지는 둘을 보며 혀를 찼다.

꽃이 지들한테 꺾이고 싶어서 그리 핀 줄 아나. 수준하고는.

그렇게 가까운 쓰레기를 퇴치한 뒤 그는 멀리 있는 놈팡이들도 마저 쫓아버리러 이동했다.

마침 파릇파릇한 쓰레기 꿈나무가 열심히 개수작을 부리고 있던 차였으니 환상의 타이밍이라 할 수 있었다. 참고로 그 꿈나무는 이름도 나오지 못한 노란 머리 영식이다.

뿌듯한 퇴치를 마친 반테르가 이번 일에 대한 여파를 계산했다.

'조금 귀찮기는 하겠군.'

높은 확률로 소문이 퍼질 것이다. 감수해야 하는 일이었다. 꽃의 파수꾼을 자처한 반테르는 필연적으로 꽃의 아름다움에 빠진 남자가 될 수밖에 없었다. 물론 소문이라는 게 으레 그렇듯 대응하지 않으면 알아서 사그라지겠지만.

그는 무시하면 그만인 남의 입방아에 펄쩍 뛸 정도로 어리지 않았다. 반테르는 미리 으쓱한 뒤 리엘라를 돌아보았다.

"다시 만나서 반갑습니다, 공주님. 디저트는 입에 맞으신가요?"

"응. 너도 먹을래?"

이때 로즈는 옆에서 깜짝 놀랐다. 그건 리엘라가 상대를 너라고 부르거나 반말을 써서는 아니다. 그녀를 놀라게 한 발화 부분은 바로 '먹을래?'였다.

'공주님께서……'

리엘라는 은근히 사람을 잘 챙긴다. 그러나 아무나 챙기지는 않았다. 그건 그녀가 제 사람으로 인식한 이들만 누릴 수 있는 영예였다.

로즈는 의미심장해진 눈빛으로 반테르를 쳐다보았다. 아무것도 모르는 반테르는 별반 표정 변화가 없었다.

"괜찮습니다. 단 걸 좋아하지 않아서요."

"그래? 그래도 우유 푸딩은 맛있어."

"기회가 닿으면 맛을 보도록 하겠습니다."

"응."

리엘라는 반테르를 빤히 올려다보았다. 사람을 그리 민망할 정도로 또렷하게 쳐다보는 건 그녀의 특기였다. 당황스러울 법도 한데 반테르는 그저 덤덤히 시선을 맞출 뿐 그 밖에 다른 반응은 보이지 않았다.

반테르는 그가 모시는 황제와 비슷하면서도 다른 리엘라의 황금색 눈동자를 가만 바라보다 문득 그녀의 드레스로 눈을 주었다. 그러고 보니 이 드레스. 진주 가루가 곱게 뿌려진 새하얀 드레스는 먼발치서 볼 때와는 확실히 감응이 달랐다. 그는 솔직하게 감상을 꺼냈다.

"예쁘네요."

"내가?"

"그도 그렇고. 드레스가 눈에 띕니다."

둘의 대화는 로즈에게 잠깐 긴장을 주었다가 도로 앗아갔다. 그녀는 예쁘다는 말에 순간 반테르의 개수작을 의심했으나 그 의심은 금방 힘을 잃고 말았다. 흑심을 품었다기엔 상대의 표정이 너무 담담했던 탓이다.

그는 예쁘다고 하면서도 마치 제 감정이 아니라 객관적인 사실을 전달하는 사람처럼 굴었다. 흑심 어딨니? 내 목소리 들리니? 딴마음이라곤 적어도 로즈가 보기엔 일말 찾을 수 없었다.

'흐음, 더구나 공주님의 행동이나 언사에 전혀 놀라지 않는 저 평정심. 보통이 아니군.'

반테르를 바라보는 로즈의 눈이 깊어졌다. 그녀는 상대를 예의 주시했다. 은밀한 눈길이라 반테르는 제 뒤통수에 꽂히는 전사의 시선을 알아채지는 못 했다.

"드레스? 이거 메일이 골라준 건데."

"영애께서 안목…… 그러니까 보는 눈이 있으시군요."

"나도 안목이 뭔지 알아."

리엘라가 반테르의 단어 변환을 지적했다. 여태 그녀의 반말과 자찬에도 눈 하나 꿈쩍 않던 반테르가 처음으로 화들짝 놀랐다.

"이럴 수가."

"왜 놀라? 그건 내가 자주 듣던 말이야. 안목이 좋다고."

"음…… 그 말씀이 더 놀랍군요. 방금 전엔 괜히 놀란 기분입니다. 주로 어떨 때 그런 말을 들으셨습니까?"

"드레스랑 장신구 고를 때."

리엘라는 당당하게 말했다. 반테르는 그것을 듣자마자 정원에서 상대를 처음 마주쳤던 날을 떠올렸다. 그때를 떠올린 건 다른 이유가 아니다. 그날 리엘라가 입고 있었던 드레스가 보통 파격적인 게 아니었기 때문이다.

반테르는 혹시나 해서 물었다.

"저랑 처음 만났던 날을 기억하십니까?"

"응. 가짜 전기가 통한 날이잖아."

"기억하시는군요. 그럼 그날 입고 계셨던 드레스, 혹시 공주님께서 직접 고르신 겁니까?"

"맞아."

리엘라의 대답에는 고민이 없었다. 당연하다. 오늘만 예외일 뿐 매번 본인이 손수 고르던 것이니까. 언제 어느 때든 그녀의 드레스는 그녀 자신의 선택이었다.

혹시나 했더니 역시나. 반테르는 공주님의 소름 돋는 안목에 아찔함을 느꼈다.

"……사람에게 옳은 소리, 쓴소리란 이 얼마나 중요한지……."

"뭐?"

"공주님."

"왜?"

"비제아트 영애, 그러니까 메일 영애와 많이 친하시죠?"

"응."

"드레스나 다른 것을 고를 때 가능한 반드시 메일 영애와 함께 고르시길 바랍니다. 공주님께 도움이 될 겁니다. 아주 많은 도움이."

"그래? 근데 왜?"

"그런 게 있습니다."

꼭 그렇게 하세요. 반테르는 두 번이나 강조했다. 그러자 얼결에 그러겠다고 고개를 끄덕이는 리엘라를 보며 그는 흐뭇하게 웃었다. 그러다 멈칫한다.

'잠깐. 내가 왜 뿌듯해하는 거지?'

리엘라가 그의 조언을 따라 순순히 메일과 함께 드레스를 고른다고 가정하자. 그녀는 더 이상 타고난 미모가 가려지는 일 없이 언제나 천사처럼 예쁠 것이다. 그래, 예쁜 것은 좋은 일이지. 그러나 생판 남인 반테르가 뿌듯해할 일은 아니었다.

'설마 내가 벌써 보모의 마음을……'

미혼 반테르의 심경이 복잡해졌다. 뭔가 배우기엔 너무 이른 것을 배워 버린 것 같았다.

보모라니. 애는커녕 결혼도 하기 전인데 벌써부터 이런 마음을 알아도 되는 것인가. 하지만 보모의 마음이 아니라기엔 마땅히 설명할 말이 없는데.

그러는 사이 리엘라는 다시 디저트를 먹기 시작했다. 과일이 올라간 미니 타르트였다. 먹으면서 대체 뭘 어떻게 했는지 과일즙이 손등과 볼에 튀어 로즈가 얼른 그것을 닦아주었다.

반테르는 확신했다. 보모의 마음이군.

"기사가 아니라 보모로서 지키러 왔다고 할 걸 그랬나."

"응?"

"아닙니다. 아, 공주님. 왼쪽에 체리."

기울어진 접시를 반테르가 재빨리 아래에서 받쳐 떨어지려던 과일을 사수했다. 손길이 신속하고 능숙하다. 리엘라는 평평해진 접시 위에서 포크로 체리를 집어먹었다.

로즈의 눈빛이 그에 한층 깊어졌다. 대체 뭐지. 마치 공주님 맞춤 최적화 패치를 마친 것 같은 저 남자는.

그런 로즈의 속내를 알 길 없는 반테르는 리엘라가 내미는 빈 접시도 받아서 정리했다. 이건 조금 얼결에 한 일이다. 빈손이 된 리엘라가 이내 작게 하품을 했다.

"피곤하시군요."

"약간. 그리고 배불러. 로즈, 메일은 언제 와?"

"아가씨께선…… 으음."

"아니면 두 분만 먼저 퇴장하시겠습니까? 말씀은 제가 전해드리겠습니다."

반테르가 전령을 자원했다. 어차피 그는 꽤 오래 연회를 지킬 생각이었다. 메일이 언제 돌아오든 그에겐 큰 걸림이 없었다.

로즈가 그럼 그리 부탁드리겠다고 대답하려던 차였다. 드래곤도 제말하면 온다더니 리엘라가 연회장 입구 부근을 보며 아는 체를 했다.

"메일이다."

"어? 정말이네요. 마침 오셨군요."

반테르 또한 짧게 시선을 주어 확인했다. 바깥과 통하는 입구가 시종의 손에 활짝 열렸다가 천천히 닫힌다.

이곳에서 유일하게 색이 어두운 메일의 고동색 드레스는 리엘라의 것과는 다른 의미로 쉽게 눈에 띄었다.

필요한 사람이 왔군. 그렇다면 이제 물러가야 할 때다. 구태여 미적

거릴 생각은 없는 반테르가 바로 인사를 건넸다.

"저는 이만 가보겠습니다. 밤의 여신 닉스의 축복이 두 분께 함께 하길."

"응. 너한테도 함께해."

'먹을래'에 이어 리엘라가 두 번째 선심을 썼다. 로즈가 곁에서 동공 지진을 일으켰다. 이번에도 반테르는 선심의 무게를 몰라서 그저 평온했다.

인사를 마친 반테르가 자리를 떠나고, 저번에 그랬던 것처럼 리엘라가 그에 대고 손을 흔들어주고 나자 메일이 지척까지 다가왔다. 메일은 이제는 작아져 뒷모습만 보이는 반테르에게 잠시 시선을 준 뒤 말했다.

"무슨 일 있으셨어요?"

"아가씨."

메일은 바깥에서 황제와 그렇게 헤어지고 나서 한참이나 근처의 정원을 배회했다. 빈말로도 도저히 멀쩡한 상태라고는 할 수 없는 속을 진정시킬 시간이 필요했기 때문이다.

만병통치약 정원은 이번만은 거짓말처럼 듣지 않았지만, 시간이 약이라고 메일은 한참을 걷고 나자 겨우 멀쩡한 척은 할 수 있게 되었다.

메일의 가장은 꽤 그럴듯해서 눈치가 빠른 로즈에게도 들키지 않았다. 아니, 실은 어설프더라도 지금이라면 괜찮을 것이다. 로즈가 온통 다른 것에 신경을 쏟고 있었으니까.

"어떤 말부터 드려야 할지."

"어? 왜요? 정말 무슨 일이 있었나?"

"우선은 별궁으로 돌아가면서 말씀드리겠습니다. 공주님께서 피곤해하셔서."

"맞아, 나 졸려."

작은 하품이던 것이 그새 큰 하품으로 변했다. 메일은 체통 없이 벌어지는 리엘라의 입을 대신 가려 준 뒤 고개를 끄덕였다.

"그래요. 가요."

그러나 미처 연회장을 벗어나기 전 세 사람은 걸음을 멈췄다. 금방이라도 침대에 누울 것처럼 굴던 리엘라가 뭔가를 발견하곤 그에 관심을 보였기 때문이다. 뭐냐고 묻는 것에 그것을 옮기고 있던 사용인이 대답했다.

"이건 와인 젤리입니다."

"와인 젤리?"

리엘라는 애초에 디저트 때문에 이 시간까지 연회에 남아 있었다. 그런 그녀가 새로 나타난 디저트를 이름만 듣고 그냥 지나쳤을 리 없다. 길고 매끈한 유리잔 하나가 당연한 듯 리엘라의 손으로 옮겨왔다.

메일은 와인이라는 말에 걱정부터 했다. 비록 젤리이기는 하지만, 어쨌든 예부터 애한테 술을 먹여서 좋은 꼴을 보았던 역사는 퍽 드물었다.

맛을 보긴 보되 한 잔을 전부 비우지는 못 하게 해야지. 메일은 그리 생각하며 손을 뻗으려던 찰나, 멈칫했다.

와인 젤리의 색은 짙었다. 짙고 어두우면서 또 선명했다. 포도주와 닮았으나 약간 더 검은빛을 띠는 그것은 대체로 화사한 색감의 여타 디저트와는 판이하게 다른 느낌을 주었다. 달콤함도 새콤함도 쉽게 연상되지 않는 음울한 검붉은색. 그건 말하자면 마치……

"공주님, 그 와인 젤리 색 말입니다."

"독약 같다! 그치?"

"제 마음을 읽으셨군요."

로즈와 리엘라의 의견이 일치했다. 그건 둘의 사고가 원래 비슷해서인지 아니면 와인 젤리의 색이 그만큼 노골적이어서인지는 알 수 없다.

다만 확실한 건 두 사람이 젤리를 보고 독을 연상시켰다는 사실이다.

그리고 그건 메일 또한 마찬가지였다.

'맙소사.'

메일은 입을 막았다. 심장이 뛰었다. 속이 크게 울렁거렸다. 깨달음 하나가 그녀를 덮쳐 속을 크게 뒤틀었다.

그녀는 제 악몽을 떠올렸다. 그녀가 리엘라를 따라 제국까지 오도록 만든 더없이 생생하고 참혹한 악몽. 그 안에는 뒤늦게 발견한 한 가지 불가능이 있었다.

꿈속에서 리엘라는 황제의 정인을 독살한다. 하지만 무슨 수로? 어떻게 리엘라가 연고도 없는 제국에서 독을 구할 수 있지?

'이건……'

메일은 입을 막은 손을 내리지 못했다. 그랬다간 신음이 흘러나올 것 같았기 때문이다.

그녀는 평소처럼 무구한 낯으로 와인 젤리를 떠먹느라 바쁜 리엘라를 응시했다. 젤리를 뜨다가 숟가락에서 흘리자 로즈가 남다른 민첩함으로 그것을 드레스에 닿기 전에 받아 낸다.

손가락 사이로 결국 침음이 흘렀다. 과연 리엘라가 원한다고 독을 구할 수 있을까. 그것도 사람을 죽일 만한 극독을.

'말도 안 돼.'

불가능하다. 가정 자체가 우습다. 독은 구하고 싶다고 아무나 구할 수 있는 그런 흔한 것이 아니었다. 그랬으면 진작 저잣거리 가판대에 넘쳤겠지. 너도나도 쿠키나 차에 독을 넣어 사교계에서 툭하면 사람이 죽어 나갔겠지. 말이 되지 않았다.

양보해서 평범한 귀족 영애일지라도 암거래를 통하면 얼마든지 독을 얻을 수 있다고 치자. 그래도 리엘라에겐 무리였다. 그녀는 암거래가 뭔지도 모르는 사람이었다. 제 안방이나 다름없는 왕국에서도 어려윘을 일을 어떻게 생면부지의 타국인 제국에서. 그것도 간택전의 후보 신분으로.

메일은 제 심장 소리가 들리는 것 같았다. 쿵쿵거리는 고동이 요란했다. 단지 맥박이 뛰는 소리일 뿐임에도 그건 어딘지 주인의 심경을 닮아 불안정하고 불길하게 울렸다.

리엘라는 독을 구할 수 없다. 그러나 꿈속의 리엘라는 독을 구했다.

이 모순이 의미하는 건 오로지.

'누명······.'

현실의 리엘라는 황제를 사랑하지 않는다. 정인의 존재조차 모른다. 이 사실은 이제 더 이상 꿈의 실현성을 부정하는 증거로 쓰일 수 없게 됐다.

꿈속에서 발견한 한 가지 불가능이 꿈 전체를 가능하게 바꾸었다. 메일은 그새 바닥을 드러내기 시작하는 와인 젤리를 숨이 막힌 얼굴로 우두커니 바라보았다.

2권에서 계속…